声と文学

拡張する身体の誘惑

Voix et littérature : d'un corps l'autre

塚本昌則・鈴木雅雄＝編

平凡社

声と文学＊目次

II　声の不在と現前——歌、証言、フィクション

III 声から立ちあがるもの——叫び、リズム、ささやき

IV 声の創造——霊媒、テレパシー、人工音声

跋

声と文学——拡張される身体の誘惑

序　あなたはレコード、私は蓄音機

——二〇世紀フランス文学と声の「回帰」

鈴木雅雄

1　声もまた主体から切り離すことができる

写真のような「イメージ」とは違い、いわば身体そのものであるはずの「声」でさえ、発話者の身体から、ひいてはその主体から切り離すことができる。——この論集に集められたきわめて多様な論文にもしなんらかの共通項を見出すことができるとすれば、それはこんなふうに定式化できる声のあり方を、文学のなかに見出そうとする意志であるだろう。主体の自己への現前を保証するパロールではなく、書き手の自己と切り離されたエクリチュールであることこそが文学の本質だと考える「常識」を、端的に否定しようというわけではない。だが何か新しい様態において捉えられた「声」を文学に結びつける可能性について問いなおす企てが、この書物の中心に存在するようだ。ここでは論集全体の正確な輪郭を与えようとするのではなく、執筆者たちの豊かな寄与から引き出すことのできる多くの道筋のなかで、文学史および表象文化論的な視点から重要と思える一つを取り上げ、いくぶんか延長することを試みてみたい。

近代における声と身体との切り離しの問題はいうまでもなく、蓄音機の発明によって可能となった、時間的あるいは空間的に隔たった誰か、今ここには現前しない誰かの声を聞くという体験と結びついている。だがこの論集で扱われているのは、技術の革新が音声についての新しい解釈を条件づけるという一方的な関係ではなく、むしろ技術と文学の双方を巻きこんだ、想像力やイデオロギーの多様な作動の様態である。福田裕大氏の明晰な整理に記されていることを繰り返すなら、一九世紀を通じて徐々に支配的になっていったのは、音源そのものよりも鼓膜の振動の問題として音声を捉え、音を作り出す物理現象でなく耳という器官内部での生理現象をこそ研究しようとする発想だった。運動を対象それ自体の移動という物理現象としてよりも、観察主体が自らのなかで作り出す生理現象として捉えようとする発想が一九世紀前半に成立したのだという、ジョナサン・クレーリーが『観察者の系譜』(1)で展開した主張はよく知られているが、ここでの議論はそれを聴覚に応用したものといえる側面を、たしかに持っている。とはいえこうした平行関係を拙速に一般化することに対しては慎重であるべきなのも、福田氏が指摘するとおりであろう。

　ではヴィジョンが目のなかで作られるという認識と、音が耳のなかで作られるというそれとのあいだには、どのような差異があるだろうか。イメージと音声の交わる地点としての、映画という文化現象を補助線にしてみよう。映画における視覚と聴覚の関わりについて近年差し出されたきわめて重要な視点の一つは、間違いなく蓮實重彦によるものだ(2)。映画の歴史のなかで聴覚はあくまで従属的な役割しか果たしたことはなく、映画とは本質的に視覚現象であって視聴覚現象ではないというテーゼがそれである。映画が発明された一八九五年からトーキーが実用化される一九二〇年代後半までの三〇年間の歴史は、映画が完全な姿に達するまでの「前段階」などではなかった。映画は音声なしで十全に成立するのである。写真が発明後ほどなくして作家たちを含む多くの素人写真家を生み出し、映画でさえ商業的な映画制作の外にさまざまな試みを生み出したのに対し、音声の録音再生という行為は一九六〇年代にテープレコーダーによって本格的な「民主化」がなされるまで、たいていは専門家によってのみ管理される領域であり続けた。この不均衡はなぜ生まれるのか。蓮實の論考が提出するいささか逆説的な答えは、「声の禁止」こそは「声の優位」を証拠立てているというものだ(3)。声は現存する身体そのものであり、複製されることで身体性を失ってはならない。だからこそ映画はフィクションとして成立するために、あくまで声を付随的な位置に押しとどめなくてはならなかったのである。

だがこの議論は、文化のなかでの声の役割という問題を考えるとき誰もが真っ先に思い浮かべるだろうウォルター・J・オング[4]の場合のように、文字の文化の内面性に対する声の文化の開放性といった、否定しがたくノスタルジックな主張につながるわけではない。それは逆に、現実的な身体に所属することを免除されたイメージが可能にする、人類史上かつてない新しいフィクションの体験として、映画を肯定しようとするものだ。映画にとって音声が本質的なものでないということは、いい換えるなら映画においては、二〇年代後半になって「禁止」を解かれたのちの音声もまた、再生される肉声ではなく、あくまでフィクションのレベルに属することを意味するだろう。

では反対に、映画が無声映画であった三〇年間、一九世紀末から二〇世紀初頭にかけての時間は、聴覚体験にとっていかなる意味を持ちえただろうか。福田氏も依拠している、近年のサウンド・スタディーズの代表的成果であるジョナサン・スターン『聞こえくる過去』[5]が示したのは、蓄音機から発される音声が原音の「再生」であり、とりわけそれが人間の声である場合、発話者の身体と深く結びついたものであるという捉え方が、決して技術的・科学的な必然性ではなく、歴史的あるいはイデオロギー的な要因に規定されたものであるという事実だった。蓄音機を前にして、機械そのものが声を作り出しているのに驚くことと、現在の我々がそうしているように、そこに再生された声――「原音のアナロゴン」――を聞き取る感性とは、当初は混在していたのであり、最終的に後者の理念――「ハイ・フィデリティ」という理念――が勝利を収めたのは、そうであることを要求する認識論的な磁場のなせるわざであった。そしてこの理念の定着が二〇世紀前半のどこかの時点なのだとすると、一八七七年の蓄音機の発明からそこまでの時間は、映画の発明からトーキーの登場までの時間と緩やかに重なりあっているといえるだろう。つまり映画が声の身体性を排除することでフィクションとしての時間を開花させた時期は、他方で蓄音機から再生される音声が、そこにはいない（ときにはすでにこの世にすらいない）発話者の身体の一部であるかのような認識が定着する時期でもあったことになる。

ハイ・フィデリティという理念あるいは感性が可能にする、録音された音声の身体性を、スターンは缶詰の製法や、とりわけ遺体の防腐処理技術と関連づけて語るわけだが、するとこのとき、声とは身体の「表象」ではなく端的に身体の一部なのであり、まして声の持ち主が死者であるなら、それは遺体そのものだとすらいえよう。あるいは遺体というのがいい過ぎだとしても、少なくともそれは遺影（イメージ）ではなく、遺髪や遺骨のようなものであるはずだ。写真というメディアがその被写体について「それは＝かつて＝あった」ことを証言するように思えるのとは対照的に、声は対象の残存し続ける一断片なのである。ここまでの議論を要約して次のようにいってもよい。一九世紀の終わりから二〇世紀のはじめにかけて、少なくとも欧米において、視覚文化と聴覚文化をめぐる一つのフィクションが定着し、いわば制度化された。映像的イメージは表象（あるいはフィクション）であり、再生される音声は実在であるというフィクションがそれである。

2　現実的であるがゆえに不確かなもの

ではこのフィクションと、文学はいかなる関係を取り結んだのだろうか。だがまず音声の身体性という概念について、多少のコメントを加えておきたい。身体性とはつまり生々しさのことであるが、生々しく現実的であることは、決して明確であるとか確固とした輪郭を持つことを意味しない。声の「現実性」というときその言葉には、多かれ少なかれラカン的な含意がまとわりついているのであって、要するにそこには、現実的であるがゆえに捉えがたい、描写しえないものというニュアンスが含まれる。この論集ではとりわけ橋本一径氏の論文で扱われる声による身元確認の困難さという問題が、生々しいからこそ曖昧なものとしての声のあり方を、きわめて鮮やかに照らし出している。原音を忠実に再現するとは、録音しようとする対象以外のノイズもことごとく拾ってしまうことを意味するのであり、だからこそそこに明確な意味が読み取られるとすれば、それは録音時に設定された人為的な環境や、録音情報に対するクリーニング作業（もちろんそれが可能になるのは技術がある段階に達してからではあるが）、そしてとりわけ聞き手自身による広義での解釈作業の結果でしかありえない。フリードリヒ・キットラーが蓄音機について語ったのも、換言すればそうしたことだった。それはあらゆるノイズを記録してしまう装置であり、したがって言語的には描き出すことも認識することもできない「現実的なもの」を差し出してしまうのである。[6] だとすると、輪郭は明確だが虚構的なものと、現実的だが不定形の輪郭しか持つことができないものという二つの極のあいだに、二〇世紀の視聴覚体験は置かれていたといえる。この両極に対する文学の態度を、フランス語圏の作家を中心にして考えてみよう。

非常に一貫性のあるパースペクティヴが、ジャン＝ピエール・マルタンによって与えられている。[7] それはここでの文脈に沿って敷衍するなら、文学——少なくともその先鋭な部分——は虚構の追求において映画と肩を並べることを諦め、音楽の「現実性」に近づこうとしたというものである。蓄音機から流れ出るのが演奏者や歌手の「身体の一部」であるという感性が広く共有されるようになったころ、他方ではフィクションの時間を作り出す有効な手段としての映画はトーキーという新段階に入るが、それは映画というメディアがこのころ、自らの領域に音声を招き入れても、その声はもはや誰かの（たとえば演じている役者の）身体の一部ではなく、誰の身体にも所属しないフィクションであると断言しきる自信を持つにいたったことを意味するだろう。こうした状況のなかで、それまで世界の模像を、つまり「レアリスム的イリュージョン illusion réaliste」を与えることを使命としてきた文学は、世界を満たすざわめきを、はじまりも終わりもないおしゃべりを、要するにあらゆるノイズの模像つまりは「口頭性のイリュージョン illusion d'oralité」を与えようとしはじめる。——マルタンはそんなふうに主張しているようだ。要するに文学は、現実的なものを、表象しえない不定形のものを選ぶのである。

こうした傾向を体現する書き手として、ジャン＝ピエール・マルタンは多くの名前を挙げているが、両大戦間期から知られていた作家でいうならそれはブレーズ・サンドラールやレーモン・クノー、ルイ＝フェルディナン・セリーヌであり、とりわけジェイムズ・ジョイスである。だがマルタンの議論で特に興味深いのは、文学が音声の身体性に接近しようとしたのと同じころ、音楽においてもまた記譜することのできないノイズのような音程や節回し、あるいはリズムを本質とするジャズという形式が現れ、とりわけ声の存在感のみを取り出したかのようなスキャットの歌唱法がルイ・アームストロングによって発明されたという指摘である。キットラーはすでにワーグナーの音楽のうちに、記号化して表現することのできないノイズを聞き取っていたが、[8] 聞き取るべきものとそうでないものとの境界を踏み越えるかのような一連の音楽の組織的な登場が、文学の動向とパラレルなものであるという発想には、捨てがたい明快さがあるだろう。一九世紀には文学が主導していたはずのフィクションの世界で映画が覇権を握ったとき、フィクションと反対の極で身体性と「現実的なもの」を体現する実践であると認識されるようになった音楽へと、いく人もの文学者たちが近づいていこうとしたのである。

映画的イメージの鮮烈さには及ばないながら、それに少しでも接近しようといった試みも当然ながら可能であるし、映画との関係を二〇世紀文学史にとって決定的なものと思わせるような事例ならいくらでも挙げることができよう。だが自らの用いるメディアである言語の置かれた歴史的な状況に意識的な書き手たちの多くが、言語化できないノイズの録音再生体験への接近という選択を、徐々に激化させていったとはいえそうだ。とりわけそれは、通常「前衛的」と形容されるもろもろの実験であるが、熊木淳氏がこれを力強く論じている。言語がノイズと境界を持たない音声にまで接近するなら、それは自我（抒情的主体）の表出などではありえない。そうした主題を持たないざわめきのような言語に思いを凝らした詩人として、熊木氏はとりわけエマニュエル・オカールとベルナール・ハイツィック、および先駆的な事例としてのアントナン・アルトーを挙げる。一方で門間広明氏の扱うギー・ドゥボールの映画での実験も、映画と音楽に引き裂かれる文学の状況への極端なコミットメントの一形式であると解釈できるかもしれない。それは映画というイメージの領域に、フィクションの論理に従属しない「現実的」な声を暴力的に侵入させ、とりわけドゥボール自身の声をその空間に響かせようとする、強引だが魅力的な試みだったのではないか。

だが重要なのは、こうした文学による音楽への接近が、端的に非人称性・匿名性へとつながるのではなく、それでもやはりなんらかの主体を要求するという点である。熊木氏に従えば音声詩の場合、あらかじめ存在して自己を表出しようとする抒情的主体とは異なった、事後的に立ち現れる音声的言表行為の主体が要求される（あるいは「でっち上げ」られる）ことになる。「声」より前にあるのではなく、「声」のあとから生み出される主体というテーマは、おそらくこの論文集を貫くテーマの一つであろう。声もまたなんらかの虚構性と関わる。先述のマルタンの議論を参照しながら、たけだはるか氏はベケットの体験を、人称性を超えているというだけでなく、複数の他者と分有された声、自らの声を介して聞かれた他者の声の体験であるとしている。映画／フィクションと音楽／「現実的なもの」への二極化が、二〇世紀の文化的パラダイムだというきわめて大雑把な図式化に一定の根拠があるとしても、後者に接近しようとしたかに見えるタイプの文学が実際に行ったのは、決してノイズへの単純な同化ではありえなかった。

3　貸し与えられる声

主体の表出としての声でなく、声の虚構性——声は主体を表出することなどできないという事実——が暴かれたのちに主体から切り離された声、しかしまたそのことで別の主体を立ち上げてしまう声。繰り返しになるが、それはこの論文集を貫くモチーフの一つであるといってよさそうだ。とりわけ精緻な理論的ヴィジョンを与えてくれるのは、梶田裕、郷原佳以、両氏の寄与である。梶田氏はアンリ・ミショーのテクストのなかに、主体の現前と結びついたものではない「声」を聞き取るのだが、それを可能にするのは実在する個体としての発話者ではなく、純然たる言表主体がディスクールを主体化する原理としてのリズムであるとされており、熊木氏の扱う音声詩と時代も文脈も異なる書き手が扱われているにしても、方向性の近い発想が見て取れることもまた事実であろう。他方エクリチュールの作家とされることの多いブランショのなかに「別の声」を見出す郷原氏の論文では、三人称（＝非人称）のものではあるにしても単なる「不在」ではなく、〈私〉と〈あなた〉の対話がそれによって可能となる「外」としてのセイレーンの歌が聞き取られることになる。この視点は同じセイレーンの歌がまさに蓄音機の比喩として現れるアルフレッド・ジャリの詩作品を分析することから出発する合田陽祐氏の論文と接続できるだろうし、さらに私自身がティエリー・スモルデレンを参照しつつ取り上げた、マンガのフキダシの成立時点で蓄音機の果たした役割をも考えるなら、主体と切り離された声の形象化としての蓄音機は、偶有的なレベルをはるかに超えたところで、声と言語芸術をめぐる想像力を支配していたことがわかるに違いない。主体から切り離された声はしかし、単純に匿名的なものではありえず、誰かの声でなくてはならないのである。

こうした事態をより普遍的なレベルでみごとに定式化しているのが伊藤亜紗氏の論考である。古代ギリシアにまで遡って展開されるその議論は、テクストは常に誰かの身体を利用して読まれるものであり、黙読が主流になった現代の社会でさえ、読書とはやはり読み手が自らの声を貸し与える体験であることを納得させてくれる。テクストはレコード、我々は蓄音機（あるいはむしろ「プレーヤー」というべきか）なのであり、ここでこそ、なぜ主体と切り離されたはずの声が別の主体を立ち上げなくてはならないかの理由が理解されるだろう。読むとは原理上、テクストの書き手である〈あなた〉に〈私〉が自らの声＝身体を貸し出すことであって、書き手の自己表出のように理解されてきた事態ですら、〈私〉が〈あなた〉を作り出すことでしかありえなかった。他方ウィリアム・マルクス氏もまたホメロスの詩句を取り上げながら、「詩人はムーサに口を貸している」という命題を摘出するのだが、そこではこの捉え方が一挙にランボーやヴァレリーまでを射程に入れたパースペクティヴに統合されている。テクストから（書き手の身体と切り離された）声が立ち上がってくるとき、そこで必ず「主体」が生まれてしまうのは、読むことが受動的に「聞く」ことではなく、読み手が「話す」主体となることだからに違いない。その営みは、匿名性の闇に埋没することを許さないのである。

さらにこの論集全体から感じ取れるのは、〈私〉が声を貸し出すのは、テクストを読む場面だけでなく、書く行為そのものがすでに、誰かに身体を譲り渡す行為でしかありえないという予感ではなかろうか。マルタンがいうように、ある時期以降の文学が音楽のように言語化に抗するざわめきに近づいていったとしても、そこで生まれるのはざわめきの模像（「口頭性のイリュージョン」）ではなく、そのざわめきのなかにおける〈あなた〉の生成――〈私〉が身体を貸し出して作り出した〈あなた〉の生成――である。[9] 塚本昌則氏が伊藤氏と同じくヴァレリーを題材としつつ、我々は自らのなかで他者の声を「再生」させる可能性を持つというとき、そこで「再生」するのは失われたものとは別の主体であろうし、立花史氏の論文もまた、声よりもエクリチュールの詩人としての確固たるイメージを抱かれてきたマラルメのなかに新たな「声の人」を見出すことで、二人の詩人の距離を測定しなおしている。

また同じ文脈で、発信者の定かならぬ声の聴取から出発した運動であるシュルレアリスムにも、重要な位置を与えることができる。ブルトンにおける自動記述から覚醒時フレーズへの重点の移動が、より完全な受動性の実現を意味したとする前之園望氏の明晰かつ的確な整理と、同じくブルトンによるフロイト第二局所論の読み取りを精緻にたどりつつ、彼は徐々に心的エネルギーに拘束的な圧力をかけて変形する戦略を明確化していったとするジャクリーヌ・シェニウー＝ジャンドロン氏の力強い理論的ヴィジョンは、表面的に見る限り必ずしも同じ方向を向いていない。だがそれらはシュルレアリスムのエクリチュールを、声の貸し出しの実践として捉えるという点では一致しているだろう。中田健太郎氏による、ブルトンが聞いた声をめぐる論考については後述するとして、他者に声を貸し与える技術者である霊媒の生み出したテクストを橋本氏が、シュルレアリスムに対する先駆として——比喩的・間接的なレベルにとどまらない先駆として——位置づけていることもまた、印象的である。

　こうして私たちは、近代文学史のなかに、ふたたび声の場所を見出す。フィクションと現実性、映画と音楽、イリュージョンとインデックスの対立構造のなかで二〇世紀文学が揺れ動いてきたとしても、実際の書き手たちがしてきたこと、たとえば「声」への回帰は、この対立自体がフィクションであったと教えているのではないか。声をめぐるロラン・バルトの思索の変遷をたどった桑田光平氏の論考は、とりわけ晩年のバルトが失った母の声の蘇りの体験——「フェイディング」現象——のなかに、強い身体性を帯びているはずなのに発話者の身体と決定的に切り離された声、パロールよりもむしろエクリチュールの近くにあるものとしての声を見出していったさまを鮮やかに浮かび上がらせている。ましてバルトのいう声の「肌理（きめ）」もまた、とりわけSP盤のノイズを乗り越えるようにして聞き取られるものだった。〈私〉は愛した歌手の声を、今は亡き母の声を、何度でも作り出してしまう。声の現前性を批判する二〇世紀の思索が行き着いた先で、声は現前性というフィクションから解放されるのである。

　このように考えることは、野崎歓氏が示しているとおり、一九世紀なかごろすでに、聞き取ってしまった正体不明のざわめきから立ち上がってくる声に身体を貸し与えようとしたネルヴァルの営為の延長線上に、その後の文学の展開を位置づけることである。伊藤、マルクス、両氏の論考が明らかにしているように、この様態がおよそ文学の根源的な性格だとしても、それが一つの切迫した矛盾として回帰することのうちに、近代を定義する体験が書きこまれているに違いない。だが〈私〉による身体の貸し出しは読者論や受容美学の問題とは異なるし、間テクスト性の問題と接近しつつ、やはりそれとも区別される。あくまで歴史的に規定された個体としての書き手が、自らを取り巻くざわめきにいかなる声を聞き取ったか、いい換えるなら特定の〈私〉がいかなる特定の〈あなた〉を作り出したかが問われねばならないからだ。そのような要請に応える「文学研究」の具体的なイメージを示すことはこの文章の範囲を越えてしまうが、それは「現実的なもの」の「表象不可能性」という呪縛から解放されるはずだとつけ加えておくことは無駄ではあるまい。〈私〉と「声」との関係は、表象や意味作用のそれではもちろんないのだが、「声」は〈私〉の置かれた具体的なコンテクストから自立したフィクションを形成することもない。だがそれと同時に「声」はまた、〈私〉にとってなんらかの役柄を演じているのであり、決してノイズへと解体していくこともないのである。

歴史に消すことのできない痕跡を残したような出来事についていわれる「表象不可能性」についてすら、事態は同様だろう。言語によっては近づきえない体験への（否定神学的な）敬意などではなく、残された証言に対しても、もちろん感情移入的に「理解」するのではないのだが、やはり自らの声を貸し出すことが要求される。谷口亜沙子氏がシャルロット・デルボについて、塩塚秀一郎氏がジョルジュ・ペレックについて語っているのは、自ら体験した、あるいはしていない出来事を喚起しながら、それを語ることはできないといわないための実践である。〈私〉は何が現実であるかを客観的に定めないままに、否応なく聞き取らずにはいられなかった声の群れに自らの身体を貸し出し、それらの声をつなぎあわせ、反復し、変奏しなくてはならないのである。

4　フィクション、ノイズ、ゲーム

繰り返そう。二〇世紀において文学は、外的世界の描写や自我の表出にとどまっていることはできず、フィクションの生成装置としての役割も他のメディアに（とりわけ映画に）かなりのところまで譲り渡してしまったが、かといって言葉を事物のように扱いながら、言語には表現できないはずのものをなんらかの奇跡的な造形によって呼び出そうと夢見ることにも限定されない。それは我々を取り巻いている無数のざわめきから立ち上がる音声を聞き取り、その音声に自らの声を貸し与える身振りでもある。だがこの声が、決して（マルタンのいうように、あるいはキットラーが望んだように）記述できない不定形の音塊に、要するにノイズの状態に還元されたり、そこにとどまったりするものではないという点に、あくまで固執しよう。すでに確認したとおり、イメージという「フィクション」に対立するノイズという「現実的なもの」があるのではなく、一方にフィクションが、他方に実在があるという前提そのものがフィクションであるからだ。ジョナサン・スターンの実証的な手続きが明らかにしていたのは、まさしくそのことだった。声を表象不可能なものとして表象してはならない。ノイズとはむしろ、声の可能性の条件なのである。インデックスとイリュージョンの対立というフィクションの外で、我々は「別の主体」の声を聞き取らねばならない。

狭義の文学を離れても、声をインデックス的ならざるあり方で用いるような実践は、おそらく二〇世紀を通じて遍在する現象だった。トーキー映画の発明がすでにそれであったが、その後この様態がいわば自然化＝イデオロギー化し、映画本来の姿と見誤られるようになってしまったときにも、たとえばアニメーションという領域は、声がイメージに対して事後的に与えられたものであることを思い出させ続ける。声を貸し与えることで主体を生成させる実践はさらに、「アフレコ」的な形においてだけではなく、二〇世紀の終わりごろには、ここで中田健太郎氏と新島進氏の考察の対象となっているヴォーカロイドのような形をすら取ることになるだろう。そのとき一九世紀後半に蓄音機が発明された当初は露出していた、そしてその後の歴史のなかで不自然なものとして抑圧されてしまった見方、すなわち機械によって再生される音声は実在する身体の一部ではなく、機械そのものの声であるとする見方が、「ハイ・フィデリティ」というフィクションの一世紀を越えて蘇ったと考えることもできる。ましてこの声を、新島氏はヴェルヌやヴィリエにおける別の主体への問いかけと、中田氏はブルトンが文字どおりノイズのなかから立ち上げた声と関連づけているとするなら、ヴォーカロイドの体験は、いまや文学史にとってさえ本質的な一要素になったといえるかもしれない。それは一九世紀末、当時は真実か虚偽かを決められないものとしてあり、そののち真実の領域から排除されてしまった声、幽霊やテレパシーの声――橋本、合田、伊藤の各氏、そして私自身もまたそれに触れている――

が、脱神秘化されて回帰した姿なのである。

二〇世紀文化の全体は、フィクションと「現実的なもの」という両極のあいだで構造化されていて、前者は映画によって、後者は音楽によって代表されているという図式を、私たちはひとまず採用したのだった。しかし同じ時期を通じて、「フィクションと現実的なものの対立」というフィクションの枠からはみ出てしまうような多くの実践が存在し、文学における声（とその主体）の回帰という現象も、そうした実践の一部だったといえる。――私たちの結論は、とりあえずそのように要約できるだろう。だが最後に総論という枠を多少踏み越えながら、もう一歩議論を進めてみたい。

ノイズのなかから聞き取られた声は、「現実的なもの」の匿名性から立ち上がってくるのだが、誰にも所属することのないフィクションとは位相を異にするのであり、そのとき生成してしまう〈あなた〉という主体は、ストーリーの決まっていない物語、〈私〉が恣意的に操作できないという意味で現実的ともいえるが、あくまで仮想的な性格を帯びてもいる、そんな時空間を生きてしまう。だとすればそこで生じている事態を、一つの「ゲーム」であると表現することもできるのではないか。

たしかにゲームはフィクションと隣接している。ゲームがなんらかのストーリーを必要としているだけでなく、フィクションもまたあらかじめ隅々まで決定されているとはかぎらず、常に読み手がさまざまな細部を顕在化することで作り変えられていくともいえるからだ。だが重要なのは、フィクションに対して特定の読み方を提出するのがどのような歴史的個体であるかが、フィクションの読解にとって関与的でないのとは異なって、ゲームの場合、誰がプレーヤーであるかは決定的だという点である。〈私〉も、〈私〉が立ち上げてしまう〈あなた〉も、固有名を持たねばならない。だからゲームは、「現実的なもの」とも接続されつつ、〈私〉の必然性として現れる。このとき〈私〉は宿命的に、ゲームがゲームであると知っていることと、それを忘れてしまうことの境界線上に、いつまでもとどまらねばならないだろう。ゲームの本質とはおそらく、フィクションと「現実的なもの」の対立というフィクションを踏み破ってしまうことである。

現実でもフィクションでもなく、また現実でもフィクションでもあるこの声の体験は、ある種の文学に限られるものではなく、二〇世紀全体を包みこむ決定的な体験だったかもしれない。おそらく「現実的なもの」の体現と見なされやすい音楽についてすら、同じようなことがいえる。キットラーもマルタンも、世紀のはじめに成立した音楽形態のなかにノイズそのものを読みこんだとき、重大な誤りを犯していたのではないか。彼らは録音されてしまうが記述できないもの（記譜できないもの）、ノイズのような叫びやうめき声、意味作用から解放されたスキャットの存在感のうちに、二〇世紀的な音楽体験の本質を見た。だがおそらく問題なのは、そうした意味での「現実的なもの」ではない。決定的なのは、記譜することはできてしまうにもかかわらず、差異を含んだものである。一人のギタリストが単純なリフを刻むとき、しかし私たちはしばしば、それを弾いているのがそのギタリストだと同定できてしまう。そのギタリストがそのリフを弾いたときにのみそこにあるもの、仮に「グルーヴ」とでも呼んでおく以外ないそれ、決してノイズではなく、反復することが可能で、模倣に対してすら開かれているが、模倣によってそこに達することは断じて不可能である何か、それこそが蓄音機によって可能となった体験の核心をなしている。

もちろん私たちはごく日常的に、声で人物を同定しているが、そのことともこれは異なっている。声の同一性が問題なのではなく、その声がある展開のなかで形作る一つの単位、「歌いまわし」といった曖昧な言葉で表現しておくしかない何かが問題である。たしかにこの「歌いまわし」、この「グルーヴ」は、蓄音機からのみ再生されるのではなく、生演奏でも聞き取れるものだろう。にもかかわらず、レコードが量産されるようになったとき、人が聞いたのは何よりもまずそれだったはずだ。リスナーが生演奏を聞きにコンサート会場に足を運ぶとすれば、それは決してノイズを聞くためではなく、この「記譜はできるが模倣できないもの」を聞くためではなかろうか。そのときレコードと生演奏はコピーとオリジナルではなく、一つの回路をなすのであり、レコードはもちろん生演奏の「表象」ではないのだが、生演奏という身体的なものの遺骸の一部などでもありえない。レコードは一つのパターンを与え、グルーヴを教え、形態でも不定形でもない形象（フィギュール）を構成する。我々はそれを模倣するというよりも、自らのなかで反復し、自らの身体を貸し出すことで音声を、別の主体を立ち上げる。近代を支配したとさえいえる複製技術が与えた決定的なものは、だからアウラの喪失ではなく、反復するたびに新たに生成するこの形象(フィギュール)の体験である。

二〇世紀とは映画とフィクションの世紀であるということも、現実的なものとしてのノイズの世紀であるということももちろん可能なのだが、フィクションでも現実でもない、反復される形象(フィギュール)とつきあう実践としてのゲームの時代であったということにもまた、同じほどの正当性がある。〈私〉はレコード・プレーヤーであり、ゲームのプレーヤーである。音楽についてはそれが特に見やすいが、文字どおりのゲーム（ビデオゲームなど）はおくとしても、マンガやアニメーションでのキャラクターの生成プロセスにはこの性格が露出しやすいし、コンテンポラリー・アートにもゲームとしてのあり方は深く浸透しているだろう。文学が声を（ふたたび）見出そうとしたのは、この時代、「ゲーム」に参加するための手段として決して優勢なものだったとはいえない言語芸術が、この体験に追いつくために打ち出した一つの賭けだったのかもしれない。

だがそれは、一か八かの賭けではあろう。自らを蓄音機として差し出し、再生されるレコードのなかから〈あなた〉が立ち上がってしまうのに立ち会うというこのゲームは、もし無防備に身を投じてしまうなら、作品という枠組みそのものを無効にしかねないからだ。そのとき文学作品はもはや、実験記録や告白、証言、走り書きとの差異を失う。だがあるいは「前衛的」な書記行為のなかで、ウェブ上で展開するある種の集合的な言語実践において、さらには人々の声を収集するジャーナリスティックな活動や、人類学者のフィールドでの記録、精神分析の症例研究、等々のなかで、その事態は事実、常に生起し続けてきた。だとすると、あるいはこういうべきかもしれない。「声」の体験とともに、すでに文学の時代は終わり、文学のようなものの時代がやって来ているのであると。

注

（1）ジョナサン・クレーリー『観察者の系譜——視覚空間の変容とモダニティ』遠藤知巳訳、以文社、二〇〇五年。

（2）蓮實重彥「フィクションと「表象不可能なもの」——あらゆる映画は、無声映画の一形態でしかない」、『メディア哲学』（「デジタル・スタディーズ」第一巻）石田英敬・吉見俊哉・マイク・フェザーストーン編、東京大学出版会、二〇一五年、一七―三九頁。

（3）たしかに後述するスターンの著作では、蓄音機の使用法として、当初は音楽の再生産と家庭内での音声録音の二つの可能性が共存していた事実が大きく扱われている。結果的に前者が優勢になったのは、社会的影響力の中心がヴィクトリア朝の中産階級から消費主義的中産階級に移行するとともに、室内空間に置かれる品物も、家族固有の記憶を証言するオブジェから大量生産品に移行したからだというのがスターンの説明だった。その意味で録音再生技術の民主化は、技術の黎明期、すでに限定的には実現していたが、その後ながらく放置されていたというべきかもしれない。ただしこれも後述するとおり、この「民主化」の放置が「ハイ・フィデリティ」の観念――再生される音声に強い身体性を認める発想――の普及・定着プロセスと軌を一にしていたとするなら、蓮實重彥の提出したヴィジョンは、結果的には正当化されていると考えられるだろう。

（4）ウォルター・J・オング『声の文化と文字の文化』桜井直文・林正寛・糟谷啓介訳、藤原書店、一九九一年。

（5）ジョナサン・スターン『聞こえくる過去――音響再生産の文化的起源』中川克志・谷口文和・金子智太郎訳、インスクリプト、二〇一五年。

（6）フリードリヒ・キットラー『グラモフォン・フィルム・タイプライター』石光泰夫・石光輝子訳、筑摩書房、一九九九年。

（7）Jean-Pierre Martin, *La Bande sonore*, José Corti, 1998.

（8）キットラー、前掲書、四一頁、九四頁。

（9）伊藤氏が声を貸し与える主体のあり方について、生まれながらのサイボーグとしての人間は外在化された情報処理システム（言語）によって自己生成するのだというとき、そのアイディアは、シャルル・クロの短編のなかに、人間の内的な情報処理系統のメタファー（実はメタファー以上のものともいえるが）としての録音技術を見出す福田氏のそれと近接したものであるように見える。

I

それは誰の声か——語り、身体、沈黙

貸し出される身体
——話すことと読むことをめぐって

伊藤亜紗

1　幽霊の目撃証言

しみ入る声

〝松尾芭蕉の「閑さや岩にしみ入る蟬の声」って、本当なの？〟

二〇一四年末に開催されたトークイベントの最中に、筆者はそう質問をうけた。(1)トークの相手は耳の聞こえない写真家、齋藤陽道。だからトークはすべて筆談によって行われ、その様子を書画カメラで撮影して観客に見せる形がとられていた。紙の上に書きなぐられた齋藤の文字を見て、筆者は一瞬、答えに窮してしまった。確かに「声」が「しみ入る」と芭蕉は詠んだ。それは一般にはあくまで比喩的な表現として理解されている。しかし齋藤が知りたがっているのは、比喩としての「しみ入る」ではない。声は本当にしみていくものなのか。あるいは少なくとも聴者にとってしみてくるような感じがするものなのか。これが齋藤の疑問である。

言うまでもなく、耳が不自由な齋藤は「声」が何であるかを知らない。もっとも、幼い頃は補聴器をつけていたので「音」を聞いた経験はあるのだが、補聴器をつけてもノイズがひどく、話しかけられても聞こえた内容に確信が持てない状況だった。相手の意思がすっと伝わってくる感覚がない。つまり齋藤は、他者の発した言葉を「音」として聞き分けることはできても、「声」としてそれを経験することは難しかったのである。

そこで齋藤は二〇歳のときに補聴器をつけるのをやめた。音声としての声を手に入れようとするのではなく、声と言いうる別の何かを見つけようと考えたのである。「声と言いうる別の何か」にアクセスするためのツールとして、齋藤がそのとき見いだしたのが写真だった。写真は視覚的なもの、声は聴覚的なものと分けて考えがちな健常者にとって、これはいささか突拍子もない組み合わせに思えるかもしれない。しかし齋藤にとってはそうではなかった。ファインダー越しに被写体とまなざしを交わし合うなかで、「物や人が内包している固有のリズム」に出会うことがある。それは「まなざしの声」ではないか、と齋藤は考えたのである。

興味深いのは、齋藤が自らの作品を展示する方法である。齋藤は、額に入れて壁にかける写真の一般的な展示方法に加えて、モニターやプロジェクターを用いて一枚一枚投影していくスライドショーの形式を併用する。特徴的なのは、スライドショーを行う際、ひとつの写真から次の写真に移行するときの残像時間がきわめて長く設定されることである。前の写真がまだ残っている画面上に、次の写真が重なり始める。見る者は、継起する写真たちを比較しながら、映画的な物語性や視覚的なリズムを、そこに見いだすことになる。

齋藤によれば、残像時間が長いことは、記憶のあり方に対応したものであると同時に、彼自身の聞こえの問題が関係しているのではないかと言う。あるものと別のものが重なり、しみていくこと。境界が溶け合い、ひとつになること。そこに声が関わっているのではないか、というのがその筆談を通して私たちが見いだした仮説だった。

冒頭に引用した芭蕉の句についての質問も、こうしたやりとりのなかで生まれた。筆者は数名のろう者にインタビューを行ったことがあるが、しばしば話題になるのが、聴者と「一体感」を感じにくいということである。複数のものがお互いに「しみる」こと、ひとつになることに声が関係するのであれば、齋藤はイメージの重ね合わせという仕方で、この欠如を埋めていることになる。先の「物や人が内包している固有のリズムとしての声」という規定も、ファインダー越しにそれをとらえる経験は、まさに対象と私が言語を超えて重なり合うことだと言うことができるだろう。

もちろん「蟬の鳴き声が岩にしみ入る」という芭蕉が描き出すイメージは、蟬の「声」という表現においても、それが「しみ入る」という表現においても、やはり比喩にすぎない。けれども、比喩は経験や実感と無関係なところに生まれるわけではない。文字どおりのAと比喩的にAと語られたもののあいだには、常に意識されるわけではないとしても、何らかの紐帯が存在する。「蟬の声がしみ入る」という比喩が成立するのは、私たちが普段の生活のなかで人と声を交わすときに、まさに「しみてくる」ような感じがすることを、身体感覚として知っているからに他なるまい。

文学テキストの声？

本稿で扱うのは、まさにこうした紐帯の問題である。すなわち、しばしば比喩的に語られる「文学テキストの声」と、私たちが声帯を震わせることによって発する「文字どおりの声」の関係を明らかにすることである。ただし、ここで言う「文学テキストの声」とは、芭蕉の句に含まれるそれのような、個々のテキストに表現として登場する「声」ではない。そうではなく、文学テキストというものが本質的に持っているとされる「声」と呼びうる性質について、それを文字どおりの声と比較することが本稿の目的である。それは文学的というよりメタ文学的な問いである。求められるのは文学を含む人間の営為全体を対象とする哲学的な視点だ。したがって本論は、特定の文学者の「声」概念を明らかにするものではなく、なぜさまざまな文学者たちが文学における「声」について語っているのか、あるいはさまざまな文学者たちをして「声」について語らしめる文学の本質があるならばそれは何か、その経験的な基盤について明らかにしようとするものである。

実際、きわめて多くの文学者たちが、文学テキストが持つ「声」について語っている。もっとも、そこで語られる内容は、書き手によって実にさまざまだ。たとえばヴァレリーにとって声は、「声が純粋詩を定義する」とまで言われるほどに詩の価値を左右する本質的な要素であり、声の有無やその質は、ラシーヌやユゴーらの作品を評価する試金石にさえなっている。「ポリフォニックな対話」を主張したバフチンの場合、声は作品中の登場人物と結びついているが、「声の脱受肉化」を語るブランショの声はそのような人格的帰属先を持たない。「読書後まで持続する作家特有のリズムを利用してしゃべる」ことについて語るときのプルーストのように、作る経験に関わるムーサ的な声もある。

このようにさまざまな文学者たちがさまざまな意味で文学テキストにおける声について語っているわけだが、あらためて考えると、これはずいぶんと奇妙な事態である。なぜなら書かれたものは、その成立の過程で、とっくに声を失ったはずだからだ。書くことによって、人は自らの声帯を震わせずとも、複雑な意味を他者に伝達することができるようになった。語り手の身体を離れて、時間と空間を超えて旅をすること。これこそ書かれたものの本質であったはずだ。にもかかわらず、失ったはずの声をそこに感じてしまう——それは「奇妙」というよりむしろ「不気味」と言ったほうがいい経験である。

言うまでもなく、人類の歴史においては、書き言葉に先立ってまず話す行為があった。その後多くの文明において文字が発明され、それとともに読む行為が誕生した。古代ギリシャでは、読むことが発明されたのは、遅くとも紀元前九世紀頃までさかのぼることができると言われている。[2] 初め、読むことはもっぱら音読によってなされていた。すべての単語がスペースなしで続けて書かれていたため、単語のまとまりを把握し、意味を理解するためには、声に出して読む必要があったのである。やがて紀元前五世紀頃になると、表記法の洗練とともに声に出さないで読む行為、つまり黙読が発明された。[3] 発話から音読へ、音読から黙読へというこの変化は、いわばメッセージが徐々に声を失っていくプロセスである。音読においては、読み手の声はあるがメッセージの発信者の声は不在になり、黙読においては読み手の声さえ介在しない。それにともなって、行為は次第に個人化し、ウォルター・オングの言うように人間の内面化が促されたように見える。[4]

文学テキストにおける声は、人間のコミュニケーションの歴史をめぐるこうした一般的な理解に対して、真っ向から対立するものである。なぜなら、それは、書かれたものが声との紐帯をいまだに保持しているということを証明することになるのだから。だとすれば文学における声とは、テキストに取り憑いている幽霊のようなものだ、ということになろう。確かに、先述のヴァレリーをはじめとするさまざまな書き手の言説は、さながら幽霊の目撃証言のようである。彼らは、たとえば「ミメーシス」のような文学上の概念としての「声」に言及しているのではなく、自らが実際に経験したことや感じられた質について語るために、それを「声」と名指しているのである。死んでいるはずのものが実は生きていたのだ。

本稿の目的は、したがって、文学テキストの持つこうした幽霊性、すなわち文学テキストとそれが失ったはずの声との関係を解明すること、と言い換えられる。この関係は、対応する行為に言い換えるなら、「(声に出して) 話すこと」と「(声を使わずに) 読むこと」の関係である (「聞くこと」と「読むこと」の関係ではない、という点については後述する)。「話すこと」と「読むこと」という全く異なる行為が、いったいどのような点で似ていると言うのか。黙って文学テキストを読む行為のうちに、いかにして声が介在しうるのだろうか。

この問いは、もうひとつのちょうど逆向きの問い、すなわち私たちが発したり聞いたりする物理的な声は、本当に声なのだろうか、という問いとセットになっている。というのも、私たちはきわめて容易に、生を持たないもののうちに生を、身体を持たないもののうちに身体を見いだすからだ。たとえば二〇一三年に公開されたスパイク・ジョーンズ監督の映画『her/世界でひとつの彼女』では、人工知能型OSと恋におちる中年男性の姿が描かれる。この人工知能型OSは、パソコン内に記録されているメールや書類、買い物の履歴などからユーザーの好みを完璧に理解したうえで、ウイットに富んだ会話を音声で行う能力がある。言うまでもなく、この人工知能型OSが発する音声は、人間のそれと同じ意味での声ではない (本質的には限りなく似ているのだとしても)。OSは、演算によってはじき出された文字列を音声に変換しているだけである。にもかかわらず、その音声を聞いた人はそれを「声」と認識する。それは、身体を持たない、まさに幽霊の声である。(5)

身体を持たない声である、という点で、人工知能型OSの声は文学テキストの声に通じるものがある。だとすると声と身体の分離は、現代のテクノロジーによって初めて生じたものではなく、テキストというものが成立したはるか昔から存在していたと言えるのかもしれないし、そもそも幽霊化することが、声の本質に含まれていたのかもしれない。こうした問いに答えるために、以下では、さまざまな書き手の「証言」を集めながら、この幽霊の声について考えていくことにする。

2　話す声と転がる私

思考はしゃべると同時にわくものだ

芭蕉が詠んだように、声が「しみ入る」ものだとして、そこで起こっているのはどのような出来事なのだろうか。しみ入るものとしての声の性質について考えを深めるために、いったん文学を離れて、複数の人が会話をする場面を手がかりにしてみよう。

岩やイメージとは違って、人は時間的な存在である。過去の記憶と未来についての予期を携えながら、人の思考や状態は刻々と変化していく。劇作家のハインリッヒ・フォン・クライストは、時間的な存在としての「私」に声が与える影響について、いささかユーモラスに論じている。クライストによれば、声には私たちの思考を促進し、生み出す力がある。「食欲は食べると同時にわくものだ」というフランスの諺にあるように、「思考はしゃべると同時にわく」と言うのである。

クライストが具体例としてあげているのは、フランス国民議会第三身分の議員であったオノーレ・ガブリエル・リケティ・ミラボーが、革命前夜の一七八九年六月二三日の議場で切った「啖呵（たんか）」である。御前会議が終わり、王は各代表者に散会するように命じていた。ところが代表者たちがまだ退場しようとしなかったので、式部官が戻ってきて「君たちは陛下の命令を聞いたのか」と言った。これに対し、ミラボーは憤然と「我々は国王の命令を聞いたとも」と反論する。そしてかの有名な演説を始めた。クライストの記述では、その演説は次のような内容であった。「確かに、式部官、命令を我々は聞きました。しかしどういう権利があってあなたは、ここで我々に命令の話など持ち出すのだ。我々は国民の代表者たちなのだ。国民は命令を与えるが、どんな命令も受けはしない。しかも私の気持をはっきりとあなたに説明しておくために、王にあなたから伝えて頂きたい。銃剣をつきつけられない限りは我々はこの場を退くつもりはありません、とね(6)」。

国王との直接対決をも辞さない姿勢をあらわにしたこのミラボーの「咳呵」について、クライストは、それを述べ始める冒頭の段階では、「結末をしめくくる銃剣のことなど考えてもいなかったのだ、と私は確信する(7)」と分析する。演説を続けるうちに「鬱勃とした反論の泉」がわき出し、「必要としていた言葉」が見いだされ、銃剣を交える覚悟だという「反対のありったけを吐き出せる言葉」を思いついたと言うのである。歴史の流れを変えた演説を一人の人間の内部で起こった生理現象のようなものとして語るこうした解釈には、クライスト特有の人間観が濃厚に反映されていると言えよう。そうだとしても、他者を前にして語ることで、思考がおのずと出来上がっていくこと自体は多くの人が経験することではないだろうか。

クライストは、「もし君が何かを確かめたがっており、それを瞑想によって見つけ出すことができないような場合には、〔……〕君の頭に浮かぶ知人のうちで一番近しい相手とそのことを話題にするようにすすめたい(8)」と言う。その相手が気の利いた応答をなしえない人物であってもかまわない。他者を前にして自分の考えを声に出して話すと、その存在があるだけで、あるいは自分の声を聞くだけで、思考が刺激され、一人では考えつかなかったような思考が「わいて」くるのである。

転がり出ることによってのみ、生成していくボール

「しみ入る」と「わく」。文字通りに対応させるならば、「しみ入る」は声を「聞く」ことに、「わく」は声を発することに対応している。相手の声が「しみ」て、その結果として「わく」ことを今度は声にして話す。「しみる」と「わく」がフーガのように追いかけ合う出来事が、「会話」である。

声によって促される私の自己生成的なあり方を、詩人のマドリン・ギンズに倣って、「生成していくボール」と形容できるかもしれない。ただし、それは転がり出ることによってのみ生成するボールである。ギンズは、ヘレン・ケラーと荒川修作について論じた文章においてこう記している。「声とは、何かが述べられるという過程で、一つにまとまっていく一個のボール――転がり出ることによってのみ、生成していくボールである。あるいは声は沈殿物なのか。もしくは、私の動き全体の〔……〕沈殿物の連鎖なのか」[9]。声を交わしているかぎり、私は不変ではありえない。仮にそれが講演のような一方通行の語りかけであったとしても、他者を前に話し、その内容がいったん私を離れて公共化されているという自覚があるかぎり、その声はふたたび私にかえってきて私の思考や感情を触発するだろう。それは転がるボールのように不安定で、私が私の手を離れていくような状態である。声によって私のうちに質的な差異が生み出されるのであり、その新鮮さや違和感が、私の自己生成を促していく。声は、内的対話状態にある私の安定性とは本質的に異なっている。

映画『her／世界でひとつの彼女』において、人工知能型OSの発する音声を主人公がまぎれもない「声」だと感じたのも、その内容が用意された一文の「出力」ではなく、主人公の入力（発話）に触発されてわき出した「応答」であると信じるに足るものだったからに他ならない。しかも、このOSは、主人公の入力に対して「応答」するのみならず、世界そのものに対しても「応答」する。たとえば「遊園地」というものについて、OSは概念としては知っていても、実際にそこに行って遊具等に乗ったことはない。OSにとって、世界におけるあらゆる経験が――仮にそれが「経験」と呼べるのであればだが――、フレッシュなおどろきに満ちている。そのおどろきこそ、主人公にとって「同じ時空間を共有している」という錯覚を与えるものであり、音声を声と錯覚させるものに他ならない。

3　人間は生まれながらのサイボーグである

ところで、自分以外のものとの関わり（＝しみ入る）を通して自己生成していく（＝わく）という開放性は、哲学者のアンディ・クラークによれば、まさに人間の身体の本質を規定する特徴である。そして、この「しみ入る‐わく」の開放性を指して、人間は「生まれながらのサイボーグ natural-born cyborg」であるとクラークは言う。サイボーグと聞くと、一般的には、外部装置と電気的に接続された身体のことを思い浮かべるかもしれないが、クラークの言うサイボーグは必ずしもそのようなものではない。サイボーグの原義は「サイバネティック・オルガニスム」であり、情報処理の再帰性という観点からとらえるならば、それは必ずしも「ハイテク」である必要はないのである。「人間の脳の特殊性、そして人間の知性ならではの特徴を最もよく説明するものは、非生物学的な構築物や物、補助具との深く複雑な関係に入ることができる、ということである。この能力は、しかしながら、ワイヤーとインプラントの溶け合いによって可能になるのではない。情報処理における溶け合いに対して人間が開かれているからこそ、それは可能になるのである[10]」。マクルーハン的な人間の拡張は、そもそも人間が拡張可能性を備えた存在だからこそ可能になる、というわけだ。

たとえば鉛筆を使って文字を書くとき、人はその鉛筆をあたかも自分の身体の延長であるかのように扱うことができる。鉛筆の先を紙に触れさせれば、まるで鉛筆の先に触覚が存在するかのように、紙の質感を感じることができる。まさに鉛筆が身体に「しみ入る」ことで、あるいは身体が鉛筆へと「しみ出す」ことで、「書く」という動作が可能になるのである。自分にとって外的な存在とのあいだに複雑な情報処理のシステムを構築できるという人間の性質こそ、クラークが「サイボーグ」と呼ぶものであり、こうした能力こそ人間を他の動物から区別し、複雑な道具を使うことを可能にしているものである。「私達の道具の多くは、単なる外的な物や補助具ではなくて、私達がいま人間の知性だとみなしている問題解決システムの深く統合された一部なのだ[11]」。

人が鉛筆を使うことと、他者の存在に触発されて思考がわくことをパラレルに扱うことはあまりに乱暴と思われるかもしれない。もちろん、鉛筆と人間は等価なものである、と言いたいのではない。生身の他者と関わるときには、鉛筆の場合とは違って、特殊な倫理的態度が要求されるものである。しかしながら、情報処理の構造という点に関して言えば、鉛筆が相手であれ、生身の人間が相手であれ、私の開放性は「しみ入る‐わく」構造を作り出している。

自分以外のものと深く複雑な関係を構築しながら、自己生成していく存在。そのような視点でとらえるならば、いずれの場合も、人間の開放性、すなわちサイボーグ性を言い当てた事例であると言うことができる。

人間のこうしたサイボーグ性は、裏を返せば、人間が自らの情報処理システムを部分的に外在化しうる、ということを意味している。たとえば、一度に数名分の注文をうけたバーテンダーは、すべての注文を覚えておく代わりに、対応するカクテルグラスを自分の前に並べる。記憶という知性の働きを、カクテルグラスの順序という外的な存在によって代理させているのである。

情報処理システムを外在化させるために人間が生み出したもっとも強力な道具は、言うまでもなく言語であろう。言語は、サイボーグたる人間にとって、自己生成するための最大の相手であり、かつ道具である。加えて言語は、書き込まれ、テキストとなり、複製されて大量に流通することで、その伝達の道具としての役割を飛躍的に増大させた。時間と空間を超えたところまで、情報を送りとどけることができるのである。だとすれば、書店で本を買い、それを読むことは、まさにサイボーグたる人間らしい自己生成の営みである、ということになる。

4　読む私と貸し出される身体

理解と同化

読む行為のこうしたサイボーグ的な側面を考えるうえで示唆的なのが、ヴァレリーが展開する言語コミュニケーション論である。言語によるコミュニケーションの特徴を分析するために、ヴァレリーは、有史以前のはるか昔、言葉が発明されたときまで時代をさかのぼる。ヴァレリーによれば、人間が言葉を獲得する前の時代に行っていたコミュニケーションの方式、すなわち「身振り」によるコミュニケーションの方式こそ、いまなお言語的コミュニケーションのうちに残存し、密かにその本質を規定しているものである。「身振りによって自己を表現しようと試みること。これは（通常の）言語の本質に触れること[12]」なのである。

身振りによってコミュニケーションを行うとはどういうことか。身振りがコミュニケーションの道具として役立つのは、人間には「模倣衝動」があるからだとヴァレリーは言う。コミュニケーションとは「二者の類似性〔……〕を利用して彼らのあいだに想定された差異を伝えること」[13]であるとヴァレリーは言うが、この模倣衝動こそ、コミュニケーションに必要な「類似」を作り出すものである。相手が行っている身振りを自分も行うこと、あるいは実際に行わなくとも行いうること、そのことが相手を理解するうえでは必要だとヴァレリーは言うのである。別の言い方をすれば、ある身振りは自らをまねるように要求している、ということになる。

ヴァレリーによれば、身振りが洗練されて言語が成立したあとも、この要求は本質的に言語のうちに残り続けている。「私が記号としてやることを実際にやれ」[14]と言語は要求していると言うのだ。もちろん、読者が行う模倣は、実際に手や足を動かすようなものではない。それはあくまで潜在的に他者の状態をトレースすることである。ヴァレリーはこれを「同化」と言う。テキストを理解するためには、読み手は、「想定されたテキストの書き手」――あくまで「想定された」書き手であって、現実の書き手とは一致しないし、その内実は多層的であろう[15]――と潜在的に同化することが必要だとヴァレリーは言うのだ。「拒否したり、反論したり、否定したりするためにも、まず《理解》することが必要である。《理解》する、すなわち同化すること、自己を他者の状態にすることが必要である」[16]。テキストを書き手の精神の一定時間内の変化の「記録」ととらえ、それを自ら「再生」してみること、書き手が言葉を発したプロセスを、その背後にある精神状態を含めて追体験し、自ら言葉を発してみること。テキストを《理解》するためには、こうした積極的な受動とでも言うべき模倣の契機が介在しているとヴァレリーは言うのである。

声の引き渡し

ジェスペル・スヴェンブロは、同様の「同化」を、古代ギリシャの音読の習慣に関して論じている。黙読が発明される前、テキストは読まれることを待っている不完全なものとみなされていた。それが意味を持つためには、読み手がそれに「声」を与える必要があった。ここでの読み手の役割に関してスヴェンブロが注目するのは、古代ギリシャにおいて、テキストを音読する仕事はいかがわしい仕事とされていた、という事実である。実際、その仕事はしばしば奴隷に委ねられていたという。なぜか。読むことは書かれたもののために自らの身体を貸し与えることであり、自由人としての条件に真っ向から反する行いだからである。スヴェンブロは言う。「読むこととは、自分の声を書かれたもののために（最終的には、書き手のために）役立てることに他ならない。読んでいる限りは、自分の声を相手に引き渡しているのである。書かれたものが音声を手に入れるということは、読んでいるあいだは、読み手の声は読み手自身のものではないことを意味する。読み手は声を相手に引き渡しているからである。声は書かれたものにその身を委ね、それと一体となる。したがって、読まれるということは、時間と空間がどれほど隔たっていようとも、相手の肉体に力を及ぼしていることに他ならない。読んでもらうことに成功した時、書き手は他人の発声器官に働きかけ、それを意のままに用いている[17]」。

　すなわち古代ギリシャにおいて音読は、スヴェンブロによれば、「声の引き渡し」とでも言うべき奴隷的な行為とされ、自由人にふさわしい主体性の喪失として理解されていたのである。読むことをめぐるこうした考え方がよくわかる例として、スヴェンブロはさらに、壺や墓に刻まれた銘を例にあげる。紀元前六世紀頃までの銘は、その物（壺や墓）を一人称とするような書き方がなされていた。すなわち〈私はグラウコスの墓である〉〈クレイマコスが私を作った〉といった具合にである。壺や墓は声を出すことができない。しかし奴隷が自らの発声器官を壺や墓に譲渡することによって、それらの物は話すことができるようになるのである。こうした銘を読む読み手は、「自分のものではない物体を「私」と称することになる。〔……〕読み手は、こうすることでようやく、書かれた物に実際に奉仕し、発声器官を、つまりは自分の肉体を、声を引き渡すことになる[18]」。読むことが物の代理人として話すことであるとすれば、それは構造的には、時空を超えて、物に話させようとした書き手（壺や墓の作者）の意図の道具に、客体になることである。

　つまり、我々の議論の本題に戻るならば、「テキストの声」と言うとき、その声は必ずしも「テキストのうちには声がある」ということを意味しない、ということである。黙読は一見すると受動的な行為に見えるため、「テキストが自ずと語りだし、読み手は、その語りに耳を傾ける」というふうに理解されがちである。確かに音読と比べれば、読み手の目に見える行為は減少している。しかし、だからといって黙読の発明を「テキストによる声の獲得」「読み手の受動化」とみなすのは早計であろう。[19] 読み手の仕事は、「聞くこと」ではなくて「話すこと」、自らの声をテキストに与えることなのである。放っておいても意味が立ち現れるほど、テキストは読み手から自立した存在ではない。黙読する人は、テキストの声を「聞く」のではなく、自らの身体を使って「話して」いると言うべきだろう（これが本論で声を「聞く」場面ではなく「話す」場面に焦点をあててきた理由である）。テキストは、まさにサイボーグたる人間が、その開放性をもって同化することによって初めて成立するものなのである。

5　沈黙は存在するか

最後に本論の議論をまとめつつ、社会において、とりわけ現代の社会において、文学的な「声」がどのような意味を持つのか考えておこう。

まず文学における声という現象は、芭蕉の言い方に倣うなら、まさにテキストが読者の身体へと「しみ入り」、身体がテキストへと「しみ出す」部分に起こるものである。その声に刺激されて、私のうちには思考や感情が「わく」だろう。声は、それ自体を単体で取り出しうるようなもの（幽霊）なのではない。それは関係的なものであり、人間が己以外の存在と結びつきながら自己生成していく、そのサイボーグ的な性質のあらわれなのである。実際に人と会話をする場合と同じように、あるいは道具を使う場合と同じように、テキストを読む場合においても、人間が自らの身体を対象に対して貸し出し、両者が同化するとき、声が生じる。このような同化は、ヴァレリーによれば、コミュニケーションが成立する条件に他ならない。

こうしたサイボーグ的な「しみ入る‐わく」の開放性を持つ人間のあり方はしかし、スヴェンブロが指摘したように、人間的な自由の規範からすると、奴隷に等しいものであった。スヴェンブロが論じたのは古代ギリシャに関してだったが、近代的な主体にとっても、同じことが言えるだろう。人間の主体性が、ただひたすら外的な存在と結びつくネットワークの中にしみ入って溶解してしまう状態。声は、自律を重んじる近代的人間像にとっては否定すべき、しかしどこか悪魔的なものである。

そうだとしても、電子的ネットワークの中にどっぷりつかった生活を送っている今日の都市に生きる人びとにとって、そのようなネットワーク的な人間像はますますリアリティを持ち始めている。そのような意味で、現代の社会はまさに声にあふれている、と言うべきだろう。町を歩いていても、食事をしていても、SNSを通して遠くの友人からメッセージがひっきりなしにとどく時代。さまざまな声が、我々の身体にはたえず流れ込み続けている。確かにそれは、ある意味で、クラークの言う人間の情報処理の本質的特徴が開花した社会なのかもしれない。仮にそうだとしても、我々の社会が、そのような声の氾濫を肯定するかどうかはまた別の問題である。声は私のうちに差異を作りだし、ときに私を引き裂く。だとすれば、ときには沈黙が必要な場合もあるだろう。

たとえばアメリカの文学者、キャサリン・ヘイルズは、ウィリアム・バロウズのカットアップ等の試みに、声を否定して沈黙を手に入れようとする意図を見いだしている。バロウズにとって言語は「ウィルス」であった。それは外部からやってきて、私たちにモノローグをさせ、モノローグを通して、私たちを外的な規範にあわせて作り変えてしまう。ヘイルズによれば、バロウズは、そうしたモノローグをやめさせるために、さまざまな機械的な方法でそれを寸断したのである。「モノローグには社会がその構成員に信じ込ませようとする物語が織り込まれている。つまりモノローグは自己成型に加えて自己教訓としての役割も持つのだ。バロウズは、モノローグをテープに録音したり、録音したものをさまざまな操作にかけることで、モノローグを外化、機械化し、そうすることで内的なモノローグをやめることを提案したのである」[20]。

外的な規範の侵入としてのモノローグを排除し、無音の自己を獲得するための機械的手段。山形浩生が指摘するように、それは結局、ノスタルジーしか生み出さなかったのかもしれない[21]。結局、沈黙を手に入れようとする試みは、失敗を運命づけられているのだろうか。

だとしても、バロウズが発した問いは、現代の社会においては非常に「重い」ものである。我々の社会は、声とどのようにつきあっていけばよいのか。声は私を転がらせる。それは本論で論じたようにアクティブな生成変化であるが、同時に私が溶解する事態でもある。マクルーハンに倣って、それを「麻痺」と呼んでもいいだろう。「中枢神経系が拡張され外にさらされるときには、我々はそれを麻痺させなければならない。さもなければ死のみである。かくして、不安の時代、電気的メディアの時代は、無意識と無感動の時代でもある」[22]。声という現象が私たちにもたらす活力と、それがもたらしかねない破壊力。声と身体の分離が、現代のテクノロジーによって初めて生じたものではなく、テキストというものが成立したはるか昔から存在していたのであるならば、それをマネージする知恵をさぐることは、今後の文学研究の大きな課題でもあるだろう。

注

（1）筆談トークイベント「齋藤陽道×伊藤亜紗　声の居場所」での対話の記録は、筆者のサイトで読むことができる（二〇一五年五月現在）。本文中の齋藤の発言はすべてこの対話での発言から引用したものである。http://asaito.com/research/2014/12/post_20.php

（2）Bernard Knox, "Silent Reading in Antiquity," in *Greek, Roman, and Byzantine Studies* (Duke University), vol. 9, no. 4, 1968, p. 432–435.

（3）*Ibid.*

（4）Walter J. Ong, *Orality and Literacy*, London, Routledge, 2002, p. 149–150.

（5）映画では、ＯＳが話す声は女優が担当している。つまり人間が機械にアテレコした状態である。したがってこの事例は、テクノロジーの声という問題について考えるのには不適切ではないか、という批判がありえるかもしれない。しかし、ＯＳの音声が生身の人間によって話されたものだという事実は、本稿の問いに影響を与えるものではない。なぜなら、本稿で問題なのは「ＯＳの音を聞いてそれが生身の人間によって発せられた声だと認識できるかどうか」ではなく、「ＯＳの音を聞いてまるで生身の人間が話しているかのようだと錯覚するかどうか」だからである。映画『her／世界でひとつの彼女』を見る観客は、ＯＳの音が女優によってアテレコされたものだという制作プロセスを知ったうえで、それをＯＳの声だと錯覚しうる。

（6）クライスト「思考を練りながら考えること」佐藤恵三訳、『クライスト全集 第1巻』沖積舎、一九九八年、四四八－四五〇頁。ただし、『クライスト全集』の注釈によれば、これは『ミラボー著作全集』に依拠したものとされているが、全集に掲載されている演説とは異同がある。

（7）前掲書、四四八頁。

（8）前掲書、四四六頁。

（9）マドリン・ギンズ／荒川修作『ヘレン・ケラーまたは荒川修作』新書館、二〇一〇年、二四頁。

（10）Andy Clark, *Natural-born cyborgs : Minds, technologies, and the future of human intelligence*, NY, Oxford University Press, 2003, p. 5.

（11）*Ibid.*, p. 5-6.

（12）P. Valéry, *Cahiers I*, éd. Judith Robinson-Valéry, Gallimard, « Bibliothèque de la Pléiade », 1974, p. 410.

（13）*Ibid.*, p. 468.

（14）*Ibid.*, p. 461-462.

（15）「署名、出来事、コンテクスト」（一九七一）等のテキストでデリダが展開したように、書かれたものはその発信者から切り離されてさまざまな文脈に入りうるものである。したがって、読み手が同化する書き手は、必ずしも実際にそのテキストを書いた書き手と一致してはいない。また、意味を理解する際には、読み手固有の記憶や経験との結びつきがあるし、そもそも意味の成立そのものが言語の体系そのものに依存している。ヴァレリーによれば、マラルメは詩のなかで話しているのは「言語そのもの」であるという見解を持っていた。これに対しヴァレリー自身は、「言語」の声というよりは、声から生まれた「言語」（le *Langage* issu de la *voix*, plutôt que la *voix* de *Langage*）」（*Ibid.*, p. 293）が詩のなかで話しているのだという考えをためらいながら示している。

（16）*Ibid.*, p. 468.

（17）J. Svenbro, « La Grèce archaïque et classique », in *Histoire de la lecture dans le monde Occidental*, Seuil, 1997, p. 56.

（18）*Ibid.*, p. 58.

（19）まさにスヴェンブロ自身が、この誤りを犯している。「頭のなかで読む者には、自分の声を介入させて書かれたものを活性化したり再活性化したりする必要はない。書かれたものが単に自分にしゃべりかけてくると思われるからである。黙読する者は書かれたものに聞き入るのだ」（*Ibid.*, p. 67）。「文字は自分のほうから進んで読まれる、いや語られると言うほうがよいだろう。〔……〕書かれたものにはしゃべる能力があり、読み手の声が介入しないでも、既に声を得ているのである。読み手はただ、自分の内面で、耳を傾ければよい」（*Ibid.*, p. 67）。

（20）Katherine Hayles, *How we became posthuman : virtual bodies in cybernetics, literature, and informatics*, Chicago, The University of Chicago Press, 1999, p. 211.

（21）山形浩生『たかがバロウズ本。』大村書店、二〇〇三年、四二頁。

（22）Marshall McLuhan, *Understanding Media : The Extensions of Man*, Cambridge, MIT Press, 1994, p. 12.

消えゆく声

——ロラン・バルト

桑田光平

聞こえるのは永遠に黙している声の靄（フィリップ・ジャコテ）

1　声と意味

声を聞くことは、絵を見るのと同じくらい不確かなことなのではないだろうか。オルテガ・イ・ガセットは同時代の新しい芸術の傾向を論じた「芸術の脱人間化」（一九二五）の中で、「絵を見る」という単純に思える行為が含む錯誤を、アルベルティ以来の「絵画」とは「開いた窓」であるという喩えをおそらくは念頭に置きながら、次のように述べている。

何かものを見ようとする場合、われわれは視覚器官をある特定の方法で調節しなければならない。この調節が適切でない場合は、ものは見えないか、見えたとしてもぼけてしまう。窓のガラス越しに庭を眺めている姿を思い描いていただきたい。その場合われわれは、視線がガラスの所で止まらずに、ガラスを突き抜け、花や茂みのところで焦点を結ぶように調節するだろう。見ようとする対象は庭であり、視線はまっすぐそこまで延ばされるから、視線はガラスを素通りしてガラスの存在には気づかない。ガラスが透明であればあるほど、われわれがガラスを見る度合いは低くなる。しかし努力をすれば、その庭を無視し、視線を後退させてガラスの所で止めることもできる。その場合庭そのものはわれわれの視界から消え、われわれに見えるのはガラスに貼りつけられたような、混然とした色の塊(かたまり)だけになるのである。このように、庭を見るということと窓のガラスを見るということは両立しえない二つの操作であり、一方が他方を排除するとともに、それぞれ異なった視覚調節を必要とするのである。[1]

改めて確認するなら、アルベルティはその『絵画論』(一四三五)の中で絵画を「開いた窓」に準えて次のように述べていた。「私は自分が描きたいと思うだけの大きさの視覚のわく〔方形〕を引く。これを、私は描こうとするものを通して見るための開いた窓であるとみなそう」[2]。さらに、面を線によってとり囲み、それを彩色する際に、画家は「面の上に見られたものの形を、表すことだけに努めるべき」であり、「ちょうど透明なガラスの上に描く」ように心がけるべきだとも述べている。[3]アルベルティがガラスを純然たる「透明性」とみなして文字通りそこを通過したのに対し、オルテガが近代建築における代表的な素材としてのガラスにわれわれの注意を向けたことは興味深い。産業革命後、大量生産化が進み日常生活の中に浸透していったこの素材が人々の知覚にどのような変容をもたらしたのかは一考に値する問いかもしれない。ともあれ、オルテガの主張は、ガラスというメディウムの「透明性」神話を解体することにある。私たちは絵を見るという行為を、そこに描かれている内容を「読む」という行為にすり替えているのであり、線や色や素材などをガラス窓のように「透明」なものとして見ないでいる。その上で、オルテガは、多くの人間が絵から読みとる意味はすぐれて「人間的」なものであると述べている——「大多数の人は〔……〕作品に暗示されている人間的現実に執着し熱狂するのである」[4]。絵画が抽象への道を歩みはじめた時代にあって、そのことの意味を歴史的に理解するため、オルテガは抽象へ至るまでの絵画を以上のように説明した。それはつまり、写実的な、現実のイリュージョンを与えるこれまでの絵画において、人間は絵そのものではなく「人生の抜粋」を見ていたに過ぎないという診断である。絵画はそのようなイリュージョンを捨て去り、透明だと信じられてきたメディウムそのものに鑑賞者の目を向けさせるようになった。「何ごとかを意味している限りにおいて、世界は《人間の》世界なのだといえる」[5]ならば、それ自体意味があるわけではない線、色、コンポジション、素材などへと注意を向けさせる抽象絵画への道は、人間的な意味からの脱却であり、「脱人間化」ともいえる。いずれにせよわれわれにとって重要なのは、後のクレメント・グリンバーグのモダニズム絵画論に通ずるような、メディウムに焦点を合わせるという姿勢であり、ガラス窓は「透明」だから見えないのではなくて、「透明」だけれども「努力をすれば」見ることはできるという、オルテガの発想である。

声についてはどうだろう。私たちは声を聞いているのだろうか。声ではなく、その声が運ぶメッセージ（意味内容）のほうに、私たちの耳はもっぱら向けられているのではないだろうか。もちろん、こうした問いは、声とメッセージが截然と分離できるということを前提とした粗雑な物言いにほかならないが、それでも、絵画と同様、たとえば未来派のマリネッティの詩やその後の音響詩などの試みに典型的なように、二〇世紀のいくつかの前衛文学も意味内容から手を切って、声というメディウムの純粋性に焦点を当てたことは事実である。しかし、声は絵画のメディウムとは異なり、それ自体すぐれて「人間的なもの」だといえる。それは、人間以外の生物や機械などが発する音が声ではないという意味ではなく、多くの人々が日常的に声を通じて意思の疎通を行っているというごく端的な理由から「人間的」なのだ。たとえ言葉にならない「叫び」や「呻き」のようなものであっても、その声は悲しみ、苦痛、怒り、歓喜などの意味を否応なく帯びてしまう。声が意味から手を切ることなどほとんど不可能な話なのだ。では、耳が意味ではなく、意味よりも声そのもののほうに注意を向けるのはどのような時だろうか。それはたとえば、日常的なコミュニケーションがうまくいかない時、相手の言っていることが分からない時ではないだろうか。街で自分の知らない外国語を耳にした時、人は不意に音楽を聞いているような感覚を覚えることがある。その音楽が心地よいこともあれば、耳障りなこともあるが、いずれにしても耳に入ってくるのは、声の調子、抑揚、響き、息づかい、つまり、こういってよければ、声がもっている身体性の次元、声の身振りのようなものだろう。外国語の翻訳が意味に関わる以上に、声に関わるのはこのためである。どれほど長い期間学び、慣れ親しんだとしても外国語が異質なものでありつづけるのは、そこに、自分のものではない響き、リズム、抑揚、調べがあるからにほかならず、真摯な翻訳者には意味を含めた声の調子まで翻訳することが要請される。聞こえてくるテクストの声が、否応なくそれを求めてくるのだ。「それでも懲りずに翻訳をつづけているのはなぜだろう。たぶん、自分のなかに声が聞こえているからだ。テクストの声が、と言ったほうがよいかもしれない」(6)、イタリア文学者の和田忠彦は『声、意味ではなく』の中で自身の翻訳経験をそのように述べていた。声、意味ではなく……意味だけではなく声を、声こそを。

この短い論考でとりあげるロラン・バルトもまた、翻訳こそ行わなかったが、意味にはおさまりきれない声の拡がりに取り憑かれた作家だったといえる。意味作用に対するきわめて鋭敏な感性をもつこの批評家が、意味だけに還元できないものとしての声の働きに耳を傾けはじめたのも、やはり日本語という外国語経験が大きかった。あたかも声の透明性は神話に過ぎないとでもいうように、バルトは声がもつ意味ではない側面に注意を向ける「努力」をつづけることになる。日本滞在後の一九六〇年代後半から逝去する八〇年に至るまでのバルトの声をめぐる思索の軌跡を駆け足で追い、最終的には、バルト自身の耳に鳴り響いていたであろう声、あるいはバルトの「テクストの声」に接近することを試みてみたい。

2　声、意味ではなく

ロラン・バルトは一九六六年から六八年まで三度にわたって日本を訪問し、そこでの経験をもとに七〇年に『記号の国』を刊行した。二〇一五年に出版されたティフェーヌ・サモワイヨの浩瀚な伝記によって、『記号の国』の大部分が六六年の最初の日本滞在時のノートをもとに練り上げられたこと、さらに、バルトが日本語という未知の言語に惹かれフランス帰国後も日本語を学んでいたことが明らかにされている(7)。『記号の国』の中で、バルトは、話し言葉(parole)によってしかコミュニケーションはできないという固定観念を批判しながら、次のように述べている。

見知らぬ言語であっても、その息づかいや感情の軽やかな流れは、つまり純然たる意味形成性は聞きとることができるので、わたしのまわりに――わたしが移動するにつれて――軽い眩惑が生まれて、わたしは人為的な空虚のなかへと誘いこまれてゆく。わたしだけのために生じる空虚のなかへと。わたしは、いっさいの充満した意味から解放されて、間隙で生きている。(8)

「充満した意味からの解放」は、未来派が試みた「意味からの断絶」をどこか思わせるが、バルトは自らの西欧的な思考や伝統からの断絶を目指したのではなく――そのようなことは不可能だと彼は考えていた――、テクスト内で述べられているように、自分が依ってたつ西欧的なシステムに束の間であれいくらか亀裂を入れることを期待したに過ぎない。引用中の「間隙」や「軽い眩惑」という言葉は、「息づかいや感情の軽やかな流れ」に耳を傾けることが決して持続しないことを示している。この記述の後、バルトは「声〔……〕が、なにかを伝えるのではない〔……〕。そうではなく、身体のすべて(目、微笑、毛髪、身振り、衣服など)が、あなたと無邪気なおしゃべりのようなものをするのである」(9)と述べ、声が内面を表出するための媒介であるとする見方を否認し、声のみに頼らない身体全体を味わい尽くすコミュニケーションのあり方を肯定している。

声が内面を表現する媒介ではないという見方は、同書の文楽についての記述――さらにはその元となった論考「エクリチュールの教え」――にも見出せるだろう。バルトは文楽を「操られる動作」、「操る動作」、「声による動作」という三つの分離したエクリチュールの実践とみなし、そのうちの太夫の声に関して、「感情の激発をあらわすいくつかの不連続な記号をとおしてのみ活動する」(10)ものだと述べた上で、次のように結論づけている。「それゆえ、声が表現しているのは、結局のところ、声がもたらす内容(「感情」)ではなく、声そのものであり、声の切り売りなのであった」(11)。「表現する」という語がフランス語のextérioriser(外に出す、外在化する)であり、「切り売りする」がprostitution(売春、身売り)であることを考えるなら、ここでいわれているのは、ヘーゲルが言うような「声のなかに現存しているいっそう高い力、すなわち内面的に感覚されたものを疎外する力」(12)ではなく、声そのものがもつ身体的でエロティックな次元ということになるだろう。バルトがとりあげている太夫の声とは、「誇張された朗唱や、ふ

る え声、甲高い女性の声、とぎれがちな抑揚、泣き声、怒りや嘆きや哀願や驚きの激昂、度を超した悲壮感」であり、声そのものが「身体内部の内臓の領域〔……〕で率直に作り上げられる」ため、内面と外部、深さと表面という対立は失効している。(13) だが、声の身体的でエロティックな次元を暗示しながらも、バルトは、太夫の声とそれを聞く自分との関係については語ることなく、太夫から離れた場所で展開される人形の身振りや人形遣いの行為へと話を移す。声と身振りとが分離された文楽を、最終的にはブレヒトの異化効果と結びつけることによって「読むべき」対象とみなしながら（「感情はもはや氾濫せず、人を飲み込むこともなく、読むべきものとなる」(14)）、バルトは声と身振りの一致による感情の表出とその感情に観客が同化することを前提とした伝統的な西欧演劇を批判しているのである。

意味ではなく、声がもつ官能性にいくらか心奪われながらも、ここではまだ記号論者としてのバルトが声を聞くのではなく、読もうとする態度が垣間見えるだろう。

3　声のフェイディング

意味の免除、意味からの解放、意味の零度、言い方はいろいろあるが、意味の充満から身をかわすような言語活動を夢見ていたバルトが、自らのファンタスムを日本に投影し、意味ではなくシニフィアンとしての声に耳を傾けはじめたことは明らかである。同時期の彼の他の論考や著作に目をやれば、やはり声が何かを表現＝表出するという通念(ドクサ)に対して批判を行っているのが分かる。たとえば六八年の有名な論考「作者の死」では、作品とは作者の言いたいことを表現したもの、という見解に対して異議が唱えられるのだが、批判の対象となっているのは、そのような見解を支えている「声」の存在、あるいは「声」というメタファーである。

現代の文化に見られる文学のイメージは、作者と、その人格、経歴、趣味、情熱のまわりに圧倒的に集中している。批評は今でも、たいていの場合、ボードレールの作品とは人間ボードレールの挫折のことであり、ヴァン・

ゴッホの作品とは彼の狂気のことであり、チャイコフスキーの作品とは彼の悪徳のことである、ということによって成り立っている。つまり、作品の説明が必ず、作品を生み出した者の側に求められるのだ。多かれ少なかれ透明なフィクションという発想によって、あたかも最終的には必ずひとりの同じ人物の声が、つまり作者の声が「打明け話」をしているとでもいうかのように。(15)

この場合の声は、日本でバルト自身が経験したものとは異なり、現象学的な対象というよりも理論的な対象だといえる。あまりにも有名な「作者の死」での主張をここで改めて確認しておくならば、テクストと呼ばれるものは、決して作者の言いたいことを表現したものではなく、読者との関係においてその都度新たに生産されていくものである、というのがおおよその趣旨である。「声」は作者の意図を表現するための媒介として批判されており、「起源」や「同一性」を保証する「声」を破砕し、いかに複数的で不安定な「エクリチュール」として作品を読むか、ということがバルトの目論見だといえるだろう。その目論見は七〇年に刊行された『S/Z』において過激なまでに実行された。バルザックの中編小説『サラジーヌ』を徹底的に解剖した同書は、「作者の死」と同年に高等研究院で開催されたセミナーでの成果である。そして、「作者の死」もまた、このセミナーでの内容を踏まえた上で書かれている（セミナーは六八年二月から始まり中断を挟んで六九年五月までつづいた）。「作者の死」の冒頭で、バルトは『サラジーヌ』の中の一文「それは、思いもよらない恐怖心、理由のない気まぐれ、本能的な不安、意味不明の大胆さ、虚勢、うっとりするほど繊細な感情を併せもつ女性でした」をとりあげ、「こう語っているのは誰か」という問いを提起している。

しかし、こう語っているのは誰か。女の下に去勢（カストラート）された男が隠れていることを見ないでいるこの中編の主人公だろうか。個人的経験から女性に関する哲学をもつに至った個人としてのバルザックだろうか。女性らしさに関する「文学的な」見解を告白している作者としてのバルザックなのか。誰もが抱く思慮深い見解だろうか。ロマン主義的な心理学だろうか。それを知ることは永遠に不可能であろう。というのも、エクリチュールはあらゆる声、あらゆる起源を破壊するのだから。[16]

エクリチュール（書かれた言葉）の次元においてパロール＝声の起源は決していつも明らかなわけではなく、複数の可能性に開かれている。同時代のヌーヴォー・ロマンなどの作品群と比較して「古典的」ともいえる『サラジーヌ』を一年以上にもわたる精読によって徹底的に分解・解剖しながら——バルトは「スローモーションで撮影する」[17]という映画の比喩を繰り返し用いている——作品を複数の声、複数の意味へと開こうとするセミナーと、その成果としての著作『S／Z』の刊行は、きわめてラディカルな前衛的身振りだといえるだろう。

このセミナーには、「声」がもつ現前性という魔力を批判したデリダの影響も見受けられるが（回数こそ少ないが、セミナーではデリダによるパロール批判が参照されている）、声＝パロールに対する批判をバルトがここまで展開する理由の背景には六八年五月の学生運動があったことは忘れてはならない。ミシェル・ド・セルトーの著作『パロールの奪取（*La prise de parole*）』のタイトルが端的に示すように、この運動がさまざまなレベルにおけるパロールによる抵抗運動であることをさしあたりは認めながらも、バルトは、六八年一一月に『コミュニカシオン』誌に発表された論考「五月の事件のエクリチュール」[18]において、過去の象徴体系——言葉の使われ方の体系とでもいえようか——と手を切るような革命はパロールにおいては起こりえないことを強調している。その論の根底にあるのは、セミナーでも語られていた次の見解である。

話し言葉(パロール)、魂の表現としての声。自分自身について語る主体によるコミュニケーション：つまり、想像的なものの領域、（「私」というや否や）自己に対する望ましいイメージの領域。声＝私＝充実した主体→占有願望（発言する、マイクをひとり占めする）。魂の表出＝表現は相手を印象づけたいという願望に密接に関わっている（話し言葉とは脅迫なのだ）。〔……〕

結局のところ、表現があるところには必ず話し言葉がある：

——意識、魂、個性、地位（作家という地位、大学教員という地位）の表現である。
——身体の表現ではない。したがって、最初に行われた表現はそれにつづく表現の検閲のように機能する[19]。

パロールは個人の自発性を公準とする。つまり、パロールには学習期間というものがないのだ。権利要求の次元（「私にも権利がある」）≠革命[20]。

『記号の国』においてと同様、ここでも、声（＝パロール）が無媒介的に内面を表現するものだという通念（ドクサ）が批判されているのだが、それに加えて、声が否応なくもってしまう「占有願望（vouloir-saisir）」あるいは承認要求（「相手を印象づけたいという欲望」）の性質が指摘されている。つまり、声は発すると同時に、その発話主体である「私」というものの罠――「私」がもつ虚構としての充実性ないし同一性という罠――に程度の差こそあれ陥ってしまうのだ。声は語る、「他ならぬ〈この私〉を見て」と。バルトが七七年の『恋愛のディスクール・断章』において「非占有願望（Non-vouloir-saisir）」というテーマをとりあげたことはよく知られているが、それは「声＝パロール」が否応なく帯びてしまうある種の傲慢さと、それに批判的意識を向けることができない「私」の「自己欺瞞」の構造に対する批判から生まれたものだといえるだろう。

「声＝パロール」が同一性の確固たる保証となりえないことを示すため、バルトは『サラジーヌ』を読解する過程で、精神分析から「フェイディング（fading）」という概念を借用することになる。セミナーではジャック・ラカンの名が何度も登場しており、セミナーの草稿を書き起こした校訂者のクロード・コストとアンディ・スタフォードも注の中で「フェイディング」をラカン理論からの借用として紹介しているが、バルトの精神分析概念の援用は必ずしも正確を期しているとはいいがたく、後にバルト自身が言うように、「彼の精神分析との関係は厳密に遵守するというものではない（とはいえ異論を唱えることも、拒否することも決してないのだが）。それは優柔不断な関係なのだ」[21]。そのことを確認した上で、バルトの主張と関わる範囲内で言うなら、ラカンの文脈におけるフェイディング（消失）は

「主体」が成立する際の「疎外」の問題に、あるいは主体の「分裂」と呼ばれる事態に関わる。たとえば、セミナーの一一巻『精神分析の四基本概念』において、ラカンは次のように述べている。「主体がある場所で意味として現れる時、別のところではフェイディングとして、消失として現れる」[22]。ラカンの理論においては、「主体」はシニフィアン連鎖の効果として、あるいは、象徴的なものの領域への参入によって成立する。シニフィアン（言葉、何かを誰かに意味するもの）は、生物としての人間存在に先立って存在しており、人間が言葉の世界に参入することは、シニフィアンによってはじめて「主体」として存在することを意味する。しかし、シニフィアンが何かを誰かに意味するものである以上、それは単独では意味をなさず、別のシニフィアンに向けてその人間存在を代理表象する限りにおいて意味が生み出される。これがシニフィアン連鎖、つまり端的にシニフィアンを繋げて発話するということにおいて、「主体が意味として現れる」という事態である[23]。要するに言葉の世界（象徴的なものの領域であり「大文字の他者（l'Autre）」と言われる）の中に位置づけられることが、「主体が意味として現れる」ことなのだが、シニフィアン連鎖そのものが他者の領域（言葉という「大文字の他者」）に属するものである以上、そこで語られる主体は十全なものではなく、つねに何かを欠いた形でしか表象されえない。主体は意味として現れるが、それと同時に、意味から絶えず疎外されつづける存在、欠如としての主体が生み出されることになる。これが主体のフェイディングのおおよその内容だといえるが、このことは、「発話行為の主体（le sujet de l'énonciation）」と「発話内容の主体（le sujet de l'énoncé）」の分裂という事態としても捉えられるだろう。後者は発話された言葉において意味として現れる主体であるが、それは実際に発話をしている現実の主体の存在を「指し示しはするが、意味しているわけではない」[24]。発話行為の主体はそこでは「消失」したものとして指し示されるだけなのである。

　バルトは『サラジーヌ』の分析に関するセミナーとその成果である『S／Z』において、すでに見たような「誰が語っているのか」判然としない文章をとりあげ、それを「声のフェイディング」と呼んだ。バルトがはじめて「フェイディング」という語を用いたのは、『サラジーヌ』の比較的早い段階で現れる一文「それはひとりの男だった（C'était un homme）」の分析においてである。小説を読み進めれば、この「男」は実際には「去勢（カストラート）された歌手」であることが分かるのだが、語りのこの時点においては、あたかも読者に対する「偽装」が行われている。この一文は、語り手が科学的な視点をとり、「種（espèce）」としての「男」であるという風に正確を期して語っているとも考えられるし、また、語り手がその場に立ち合って風貌からのみ判断して語っているとも考えられる。それは科学の声なのか、語り手個人の声なのか判然としないため、ひとつの文の中で、声の突然の転調のようなものが起こりうる。バルトはセミナーの草稿において次のように述べている。

少なくともエクリチュールにおいては（≠パロール）発話行為をひとつの人称のもとに統合し、整合性をもたせることは不可能である。（エクリチュールとしての、発話行為の起源を欠くものとしての、人称の欠如としての）ディスクールと、「私」という想像的なものの断片との錯綜。発話行為は、捉えがたい波長の往復運動、しなやかで繊細で内密な波長の変化として、いわばディスクールの複数の声のあいだに起こるフェイディングのようなものとして、フォーレ流の転調あるいは玉虫色のモアレのようなものとして表象される。(25)

「声のフェイディング」とは、「発話行為の主体」と「発話内容の主体」との分裂を指しているというだけでなく、ひとつの文の中で複数の声が現れては消えるような事態、どの声も決定的だとはいえないまま鳴り響いているような事態を指している。著作となった『S／Z』を見てみよう。

絶えず声を占有することに取りつかれたこのような古典的テクストにおいても、あたかも声がディスクールの穴に消えてゆくかのように、声が消失することがある。古典作品の複数性を想像する最良の方法は、多様な電波に乗せられ、時折、突然のフェイディングに襲われるような複数の声が織りなす、変化に富んだ交換としてのテクストに耳を傾けることである。(26)

「声のフェイディング」は、多声性（ポリフォニー）と結びついた、（経験される声ではないという意味で）バルトの純粋に理論的な概念だといえる。そこには、知り合ったばかりの若きクリステヴァがセミナーで紹介したバフチンの理論の反響も聞き取れるだろう。「作者の死」では、エクリチュールによる「あらゆる声の破壊」というやや挑発的な言葉が用いられ、エクリチュールとパロールの硬直した二項対立が前提となっていたが、「フェイディング」概念が導入されることによって、媒介（メディウム）としての声という発想の前提にある（あるいはその帰結として生じる）声の単独性（同一性）や権威性が批判されるだけでなく、それを複数性や混淆性へと開いていこうとするバルトの姿勢が見受けられる。相変わらずバルトの中ではエクリチュールのほうが優位にあるが、それでも声ないしパロールがたんなる否定の対象となるのではなく、エクリチュールとの関係から新たな意味作用を与えられていることが分かるだろう。この頃のバルトが言う「声のフェイディング」は、その語尾（-ing）が端的に示す現在時という時間性に属している。別の言い方をすれば、バルトと声との、あるいは、読者とテクストとの関係は絶えず共時的なものに留まっているのである。『S／Z』が『サラジーヌ』を読んでいる読者の頭の中で起こっていることを「スローモーション」で実験的に再現したものである以上、それは当然のことといえるだろう。テクストを読んでいる最中に生じる複数の声の出現と「突然のフェイディング」。しかし、後で見るように、フェイディングという言葉は理論的な概念の範疇を超え、新たな時間性を与えられてバルトの中に回帰することになる。

4　声の手触り、時間の手触り

日本におけるバルト自身の声の身体的経験と、六八年五月の学生運動やヌーヴェル・クリティックの隆盛を背景としたフランスでの声をめぐる理論的考察。両者は、声がもつ意味ではない次元をどう理論的に意味づけるか、というきわめて困難な問いに集約されることになる。七二年、バルトは論考「声の肌理（きめ）（le grain de la voix）」において、若い頃に師事した歌手のシャルル・パンゼラの声を、当時絶大な人気を誇っていた歌手フィッシャー＝ディースカウの声と対比しつつ、パンゼラの声がもつ「手触り」について論じている。まずバルトは、クリステヴァを援用しながら、声を「現象としての声」と「生成する声」の二つに分類する。かなり雑駁に要約すれば、前者は「伝達、表象、表現に役立つ」あらゆる特徴を有しており、既存の発声法などの規則に従った語りえるものであるのに対し、後者は「伝達や（感情の）表象や表現とは無縁のシニフィアンの戯れ」であり、既存の規則では語りえない、今まさに生まれつつある意味の産出だと言える。(27) 前者は内面（感情）の表現というバルトがこれまで批判してきた使命に奉仕する声、後者は言語それ自体が生み出すノイズのようなものを含んでいる。そしてこの両者を弁別する特徴を、バルトは「声の肌理」と呼んだのだった。「現象としての声」は感情なり思想なりを明晰に聞く者に伝えるような透明なものだが、「生成する声」は意味がはっきりと現れていないため声そのものがもつ「肌理」、すなわち手触りの感覚を聞く者の耳に響かせる。ここには、本論の冒頭で言及したメディウムの透明性の問題が見出せるだろう。バルトによれば、フィッシャー＝ディースカウの声は明晰で透明な「現象としての声」であり、それゆえ誰からも愛されるが、反対にバルトが愛するパンゼラの声は、たとえば人為的ともいえる巻き舌のｒの音、少しも表現的なところはなく反対に抽象的ともいえるｒの音によってその不透明性が「肌理」のような身体性を感じさせる。(28)

われわれにとって重要なのは「声の肌理」という概念以上に、バルトがそれを構想するに至ったメディア環境である。すでに述べたように、バルトは二〇代の頃、パンゼラに歌唱のレッスンを受けていたが、病気のためレッスンをつづけることを断念せざるをえなかった。それからおよそ三〇年の時を経て、バルトは「声の肌理」を書くことになるが、そのあいだパンゼラの録音を絶えず聞いていた。七七年のローマでの講演「音楽、声、言語」においてバルトは次のように語っている。

私はパンゼラのあの声が好きです――これまでずっとあの声を愛してきました。二二歳か三歳の頃、私は歌を習いたいと思ったのですが、教えてくれる人を誰も知らなかったので、大胆にも、両大戦間での、フランス歌曲の最高の歌い手であったパンゼラの門を叩いたのです。彼は、寛大にも私に勉強させてくれました。私が、病気のため、歌の練習をつづけられなくなった時までです。それ以後も、私は絶えず彼の声を聞いています。数少ない、しかも、技術的に不完全なレコードを通してです。〔……〕パンゼラはLPが登場した時に歌うのをやめてしまったので不完全な七八回転盤かコピー盤しか残っていないのです。[29]

論考「声の肌理」において、バルトは「フィッシャー＝ディースカウは今日、歌曲のLPの全部をほとんど独占的に支配している[30]」とまで述べ、さらには大量生産のLPによって声や技法が「平板化(aplatissement)[31]」を被っていることを指摘していた。LP盤と比較して、七八回転のいわゆるSP盤では音の質もさることながら、材質そのものの脆さと、経年や使用による摩耗劣化が知られており、フィッシャー＝ディースカウとパンゼラの比較は、両者の実際の声の比較というよりも、それぞれの時代の録音・再生技術とその技術に合った発声の比較だといえる。それに加えて、パンゼラに関していえば、バルトの個人的な記憶という要素も考慮する必要があるだろう。「肌理」という触覚的な言葉が喚起する同時性・現前性にも関わらず、バルトにとってのパンゼラの声の手触りが、長年耳にしてきたSP盤のノイズと若い頃の記憶とによって作られたものである以上、「声の肌理」という概念には、ある時間性が含まれていると考えるべきである。「肌理」とは声の手触りであると同時に、時間の手触りでもあるのだ。論考「声の肌理」においては「肌理」がもつ時間性は十分に考察されているとはいいがたいが、先に引用した講演「音楽、声、言語」において、バルトはきっぱりと「パンゼラの歌の中で、引き裂かれるようにきらめいているのは、滅びゆくもの(périssable)です[32]」と述べている。何十年にわたって聞きつづけ摩耗していたであろう七八回転盤は、当時のバルトにとって、いつ聞いても変わらない(あるいは変化の度合いが小さい)LP盤とは異なり、パンゼラの声そのものがもつ時間性ないし歴史性を際立たせたのではないだろうか。

では、バルトがパンゼラの声に聞きとった「滅びゆくもの」とは何だったのか。それは、今日では消滅してしまったフランス歌曲における「音楽と古フランス語の最後の最高度に洗練された状態[33]」であり、同時に、この洗練されたブルジョワ芸術を覆すパンゼラの「伝統的なポピュラー・シャンソンの歌い方[34]」である。つまり、パンゼラの声には、すでに失われた、あるいは、失われつつあったフランス語の響きや発音がある種の抵抗体として刻印されていたのだ。それを聞きとるには、語の響きの背景にある歴史なり文化なりを知っている必要があるだろう。そうでなければ、既存の規則（コード）を乱すような音の抵抗を聞き分けることなどできない。バルトはたんに感覚的にパンゼラの声を享受しているわけではない。かといって、もっぱら知的に享受しているわけでももちろんない。バルトが感じたパンゼラの声の「肌理」、たとえばあのrの独特の発音の聴取は、感覚と知が交差する地点において生じたのである。バルトは言う、それは「音楽と言語との摩擦」によって生じるのだと。

声の肌理が開いてみせる意味形成性は、音楽と他のもの、すなわち、音楽と言語（メッセージでは全然ない）との摩擦そのものによって定義するのが一番いい。歌は語る必要がある。もっと適切にいえば、書く必要がある。なぜなら、生成する歌のレベルで生み出されるのは、結局、エクリチュールだからである。[35]

声の自然らしさ、純粋さ、透明性、現前性という通念（ドクサ）を解体するため、バルトは「肌理」という概念を導入し、声の人為性、歴史性、不透明性を強調した。そうすることで、絶えず現在に属しているはずの声に時間的拡がりを、より正確には、過去の痕跡という時間性を与えるのである。バルトにとって最終的には「声の肌理」がエクリチュールと同義であるのは、そのためである。繰り返すことになるが、バルトがこのような「声の肌理」を聞きとることができたのは、七八回転盤というメディア、バルトが繰り返し「不完全な（imparfait）」と呼ぶメディアの特性に依るところが大きかったように思われる（このimparfaitに「半過去（imparfait）」という時制を読みとるのは深読みが過ぎるだろうか）。

「肌の肌理（le grain de la peau）」という言い方に顕著なように、通常ものの手触り（テクスチャー）を喚起するこのgrainという語を、バルトは複数の意味を込めて使っていたように思われる。grainは何よりも「種子」とその「矮小さ」（un grain de ～は「少量の～」という意味である）を意味するのだから、それ自体はとるに足らない小さな種子があちこちに撒かれ、うまくいけばそれらが成長するというイメージを想起させるだろう。声は人々の耳に撒かれ、そして、耳に残った声は各々育つことになるが、発育不全のまま成長しないものや、別の声に消され潰えてしまうものもある。「声の肌理」とは声そのものがもつ物理的な性質というよりも、それを聞く者との関係においてしか生じないひとつの価値であり、その価値は一定の時間の経過の中で育まれるものなのである。「声の肌理」の中のもっとも有名だと思われる一節を見てみよう。

「肌理（きめ）」とは、歌う声における、書く手における、演技する肢体における身体である。私が音楽の「肌理」を知覚し、この「肌理」に理論的な価値を与えるとしても（それは作品の中にテクストの存在を仮定することだ）、私は自分のためにまた新しい評価表を作る事しか出来ない。その評価は、多分、個人的なものであろう。なぜなら、私は、歌う、あるいは、演奏する男女の身体と私との関係に耳を傾けようと決意しているからである。(36)

先述したようにこの時点では「肌理」がもつ時間性は問題にされていない。ここではただ、声を発するものとそれを聞くものとの身体的な関係性が「肌理」という価値を生み出すと述べられているに過ぎず、歌うパンゼラの身体とそれを聞く自分の身体との関係性にバルトは耳を傾けていることになる。この聴取はもはやたんに歌声を聞くという感覚的行為ではなく、いくらか想像的な（主観的な）活動となるだろう。バルトは声を聞くという直接性から距離をとり、パンゼラの声がもつ時間的拡がりに耳を傾けることになる。

「声の肌理」から本格的に始まったといえる声をめぐるバルトの省察は高等研究院でのセミナーで継続されることになる。七三―七四年のセミナーは、『彼自身によるロラン・バルト』に結実することになる「作者をめぐる語彙の構築」についてのセミナー、伝記に関する共同研究、そして、人間の声についての学生の研究発表、の三つの方向に沿って進められた。バルトはセミナーで得られた成果をノートにつけていたが、そのノートは「収穫日誌（Journal-Moisson）」として二〇一〇年に刊行されたセミナーの草稿『作者に関する語彙』に収められることとなった。そこでは、言葉や意味に寄生されることのない純粋なシニフィアンとしての声のあり方が考察の対象となっている。「収穫日誌」を材料にバルトにおける声の問題を洗練された仕方で展開したクロード・コストの言葉を借りるなら、「声をよく聞くために言葉を遠ざけること」[37]がバルトの狙いであった。このノートにおいても、録音された声についての考察が行われているが、バルトにおける声の問題を考える際、録音は声との「距離」を確保してくれる技術として決して無視できないものだといえるだろう。そしてこの録音による異化作用（=距離を置くこと）は、言うまでもなく、もっとも近くで聞いている自分自身の声について考える際にこそ有効なのである。

5　声のフェイディング、再び

バルトが日常的にピアノを弾いていたことはよく知られているが、フランソワ・ヌーデルマンによれば、愛好家（アマチュア）として師をもたなかったバルトは改善すべき箇所を見つけるためにテープレコーダーを使って自分の演奏を録音しそれを聞いていたようだ。[38]声ではなく演奏ではあるものの、録音は彼の日常生活の一部をなしていたのである。また、先述の「収穫日誌」において触れられていたことだが、バルトは作曲家のブクレシュリエフの依頼で楽曲に組み込まれるマラルメのテクストの朗読を行ったことがある。録音されたバルトの声は加工され、七三年から七四年にかけて制作された『哀悼歌（*Threine*）』に用いられることとなる。この時期のバルトは録音された自分の声を聞く機会が多かったはずだ。声を音へと加工する作業をバルトは面白く思っていたようだが、反対に、多くの人と同様、自分の録音された声を聞くことには嫌悪感を覚えていた。一九七七年の百科事典の項目「聞くこと」において、聴取における触覚的なコミュニケーションについて触れながら、バルトは次のように語っている。

しばしば、話している相手の声のほうが、その内容よりもわたしたちの心を打つことがある。そして、声が語っていることを聞かないで、その声の高低や倍音を自分が聞いていることにふと気づく。このような分離はおそらく、部分的には、自分自身の声を聞いた時に誰もが感じるあの異様な感じ（時にそれは嫌悪感である）の原因となっている。身体の空洞や肉塊を通過して届いた自分の声は、ちょうど鏡の配置によって自分の横顔が見えた時のように、自分自身のデフォルメされたイメージをわたしたちに与えるのである。(39)

ほかならぬ自分のものでしかない私の身体、私の声は、いつもそこにあるにも関わらず、その同時性ないし現前性のために逆説的にも私の目や耳が焦点を当てることができない。そればかりか、焦点が合ったかに思えた瞬間、その身体や声の所有を保証してくれるはずの「私」と呼ばれる存在の虚構性が暴露され、足元が崩されるような感覚を覚える。それは自分の声にどこか似ているが、決して自分の声ではない。なぜなら、自分の声は自分が一番よく知っているのだから。録音された声は「デフォルメ」されているに違いない……。自分のものでありながらも、自分のものではない「異様さ（étrangeté）」をもつ声。実体が無いだけに、それはどこか亡霊的なものだといえるだろう。かつてジャン・ポーランは次のように述べていた。「われわれが考える自分自身とは、はっきりととらえられないくせに同時に実に鮮明でもあるもの、つまり、あの亡霊と呼ばれているものにちがいない。こうして、始終われわれが亡霊を念頭においている以上、結局、亡霊はわれわれの身近な存在といえる。亡霊はかたつむりやレモン同様、現実の次元のものなのである」(40)。しかし「亡霊」を「現実の次元」に位置づけてしまうや、亡霊性が霧散してしまうことは言うまでもない。私の声が否応なくもつ亡霊性を、「かたつむりやレモン」と同じだと断言する手前で、バルトは声の亡霊性そのものにこだわりつづける。パンゼラの声に「音楽と言語との摩擦」を聞き分けたように、『彼自身によるロラン・バルト』においてバルトは焦点を合わせることの難しい自らの声を言語化し、その「肌理」を語ろうとしたが、最終的にはいかなる言葉も、自分の声とは決して合致することがなかった。バルトが直面したのは、「音楽と言語との摩擦」ではなく、両者の決定的なまでの断絶であったのだ。この断絶は自分の声は耳で聞くことができない、という事実から生じるものである。レコードに録音した自分の声の異様さについて『人間の条件』のキョが父と交わした会話を思い起こそう。「わたしたちは他人の声は耳から聞く」――「じゃあ自分の声は？」――「喉で聞くんだよ。なぜって、耳に栓をしても、自分の声は聞こえるだろう」[41]。私たちは話しながら、その話している声を自分の耳で聞いていない。かといって、録音は時間差をもって自らの声を聞かせてくれるが、それは過去の声、すでに死んだ声でしかない。バルトは次のように結論づける。

すなわち、声とはつねにすでに死んでいる。それなのに、絶望的なまでの否認によって、わたしたちは声が生きていると言うのだ。この取り戻せない喪失に、わたしたちは抑揚という名を与えている。抑揚、それはいつまでも衰えゆく、静まった状態の声である。そこから描写とは何かということが理解できる。描写とはやがて死ぬ運命にある対象の固有性を懸命に言い表そうと努めることであり、そのために対象が生きていると信じるふりをし、それが生きていることを望むふりをすることである（そこで逆転が生まれ錯覚が起こる）。〈生き生きとしたものにする〉とは〈死んでいるのを見ること〉である。形容詞とはこのような錯覚の道具なのだ。何を言おうとも、形容詞はただその描写力のために弔いの言葉なのである。[42]

写真と同様、死と結びついた声は「それは‐かつて‐あった」の領域に属するのだろうか。しかし、写真とは異なり、声は触知可能な物質性を欠いているだけに、いっそう亡霊的である。それゆえ、声のノエマとは「それは‐そこに‐あるにちがいない（Ça-doit-être）」ということになるだろう。声は結局のところ、その存在を保証するだけの物質性をもちえない。バルトが「肌理」という言葉で声に手触りを与えようとし、そこにさまざまな形容詞を重ねていったのは、死んだ声を――パンゼラの「滅びゆくもの」の声を――今もなお生きているはずだと望んでいるから、あるいは、望んでいるふりをしているからにほかならない。「つねにすでに死んだ声」とそれを絶望的なまでに甦らせようとする言語活動。この断絶は決定的であるように見えるが、それでもバルトは両者の橋渡しとなる言葉をそれとなく挿入している。「抑揚（inflexion）」。それは通常言われるような、声の調子の上げ下げといった変化ではなく、「いつまでも衰えゆく、静まった状態の声」であり、生と死のあいだにあって消滅しつつあるものである。取り戻せないにもかかわらず、いや、むしろ取り戻せないがゆえに、消え去りながら耳に残りつづける声の響き。「声のフェイディング」。かつての理論的概念は、特異な時間性を与えられ、あたかもそれ自体ひとつの声として、バルトの中に回帰する。

他者のフェイディングはその人の声の中で起こるものだ。声は愛する人が消え去ることを支え、読み取らせ、言わばその消滅を完遂させる。というのも、声とは死すべきものだからである。声を成り立たせているのは、声の中にある私を引き裂くもの、避けがたい死すべき運命のために私を引き裂くものである。声とはすぐさま思い出となるもの、思い出となるしかないもののようだ。声のなかの亡霊的なもの、それが抑揚だ。抑揚、それはあらゆる声を規定するものであり、黙しつつあるものである。抑揚とは、風化し消滅するあの音の「肌理(きめ)」である。愛する者の声、私はそれをすでに死んだもの、思い起こされたもの、耳を越えて頭の中に呼び戻されたものとしてしか知らない。それは幽かなものではあるが、記念碑のような声である。一度消え去った後にしか存在しないのだから。[43]

声のフェイディングはもはやたんなる現在時に属しているのではなく、その語尾が示す現在進行形として、消失しつつあるものとして、両義性の極致を示している。「黙しつつあるもの」の手触りが、死んだ声とその死を望まない生者の永遠の弁証法を通して感じられることになる。クロード・コストは、「この声のはかなさにどのように抵抗できるのか」[44]という視点から、バルトの声の問題を俳句における沈黙が喚起する声へと見事に接続した。だが、消えゆく声は、はかないものであると同時に「記念碑」として残りつづけるものでもある。はかなさを際立たせながら決して消滅することのない「抑揚」としての声、バルト自身それを実際に経験することになるだろう。言うまでもなく、それは「愛するものの声」、母アンリエットの声である。

6 母の声

一九七七年一〇月二五日、母アンリエットが亡くなる。そして、その翌日からバルトは小さなカードに日記をつけはじめる。『喪の日記』と名付けられたそのエクリチュールのまとまりにおいて、バルトは生と死のあいだで闘っているのだが（「わたしのなかで、死と生とが闘っている」[45]）、この終わりの見えない闘いのただ中で、消えゆくアンリエットの声は繰り返し鳴り響いていた。声がすでに死んだものであるとするなら、死んだ者の声には二重の死が刻印されているといえるだろう。聞こえてくる母の声は、そのはかなさをいっそう際立たせ、悲しみをいや増すことになる。最初の母の声は彼女の死の翌々日に聞こえてきた。

一〇月二七日
毎朝六時半ごろ、外はまだ暗いけれど、がたごととゴミ箱を出す音がする。
彼女はほっとして言ったものだ。やっと夜が明けたのね（夜中に彼女はひとりで苦しんでいた。むごいことだ）[46]。

「記念碑」とはいえ、残響としての母の声は、言うまでもなく、四六時中、耳に響いているわけではない。二日後の一〇月二九日には「局所的難聴のように[47]」、母の声は聞こえてこない。喪は深さをもたず——したがって、悲しみに深く沈むというのはたんなる紋切り型に過ぎない——「まだら状[48]」であり、散発的に耐えがたい悲しみをもたらしては、なだめられることを繰り返す。これがバルトに訪れた喪の状態である。そこから、おそらく次のようなことがいえるだろう。消えゆく母の声はバルトの耳に潜在的に残りつづけているが、母との思い出が喚起される時に、実際に響くのだと。たとえば、ケーキ屋の女性店員が言った「ほらね（Voilà）」という無意味な言葉を聞いた時。その瞬間、看病をしていた最後の頃の母の「ほらね」が甦り、バルトは涙が止まらなくなる。[49]「ほらね」はもちろん、母について何ひとつ伝える言葉ではないが、その響きが、かつての母との生活を、死へと向かいつつある母との日常すべてを、一挙に、無造作に差し出すのである。

バルトは母の声のフェイディングに抵抗したのだろうか。フェイディングを声の完全な消滅とみなすなら、その通りだろう。しかし、フェイディングがいつまでも消えつつある状態だとするならば、反対に、彼はその声の響きの中に留まりつづけたかったのではないだろうか。母の声の「肌理」と触れ合いつづけたかったのではないだろうか。つまり、悲しみを克服などしたくなかったのではないか。一一月一九日の日記にはすでに次のような言葉が見出せる。

彼女がわたしに言ったあの言葉を思い出しても泣かなくなる時が、たんにありうるのだと思うと、ぞっとする[50]……。

悲しみを克服し、喪を馴致すること。この誰もが行う作業を、バルトは拒否している。母の声に涙しなくなる時、それは消えつつあった彼女の声がたんなる「言葉」となり、声のフェイディングそのものが消滅する時だといえるだろう。八ヶ月後の七八年七月三一日、バルトは「わたしは悲しみに生きており、それがわたしを幸せな気分にする。悲しみに生きることを妨げるものすべてに耐えられない[51]」と書くに至っている。悲しみを克服することなく、悲しみそのものを生きるにはどうすべきか。喪失を示す母の声に引き裂かれながらも、それでもその声の響きを聞きつづけるにはどうすればよいのか。バルトはかつての母との生活を継続しようとする。あたかも母がまだ生きているかのように、ではなく、母の生き方や価値観を「精神的な〈掟[52]〉」としながら、である。そうすることで、バルトは母といつまでも話しつづけることができる。

マム〔=母〕と「話し」つづけること（存在しているから言葉をわかちあえるのだ）は、心のなかの会話としてなされるのではなく（彼女と「話した」ことはいちどもない）、生活様式としてなされるのである。わたしは、彼女の価値観にしたがって日々の生活をつづけようとしている。たとえば、彼女が作っていた料理を自分で作ることで少し復元したり、彼女の家事のやりかたを守ったりしている。彼女の家事は、倫理と美意識の融合であり、類いなき生きかたや日常生活のおくりかたであった。(53)

黙ってなされる日常生活の価値観を共有すること（料理、清潔さ、衣類、美しさ、それから、品々の由来のようなものを管理すること）。それが、わたしなりの彼女と（沈黙の）会話をするやりかたであった。——そうするうちに彼女はいなくなってしまったが、今もなお、そうすることができるのだ。(54)

母の声が聞こえつづけるように、バルトは黙ったまま、母の生き方を自分の生き方とする。逆説的に聞こえるかもしれないが、沈黙は消え去りつつある声を聞きとるための条件なのである。黙々と母との生活、あるいは母の生活を送りつづけていれば、ふとあの声が聞こえてくることがある。

わたしのコートはとても陰気なので、いつもつけていた黒や灰色のスカーフをすると、マムが見たら耐えられなかっただろうと思う。もう少し色のあるものにしなさい、というマムの声が聞こえてくる。(55)

マムの細かい特徴をわたし自身で再現している——のだと気づく。だから、わたしは、鍵や、市場で買った果物を忘れてしまう。

物忘れは、彼女の性格をしめすものだと思われていた（そのことを彼女がちょっと嘆いている声が聞こえる）。いまは、わたしが物忘れをしている。(56)

繰り返すことになるが、声のフェイディングは、すでに死んだ声がまさに消え入らんとしている状態である。だがそれは完全に消滅することはなく、潜在的な形であれ、その声を聞きたいと思う者の耳に「記念碑」のごとく残りつづける。そして、実際にその幽かな声の響きを耳にするには、沈黙を組織する必要がある。この場合、沈黙とは受動性ではない。それは組織すべき何ものかであり、失われたものに触れたいと思う者がなすべき「努力」である。『喪の日記』には十分に悲しみ尽くすため沈黙しようとするバルトの姿が見出せるだろう。彼の悲しみ、アンリエットを喪った悲しみは、「母」を喪うという一般的な悲しみには還元できない。これはバルトに限った話ではなく、愛する者を喪失した誰にとってもそうである。喪の悲しみは主観性の極致であり、癒すこと、消滅させることはできないし、また、そうすべきでもない。やがてその悲しみを「エクリチュールに組みこむ[57]」ことが目論まれるにしても、主観性の極致に至るためには沈黙が必要とされる。この姿勢は『明るい部屋』にも見出せるだろう。

写真は沈黙していなくてはならない(大声でわめくような写真があるが、私は好きではない)。それは「慎ましさ」の問題ではなく、音楽の問題だ。絶対的な主観性に到達できるのは、ただ沈黙の状態、沈黙の努力においてのみである(眼を閉じることは、沈黙の中でイメージに語らせることだ[58])。

あらゆる理論的な多弁から身を離し、自らの主観性の「表現」としての声を放棄し、沈黙を組織することによって、つまり、あの「一一月のある晩[59]」の孤独を手にすることによって、『明るい部屋』の語り手は「絶対的な主観性」へと降りてゆく。そしてそこで、写真に存在(被写体)のフェイディングを、生から死への、「それはかつてあった」から「それはもはやない」への永遠の移行を見出すことになるのである(写真はその二つを同時に提示しながら、眼前に存在している)。この消え去りつつある存在が「マム」であることは言うまでもない。写真という静止したイメージ、死んだイメージに、存在のフェイディングを、つまり、移ろいゆく時間を、テンポを、衰弱する生を導入すること。すべては「音楽」の問題なのだ。『明るい部屋』の結末あたり、写真がもたらす恋愛のような幻覚の働きについてバルトは次のように述べていなかっただろうか。「「写真」(いくつかの写真)が引き起こした愛のなかに、「憐れみ」という、奇妙なまでに時代遅れの名を持つ、ある別の音楽が聴き取られたのだ」[60]。『明るい部屋』にもまた、消えゆく母の声を聞こうとするバルトの姿が所々に見られるのである。

『喪の日記』は、一九七七年一〇月二六日から一九七九年九月一五日まで断続的に書き継がれた。そして、そのあいだ、およそ一年の準備作業を経て、一九七九年四月一五日から六月三日のあいだに『明るい部屋』が執筆される。『明るい部屋』において、なぜバルトがこの私の母、かけがえのない母、母の単独性を、まさしく子どものように強調し繰り返したのかは、『喪の日記』に五度も現れるあの母の声を聞けば分かるだろう。「わたしのロラン、わたしのロラン」。それは、末期の母が病床で苦しみながら絞り出した声であった。七七年一一月九日の日記にはじめてこの声が記載される。

絶えず、変わることなく、焼きつく痛みをあたえるものがもどってくる。彼女が苦しい息のもとで言った言葉が。わたしを飲みこんでゆく苦悩の抽象的で恐ろしい火床だ（「わたしのロラン、わたしのロラン」――「ここにいるよ」――「すわりごこちが悪そうだわ[61]」）。

その後、七八年五月六日にヘンデルの音楽劇『セメレ』を鑑賞した際に、また、同年七月二四日に滞在先のモロッコの澄んだ空気の中で突然に、「わたしのロラン、わたしのロラン」という声が聞こえてくる。四度目の声のフェイディングは七八年一二月一五日に起こる。この時、問題となっているのは『明るい部屋』の執筆である。

講義を書きのこせば、そこからわが小説を書くことができる。そう思うと、マムの最期の言葉のひとつを悲痛な苦しみとともに考えてしまう。わたしのロラン！　わたしのロラン！　泣きたくなる。

「彼女のことから（「写真」や他のことから）なにかを書いてしまわないかぎりは、おそらくわたしはだめだろう。[62]」

「わたしのロラン、わたしのロラン」。この声が、悲しみをエクリチュールへと組み込むことを要請する。声が否応なくもってしまう占有願望を嫌悪していたはずのバルトが、そして、声がもつ意味内容を超えた抑揚にこそ惹かれていたバルトが、この「わたしの」という所有代名詞だけは、それが十全に「意味」することへと注意を向けざるをえなかったのではないだろうか。つまり、「弔いの言葉」である形容詞を必要とせず、ただ名前だけを呼びかけることによるあるがままの存在の肯定、形容詞＝イメージを介さない愛による占有関係という「意味」を。「わたしのロラン、わたしのロラン」に対するほとんど唯一の応答は「わたしのマム、わたしのマム」でしかない。『明るい部屋』は、写真について語りながらも、かけがえのないあの母の本質を求める物語でしかありえなかったのである。

『明るい部屋』執筆後も、母の声のフェイディングは終わらない。悲しみはもはや、バルトをエクリチュールへと導くものとして彼の生の一部となっていたのだ。七九年九月一日、母が埋葬されているユルトからパリに帰宅する際、またしても、あの声のフェイディングが生じる。

ユルトから飛行機で帰る。
苦しみ、悲しみは、あいかわらず強いが、しかし言葉にはならない……（「わたしのロラン、わたしのロラン」[63]）。

この後も、バルトが引きつづき「わが小説」の構想を実現しようとしていたことは、「新しい生（Vita Nova）」と題された草稿が物語っている通りである。消えつつありながらいつまでも「記念碑」のように残る「わたしのロラン、わたしのロラン」という声のフェイディング。それは翌八〇年の不運な死までバルトの耳に鳴り響き、彼の生を、つまりは彼のエクリチュールを導きつづけていたのではないだろうか。

注

（1）オルテガ・イ・ガセット「芸術の非人間化」『オルテガ著作集 3』神吉敬三訳、白水社、一九七〇年、四四頁。

（2）レオン・バッティスタ・アルベルティ『絵画論』三輪福松訳、中央公論美術出版、二〇一一年、二六頁。

（3）同書、二〇頁。

（4）オルテガ・イ・ガセット、前掲書、四五頁。

（5）Algirdas Julien Greimas, *Sémantique structurale*, PUF, « Formes sémiotiques », 1986 (1966), p. 5. 以下、フランス語文献からの引用に関して、邦訳が記載されているものは原文を参照しながらも基本的には邦訳をそのまま使わせていただいた。ただし必要に応じて訳を改めた場合があることをあらかじめお断りしておく。

（6）和田忠彦『声、意味ではなく——わたしの翻訳論』平凡社、二〇〇四年、二七五—二七六頁。

（7）Tiphaine Samoyault, *Roland Barthes*, Seuil, 2015, p. 472, 417.

（8）Roland Barthes, *L'Empire des signes*, *Œuvres complètes*, t. III, Seuil, 2002, p. 355（ロラン・バルト『記号の国』石川美子訳、みすず書房、二〇〇四年、一九—二一頁）.

（9）*Ibid.*（同書、二一頁）.

（10）*Ibid.*, p. 390（同書、八〇頁）.

（11）*Ibid.*, p. 394（同前）.

（12）ヘーゲル『ヘーゲル全集3 精神哲学』船山信一訳、岩波書店、一九九六年、一五一頁。

（13）Roland Barthes, *op. cit.*, p. 390（ロラン・バルト、前掲書、七九頁）.

（14）*Ibid.*, p. 394（同書、八四頁）.

（15）Roland Barthes, « La mort de l'auteur », *Œuvres complètes*, t. III, Seuil, 2002, p. 41（ロラン・バルト「作者の死」『物語の構造分析』花輪光訳、みすず書房、一九七九年、八一頁）.

（16）*Ibid.*, p. 40（同書、七九頁）.

（17）Roland Barthes, *S/Z*, *Œuvres complètes*, t. III, *op. cit.*, p. 128（ロラン・バルト『S／Z』沢崎浩平訳、みすず書房、一九七三年、一六頁）; « Écrire la lecture », *ibid.*, p. 602（ロラン・バルト「読書のエクリチュール」『言語のざわめき』［新装版］花輪光訳、みすず書房、

二〇〇〇年、三七頁）；« Critique et autocritique », *ibid.*, p. 645（ロラン・バルト「批評と自己批判」『テクスト理論の愉しみ』野村正人訳、みすず書房、二〇〇六年、三〇九頁）。

（18）Roland Barthes, « L'écriture de l'événement », *ibid.*, p. 46-51（ロラン・バルト「五月の事件のエクリチュール」『言語のざわめき』前掲書、一九六—二〇五頁）。

（19）Roland Barthes, *Sarrasine de Balzac, Séminaire à l'École pratique des hautes études (1967-1968 et 1968-1969)*, Seuil, « Traces écrites », 2011, p. 325.

（20）*Ibid.*, p. 328.

（21）Roland Barthes, *Roland Barthes par Roland Barthes, Œuvres complètes*, t. IV, Seuil, 2002, p. 724（ロラン・バルト『彼自身によるロラン・バルト』［新装版］佐藤信夫訳、みすず書房、一九九七年、二三六頁）。

（22）Jacques Lacan, *Les quatres concepts de la psychanalyse*, Seuil, « Essais », 1990, p. 243（ジャック・ラカン『精神分析の四基本概念』小出浩之ほか訳、岩波書店、二〇〇〇年、二九四頁）。

（23）「シニフィアンであるもののなか、パロールという十全に展開されたシニフィアンのなかには、いつも何らかの移行が、つまり、分節化された、つかの間の消えやすい性質を持った諸要素の一つひとつの彼方にある何かがあります。こうした一方から他方への移行こそが、我々がシニフィアン連鎖と呼んでいるものの本質をなします」（Jacques Lacan, *Les Formations de l'inconscient*, Seuil, 1998, p. 343［ジャック・ラカン『無意識の形成物（下）』佐々木孝次ほか訳、岩波書店、二〇〇六年、一四〇頁］）。

（24）Jacques Lacan « Subversion du sujet et dialectique du désir dans l'inconscient freudien », *Écrits*, Seuil, 1966, p. 800（ジャック・ラカン「フロイトの無意識における主体の壊乱と欲求の弁証法」『エクリⅢ』佐々木孝次ほか訳、弘文堂、一九八一年、三〇六頁）。

（25）Roland Barthes, *Sarrasine de Balzac*, *op. cit.*, p. 233-234.

（26）Roland Barthes, *S/Z*, *op. cit.*, p. 152（『S/Z』前掲書、四八頁）。

（27）Roland Barthes « Le grain de la voix », *Œuvres complètes*, t. IV, Seuil, 2002, p. 150-151（ロラン・バルト「声のきめ」『第三の意味』［新装版］沢崎浩平訳、みすず書房、一九九八年、一九〇頁）。

（28）*Ibid.*, p. 152（同書、一九二頁）。

（29）Roland Barthes « La musique, la voix, la langue », *Œuvres complètes*, t. V, Seuil, 2002, p. 524-525（ロラン・バルト「音楽、声、

言語」同書、二〇四頁）。

(30) Roland Barhtes « Le grain de la voix », *op. cit.*, p. 152（「声のきめ」同書、一九二頁）。

(31) *Ibid.*, p. 151, 156（同書、一九一頁、一九九頁）。

(32) Roland Barthes « La musique, la voix, la langue », *op. cit.*, p. 526（「音楽、声、言語」同書、二〇七頁）。

(33) *Ibid.*（同書、二〇六頁）。

(34) *Ibid.*, p. 528（同書、二一〇頁）。

(35) Roland Barhtes « Le grain de la voix », *op. cit.*, p. 153（「声のきめ」同書、一九四頁）。

(36) *Ibid.*, p. 155（同書、一九七頁）。

(37) Claude Coste « Voix du corps » in *Chemin faisant*, n°1, Seizan-sha, 2008, p. 42（クロード・コスト「身体の声」桑田光平訳、『道行（Chemin faisant）』第1号、青山社、二〇〇八年、三六頁）。

(38) François Noudelmann, *Le Toucher des philosophes : Sartre, Nietzsche et Barthes au piano*, Gallimard, 2008, p. 134（フランソワ・ヌーデルマン『ピアノを弾く哲学者——サルトル、ニーチェ、バルト』橘明美訳、太田出版、二〇一四年、一六四頁）。

(39) Roland Barthes « Ecoute », *Œuvres complètes*, t. V, Seuil, 2002, p. 347-348（ロラン・バルト「聴くこと」『第三の意味』前掲書、一六八頁）。

(40) Jean Paulhan, « Braque, le patron », *Œuvres*, t. V, Cercle du Livre Précieux, 1970, p. 14-15（ジャン・ポーラン『ブラック——様式と独創』宗左近・柴田道子訳、美術公論社、一九八〇年、一七—一八頁）。

(41) André Malraux, *La Condition humaine*, *Œuvres complètes*, t. I, Gallimard, « Bibliothèque de la Pléiade », 1989, p. 540（アンドレ・マルロー『人間の条件』小松清・新庄嘉章訳、新潮文庫、一九七一年、五六頁）。

(42) Roland Barthes, *Roland Barthes par Roland Barthes*, *op. cit.*, p. 646-647（『彼自身によるロラン・バルト』前掲書、九三—九四頁）。

(43) Roland Barthes, *Fragments d'un discours amoureux*, *Œuvre complètes*, t. V, p. 147（ロラン・バルト『恋愛のディスクール・断章』三好郁朗訳、みすず書房、一九八〇年、一七一頁）。同様の考察は高等研究院でのセミナーにおいても展開されていた。Roland Barthes, *Le Discours amoureux : Séminaire à l'École Pratique des Hautes Études 1974-1976 suivi de Fragments d'un discours amoureux : inédits*, Seuil, 2007, p. 164.

(44) Claude Coste, *op. cit.*, p. 45（クロード・コスト、前掲書、三八頁）.

(45) Roland Barthes, *Le Journal de deuil*, Seuil/Imec, 2009, p. 162（ロラン・バルト『喪の日記』石川美子訳、みすず書房、二〇〇九年、一五五頁）.

(46) *Ibid.*, p. 15（同書、七頁）.

(47) 「奇妙なことだ。あれほどよく知っていた彼女の声が聞こえてこない。思い出の肌理そのものだと言われる彼女の声が（「あのなつかしい語り口……」）。局所的難聴のように」（*Ibid.*, p. 24〔同書、一六頁〕）。

(48) 「わたしをもっとも苦しめるのは、まだら状の喪である――多発性硬化症のような」（*Ibid.*, p. 38〔同書、三〇頁〕）。

(49) *Ibid.*, p. 47（同書、三九頁）.

(50) *Ibid.*, p. 67（同書、五九頁）.

(51) *Ibid.*, p. 185（同書、一七七頁）.

(52) Roland Barthes, *La Chambre claire*, *Œuvres complètes*, t. V, Seuil, 2002, p. 848（ロラン・バルト『明るい部屋』〔新装版〕花輪光訳、みすず書房、一九九七年、八七頁）.

(53) Roland Barthes, *Le Journal de deuil*, *op. cit.*, p. 202（『喪の日記』前掲書、一九四頁）.

(54) *Ibid.*, p. 205（同書、一九六頁）.

(55) *Ibid.*, p. 109（同書、一〇一頁）.

(56) *Ibid.*, p. 218（同書、二一〇頁）.

(57) *Ibid.*, p. 114（同書、一〇七頁）.

(58) Roland Barthes, *La Chambre claire*, *op. cit.*, p. 833（『明るい部屋』前掲書、六七頁）.

(59) *Ibid.*, p. 841（同書、七五頁）.

(60) *Ibid.*, p. 883（同書、一四一頁）.

(61) Roland Barthes, *Le Journal de deuil*, *op. cit.*, p. 50（『喪の日記』前掲書、四二頁）.

(62) *Ibid.*, p. 227（同書、二二〇頁）.

(63) *Ibid.*, p. 251（同書、二四四頁）.

セイレーンたちの歌と「語りの声」
——ブランショ、カフカ、三人称

郷原佳以

あたかも、あの抑えた、けれど喜びに満ちた呼び声、庭で遊んでいる子どもたちの叫び声が、鳴り響いたかのように。「今日は誰が私なの?」「誰が私の代わりになるの?」そして喜びに満ちた応答が、果てしなく。彼よ、彼よ、彼よ。「二人のうちのどちら?」——「一方でも他方でもない、他方、他方」

(『彼方への一歩』)

0　ブランショ研究における「声」

ブランショと「声」という主題との繋がりは、一見すると突飛なものに見えるかもしれない。それは、とりわけデリダによる音声中心主義批判以降、「声」が「パロール」と共に「エクリチュール」の対立項のように思われるからであろう——言うまでもなく、このような対立を措定したのはデリダではなく、デリダがその思考の道筋を炙り出したプラトンに始まる現前の形而上学者の方であるが。その場合、「声」や「パロール」とは発話者が発話の場に現前して発しているものであり、それに対して「エクリチュール」は書いた者の不在のまま、書いた者が生きているにせよ死んでいるにせよ無関係にそこにあり、書いた者の現前性を必要としないものということになろう。言い換えれば、「声」は固有の身体の直接的な延長であり、文字通り「肉声」であるのに対し、「エクリチュール」は身体から切り離された間接的な媒介そのものであることになるだろう。そしてブランショという作家・文芸批評家は、文学を徹底して「エクリチュール」の営みとして探究し続けたのであり、声やパロールがその起源である発信者に送り返されるようにして書かれたものが作者に送り返されることを拒んだのだということになるだろう。彼にとっては、発話者の指標、すなわち「インデックス」としての「声」や「パロール」の機能は「エクリチュール」には存在せず、それゆえにこそ「エクリチュール」には「非人称性」が生じるのだということになるだろう。確かに、声も当然ながら録音の対象となり、また日常的に電話やマイク等々の機器を通して聞かれるのだから、「インデックス」としての声の機能が必ずしも厳密な意味での発話者の現前を必要とするわけではなく、録音された死者の声が物故した作家による書物以上に——手稿の場合はまた別であろうが——発話者の不在を生々しく感じさせ、悲哀をもたらすこともあるだろう。しかしそれは、翻って言えば、エクリチュールに比して、声の「インデックス」としての機能があまりに強いためであろう。つまり、「私です（C'est moi）」という口頭の言葉は、それが電話口やインターホン越しであろうと録音であろうと「私」の声を知る者にとっては十分に意味をなし、大抵の場合は機能するが——そこに誤解が生じる恐れもあるとはいえ——、同じ言葉が書かれて残されていた場合には、それは外的状況に拠らない限りはいかなる特定の「私」にも送り返すことのできない「一般的な（allgemein）」言表であるにすぎず、意味をなさない。ヘーゲルが『精神現象学』第一章で注意を促した言語のこの文脈依存的性格を、ブランショはマラルメを参照して書かれた言葉の「非人称性」とみなしたのであり、「非人称性」が生ずるのは書かれた言葉においてであるだろう。したがって、ブランショにとっては、「声」や「パロール」は文学が追求すべきものとは捉えられていないように思われよう。さらに、ブランショは公的に姿を現すことを受け入れず、「顔のない作家」と呼ばれ続けたが、肉声でインタビューを受けることもしなかった以上、「顔」だけでなく「声」もない作家だった。本人の意志に反してその写真が二枚——レヴィナスが提供した大学時代のものと、スーパーの駐車場で撮られた晩年のもの——公開されたことからすれば、厳密にはむしろ「声のない作家」だったのだと言うべきかもしれない。この理由も手伝って、「声」や「パロール」は一見ブランショにはなじまない主題であるように思われる。

確かにブランショには、声とエクリチュールを対比させた上でエクリチュールの方を選ぼうとする挙措が見られることもある。それは、ヴァレリーとマラルメを対比的に捉え、前者に声、さらには歌の追求を、後者にはエクリチュールの追求を見出しつつ、後者に与しようとする場合である。[1] そこには確かに、彼自身が声とエクリチュールの対立を想定していると思われる節がある。そこでは声は聴覚、エクリチュールは視覚に結びつけられ、かつ後者の方に言語の物質性の露呈が見出されている。しかし、その著作の全体を見渡してみれば、そうした対立の想定はごく一面にすぎず、ブランショには「声」のテーマ系も「パロール」のテーマ系も否定的ではない形で、すなわち「エクリチュール」の対立項ではない形で確実に存在することがわかる。もちろん、「声」と「パロール」は異なるものだが、ブランショにおいては、後者が意味のないおしゃべりやざわめきとして現れる限りにおいて、両者は重なると言ってよいだろう。なるほどブランショは、ロジェ・ラポルトが指摘したように、六〇年代にデリダの影響を受け、『終わりなき対話』(一九六九)刊行時に再録論文の細部に手を加え、初出時の「現前」という語を括弧付きの「「現前」」や「非-現前」に替え、[2] さらに、レスリー・ヒルが指摘したことだが、ある箇所では「言葉(parole)」という語を「書かれたもの(écriture)」に替えてさえいる。[3] しかし、この一箇所の修正をもって、『終わりなき対話』において「エクリチュール」が「パロール」に取って代わったのだと言うことはできない。「終わりなき対話(*entretien* infini)」というタイトル自体がすでに証しているように、『終わりなき対話』ではエクリチュールについて語るためにこそ「声」や「パロール」にまつわる語彙がたびたび用いられている。目次を見るだけでも明らかであるにもかかわらず、この事実は、おそらくブランショに対する先のような理解のゆえに、あまり注目されてこなかったように思われる。ブランショに限らず、「作者の死」やテクストの自律性を説く文学観が普及した後で、二〇世紀の文学に「声」の主題を見出すことは勇気の要ることだったのではないだろうか。

とはいえ、すぐにも前言を翻すようだが、重要な例外として、作者の審級を問い直した当人であるフーコーがいる。フーコーの「外の思考」(一九六六)はブランショ論としてのみならず、一九世紀後半以降のある種の文学を「外」への開きのもとに捉えたものとして名高いが、この論考でまず提示されたのは、「「私は話す(je parle)」という言明が現代のあらゆる虚構作品に試練を課す」[4] という命題であった。「試練を課す」のは、「私は話す」という言明がその根拠とするのが当の言明それ自体であり、その外には存在しないからだが、自らの場所をそのようなものとしての言語のうちに見出すのが文学だ、というのがフーコーの命題であった。

文学の「主体＝主題」（文学のうちで語り、文学がそれについて語るもの）、それは実体的な言語というよりは、言語が「私は話す」の裸性のうちに発話されるときにそこに自らの空間を見出す、そのような空虚であるだろう。この中性的な空間が、今日、西洋の虚構作品を特徴づけている（だからこそ、虚構作品はもはや神話でもなく修辞学でもない）。ところで、このような虚構作品を思考することが不可欠となったのは――かつては真理を思考することが重要なことだったのだが――、「私は話す」が「私は考える」の裏面のように機能するからである。「私は考える」は確かに、〈私〉とその実在の疑いえない確実性へと導いた。「私は話す」の方は逆に、この実在を押し込め、拡散させ、消し、その空虚な在処のみを出現させる。〔……〕言葉についての言葉は文学を通して、しかしまたおそらく他の様々な道をも通して、話す主体が消え失せる、あの外へとわれわれを連れてゆく。(5)

フーコーは、ブランショをこのような「〔外の〕思考そのもの」として捉え、(6)主としてその虚構作品を分析してゆくのだが、論考の終わりの方では、ブランショの代表的な二つの文学論で取り上げられた神話、すなわちセイレーンたちの神話とエウリュディケーの神話とを対照させせつつ結びつけ、ブランショの物語群のうちに彼女たちの「誘引作用（attirance）」を見出している。(7)この二つの神話、とりわけセイレーンたちの歌に関しては、「声」を主題とする本稿でも焦点を当てることになる。

フーコー以後、この「外の思考」の問題意識を受け継ぎつつ現代文学における「声」の問題を一貫して追究し続けている論者にドミニク・ラバテがいる。ラバテによる「声の詩学」の追究は、博士論文だったルイ＝ルネ・デ・フォレ論『ルイ＝ルネ・デ・フォレ――声とヴォリューム』（一九九一）から始まったが、その後はデ・フォレのみならず、フローベールからサロートなどの現代文学、キニャール、ベルナール・パンゴー、ジャン＝ブノワ・プエシュなどの同時代文学、またポー、ジョイス、ウルフ等の外国文学まできわめて幅広い作家を対象にしており、そのなかにブランショもいる。[8] ラバテの「声」の探究がデ・フォレ論から始まったことは、実のところ、ブランショにおける声の問題を考える上でも意義深い。というのも、ブランショは一九九二年に『他処から来た声』というオマージュをデ・フォレに捧げているが、そのなかでこのラバテの処女作を「みごとな研究」として参照しているからである。[9]
もちろん、デ・フォレ作品のうちに「声」を聞き取ること自体はとりたてて独創的なことではないし、すでにブランショは、一九六〇年にデ・フォレの作品集『子ども部屋』をめぐって「語ることは見ることではない（Parler, ce n'est pas voir）」（初出題は「後ずさりしながら」[10]）、一九六三年には『おしゃべり』再版への後書きとして「空虚な言葉（La parole vaine）」[11] という論考を著しており、このことからだけでも「パロール」をめぐるブランショの思考がデ・フォレの諸作品を契機に生み出されていることが窺われる。この二論考はいずれもハイデガーの存在論への疑念を提示しつつ言語論を展開するもので——前者はハイデガーにおける視覚優位への疑念、後者はハイデガーにおいて無意味な「おしゃべり（Gerede）」が存在の頽落とされることへの疑念——、ブランショの言語論を考える上で外すことのできない論考だが、そこでは「エクリチュール」と対比されるような「パロール」が語られているわけではない。このように、すでにブランショはデ・フォレの作品のうちから「おしゃべり」としての「パロール」の問題を引き出していた。けれども、ブランショ晩年の「声」や「インファンス」[12] をめぐる思考が、デ・フォレを論じるラバテによって着想を受けている可能性もまた無視しえない。後にブランショを論ずることになるラバテは、その出発点において逆にブランショに参照されていた。[13] さらに、そこからブランショが引き出した「他処から来た声」という概念は、本書所収のウィリアム・マルクスの論考「文学——他処から来た声？」でも十全に示されているように、「文学と声」の「インデックス」には収まらない、むしろ「霊感（インスピレーション）」としての関係性を暗示するものとして注目に値する。
ラバテによる「声の詩学」に続き、おそらく一九九八年にビダンによるブランショの伝記が刊行されて「顔のない＝声のない作家」というイメージが払拭されたためもあろう、ブランショにおける「声」の主題は少しずつ着目されるようになり、二〇〇三年に行われた大規模なシンポジウムでは「声」というセクションも設けられた。[14] その後のブランショ研究において「声」に関して注目すべきは、二〇一三年に刊行されたブリュノ・クレマンの『垂直の声』[15]である。クレマンは博士論文であった『サミュエル・ベケットの修辞学』以来注目されるベケット研究の第一人者であるが、同時に「フィギュール」を鍵概念として文学的テクストと哲学的テクストの垣根を取り払い、多様なテクストを「修辞学」的観点から——とはいえ「修辞学」が秘める自らの内破の可能性を提示するような仕方で——分析している。そのクレマンが最新著で取り組んだのは「プロソポペイア（活喩法）」という一つの文彩＝比喩形象である。したがって、あくまで一つの言語的比喩形象を軸に様々なテクストに切り込んでゆくという形の考察であるのだが、それが「声」の主題に関わるというのは、クレマンがプロソポペイアを「声のための比喩形象」と捉えているためである。このことはすでに「文学と声」という主題について考える上で興味深い。なぜなら、文学と声の関わり方において一つの大きな問題は、文字の芸術である文学がいかにして声を立ち上がらせるか、という問題であり、だとすれば、「声のための比喩形象」の存在は、そうした探求を行う文学にとって魅力的なものであるはずだからである。[16]そのような文彩を主題とした『垂直の声』において、ブランショのテクストは大きな役割を担っている。

こうした研究[17]を踏まえた上で、本稿では、「声」にまつわるテクストをいくつか辿りながら、「声」が「エクリチュール」の対蹠点にあるのではなく、むしろ「エクリチュール」を構成し、可能性の条件ともなっていることを確認し、その上で、それがなぜであるのか、つまり、「声」はブランショにおいていかなる問いの形象化であるのかを追求したい。何よりもまず検討すべきは、ブランショにおける「声」といえば真っ先に思い出される「セイレーンたちの歌」をめぐるテクストである。

1　「セイレーンたちの歌」と「セイレーンたちの沈黙」

『来るべき書物』の第一部は「セイレーンたちの歌」と題されている。なぜなら、「小説（roman）」と「物語（récit）」の独自の区分が提示される巻頭論考「想像的なものとの出会い」（一九五四）において、『オデュッセイア』におけるオデュッセウスとセイレーンたちとの対決の場面が重要な役割を果たしており、また続くプルースト論「プルーストの経験」もそこでの問題設定を受けて書き継がれ、この二篇が第一部を成しているからである。オデュッセウスとセイレーンたちとの対決とは、周知の通り次のような神話である。すなわち、オデュッセウスは、魅惑的な歌声で船乗りたちを惑わし死へと引きずり込む魔女セイレーンたちの住む島が近づくと、女神キルケの忠告に従って自らを帆柱に縛りつけさせ、船員たちの耳には蠟を詰めて備え、歌声が聞こえてくると身もだえしてセイレーンたちのところへ行こうとしたが、部下たちが前もっての約束通り彼を強く縛りつけたので、その場所を無事通過し[18]、セイレーンたちは怒って海中に身を投げた[19]。では、ブランショはこの神話にどのような解釈を施したのか。「想像的なものとの出会い」の書き出しから確認しておこう。

セイレーンたち。確かに彼女たちは歌っていたようだが、それは人を満足させるような歌い方ではなく、歌の真の源泉と真の幸福とはどのような方向に開かれているのかを聞き取らせるだけの歌い方であった。しかし、未だ来るべき歌にすぎないその不完全な歌によって、彼女たちは航海者を、歌うということが真に始まると思われるあの空間へと導いていった。だから、彼女たちは航海者を欺いたわけではなく、実際に目的地に導いたのである。だが、ひとたびその場所に行き着くと、何が起こっていたのか。その場所はどういう場所であったのか。もはや姿を消すしかないような場所である。なぜなら、この源泉と根源の領域においては、音楽そのものが、世界のなかの他のどんな地点におけるよりも、さらに完全に姿を消してしまっていたからだ。それは、生あるものが耳をふさいだまま沈んでいった海、セイレーンたちもまた、自分たちの善意の証しとして、いつかはそこに姿を消さねばならなかった海である。

セイレーンたちの歌とはどのような性質のものだったのか。その欠陥はどのような点にあったのか。その欠陥はなぜ彼女たちの歌をあのように強力なものにしたのか。［……］あの現実の歌、ありきたりで密やかな歌、単純で日常的な歌のなかには何か驚異的なものがあったのであり、人々は、それがおのれとは異質な、いわば想像的な力によって歌われたとき、突如としてこの驚異的なものを認めなければならなかった。すなわちそれは、ひとたび耳にされるやあらゆる言葉のなかに深淵を開き、否応なく人を誘ってそこに姿を消させた深淵の歌である。(20)

このように、セイレーンたちの歌に、「音楽そのものが〔……〕姿を消してしまって」おり、「あらゆる言葉のなかに深淵を開」く「源泉と根源の領域」を見て取った上で、ブランショはセイレーンたちに対する人間たちの単純な見方——抵抗可能な「いつわりの声」にすぎないという見方——、そしてその代表であるオデュッセウスの狡知へと話題を転じてゆく。この狡知に関するブランショの解釈は、それほど独創的なものではない。彼は、オデュッセウスが確かにセイレーンたちに「勝利」を占めたことを認めるが、それは「ある特権的地位の上に築かれた臆病さ」によるものでしかなく、そこには「聞こえるがゆえに聞こえない人間の驚くべき聾」があるとし、と同時に部下たちについては、「自分たちの主人が空虚のなかで恍惚として顔をゆがめながら滑稽な姿で身をよじっているのを見て愉しむという権利、自分たちの主人をそのようにして支配して満足するという権利しか持っていない」と指摘する。(21)この神話に関してブランショの独自性が表れるのは、むしろその後、つまりオデュッセウスが危難を乗り切った後に関してである。ブランショは、英雄がこの島を無傷で通過したとは考えない。そうではなく、セイレーンたちの歌は、帰還したオデュッセウスの語り、すなわち『オデュッセイア』そのもののなかに入り込んだと考えるのである。そこから、「小説（roman）」と「物語（récit）」の区分が生ずる。その区分とは、おおよそ次のようなものである。「小説」においては、セイレーンたちとの出会いに至るまでのオデュッセウスの航海が語られる。それは、「たえず方向を変え、まるで偶然のように進み、幸福な気晴らしへと変わる不安な動きを通して、いっさいの目標を逃れ去る」、豊かで充溢した、人間的な探索である。対して、「物語」は「小説」がもはや赴かないところで始まる。そこで語られるのは、オデュッセウスとセイレーンたちとの出会い、というただ一つの出来事、日常的な時間軸を脱し去った、例外的な出来事だけである。ところが同時に、その出来事はまったき現実でもある。というのも、「物語」とは、いわばセイレーンたちとの出会いにおけるオデュッセウスが同時にその出来事を物語るホメロスでもある、という奇怪な状況において生み出されるものだからである。つまり、「物語」は「自ら自身しか「報告」せず、この報告はなされると同時に自らが物語ることを生み出すのであり、この報告が可能となるのは、報告のなかで起こっていることをそれが現実化する場合のみである」。「物語」は、それゆえ、「出来事そのもの」である。[22] かくして、セイレーンたちの神話は、ブランショにおいて、このような「物語」の誕生を徴づけるものとなる。

私たちはかつて、ブランショにおいてセイレーン神話読解と双璧をなすギリシア神話読解である「オルフェウスの眼差し」（一九五三、『文学空間』）について、それがオルフェウスの「性急さ（impatience）」に核心を見ていることから、ギリシア神話読解でありながらカフカに想を得たものだろうと指摘した。[23] ここでは、このセイレーン神話読解もまたカフカ由来のものである可能性を指摘したい。というのも、カフカはその遺稿のなかに、セイレーンたちをめぐる短い寓話を残していたからである。「セイレーンたちの沈黙」と題されたその一九一七年執筆の寓話は、カフカにおいてしばしば見られるように、神話の変奏、いわば、セイレーン神話のカフカ・ヴァージョンである。しかし、カフカのこの寓話とブランショのセイレーン神話読解とを繋ぐ線は、おそらくそれだけで成り立つものではなく、少なくとも二本の補助線を必要とすると思われる。その線を以下に見ておこう。

セイレーン神話の理論への援用は、ブランショが嚆矢（こうし）というわけではない。ブランショに七年先立って、よく知られているように、アドルノとホルクハイマーが『啓蒙の弁証法』（一九四七）において、その理論の大いなる支柱としてこの神話を援用していた。そこではセイレーン神話は、啓蒙による自然の克服、そして支配者（オデュッセウス）による「芸術」の享受と奴隷（船員）たちによる労働の端緒を示す物語であった。[24] 先に、オデュッセウスの狡知や部下たちのいわば奴隷的な愉しみをめぐるブランショの解釈は特に独創的ではないと述べたのは、『啓蒙の弁証法』におけるオデュッセウス像を念頭に置いてのことである。同書においては、確かにオデュッセウスはこの危難を乗り越えることによって「成熟」するのだが、それは支配者たる者が避けることのできない典型的な身振りであって、その身振りによって彼は歌声の魔術を単なる「瞑想の対象」、享受の対象としての「芸術」に貶（おとし）めるのである。アドルノ／

ホルクハイマーは述べている。

彼女たちの誘惑は中和されて、単なる瞑想の対象に、芸術になる。縛りつけられている者は、いわば演奏会の席に座っている。後代の演奏会の聴衆のように、身じろぎもせずにじっと耳を澄ませながら。そして縛めを解いて自由にしてくれという彼の昂った叫び声は、拍手喝采の響きと同じく、たちまち消え去っていく。[25]

確かに、アドルノ／ホルクハイマーの図式において、セイレーン神話は「芸術」の端緒を徴づけ、その意味で歴史的な画期をなすのだが、そこでの「芸術」とはこのように、魔術的なものがことごとく「中和された」、形式だけのそれのことである。だとすれば、ブランショの議論は、アドルノ／ホルクハイマーのそれと好対照を成していると言える。なぜなら、ブランショの解釈においては、セイレーンたちの歌声はオデュッセウスの「技術」でもって負かされたかに見えて、その実、英雄帰還後の「物語」において生き続け、それどころか、対決の場面そのものが繰り返し生き直されるからである。ブランショが『啓蒙の弁証法』を読んだという確証はない。しかし、先に引いたようなオデュッセウスの特権的地位への言及や、この対照的な図式、また、自説を展開しながら「これはアレゴリーではない」[26]と付言するくだりなどは、同書への暗示を感じさせるものである。というのも、アドルノ／ホルクハイマーは、セイレーン神話を明確に「アレゴリー」として読んでいるからである。

ところで、アドルノ／ホルクハイマーがこの神話を啓蒙理論の解明に援用することにした背景には、ベンヤミンの「カフカ・エッセイ」（一九三四）をめぐるアドルノとベンヤミンの論争がある。アドルノは盟友のカフカ論を心待ちにし、いざそれが手許に届くとそこに自分の姿勢との一致を見て称賛の手紙を送るが、いくつかの点に関しては手厳しい批判も加えたのだった。とりわけ、カフカの「セイレーンたちの沈黙」をめぐるベンヤミンの一節は、その解釈図式に関してアドルノに疑問を起こさせた。しかし同時に、神話と啓蒙の問題に関して示唆を与えるものであったようである。[27]ここで、カフカの寓話と、それに対するベンヤミンの注釈とを簡潔に見ておかねばならない。[28]

カフカの「セイレーンたちの沈黙」は、表題通り、セイレーンたちは実は歌っておらず、沈黙していた、という新しい解釈による寓話である。引用しよう。「ところでセイレーンたちは、歌よりもはるかに強力な武器をもっていた。つまり、沈黙である。たしかにこれまであったためしはないにせよ、彼女たちの歌声から身を守れないことはなさそうだ。しかし、沈黙にはとうていだめである。〔……〕実際、そのとおりだったのだ。オデュッセウスの船が漕ぎすすんできたとき、セイレーンたちは歌っていなかった」。とはいえ、オデュッセウスの「勝利」自体は神話と変わらない。「しかしオデュッセウスは、奇妙な言い草ながら、沈黙を聞きはしなかったのだ」。まさにブランショの言う「聞こえるがゆえに聞こえない人間の驚くべき聾」である。自己の狡知をあまりに信じ切っているために、予想と異なる現実が出来しても、その自信は揺るぎもしないのだ。これは新しいオデュッセウス像であるが、カフカらしいことに、最後の段落で、また別のオデュッセウスが登場する。「智将オデュッセウスは、煮ても焼いても食えないズル狐であって、人間の知恵など及びもつかないことながら、とっくにセイレーンたちの沈黙に気がついていた。にもかかわらず、彼はいわば護身用の楯としてセイレーンたちや神々に対し、右に述べた一連の芝居をやってのけたのである」(29)。ベンヤミンはこの寓話から、オデュッセウスではなくカフカを主語にして、「カフカは神話の誘惑にのらなかった」と結論する。そしてこの作家をギリシアの英雄の後継に位置づけるのである。

古代世界におけるカフカの先祖のうち、ユダヤや中国のそれにはまた後で出会うことになるだろう。だがこうした先祖たちのひとりである、このギリシア人を忘れてはならない。オデュッセウスは神話とメールヒェンとを分ける敷居に立っている。理性と狡知は神話のなかにさまざまな詭計を挿入した。神話の暴力はもはや無敵であることをやめるのである。メールヒェンとは神話の暴力に対する勝利の伝承である。そして伝説に取り組むことでカフカは、弁証法家のためのメールヒェンを書いたのだ(30)。

アドルノはこの驚くべき解釈に同意したわけではないし、ブランショもまたそうではない。しかし、アドルノは理性と神話の持ちつ持たれつの関係についてその後暴いてゆくことになるのだし、ブランショは「小説」と「物語」の二分において、セイレーンたちの声を抱えつつ、オデュッセウスたる作家の理性の狡知が最大限に活きるようなフィクションの叙述形態と、逆に、セイレーンたちの声そのものがオデュッセウスの「私」を奪い去るようなフィクションの叙述形態とを思考することになるのである――そこでのセイレーンたちの声を単に「神話」と呼んでよいものかどうかについては疑問の余地が残るとしても。この分類の意味については、中山眞彦の論考「ユリシーズの奸策について」において余すところなく論じられている。そこで明確に示されているように、前者はフローベールとプルースト、後者はカフカにおいて見出される叙述形態であるだろう。[31] 確かに、その後のブランショは後者の方を重視するようになるとはいえ、人間的なものがそれを脅かす非人間的なもの、非言語的なものを抱え込み、それによってこそ成立しているというのは、ブランショの文学論の根本にある認識である。また、アドルノのうちには、カフカが彼らしい仕方で浮かび上がらせたオデュッセウスとセイレーンたちのすれちがいの皮肉がベンヤミンを通して響いていると言えるが、対してブランショの場合には、ある意味では両者の関係はすれちがいではない形に直されている。というのも、セイレーンたちの歌の威力をオデュッセウスも蒙ると考えられているためである。けれども、「セイレーンたちの沈黙」という発想に関しては、ブランショはカフカに多くを負うことになるだろう。前掲の通り、ブランショはセイレーンたちの歌に「音楽そのものが〔……〕姿を消してしま」い、「あらゆる言葉のなかに深淵を開」く領域を見て取っていた。確かに、セイレーンたちが沈黙しているとまでは述べていないが、この観点は、むしろその後の彼の文学論において活かされてゆくように思われる。本稿では、最終的にこのことを示したい。

2 セイレーンたちとエウリュディケー、声と顔

このようにして「想像的なものとの出会い」を位置づけてみると、改めて、ブランショにおけるセイレーン神話が、その前年に解釈を施されたオルフェウス神話と同型を成していることに気づく。すなわち、一方では、理性の狡知の

もとにではあってもセイレーンたちの声を聞いたことが、「小説」を、あるいは「物語」を始動させる。他方では、冥界の闇に降りてゆき、禁を犯して闇のなかのエウリュディケーの顔を振り返って見たオルフェウスの「性急さ」が、しかし、彼の真の音楽を開始させる。神話そのものにおいては、一方は英雄の理性による魔術に対する勝利であり、他方は「性急さ」による悲劇であるが、ブランショの読解によって、前者では見かけの勝利のもとで声が生き残り、後者では見かけの悲劇のもとで楽の音が変質する。それは、フーコーが「誘引作用（attirance）」と呼ぶ作用である。もちろん、二つの神話に差異がないのではない。フーコーも中山眞彦も明確に指摘しているように、楽人はオデュッセウスが遠ざけて身を守ったものを正面から見据えた点で、英雄とは決定的に異なる。フーコーは述べている。「オルフェウスの眼差しは、セイレーンたちの声のなかで歌っていた致命的な力を授かっているのだ」[32]。しかし、この二つの神話は、文学の核心をめぐるブランショの探究において現れる二つの形象を象徴的に指し示してはいないだろうか。すなわち、声と顔である。セイレーンたちの声を聞くことなく蒙るオデュッセウス、闇のなかのエウリュディケーの顔を見てしまうオルフェウス。この声と顔は、逆説的にも、沈黙と盲目と言い換えてもよい。オデュッセウスは声よりも恐ろしい沈黙を聞いてしまったのかもしれないのだから。また、後者が盲目と言い換えられうるのは、それが冥府の闇のなかで起こった出来事だからというよりも、視覚を不可能にする出来事だからである。『白日の狂気』において眼の事故が語られるのも、『文学空間』において二つのイメージ論が展開されるのも、オルフェウス神話の延長線上での盲目的な視覚の探究だと言える。そして、声（沈黙）と顔（盲目）というこの一対から、私たちはブランショにおけるある一貫した探究の対象に逢着する。それは、あえてこのような表現を用いるなら、「三人称」としての「人称（personne）」の問題である。

　後ほどバンヴェニストによる「人称」論を参照するが、「三人称」としての「人称」などという表現は、バンヴェニストにとっては到底認めえないものであろう。というのも、この言語学者にとっては、一・二人称こそが「人称」であり、三人称は「人称」の要件を満たしていないからである。しかし、ブランショを読解する私たちは、「personne」という語に「人格」という意味を込めない代わりに、「誰も－ない」という否定形における「誰でもない者」という意味をも読み込みつつ、それを含めて「人称」という訳語で捉えてみたい。というのは、誤解されがちではあるが、実際には、『文学空間』からも、虚構作品における「三人称」をめぐる論考「語りの声（「彼」、中性的なもの）」（一九六四）からも読み取れるように、ブランショの文学空間には単に「非人称性（impersonnalité）」があるのではなく、「誰でもない者」であるような「何者か」がいるからである。幽霊のような誰か——つねに他者である「彼（il）」——がいるからである。この点について、ここでは簡潔に引用だけしておこう。まず、「語りの声（「彼」、中性的なもの）」には次のような一節がある。「カフカがわれわれに教えてくれたのは〔……〕物語ることは中性的なものを作用させるということである。その中性的なものが支配する語りは「彼＝それ（il）」の監視下にあるのだが、「彼＝それ」は三人称ならぬ三人称であり、といって非人称性という単なる安全地帯でもない」[33]。そして、『文学空間』巻頭の「本質的孤独」（一九五三）には次のような一節が読まれる。

私が孤独であるところに、何者かがいる。孤独であるということは、私が私の時間でもあなたの時間でも共通の時間でもなく〈何者か〉の時間であるその死んだ時間に属しているということである。何者かとは、誰もいないときになお現前しているものである。私が孤独であるところで、私はそこにいない、そこには誰もいない、けれども誰でもない者＝非人称の者（l'impersonnel）がそこにいる。それは、あらゆる人称的関係の可能性を予告し、それに先行し、それを解消する〈外〉である。何者かとは、姿なき〈彼（Il）〉であり、ひとがその一部をなす〈ひと（On）〉であるが、しかし、誰がその一部をなすのか？　この者やあの者ではけっしてないし、あなたでも私でもけっしてない。誰も〈ひと（On）〉の一部をなすことはない。〔……〕〈ひと（On）〉とは、この観点において、ひとが死ぬときにもっとも近くに現れるものである。[34]

〈彼（Il）〉や〈ひと（On）〉と呼ばれる何者かは、ひとが一人だけでいて孤独であるときに「そこにいる」のだが、けっして「あなた」でも「私」でもなく、名指しうるあの者でもこの者でもない。しかし、「誰もいない」とはいっても、のっぺりとした「非人称性」なるものがそこを支配しているのでもない。誰でもない誰かがいる。確かに、「彼（Il）」は「姿がない（sans figure）」と言われている。しかし、ここには、セイレーンたちとエウリュディケーの逆説的な声と顔の「誘引作用」があるのではないだろうか。

先に、プロソポペイアをめぐるブリュノ・クレマンの研究に言及したが、プロソポペイアを梃子にしたブランショ読解が興味深いのは、不在のものを呼び出して語らせる技法を指し「活喩法」と訳されるこの文彩が、「声」と「顔」の両方を意味するからである。なるほど、クレマンが注目しているように、この文彩は不在の者に「声」を与えることに存し、プロソポペイア分析とは大抵の場合、その声が発する言葉の分析となる。しかしながら、語源的には、プロソポペイアとは「prosôpon（顔、仮面）をpoieîn（作り出す）」ということであり、その場にいない者に顔を与えて舞台に上げるということである。そして、prosôponは、先ほどから挙げている「personne」のギリシア語源とされている。つまり、ラテン語「persona」の語源である。「personne」とは元々「仮面」のことであり、そこから「人称」の意味も「人格」の意味も出て来たのであって、だとすれば、否定形での使用は例外的なことではなく、元々「誰でもない者」なのである。だとすれば、「三人称」としての「人称（personne）」という表現もあながち無根拠ではないだろう。そして、ブランショ自身のある虚構作品においては、「私」が完全に一人のときに現れる「三人称」としての何者かと「セイレーンたちの声」が同じ空間に出来する様が描かれている。というよりも、「三人称」としての何者かが現れるほどの「本質的孤独」の空間において初めて、「セイレーンたちの声」の「誘引作用」が現れるのである。その空間において、その何者か、「彼」は、「私」の「道づれ（compagnon）」と呼ばれている。「道づれ」とはフーコーが注目した形象であり、クレマンはまさしくそれをプロソポペイアと捉えている。その虚構作品とは、「想像的なものとの出会い」の前年、すなわち「本質的孤独」および「オルフェウスの眼差し」と同年に発表された中篇『私についてこなかった者』（一九五三）である。この物語の検討においては、以上のような意味を込めて「personne」という語を使用することにする。

3　三人称の道づれ（compagnon）とセイレーンたち――『私についてこなかった者』[35]

この作品に登場するのは、作家と思われる語り手の男性と、彼が家のなかでたえず「対話（entretien）」を交わしている「彼」、すなわち「私」の「道づれ（compagnon）」だけである。とはいえ、「彼」はときには「私」の言葉の末尾を繰り返すだけとなり、「私」の分身との趣が強い。しかし、語り手の言うところによると、彼らと同じ空間に、自分にしか感じられず「彼」には気づかれない「第三の人物（la troisième personne）」がいるのだという。その「誰か」は、気がつくと窓の外にいたり、目の前のソファに座っていたり、そうかと思うと階段を上って姿を消したりする。ところが同時に語り手は、「誰か」が自分自身に他ならないとも認めており、「彼」には「この「第三の人物」[36]」のことは秘密にしておこうと決めている。語り手はまた、自分にはこの人物について「三人称（la troisième personne）」で語る権利があるのだと言い[37]、また他方で、自分には自分のことを三人称で語る権利が与えられているのだと述べてもいる。[38]かくして、この物語には、三人称で語られる「第三の人物」の存在が想定されている。とはいえ、あえて確認しておけば、前述のように三人称で呼ばれる「彼」が「私」の分身であるかもしれず、「第三の人物」も「私」であるかもしれない以上、「私」の暮らす空間には現実には――というのも奇妙だが――「私」しかいないと考えられる。つまりは「本質的孤独」の空間における何者かの現れが語られているのである。

では、「第三の人物」は、いったいいかなる姿で現れるのか。語り手の表現によれば、あるときは「イメージ」、あるときは「現前（プレザンス）」、またあるときは「形象（フィギュール）」としてであるが、持続的に、もっとも強い存在感をもって現れてくるのは、複数形の「言葉たち（paroles）」としてである。語り手が、「恐ろしいが魅惑的」な「彼女たち」のざわめきについて次のように語るとき、「彼女たち」にセイレーンたちを重ねないでいることは難しい。

私にはそれらの言葉が聞こえる、と述べても、私と彼女たちとの危険で奇妙な関係を説明することにはならないだろう。私には彼女たちが聞こえるのだろうか？　正確にいえば、聞こえるわけではない。深淵に隠れている彼女たちもまた、聴取を逃れつづけるのだから。しかし彼女たちは、発せられるためにそのような聴取を必要としないのだ。彼女たちは話さない。彼女たちは内部にいるのではなく、それどころか内奥をもたず、完全に外にいるのだ。そして、彼女たちが指し示すものによって、私はこの、あらゆる言葉の外に入り込む。見たところ内心の言葉よりも秘匿されていて、より内的であるようだ。しかしここ、外は、空虚であり、秘密には深さがなく、反復されるのは反復の空虚さであり、それは話さないのだが、しかし、つねにすでに言われているのである。(39)

と同時に、『私についてこなかった者』のこの一節は、後に批評家としてのブランショが「三人称」問題についての論考「語りの声（「彼」、中性的なもの）」で引用することになるデュラスの『ロル・V・シュタインの歓喜』（一九六四）の一節を想起させる。この作品、そしてその一節は、論考で引用されているというだけでなく、むしろ、ブランショをして「語りの声（「彼」、中性的なもの）」を書かしめた契機となったものである。

> ロルが実人生のなかで無口なのは、束の間の閃光のなかで、その一言が存在するはずだと信じたからだった。実際にはそれが存在しないので、彼女は黙りこむ。それは〈不在＝語（モ・アプサンス）〉、その真ん中に穴が、ほかのすべての語がそこに埋めこまれるに違いないようなそんな穴があいた〈穴＝語（モ・トルー）〉とも言える。それを口にすることはできないが、それを響かせることはできるだろう。広大な、果てしない、空虚な銅鑼（どら）の音みたいに、それは立ち去ろうとする男女を引き止め、彼らに不可能なことの可能を思い知らせ、ほかのいっさいの言葉に耳を塞がせ、一挙に彼らと未来とその一瞬に名を与えたことだろう。(40)

この一節を契機として生まれた「語りの声（「彼」、中性的なもの）」という論考には二つの側面がある。それは一方では、四〇年代からブランショの探究につねに寄り添ってきた三人称、「彼（il）」の問題を、改めて文学の問題、厳密に言えば、虚構作品の問題として主題化した論考であり、その意味では「カフカと文学」（一九四九、『火の部分』）の延長線上にある。というのも、三人称の問題とは、そこで提示されたカフカの「発見」、すなわち、文学は「私」が「彼」へと移行するところで始まるのだという「発見」にブランショが注目して以来、彼のものとなったからである。そして他方では、セイレーンたちの歌との対決を「小説」と「物語」の端緒に位置づけた「想像的なものとの出会い」の十年後に、「物語るとは何か」という同じ問題に「三人称」という観点から取り組み直したものであり、その意味では、「想像的なものとの出会い」の延長線上にある。三人称代名詞をめぐるフローベールとカフカの対比――後者にやや贔屓目であるが――も、「想像的なものとの出会い」における「小説」と「物語」の区分の論じ直しと見てよいだろう。このうち前者の側面については「語りの声（「彼」、中性的なもの）」の訳者解題において辿ったので、ここでは後者の側面について確認しておく。

ブランショはこの論考において、「語りの声（la voix narrative）」という用語を通して、ある種の「物語」において聞き取られる誰のものでもないような声について、カフカの作品を主たるモデルに論じているのだが、そこで実際に引用されるのは先のデュラスの一節である。そして、この一節を受けてブランショは、「それが語りの声である。作品が沈黙する場所なき場所から作品を告げる、中性的な声」と述べる。その「声」にはまた、次のような説明が与えられている。

> 他者が語っているのだ。しかし、他者が語るときには誰も語っていない、というのも他者（l'autre）〔……〕はまさしく、けっしてただたんに他方（l'autre）であるのではなく、むしろ一方でも他方（l'autre）でもないからである。そして他者を特徴づけるこの中性的なもの（le neutre）は、他者を一方からも他方からも、そして単一性からも引き抜き、他者が姿を現そうとする用語や行為や主体の外部に打ち立てようとするのである。語りの声（語り手の声ではない）はだからこそ、おのれの無声を保持しているのだ。(41)

ここで語られているのが、もはや単なる三人称小説全般のことでないのは明らかである。そうではなく、一人称小説からも聞こえうる（『ロル・V・シュタインの歓喜』も『私についてこなかった者』も一人称小説である）、「一方でも他方でもない」ような「他者」としての「中性的なもの」、その意味で、つねに「第三の人物＝三人称（la troisième personne）」であるような者の声のことである。それは、『私についてこなかった者』の「本質的孤独」の空間において「私」を誘引してくるあのセイレーンたちの声であろう。では、この物語において、その声はなぜ「私」を誘引してくるのか。言い換えれば、「私」と「言葉たち」との「危険で奇妙な関係」とはいったい何か。「言葉たち」が存在するのが「私」と「彼」の空間であり、そしてこの二人がたえず奇妙な対話を続けていることを思い出すならば、ことが彼らの「対話」の性質に関わっていることに気づくのはそれほど困難ではない。彼らの交わしているのは「ダイアローグ」ではなく、「あいだに保たれる対話（entretien）」であった。後の『終わりなき対話』という大著に結実する「entretien」という概念は、この物語において初めて姿を現したのである。

> ——僕はときどき、あなたと対話をする（m'entretenir avec vous）ことも奇妙に感じることがある。——そうだ、僕らは対話しているんだ（nous nous entretenons）。
> 　僕は、かつてもそうだったように、この言葉に驚いてしまった。それほどこの語は、口を開いて裂け目を露わにし、そこから苦悩に満ちた沈黙が、中性的な拡がりが上ってきていたからだ。その拡がりを、空いた時間にいつまでも、疲労や消尽に遭う望みなしに少しずつ辿っていくというのは、魅力的なことだった。それはあいだに保たれていた（cela se tenait entre）〔……〕。僕は、かつてこれほどまでに僕もまた、あいだに保たれていると感じたことはなかったように思う。[42]

「言葉たち」とは、「私」と「彼」の「対話（entretien）」において「あいだに保たれている」「彼女たち」である。繰り返しになるが、『私についてこなかった者』に描かれているのは「私」の「本質的孤独」の空間である。しかし、そうであるからこそ、そこには「彼」と「彼女たち」が現れる。ここにあるのは特異な三項関係であるが、それは、ブランショの「あいだに保たれる対話」が「私」と「あなた」の対面関係ではありえず、つねにその間の「裂け目」から第三の何者かが見え隠れし、二人ともそちらの方を見て話すような対話だからである。『私についてこなかった者』は、「第三の人物＝三人称」と出会うためにこそあるような特異な対話の空間を描き出した物語である。そしてそこでの「言葉たち」という表現は、『終わりなき対話』第一部の表題「複数的な言葉（エクリチュールの言葉）（La parole plurielle (parole d'écriture)）」を想起させる。六〇年代のブランショを虜にすることになる「終わりなき対話」とは、永遠の三項関係によって繰り出される語りなのである。

このようなブランショの「第三の人物＝三人称」への志向は、彼とまったく言語観を異にする言語学の観点から見ると、逆にその意義が明瞭になる。そこで、最後にバンヴェニストの「三人称」論を参照し、冒頭の問題提起に繋げる形で、ブランショの「三人称」を別の角度から眺めることにしよう。

4 バンヴェニストの「三人称＝非人称」と比較して

ブランショがカフカによる三人称の「発見」に注目したのは一九四〇年代後半であるが、偶然にも同じ頃、バンヴェニストも人称の問題、とりわけ三人称の問題に取り組んでいた。人称の問題に取り組んだ論文はいくつかあるが、もっとも初期の「動詞における人称関係の構造」（一九四六）のうちに、人称に関する彼の見解の骨子はすでに明瞭に現れている。その主張とは、一人称・二人称・三人称という三つの人称が均質に存在するかのような捉え方は誤りであり、一人称・二人称と三人称は根本的に異なり、三人称はそもそも「人称」でさえない、というものである。一見奇抜な主張だが、そこで言われているのはおおよそ次のようなことである。「私」という人称代名詞は、それが発せられるそのつど、そこでの発話者を指示する。そして、そこで「私」という人称代名詞が発せられるのは、「あなた」と呼びうる何らかの相手がそこに想定されているからである。「私」と「あなた」は鏡像的な関係にあり、「あなた」が「私」と言えば、「私」が「あなた」になる。したがって、「私」も「あなた」もたえずこれらの言葉を含む発話に現前しており、「私」の主体性は「私」という人称代名詞が発せられるたびに、つまり、「あなた」との対話を基本モデルとした一人称での発話のたびに確証される。それゆえ、「私」も「あなた」もつねに発話の現在時にそのつど確証される存在である。「私」と「あなた」が指呼詞と関連づけられるのもそのゆえである。指呼詞とは「いま」「ここ」「今日」「昨晩」など、発話の現在との関係で指示対象が変わってくる語のことだが、バンヴェニストはこういった語が発話者の「私」を支え、「いま」「ここ」に主体を現前させていると考える。(43) バンヴェニストにとっては、そのような「私」と「あなた」の鏡像的な関係が「人称」を構成し、さらに、この「人称」の構造そのものが言語を規定し、ひいては言語による「主体性」を形成している。

　以上の見解を起点として、バンヴェニストは三人称を「人称」から除外する。なぜなら、三人称は彼の考える「人称」の性質、すなわち、それが含まれる発話そのものを自己指示する、ということがないからである。言い換えれば、三人称代名詞は他の名詞の代理にすぎない。

> 三人称については、なるほど述辞は言い表されるが、ただそれは「私‐あなた」の外で行われる。すなわち、この形は「私」と「あなた」の相互の特性を規定させる関係からは除外されている。そこで、この形の「人称」としての正当性が問題になってくる。〔……〕「三人称」は一つの「人称」ではなく、それはまさに、機能として非‐人称を表す動詞形であることである。(44)

　このように、三人称が非‐人称であるという一見突飛に見える主張は、「人称」というもののある理解に基づいており、そしてこの理解は、再びこの語を問題にするが、「人称（personne）」という語が「人物」「人格（ペルソナ）」を指す語でもあることと無縁ではないだろう。人格（ペルソナ）は西洋において、古代ローマ時代から現代に至るまで特権視され、尊重されてきた。バンヴェニストはそうした人称（ペルソナ）＝人格（ペルソナ）に人間の主体性の支柱を見出し、非‐人称をそこから厳密に区別したのであり、彼の立場はそれゆえ、「人称＝人格の言語学」とも呼ぶべきものではあれ、「非‐人称の言語学」ではない。

バンヴェニストのこのような見解は、ブランショのそれとは対極的なものである。ブランショは言語の一般性と経験の単独性のあいだのアポリアに頭を悩ませ、カフカに自分と同じ問題設定を見出したのだが、そこでブランショやカフカがぶつかったのは、ヘーゲルが『精神現象学』で描き出したような言語の性格だった。ヘーゲルにおいても「いま」や「ここ」といった指呼詞が問題になっている。確かに「いま」や「ここ」は発話の現在により指示物が異なるが、そこからヘーゲルにおいてはバンヴェニストとは対照的な結論が引き出されている。夜に「いまは夜である」と書いたことが昼間には真ではなくなっている、ということのうちに、ヘーゲルは言語のもつ否定的、媒介的、また一般的な性格を見て取る。言語は現実に対して参照的でも直接的でもなければ個別的でもない。

> 自分たちの思いこんでいる一枚の紙を現に言い表そうとしても、しかも現に言い表そうとしたのであるが、それはできないことである。というのも、思いこまれる感覚的なこのものは、意識に、つまりそれ自体で一般的なものに帰属する言葉にとっては、到達できないものであるからである。〔……〕言葉というものは、思いこみをそのまま逆のものとし、別のものにするだけでなく、言葉に表現できないものにしてしまうという、神にもふさわしい天性をもっている。(45)

このように、言語は個別的な感覚に到達できない一般的なものであるが、それは言語が反復されるものだということと同じである。ところが、ヘーゲルが言語の一般性を見出した指呼詞のうちに、バンヴェニストは言語の一回性を見た。さらに、「私」‐「あなた」の鏡像的な対話を言語の基本モデルに据えると共に、三人称を「人称」から除外した。ブランショはまさしくこうした鏡像的な対話概念、言語概念の対蹠点で、必然的に「第三者＝三人称」が伴うようなもう一つの「対話（entretien）」を考え出した。それは一回性も現前性ももたない対話、けっして現在であることのない対話である。かくして、バンヴェニストとブランショの言語観は対照的なものであるが、しかし、それゆえにこそ却って、前者の言語学はブランショの言語観、ひいては文学観を照射する。

*

『私についてこなかった者』における「私」と「彼」、分身であり「道づれ (compagnon)」である二人がコミュニケーションにならないような反復的な対話――「あいだに保たれる対話 (entretien)」――を交わす空間に、「私」であるかもしれない「第三の人物＝三人称 (la troisième personne)」が幽霊のように見え隠れし、沈黙の声――セイレーンたちの歌――を響かせる。その歌は「三人称」の語り、すなわち「語りの声」である。なぜなら「三人称」とは、結局は「私」に還元される「私」と「あなた」の鏡像的な対話から逃れるところにありうる人称＝人物、したがって、バンヴェニストの観点では非-人称だからである。セイレーンたちの歌声が恐ろしいのも、それが「私」と「あなた」の鏡像的な対話を掻き乱す声だからだろう。しかし、「私」と「彼」が交わすのが「ダイアローグ」ではなく「あいだに保たれる対話」である限り、「彼」と「第三の人物＝三人称」も結局は重なり合う。ブランショにおける「道づれ」の形象に注目したフーコーは述べている。「誘引作用という空虚な外は、おそらく、分身というあの間近な外と同一のものである」[46]。そこには特異な三項関係だけがある。「あいだに保たれる対話」はつねに「第三の人物＝三人称」という「外」の方へ開いているからである。

ブランショの「あいだに保たれる対話」は、これほどまでに、通常の意味での対話からはかけ離れている。しかしこれが、一であることがすでにして二であることであり、二であることがすぐさま三であることであるような、「終わりなき対話」の空間に他ならない。そこで語るのはつねに他者であり、語る相手もつねに他者――「あなた」ではなく「彼」――である。次の断章に読まれるように。

まず、一であることが二であること。

――それにしても、なぜただ一人の語り手、ただ一つの言葉では、見かけに反して、けっしてそれ〔中性的なもの」を名づけることができないのだろうか？　それを名指すには少なくとも二人でなければならない。

――わかっている。私たちは二人でなければならない。

――しかし、なぜ二人なのだろう？　なぜ、同じ一つのことを言うのに二つの言葉が必要なのか？

――それは、同じ一つのことを言う者はつねに他者だからだ。[47]

そして、二であることが三であること。

彼らはテーブルを隔てて席を占める、といっておたがいに相手のほうを向いて座るのではなく、そこに第三者が現れたら、自分こそが彼らの真の話し相手だと思いこんでしまう、そんなことが可能なほどに十分広い間隔を保ちながら、彼らを隔てるテーブルのまわりに座を占める。彼らはそういう話し相手のために話をしていると言えるのかもしれない。[48]

ブランショにおいて、かくして、「声」の問題は「顔」、そして「人称」の問題と重なり合うのだが、ここでもまた、ブランショの探究が「セイレーンたちの歌」（一九五四）から、いや、「カフカと文学」（一九四九）から「語りの声」（一九六四）まで、カフカに始まりカフカに落ち着くことに気づかずにはいられない。それは、いずれにおいてもカフカが主たる参照項だから、というよりも、「語りの声」をめぐる考察の直接的な契機がデュラスの『ロル・V・シュタインの歓喜』の中心にある「歓喜＝喪失（ravissement）」、すなわち、ロルを沈黙させる「〈不在＝語〉（モ・アブサンス）」、「〈穴＝語〉（モ・トルー）」にあり、それがカフカの「セイレーンたちの沈黙」に呼応していることにおいて、より鮮やかに感じられるからである。その後にデ・フォレなどにおいて見出され展開されるインファンスの主題は、沈黙するセイレーンたちの別の姿ではないだろうか。

注

（1）Maurice Blanchot, « Le mythe de Mallarmé », *La Part du feu*, Gallimard, 1949, p. 42（モーリス・ブランショ「マラルメの神話」『焰の文学』重信常喜・橋口守人訳、紀伊國屋書店、一九九七年、四四―四五頁）.

（2）Roger Laporte, *À l'extrême pointe : Bataille et Blanchot*, Montpellier, Fata morgana, 1994, p. 40-42.

（3）Leslie Hill, *Blanchot extreme contemporary*, London, Routledge, 1997, p. 251. 書き換えそのものについては「中性的なもの」の作用の例証として論じられている（p. 127-142）。

（4）Michel Foucault, « La pensée du dehors », in *Critique*, n° 229, juin 1966, p. 523（ミシェル・フーコー「外の思考」豊崎光一訳、『フーコー・コレクション 2』ちくま学芸文庫、二〇〇六年、三〇七頁）. 以下、本稿の引用訳文は既訳を参照の上で適宜変更させていただく。

（5）*Ibid.*, p. 525（同書、三一一―三一二頁）.

（6）*Ibid.*, p. 527（同書、三一六頁）.

（7）*Ibid.*, p. 537-539（同書、三三八―三三九頁）.

（8）Dominique Rabaté, « L'insuffisance du commentaire (Blanchot) », *Poétiques de la voix*, José Corti, 1999.

（9）Blanchot, *Une voix venue d'ailleurs : Sur les poèmes de Louis-René des Forêts*, Ulysse fin de siècle, 1992, p. 31（ブランショ『他処からやって来た声』守中高明訳、以文社、二〇一三年、三三頁）.

（10）Blanchot, « Parler, ce n'est pas voir » (« La marche de l'écrevisse », in *NRF*, n° 91, juillet 1960), *L'Entretien infini*, Gallimard, 1969.

（11）Blanchot, « La parole vaine » (in Louis-René des Forêts, *Le Bavard*, U.G.E., 1963), *L'Amitié*, Gallimard, 1971.

（12）「インファンス」とは、未だ言葉をもたない――ということは、言語分節化以前の声はもっていると言えるだろうか――子ども、という意味であり、この観点を、ブランショは精神分析家セルジュ・ルクレールの著書『子どもが殺される』（一九七五）を参照しつつ、一九七六年に「子どもが殺される（断章的に）」と題した断章において採り入れ、この断章は一九八〇年に『災禍のエクリチュール』に収められた。この観点はデ・フォレ論においても、後に『インファンス読解』に収められるリオタールのアーレント論（Jean-François Lyotard, « Survivant » in *Ontologie et politique : Actes du Colloque Hannah Arendt*, Éditions Tierce, 1989/*Lectures d'enfance*, Galilée, 1991［ジャン＝フランソワ・リオタール「生き延びた者――アーレント」高木繁光訳、『インファンス読解』未來社、一九九五年］）をも参照しつつ深められているが、インファンスはラバテのデ・フォレ論の中心的テーマでもある。こうした「インファンス」のテーマは、「上手に語ることができない者」、「円滑に対話することができない者」と言い換えてみれば、ブランショの他の著作にも見出されるものである。たとえば、モーセを「どもる者」と捉え、言語の原初的な分裂や反復を論ずる「ジャック・デリダに感謝（祝福を）」（Blanchot, « Grâce (soit rendue) à Jacques Derrida », in *Revue philosophique de la France et de l'étranger*, n° 2, avril-juin 1990［ブランショ「ジャック・デリダのおかげで（ジャック・デリダに感謝）」上田和彦訳、『デリダと肯定の思考』カトリーヌ・マラブー編、未來社、二〇〇一年］）を参照。

（13）より直接的に、ブランショは自身についての研究書を引いたこともある。『明かしえぬ共同体』第二部において、六八年五月の運動について語りながら、彼はジョルジュ・プレリのブランショ論『外の力――外部性、限界、非‐権力　モーリス・ブランショから出発して』（Georges Préli, *La Force du dehors. Extériorité, limite et non-pouvoir à partir de Maurice Blanchot*, éditions recherches, 1978）を引用している。Blanchot, *La Communauté inavouable*, Minuit, 1983, p. 55（ブランショ『明かしえぬ共同体』西谷修訳、ちくま学芸文庫、一九九七年、六八、七〇頁）.

（14）ただし、そこで「声」を主題としたのは、『アミナダブ』における音楽の記述を取り上げたフランシス・マルマンドと、『私の死の瞬間』における声の問題を扱ったジョナタン・デジュネーヴのみであった。Francis Marmande, « La perfection de ce bonheur » ; Jonathan Degenève, « Vibrato et sourdine de la voix blanchotienne », in *Maurice Blanchot : Récits critiques*, dir. Christophe Bident et Pierre Vilar, Tours, Farrago, 2003.

（15）Bruno Clément, *La Voix verticale*, Blin, 2013（ブリュノ・クレマン『垂直の声――プロソポペイア試論』拙訳、水声社、二〇一六年）.

（16）『垂直の声』のブランショ論をまとめたのが以下の論考である。Clément, « Besoin d'une autre voix : Maurice Blanchot et la prosopopée »,『関東支部論集』日本フランス語フランス文学会関東支部、二〇一三年一二月（クレマン「もうひとつの声の必要性――モーリス・ブランショとプロソポペイア」拙訳、『関東学院大学人文科学研究所報』第三七号、二〇一四年三月）。

（17）最近では、『望みのときに』における登場人物の一人で声楽家とされるクローディアの歌に着目するといった新しいアプローチの研究も出てきている。高山花子「「瞬間」に耳を澄ますこと——モーリス・ブランショにおける声楽的概念としての「歌」」、『表象』第八号、二〇一四年三月。

(18) ホメロス『オデュッセイア』(上) 松平千秋訳、岩波文庫、一九九四年、三一一—三二〇頁。

(19) 高津春繁『ギリシア・ローマ神話辞典』岩波書店、一九六〇年、一四〇頁。

(20) Blanchot, « La rencontre de l'imaginaire » (1954), *Le Livre à venir*, Gallimard, 1959, « folio essais », 1995, p. 9-10 (ブランショ『来るべき書物』粟津則雄訳、ちくま学芸文庫、二〇一三年、一五—一六頁). 強調引用者。

(21) *Ibid.*, p. 11 (同書、一六—一七頁).

(22) *Ibid.*, p. 12-14 (同書、一八—二二頁).

(23) 郷原佳以『文学のミニマル・イメージ——モーリス・ブランショ論』左右社、二〇一一年、二七五—二九八頁。

(24) Adorno, Horkheimer, *Dialektik der Aufklärung*, Frankfurt am Main, Suhrkamp, 1981, p. 49-60 (ホルクハイマー/アドルノ『啓蒙の弁証法』徳永恂訳、岩波文庫、二〇〇七年、七一—八九頁).

(25) *Ibid.*, p. 51-52 (同書、七五頁).

(26) Blanchot, « La rencontre de l'imaginaire », *op. cit.*, p. 12 (ブランショ『来るべき書物』前掲書、一七頁).

(27) 三原弟平「メルヒェンの末っ子あるいはアドルノの「もう一人のオデュッセウス」」『カフカ・エッセイ カフカをめぐる七つの試み』平凡社、一九九〇年、八二—八四頁。

(28) ベンヤミンの「カフカ・エッセイ」は、ブランショがカフカにおけるアブラハム像に関して参照したと思われるテクストでもあり、また、カフカの「セイレーンたちの沈黙」も、やはり彼が参照したと思われるアブラハムをめぐる寓話と同時に発表されており、読んでいた可能性が高い。前掲拙著、第五章注二五(四三頁)参照。

(29) Franz Kafka, „Das Schweigen der Sirenen“, *Parables and Paradoxes*, bilingual edition (in German and English), ed. Nahum N. Glatzer, New York, Shocken Books, 1935, 1961, p. 88-91 (フランツ・カフカ「人魚の沈黙」『カフカ短篇集』池内紀編訳、岩波文庫、一九八七年、二二七—二二九頁).

(30) Walter Benjamin, „Franz Kafka“, *Gesammelte Schriften*, Band II-2, Frankfurt am Main, Suhrkamp, 1977, p. 415 (ヴァルター・ベンヤミン「フランツ・カフカ」『ベンヤミン・コレクション 2』浅井健二郎編訳、ちくま学芸文庫、一九九六年、一二〇頁).

(31) 中山眞彦「ユリシーズの奸策について――ブランショ、小説、西欧」、『現代詩手帖特集版ブランショ一九七八』思潮社、二〇〇八年。

(32) Foucault, « La pensée du dehors », *op. cit.*, p. 539（フーコー「外の思考」前掲書、三三八頁）.

(33) Blanchot, « La voix narrative (le « il », le neutre) » (1964), *L'Entretien infini*, *op. cit.*, p. 563（ブランショ「語りの声（「彼」、中性的なもの）」拙訳、『現代詩手帖特集版ブランショ二〇〇八』思潮社、二〇〇八年、二二五頁）.

(34) Blanchot, « La solitude essentielle » (1953), *L'Espace littéraire*, Gallimard, 1955, « folio essais », p. 27-28（ブランショ『文学空間』粟津則雄・出口裕弘訳、現代思潮社、一九七六年、二四頁）.

(35) 本節の記述は「語りの声（「彼」、中性的なもの）」の訳者解題と重複する部分があることをご了承いただきたい。「非人称性の在処――解題」、『現代詩手帖特集版ブランショ二〇〇八』前掲書。

(36) Blanchot, *Celui qui ne m'accompagnait pas*, Gallimard, 1953, « L'imaginaire », p. 50（ブランショ『私についてこなかった男』谷口博史訳、書肆心水、二〇〇五年、六六頁）.

(37) *Ibid.*, p. 49（同書、六五頁）.

(38) *Ibid.*, p. 127（同書、一七〇頁）.

(39) *Ibid.*, p. 135-136（同書、一八二頁）. 強調引用者。

(40) Marguerite Duras, *Le Ravissement de Lol. V. Stein*, *Œuvres complètes*, t. II, éd. Gilles Philippe, Gallimard, « Bibliothèque de la Pléiade », 2011, p. 308（マルグリット・デュラス『ロル・V・シュタインの歓喜』平岡篤頼訳、河出書房新社、一九九七年、四六―四七頁）. 強調引用者。Cité in Blanchot, « La voix narrative », *op. cit.*, p. 565（ブランショ「語りの声（「彼」、中性的なもの）」前掲書、二二六頁）.

(41) Blanchot, « La voix narrative », *op. cit.*, p. 564-565（前掲書、二二六頁）. 強調引用者。

(42) Blanchot, *Celui qui ne m'accompagnait pas*, *op. cit.*, p. 88-90（ブランショ『私についてこなかった男』前掲書、一一八―一二〇頁）.

(43) Émile Benveniste, « De la subjectivité dans le langage », *Problèmes de linguistique générale*, 1, 1966, Gallimard, « Tel », p. 262（エミール・バンヴェニスト「ことばにおける主体性について」『一般言語学の諸問題』河村正夫ほか訳、みすず書房、一九八三年、二四六頁）.

(44) Benveniste, « Structure des relations de personne dans le verbe », *ibid.*, p. 228（バンヴェニスト「動詞における人称関係の構造」『一般言語学の諸問題』同書、二二六頁）.

(45) Hegel, *Phänomenologie des Geistes*, Frankfurt am Man, Suhrkamp, 1970, p. 92（ヘーゲル『精神現象学』（上）樫山欽四郎訳、平凡社ライブラリー、一九九七年、一三七―一三八頁）.

(46) Foucault, « La pensée du dehors », *op. cit.*, p. 540（フーコー「外の思考」前掲書、五一頁）.

(47) Blanchot, « Le pont de bois » (1964), *L'Entretien infini*, *op. cit.*, p. 581-582.

(48) Blanchot, « L'entretien infini » (1966), *L'Entretien infini*, *op. cit.*, p. x.

〈操る声〉と〈声の借用〉

——ジャリにおける蓄音機、催眠術、テレパシー

合田陽祐

アルフレッド・ジャリ（一八七三—一九〇七）のテクストには、二種類の非常に異質な声が響いている。一つ目の声は、それを聞いた者の精神を支配してくるような声である。じっさい、操り人形遣いの名手でもあったジャリが、他人の思考をマリオネットのごとく意のままに操れないことに、しばしば苛立っていたことが知られている。一九〇二年の「操り人形についての講演」においても、ジャリは次のような不満をもらしている。

> なぜ我々が〈芝居〉と呼ばれるものにいつもうんざりしてきたのか、その理由はわかっておりません。たとえ役者が天才的でも——いや天才的なだけに——あるいは個性的なだけに——よりいっそう詩人の思考を裏切るということに気づいていたでしょうか？　誰かがマリオネットの主人となり、支配者となり、〈創造主〉となれるのは、それらのマリオネットを自分で作ったからで、これは我々にとって必要不可欠なことと思われます。マリオネットだけが正確さのシェーマとなるもの、つまり我々の思考を、受動的かつ簡略的に翻訳してくれるのです(1)。

ジャリは特殊な声によるこの他者の支配を、いくつかのテクストの主要なテーマとしている。そこで本稿の第一節と第二節では、この〈操る声〉の物語の帰趨を、作品分析を交えて論じる。ジャリのテクストにおける二つ目の異質な声は、他人の声で語る声である。ジャリは他人から借用した極めて特徴的な声を用い、自らの創造理論を語りだす

のである。この〈声の借用〉の理論的射程については、第三節と第四節で考察する。
以下では、この支配と創造にかかわる声を検討するにあたり、ジャリの文学空間で重要な役割を果たしている蓄音機、催眠術、テレパシーの三つのコミュニケーション装置に注目する。これらに固有の機能を論じながら、ジャリにおける声の詩学を一九世紀末の言説空間に位置づけていくことが本稿のおもな目的となる。

1　機械仕掛けのセイレーン

一八九四年刊行の処女作『砂時計覚書』収録の散文詩「蓄音機」には、他人の思考を操る人形遣いを連想させるイメージが現れる。このテクストでは、海の怪物セイレーンがその不気味な歌声によって船乗りを誘惑する、あのありふれた神話の光景が描かれている。その冒頭部分を見てみよう。

無機質のセイレーンは彼女の恋人の頭をつかむ、鋼の裾ばさみがドレスを支えるように。本が閉じられ押し潰される蠅ども、それは薄膜の輝きに包まれた8の字となり、燻るランプのシェードのよう。彼女は麻痺した両手を、行きずりの恋人の頭の左右に乱暴に押しつける。だが恋する老女は彼を少しも傷つけない、その爪が彼にひっかき傷をつけることもない。冬の風で乾いた枝の先のように、時が冷たい息で引き抜いてしまったのだ。彼女の指は九柱戯のように地面を転がった。麻痺した未発達の器官となって、彼女の指は消えた[2]〔……〕。

じつはこの詩にはある仕掛けが施されている。種明かしをすると、引用文頭の「無機質のセイレーン」の正体は、このテクストのタイトルでもある「蓄音機」なのだ[3]。セイレーンが蓄音機だとすると、セイレーンの「恋人」である船乗りの正体は蓄音機の聞き手ということになる。
少し補足しておくと、一八九〇年代初頭の蓄音機は、録音した声を再生するさい、雑音を取り除くためにゴム製の聴診器のような管を本体に取り付け、その先端を聞き手の左右の耳の穴に装着する仕組みになっていた。[4] 上のジャリのテクストに現れるセイレーンの「爪」ないし「指」とは、この二つに枝分かれしたゴム管（これがセイレーンの「両手」の正体）の先端の、穴の開いた突起部分のことである。

このようにこのテクストの冒頭では、セイレーンは蓄音機のメタファーとして機能している。『ポエジーの修辞学』のグループ・ミューに倣うなら、[5] この部分は神話（セイレーン）と科学（蓄音機）の二つのイゾトピーの重ね合わせからなるとも言える。この重ね合わせを動機づけているのは、対象の形の類似（セイレーンの両手と蓄音機のゴム管）と、先の引用箇所のあとに繰り返し現れる歌声という概念である。この「歌声」こそが、テクストにおいてセイレーンと蓄音機が共有する唯一の記号だからである[6]（前者では「誘惑する歌声」、後者では「録音した歌声」）。

だがそうだとしても、なぜセイレーンの正体は蓄音機なのか。ここでしばしテクストの外部に目を向けてみよう。この「蓄音機」の間テクストの一つが、蓄音機の発明者エジソンをモデルとする『未来のイヴ』（一八八六）であることは疑いえない。この小説は若い象徴派の作家たちの熱狂的な支持を得ており、さまざまな形で作者のヴィリエにオマージュが捧げられているからだ。そのなかにはヴィエレ＝グリファン、レミ・ド・グールモン、マルセル・シュオッブが含まれるが、[7] グールモンとシュオッブの読み手であったジャリも、この流れのなかに位置づけることができる。

フェリシア・ミラー・フランクが指摘したように、『未来のイヴ』の賭金は、「人間の声を肉体から引き離す機械」[8] としての蓄音機の活用にあった。この発話者の身体から切り離された声は、『砂時計覚書』所収の戯曲「アルデルナブルウ」にも現れる。ジャリはこの劇に登場する「コーラス隊」が「目に見えず想像もできない」と記したうえで注を付し、「髑髏の眼が話すときは、やや湿った、蓄音機あるいは麻痺した骸骨の声」[9] と付け加えている。ジャリの作品において骸骨は、その向こうにあるものが透けて見えるという意味で透明性の象徴になっている。じっさい第二幕第四場でその髑髏の眼がセリフを発するとき、発話者としての髑髏の眼は「X（エックス）」と表記される[10]——Xとは未知のものを表す記号であるから、ここでは発話者の身体が見えず、誰がしゃべっているのかわからないことが指示されているのだ。

ところでこの不可視にして匿名的な声を持つ発話者に、ジャリの師であるマラルメが「詩の危機」（一八九二）のなかで述べた「語る詩人の消滅」の反映を見るのは、あながち的外れなことではあるまい。この詩論が象徴派の作家たちに直ちに受け入れられたことを考慮すると、ジャリのテクストにおける蓄音機とその聞き手に、作者と読者のイメージが投影されている可能性はじゅうぶんに考えられるのだ。

だが他方で、こうして蓄音機をジャリの文学的コミュニケーションのモデルとして捉えるとき、マラルメとのズレが浮かび上がってくることもたしかだ。マラルメ的な脱人称化が「語にイニシアティヴを譲る」[11]こと、すなわち言語の物質性の問いに帰着するのに対し、ジャリのテクストにおいては姿の見えない声と、それに幻惑される聞き手＝読者の関係性に力点がおかれるからである。ジャリが蓄音機を遠隔コミュニケーションの装置として導入しているのも、作者と読者の間の埋めがたい距離感と、聴取に徹する読者の受動性を強調するためだろう。じっさい『砂時計覚書』の序文「楣（まぐさ）」でも、テクストを介した読者に対する作者の絶対的優位が執拗に説かれている[12]。一言で述べるなら、ジャリが理想とする文学的コミュニケーションとは、書き手の意思を読み手に押しつけることで成立する、暴力的なコミュニケーションなのである。このイメージは「蓄音機」の後半部にも現れているので確認しておこう。

> 年老いたセイレーンが石化させる湖の底に沈むと、凝固によって麻痺した年老いたセイレーンの歌声が突然響き渡り、聞き手の鼓膜を明るい調べで焦がす、転炉の二つの石炭に触れた少量の火薬のごとく燃えあがる。冷えて動かなくなったものが、釘で穴を空けられた両耳をつたって、生温かい脳みそに触れることで暖まり、ふたたび動きだす[13]。

ここでは読者が支配される過程が歌声の形象を通して語られている。すなわち、作者（セイレーン）はテクストを書き終えると冷たくなり、凝固してしまうが、読者（船乗り）がそのテクストを手にすると、死んだはずの作者の声が聞こえてくる。やがてその声は、読者の鼓膜から侵入して脳みそにまで到達する。このようにジャリは、作者の思考が他人に憑依していく様子を、声の聴取のメタファーによって示す。このメタファーに読み取れるのは、ジャリにとって文学的コミュニケーションとは、読み手に次々と憑依することで自らの分身を増やし、無限に延命してゆく試みにほかならないということだ。発話者の身体から切り離された声は、作者の肉体的な死という観念を無効化し、その無時間的な永遠の生を可能にする装置なのである。

以上から、散文詩「蓄音機」にこだまする不気味な声が、専制主義的な支配を目的とする声であることを確認できた。ところでこの他人を操ろうとする声は、『砂時計覚書』以降の作品にも現れる。次節では、蓄音機のヴァリエーションとして、『絶対の愛』（一八九九）における催眠術の表象を取りあげてみたい。この小説における催眠術は、支配によるコミュニケーションの一つの帰結を描いたものと見なすことができるからだ。

2　催眠術師のオイディプス

『絶対の愛』の主人公エマニュエル・デューは催眠術師という設定になっている。ブルターニュ地方に住むエマニュエルの義理の両親は、ヨゼブ（ブルトン語でヨセフの意）とヴァリア（ブルトン語でマリアの意）という。つまりこの家族は聖家族のパロディになっているのだが、大きく異なるのは母ヴァリアがヒステリー者で、成長したエマニュエルを誘惑してくる点である。エマニュエルが最初にヴァリアに催眠術をかけるのは、彼女が突如ベッドで取り乱し、短刀を手に襲いかかってきたときである。ヴァリアが催眠状態に陥ると、彼女の別人格ミリアム（ヘブライ語でマリアの意）が発現する。ミリアムはヴァリアとは対照的に、エマニュエルの意思に忠実な僕（しもべ）である。

よく知られているように、こうしたヒステリーと催眠の表象は、一九世紀末には精神医学の領域において切り離せない関係にあった。ジャリは文壇デビュー前の一八九一年から九三年にかけて、パリのアンリ四世校で履修したアンリ・ベルクソンによる心理学講義を通して、催眠法（人工的に誘い出された眠り）や、そのフランスへの導入者として知られるウージェーヌ・アザンが報告した二重意識に関する症例（有名な「フェリーダX症例」）の概要を知っていた。(14)

むろん、サルペトリエール病院で一般公開されていたシャルコーの「火曜講義」は、当時から群を抜いて有名で、この医師が行う催眠療法によるヒステリー治療の様子をパロディ化した「サルペトリエール小説」なるジャンルも存在したほどである[15]。『絶対の愛』はこうした先行する文学言説を意識して書かれているのだが、我々が以下でくわしく論じたいのは、この作品において催眠術が具体的にどう機能しているかである。

この観点から注目できるのが『オイディプス王』の書き換えとしての『絶対の愛』である。ジャリが残した最初のプランのおかげで、この小説の原型が一作前の『訪う愛』(一八九八)の最終章「イオカステ夫人のもとで」にあることがわかっている。このオイディプスの母にしてライオスの妻たるイオカステとは、むろんヴァリアのことで、彼女の催眠時に現れるミリアムと、エマニュエルは一種のテレパシーを使って交信することができるのだ。

「もっと深く眠らせて……いま私は……私はあなたが望むもの。問い詰めないで。私があなたの望むことしか言わないのはよくご存じでしょ。私は〈あなたの〉召使い、私は……」

「何だ、女よ?」

「私は神(デュー)の、の、意思に従います[16]」。

エマニュエル・デュー＝オイディプスがミリアムを操るのは、彼女に邪魔者である父ヨゼブ＝ライオスを殺害させるためである。「私が彼を殺すことをお望みなら、あなたは命じるだけ。/言葉にされる必要はないわ[17]」。このようにジャリ版『オイディプス王』で語られているのは、父から母を奪って操り、父を亡き者にすることで、息子が父のいたポジションに君臨するという、子供じみた主人公エマニュエルの欲望の物語である。

以上を踏まえて、物語の山場である第一四章を見ていこう。この章の中心となるのはエマニュエルがヴァリアに催眠暗示をかけ、ヨゼブ暗殺のシミュレーションを行うシーンである。注目すべきはこのシーンが、奇妙なダブルイメージのもとに描かれている点である。そこで招喚されているのは、ジャリの愛読書として知られる『千夜一夜物語』

の世界であり、エマニュエルはこのコント集の語り手シェヘラザード姫に扮している。一方、ミリアムは設定上、シェヘラザード姫の話を傍らでじっと聞く妹ドニアザードになっている。

さらにミリアムは、エマニュエルによって、自分が海の老人であり、ヨゼブはシンドバッドであるとの暗示をかけられる。「海の老人」とは「船乗りシンドバッドの第五の航海」から採られた次のようなエピソードの登場人物である。シンドバッドは漂流の末にたどり着いた島で一人の老人に出会う。川を渡してやろうと老人を肩車するのだが、老人はいつまでもシンドバッドから降りようとせず、両脚で首を絞めつけてくる。その後シンドバッドは老人を酔わせることでからくも窮地を脱する。エマニュエルがミリアムにかけた暗示において、ミリアムの同一化の対象である海の老人は、この首を絞めつけるイメージのために招喚されている。つまりエマニュエルがヨゼブの殺害方法として選んだのは絞首刑である。エマニュエル＝シェヘラザード姫は、ミリアムに具体的な殺人方法を喚起する視覚性に富んだ暗示の言葉を投げかける。

「おまえが眠りにつくべき時間は夜の一一時、シンドバッドを待ち伏せるのよ」。
「あいつの首におまえの両腿を絡めるの、牛の皮みたいな皮膚の両腿を〈おまえは〈海の老人〉だということを忘れずに！〉」
〔……〕
「おまえの両脚のペンチが、ひげ面の口だけ男の頸動脈を絞めあげる鉄の首かせとなりますように」[18]。

だが事は計画どおりには進まない。ヴァリアに寝込みを襲われたさい、ヨゼブは彼女の唇を強引に奪うことで、エマニュエルの催眠暗示を解いてしまうのだ[19]。こうして綿密なシミュレーションの甲斐なく、ヴァリアはふたたびヨゼブに占有されてしまうのである。

この結末はいったい何を意味しているのだろうか。我々の仮説は次のようなものだ。すなわち、ジャリの描く支配によるコミュニケーションでは、はじめから成功しないケースも見込まれているのだ。というよりむしろ、ジャリが支配のテーマのもとに目指したのは、あくまで自らのテクスト世界に他人を巻き込むことであり、その帰結としての支配の成否自体は。付随的なことがらに過ぎないのだ。じっさいに、「楣」などを熟読すると、[20]ジャリが他者を支配下におこうとするのは、他者に支配されることへの恐れからの反動なのだということが推察できる。他者とのコミュニケーションは必要だが、必要以上に自分の世界を侵食されたくはない——これがジャリのスタンスなのだ。

他方で、ジャリのテクストを読んでいるとしばしば、こうした他者の内面の操作を目論む声とは明らかに別の声にも遭遇する。それは蓄音機のような匿名的な声とは異なって、他人の声色を自在に使い分ける腹話術師が持つような複数的な声である。次節ではこの二つ目の声に関する詩学を模倣の観点から見ていくことにしよう。

3　声を借りる——狂人のディスクールの模倣

ジャリの作品の語り手は、他人の声をコピーし模倣することにも長けている。いわばしばしのあいだ憑依されるようにして、他人から特徴的な声を借用するのである。こうした偽装による模倣のうち、とくにジャリが得意としたのは狂人のディスクールの模倣である。以下ではそれがどのように実行されているかを見ていこう。

一八九七年刊行の小説『昼と夜』の第五書第四章には「暗殺者たちの言葉」と題された長い対話篇が収録されている。このタイトルは、同章のなかで種明かしされているように、音声上隣接した「ハシシュ吸飲者たち」との言葉遊びになっている。[21]この章は、暗殺者とハシシュ吸飲者という二つのイゾトピーの重ね合わせからなるのだ。

対話の舞台となるのは主人公サングルの知り合いのノゾコムという医師の診察室で、参加者たちは麻薬や劇薬の服用によって幻覚状態に陥っている。一見しただけで彼らの言葉の掛け合いが異常だとわかるのは、それが意味の伝達を目的としていないからである。むしろ思考の自然な流れを中断させて変形し合うことこそが、彼らのコミュニケーションの唯一のルールとなっているかのようだ。サングルが口述筆記したという対話の冒頭部分を見てみよう。

ノゾコム　「一八〇〇年……　百八十万……　**の頃に**……　安物の**無数のグラス**が……
ピアスト　千の震える数の**時計皿**だな。
ノゾコム　ショーウインドーのなかに一頭の象！　君はなんて獣なの……**ショーウインドーの板ガラス**のなかには四頭の象だよ。
ピアスト　「間抜けはいつも童貞を見つける……」
ノゾコム　蚤ならサン＝ミッシェル大通りの隅っこに居ついているぞ。
ピアスト　蚤をサンプルに持ち帰りたいのはオスマン大通りだよ。
ノゾコム　オスマン大通りはそれを**ガラス瓶**と取り違えている。サンプルなら**自由詩**があるぞ。
ピアスト　オスマン大通りは瓶なんて要らないよ、だって**空のグラス**で下剤を服用するのだから。(22)〔……〕」

ここでは音によるある種の連想ゲームが展開されている。ノゾコムとピアストは互いに相手の発した語に敏感に反応し、それを同音異義語に次々とすり替えてゆく。結果として彼らの対話は、異質なイメージを生み出しはするものの、決して何らかの合意に達することなく、ただひたすらテクストの表層を横滑りしてゆくだけである。

上の引用にはさまざまな注釈が施せるだろうが、ここでは一行目に出てくる前置詞「の頃に」の転位の過程（引用文中太字で強調してある）に注目してみよう。この語は「ガラス／グラス」と「詩」を含む同音異義語が作る合計六つのイゾトピーへと展開している。すなわち、「無数のグラス」（数のイゾトピー）、「時計皿」(23)（時のイゾトピー）、「ショーウインドーの板ガラス」（見世物のイゾトピー）、「ガラス瓶」（飲み物のイゾトピー）、「自由詩」（文字のイゾトピー）、「空のグラス」（入れ物のイゾトピー）である。最後にピアストが口にした「空のグラス」は、直前にノゾコムが発した「ガラス瓶」と「自由詩」の縮約形ないし合成語となっている。周知のとおり自由詩は象徴派のエンブレムであるから、この転位にはジャリの時代ならではのユーモアが込められていることになる。

この暗殺者たちの対話には、先行研究でも指摘されているように[24]、ベルクソンの心理学講義からのレミニッサンスが認められる。問題となるのは一八九二―九三年度の「狂気」についての講義で、そこでベルクソンは狂人に固有の思考法を観念連合の働きから解説している。ジャリが口述筆記した「講義ノートD」から引用してみよう。

システムが病的な原因の影響下で断ち切られると、人生において蓄積され序列化されたイデーや思考、イメージがそれら自体にゆだねられ、いくつかの法則――観念連合という名の機械的な法則に従うことになります。そのとき我々は、行き当たりばったりに進む、単純な語呂合わせにしばしばよく似た語やイメージの連合を見出します。一人の患者の前でアルベールと発音し、それを伝えると、その患者はアルビ、アルビジョワ、アルバトロスと続けます。語が語を導いているのです[25]。

暗殺者たちの対話のモデルはこの狂人のディスクールにあり、ジャリはベルクソンが言うところの「語やイメージの連合」を可能にする観念連合の法則に依拠しているのである。だがなぜジャリは狂人のディスクールを模倣したのか。この点に関しては、ノゾコムとピアストの対話についての語り手による次のコメントを参照しておきたい。

言葉はとんでもない速さで、計り知れない沈黙による中断を挟みながら飛び交い、ハシシュ吸飲者たちは、たぶん次から次へと到来するイメージのために、時間の概念を持たないので、毎秒毎分、三百年の代償を払って、無数の豊かな年月をのうのうと享受している。彼らは距離の概念も持たないので、もはやシネマトグラフが小刻みに揺れるときにしか目の焦点が合わず、彼らがソファの肘掛に手を上陸させるには、大航海が必要なほどだ[26]。

知覚を麻痺させたハシシュ吸飲者たちは、もはや時間と距離（空間）の概念を持たない。ジャリにとって、彼らは時空間の束縛から解放されて、永遠のなかに身をおく特別な存在なのだ。狂人の声で語るノゾコムとピアストのやりとりは、そのことを視覚化した言語パフォーマンスだったのである。

興味深いことにジャリは、翌一八九八年の末に脱稿の『パタフィジック学者フォストロール博士の言行録』（以下『フォストロール』と略記する）にも、この時空的制約からの超脱をテーマとする物語を挿入している。そこで次節では、ジャリがこの小説で時空間からの脱出を理論的に語り直すさいに、ある科学者の声を借用していることに注目し、模倣とは異なる形の他者の声の利用方法について考察してみたい。

4 借用から転用へ――テレパシー

『フォストロール』第三七章のタイトル下には、「ケルヴィン卿に宛てたフォストロール博士のテレパシー書簡[27]」と記されている。この章と続く第三八章に記されているのは、直前の第三五章において死を迎えた小説の主人公フォストロール博士がテレパシーによって語った言葉という設定になっているのだ。以下ではまず、このテレパシーという装置が、声の借用のテーマと切り離せないことを示す。続いて、それが単なる借用の次元に留まらず、他人の声を取り込んで転用するための装置としても機能していることを明らかにする。

テレパシーの交信相手であるケルヴィン卿とは、イギリスの高名な物理学者ウィリアム・トムソン（一八二四―一九〇七）のことである。ジャリがトムソンを知ったのは友人のヴァレリーを介してであり[28]、彼が手に取ったのは一八九三年にゴーチエ゠ヴィラール社から出版されたトムソンの講演録『科学講演と談話――物質の構成』の仏訳である。トムソンの専門は力学を中心とする古典物理学で、これは一九世紀末に至るまで、諸現象の解明に役立つ万能の科学と見なされていた。だが、放射線や電子など人間の感覚では直接捉えられないミクロな対象が相次いで発見されると、マクロな対象にしか効力を発揮しない古典物理学は窮地に追い込まれた。老トムソンはイギリスにあって、古典物理学の聖域を最後まで死守しようとした学者だった[29]。

トムソンはヴァレリーにとって、レオナルド・ダ・ヴィンチに比肩する理想的知性であり、ヴァレリーはトムソンの科学的概念を自らの思考の表現に取り入れている。(30) これに対し、ジャリが行ったのはトムソンのテクストの徹底的な換骨奪胎である。じっさい第三七章と第三八章のテクストは、明記こそされていないが、『科学講演と談話』のパッチワークによるある種のパロディ化の試みと見なせるのだ。

ジャリは『科学講演と談話』から専門用語や科学者の名前、とりわけ実験にまつわる数値や数式を多く引き写しているが、その狙いは自らの文学空間に科学的知が占める割合の高さを読者に印象づけることにあったのだろう。そのさいテレパシーなる表現は、他者の言葉を無断借用するうえでのカムフラージュとして機能している。(31)

だがそれだけではない。ジャリはトムソンの著作には存在しない独自の見解を挿入してもいるのだ。この点については、ジャリが一九〇三年に発表した「いくつかの科学小説について」を参照しておこう。ケルヴィン卿ことトムソンへの言及を含むこのSFのジャンル論の次の箇所は、テレパシー書簡の概要として読むことができる。

ケルヴィン卿によって権威の座から語られ、科学に関する数々の協会で報告された実験的試みほど風変わりなものはない。実験的試みを語るその観察者は死んではいないし、時空の観念が奪われているわけでもないが、いずれにせよセンチの単位や平均太陽時による秒の単位などはなくしてしまっていて、それらを黄色光スペクトルによって永遠のなかに再構築しようとしているのだ。(32)

たしかにトムソンは、時計や音叉や定規をなくしてしまった旅行者が、科学の知見に基づいて、自分のいる場所や時刻を割り出すという実験を報告している。(33) だが注目すべきは、トムソンは長さや時の単位を「永遠のなかに再構築」する実験など語っていない点である。つまりこの部分はジャリによる脚色なのである。

テレパシー書簡のなかで、フォストロールがトムソンに向けて独自の解釈を披露している箇所も、この永遠の概念にかかわる。その解釈の対象となるのは、トムソンが『科学講演と談話』で頻繁に言及しているエーテルである。エーテル（あるいは光エーテル）とは、二〇世紀初頭まで宇宙空間に充満すると考えられてもいた、光の波を伝えるための硬軟性質を持つ仮想媒質である。トムソンはエーテルの力学的な性質を想定し、ジャイロスタットやバネばかりといった可動式部品からなる機械仕掛けの模型を多数製作した。講演集の図版にも挿入されているこれらの力学的モデルによって、トムソンはエーテルの物理現象としての特性の解析を試みたのである。

第三七章と第三八章を含む小説の第八書は「エーテルニテ（Éthernité）」と題されているが、この語は「エーテル（éther）」と「永遠（éternité）」を掛け合わせた鞄語なのである。自らの創造理論の礎たるエーテルニテの概念化にあたり、ジャリが援用するのは古代宇宙論とオカルト哲学である。以下にこの二つを順に見ていこう。

まずジャリは独自にエーテルと光エーテルを運動の観点から区別する（ちなみにトムソンはこれらを区別していない）。「永遠は不動のエーテルの形をとって私の前に姿を現すので、結果としてそれは輝いていない。私は光エーテルを、円運動をなす儚（はかな）いものと呼ぶだろう。アリストテレス（『天界について』）から推論するに、それはエーテルニテと綴るのがふさわしい」[34]。ジャリはアリストテレスがその宇宙論『天界について』において、永遠に円運動する天体をアイテール（エーテル）と呼んでいることにちなんで[35]、物理学における光エーテルと、この古代宇宙論におけるアイテール（エーテル）を意図的に混同させているのだ。

続いてジャリは、「光エーテル」[36]と「物質のあらゆる粒子」とを区別したうえで、前者をオカルト哲学における「アストラル体」と結びつけている。すでに処女作の『砂時計覚書』には、アストラル体の状態での臨死体験や体外離脱（いわゆる「アストラル旅行」）が描かれていたが[37]、このアストラル体が存在するのがアストラル界である。一九世紀末にエリファス・レヴィのオカルティスムを再流行させた立役者の一人であるパピュス博士が著した『オカルト科学の基礎概論』（一八八八）によれば、アストラル界の役割とは、精神を司る天上界と物質で満たされた地上界を仲介して創造活動を行うことにある。

この高次の界と、可視的な我々の物質界の間には、高次の界で得た印象を受け取り、物質に働きかけることでそれを具現化するための中間界が存在する。それはちょうど芸術家の手が、脳で得た印象を受け取って、それを物質に定着させるような具合だ。
この事物の原理と事物そのものの中間界こそが、オカルティスムにおいてアストラル界と呼ばれるものである。[38]

アストラル界とは「芸術家の手」、つまり人間による芸術的創造の象徴なのである。ジャリは不可視の光エーテルに、この創造行為に不可欠な媒体を重ね合わせている。それゆえフォストロール博士は、地上における死が訪れたあとも、新たな芸術作品を発明すべく、光エーテルで満たされた世界のなかをアストラル体の状態で彷徨しているのである。このようにジャリによるトムソン受容は、古典物理学の科学的言説を脱文脈化したうえで、それをオカルティスムの疑似科学的言説に接続して我有化する方向に向かっている。

以上のようにジャリは、自らの創造理論を構築するにあたり、他人の声で語るだけでなく、そのなかに自らの声を巧みに滑り込ませている。つまり『フォストロール』におけるテレパシーは、他者の言葉を借用する道具としてのみならず、そこに自らの発話を上書きして転用するための道具としても機能しているのである。

これまで見てきたように、ジャリにおける声の詩学は、一九世紀末の雰囲気を決して漠然と伝えているだけではない。それはヴィリエやマラルメを経由した脱人称化、サルペトリエール小説における催眠術の表象やオカルト哲学の疑似科学的ディスクールといった、まさに一九世紀末に固有の言説空間の延長線上に位置づけることができるものなのである。ジャリの文学空間にこだまする声は、あるときは作者の理想的なイメージの構築に寄与し（蓄音機）、あるときは支配のテーマのもとで登場人物たちの表象に活用される（催眠術）。またあるときは他者のディスクールを解体し、そこに異質な要素を加えて再編成するための道具ともなる（テレパシー）。

そしてこれらの装置すべてが、宛先として他者の存在を必要としていることは示唆的である。むろんその呼びかけの対象は、テクスト外にいる読者であったり（操る声）、ジャリが読んだ本の著者であったり（声の借用）とさまざまなのだが、それでもジャリの作品で、虚無に向かってつぶやくような声にほとんど出会うことがないのは確かなことだ。こうした意味でも、これらの装置に注目することは、ジャリの文学が、他者を半ば強制的に巻き込むような形で成立していることを、我々にあらためて思い出させてくれるのである。

注

（1） Alfred Jarry, « Conférence sur les pantins », *Œuvres complètes*, t. I, Gallimard, coll. « Bibliothèque de la Pléiade », 1972, p. 422-423.

（2） Alfred Jarry, *Les Minutes de sable mémorial*, *Œuvres complètes*, t. II, Classiques Garnier, coll. « Bibliothèque de littérature du XXe siècle », 2012, p. 76-77（以下 OC II と略記）.

（3） Cf. Hunter Kevil, Les Minutes de Sable Mémorial : *A Critical Edition with an Introductory Essay, Notes, and Commentary*, Princeton University, Ph.D., 1975, p. 360.

（4） Cf. H. Gros, « Le Phonographe Edison », in *Le Magasin pittoresque*, 15 mai 1889, p. 148.

（5） Groupe μ, *Rhétorique de la poésie. Lecture linéaire, lecture tabulaire* (1977), Seuil, coll. « Points Essais », 1990.

（6） Cf. Julien Schuh, « L'obscurité comme synthèse chez Alfred Jarry. Mécanismes de la suggestion dans l'écriture symboliste », in *Fabula/Les colloques*, Séminaire "Signe, déchiffrement, et interprétation", URL : http://www.fabula.org/colloques/document910.php こうしたイゾトピー構造は象徴派のテクストの一つの特徴でもある。同じくグループ・ミューの理論を用いた分析に次のものがある。相野毅「レミ・ド・グールモンの『木蓮』——幻想短篇と詩的散文の間で」、『フランス文学論集』第三四号、九州フランス文学会、一九九九年、一一一二〇頁。

（7） このことは次の論文から教えられた。Cf. Julien Schuh, « "Phonographe" : Des vertus musicales de l'éguisier », in *L'Étoile-Absinthe*, n°s 126-127, SAAJ & Du Lérot *éditeur*, 2011, p. 74-75.

（8） フェリシア・ミラー・フランク『機械仕掛けの歌姫——19世紀フランスにおける女性・声・人造性』大串尚代訳、東洋書林、二〇一〇年、二六六頁。

（9）Alfred Jarry, *Les Minutes de sable mémorial*, OC II, p. 133.

（10）*Ibid.*, p. 148.

（11）Stéphane Mallarmé, *Vers et prose. Morceaux choisis*, Perrin, 2e éd., 1893, p. 192. ジャリはマラルメから『詩と散文』を送られており、『パタフィジック学者フォストロール博士の言行録』でこの本に言及している。

（12）Alfred Jarry, *Les Minutes de sable mémorial*, *op. cit.*, p. 44-45.

（13）*Ibid.*, p. 79.

（14）この発想源（スルス）については以下で詳しく論じたことがある。「催眠術師のオイディプス——アルフレッド・ジャリの『絶対の愛』再読」、『上智大学仏語・仏文論集』第四八号、二〇一三年、八八—九一、九三—九四頁。

（15）Cf. Bertrand Marquer, *Les Romans de la Salpêtrière. Réception d'une scénographie clinique : Jean-Martin Charcot dans l'imaginaire fin-de-siècle*, Droz, coll. « Histoire des idées et critique littéraire », 2008.

（16）Alfred Jarry, *L'Amour absolu*, *Œuvres complètes*, t. III, Classiques Garnier, coll. « Bibliothèque de littérature du XXe siècle », 2013, p. 499（以下 OC III と略記）。傍点は原文における強調。

（17）*Ibid.*, p. 502.

（18）*Ibid.*, p. 546-547.

（19）*Ibid.*, p. 548.

（20）Alfred Jarry, *Les Minutes de sable mémorial*, *op. cit.*, p. 42-45.

（21）ジャリはエドゥアール・シャルトンが編集したマルコ・ポーロの旅行記（「山の老人伝説」と呼ばれる、ハシシュを餌に若者たちに暗殺を行わせる物語）を巧みにコラージュして「天国にて、あるいは山の老人」を書き、それを『訪う愛』の第一〇章に組み込んでいる。

（22）Alfred Jarry, *Les Jours et les Nuits. Roman d'un déserteur*, OC II, p. 718-719.「震える数の（ヴィブリヤール）」と訳した語はジャリによる造語。太字での強調は引用者による。なおこの対話の箇所では各自のセリフが鉤括弧で仕切られていない。いわば一つの対話文を二人が交代で読んでいくような形になっている。途中の鉤括弧つきのピアストのセリフは、挿入句のような扱いになっている。

(23) 「時計皿（ヴェール・ド・モントル）」は「懐中時計のガラス（ヴェール・ド・モントル）」とも訳せる。

(24) Catherine Stehlin, « Jarry, le cours Bergson et la philosophie », in *Europe*, n°s 623–624, « Alfred Jarry », mars–avril 1981, p. 45.

(25) Alfred Jarry, *Cours Bergson*, Cahier D (5/6), Ms 21133-B'-I-13, Fonds Jacques Doucet, 1892–93, p. 8–9. ジャリは時折単語を略記しているが、煩雑になるので訳文には反映させていない。

(26) Alfred Jarry, *Les Jours et les Nuits*, *op. cit.*, p. 724. 傍点は原文における強調。

(27) Alfred Jarry, *Gestes et opinions du docteur Faustroll, pataphysicien. Roman néo-scientifique*, OC III, p. 190. 原文はイタリックになっている。

(28) Cf. André Breton, « Alfred Jarry », *Les Pas perdus* (1924), *Œuvres complètes*, t. I, Gallimard, coll. « Bibliothèque de la Pléiade », 1988, p. 225.

(29) ここでの記述は次の著作を参照した。小山慶太『異貌の科学者』丸善ライブラリー、一九九一年、五九―六二頁。

(30) Cf. Paul Valéry, *Introduction à la méthode de Léonard de Vinci*, *Œuvres*, t. I, Gallimard, coll. « Bibliothèque de la Pléiade », 1957, p. 1195–1196. ヴァレリーのトムソン受容については次の研究にくわしい。今井勉「ヴァレリーと英国学派物理学」、『東北大学文学部研究年報』第四八号、東北大学文学部、一九九九年、三〇五―三三二頁。

(31) テレパシーに関するジャリの発想源（スルス）は、『科学雑誌』一八九七年五月号掲載のウィリアム・クルックス（一八三二―一九一九）の講演の要旨である可能性が高い。ジャリが『フォストロール』第九章を捧げているクルックスは、テレパシーを振動の伝達の観点から科学的に検証したうえで、テレパシー現象の実在を否定してはいない。Cf. William Crookes, « De la relativité des connaissances humaines », in *Revue scientifique (Revue rose)*, n° 20, 15 mai 1897, p. 612–613.

(32) Alfred Jarry, « De quelques romans scientifiques », *Œuvres complètes*, t. II, Gallimard, coll. « Bibliothèque de la Pléiade », 1987, p. 520.

(33) Sir William Thomson (Lord Kelvin), *Conférences scientifiques et allocutions*, traduites et annotées sur la deuxième édition par P. Lugol ; avec des extraits de mémoires récents de Sir W. Thomson et quelques notes par M. Brillouin, *Constitution de la matière*, Gauthier-Villars, 1893, p. 73.

（34） Alfred Jarry, *Gestes et opinions du docteur Faustroll*, *op. cit.*, p. 194. 傍点は原文における強調。

（35） Cf. *Traité du ciel d'Aristote*, trad. fr. par J. Barthélemy Saint-Hilaire, A. Durand, 1866.

（36） Alfred Jarry, *Gestes et opinions du docteur Faustroll*, *op. cit.*, p. 194.

（37） Alfred Jarry, *Les Minutes de sable mémorial*, *op. cit.*, p. 96, 172.

（38） Papus (Gérard Encausse), *Traité élémentaire de science occulte* (1888), 5e éd., Charmuel, 1898, p. 397. 傍点は原文における強調。

文学——他処から来た声？

——ホメロスからヴァレリーへ

ウィリアム・マルクス
（内藤真奈訳）

ここで扱う問題は、このような題名ではありますが、地球外生命体についてではありません。しかし、人間を超越した何かについての話になるでしょう。

前置きとして言っておきますが、私が現在置かれている状況は、居心地の悪いものでありながら、刺激的なものでもあります。私は何年も前から、文学とは歴史的に規定されるものであり、文学に関する普遍化のほとんどは言語と思考の乱用から生まれると、著作を通して繰り返してきました。厳密に言えば、文学 littérature とは一八世紀末、ロマン主義時代の幕開けにヨーロッパでそのような名前のもとに現れた、芸術的性質を持った数々の言語的実践のことです。それが、類似してはいるが正確には重なることのない実践、中でも「詩 poésie」や「文芸 belles-lettres」といった名前を冠された実践にとって代わりました。したがって、この「文学」という新しいシステムと先行する種々のシステムを結びつけるような連続性が問題となるわけですが、そのような連続性というのは、見せかけで、後づけのものに過ぎず、ただ単に、このような「文学」の慣習に依拠しない作品を、アナクロニックなやり方で扱う文学解釈に関係しているだけのものなのではないでしょうか。以上が、最新の研究書『オイディプスの墓』(*Le Tombeau d'Œdipe*, Minuit, 2012) で私が主張した論です。この著作で私は、現代においてギリシア悲劇は様々な無理解の対象となっているということを明らかにしました。実際のところ、ギリシア悲劇はこうした矛盾が極限まで押し進められた実例なのです。

さて、それでもなお、前文学的な実践といわゆる文学的な実践との間に、客観的な連続性を示す何らかの特徴を、文学に先立つ作品、それも最も古い作品の中に、見出すことはできないでしょうか。この問題は少し前から私の関心事であり、[1]ここでその結論を予想してみたいと思います。それは私自身が論拠としているものに対して矛盾を呈するようなものです。そのため、初めに申し上げたように、私は今、居心地が悪いと同時に非常に刺激的な状況にあるのです。

現代文学の問題系において中心的なものである声の問題（例えば詩を特異な声の表出であるとするヴァレリーの考え方など）によって、現代性というものを、最も古風とは言わないまでも、はるか昔の前文学的実践に結びつけることが、場合によっては、可能となるかもしれない。本論考で私が示したいのは、このことです。すなわち、西洋の詩が初めから特異で、奇妙な、根本的に他なるものであり、俗世界のただ中に神秘の新たな空間を開きにやって来る声として考えられてきた、そのやり方です。このような特徴が見出せると思われるのは、最も古風な詩の中、西洋文学の揺籃と一般に呼ばれているホメロスやヘシオドスといった最古のギリシアの詩人たちの詩の中なのです。

1　他処から来た指示詞

トロイア戦争が始まって二年目のことです。神々の見守る中で長い間、人間同士が戦っていました。その原因はおそらく、てんでばらばらにあちこちで干渉し、戦いの均衡をある時は一方に、またある時は他方にと傾けていた神々にあったのですが。この時はアルゴス人の力が弱まり、トロイア人が優勢でした。勇敢なヘクトルに攻めたてられて、アカイア人（アルゴス人の別名）の軍隊は、言語を絶する混乱のなか、海岸の野営地へ一斉に退却しました。自分たちを守るはずだった濠と防壁の間で身動きがとれなくなり、今やその濠と壁はアカイア軍の墓となろうとしていました。結局のところ、墓ほど身を守ってくれるものはありません——墓の中では生者を避けることができる——。とはいえそれは最後の手段。普通は他の方法を先に試してみるものです。よく使われる表現で言うところの、危機的な状況です。ヘクトルがそうすると誓った通り、もしトロイア軍が野営地に侵入することに成功すれば、彼らは船を焼きはらい、ダナオイ人（アカイア人の別名）は敵地で命を落とすこととなり、トロイア戦争は終わり、アガメムノンに率いられた軍隊の失敗となるでしょう。実際にはまだそこまでいっていませんが、ぞっとするようなことを想像して楽しむ権利はありますからね。

そうこうするうちに、首がいくつもすっぱりと切り落とされ、脳みそが空中に噴き出し、槍が歯の隙間から入り込んで首筋から飛び出てくる。同様の楽しげな出来事が起こります。幸いなことに、アガメムノンが危機を見てとり、陣営の中を走り回り、演説をすると、兵士たちはそれっとばかりに戦列へと戻ります。さらに、アガメムノンの演説にゼウスが奇跡をもたらしたので、彼らはよりいっそう意気揚々としています。一羽の鷲が飛来し、神々の父ゼウスの祭壇のそばに小鹿を落としていったのです。これはまれに見る神意のしるしで、実際のところ、もっと何でもないことでも兵士たちは戦線に復帰したでしょう。という次第で、この立派な英雄たちは見栄えのする隊列を作ります。不屈のディオメデスはもちろんのこと、次いでアトレウス家の兄弟、アガメムノンとメネラオス、同じく分かち難き両雄アイアス、イドメネウスと従者メリオネス、エウアイモンの息子エウリュピュロス、最後にテラモンの庶子テウクロスが続きます。私生児ながら、テウクロスが中でもめざましい功績をあげ、弓を取ると目に入るすべてのトロイア人を次々と打ち倒していきます。それは見事な殺戮です。目利きのアガメムノンがやって来てテウクロスを褒めたたえ、激励します。要約すると次のようなことを言います。このように戦い続ければ、イリオス（トロイアの別名）陥落の折には、三脚の釜（ブロンズ製と考えられる。すなわち大金）、二頭の馬（つまり二頭立ての馬車）、褥（しとね）をともにする女（説明は不要）のうちから褒美をとらせよう。

提示された富の中からテウクロスが何を選んだか、歴史は語っていませんが（難しい選択です。脚の数で言えば二頭の四肢動物が三脚の釜と人間より明らかに優位を占めますが、考慮すべき要素はおそらく他にもあるでしょう）、――この日は機嫌がよくなかったのか、寝起きが悪かったからか――ともかくテウクロスはむっとして次のように答えます。

誉れ最も高きアトレウスの御子よ、すでに気負い立っているわたしを、何故さらに鞭撻するようなことをなされるのか。わたしは力の続く限り手を留めることはないし、現にわが軍が敵をイリオス城に向けて押し返した時から、弓を持って待ち構え、敵を討ち取ってきました。既に鏃の長い矢を八本放ち、すべて屈強な若い敵兵の身に刺さっております。ただ、あの狂犬めだけはまだ射倒せぬが。(2)

この言葉からテウクロスの精神状態がよくわかります。英雄の名にふさわしい人物は、自分が既にしっかりとできていることを改めて他人にやれと言われるのを好まない。アガメムノンが与えようとする褒美にしても、テウクロスは栄誉のために戦っているのに、欲得ずくの魂胆があるように思われるのは不愉快なことではないでしょうか。要するに、テウクロスの答えは、戦場の戦士が互いに鼓舞し合うホメロスの世界に最もふさわしい言葉です。しかしながら、それだけで終わらず、——重要なところですので、よく聞いて下さい——テウクロスは「ただ、あの狂犬めだけはまだ射倒せぬが」と付け加えます。

すると、すべてが一度にひっくり返り、我々は別の世界へと放り込まれるのです。いったい「あの狂犬」とは誰のことでしょう。そこまでの文脈からは誰を指しているかはわからず、かといって、この表現を文字通りに、人間と馬と神々のみがいることを許される場である戦場に——それだけで十分入り組んだ状態なのに——厚かましくも歩きまわる狂犬が実際にいるという解釈を促すようなくだりもありません。この動物を特定しようとして、恐ろしい殺戮を繰り広げてトロイア人を勝利へと導いたプリアモス王の息子ヘクトルの名を見つけようとすれば、実に八三行もさかのぼらなくてはなりません。もちろん、テウクロスは戦況をひっくり返すためにもヘクトルをその矢で射止めたいと思っているわけですが。

ところで、目の前にテクストがあり、すぐに例の箇所を参照することができるわけではないホメロス（もしくは吟唱詩人かはどうでもいいことですが）の聴衆にとって、八三行というのは長く、とても長く、あまりにも長すぎるのです。したがって、実際に、「あの狂犬」の「あの」という指示詞は二一六行目に現れたヘクトルの名を指示しているはずはありません。この指示詞は『イリアス』のテクストの中では文字通り何も指示しておらず（文法用語で言えば照応詞ではなく）、まったく異なる機能を果たしています。つまり、戦場においてテウクロス自身が見て（というのも、そのことを彼が話しているのだから）アガメムノンに見せた何かあるいは何者かに注意を促しているのです。それはアガメムノンも顔を向ければ見ることができる何かあるいは何者かではあるけれど、静かに座って吟唱詩人の歌を聴いている聴衆は、どこに目を向けようとそれを自分の目で見ることはできません。先行する詩文に指示対象を持たないこの指示詞が用いられることによって、叙事詩の聴衆はただ驚くより他なく、それこそがホメロスが狙った効果なのです。

なぜなら、単なる「あの」という言葉（ギリシア語では「トウトン touton」という語で行頭に置かれている）が発せられることで、『イリアス』の聴衆はテウクロスによって戦場へと呼び出されるからです。聴衆は否応なく英雄の立場に身を置かざるを得ず、自分を取りまく現実とはまったく異なる現実が突如として鼻先に出現するのを見るのです。数世紀前のトロイアの荒廃した平原が、一瞬にして目の前に広がる。それは乱戦の光景で、死体が地面を覆い、アカイア人を休みなく切り進むヘクトルの姿が地平線にくっきりと浮かび上がる。テクスト上に指示対象を持たない指示詞がこのように突如として現れることは、ホメロスの時代には前代未聞でした。その効果は今日の我々にとっては色あせたものに映るかもしれません。ディオメデスの投げ槍が原子力ミサイルの前には無力であるのと同様、三千年にも及ぶ言語技術の発展を経て、はるかに効果的で洗練された表現方法が使われ、使い古されてしまい、我々は言葉のもたらす効果に無感動になってしまっていますが、ホメロスの聴衆の心境に自分たちを置いてみる必要があります。あらゆる差異を考慮に入れれば、この直示的な効果を持つ指示詞は、初期のシネマトグラフの観客を飛びのかせたラ・シオタ駅に進入してくる列車のインパクト、あるいは立体映画の初期の作品が持っていた喚起力を有しています。このちょっとした言葉はそれだけで、生身のヘクトルを見るような錯覚を与えます。それはちょうどヒッチコック映画において、スクリーンから飛び出てハサミをつかもうとする絶望したグレース・ケリーの手と同じ存在感を醸し出すのです。ただ、この場合、立体メガネは必要ありませんが。[3]

ホメロスはこの力業が及ぼす効果をよく心得ており、聴衆をあまり乱暴に扱い、驚きのせいで物語に参加できなくさせないように気をつかっています。すぐ後の詩句で「あの狂犬」の意味をはっきりと示しているのです。「こう言うと、さらに一本の矢をヘクトルめがけて弦から放ち、射当てんものと心は逸った」[4]。やれやれ、間一髪のところだった。少しぼうっとした聴衆でもテウクロスが誰のことを話していたのか、これでようやく理解します。指示詞たった一つで、詩を読み終わるまでずっと読者をどっちつかずの状態に陥れたヴァレリーの無謀な挑発のレベルにはまだ達していません（「海辺の墓地」のあの「鳩歩む静かな屋根」の本質を見抜くことができなかったことに腹を立て、しまいには一杯食わされたとして詩人を責める人もいるのです[5]）。

実は、ホメロスがこの手法を用いるのは、初めてではありません。第三歌で既に、老王プリアモスはトロイアの要塞の上から戦況を見守っている時、ヘレナに次のように聞くのです。

あそこに見える雲突くばかりの大男、身の丈、容姿ともに他に抜きんでたあのアカイアの偉丈夫は何者か、その名をわしに教えてくれぬか。背丈のみなら彼を凌ぐ者が他にもあろうが、これほど眉目秀麗、しかも威厳のある人物を、わしはかつて目のあたり見たことがない。いかにも王者の風格を備えた人と見受けるが。

もちろん、ヘレナは答えるけれども、彼女が老人の好奇心を満たすために、その輝くばかりのアカイア人の名を口にするまでに、実に八詩句分待たなくてはなりません。それは「アトレウスが一子、名君の誉れも高く、剛勇の戦士でもある広大な領土を誇るアガメムノン[6]」に他ならない。プリアモスと同様に聴衆も、第八歌の場合よりも長く宙ぶらりんの状態に置かれるわけですが、そこまで乱暴なやり方ではありません。名前を口にされない代わりに、アガメムノンの描写がされますが、だからといって聴衆はアガメムノンのことをトロイア王より詳しく知っているわけではなく、王とともに答えを待ち受けます。しかし第八歌では、聴衆の知識と登場人物の知識との間に成立する、この等式が崩されています。テウクロスとアガメムノンは、誰が「あの狂犬」であるのか知っています。つまり、第二九九行は別世界に面した窓を少しだけ開くものなのです。別の現実が突如として出現し、その現実について聴衆には情報が不足していて、それは言葉で示されるよりも大きな現実であり、言葉によって呼び起こされるけれども、言葉に還元されることのない、そんな現実です。

テウクロスの言葉自体もこの別世界からやって来たもので、虚構の口から発せられ、我々を言語以外の方法ではたどり着くことができない他処へと差し向けるのです。吟唱詩人の歌の優れたところは、この点にあります。話しているのは詩人ではなく、他者——ここでは何世紀も前に死んだテウクロス——なのです。『オデュッセイア』の中でオデュッセウス自身がこのような神秘の力に驚いてデモドコスに次のような言葉をかけます。

そなたのうたうアカイア勢の運命——アカイア人たちの天晴れな働きと、彼らの身に起こったことごと、ことにその数々の苦難の物語は、まことに見事であった。さながらそなたがその場にあったか、あるいは(その場にいた)誰かから聞いたかのような生々しさであった。(7)

このくだりからは、『オデュッセイア』のメタ叙事詩的で準反省的な傾向を見てとることができます。ホメロスは——その名で呼ばれるのがどのような人、あるいは人々であれ——自分が行っている芸術の意味と諸条件について自問しているのです(ここで一つ問題を提起してみましょう。ホメロスの第二の詩が既に叙事詩について批評や脱構築をしているのであれば、はたして叙事詩の黄金時代などというものはあったのでしょうか。叙事詩を書き起こすこと、それだけでも吟遊詩人の職業を歪曲するものであり、『イリアス』は『イリアス』自身の意味を曲げて伝えるのです。別の言い方をすれば、我々が知っているかたちで書き写された詩は、トロイア戦争をめぐる吟遊詩歌が無限に繰り返す転調を固定化することで変質させてしまっているのです。この頃既に頽廃期を迎えていたということです。しかしながら、このことはある命題を導き出します。すなわち、いつの時代も頽廃期であるということは、頽廃そのものが神話に過ぎないということです)。

ところで、デモドコスもホメロスもトロイアにいたことはありません。もしこの二人がトロイア戦争の状況を極めて詳細に知っているとすれば、ほんのささいな出来事まで描写できるとしたら、アガメムノンやテウクロスの代弁をすることができるとしたら、数世紀前の戦場で繰り広げられたすさまじい戦いを細部まで見ている印象を与え得るとしたら、そのような力は神から彼らにやって来るとしか考えられません。ムーサか、あるいはアポロンが彼らに教えるにせよ、彼らの口をかりて語っているにせよ、同じことです。オデュッセウスもデモドコスもそのように言っているのですから。[8] ホメロス自身も『イリアス』の冒頭の句で同様に言っています。彼の歌は彼自身のものではなく、ムーサのものだと。

2　シャーマンとしての詩人

ランボーよりずっと以前に、詩人は他者だったのです。ただ一つ違っていたのは、この変貌は注釈されすぎて精彩をなくしてしまった比喩とは何の関係もなく、現実のこととして体験されたのでした。どうしてそうでないことがありましょうか。結局のところ、言語が直接の行動や自分を取りまく現実世界の単なる描写とは関係なく何らかの機能を果たすやいなや、人がもはや自分のためではなく他人の言葉を用いて話すようになるやいなや、アイデンティティーの変化が起こります。少し考えてみればわかりますが、時間的にあるいは空間的に隔たった出来事を語ったり、知らない人の言葉を伝えたりしようとすると、うまくいかないところがあります。そこにない現実を生じさせること、自分自身を変えられることは、特権であると同様に危険でもあります。一歩間違えば、無理解、さらにはスキャンダルを引き起こすからです。詩と虚構は最後にはその一歩を越えてしまう運命にありました。

実際、「昼食にみんなで食べるマンモスを探しに行ってくる」と「「昼食にみんなで食べるマンモスを探しに行ってくる」とパパは言った」では、ずいぶん意味が違います。そこから「それから偉大なる女神は言いました。「人間が昼食に食べられるようにマンモスを創りましょう」」までは、さらに遠いのです（なぜなら、ホメロスよりもずっと昔の時代に起こったことですから）。一人称が今現在、ここで話している人間ではなく、時間的にも空間的にも遠いところにいる、死んでしまった、あるいは空想上の人物の存在を指し示す限り、その言葉を伝えるということは、言語に否応なくねじれを生じさせ、通常の発話行為にある種の暴力行為をもたらすものなのです。直示 deixis が言葉 lexis に対応しなくなるやいなや、言語はシャーマンの仮面のように作用します。すなわち、話し手を変化させ、その代わりに不在者を出現させるのです。同時に、話し手と聞き手が共有していた環境の上に奇妙なヴェールが落ち、すぐさま、一切合財をもって突然現れたこの不在者がもたらす別世界がぼんやりと立ち現れるのです。

マラルメはこう書きました。「たとえば私が、花！　と言う。すると、私のその声がいかなる輪郭をもそこへ追放する忘却状態とは別のところで、認知されるしかじかの花々とは別の何ものかとして、あらゆる花束の中には存在しない花が、それがつまり笑み綻び、又は誇り高く凛とした観念なのだが、音楽的に立ち昇るのである」[9]。一九世紀末、『賽の一振り』を書いた詩人は、言葉が原初に持っていたに違いない喚起力をもう一度取り戻させようと必死に努力しました。それは「より純粋な意味を、部族の語に与える」[10]ことでもあるのでしょう。すなわち、古代の詩人がまだ意のままにすることができ、その魔力を使い切る恐れなしに使うことができた力を取り戻すのです。

吟唱詩人はシャーマンであったのですが、ローマ通りに住むこの詩人は自分もそうなろうと努めたのです。しかしながら、ヨーロッパ広場の界隈をムーサがそぞろ歩きをしているところを見た者はいませんでした。彼女たちが集団でぶらついていたら、衆目を集めずにはおかなかったでしょうし、おそらく露出過多の下品な娼婦と間違えられたに違いありません。

3　詩の女神（ムーサ）に語らせること

今日では、ムーサは苦笑を誘わずに済んだとしても、せいぜい無関心に受けとられるだけです。ムーサたちは少しばかり好色な芸術家がつきまとって離れない色っぽい美人でなければ（優雅な、あるいは皮肉屋の誰かが「私のミューズ〔ムーサ〕を紹介します」と言いながら、自分の同伴者、でなければ底に残ったドライマティーニがかすかに震えるグラスを疲れたしぐさで示すような)、厳重に鍵をかけた戸棚の中に他の古臭い詩とともにしまっておくようなものなのです。誰がそこからムーサを出そうとなんてするでしょうか。既にロンサールはムーサを信用しておらず、ムーサは結局のところ、彼にとって詩の冷たいアレゴリーとなるだけでした。ホラティウスやウェルギリウスにとっても、それ以上ではありませんでした。

ホメロスにおいては、事情は違います。『イリアス』と『オデュッセイア』を始めるムーサは無意味な言葉ではないのです。その上、ムーサは作品を始めるだけでなく、歌うのです。「怒りを歌え、女神よ、ペレウスの子アキレウスの」「ムーサよ、わたくしにかの機略縦横なる男の物語をして下され[11]」。吟唱詩人は霊感を与える女神が彼のうちで、あるいは彼の口をかりて歌うことしか歌えはしないのです。さらに、『オデュッセイア』の冒頭の句(ギリシア語で moi ennepe)は文字通り「ムーサよ、私のうちで話して下され」と訳すこともできるでしょう。ムーサは詩人の中で、話しているのであり、詩人はムーサに口をかしているのです。人間がその表現手段に過ぎない、このような歌の超自然的な起源を理解するためには、霊媒、シャーマン、旋回するダルヴィーシュなど、現代のあらゆるものと比較してみるのもいいでしょう。

詩人の知識はかりてきたものでしかなく、トロイア平原で戦うすべての戦士のリストを作る時はかつてないほど、そうであったのです。『イリアス』第二歌に登場する軍艦の有名な目録ですが、延々と続く三〇〇行の詩句の中で、ギリシア側の全艦長の名があげられ、それに続いて——そこまで詳しくはないにせよ——トロイア側の艦長の名前が列挙されます。さて、この危うくも名高い一節に乗り出す前に、吟唱詩人は再びムーサに祈願します。「御身らは神にましまし、事あるごとにその場にあって、なにごともすべてご承知であるのに、われらはただ伝え聞くのみで、なにごとも弁えぬものなれば[12]」。ホメロスの知識は、デモドコスの知識と同様、他処からやって来ます。彼らは自分自身のものではない声を聞かせるのです。彼らは取りつかれているのです。

数世紀のちに、ヘシオドスも同じことを言っています。『神統記』を慣例のムーサへの祈りというかたちで始めることに飽きたらず、詩を作り上げる長々と続く神々の系譜の筆頭にムーサを置いたのです。ヘシオドスは世界の起源について語るよりも前に、ゼウスとムネモシュネ（記憶の女神）との娘たちであるムーサの誕生について歌い始めました。実際、冒頭の一一五行が彼女たちに捧げられています。このように、ムーサたちは撤回することのできない力によって、詩人にそれを命じたのですが、そう命じるのは当然のことでした。というのも、ムーサがいなければ、詩も世界の起源もあり得ないからです。ヘシオドスがいみじくも「真実に似た偽り(13)」と述べたように――この辛辣な言葉はおそらくホメロスにも匹敵するでしょう――、ムーサはすべての真実の源ではなかったでしょうか。詩人が「これから生ずることがらと昔起こったことがらを褒め歌(14)」うことができるのは、ムーサを介してであり、詩人が自分の知識と権威の正当性を引き出すのは、ムーサからなのです。

現代に残る最古のギリシア詩の中で、ムーサたち、あるいは第一のムーサであるカリオペを呼び出すことで始まる詩の例は枚挙にいとまありません。「ヘルメスを讃め歌え、ムーサよ」、「ムーサよ語れ、黄金ゆたかなアフロディテの御業を」、「ムーサよ、アルテミスを歌い讃えよ」、「声さわやかなムーサよ、すべての神々とすべての人間たちとの母を頌め歌えよ」、「ムーサよ、語り聞かせよ、ヘルメスの愛しき子を(15)」といったように、ムーサはあちこちに顔を出しているのです……。しかしながら、ムーサが言葉を発していることが明らかな箇所はどこにもありません。ムーサへの祈りそのものが展開していくことによって、知らず知らずのうちに英雄の招喚へと変わるのです。

> 怒りを歌え、女神よ、ペレウスの子アキレウスの――アカイア勢に数知れぬ苦難をもたらし、あまた勇士らの猛き魂を冥府の王（アイアス）に投げ与え、その亡骸（なきがら）は群がる野犬野鳥の啖（くら）うにまかせたかの呪うべき怒りを。かくてゼウスの神慮は遂げられていったが、はじめアトレウスの子、民を統（す）べる王アガメムノンと勇将アキレウスとが、仲違（なかたが）いして袂（たもと）を分つ時より語り起して、歌い給えよ(16)。

『イリアス』はこのように始まり、冒頭のムーサへの呼びかけから、次々と付け足しが続き、始まりの文章まで、物語の糸は展開していき、詩人の言葉とムーサの言葉の間に明確な変化はまったく見られません。もし詩人が、祈りを雪だるま式に増殖させることで、ムーサに取りつかれようとしており、最後にはその試みに成功するのであるなら、この二つの声を聞き分けようとすることに何の意味があるでしょうか。

『イリアス』は同時に、ムーサに対する一つの長い祈りとも、ムーサ自身の歌ともなります。ここでは、いかなる節も同時に二人の発話者を持つことはできないとする現代の発話理論を放棄しなくてはなりません。[17]

言語の日常的な用法に有効なことでも、ムーサの詩的な典礼には当てはまらないこともあるでしょう。悪魔に憑依されて声が変わるラヴクラフトの幻想小説の登場人物[18]が思い浮かびますが、前述のムーサに対する讃歌もすべて同じです。このギリシア詩は文字通り別世界、神々の世界か女神たちの世界から我々のもとに落ちてきたもの——少なくとも、そのようなふりをしているのです。

4　憑依の詩学、その変遷

ムーサとは、一七世紀の絵画に見られるように、詩人を魅了する若い美女というだけではありませんでした。彼女たちは抽象的なアレゴリーでも、伝統的にそれぞれに与えられた役割を表す肉体を持たない象徴でも、小道具を持った単なるモデルでもありませんでした。例えば、ご存知のように、エウテルペは必ず笛を持ち、メルポメネは悲劇の仮面をかぶっています。渾天儀とコンパスを持ったウラニアはなかなか大変な生活を強いられています。眠るのには邪魔でしょうから。

ムーサの歴史において、このような分業体制は後から出来たものです。芸術が九つあったから、ムーサが九人いるわけではないのです。実はその逆で、ムーサが九人いたから九つの芸術があるのです。彼女たちは九人です。なぜなら、パルカ〔運命の三女神〕も、フリアイ〔復讐の女神、三姉妹〕も、ホーラ〔季節の女神〕も、グラティアエ〔美の女神〕も三人だからであり、九は三の自然な増加数だからです（そもそも、ヘリコン山の神殿で崇められていたムーサは三人ではなかったでしょうか）[19]。ムーサは九人なのです。なぜなら、世界の記憶の根底は彼女たちにあり、世界を数え上げる役目を担う彼女たちは、すべての数字を自在にあやつることができなければならないからです。彼女たちは九人です。なぜなら彼女たち自身が記憶の女神、ムネモシュネの娘であり、ゼウスは九晩にわたってこのティタン族の娘と契りを交わしたからです。彼女たちは九人です。なぜなら、誰の目から見ても、子どもたちは両親の人生の最も親密にして最もはかない瞬間の記憶を体現しているからです。彼女たちは九人です。記憶を喚起させる役目は子どもたちが負うからです。彼女たちは九人です。なぜなら、ムーサが初めて歌う機会を与えられた、オリンポスの神々のティタン族に対する勝利をたたえる、最もささやかな方法だからです。彼女たちは九人です。なぜなら、パルナッソス山の上を回りながら休みなく永遠に踊るには九人でなければならないからです。彼女たちは九人です。なぜなら、多数性とポリフォニーは詩の基本だからです。彼女たちは九人です。なぜなら、一〇人目のムーサ、すなわちアポロンがいるからです。より正確に言えば、ムーサを導くアポロン、直訳すれば「ムーサたちの指導者」、彼女たちの歌と踊りを指揮する者です。

この踊りは、ディスコで繰り広げられるパーティーとは何の関係もありません。パルナッソス山での踊りには典礼の働きがあるのです。神の臨在、到来の大祭礼であり、フリギアのコリュバンテスたちによるもの、クレタ島のクレタ人によるものなど他の場所でも見受けられるものです。クレタ人たちは武器をうるさくぶつけ合いながら踊り続けましたが、それはひとえに、青銅が激しくぶつかる音で幼子ゼウスの泣き声を覆い隠し、その父クロノスが乳飲み子の存在に気づかないようにするためでした〔自らの子によって支配権を奪われるだろうという予言を信じたクロノスは生まれた子どもをすべて呑みこんだが、ゼウスは母レアによって助けられ、クレタ島で育てられた〕。このように、踊りは神々の中でも最も強大な神を生き延びさせたのです。このことだけでも、その力を十分に物語っています。ある文献によれば、このクレタ人たちもムーサと同じ九人であり、同様に透視力と神託の力を有していたといいます。

ところで、パルナッソス山からデルフォイの地を見下ろすことはできませんでした。パルナッソス山の上でムーサが踊っている間、ピュティア〔デルフォイの巫女〕は彼女の三脚床几に座って神託を告げていたのです。ムーサを導くアポロンは音楽の神であるとともに神託の神でもあります。この二つが異なるものに見えるのは、真実から美が、知識から詩と音楽が切り離されてしまった現代の世俗的な我々の視点から見た時のみです。ところが、アポロンの言葉の権威は、まずその際立った表現形式に示され、その形式によって天上のものがこの世に下りてくることができるのです。

プルタルコスが語ることによれば、ピュティアの神託はもともと韻文で表されていました。

神〔原注——すなわちアポロン〕は予言術の装飾と優美に妬みを覚えることもなかったし、ムーサの栄えある技を当地〔原注——すなわちデルフォイ〕にある鼎(かなえ)から追放することもなかった。むしろ神は、詩的な天性の持ち主たちを鼓舞し歓迎して受け容れた。(20)

彼の言うことは正しいけれど、プルタルコスは詩の役割を著しく過小評価しています。プルタルコスの目には、リズムと詩とは真実を伝える内容に無関係に添えられた装飾で、せいぜい記憶を助ける効果を与えられているに過ぎないと映っており、そう考えることで、彼の時代、つまり紀元一世紀から二世紀への変わり目の頃には、ピュティアが韻文で神託を下す必要は既になかったという事実を正当化しているのです。

古典ギリシアにおける詩の祭礼的効果を顧みないことは、プルタルコスによる極端な合理化です。五、六世紀前には、歌、踊り、音楽、詩はまだ儀式の単なる装飾とはなっていませんでした。それらは祭礼それ自体を構成するもので、犠牲を捧げることによって神がこの世に入ってくる、そのための扉の一つでした。ここでもまた、現代の習慣を手放さなくてはなりません。数世紀来、教会ではパイプオルガンと歌は二次的な役割にとどまり、結局のところミサを非常にうまく行うための祭礼的装飾音に過ぎなくなっています。キリスト教は、歴史上ずっと、異教あるいはキリスト教自体の、肉体に属する習慣の大部分を知性化し、うまくいった時にはそれを祭式の純粋なる付録としてきました。テクノパーティーの愛好家や、忘我の境地を求め、着飾ってバイロイトへと急ぐワーグナーのアフィシオナード〔ファン〕は、現代宗教がしばしばないがしろにする、あるいは軽蔑しがちな、恍惚や超越の生理学を見出しているのです。
先ほど引いたテクストの中で、プルタルコスは古代において、「歴史と哲学」自体も詩と音楽で表現されていたと指摘しています。つまり、詩は真実を告げるのにふさわしくないどころか、その種の文章をはっきりと印づけるものだったのです。詩において述べられたことは、日常言語の用法とはまったく関わりがなく、必然的に上位のものとなったのです。詩は真実の存在を示すだけではなく、リズムや調子をつけられた言葉という条件下でのみ、真実を明かすことを許すアポロンとムーサの助けをかりて、真実そのものを生じさせたのです。

人の誉れ、聖なる「言語」、
予言のようで整った語法、
身体の中をさ迷う神を
繋ぐ美しい鎖、
明らかにしてゆとりあり!
これぞ「英知」の語り、
厳かな「声」の響き、
響く時、己を知れば、
もはや人の声ならず、
水の声、森の声のみ!(21)

入念に仕立てられた一致によって、このヴァレリーの詩は奇妙にも二〇世紀のまっただ中で、声が必然的に他処から、より高いところ、あるいはより深いところからやって来て、詩人の声に一体化することなく、詩人がその声の単なる表現手段であった最古の時代のものとそれほどかけ離れていない憑依の詩学をよみがえらせています。

『オデュッセイア』の以下の有名な詩も、同様に解釈しなければなりません。求婚者たちの謀殺の折、オデュッセウスに虐殺されそうになるという危険にさらされた吟唱詩人ペミオスは、復讐に燃える英雄に対して自己弁護しようとします。彼は文字通り、次のように叫びます。「私はオートディダクト（ギリシア語ではautodidaktos）です。私の胸の奥にこれほど様々な詩を生み出したのは神なのです」[22]。ここで言うオートディダクトとは、現代的語義によるならば「独学で習い覚えた者」という意味でも、いくつかの翻訳に見られるように「主人を持たなかった者」という意味でもないと思われます。こうした解釈はすぐ後ろに続く神による霊感という記述に明らかに矛盾するでしょう。この言葉はただ単に、吟唱詩人は通常知識を得るような、例えば学んだり、聞いたり、調べたりといった方法で知識を求めたのではなく、その知識は彼の中で、自発的に、同時に自然であり奇跡的な、人間の理性には還元できないあり方で出現したということを示しているのです。結局のところ、ペミオスは「私は神から与えられた知識を持っている」あるいは「私の知識は自然に流れ出てくる」と表明しているだけなのです。確かに素晴らしい知識であり、オデュッセウスが吟唱詩人を許すのにふさわしいものであり、実際、彼はためらうことなく許したのでした。しかしながら、詩人自身が真実の検証をすることができず、その生成条件を知らないという点において、ひどく不確かな知識でもあります。

ペミオスやデモドコスといった吟唱詩人の登場人物がいることだけで、既に『オデュッセイア』が、吟唱叙事詩や詩一般の芸術について、『イリアス』には見られなかった省察や問題提起を始めていることがわかります。第一の叙事詩の作者が疑いや批判とは無縁の幸せな芸術を営んでいるように見えるのに対し、オデュッセウスの詩の作者は――アキレスの詩の作者と同一人物か別人かはあまり重要ではありませんが――いたるところにちょっとした記述を加えることで、自身の役割の重要性と自分の言葉の価値を証明しようとしています。どうしてそうでないことがあるでしょうか。結局のところ、吟唱詩人の知識は最後にはそれ自体が目的ととらえられなければならなかったのです。アポロンやムーサからやって来る授かった知識は、デルフォイの神殿の正面に表された「汝自身を知れ」というアポロンの言葉を長いこと知らずにいるわけにはいかないのですから。しかしそれは、果てしなく続く正当化の歯車を始動することであり、詩はそこから無傷では抜け出せなくなってしまったのです。
『オデュッセイア』が、ペミオスやデモドコスといった神話上の吟唱詩人に向けられた断片的な賛辞のみが浮き彫りにする、現在では忘れられた外部の批判に答えようとしていたのでなければですが。

5　言葉そのものから来た声

結論を言えば、今日ではムーサの存在を私たちはおそらく認めていないのですが、文学を正当化する現代的なやり方は、「私はオートディダクトです」つまり「私は私自身として一つの知識なのです」、「私は私のうちに知識を宿しているのです」とオデュッセウスに訴えかけた吟唱詩人ペミオスのものと共通点がないわけではないということです。ペミオスのこうした言葉はもはやムーサ自身から来たものではありませんが、言語に、表現形式に、伝統に、仕事に、無意識に関係しています。他処からやって来るこの声が喚起する賛美の心の裏側に、別のもっと両義的で、他の何ものにも似ていないこの言葉が根本的に持っている異常さに対する批判的な感情が引き裂かれているのです。外部の、非人間的な声の経験は、不安を呼び覚まさずにはいられません。ここでもまた、古代叙事詩と現代文学の共通点を、我々の正常な機能を揺さぶり、妨げる力の中に見出すことができます。日常の話し方からの乖離です。何かが訪れ、自分の声を聞かせるのです。本の中の声というのは、なんと不思議なものでしょう！　本の作者にとってもなじみのない声なんて……。

ヴァレリーによると、詩の声は詩人の声ではありません。それはより純粋な、言語そのものからやって来る声なのです。このコレージュ・ド・フランスの教授によれば、文学とは「言語活動（ランガージュ）の諸特性のひとつの拡張[23]」ではなかったでしょうか。しかしながら、それは「生き、考える存在」の声でもあります。

だが、結局のところ、誰が詩のなかで語っているのか？　マラルメはそれが「言語」自身であることを望んでいた。私にとっては――それは――生きそして考える（これは対照的）「存在」であろう――そして自意識をその感受性の捕獲へと押しやり――感受性の諸特性をその錯綜体――共鳴、相性等のなか――声の弦の上で発展させるような存在である。要するに、「言語」の声であるよりはむしろ、声から発した「言語」である。(24)

要するに、ヴァレリーの詩学は外部の声と内部の声、あまりにも内側から発するがゆえに詩学にとって不可欠なものとなる声との間で揺れ動いているのです。(25)

先ほど見たように、吟唱詩人が既に直面していた両義性がここでも問題となります。叙事詩とは、ムーサ自身からやって来るものなのか、あるいは彼女に向けられるものなのでしょうか。それはまるで、自己が完全なる他者となり得、完全なる他者が自己となり得るかのようです。まるで一人称、二人称、三人称が何らかの方法でまじり合うかのようです――これは日本の伝統的な詩がおおいに開拓してきた文法の機能ですが。文学においては、誰かが自分のことを語り、同時に他人についても語りますが、この他処から来た声のうちに、私に語りかけ――そして私に私のことを語りかける何かを聞き続けるのです。このあいまいさの中に、現在まで残るムーサの力がおそらく働いているのでしょう。

注

（1）Cf. W. Marx, *La Haine de la littérature*, Éditions de Minuit, 2015.

（2）『イリアス』第八歌、二三九―二九九行〔訳注――日本語訳は以下を参考にしたが、原文に合わせて適宜、改変した（以下同様）。ホメロス『イリアス』松平千秋訳、岩波文庫、上巻、一九九二年、二四八―二四九頁〕。

（3）アルフレッド・ヒッチコックによる立体映画のシーン、『ダイヤルMを廻せ！』一九五四年〔初期シネマトグラフへの言及については、リュミエール兄弟『ラ・シオタ駅への列車の到着』一八九六年〕。

（4）『イリアス』第八歌、三〇〇―三〇一行〔前掲書、二四九頁〕。

(5) Cf. W. Marx, « Valéry, Flaubert et les oiseaux qui marchent : généalogie d'une image », in *Revue d'histoire littéraire de la France*, 103e année, n°4, octobre-décembre 2003, p. 919-931, URL : https://www.cairn.info/revue-d-histoire-litteraire-de-la-france-2003-4-page-919.htm

(6) 『イリアス』第三歌、一六六―一七〇行および一七八―一七九行〔前掲書、九四―九五頁〕。

(7) 『オデュッセイア』第八歌、四八九―四九一行〔ホメロス『オデュッセイア』松平千秋訳、岩波文庫、上巻、一九九四年、二一一頁〕。

(8) 『オデュッセイア』第八歌、四八八行。四九六―四九九行も参照〔前掲書、二一一―二一二頁〕。

(9) Stéphane Mallarmé, « Avant-dire » (1886)〔ステファヌ・マラルメ「ルネ・ギル著『語論』のための緒言」松室三郎訳、『マラルメ全集II』筑摩書房、一九八九年、四九五頁〕.

(10) Stéphane Mallarmé, « Le Tombeau d'Edgar Poe » (1876)〔ステファヌ・マラルメ「エドガー・ポーの墓」松室三郎訳、『マラルメ全集I』筑摩書房、二〇一〇年、一一二頁〕.

(11) 『イリアス』第一歌、一行〔前掲書、一一頁〕。『オデュッセイア』第一歌、一行〔前掲書、一一頁〕。

(12) 『イリアス』第二歌、四八五―四八六行〔前掲書、六五頁〕。

(13) ヘシオドス『神統記』二七行〔廣川洋一訳、岩波文庫、一九八四年、一一頁〕。

(14) 同書、三二行〔同訳書、一二頁〕。

(15) ヘルメス、アフロディテ、アルテミス、神々の母、パンへのホメロス讃歌〔『ホメーロスの諸神讃歌』沓掛良彦訳註、平凡社、一九九〇年、一六九、二三六、三一三、三二三、三三一頁〕。

(16) 『イリアス』第一歌、一―七行〔前掲書、一一頁〕。

(17) Cf. Ann Banfield, *Phrases sans paroles* (*Unspeakable Sentences*, 1982), Seuil, 1995.

(18) *The Shadow over Innsmouth* (1936)〔H・P・ラヴクラフト「インスマウスの影」『ラヴクラフト全集 1』大西尹明訳、創元推理文庫、一九七四年、九―一三三頁〕.

(19) パウサニアス『ギリシア案内記』第九巻、二九章、二―三行〔『ギリシア記』飯尾都人訳、龍溪書舎、一九九一年、六三三頁〕。また、真実を伝えるムーサについては、以下を参照。Marcel Detienne, *Les Maîtres de vérité dans la Grèce archaïque* (1967), Livre de poche, 2006, p. 59-84.

(20) プルタルコス『ピュティアは今日では詩のかたちで神託を降ろさないことについて』論題二四、四〇六c〔『モラリア 5』丸橋裕訳、西洋古典叢書、京都大学学術出版会、二〇〇九年、二二三頁〕。

(21) Paul Valéry, « La Pythie », *Charmes*, *Œuvres*, t. I, éd. Jean Hytier, Gallimard, « Bibliothèque de la Pléiade », 1957, p. 136〔ポール・ヴァレリー「デルフォイの巫女」『若きパルク／魅惑』中井久夫訳、みすず書房、一九九五年、一一八頁〕.

(22)『オデュッセイア』第一二歌、三四七―三四八行〔ホメロス『オデュッセイア』松平千秋訳、岩波文庫、下巻、一九九四年、二六九頁〕。

(23) P. Valéry, « Essai sur Mallarmé », *Cahiers 1894-1914*, Gallimard, t. II, p. 279〔ポール・ヴァレリー「マラルメ試論」森本淳生訳、『未完のヴァレリー』平凡社、二〇〇四年、四三頁〕. この表現はほとんどそのまま以下の文献にも見られる。P. Valéry, « L'enseignement de la poétique au Collège de France », *Œuvres*, *op. cit.*, t. I, p. 1440〔「コレージュ・ド・フランスにおける詩学教授」『ヴァレリー集成 III』田上竜也・森本淳生編訳、筑摩書房、二〇一一年、七頁〕.

(24) P. Valéry, *Cahires*, t. XXII, 1939, p. 435-436〔「もの書く我」滝田文彦訳、『ヴァレリー全集 カイエ篇1』筑摩書房、一九八〇年、四九五頁〕.

(25) Cf. W. Marx, « Les deux poétiques de Valéry », in *Paul Valéry et l'idée de littérature*, dir. W. Marx, 8 avril 2011, URL : http://www.fabula.org/colloques/document1426.php

Ⅱ

声の不在と現前——歌、証言、フィクション

〈第四の声〉

――ヴァレリーの声に関する考察

塚本昌則

声ほど、ある人の生身の存在を身近に感じさせるものはない。リズム、息づかい、物事への姿勢を明らかにし、ある言葉を、その言葉のもつ意味以上に、どういう思いを込めて言っているのかまで伝えてくれるかのようだ。声は生身の人間がいま、その場にいて、はじめて成り立つ現象のようにみえる。

ところが、その人が記憶となり、遠ざかり、場合によってはこの世を去ると、声にとってその人の生身の存在は不可欠ではないことが明らかになってゆく。何かの折に声がよみがえると、もはやその場にいない人の存在がありありと感じられる。その場にいるとしか思えない現実感をもってある人をよみがえらせる声の力は、その声の持ち主の存在を超え、繰り返し再生可能なものであり、そのなかにずっととどまることのできる、ひとつの住まいのようなものを構成しているのである。

このような声の特性を、ロラン・バルトは「死ぬことこそが声の特性だ」と要約した。「声を成立させているのは、そのうちにあって死すべきもの、そのことによってわたしを引き裂くものである。声とは、たちまちにして記憶と化すもの、それ以外にありようのないものと思える」[1]。『恋愛のディスクール・断章』（一九七七）のこの言葉は、三年後の『明るい部屋』で、バルトが写真について語ったことをただちに連想させる。写真が、そこに写された人の存在をありありと、ただし過去のこととして示すように、声はある人の存在を、その人がこの世から消え去った痛みとともに連想させる。「わたしは、愛する人の声を、すでに死したるもの、想起されたもの、耳をはるかに越え、頭の中に呼び返されたものとしてのみ知っている」[2]。声はある人に固有のもの、その人が存在しなければ成り立たないものとみえるだけに、喪失のもたらす悲哀の感触を、ますます切迫したものとして感じさせるというのである。

しかし声は、本当にバルトの言うように、語っている人がすでにこの世にいないという悲哀を感じさせるだけのものなのだろうか。そう考えるためには声を、ある人から切り離すことができない、その人だけに固有のものと捉える必要がある。声の魅力は、確かにある人の存在そのものと深く絡みあっている。だが、声には、その人にとってさえ見知らぬ響きをふくんだ、複数の層が存在するのではないだろうか。ニーチェが「声に潜む危険」を語っている。「どうかすると人と話しているとき自分の声の響きがわれわれを惑乱させ、まるでわれわれの意見に合わないような主張に誘導してゆくことがある」[3]。声は、どのような人にとっても、制御しきれない、未知の部分をふくんでいる。ある人に固有のかけがえのないものだが、同時に複数の、錯綜した広がりを秘めたものなのだ。

ヴァレリーは声のうちに、いくつかの層があることを指摘している。身体に関する考察を参照しながら整理すると、〈私〉自身の声についてさえ、少なくとも次の四つのあり方を区別することができる[4]。(1)〈私〉が自分で感じる声、(2)他人が聞きとる〈私〉の声、(3)録音などの音響テクノロジーによって定着され、分析の対象となる、もはや〈私〉のものとは思えない声、(4)この三つの声のいずれとも異なり、〈現実の声〉と呼んでも、〈想像上の声〉と呼んでも大して違わないような声。この〈第四の声〉は、一方では〈私〉が内心で聞きとる未知の声であり、記憶のどこからやって来るのかもわからない、虚構のものかもしれない声がふくまれている。他方、〈第四の声〉は、そのような声とともに〈私〉が語る声であり、〈私〉の声以外の何ものでもない。話している人の声に、未知の人物の声が混ざることは、特別な現象ではない。むしろ声がある言葉となり、他人に伝わるために、この他処からやって来る声がある本質的な役割を果たしているとヴァレリーは指摘する。〈第四の声〉は、ヴァレリーにとって、声が個別の存在を超え、時間を超えて、何度でもよみがえる力の源泉に触れるものとなることを意味している。本稿で考えてみたいのは、どこかから聞こえて来る声と、自分の話す声の境界にある、この〈第四の声〉についてである。

声は、バルトが指摘するように、二度と取り戻せないものへの深い喪失感をもたらすことがある。しかしその一方で、この他処からやって来る声に着目すると、声は思いがけない息吹きとリズムを生みだし、数百年の時を超えて何ものかをよみがえらせる力をもつ。もちろん生身の声ではなく、現実と虚構の境界に位置する声であるものの、幽霊のようなその声にはある意味で現実以上に現実的なところがある。声には、個別の存在に深く根ざし、その個別存在の消滅とともに消えてゆく部分と、個別の存在を超え、時間を超えて何かを語りつづける部分が共存しているのではないだろうか。ヴァレリーはこの二つの関わりあいを、声それ自体ではなく、声がそれを聞く者のうちに引きおこす反応を分析することで考察した。その考察を深めながら、声がメランコリーだけでなく、さまざまな再生に道を開くものであることも明らかにしている。とりわけ、記号の集積にすぎないテクストが、ある時生きた声として蘇生するという現象のメカニズムに、〈第四の声〉が深く関わっているとヴァレリーは考えている。

声をめぐるヴァレリーの考察は、生前未発表の『カイエ』において、長期間にわたって展開されているが、重要な視点は『テル・ケル』の断章や、「デカルト断想」（一九二五）、「詩人の手帖」（一九二八）、「デカルト考」（一九四一）など『ヴァリエテ』所収のいくつかの文章からもうかがうことができる。ここでは『カイエ』を中心に、作品として発表されたいくつかの文章にも触れながらヴァレリーの声をめぐる省察をみてゆくことにしたい。[5]

1 他者という源泉

ある特定の声に強く引きつけられるという現象は、誰にでも起こりえる経験である。はじめに見たように、バルトはそのような声が、話し手の生きている時でさえ「すでに死んだもの、想起されたもの」、「頭のなかに呼び返されたもの」として受けとめられることを強調した。声そのものは活き活きと働きかけてくるのに、声はその持ち主がこの世からいなくなった状態を強く喚起する。電話、ラジオ、録音テープ等々のメディアによって記録され、拡張され、変形される以前に、声そのものがひとつのメディア、それを発する者が生きていようといまいと関係なく、聞く人の心にとどまり、傷つけるメディアであったとバルトは見ていた。

ヴァレリーもまた声には、ある人の存在そのものを感じさせる力があることを確認している。「人間の身体のすべては声のなかに存在する」(6)。声はそこに一人の人間の身体そのもの、その人のすべてが感じられるような何かなのである。「臓腑に、まなざしに、心に結びついた声――こういう結びつきこそ、声に力と意味とをあたえるのだ」(7)。話されている言葉の意味とは別に、声にはその人の身体、視線、心に直接結びついた何かがある。言葉の内容ではなく、声そのものに耳を澄ませるということさえ、ごく日常的な経験ではないだろうか。「君を愛するひとは、君が話すとき、君の話を聞いていないし、君が言うことを理解していない――その人は君が話しているのを、君の唇を、君の眼を見つめている。その人は、君の声の響きに魅せられているのだ。話の内容など何だというのだろう」(C, XXVI, 203 [2/1351])。

ある人の存在そのものに深く関わっているために聞く人の心に深い傷痕を残すことがあるという声の特性を、ヴァレリーは自我というものの生成そのものに関わっていることと考えている。なぜ忘れがたい声を聞くことが、自我の形成に関わるのか。それは声が人の心のうちにある構造を創りださずにはいられないからだ。忘れがたい声は、ヴァレリーによれば、その声を偶然耳にした人のうちに、その声を聞こうと身構える一人の聞き手を創りだす。他処から聞こえてくる声に耳を澄ませる人がつねに存在することで、自我と呼ばれるものの基盤ができるというのである。声がその声を発する人以上に、その声を聞く人の問題であるというこの独特の視点をめぐって、ヴァレリーが幼い頃耳にしたある声の体験を語っている断章に注目してみよう。

まだかなり幼いある頃、私はある声を、深く心を動かすコントラルトの声をたぶん聞いたのである……

その歌で、私はそれまでいかなる対象によっても思い及んだことのない状態に置かれたにちがいない。**その歌は私のなかに緊張、最大に身構えた態度を引きおこした**が、それはその歌が(ちょうど音楽がそうするように)、対象も、観念も、原因もあたえることなく要求したものであった。私はそうとは知らずにその歌をさまざまな状態を測る尺度と思いこみ、そして**その歌によって直接に私のなかに復元されたかもしれぬもの、その歌が私にた**

> **いして強いたものを——つまりその偶然の歌に対応する状態を作りだそう、探究しよう、考えようと生涯を通じて目指してきた。**——それは現実的な事物、現実のなかに導きいれられた絶対的な事実であって、その空洞は幼年時代からあの——忘れられた——歌によって準備されていたのである。(C, IV, 587 [1/53]:太字強調引用者)

声そのものの再現を目指すのではなく、声によって生じた内部の変化に注意を凝らしている点に注意しよう。偶然聞こえてきた歌は、幼いヴァレリーの存在そのものを緊張させた。ヴァレリーは、やって来た対象が何であるのかわからず、それに関してどのような観念も抱くことができないまま、最大限身構えずにはいられなかった。外からやって来る何か、現実世界から自分のなかに飛びこんで来た何かが、自分のなかにそれ以前になかった状態を創りだし、その声への期待感が形成されるのを感じたというのである。コントラルトの歌声自体も心を揺さぶる何かだったが、その声が自分のうちに創りだした、何かを聞こうと身構える状態も未知のものだった。声は受けとる者のなかに、「その偶然の歌に対応する状態」を再構成するように求める現象だった。歌そのものを忘れた後も、ヴァレリーは自分を緊張させた声が、その声に対応する状態を求めたことを忘れず、その要請に応えようとしつづけたと述べている。

一方には外からやって来る声があり、もう一方にはその声に対応する状態を自分のうちに創りだそうとする聞き手がいるというこの二重性は、ヴァレリーが自我というものに抱いている概念そのものである。ヴァレリーにとって自我は、単独で、自律的に成立する何かではない。外から聞こえて来た未知の誘惑によって引き起こされた状態を、その欠如感をみたすことができないまま埋めようとする、終わりのない運動のようなものである。それは一個の人格となることをつねに否定しつづける運動でもあるが、ここではヴァレリーの考える自我が、単独で、それ自体の力で成立するものではないということに着目してみたい。重要なのは、外から受けた印象が、外部の現象にとどまらないということである。どのような印象も、半分はそれ自体のうちにあるが、もう半分はわれわれのなかに深く入りこんでくる。コントラルトの歌声は、そのような内的姿勢を意識させた最初の出来事のひとつだったことになる。

人間の自我は、この視点から見れば、外から聞こえてくる声の話し手と、その声を受けとめる聞き手とのあいだでの対話から成り立つ、二重の存在である。自我の源泉にあるのは、それ自身の力ではなく、何かを語っている他人の口ということになる。「われわれは、認識可能な自我、それとわかる自我を、他人の口から受けとる。他人が源泉なのだ」（C, XXVII, 393 [1/467]）。言葉は、それを奪回して自分のものとするまでは、他人の唇の上にあり、それを奪い、あるいは模倣することで、人は言語活動のなかに一人の「私」として参加するようになる。コントラルトの歌声は、この言葉の奪還をおこなう以前に、まずどこかから聞こえてくる声を聞こうとする姿勢を取ることそのものが重要であることを教えてくれた。他者の声に耳を澄ませ、やがて話し手と聞き手とのあいだで対話が交わされるようになることが、ヴァレリーによれば思考の基礎となる。話している誰かと、聞いている誰かに意識が分裂することは、自我の成り立ちそのものに深く関わっていて、その分裂こそが思考の根底をなすというのである。

> 他人が源泉であり、心的生活においてきわめて本質的なものでありつづけるために、あらゆる思考は対話という形式を要求する。ひとは話し、ひとは聞く――こうして話す＝聞くという分割不可能な体系（きわめて早い時期から声に出されず、表に現れないものとなる体系）が、〈二重の一者〉Dualité-Une、二つの人格からなる〈双数の＝統一性〉Binité を生みだすのだが、これは次の神学的定式によって言い表されるだろう。〈自我〉――ある〈自己〉――のうちには、二つの人格＝位格 personnes がある。あるいはこうも言えるだろう。一個の〈自我〉は、二つの〈人格〉のあいだにあるものだ。（C, XXVII, 393 [1/467]）

コントラルトの歌声が、この過程を顕在化させたことからもわかるように、この際限のない内的対話において、話し手と聞き手との関係は対等ではない。話し手は、いつ、何を、どのように言いだすのか、予測しがたい形で行動する。心のなかで話しかけてくる他者は、伝統的には神の声や、悪魔の声とされ、詩人にインスピレーションをあたえる女神とみなされることもあった。忘れられたコントラルトの声は、ヴァレリーにそのようなセイレーンの歌声の存在を知らせた。それに対して、ヴァレリーは聞き手を、一定の意志を備えた、判断力のある〈人格〉とみなしている。

この人物は、話された言葉のなかの突飛なこと、受けいれがたいことを退け、納得できることを肯定する。「この自己〔は〕——私の聞き手——また裁き手〔である〕——したがって私の発する言葉のなかには——この自己が認知し、採用し、確認する言葉もあり、退け、呪い、自分の言葉としては否定する言葉もある」(C, III, 822 [1/394])。心のなかの「他者」は、いつ、何を話しだしてもおかしくない人物だが、そのように不意に話しはじめる語り手を、聞き手がどこまで制御できるかによって、内的対話の平衡が保たれるというのである。「意識的思考は、ある種の聞き手を要求する——もしその聞き手が消去されれば、それと一緒に思考も消える」(C, IV, 175)。聞く者は、自分に固有の何かをもっているわけではなく、他者という源泉からあらゆるものを受けとる者なのだが、すべてを受けとるわけではなく、その選択のうちに自らの特性をあらわす者なのである。

> 私の内的言語は、私の不意を襲うことがあり、予測できない。私は語る者（見知らぬ第三者）ではない、私は聞き手こそを私と呼ぶ。自我は内的言語の第一の聞き手であり——答える者ではなく——答えようとする者である。答えた途端、それは〈自我〉であることをやめる。(C, III, 832 [2/282])

同時に、聞き手がそのままその人の自我だということもできない。聞こえてくる声は、はじめは外からやって来る無縁の他者のものかもしれない。しかし、やがてその声を自分のものとして引き受け、〈私〉の言葉として話しださないかぎり、人間は話せるようにならない。他処からやって来た声を、今度は自分の言葉として語ることになるのだ。(8) 〈私〉がそのようにして話しだした言葉を、誰かが相変わらず一定の距離を置いて聞いている——コントラルトの歌声と、その歌声を聞こうとして身構え、緊張した〈私〉との関係は、〈私〉のなかで今度は内的対話として書き換えられてゆく。維持されるのは、〈私〉が語り手と聞き手との対話によって成り立っているという図式である。「考えるとは自分自身と交信連絡するということである。〔……〕個人とは一個の対話である」(C, XVI, 75-76 [1/440])。奇妙なことに、〈私〉のなかでどのような対話が交わされていようと、外から見ればそれは一人の人間の声ということになる。

〈私〉あるいは〈自我〉は、声に結びついている。〈私〉や〈自我〉は、声そのものの意味のようなものである。あらゆる声は何よりもまずこう《言って》いる——〈誰か〉が話している、ある〈私〉が話している、と。(C, XXVII, 271 [1/466])

自己と他者との境界で、何を言いだすかわからない話し手と、その言葉を制御し、何を受けいれ何を受けいれないかを決める聞き手によって構成される声——このような〈第四の声〉を、ヴァレリーはさまざまな水準で分析しているが、とりわけ興味深いのはこの構造が時間を超えて声がよみがえるという現象に深く関わっているとする視点である。他処からやって来る声は、聞き手と話し手に分裂した〈二重の一者〉であるような自我を創りだす。その自我の語る声は、複数の人物が対話を交わす虚構の舞台で自らの思考を展開する。なぜそれが声の蘇生に結びつくのだろうか。

2 〈自分が話すのを聞く〉

話し手と聞き手に分かれ、対話を交わす二重の存在という自我の構造を、ヴァレリーは〈自分が話すのを聞く〉という言葉でよく言いあらわしている。それは確かに〈私〉自身が感じる自分の声なのだが、未知の他者が容易に入りこんでくるという意味で、より外に開かれた声である。自分に固有の声であると同時に、他者から、それも現に生きている人に限らないはるか昔の時代もふくめた他者から来る声でもある。現実に自分の話す声でありながら、他者からの切れ切れな言葉が混ざり、場合によっては他者になりかわって語る声でもある。ヴァレリーはこのような声のあり方が、時間を超えて何かをよみがえらせると考えていた。

他処からやって来た声、つまり他人の口が源泉だとヴァレリーは指摘していた。「他人が源泉」なのだから、個人にできることは、極端に言えば他人から受けとったことの反復でしかない。一人の人間は、自分だけの意志で、何かを始めることはできない。すでに始まっていることを引き継ぎ、模倣し、反復することだけが、個人というものに許された行為ということになる。ヴァレリーはこのことを、〈自分が話すのを聞く〉という回路の分析を超え、より一般的な人間精神の特性として述べている。

精神とはパントマイムである。――PANTAMIMON
身ぶりはさまざまな事物、感覚、思考を暗示し、そこに映されるそれらのものの作用と表情を伝える。〔……〕〈精神〉という言葉の代わりに〈パントマイム〉という言葉を使ってみてはどうだろう?? そのほうが好ましいだろう。息吹きは、生命でしかない。あらゆるものの(〈自我〉による)模倣こそが、もっとも重要な特性である。(C, XIX, 463)

ここで賭けられているのは、一個の人間に何ものかの起源となるような力があるのか、それともすでに存在するものを反復する力しかないのか、という近代の人間観に関わる問題である。近代は、個人に無限の自由と可能性を認め、独創性という価値観を称賛した。それに対してヴァレリーは、精神は模倣しかできないと主張する。人間はすでになされたことを反復するか、反発することしかできない。人間にできるのはただ、他者からやって来ることを繰り返し、反転し、転調し、別の調子でつづけてゆくことだけだ、というのである。

学問にせよ、芸術にせよ、種々の結果の発生を尋ねてわかることは、作られるものはつねに作られたものを反復している、あるいは反駁しているということである。別のいろいろな調子で反復したり、純化したり、拡大したり、単純化したり、誇張したり、あるいは書き直したり、さもなければ反論したり、消去したり、転覆したり、否定したり、しかし結局はそれを前提とし、眼に見えず利用したということが見て取れる。反対のものは反対のものから生まれるのだ。

われわれは、他のさまざまな作家たちを一作家に変貌させた、隠された諸変換を知らないとき、その作者が独創的であると言う。(9)

精神をパントマイムとする見方は、このように独創性の完全な否定にはつながらない。何かが語られるのに耳を澄ませること、すでにおこなわれた動作を真似ること、独創性を求めるのではなく模倣あるいは反発すること――こうした動作が人間の活動の基本にあったとしても、これによってある人がおこなう創造的行為が完全に否定されるわけではない。誰も聞いたことのない声を響かせることが可能だからだ。模倣の果てに誰も聞いたことのない声を響かせる、そんな「隠された諸変換」はどうすれば可能となるのだろうか。

もっとも参考になるのは、デカルトの声についてヴァレリーが語っていることである。何かを語りかける声をもったテクストの構築は、精神のもつ独創性の表現だとヴァレリーは考えている。デカルトの場合、ヴァレリーによれば、「当人がわれわれに話しかけ、われわれの間に三百年の隔たりは存在せず、たがいにじかに交わることができる(10)」と感じることができるような墓を自ら建てた。「その墓碑とは『方法序説』であり、正確に書かれたものがすべてそうであるように、ほぼ不朽である」。その墓に響くのはどのような声なのだろうか。

われわれがじかに声を聞く思いのするこの著者は、みずからの追憶と希望とから出た直接の声を、雑音から浄め、丹念に再現し、時々大変はっきり発音するにとどめたように見える。彼の採った声は、われわれのすべての思考をまずわれわれ自身に告げる声であり、沈黙のうちにわれわれの制御された期待から浮かびあがってくる声なのである。

効果や策略をまったくもたない内心の言葉は、われわれのもっとも手近でもっとも確かな所有物である言葉であり、切っても切れないほどにわれわれの一部をなしているものであるにもかかわらず、万人に通じるまさしく普遍的な言葉そのものである。

デカルトの意図は、われわれに彼の自我そのものの声を聞かせること、つまり彼にとって不可欠だった独白をわれわれの心に吹きこむこと、そして彼がみずから決心したことをわれわれの口から言わせることだった。彼が自分のうちに見出したことを、われわれがわれわれのうちに見出すようにすることが問題だったのだ。(11)

問題は、自分自身に対して話す言葉を、読者にも心のなかで自分自身に話していると感じさせることである。自分に対して話す言葉を、他人もその人の心のなかで繰り返せることが、文字の集積から声がよみがえることの基盤となるというのである。「言語活動は、〈私〉が自分に言えることを、〈他者〉も自分に言えるという事実に基づいている――私が自分に言うすべてのこと、私のもとに話された状態で訪れるすべてのことは、他者から来たもののようだ」(C, XVIII, 45)。他者からやって来る言葉を、他人が心のなかで繰り返すことができる言葉とした者の声は、時を超えて再生する力を得るとヴァレリーは考えているのである。

デカルトの場合、そのような声を構築できたのは、誰もが心のうちで話す思考の言葉にもっとも近い調子、もっとも確かに自分のものだと言える響きを捉えることに成功したからだ。「彼の採った声は、われわれのすべての思考をまずわれわれ自身に告げる声であり、沈黙のうちにわれわれの制御された期待から浮かびあがってくる声なのだ」。外から聞こえて来る声を、緊張し、身構えながら待っているとき、その期待をみたすようにして響く声こそがデカルトの声だというのである。これはこの哲学者について書かれた文章だけでなく、ヴァレリーが詩について語るときにも基本的な考え方となっている。つまり詩が可能となるのは、何かを話そうとするときではない。何かが聞こえてくるのを期待する、その期待そのものが話しだすのを待つときだ、というのである。ヴァレリーは、詩を書いているとき、耳は聞いているのではなく、むしろ話しかけているのだと言う。〈第四の声〉において、聞こうとすることは話すことであり、逆に語ろうとする意志は、注意深く耳を澄ませる態度に変化してゆく。「詩人においては／耳が話し、／

口が聞く」[12]。仕事中の詩人は、ひとつの期待そのものとなっているのだが、その期待とは「耳が自分に語りだす」瞬間を待ち望む気持ちだというのである。

> われわれは思いがけない語を待っている――予測できないが、待つことのできる語だ。われわれはその語を聞く最初の者だ。
> 聞く？ いやそれは話すことだ。ひとは聞いた事柄を、他の別の原因を用いて、自分自身でそれを言ってみることで、初めて理解する。
> 話すことは、すなわち聞くことだ。
> したがって、二重の入口をもった注意力が問題である[13]。

〈第四の声〉が聞こえて来る場所は、注意を凝らすことそのものが注意の対象を生みだす場所、時間が流れているという感覚が宙吊りにされるような場所である。そのような状態において、われわれは自分がどのような言葉を聞きたいのかを知らない。何を知らずにいるのかが、まだわかっていない。その無知のただなかに、期待を凝縮した言葉が聞こえてくるとき、ヴァレリーの言い方を使えば、耳が話しだすとき、そこにひとつの声が響くことになる。まさしく聞きたいと願っていた言葉を自分が語りだすとき、「耳が語り」、「口が聞く」ことが不思議ではなくなる状態が出現する。失われたコントラルトの歌声が創りだした心の構造は、聞いたことのない声を待ち望み、確かに聞き届けようとする期待感へと変換されたのである。

〈自分が話すのを聞く〉ことを、ヴァレリーは哲学者の声、詩人の声として展開しているが、デリダがこの状況を、記号の伝播の可能性そのものとして論じている。

> 声は意識である。対話において、記号表現の伝播はどのような障害にも出会わないようにみえる。なぜなら、記

号表現の伝播は、純粋な自己‐触発の二つの現象学的根源を関係づけるからである。誰かに向かって話しかけることは、たしかに〈自分が話すのを聞くこと〉、自分によって聞かれることであるが、しかしそれは同時にまた、もしそのひとが他人に聞かれるとすれば、他人がその同じ〈自分が話すのを聞くこと〉を、私がそれを生みだしたときのまさにその形のままに、自己のうちで直接的に反復するようにさせることでもある。(14)

記号表現は、デリダによれば記号内容への理解によって伝播するのではない。ある人が自分に話す言葉を、他人も自分に話すことができる——この構造が反復されることによって伝播するのだ。〈自分が話すのを聞く〉という構造そのものが、別の人間にそのまま波及しえるというのである。ヴァレリーの考察は、この反復を声の蘇生と結びつけている点に特徴がある。人間にできることが他者の模倣と反発だけだったとしても、その再生の過程に特別なアクセントをくわえることで、それ以前になかった声を響かせることが可能となるというのである。

デカルトに関する考察からも明らかなように、声はヴァレリーにとっての「見出された時」である。どれほど時間が経っても滅びないものを、ヴァレリーは記憶のよみがえりにではなく、テクストからの声の再生のうちに見出した。その声は、知力と技法の限りを尽くして練りあげられた声だが、何よりも「われわれの制御された期待から浮かびあがってくる声」、期待をみたす形で聞こえてくるものとして創られた声である。どのような人間もその内部に他者を抱えているとヴァレリーは指摘していたが、その他者性に、彼は不在と存在が交錯する可能性を見出した。他者の心のなかでも聞きとれるほど十分に「正確」な声となることができれば、不在の状態からよみがえることができるというのだから。

3　変身というテーマ

他処からやって来た声は、喪失のプロセスと同時に再生のプロセスを可能とするものだった。コントラルトの歌声は、外に響く音である以上に、聞く人の心に待機の緊張をあたえる出来事だった。歌声が忘れられた後でも、いったん開かれたその待機の道の痕跡は消えない。他処からやって来た声に耳を澄ませ、聞こうとする姿勢から、このように他者の言葉を源泉とするひとつの心的構造が生成する、とヴァレリーは主張する。

ある人の存在そのものに深く関わっているために、聞く人の心に深い傷痕を残す声という現象は、結局、悲哀の感情をもたらすだけでなく、〈自分が話すのを聞く〉というひとつの回路の形成をうながす。その構造があるからこそ、何も語らない記号の集積であるテクストが、ある時突然ひとつの声として語りはじめるということが起こる。自分に語りかける声を聞くという構造そのものは、時代を超えて再生することが可能だからだ。「言語活動は、〈私〉が自分に言えることを、〈他者〉も自分に言えるという事実に基づいている」(C, XVIII, 45)。言語活動すべてにおいてこの事情に変わりがないとしても、誰の声でも鮮やかな声としてよみがえるわけではない。書かれたテクストがひとつの声として立ちあがるためには、その言葉を読む以前にそんな道筋があるとも思わなかったのに、まるでその言葉が人が自分に語りかける言葉であると感じられるような、そんな道を切り開く必要がある。

スタロバンスキーは、テクストが声として語りはじめるために、作者はいったん消滅しなければならないと指摘している。「書くことは、意識的な自己疎外によって、自分自身に自分の姿を見せる、第二の身体をつくることである。〔……〕テクストとは、作者が姿を消すことによって生命を得るという、奇妙なものである」[15]。意図的に沈黙することによって、どこかから聞こえて来る声に耳を傾けること。その時作者は存在としては姿を消し、記号のかたまりから声としてあらわれようとする意志そのものとなる。「作品は、作者の存在ではなく、作者のあらわれようとする意志を表現しているのであり、その意志が選択し、秩序だて、調和させ、隠蔽し、強調するのだ」[16]。先に見たように、この意志は単独で成立するものではなく、読者が自分自身に語る声として、テクストの言葉を自らに語りかけるのでなければ成立しない。存在として姿を消した作者は、多数のものとなってたがいに対話を交わす存在となっている。問題は、読者もまた複数のものとなり、〈第四の声〉となって、自分のなかにある他者との会話を始めることができるかどうかということである。「一人でいるということは、自己とともにいる、つねに〈二人〉でいるということである。／それがなければ、この分割、あるいは《内的》差異がなければ、私たちが他者と交流することはないだろう。その交流は、無縁の声あるいは聴衆（聴取）を、私たちのなかにある〈他者〉の声あるいは聴衆に置き換えることだからである〔……〕」（C, XIV, 896–897）。

失われたコントラルトの歌声は、おそらく取り戻しようもなく失われてしまった。しかしそれが自己を二重の存在にしたこと、話すだけでなく、他処から来る声に耳を澄ませるものとしたことは、思考の基盤となっただけでなく、テクストからよみがえる声を聞きわける力をあたえてくれもしたのである。ヴァレリーはこのような思考の基盤が、作品として構築された声をよみがえらせる建設的な方向だけでなく、しばしば病的なものに変質しえるものであることを指摘している。内的言語が、〈同一者〉のなかに〈他者〉を作りだすことそのものには、病的なものはない。自らが他者となり、他者の話す言葉を自分のものであるかのように引き受けることによってしか、人は言葉を話せるようにはならないからだ。問題は、聞き手が自分のなかに響く声を、自分とはまったく無縁の他者の声とみなすようになるときである。「誰が話しているのか？　誰が聞いているのか？……この声は（病的に）まったく無縁のものとなりえる。自己から自己へのこの言葉の存在は――断絶の前兆なのだ。複数である可能性は、理性には不可欠だが、精神錯乱はそれを利用する」（C, VII, 615 [1/407]）。

聞き手は、腹話術師のように、他者の言葉を他者の言葉と意識したまま自分で口にしてみたり、逆に他者の言葉であることを忘れるまでに同化するなどして、聞こえてくる声とさまざまな関係を結んでいる。だが、そうした関係を打ちたてようとする運動が途絶え、声がいったいどこから響いてくるのかいぶかしく思う地点から、ある別の空間が広がりはじめる。他者の言葉を自らの言葉として引き受けることができなくなると、そこから先にはある癒しがたい分裂が始まってしまうのだ。「この他者性はしばしば病的なものとなる。自我はもはや、自分の声のなかに自らを認めなくなる――あるいは証人として要請されたり、敵とみなされたりした――ある虚構の話し相手を、自分の声に認めるようになる」（C, XVIII, 45）。このような錯乱を押しとどめるには、自我が、さまざまな場所からやって来る言葉と、聞き手とのやり取りによって成り立つ、二重の存在であることを忘れずにいる必要があるだろう。他処から来る声によって、はじめて自己の思考が可能となるという事実を認めなければならない。

これとは逆の、沈黙しているテクストが不意に生きた声として語りかけてくる瞬間を、ヴァレリーはしばしば歌や散文詩の主題そのものとしている。同一者のなかに他者の声が響くことが、なぜ錯乱ではなく、いつまでも終わらない声のよみがえりと感じられるのか。他処からやって来た声を、どうすれば自分の声として引き受けることができるようになるのか。これは大きな問題であり、ヴァレリーがとりわけ詩における声について語っているテクストにはさまざまな論点がふくまれている。[17] ここで注目したいのは、ヴァレリーが声の再生そのものを象徴する主題として変身のテーマを繰り返し取りあげていることである。最後にこの主題を簡単に見ることで、論考を終えることにしよう。

変身というテーマが興味深いのは、それが多くの場合、異質のものを結びつけることによって可能となる現象だからである。変身とはそもそも、異なった二つの種が合体することによって成り立つ現象ではないだろうか。ヴァレリーが対話篇でこのテーマを描くとき、異なった種の合体による変化だけでなく、たがいに他者の立場にある話し手と聞き手との相互の働きかけも強く意識している。例として、『エウパリノス』で語られるヘルメスの神殿の逸話を考えてみよう。エウパリノスはパイドロスに、自分の建てた神殿についてこう語る。

通りがかりの者には優雅な礼拝堂にしか見えない、——ささやかな建物だ、四本の柱、きわめて簡素な様式、——ぼくはわが生涯の、あるあかるい一日の思い出をそこに託した。ああ、懐かしい変身よ！　この優美な神殿は、誰も知らないが、ぼくが幸せな恋をしたコリントスの娘の数学的形象なのだ。この神殿はその娘の独特の身体の均整を再現している。この神殿はぼくにとっては生きているのだ[18]！

一人の女性が、何も知らない人間にはその優美な印象がどこから来るのかわからない、ささやかな礼拝堂に数学的に変身する。この変身の物語は、何重にも受け渡された言葉として語られている。引用のなかで語っているのはエウパリノスだが、逸話はこの建築家が語るのを聞いたパイドロスによって報告されている。報告の相手は、ソクラテスだ。直接読者に語りかけることを何重にも回避しているこの台詞は、しかし「幸せな恋をしたコリントスの娘」を、思い出のなかで自分のものにしたいというエウパリノスの欲望を想像できる人すべてに開かれた言葉である。建築家は、相手の存在を何かに置き換え、別の形態に変身させることによって記憶に刻みこもうとしたのだ。ちなみに、この作品が書かれた背景には、ヴァレリーとカトリーヌ・ポジィとの関係が明白に存在する。コリントスの娘がヘルメスの寺院に変身する過程は、エウパリノスとパイドロス、パイドロスとソクラテス、ヴァレリーとポジィという何重にも重ねられた関係のなかからひとつの声として響くのである。〈第四の声〉は、現実だったり虚構だったりするさまざまな人物の声が交錯する場所なのだ。

もうひとつ、数限りない例のなかから、『樹をめぐる対話』におけるルクレティウスの樹への変身を見てみよう。ルクレティウスが牧人ティテュルスに、自分自身が時おり一本の樹になったように思えることがあると語る場面がある。その時ルクレティウスは膨張する一本の樹のように空間を侵略し、小枝の夢を作りだし、何千もの緑の唇をひらき、泥水のなかに潜りこんで、大地の塩に陶酔する。「大地のなかへ深くもぐればもぐるほど、それだけ高く上るのだ。植物は形なきものを服従させ、空虚を攻撃する。植物はあらゆるものを自分自身に変えるために戦っていて、それこそが植物という〈観念〉なのだ！……」[19]。ここでは樹への変身だけが問題なのではない。ルクレティウスの変身は、他処からやって来た声に魅入られ、その声を聞こうとする態勢が心のなかに広がる過程でもある。樹への変身は、聞こうとする期待感が歌いだす瞬間、「耳」が語りだす瞬間の象徴として読むことができるのだ。ルクレティウス自身が、詩人であるティテュルスに直接そのことを伝えている。

> おまえの魂のなかに歌の影が訪れ、創造したいという欲望がおまえの喉を締めつけるとき、おまえの声が純粋な音に向かってふくらんでゆくのをおまえは感じないだろうか？　声の生命とおまえの願望が融けあって、おまえを沸きたたせる音波をもつ待望の音となってゆくのを、おまえは感じないか？　そうなのだ！　ティテュルス、一本の植物とはひとつの歌、リズムが確実な形態を繰りひろげ、空間のなかで時間の神秘を開示するひとつの歌

なのだ。(20)

コントラルトの歌声が決定的に失われたように、歌の基盤にあるのは、取り返しのつかない喪失である。しかしその喪失は、他処からやって来る言葉に耳を澄ませ、期待のなかで何かを語りだすのを待つ者を生みだした。ティテュルスが「純粋な音に向かって」、一本の樹木が空間に広がってゆくようにふくらんでゆくのを感じるとすれば、それは声のあたえた傷が別の形でよみがえろうとするためだ。引き裂かれることによって、人は異なった種を結びあわせる変身の過程に身をゆだねることができるようになる。その過程はもはや個人が自分の思いを表現するようなものではなく、自己のなかにいる他者が何を語りだすのか、その期待感のなかで聞こえだす見知らぬ言葉と一体となろうとする過程である。

ヴァレリーにとって、「詩の微妙な点は、声の獲得である」(C, VI, 176 [2/1077])。「いま発せられている声に、ある種の固有の生命、自律していて、親密で、非個人的な――つまり普遍＝人格的な(偶発＝人格的と対立する)生命をあたえること、言葉を精神の共鳴器、つまり知覚され、知覚するすべて、受けとり答えるすべてである精神の共鳴器にすること――それが目的であり、欲望であり、合図であり、命令である」(C, VII, 71 [2/1090])。他者からやって来る声を言葉に変え、他人が心のなかで繰り返すことができるような調子とリズムをあたえることができれば、それは時を超えて再生する力をもった声となるかもしれない。一本の樹への変身は、そのような〈第四の声〉を獲得するプロセスの象徴である。

注

(1) Roland Barthes, *Fragments d'un discours amoureux* (1977), *Œuvres complètes*, t. V, Seuil, 1995, p. 147.

(2) *Ibid.*, p. 147.

（3） Nietzsche, *Menschliches, Allzumenschliches*, dtv De Gruyter, 1999, S. 247（ニーチェ『人間的な、あまりに人間的な』阿部六郎訳、新潮文庫、上巻、一九五八年、三〇一頁〔断章三三三〕）.

（4）「三つの身体に関する問題」（*ŒI*, p. 926-931）を参照。〈第一の身体〉は自分で感じる自分の身体、〈第二の身体〉は他者によって見つめられる身体、鏡や肖像画によって示される身体、〈第三の身体〉は科学的観察によって初めて知りえるモノとしての身体である。この三つの身体のいずれにもあてはまらない身体を、ヴァレリーは〈第四の身体〉と呼んでいる（ヴァレリーの作品からの引用は、次の版へのレファランスを略号を用いて記す。*Œuvres*, édition intégrale établie et annotée par Jean Hytier, Gallimard, coll. « Bibliothèque de la Pléiade », 2 vol., 1957 et 1960 [*ŒI* et *ŒII*]. 引用においては、邦訳されているものは可能なかぎり参照したが、訳文は文脈に合わせて変更した場合があることをお断りしておく）。

（5） ヴァレリーの声に関する考察のうち、「内的対話」に関係する断章ついては、ベケット『名づけえぬもの』の書法と関係づけながら次の論考で分析した。「内なる対話――ヴァレリーからベケットへ」、『仏語仏文学研究』第四二号、二〇一一年五月、一五五―一六九頁。本稿の目的は異なるが、「内的対話」に関わる分析には、この論考と重なる部分があることをお断りしておく。

（6） *Choses tues* (1930), *Tel quel*, *ŒII*, 549.

（7） C, VIII, 41 [2/422]（ヴァレリーの『カイエ』の断章については、基本的に次の1から引用し、そのレファランスを略号によって、本文に織りこむ形で示す。2のプレイヤード版に収録されているものについては、そのレファランスも記す。1. C, I...(*Cahiers*, facsimilé intégral, C.N.R.S., t. I à XXIX, 1957-1961) /2. [1/...] et [2/...] (*Cahiers*, Gallimard, Bibliothèque de la Pléiade, t. I et II, 1973 et 1974). 以下の引用では直接本文にレファランスを書きこむこととする）.

（8） バフチンの考え方と比較できる視点である。バフチン『小説の言葉』伊東一郎訳、平凡社ライブラリー、一九九六年、六七―六八頁を参照。

（9） « Lettre sur Mallarmé » (1927), *ŒI*, 634-635.

（10） « Fragment d'un Descartes » (1925), *ŒI*, 789.

（11） *Ibid.*, *ŒI*, 789-790.

（12） *Littérature* (1929), *Tel quel*, *ŒII*, 547； cf. C, VI, 823 [1918].

（13） « Calepin d'un poète » (1928), *ŒI*, 1448.

（14） Jacques Derrida, *La voix et le phénomène*, PUF, 2003, p. 89（ジャック・デリダ『声と現象――フッサール現象学における記号の問題への序論』高橋允昭訳、理想社、一九七〇年、一五一頁）.

（15） Jean Starobinski, *Montaigne en mouvement*, Gallimard, 1982, p. 49（J・スタロバンスキー『モンテーニュは動く』早水洋太郎訳、みすず書房、一九九三年、五七頁）.

（16） « Une vue de Descartes » (1941), *Œ I*, 817.

（17） この問題については、とりわけ Ned Bastet, « Valéry et la voix poétique », *Valéry à l'extrême : Les au-delà dela raison*, L'Harmattan, 1999, p. 105–124 が参考になる。

（18） *Eupalinos* (1921), *ŒII*, 92（ヴァレリー『エウパリノス・魂と舞踏・樹についての対話』清水徹訳、岩波文庫、二〇〇八年、三〇―三一頁）.

（19） *Dialogue de l'arbre*, *ŒII*, 192（前掲書、二一二―二一三頁）.

（20） *Ibid.*, p. 193（同書、二一四―二一五頁）.

シャルロット・デルボ
――アウシュヴィッツを「聴く」証人

谷口亜沙子

1　創造（ポイエーシス）としての証言

アメリカではプリーモ・レーヴィと同等の重要性を認められ、ナチスの収容所を思考する歴史家や哲学者たちには不可欠かつ第一級のレフェランスとされながらも、フランスでは長らく絶版が続き、ここ数年で急速に再評価が進んでいる作家、それがシャルロット・デルボ（一九一三―八五）である。ミニュイ社が再版した小さな三巻本『アウシュヴィッツとその後』を手にした多くの人々が、息をのんだ。どうしてこれほどの作家が、これまで知られてこなかったのか。

シャルロット・デルボは、イタリア系の父母をもつフランス人で、一九三六年から「青年共産同盟」に加盟し、一九四二年三月二日にレジスタンスの活動家としてフランス警察に逮捕された。ゲシュタポに引き渡され、サンテ、ロマンヴィルの牢獄に収監されたのち、一九四三年一月二四日に、二二九人の「政治犯」の女性たちと共にアウシュヴィッツへ移送された。通常であれば「政治犯」の移送車はすべてラーフェンスブリュック収容所へと送られていたが、なぜこの移送車のみがアウシュヴィッツ＝ビルケナウへと送られたのかは――単なる手違いによるものだったのか、なんらかの意図があったのかは――現在に至るまで解明されていない。

アウシュヴィッツにいたときから、デルボは、万が一生還することができたら、一冊の本を書き、二〇年後に刊行しよう、と決めていた。なぜ二〇年後なのかといえば、戦争直後にはジャーナリストたちがその責を果たすだろうが、その波が引いてからのほうが重要だと考えたからである。また、大戦によって国民全体が傷を受けているときに、どれほど収容所の体験を訴えても、耳を傾けてはもらえないだろうという先見の明もあった。[1]

その決意通りに、デルボは生還後まもなく『私たちのうち誰ひとり帰らないだろう』を書きあげ、一九六五年にゴンティエ社から出版した。同書は『アウシュヴィッツとその後』と題された連作の第一部として、一九七〇年にミニュイ社から再版され、同年に第二部『無用の体験』、翌七一年に第三部『我らが日々の尺』が刊行された。[2]「アウシュヴィッツ三部作」とも呼ばれるこの連作の最大の特徴は、それが「収容所文学」や「証言文学」の域をはるかに超えて、まったく詩的な言語作品として構築されているところである。

「アウシュヴィッツ以後、詩を書くことは野蛮である」というアドルノの定言を耳にはさんだとき、デルボは、詩はアウシュヴィッツを実感させるためにこそ存在しているのに、と答えたという。[3]デルボのこの言葉は、『ショアー』の監督クロード・ランズマンがホロコーストの歴史家ラウル・ヒルバーグに語った「ホロコーストを描くために、人は芸術作品を作り出さなければならない」という言葉を思い出させる。

映画であろうと、書物であろうと、この出来事を再現するためには、人は完璧な芸術家でなければならないと〔ランズマンは〕言うのだ。なぜなら、この出来事の再現そのものが、創造の作業となるからだ。私〔ヒルバーグ〕もまた、この研究にとりかかった最初の日から、そのことに気がついていた。[4]

デルボもまた、生還できたら本を書く、と収容所で決めたときから、そのことに気がついていた。書く以上は、この出来事の途方もなさに見合う作品を書かねばならない。刊行までに二〇年も待ったのは、時の試練にかけるためでもあった。[5]

私は詩の言語というものを、もっとも有効な発話のかたちであると考えています。なぜなら、詩は、読んだ人をその人自身のもっとも隠された部分において動揺させるものであり、戦いの敵にとって、もっとも危険なものだからです。[6]

本稿では、ホロコーストの歴史家アネット・ヴィヴィオルカが、「収容所文学のなかでも類のない体験を語った、類のない声」[7]と評したデルボの声の独自性、そしてその根底には、「他者の声」に対するデルボ独自の聴覚があったこと、さらに近年のデルボの受容において、演劇空間やラジオなどの「声」が果たしている役割について考察することにしたい。

2　非人称の声、非個人的な記憶

デルボによる『アウシュヴィッツとその後』三部作のもっとも大きな特徴は、その声――人称――の特殊性、すなわち「私」の希薄さである。多くの証言が「私は」という一人称単数で語りだされるのに対し、デルボの証言は「私たちは」という一人称複数形を基調としている。C（シャルロット）という頭文字で示される「私」が現れるのは、第一巻も半ばを過ぎてからである。それはまず、ほかならぬ強制収容所というものが、髪を刈られ、番号をつけられ、所有はゆるされず、名前も過去も、いっさいの個人的特徴が剝奪される場であったことを反映している。吹雪にさらされながら終わらない点呼に立つ何千人という「私たち」は、あらゆる人間性を否定され、ただ環境にのみ反応する生き物の群れと化している。だが、この人称の選択は、もうひとつ、デルボの移送体験の歴史的な特殊性にも由来している。

移送されたデルボを含む二三〇人の女性たちは、到着から七三日後、すでに七〇人になっていた。一時間で肺炎にかかり、数日で死に至る酷寒のなか、長時間の点呼があり、強制労働があり、殴打があり、ドーベルマンをけしかけられた。赤痢とチフスが蔓延し、飲み水はなかった。だが、半年後、それでも「まだ」五七人の生存者がいた。これは、アウシュヴィッツの歴史上、まったく例外的な高生存率である。[8]「フランセーズ」と呼ばれたデルボの仲間たち——その大半がレジスタントで、多くがコミュニストであり、移送前に刑務所で顔見知りになっていた——は、共にいることがゆるされていた。多くのユダヤ人たちは、同国人から引き離され、外国語を話す見知らぬ人々のなかに分散させられていた。だが、デルボたちは「喋る」ことができた。それが生命線だった。「喋ることは眠ることと同じくらい大切」[9]であった。半年後、生存環境がより苛酷でない別の収容所へと移されたこともあり、二年と三か月後、最終的には四九人が帰還した。

『アウシュヴィッツとその後』の語りにおける、もうひとつの大きな特徴は、実録的な情報が省かれ、考察や分析がなされていないことである。それは報告や解説ではなく、点景による喚起であり、「目に浮かばせること」こそを最大の目的としている。デルボを読むことは、書かれたものを知的に、感情的に理解するということを超える体験である。それは感覚的な、内臓的な、皮膚的な次元に位置している。喉的な、という表現はないが、喉の奥に痛みを感じずにデルボを読むことはできない。どこまでも削ぎ落とされた、無駄のない文体だが、しかし、柔らかさもある。信じがたいほどの優しさもある。

デルボの仲間たちがナチスに抗する抵抗者であったことも、収容所を生き延びるうえでは大きな糧となった。彼女たちは、自分がなぜそこに入れられたのかを明確に知っていたからである。ただし、デルボの筆は、その特殊性を強調しない。デルボが喚起しようとするのは、あらゆる強制収容所において——その苛酷さの度合いにおいて、いかなる違いがあったにせよ——あらゆる移送者たちを等しく襲った運命である。「あらゆる強制収容所は、どこにあったものであれ、今後どこに出現するものであれ、すべて同等のもの」[10]だからだ。

ラーフェンスブリュック収容所でミレナ・イェセンスカに出会い、固い友情で結ばれたマルガレーテ・ブーバー＝ノイマンによる『カフカの恋人 ミレナ』について、ツヴェタン・トドロフは「収容所文学の中でこの本が比類ないのは、それが他人 une autre の生を語っているからだ[11]と述べている。だとすれば、収容所文学における『アウシュヴィッツとその後』の比類なさは、それが「他者たち des autres の生」を語っている点である。デルボが描きだすのは、ミレナのような稀にみる個性をそなえた例外的な誰かではない。あるいは、石原吉郎の描きだした「鹿野武一」の忘れがたさ。五列縦隊を組まされるときに外側のもっとも生命の危険がある列にいつでも静かに立ち、たったひとりの聴き手のためにカラガンダ収容所で「エスペラント語入門」を講義した鹿野武一[12]。一四歳の少女アナ・ノヴァクが生き生きと描きだした「型破りさん」の姿[13]。プリーモ・レーヴィが「稀にしかいない、強くやさしい男の典型」と呼んだアルベルト[14]。収容所文学の世界には「周囲はどうあれ「わたし」を見失わなかった英雄的な人[15]」の例があふれている。「典型的な「被収容者」になるか、あるいは収容所にいてもなお人間として踏みとどまり、おのれの尊厳を守る人間になるかは、自分自身が決めることなのだ[16]」（フランクル）という「訓え」は、収容所文学におけるひとつのカノンとすら呼べるだろう。

だが、デルボのテクストが語るのは、そうした例外や英雄たちの物語ではない。強い個がその強さによって個をつらぬく物語ではなく、もはや完全に個を消されかけた、どこまでも弱い個が、それでもなお互いに交わす言葉や、一瞬の了解のまなざしや、つないだ手のわずかな体温によって、かろうじて個を保ちえたことの、その証言である。その意味では、デルボの三部作は「私」や「私たち」のかぎりない「弱さ」の記録でもあり、「私」が「私」を見失わなかったのは、「他のひとたち」がいてくれたからである。頼りがいのあるものもいれば、足手まといになるものもおり、だが、ひとりひとりがそこにいて、まだ息をしているかぎり、それは全員にとってかけがえのない救いであり、奇跡でありつづけた。

シャルロットもまた弱く、長時間の点呼で気を失う。するとヴィヴァが目をつぶって歯をくいしばりながらその頬を張る。「しゃんとして、さあ立って」と呼びかけるヴィヴァの声が、遠い母の声に重なり、シャルロットはかろうじて命をつなぐ[17]。ひとりではささえきれないものを互いにささえあうことによって「私たち」は生き延びた——だが、それでも生き延びられなかったもののほうが、ずっと多かったのである。

彼女たちはファーストネームだけの存在であり、年齢や、外見や、過去についてはいっさい触れられない。プリーモ・レーヴィの透徹した視線が描きだした囚人たち――「溺れるものと救われるもの」――の肖像のように、その性格や行動パターンが分析されることもない。彼女たちは、ただ、収容所の現実のなかでしたことや言ったことによってのみ示される。「リュリュ」とは、疲労と絶望の限界にあった「私」を、SSから見えないように自分の背中の陰に入れて「泣いてもいいよ」とささやいてくれたリュリュである。[18]「カルメン」とは、激しすぎる喉の渇きのために譫妄状態となった「私」に、自分のパンをあきらめて水を手に入れてきてくれたカルメンである。[19]死んだ「アリス」の義足が雪の上に長いあいだ転がっていた。「私たち」はアリスの義足を幾度も見にいった。手足のからまりあった死体の山の傍らで――個人を個人とするあらゆるものが剝ぎ取られる収容所の世界で――生命をもたないはずのその義足だけが、かぎりなく生々しかった。その義足は、ほかの誰でもない「アリス」がこの世に生きていたことを告げていたからである。[20]

3 『一月二十四日の移送車』から『無用の体験』へ

では、彼女たちが「誰」であったのかということを、デルボが重視していなかったのかといえば、そんなことはない。デルボは、『わたしたちのうち誰ひとり帰らないだろう』刊行の数か月後『一月二十四日の移送車』というまったく別種の書物を刊行している。これは、同じ移送車で送られた二三〇人の女性たちについて、姓名、生い立ち、移送前の人生、腕の入れ墨の番号、その死、あるいはその生還後の生を全員分掲載した書物である。デルボ自身を含む二三〇人の小伝は、ほぼ等しい分量によってアルファベット順に並置され、巻末には、年齢別、職業別の生還率等の統計が付されている。血縁者や友人への聞き込みおよび夥しい資料調査を要したこの途方もない企てを、デルボは、かつての仲間たちと連携することによって成し遂げた。

「アウシュヴィッツ三部作」では「記憶」をベースとした詩的表現によって高次の普遍性が目指されていたのに対

し、『一月二十四日の移送車』においては、厳密に社会学的な方法によって、個別的にしか語られえない具体的な「事実」が探求されている。[21] これはおそらく、「生きた記憶」（証言者の領分）と「事実」（歴史家の領分）のどちらをも手放すことなく、ひとりの人間の手によって、「真実」は一種類ではないということが示された例といえるだろう。
そしてその双方において、デルボは、ある突出した個人の話をした途端に、たちまちにして「その他大勢」が生みだされるという力学に抗っている。アウシュヴィッツには——そしてこの世のあらゆる現実には——「主人公」はいない。

いくつかの忘れがたい「名前」は登場する。ヴィヴァ、リュリュ、カルメン……。だが、そのヴィヴァがイタリア社会党の指導者ピエトロ・ネンニの娘であったことは『一月二十四日の移送車』を読まないかぎりわからない。「通訳」の「マリ＝クロード」が『ユマニテ』誌の写真家で、のちに共産党議員となったマリ＝クロード・ヴァイアン＝クチュリエであることもわからない。[22] フランスではレジスタンスの「殉教者」として有名なダニエル・カザノヴァが同じ移送車にいたという事実は、ほかのどんな犠牲者がそこにいたことよりも、より多く重要なわけではない。

フレデリック・ワイズマンの撮るドキュメンタリー映画において「主人公」が存在せず、あえていえば人の集まる「場所」こそがその主人公でありつづけているように、デルボはアウシュヴィッツという「場所」を語る。テロップをつけず、ストーリーをつくらず、解説をかぶせない。デルボはただ、自分が仲間たちといたその場所、自分が生きたその場所を「見るようにしむける」[23] ことによって、ついに人間を語る。

第一巻『私たちのうち誰ひとり帰らないだろう』は「私たちのうちの誰ひとり帰らないはずであった」という一行によって巻を閉じる。続く第二巻『無用の体験』では、シャルロットその人をさす「私」がより明確になり、銃殺刑を受けたシャルロットの夫への暗示や、デルボを含む十数名の小さなグループが生きた出来事が語られる。ライスコ、ラーフェンスブリュックと舞台は移り、断章は大まかな時系列をたどりながら、ついに一九四五年四月二三日の「解放の朝」を迎える。

第二巻の特徴は「想像界」のたすけが始まることである。「想像界」に逃げ込むことすらいっさい不可能な状態を

「私たち」は知った。だが、ビルケナウにくらべれば「まだ非人間的でない」副収容所ライスコに移されてまもなくすると——ほんのわずかであれ、人間らしさを取り戻すことができるようになると——、詩は、歌は、芸術は、そこで生き延びるための手立てとなった。デルボは点呼のあいだじゅう、記憶のなかから掘り起こした何十編もの詩を暗唱しつづけていた。二回分のパンの配給を『人間嫌い』と交換した。そして、仲間たちと共に、モリエールの喜劇『病は気から』を上演したのである。

全員の記憶をかきあつめることで、シナリオはどうにか構成できた。クロードデットは戯曲の記憶庫のようだった。体は疲労困憊し、バラックは凍えるほど寒かったが、毎晩、稽古を重ねた。寄せ集めの材料で一七世紀風の衣装をつくり、研究所から盗んだ紅い粉末を頬と唇にさし、擦り切れたシーツを「幕」にした。誰もがいつ上演があるのかを知っていたけれど、それでもポスターをつくって貼った。脚本クロードデット、衣装セシル、演出シャルロット、小道具カルメン(24)——。モリエールは、抵抗であり、復讐であった。

4　奇跡の口語性——速記者の耳、声のモンタージュ

第三巻『我らが日々の尺』は、形式と手法の点から考えた場合、三冊のなかでももっとも驚くべき作品である。断章のあいだにときおり詩作品が挿入されるのは第二巻までと同様だが、断章そのものが完全な口語体で書かれている。だが、そこで「私」と語っているのは、もはやシャルロット・デルボではない。断章のタイトルとなった「ジルベルト」「マド」「ルイーズ」などの生還者の仲間たちが、二五年後、シャルロットに「その後」の生を打ち明けている。そのモノローグが、解説もなくそのまま並べられているのだ。

アウシュヴィッツはしばしば「表象不可能」「再現不可能」「理解不可能」であると言われるが、それでも「収容所世界」について人はさまざまなことを知っている。だが、生存者たちの「その後」については、どれほどのことを知っているだろうか。破局はあるときにある場所で生じるが、しばしば「その後」のほうが長い。収容所が解放され、

故郷に戻るまでの九か月の帰還の物語を、プリーモ・レーヴィが『休戦』と名付けたように、生存者にとっての「戦い」は、帰還後に再開した。

「生還者」はまず「死者たち」と「普通の人たち」のあいだにありながら、そのどちらからもかぎりなく遠く引き離されている。そしてあらゆる生還者が語るように、「言葉」から見放されている。「渇き」という語は「あの渇き」ではなく、「飢え」という語は「あの飢え」を語るには足りない。では、そのことを知るもの同士は、いかなる言葉を交わし合うのか。第三巻の特異性は、通常の証言文学が「知るもの」(生還者)から「知らぬもの」(普通の人たち)へと向けてなされるのに対して、「知るもの」と「知るもの」とのあいだに交わされる対話に、我々をじかに立ち会わせてしまうところにある。第一巻の非人称的なとぎすまされた文体が、かえって「私たち」の連帯のあたたかさを浮かびあがらせていたのに対し、逆に、第三巻のあたたかな口語性は、生還者たちの抱える孤絶感や隔絶感をよりいっそう浮き彫りにする。(25)

第三巻における圧倒的な口語性に関して、作家になる前のデルボの伝記的事実のなかに、きわめて興味深いことがある。それは、当時の多くのタイピストと同様、デルボが「速記」の技術を身につけていたことである。速記とは、とりもなおさず、テープレコーダーやICレコーダーの前身である。人の声に耳を澄まし、書きとめる。そのままでは他者に読めないので、その声を頭のなかで響かせながら、アルファベットに書き起こす(したがって速記者は、少なくとも二度にわたってその声を「聴く」ことになる)。だが、一字一句書き起こしただけでは言葉が死んだままであることに、『ジュネス・コミュニスト』誌の記者であったデルボは気がついていた。

抑揚、トーン、言い直し、言いよどみ、間、論理の展開、含意されたもの。一定の紙幅のなかで、発された言葉を生き生きと再現するためには、削る部分を削り、句読点を調整し、本質的なことを救いださねばならない。そのとき何よりも必要になるのは、話の内容の正確な理解と、深い集中力であった(これは機械にはない)。デルボは、速記者としての仕事をつづけながら、文字にしたときに落ちていってしまう人間の「声」の表情に恒常的に向きあっていた。そして同時に、書き言葉には書き言葉の別のエコノミーがあることを発見していったのである。

そのデルボの「才能」を、たった一度のインタヴューで鋭く正確に見抜き、讃嘆の声を洩らしたのが、フランスきっての名優ルイ・ジュヴェである。一九三七年、『ジュネス・コミュニスト』誌からのインタヴューを受けたジュヴェは、文字になったその記事に目を通すと、すぐさま記者を招喚した。叱られるのだろうと思っておそるおそるアテネ座に出むいたシャルロットに、ジュヴェはこれは一体どうしたことなのかと問う。自分はこれまで無数のインタヴューを受けてきたが、これほどにも完璧に自分の発言が再現されている記事は見たことがない。シャルロットは、速記したのです、とごく控えめに答えたが、速記のできるジャーナリストならば当時いくらでもいた。ジュヴェはその場でデルボを自分の専属秘書に採用した。

ジュヴェの専属秘書というのは、いわゆる秘書の仕事に加えて、国立音楽演劇院でのジュヴェの講義・演技指導を書き取ることを最大の仕事としていた。

ジュヴェの講義を文章に起こすには、まる一日かかりました。ジュヴェの言葉は思いつくままに発されたものですから、そのままではテクストとして律されていません。そこから効果のあるエクリチュールを再現し、発話に内在していた意味をもう一度見出そうとするならば、消しゴムをかけなければなりませんでした。というのも、文字になったが最後、声のトーンは消えてしまい、書き起こす私がその意味をつかまえ、追いかけ、手放すまいとしないかぎり、そこにあった思考のすじは見失われてしまうからです。たとえその通りに話されたわけではなくても、思考のリズムの枝払いをしなければなりませんでした。書き起こされたフレーズは、一字一句その通りではありませんが、やはりその通りなのです。(26)

実際、ジュヴェは、書き起こされたデルボの原稿を修正したことは一度もなかったという。文字通り(exacte)ではないが、その通り(vrai)である、というこの最後の言葉は、デルボの言葉としてもっともよく知られる「ここに書いたことが真実(vrai)であるのかどうか、今となっては確信がない。だがそれは、真実を告げる言葉(véridique)

である」という第一巻のエピグラフへとまっすぐに通じるものである。

『我らが日々の尺』における多様なモノローグの再現もまた、おそらくはこれと同じ傾聴の姿勢によって——いわば脳内での速記をもとにして——達成された。自分ではない誰かの声を正確に再現すること。そして、その声を耳に聴きながら、それを聴く自分自身の「位置」を読者へと差し出すこと。第三巻の読者の動揺が惑乱的なまでに深まるのは、とりわけこのふたつめの身ぶりによる。第一巻の始まりで「何でも知っているあなたがたは、ご存じでしょうか／飢えは目を輝かせ、渇きは目を曇らせるということを」とよそよそしく「あなたがた（vous）」で呼びかけられていた我々は、収容所という別世界から確かに断絶されていた。だが、第三巻の読者は、その同じ読者ではない。我々はすでにデルボの姉妹たちを知っており、彼女たちと共に一定の時間を過ごしている。デルボが特権的な聴き手としての「あなた（tu）」という位置を我々に貸してくれるとき、我々はデルボによって無限に対等に扱われていることを感じる。

彼女たちの声は、かぎりなく近く、ほとんど肉声に近い。だが、そこで語られる「その後」の生は、かぎりなく遠い。デルボを読むということは、このやるせなさと共にあること——「私」と「私たち」の境界を皮膚一枚で耐えつづけること——、そして、ときおりその境界を破られてしまうことである。私はあなたではなく、私はあなたになれない。あなたの痛みを痛むことは私にはできないが、私はあなたの隣にいて、あなたの声を聴く。[27]

自分を消し、他者たちの声が行き交う「場」として「私」を差し出すというデルボの身ぶりは、思えば、デルボがはじめて世に問うた、きわめて特異な著作『レ・ベル・レットル』（ミニュイ社）において、すでに顕著であった。一九六一年（つまり収容所の生還者として姿を現すよりも前）に刊行されたこの本は、泥沼化するアルジェリア戦争をめぐって書かれた数々の「書簡」や「記事」を抜粋し、きわめて簡潔な解説だけを付してモンタージュをした本である。ジェローム・ランドンやクロード・シモン、サルトル、ブルトンなどの知識人のほか、学生、民族解放戦線の闘士、刑務所の囚人などの言葉が並ぶ。驚くべきは、元来は別々に書かれたはずのそれらの言葉が、デルボの手によってそっとつなぎ合わせられることによって、互いに応答となり、補足となり、発展となりながら、読者をみずから考えること、問いかけることへと導いている点である。

読者はデルボの声（ナレーション）がつねに最小限であることに打たれ、その演出のミニマリスムに打たれ、それゆえ本当の意味でそれらの手紙に打たれる（ただし論点の明確化のために、論敵によるテクストもいくつか掲載されている）。それらの言葉の大半は「書かれずにはいられなかった」憤りの声であり、美的配慮などとはおよそ無縁なところで、緊急に、ただ聞き届けられるために書かれている。それらの手紙にデルボは『レ・ベル・レットル』という逆説的なタイトル――「美しい手紙」であると同時に「文学」という意味の成句――を選んでいる。

5 生死の境での「声」の記憶

「私」という人間の声が、ほかならぬたったひとりの私の声であるように、「私」のエクリチュールもまた「私」の正確な存在証明となるべきである、というタイプの文章観を、デルボはさほど持たない。「私」は「私たち」のなかのひとりにすぎず（第一巻）、「私」が「私」でありつづけられたのは「他のひとたち」がいたからであり（第二巻）、むしろ「私」を脱ぎ捨てることによって、自己を拡散する（第三巻）。[28]

だが「私の声」にさほど執着しないように見えるデルボは、他者の声の同一性には人一倍敏感であった。デルボにとって「あのひと」とは「あのひとの声」である。

ラーフェンスブリュックにいた「私」は、あるとき、仲間たちからはぐれてしまう。ここでは仲間と離れることはそのまま死を意味している。動転したデルボは、数歩離れた場所にいる三人のSS女性看守をじっと観察しはじめる。そのときふいに、かつてコンセルヴァトワールで演技指導をしていたルイ・ジュヴェの「声」が甦ってくる。「違う。もう一度。入ってない。入るんだ。そして待つ。そう、それでいい。位置について。よし。もう動かない。もっと腰を据えて。そう、その位置。さあもう台詞を言っていい。なにか言うことがあるのが、こちらまで伝わってくる」。SSたちの背中、ブーツ、肩の様子から、デルボは三人の意識が会話に奪われ、そのままもう動かないことを察知する。「三人は腰を据えていた。今だ、と私は飛び退くようにして、列から離れた」[29]。

ルイ・ジュヴェの「声」の記憶によって、デルボが死の縁から引き戻されたのは、このときだけではない。収容所解放後の、デルボからジュヴェへの第一信の手紙には、自分が帰ってきたのは、「あなたの声を再び聴くため」であったと記されている。収容所を生き抜くうちに、愛しい人々と想像上の対話を交わす術を身につけた自分は、ある日、幻聴に近いほどはっきりと、あなたの「声」を聴いたのだと語る。

その日、あなたは鏡の前に立っていました。私が抱きつこうとすると、キスを受けられるようにと顔をぬぐって——メイキャップを落としたばかりのあなたの肌はまだ湿っていました——そして言ったのです。「そうら、とうとう、お嬢さんのお帰りだ」。あなたの声でした。どこまでも正確に響く、間違いようのない、あなたの声(夢ではなく、熱のせいでもなかった——初めて会った日のように、あなたはあの見事な「乞食」の衣装を着て、確かに私の前に立っていました)。あの日、私は、自分は帰るのだと、またあなたに会うのだと、はっきりと確信しました。[30]

自分を愛称で呼んでくれる「あのひとの声」。デルボは、アウシュヴィッツに移送される前に、誰よりも大切な「あのひと」、活動家の夫ジョルジュ・デュダックを失っていた。ジョルジュが銃殺刑を受けることになった朝、ふたりは最後の面会を許された。後年その面会の様子は『選んだものたち』という戯曲に昇華された。面会時間が終わり、ふたりの兵士に連れられて廊下を戻りつつあるとき、フランソワーズ(=シャルロット)はまだ自分が背すじを伸ばしていられていると感じる。だが、ふいに、胸が張り裂ける。ポール(=ジョルジュ)は「おちびさん」と呼んでくれなかった。朝はいつでも「おはよう、おちびさん」と言ってくれていたのに。[31]

来た道を駆けだして、戻りたくなった。彼の首に抱きついて「おちびさんって言って、もういちど言って、前みたいに言って」と言いたくなった。兵士たちを突き飛ばしたが、たちまち乱暴に引き戻された。そのまま床石の上に倒れ、しばらく意識を失い、そのまま横たわっていたのだと思う。意識が戻ってくると、ふたりの兵士が立っていた。私が目を覚ますのを待っていたのだ。ここはどこだったか。このひとたちは、どうして屈みこんでいるのか。すべてを思い出すまでに、しばしの時間がかかった。すべてを思い出した瞬間、心臓が破れそうになった。立ちあがらせようとして、兵士たちが手を貸してくる。身震いをしながら、それをはねのける。こんな男たちに弱さを見せてしまったことがくやしかった。それから私は、ポールにまだ残されているわずかな時間を測りはじめた。ポールの心臓が打つリズムに合わせて、私の胸のなかで、私の心臓の鼓動と一緒になっている、ポールの心臓の音に合わせて。

ポールの最後の心臓の拍は、一九四二年五月二三日に、モン＝ヴァレリアンの林のなかで、銃殺隊の前に消える。自制をつづけていた「私」の理性が限界を超えたのは、自分を「おちびさん」と呼んでくれた彼の「声」を思い出した瞬間だった。生と死の拮抗するあやうい瞬間に、シャルロット・デルボを包みこむものは、つねに「あのひとの声」である。

解放後、フランスに到着して、死の世界から生の世界へと——ひとりきりで「普通の人たち」のなかへと——戻ってきたとき、デルボは周囲の仲間たちが、しだいに霞んでゆくような心細さを憶えた。「ただ、彼女たちの声だけが残っていた」(32)。

6 ツェランへの応答——口寄せ、口込み、口移し

「俳優とは、観客の前で、登場人物のために証言するもののことだ」というのは、ルイ・ジュヴェの言葉だが、二〇一四年三月、ワルシャワ・ゲットーの最後の証言者を「登場人物」とする『残ったものたち』という舞台が上演さ

れた（ダヴィッド・レスコ作・演出）。舞台装置は椅子ふたつのみ。普段着姿の若いふたりの俳優が、交互に「証言」をする。「俳優たち自身が、証言者のために証言をする証人となるのだ」[33]と評されたこの舞台は、「証人のために、誰が証言するのか？」[34]というパウル・ツェランの悲痛な叫び――否定主義者たちの声がますます大きくなる現状のなかで、いっそう悲痛な叫び――へのひとつの応答であるかのように、証人たちの言葉が「本当」であることを、観客に確信させた。

シャルロット・デルボもまた『我らが日々の尺』において、さまざまな生還者の声をもどき、彼女たち証言者の証人になったのだと言える。『これらの言葉を誰が伝えるのか』（一九七四年初演、フランソワ・ダルボン演出）というデルボの戯曲作品の問いは、筆をとるときのデルボの意識につねにあったものである。この戯曲における二三人という登場人物の女囚の数はデルボとアウシュヴィッツに送られた「二三〇人」からきている。強制収容所の演劇、というと、人は不安に思うかもしれない。「アウシュヴィッツこそ、俳優では演技できない出来事」[35]なのではあるまいか、と。だが、自身がアウシュヴィッツの生還者であるデルボは、そのような見方をとらない。「俳優がなしうること」や「声がなしうること」を低く見積もることこそを拒否するのだ。「私は、文学はあらゆるものを包みこめるほど大きなものだと思っています」[36]と語るデルボは、すべてにかかわらず、それでもなお「言葉」を信頼している。

そしてみずからの収容所体験の核心にあったものが「共にあること」であったからこそ、複数の人間の手によって創りあげられ、観客をも含みこむ「演劇空間」に希望を託す。戯曲というジャンルへのデルボのこの親和性には、単にジュヴェを座長とするアテネ座での経験を見るべきではない（むしろジュヴェへの敬意から、デルボは「恐れ多いもの」として、長いあいだ戯曲の執筆をしなかった）[37]。それよりも、「戯曲」という形式が「地の文」の不在ゆえに、もっとも作者が自己を消しやすいジャンルである点が、作家デルボの要請に沿うものだったのであろう。

デルボの死去から一〇年後、一九九五年二月三日、午後七時を告げるフランス・キュルチュールのラジオ時報と共に、フランス全土にわたって、演劇史上まったく類を見ない巨大プロジェクトが実現された。一五四の市町村（二三〇人の女性たちの出生地）で、いっせいに、デルボのテクストの朗読がおこなわれたのである。参加した女優の数は三二〇人。この晩、デルボのテクストおよび『一月二十四日の移送車』の女性全員の名前と小伝が、生きている女優たちの「声」にのって、人々の鼓膜を打った[38]。各会場には必ず「ひとり」ではなく「ふたり」の朗読者がおかれた。「ひとりでは決してもたないだろう、とデルボが言っていたからです[39]」。

クロード＝アリス・ペロットを中心とする劇団「砂の鞄」が実現させ、ラジオでも放送されたこの巨大プロジェクトの反響は予想以上に大きく、デルボの再版を望む声が高まり、署名運動にまで発展した[40]。やがて入手困難だった作品や未刊行の戯曲が次々と再版され、二〇〇八年三月八日の「国際・女性の日」には、オランプ・ド・グージュ、マリー・キュリー、ジョルジュ・サンド、シモーヌ・ド・ボーヴォワール、コレットらと共に、歴史的に重要な九人のフランス人女性として、パンテオン正面にデルボの写真が掲げられた。二〇一〇年にはリヨンのレジスタンス記念館で大展覧会が開催され、二〇一二年にはパンテオン入りの有力候補者としてその名がささやかれるようになった。生誕百周年の二〇一三年には国立図書館への全アルシーヴの寄贈、国際コロックの開催、そして「シャルロット・デルボ――千の声の記憶」展がフランス・イタリアの各地を二年間にわたって巡回した。さらに初の伝記出版が決定打となり[41]、書店員や文芸サークルのあいだでの急速な口込みが広まった。

デルボを読んで、心をゆさぶられたものたちは、大急ぎで親しいものたちに、彼女の存在を伝える必要を感じる。デルボの愛読者たち、デルボの研究者たち、デルボの朗読や上演に関わっているものたちは、誰もがみな、この「緊急性」の感覚を有している。それは、デルボの言葉が、何よりもまず、私たち自身を熱烈に生きることへと向かわせるものだからだ。「どうかお願いです／なにかしてください／ステップをひとつ覚えて／踊りをおどるとか／なにかあなたの存在を正当化するようなことを／あなたが自分の肌に包まれて　体毛に包まれている権利を／あなた自身に授けるような　なにかを／歩くことでもいい　笑うことでもいい　なにかを学んでください／だって　どう考えても／あまりにも馬鹿げているから／あんなにも多くのひとが死んで／生きているあなたが／あなたの人生をなにかに変えることがないのなら[42]」。

アウシュヴィッツ＝ビルケナウで、手をつなぎあって生き延びようとした「私たち」。それでも戻ることのなかったあまりにも多くのものたち。知られることの少なかった生還者たちの「その後」。みずからが「証人」として語りだす前に、それらの声にまず深く耳を澄ませたシャルロット・デルボの声は、今ようやく我々のもとへと届けられはじめている。

注

（1）Émission « Radioscopie » par Jacques Chancel sur France Inter, diffusée le 2 avril 1974.

（2）Charlotte Delbo, *Auschwitz et après. I. Aucun de nous ne reviendra* (Gonthier, coll. « Femme », 1965), 1970 ; *II. Une connaissance inutile*, 1970 ; *III. Mesure de nos jours*, Minuit, 1971. 手法と問題意識の継続性からすれば、一九八五年の『記憶と日々』（死後出版）はその続編ともいえる。

（3）Propos rapportés par François Bott dans l'émission « Nous autres » diffusée sur France Inter le 25 janvier 2013. のちにアドルノ自身がこの定言（「文化批判と社会」『プリズメン』渡辺祐邦・三原弟平訳、ちくま学芸文庫、一九九六年、三六頁）を相対化しているが（エンツォ・トラヴェルソ「アドルノの定言的命法」『アウシュヴィッツと知識人』宇京頼三訳、岩波書店、二〇〇二年、一二四頁参照）、デルボは、アドルノのように詩の責務を「破局の谺」にのみ限定するわけでもない。

（4）ラウル・ヒルバーグ『記憶』徳留絹枝訳、柏書房、一九九八年、九五頁。

（5）Émission « Les Arts du spectacle » diffusée sur France Culture le 22 mars 1974.

（6）Entretien avec François Bott, in *Le Monde*, le 20 juin 1975.

（7）Propos d'Annette Wieviorka dans l'émission « Je vous demande de sortir » diffusée sur France Inter le 30 juillet 2013.

（8）いうまでもなく、生存率の単純な比較は意味をなさない。たとえば、ユダヤ人であるか、ユダヤ人でないかによって、生存率は到着した時点から比較にならないほど異なっていた。大半のユダヤ人は「選別」を受けることすらなく、そのままガス室へ直行させられた。「アウシュヴィッツ」といえば、骨と皮だけとなった犠牲者たちのイメージが根強いが、それらは——終戦間際にナチスが収容所を放棄して遁走したあとに収容所を襲った飢餓によるものなども含め——決して代表的な犠牲者の姿ではない。ナチの最大の犠牲者、とりわけトレブリンカ、ソビボル、ベウジェツなどの絶滅収容所、純然たる「死体工場」へと移送された大半のユダヤ人には、痩せている時間などいっさいなかったのである。

（9） Charlotte Delbo, *Qui rapportera ces paroles ?*, Fayard, 2013, p. 30.

（10） Propos de Charlotte Delbo dans l'émission « Les Arts du spectacle » diffusée sur France Culture le 22 mars 1974.「アウシュヴィッツ」という地名は第一巻にただ一度出てくるのみ。これを戯曲化した『これらの言葉を誰が伝えるのか』では一度も出てこない。

（11） Tvetan Todorov, *Face à l'extrême*, Seuil, coll. « Essais », 1994, p. 83（ツヴェタン・トドロフ『極限に面して』宇京頼三訳、法政大学出版局、一九九二年、八八頁）.

（12） 石原吉郎「ペシミストの勇気について」『望郷と海』筑摩書房、一九七二年、二一—三七頁。石原吉郎の証言および同章の最後に収録された菅季治の遺稿集『語られざる真実』によるK（鹿野）についての回想。

（13） アナ・ノヴァク『14歳のアウシュヴィッツ』山本浩司訳、白水社、二〇一一年。

（14） プリーモ・レーヴィ『アウシュヴィッツは終わらない』竹山博英訳、朝日新聞出版、一九八〇年、六六頁。

（15） V・E・フランクル『夜と霧』池田香代子訳、みすず書房、二〇〇二年、一一〇頁。

（16） 同書、一一一—一一二頁。

（17） Charlotte Delbo, *Aucun de nous ne reviendra*, *op. cit.*, p. 103.

（18） *Ibid.*, p. 165.

（19） Charlotte Delbo, *Une connaissance inutile*, *op. cit.*, p. 41-48.

（20） Charlotte Delbo, *Aucun de nous ne reviendra*, *op. cit.*, p. 67-68.

（21） Charlotte Delbo, *Le Convoi du 24 janvier*, 1965, Minuit. デルボは三〇年代前半にアンリ・ルフェーヴルに出会い、哲学、社会学、政治参加への目を開かれた。六〇年代には、国立科学研究所でルフェーヴルの助手として働いており、『一月二十四日の移送車』の厳密なアプローチへの影響が指摘されている。

（22） 収容所体験をもつレジスタントとして、ヴァイアン＝クチュリエとジュヌヴィエーヴ・ド・ゴールの二人がデルボの作品を語ったものとしては以下を参照。Émission « Agora » diffusée sur France Culture le 2 mars 1995.

（23） « donner à voir »（「目に浮かばせる」「見るようにしむける」）は、デルボが繰り返し使う表現。Entretien de Claude Prévost avec Charlotte Delbo, « La déportation dans la littérature et l'art », in *La Nouvelle Critique*, juin 1965, Nº 167, p. 42 ; « Conférence de

New-York, le 10 octobre 1972 », in *Une mémoire à mille voix, Charlotte Delbo*, dir. Elisabetta Ruffini, Il Filo de Aianna, 2014, p. 63.

（24） Charlotte Delbo, *Une connaissance inutile, op. cit.*, p. 86-93.

（25） これに似た感覚を与えるものとしては、内容はまったく異なるものの、やはり見事な口語性の達成例として、水村美苗の『私小説　from left to right』におけるバイリンガル姉妹の長電話文体がある。

（26） Cité par Magali Chiappone-Lucchesi, « La respiration de Charlotte Delbo et le souffle de Louis Jouvet », in *Charlotte Delbo (1913-1985), engagement, univers concentrationnaire, œuvre : colloque international du 1er mars 2013*, vidéo numérique, Bibliothèque nationale de France, 2013. ジュヴェの講義はのちにガリマール社から出版されている。

（27） 『我らが日々の尺』には「ピエール」という収容所を体験していない人物が登場する。彼は妻マリ＝ルイーズへの愛ゆえに、彼女が生きた収容所の記憶をすべて共有している。だが、善意に満ちたピエールから「仲間」として扱われ、ときに自分自身の記憶を凌ぐほどの「記憶力」を見せられるに至って、シャルロットは深い居心地の悪さをおぼえる。人はアウシュヴィッツの物語を「理解」したと思いこんだ途端（「私」は「あなた」になれないということを忘れた途端に）、アウシュヴィッツからもっとも遠いところにいる。きわめて寓意性の高いこの章は唯一、三人称で語られており、フィクションであるともされている（Sharon Marquart, « Le Couple idéal et la communauté ironique », in *Les Revenantes, Charlotte Delbo, la voix d'une communauté à jamais déportée*, dir. David Caron et Sharon Marquart, Toulouse, Presse Universitaire du Mirail, 2011, p. 109）。実際『一月二十四日の移送車』のリストにマリ＝ルイーズという名は見つからない。

（28） この第三の段階を、フィクションの領域でおこなった作家は数多いかもしれない。シェイクスピアは無数の登場人物に声を貸したといえるだろうし、ポリフォニーの大成者としてはドストエフスキーがいる。語り手と登場人物の声が融解する例としては、フローベールが多用した自由間接話法がある。だが、デルボはそれを、ノンフィクションとエッセイの領域でおこなった。これに似た手法としては、スベトラーナ・アレクシエービッチの『チェルノブイリの祈り』があげられる。

（29） Charlotte Delbo, *Une connaissance inutile, op. cit.*, p. 131.

（30） Lettre de Charlotte Delbo à Louis Jouvet datée du 17 mai 1945. 「乞食」の衣装とは、ジロドゥの戯曲『トロイ戦争は起こらない』でのジュヴェの衣装のこと。「お嬢さん」と訳した語は Fifille。

（31） Charlotte Delbo, *Ceux qui avaient choisi*, Les provinciales, 2011, p. 42. 「おちびさん」と訳した語は Fillette。

(32) Charlotte Delbo, *Mesure de nos jours, op. cit.*, p. 9. ルイ・ジュヴェへの送られなかった書簡のかたちをとった演劇論『幽霊たち、私の道連れ』でも、アウシュヴィッツへの二日と二晩の移送列車のなかで、デルボがある「声」(『人間嫌い』の登場人物「アルセスト」の声)に呼び覚まされ、その同じ「声」によって、本当の意味で生へと「還って」きた体験が語られている。Charlotte Delbo, *Spectres, mes compagnons*, Berg International, 1995, p. 31-32, 58.

(33) Fabienne Darge, « Ceux qui restent : mémoires vives sur les planches », in *Le Monde*, le 8 mars 2014.

(34) Paul Celan, *Aschenglorie* (1967), in *Choix de poèmes réunis par l'auteur*, Poésie Gallimard, 2004, p. 264.

(35) 高橋哲哉による岩崎稔の言葉の引用。『記憶のエチカ』岩波書店、二〇一二年、七二頁。

(36) « Entretien avec Charlotte Delbo », in *L'Express*, 14-20 février 1966.

(37) Émission « Les Arts du spectacle » diffusée sur France Culture le 22 mars 1974. 批評家フランソワ・ボットの示唆を受けて、この戯曲を書くことになった経緯が語られている。

(38) これに似た試みとしては、二〇一〇年の艾未未(アイウェイウェイ)による大規模な祈念のプロジェクト《念》がある。二〇〇八年、四川大地震の——とりわけ行政による手抜き工事の——犠牲となった小学生全員の名前から、見知らぬ他者がひとつを選んで読み上げ、艾未未がその声を編集し、二〇一〇年の二周年の日に公開された。いま生きている見知らぬ誰かが、もういないその子の「名」を呼ぶ。年齢、土地、生きている社会、環境の違いを超えて、人を人に結びつけるものとして、艾未未はほかならぬ人間の「肉声」を使った。

(39) Propos de Claude-Alice Peyrotte dans l'émission « À l'heure du pop » diffusée sur France Inter le 1er février 1995.

(40) この国家的プロジェクトの詳細とその反響については次を参照。Sylviane Gresh, *Les Veilleuses*, Solignac, le Bruit des autres, 1997.

(41) Paul Gradvohl, Violaine Gelly, *Charlotte Delbo*, Fayard, 2013. デルボの受容が遅れた原因については稿を改めねばなるまいが、同書二七九—二八四頁の総括が参考になる。とりわけグラッドヴォルは、デルボが女性であったことや出版時期をめぐる歴史的事情のほか、デルボがいかなる固定的なアイデンティティ(「私」)も持とうとしなかったことが、二〇世紀フランス知識人のありかたに逆行するものであった点を強調する。

(42) Charlotte Delbo, *Une connaissance inutile, op. cit.*, p. 186.

* 本論は科学研究費補助金基盤研究(B)課題番号二五二八四〇六四「現代フランス小説——第二次大戦および戦後の記憶の再編成の視座から」の一環として執筆された。

W島を描写する〈声〉は誰のものか
――ペレック『Wあるいは子供の頃の思い出』における証言の問題

塩塚秀一郎

本稿で論じてみたいのは、ジョルジュ・ペレック『Wあるいは子供の頃の思い出』(一九七五、以下では『W』と略記する場合がある)における証言者の地位の問題である。この書物において、強制収容所を思わせる架空の島Wを詳細かつ執拗に記述する語り手はいったい何者なのか、どのような資格で語っているのかを考えてみたい。この問いが〈声〉の問題系と関連するのは、語りと声との比喩的縁語関係によるのではなく、沈黙との対比における〈声〉およびその伝達がこの作品において隠れた主題のひとつとなっていると思われるからである。

1　誰が語っているのか

まずは問題の概略を提示することから始めよう。この作品が試みているのは、自伝とフィクションを交互に配置し交錯させることによって、どちらか片方だけでは十分に語りえないことを浮かび上がらせることである。書物全体は二部に分かれており、第一部と第二部のはざまには、〈語りえないこと〉を集約的に体現するかのような中断符(…)がぽつんと印刷された白紙のページが挟まれている。この雄弁な沈黙はなにか具体的なものを限定的に暗示しているわけではないだろうが、これによって喚起される出来事のひとつがアウシュヴィッツにおける母セシルの死であることに異論はあるまい。実際、第一部の自伝はパリの下町で両親とともに過ごした幼年期にあてられ、第二部の自伝ではナチスの脅威を逃れ母と別れて過ごした疎開先での日々が語られている。二つの時期を分かつ出来事の代わりに中断符が置かれていることは明白であろう。

このように、自伝の第一部と第二部のあいだには書物そのものの主題をなすともいえる明白な断絶があるわけだが、もうひとつの系列、すなわちフィクションのパートにも、自伝とは別の仕方で亀裂が走っている。自伝部分は中断符を抱え込みながらも「子供の頃の思い出」という連続性や一体性を保っているのに対して、フィクション部分については、第一部と第二部の関連が見てとりにくいだけに、断絶はより深刻であるともいえよう。フィクション第一部の内容は以下のようなものである。徴兵忌避者である語り手は、ある日、オットー・アプフェルシュタールと名乗る見知らぬ男から面会を求められ、船の遭難事故にあった少年ガスパール・ヴィンクレールの行方を捜索するよう依頼される。少年は「幼児期のトラウマ」[1]に起因する聾啞状態にあり自閉的傾向を示していたため、母親は治療を兼ねて息子を世界旅行に連れ出したのだが、ティエラ・デル・フエゴ沖で船が遭難してしまったのだ。母親や乗組員たちの遺体は見つかったのに、少年の遺体だけが発見されていないため、少年はその海域に千以上ある小島のどこかに漂着している可能性がある、とアプフェルシュタールは事の経緯を説明する。そして、語り手が少年の捜索を依頼される場面でフィクションの第一部は唐突に幕を下ろし、語り手によるW島への渡航や遭難した少年の消息については一切言及されない。

一方、フィクション第二部では、冒頭でW島の地形、気候、歴史が概説されたのち、スポーツ至上主義のディストピアともいうべき社会の詳細な記述が開始される。第一部との繋がりを考慮するなら、第二部の語り手は第一部の語り手であるか、あるいは、行方不明の少年のいずれかであるはずだろう。少年の捜索に乗り出した第一部の語り手がW島に上陸したか、あるいは、聾啞の少年がW島に漂着したと考えれば一応の辻褄は合いそうである。とりわけ、第一部の語り手がそのまま第二部の語り手になっていると考えれば、プロローグとしての第一部の意味は明確となるはずだ。なにしろ、フィクションの第一部は次のような一文で始まっているのである。「Wへの旅の物語を始めるまでにぼくは長いあいだためらった[2]」。つまり、第一部の語り手は見知らぬ男から少年の捜索を依頼される経緯の全体を

「Wへの旅の物語」と捉えているわけである。ところが、すぐさま明かされるように、彼がたどりついたのは第二部で描写されるままのW島ではなくその廃墟なのである。「ぼくはあの埋没した世界を訪ねたのであり、以下はぼくがそこで目撃したことである」[3]。どうやら、語り手が訪れたのはスポーツ選手が過激な生存競争を繰りひろげていた当時のW島ではなく、その社会が滅んだ後の廃墟であるらしい。ここで言及されている「埋没した世界」がW島の廃墟を指しているとは限らないものの、次の引用を読めばその可能性は高いと考えられよう。

ぼくがこの目で見たことは実際に起きたのだ。蔦が漆喰を剝がし、森が家屋を覆い隠していた。砂がスタジアムに入り込み、無数の鵜が舞い降りた後には、沈黙、凍てつくような突然の沈黙が広がった[4]。

砂に浸食された「スタジアム」はスポーツ至上主義社会であったW島のエンブレムともいえる遺構にほかならない。第一部の語り手がたどりついたのがW島の廃墟である以上、彼はW社会の実態を証言する第二部の語り手と同一ではありえないことになる。それでは、W島にたどりついた聾啞の少年こそ第二部で証言している語り手だとは考えられないだろうか。ところが、これも辻褄が合わないのだ。なぜなら、第一部の語り手が少年の捜索を依頼されるのは船の難破からおよそ一五ヶ月後のこととされている[5]。語り手と少年がともにW島に上陸したとすればその時期はさほど離れていないはずなのだから、少年だけが廃墟となる前のW島に漂着したとは考えられまい[6]。したがって、フィクションの第二部でW島社会を描写する語り手は、第一部の語り手でも聾啞の少年でもないということになる。おそらく、テクスト上のディテールに整合性をもたせることは難しく、フィクション第二部の語り手に明確なステータスを与えることは不可能なのであろう。これまでの研究においても、「誰が」語っているのかを定めることより、発話行為の不確実さがもたらす意味のほうに関心が向けられてきたようだ[7]。たとえば、クロード・ビュルジュランは、W島の報告がもつ迫力は発話審級の曖昧さにこそあるとみなしているし、ジャン・バルデは第一部と第二部のあいだに横たわる語り手のステータスをめぐる齟齬(そご)に、自伝部分に見られる思い出の欠如や矛盾との相同性を認めている[8]。われわれがここで提示しようとするのも、語り手のステータスをめぐる齟齬と作品全体のテーマとを結びつける視点である。

2 被害者と目撃者

ここまでに確認したように、フィクションの第二部でW社会のあり様を伝える語り手は論理的に第一部の語り手と同一ではありえない。しかし、両者が同一であると錯覚させるような記述が見られることも確かなのである。たとえば、フィクション第一部の第一章において語り手は次のように述べている。

これまで述べてきたことから、いまからするつもりの証言において、ぼくは証人だったのであって当事者ではなかったのだということを、注意深い読者ならきっとわかってくれるはずだ。(9)

語り手は自分が「当事者」ではなかったと言っているのだから、「いまからするつもりの証言」は、少年の捜索を依頼された経緯ではなく、少年の遭難をめぐる状況を指していると考えるべきであろう。しかし、少年の海難事故において語り手が当事者でなかったことは明らかであり、それはなにも「注意深い読者」でなければ分からないようなことではない。そのこともあって、「いまからするつもりの証言」とは、フィクション第二部におけるW社会の報告であると考えたくなるのである。実際、第一部の語り手は自分が目撃した出来事を語る際に「民族学者の冷静かつ公平な口調(10)」を採用したいと述べているが、それはまさに第二部の語り手の口調そのものである。それでは、廃墟となった後のW島に到着し、自ら当事者として経験していない社会のあり様を「証言」するとは、いったいどのような事態なのだろうか。もっとすっきりした構成、すなわち第一部の話者がそのままW社会を当事者として経験して証言する、という構成がなぜとられなかったのだろうか。

すぐに思い至るのは、作者のペレック自身が収容所の出来事を自分では体験していないため、たとえフィクション内であっても「当事者による証言」という趣向を用いることにためらいを覚えたのではないか、という推測である。実際、他者の身に起きた出来事を「我がこと」として語るという身ぶりは、フィクション部分と対をなす自伝部分においても、中心的な主題のひとつとなっていることに注目すべきであろう[11]。自伝部分においては二つの意味で自ら経験していないことが語られている。ひとつには、両親とりわけ母親と過ごした幼年期の記憶をペレックはほとんど保持していないため、写真や文書、伝聞などをもとに「思い出」を語るという作業は、実際には「自ら経験していないこと」を証言しているに等しいという意味においてである。示唆的なことに、両親とともに過ごした幼年期についても、収容所についても、それらの体験を知るに際しては「写真」が重要な役割を果たしている。ペレックは母に抱かれた幼年期の自分を写真に基づいて描写しているが、母子の接触がもたらす幸福感そのものは記憶に残っていないようなのだ[12]。一方、戦後になって疎開先からパリに戻ってきたペレックが収容所の世界について最初の知識を得たのは、伯母に連れて行かれた収容所展によってだったと思われる。そのとき目にした「ガス室の犠牲者が炉の壁に切りつけた爪痕の写真」は、フィクション部分における少年の母親セシリアの末期と響き合っている。「最もむごたらしい死に方をしたのはセシリアでした。他の乗員と違って、即死ではなかったのです。衝突の際、くくりの甘かったトランクが収納庫から飛び出てきて、彼女の腰をしたたかに打ちつけたのでした。何時間もかけてのことでしょう、セシリアは船室の扉にたどりつき、開けようともがきました。チリの救助隊に発見されたときには、彼女の心臓は停止したばかりで、血まみれの手が柏の扉に深い爪痕を残していました[13]」。収容所と幼年期の双方を下支えする写真は、それらがいずれも「体験」の領域にではなく、「知識」の領域に属するものであることを示しているのである[14]。

自伝部分において自らが体験していないことが語られる二つ目のケースは、他者の体験を自らのものとした思い出である。ペレックには疎開先でアイススケート中に転倒し肩甲骨を折ったという思い出があった。ところが、成人した後、自伝を執筆する数年前に当時を知る人物に確かめたところ、その骨折事故はペレックにではなく、両者の級友に起きたものだったことが判明するのである。

その出来事は少し後か少し前に起きたのであって、ぼくはその忘れがたき被害者ではなく単なる目撃者に過ぎなかったのだ[15]。

自伝第二部の語り手「ぼく」によるこの自己規定は、フィクション第一部の語り手のそれに極めて類似している。いずれも自らを、「当事者」や「被害者」ではなく「証人」ないし「目撃者（témoin）」と位置づけているのである。このこともまた、フィクション第一部の語り手が、自伝の語り手同様、「自ら体験していないこと」を自分のこととして証言しているという見方を裏打ちしているといえよう。この後、他者の体験を横取りした可能性のある思い出がもうひとつ紹介されている。解放後、ヴィラールの旧市街で暮らしていた頃のこと、ボブスレーの練習中に生来の不器用さ故チームの皆と逆側に体を傾けたため、コースを外れて落下してしまったという思い出である。自伝の語り手は「この事故は実際に体験したものなのか、あるいは他の機会にすでに見たように、でっち上げたり借りてきたりしたものなのかはっきりしない[16]」と述べている。このように、思い出の対象となっている出来事が本来誰に生じたものなのか、自分にはそれを当事者として語る資格があるのか、という問題に自伝の語り手は意識的なのだが、一方で、歴史的事件に関わる文脈では、出来事が「誰に」生じたのか、「実際には」なにが起きたのか、といったファクトをめぐる細心さを、爽快なまでに捨て去ったかのような物言いもなされている。自伝第一部の第六章において、ペレックは第二次世界大戦の開始を画する出来事を誤って記憶していたと述べている。

長いことぼくはヒトラーがポーランドに侵入したのは一九三六年三月七日だと思っていた。日付か国名を間違えていたわけだが、結局のところそれは大して重要なことではなかった[17]。

『W』の自伝部分、とりわけ第一部では、個人的な思い出のほんのささいな事実誤認も執拗に訂正されるにもかかわらず、示唆的なことに、「大文字の歴史」に関するこれほど重大な誤りが「大して重要ではない」と片付けられるのだ。日付や国名の誤りなど重要でないとみなす理由をペレックは次のように説明している。

ヒトラーが侵入したのはワルシャワではなかったが、その可能性は十分あったし、ダンツィヒ回廊でも、オーストリアでも、ザール地方でも、チェコスロヴァキアでもありえたのだ。確かだったこと、それはぼくとぼくの家族全員にとって、ほどなく生死に関わる、つまり大抵の場合致命的なものになるはずの歴史がすでに始まっていたということだ。(18)

ここには二つの特徴的な思考が見てとれるだろう。ひとつは、「ありえたかもしれない出来事」を現実に起こった事の背後に透かしてみる物の見方である。ヒトラーが他国侵攻の突破口として実際に空爆したヴィエルニではなく、ペレックが列挙しているような地域を選んでいたとして、はたして歴史の流れが大きく変わったのか、それとも大筋において大差なかったのかはにわかには判断できまい。しかしながら、歴史も人生もいくつかの分岐点での選択によって大きくその後の方向が変わりうるのだから、ひとつの現実の出来事の背後に無数の「ありえたかもしれない出来事」が潜んでいると考えてみることは決して無意味ではないはずだ。(19)

この引用文から見てとれる二つ目の思考は、〈出来事〉は自分一人に対して起きたのではなく一族全員に対して起きたのだとする見方である。いうまでもなくヒトラーのポーランド侵攻は、ペレック一人のみならず、母親を始めとする家族全員に致命的な影響を与えた。だが、自分と家族の運命をひとつのものとする受け止め方は、「ありえたかもしれない出来事」の想像とも協働しつつ、逆に、家族に起きた出来事も自分自身に起きた出来事と捉える認識をもたらしうるであろう。両親および多くのユダヤ人がたどった生を自分自身の「ありえたかもしれない生」とみなす見方である。アイスケートによる転倒事故の思い出、つまり他人の体験を横取りした思い出を提示することにより、自らの「当事者」性への疑義を明確に意識しそれを受け止め、かつ、フィクション部分では「他者の体験を語る」という結構をとることによって、「当事者でないなら口を閉ざせ」という暗黙の倫理的圧力に抗しつつペレックは語ろうとしているのである。自ら体験していない両親の、ユダヤ人犠牲者たちの生も、自らの「ありえたかもしれない生」であるからには、語られねばならないのだ。

『Wあるいは子供の頃の思い出』という書物の特異な構成について、従来指摘されてきたのは、自伝部分とフィクション部分が交互に配置されることによって、収容所を喚起するW島の記述と事実としては知りえない母親の体験が重ね合わされるという効果であった。だが、以上にみてきたように、ペレックにとってより重要だったのは、彼自身の「ありえたかもしれない生」を、両親の、さらには多くのユダヤ人のそれと重ね合わせることであったとも考えられるのだ。すでに述べたように、『Wあるいは子供の頃の思い出』という書物には〈フィクション／自伝〉という断絶のほかに、〈第一部／第二部〉という断絶が走っている。このうち、フィクションと自伝の照応については、ベルナール・マニェのいう〈縫合〉を始めとして、多くの考察が重ねられてきた。[20] これに対して、第一部と第二部のあいだの照応については、いまだ十分な議論がなされていないのではなかろうか。たとえば、自伝の第一部と第二部はそれぞれ「母親とともに暮らした時期」と「母親との離別後」として区別されることが多いが、別の見方をすれば、第一部は「両親の人生」、第二部は「ペレック自身の人生」と特徴づけることもできるだろう。そうであるならば、『W』という書物の中で試みられているのは、フィクションと自伝の照応のみならず、第一部と第二部の照応、すなわち、「両親の歴史」と「自らの歴史」を関連させることであるとも考えられる。[21]

もっとも、フィクション「W」が構想されたのは自伝部分との組み合わせというアイデアが生じる前であることを考慮すると、以上に述べたような自伝部分における戦略が「W」の語り手の断絶をもたらしたとは考えにくい。フィクションにおいてといえども、アウシュヴィッツを想起させる世界を、「当事者」でない人間が書くということへのためらいが、語り手の断絶に反映していると考えるほうが妥当だろう。フィクション第一部の語り手が、そのまま第二部の語り手となるのではなく、時間差を含み込むかたちで「自らは体験していない出来事」を証言する結構となっているのは、フィクションという「嘘」の内部のこととはいえ、「見てきたように嘘を言う」欺瞞よりも、「嘘だと明かして嘘を言う」誠実さを選んだ結果なのかもしれない。とはいえ、他者の体験を語るという仕掛けのフィクションが、事後的に自伝と組み合わされることによって、両親の身に起きた事を我がこととして語るという企てと共鳴していることは確かであろう。さらにいえば、「当事者が直接語る」という証言形態は、別の仕方によっても周到に避けられているのである。というのも、第二部の語り手が体現しているのは、必ずしもW島の住民たちの経験ではなく、どちらかといえば統治者の、為政者の視線だからである。壮絶な生存競争のさなかに投げ込まれている島民たち、〈選手たち〉に、自分たちの社会を統べる仕組みを把握できるはずはないにもかかわらず、フィクション第二部の語り手が詳細に記述しているのは、まさにW社会を支配している規則の体系であった。すなわち、語り手は「犠牲者のいま・ここ」を伝えているのではなく、時間差をおいて、加害者の立場から語っていることになるのである。『証言と虚構』(二〇〇四)の著者マリー・ボルナンによれば、このような二重のズレは、読者を真の「証人」の地位につけるための仕掛けだということになる。[22]第二部の語り手がどれほど生々しくW島住民の体験を伝えたとしても、読者にとって所詮は「他人事」であり、しかも「虚構」である。証人とはただ何かを目撃するだけではなく目撃した出来事を自ら告発する者でなければならないのに、ただ単に語り手に付き従うだけの読者は「証人」ではなく「傍観者」にとどまってしまうだろう。W社会の住人たちが結果として陥っている悲惨を描写するだけでは、読者を単なる「傍観者」にしてしまう可能性がある。そこで、フィクション第二部の語り手はW社会の起源や制度を、つまり悲惨をもたらす原因をこと細かに描写することによって、ある意味で、自らを「収容所」の発案者や管理者の地位におき、その立場に読者をも巻き込んでいるというのである。ボルナンの議論は説得的であり、あのくだくだしいW島の描写の必然性をよく説明しているのではなかろうか。

3　声なき声の伝達

ところで、第一部の語り手をW島の廃墟へと導くきっかけとなりながら、第二部には姿を現さず書物からも失踪してしまうあの行方不明の少年は何者だったと考えるべきであろうか。少年が聾唖であることを思えば、彼の存在は、声を奪われたまま証言することもできずに消滅した人々の「代わりに」証言する、という作品全体の構えを示すものとも考えられるだろう。少年は自らの聾唖の原因となったトラウマについてなにも言わないまま失踪してしまう。先にも述べたとおり、フィクション内部のロジックに従えば、少年のトラウマはW島の出来事によるものではありえないし、彼の役割が声なき人々からの証言の委託を喚起することにあるのだとすれば、少年が実際にW島の惨状を体験している必要もないといえる。とはいえ、少年のトラウマもまたW島＝アウシュヴィッツ的なものに関わっていることがテクストによって示唆されているのだ。たとえば、すでにみたように、遭難の際、荷物に体を強打され、即死しないままじわじわと苦しみつつ、船室の扉に血まみれの爪痕を残して亡くなったという少年の母親セシリアの死に方は、ガス室でもだえ苦しんだ人々のそれを思わせる。また、少年の遺体が見つかっていないという事実も、「墓がない」[23]というペレックの母親セシルに通じる仕方で、生存への虚しい希望を抱かせ続けると同時に、生の痕跡を完全に抹消されたアウシュヴィッツの犠牲者を思わせるものともなっている。

ここで、言葉を発することができない人々の声を当人に成り代わって「伝える」という、フィクション部分の大きな構図を象徴的に示すディテールを一瞥しておこう。それは無線通信のテーマ系である。『Wあるいは子供の頃の思い出』には、書物の冒頭から無線やラジオをめぐるネットワークが張り巡らされている。[24] フィクション第一部の語り手は、見知らぬ男との会見のため旅に出る際、「いちばん大切な財産」のひとつとしてラジオ受信機を携えているし、[25] 十数年前に書かれた父母に関するテクスト（自伝第一部第八章）では、書き手である若きペレックは、父親が軍隊で「通信隊」に所属していたと信じこんでいる。[26] だが、もっとも意味深長なのは、フィクション第一部における遭難者たちが発するSOSへの言及であろう。語り手に少年の捜索を依頼したアプフェルシュタールは〈海難者救援協会〉所属という身分を明かしたうえで、その組織の役割や働きを説明し、遭難者に関する情報の入手過程を次のように述べている。

今日あらゆる要所に配備された連絡網（un réseau de correspondants）のおかげで、われわれは必要なあらゆる情報を記録的な短時間で手に入れることができ、救援活動を連携させることができるのです。海に流される瓶が、そしてその現代版である、遭難船舶によるSOSが届くのはわれわれの事務所になのです。[27]

correspondant は特派員や電話の相手なども指す言葉であり、ここでは現地にいて情報をもたらしてくれる人を指しているわけだが、文字通りに「対応するもの」という意味にも解しうる。「対応するもの」が形作る「ネットワーク（réseau）」といえば、『W』という書物における〈縫合〉の仕組み、さらには、フィクション部分と自伝部分のさまざまな照応関係の網目を想起することも許されるだろう。〈海難者救援協会〉が依拠するネットワークがそのように重層的な意味を帯びたものだとするなら、彼らが受け取る「SOS」は、対応する別世界からの〈声〉をも伝えているとと考えたくなる。先にみたように、少年の遭難やその母親の末期はアウシュヴィッツの出来事を喚起するものでもあるのだから、フィクションの第一部で言及される「難破」や「遭難者」とは、単に船の事故やその被害者を指し示すのみならず、より広く「忘却に沈みゆく者たち」が経験したはずの災厄を喚起していると考えられよう。

4　書く決意

〈通信〉あるいは〈声の伝達〉のテーマ系は、その裏返しである〈沈黙〉のそれとしてもテクストに刻印されている。フィクション第一部の語り手がたどりついたW島の廃墟は「凍てつくような沈黙」[28]に支配されていたことを思い起こそう。〈声〉を届けることのできぬまま忘却に沈もうとしている世界から、語り手はSOS信号を受け取り、身代わりとなっての証言を託されたのである。この「沈黙」への言及に続いて、語り手は次のように述べている。

なにが起ころうと、なにをしようと、ぼくはあの世界の唯一の秘密保持者、唯一の生き証人、唯一の残存者だった。ほかのどんな理由にもまして、このことがぼくに書く決心をさせた。[29]

「残存者（vestige）」という言葉によって、語り手はやはり没落以前のＷ社会を体験していたのだと考えるむきもあるかもしれないが、そう解釈する必要はない。語り手は声なき者たちの呼びかけを聞き届け、廃墟を訪れたことによって、彼らの秘密や記憶を受け継ぎ、そのことによって「あの世界の残存者」になったと述べているのだから。そしてまた、このことが「書く」理由とされていることも重要である。なぜなら、自伝第一部の第八章において、自伝の語り手ペレックは自らが以前になした書く試みを総括しつつ、それが必然的に内包してしまっていた「沈黙」を克服することこそが、あらためて「書く」理由なのだと述べているからである。

〔……〕ぼくの繰り言そのものに見出されるものは、書かれた文章には欠けている声の、最後の反映だけだろう。彼らの沈黙とぼくの沈黙という醜態だけだろう。ぼくは何も言うまいと言うために書くつもりはない。なにも言うことがないと言うために書くつもりはない。ぼくは書く。なぜならぼくたちは一緒に生きたのだから。ぼくは彼らのそばにいて、その影にまもられた影、その体によりそう体だったのだから。(30)

自伝部分に相当する『Ｗ』第八章において、ペレックは一五年前に両親について書いたテクストに写真、行政文書、伝聞などあらゆる情報源を駆使して訂正を施すことによって、それを有効なものとして甦らせようとしている。しかしながら、その結果明らかになったのは、現在においても一五年前と同じことを反復することしかできない（「繰り言」）という自分の無力であり、両親の生を生々しく伝える「声（parole）」をテクストに響かせることができず（「彼らの沈黙」）、自らも両親の生を伝えうる有効な言葉を発することができなかった（「ぼくの沈黙」）という無念である。「知」に重きをおいた方法では「声」を響かせることはできない。それもそのはずで、両親とペレックの繋がりは思考や言葉によるものではなく、かつて一時期だけでも体をよりそわせて生きたという肉体的絆によるものなのだ。高揚感とともに書く決意を述べ立てたペレックがこの後たどることになるのは、両親の生を他人事として「知識」によって記述する方向ではなく、「彼らの生」と重ね合わせつつ「自らの生」を語ることであり（自伝第二部）、「彼らの体験」を我がこととして証言することであった（フィクション第二部）。このように、『Wあるいは子供の頃の思い出』において、フィクションと自伝の交錯や中断符を挟んだ二つのパートの断絶は、「体験していない出来事を証言する」ために必要不可欠の構成となっているのである。

注

（1）Georges Perec, *W ou le souvenir d'enfance*, Gallimard, 1975, p. 40. 日本語訳は既存の訳（『Wあるいは子供の頃の思い出』酒詰治男訳、水声社、二〇一三年）を参照させていただきつつ、筆者が作成したものを用いた。
（2）*Ibid.*, p. 13.
（3）*Ibid.*, p. 14.
（4）*Ibid.*
（5）*Ibid.*, p. 69.
（6）もっとも、少年は母親とともに世界旅行に出る前にW島を観察する機会を得たと考えることも一応は可能である。少年は幼年期のトラウマが原因で聾唖者になったとされているが、W島での経験こそがそのトラウマであったとみなすわけである。しかし、第二部に記述されているように、ディストピアたるW島から脱出することは考えにくいことや、W島の風習では子供は母親から引き離されて養育されるはずなのに、この少年には世界的オペラ歌手である母親がいることなどを考え合わせると、この仮説の蓋然性は高くない。
（7）Claude Burgelin, « Perec et la cruauté », in *Cahiers Georges Perec 1 : Colloque de Cerisy (juillet 1984)*, 1985, p. 38.
（8）Jean Bardet, « Ecrire à distance de soi », in *Analyses & réflexions sur W ou le souvenir d'enfance*, XXXXX, ellipses, 1997, p. 54.
（9）Perec, *op. cit.*, p. 14.
（10）*Ibid.*

(11) Roger-Yves Roche, *Photofictions : Perec, Modiano, Duras, Goldschmidt, Barthes*, Septentrion, 2009, p. 55.
(12) Perec, *op. cit.*, p. 74.
(13) *Ibid.*, p. 84.
(14) このことに関連して興味深いのは、疎開先でのペレックが、納戸で見つけた「教育用のフィルム」を証拠として示し、近いうちにパレスチナに行くと、級友たちに嘘をついたというエピソードである(W, p. 163-164)。ここでも写真は「体験」を裏付けるものではなく、むしろ、「いまだ見ぬもの」に結びついて登場している。
(15) *Ibid.*, p. 113.
(16) *Ibid.*, p. 184.
(17) *Ibid.*, p. 35.
(18) *Ibid.* 強調は引用者による。
(19) アメリカ移民局の廃墟をめぐるドキュメンタリー『エリス島物語』(一九八〇)を通底しているのも、旧大陸からアメリカに移民した人々の人生を、ペレックの両親にとっての「ありえたかもしれない生」とみなす視点である。
(20) 『W』において、自伝とフィクションの隣り合う二章は、多くの場合類似する語によってゆるやかに結びつけられている。ベルナール・マニェはこの手法を〈縫合〉と名付け、詳細に分析している。Bernard Magné, « Les sutures dans *W ou le souvenir d'enfance* », in *Cahiers Georges Perec*, n° 2, 1988, p. 39-55.
(21) ミレイユ・イルサンは、『W』において問題になっているのは、「ぼくの歴史と一族みんなの歴史」という二つの歴史を困難にもかかわらず結びつけることである、と指摘している。Mireille Hilsum, *Comment devient-on écrivain? : Sartre, Aragon, Perec et Modiano*, Kimé, 2012, p. 101.
(22) Marie Bornand, *Témoignage et fiction : Les récits de rescapés dans la littérature de langue française (1945-2000)*, Genève, Droz, 2004, p. 175-193.
(23) Perec, *op. cit.*, p. 62.
(24) 『W』日本語訳「訳者あとがき」における酒詰治男氏の指摘による(二三一頁)。
(25) Perec, *op. cit.*, p. 23.

(26) *Ibid.*, p. 48.
(27) *Ibid.*, p. 68.
(28) *Ibid.*, p. 14.
(29) *Ibid.*
(30) *Ibid.*, p. 63.

想像し、想像させる声
――ベケットとデュラス？

たけだはるか

声とは〔……〕優柔不断なテーマである。たいへん重要なテーマとみえるが、しかし人はそれをきちんと扱うことをつねに先送りにする↓したがってそれは〈まちがった良き主題〉の範疇にある。[1]
（ロラン・バルト）

1　声とフィクション

ベケットとデュラス？　ふたりはまったくちがう……。たしかに、それぞれの世界は、ずいぶん遠くに離れてあった。とくにはじめの二十年、一九四〇年代から五〇年代にかけての時期は。しかし、それでもふたつは接近した。やがて道が隣りあうと、それは役者たちがそこを歩いて往復できるほどの距離となっていた。マイケル・ロンズデール、デルフィーヌ・セイリグ、マドレーヌ・ルノー、役者たちは、ふたつの世界をかろやかに往復していた。

道が交わることは一度もなかったが、ふたたび遠ざかるということもなかった。かれらの世界は最後まで似ることはなかったが、しかし最後にはそばにあった。ふたりの作家はとても近くにいた。

かれらはいつごろから接近したのか？　それは、それぞれの作品のなかで、声が、主体としてそれ自体で想像しはじめたときから、おそらく。それは、声が想像するとともに、想像させはじめたときのことだったのだろう。舵を切ったのは、たぶんベケットだ。

想像し、想像させる声。それはいったいどのような声なのか？　理解には想像力を要する。だからまず、想像することからはじめたい。

想像すること。子どもたちが遊んでいる。場所はどこでもよい。砂場、砂浜……。ある子がべつの子に、つぎのように言い放つ。「誰々ちゃんはハイジャッカーだったってことにしようね、そう、誰々ちゃんはハイジャッカー！それから……誰々くんはトラック、そう、誰々くんはトラックね、さあ、はじめ！」その声は、息を弾ませているかもしれない。

モーリス・グレヴィスは、『ル・ボン・ユザージュ』[2]のなかで、「〜ごっこ」と呼べるような遊びを子どもたちが提案するその言葉づかいを、「フィクションにおける出来事を運んでゆく単純な想像力」を示す条件法の用例として挙げた。デュラスはそれを、『トラック』という七七年の映画の本にエピグラフとして掲げたが、かのじょは映画『トラック』のテクストのなかで条件法過去をくりかえし用いたのだった。かのじょは、子どもたちが掛け声ひとつで生きとしたハイジャック映画をつくるのと同じようにして（子どもたちの「ハイジャックごっこ」は、デュラスによる[3]）、ヒッチハイク映画、より正確には、「ヒッチハイクごっこ」の映画をつくったのである。映画のなかでは、精神病院を抜けだしてはヒッチハイクをして運転手とおしゃべりをする老いた女性が登場する。ヒッチハイクごっこをしている、というわけだ。登場するとはいっても、画面上に姿を見せることはない。映画のなかに本人として登場するデュラスとジェラール・ドゥパルデューの会話だけが、ヒッチハイクの物語を観客に想像させることになる。ふたりはデュラスの家にいて、丸テーブルにゆったりとあいだをおいて座っている。正面から向きあうのではなく、テーブルのまるみに添うかたちでゆるやかに向きあっている[4]。かれらは話をしたり、テクストを読んだりする。煙草も吸う。そんなふたりの映像に、べつの映像がときおりおきかわる。郊外を滑るように走って行くトラックの映像、景色と光に、ベートーヴェンのディアベリ変奏曲がかろやかに、ただしベートーヴェンらしい執拗さをもってつづく。トラックが滑るようにすすんでゆく郊外の風景のゆるやかな変化にふさわしいピアノ変奏曲である。それをみていると、トラックが言葉を運んでいくかのようにもみえる。「トラックの道筋を見て。痕跡みたい。エクリチュールみたい。／判読できない。それでいて明るい[5]」と、映画のなかのデュラスは言う。声によってのみフィクションが始動し、観客は、映画のつづくあいだ、部屋の固定カットと、トラックが走る眺めのトラヴェリングの映像とを往復しながら、ふたりの言葉を聞くことになる。デュラスは、この映画について、「テクストがすべてを運んでゆく映画[6]」であるとしている。

ドゥパルデューが、映画のはじまりに「これは映画ですか?」と尋ねる。デュラスは、条件法過去を用いて、「映画であったということにしましょう」と答える。妙な会話だが、映画『トラック』はつまり、かのじょにとっての思い切った「映画ごっこ」なのだ。

映画『トラック』における条件法過去を用いた表現が、観客の想像力に訴える。フィクションを始動させるのは、想像しながら語るかれらの声だけであり、声がなければ、この映画にフィクションは生じない。

そして声のみがフィクションを支えるということが、ベケットの作品においても起こっていた。その際の想像する声による想像力の要請は、デュラスよりもより直接的である。ベケットのいくつかの作品において声はわたしたちに、想像するということを、そして、想像していることを意識することを余儀なくするのであり、さもなければ、言葉は糸の切れたビーズのようにばらばらと散らばるだけである（連なっているものはパールなどとはとてもいえないちいさなものだ）。

ベケットのテクストにおける声の要請にあって、想像の対象は、数学的あるいは幾何学的であるような、ノン＝フィギュラティヴなかたち、具象化できない、けれどもある種の厳密さをもつかたちである。線を引いて縁取ることのできないかたちへの想像力を促す数学的な表現は、初期の小説『ワット』における奇妙な方法でくりかえされる言葉のいくつもの組み合わせのヴァリエーションや、フランス語小説三部作の一作目『モロイ』における有名な長くつづくページ、モロイが、いくつものおしゃぶり用の石を、ズボンのふたつのポケットとコートのふたつのポケット、全部で四つのポケットをぐるぐると移動させる組み合わせにかんする奇妙な描写の延長上にあると考えられる[7]。

ベケットのテクストは四〇年代前半に英語で書かれた小説『ワット』をひとつの転換点として、ひたすら抽象的なことを具体的に示すようになっていく。[8] それが極端なかたちを見せはじめるのは六〇年代以降であり、『人べらし役』はその集大成である。ラマルティーヌの詩「孤独」(『瞑想詩集』)のなかの詩句「一人のひとがいなければ、みな人気ない！」[9] から着想を得たというタイトルをもつこの作品が提示するのは、シリンダーのなかで男女の身体がいくつもじっとしたりうろついたりしている世界である。ウェーバー＝カフリッシュは、そのベケット論『誰にでも自分の人べらし役がいる』のなかで、『人べらし役』のシリンダーが、「虚構の発話行為がつくりだす虚構」であるとし、この作品が想像力を要請する作品であるということを強調している。[10] かのじょが述べているように、提示される空間を構想すること自体は可能なのであり、その空間はカオスどころか、むしろ秩序をもち、表象を支えている。ではそこで支えられている表象というのは何かと考えてみるならば、おそらくそれは、そこにいる人たちの沈黙の声、つまり空間を満たすが聞こえることのない内的な声であろう。

ベケットの作品における「発話行為の虚構化」は、いわば語り手が嘘を言わずにおくための方法として、とりわけ『マロウンは死ぬ』以降採用されていた方法である。それは、『マロウンは死ぬ』における、虚構のなかの人物の虚構化、そして『名づけえぬもの』におけるより混乱した様相をもった発話行為の虚構化として展開する。『人べらし役』を『マロウンは死ぬ』や『名づけえぬもの』から隔てる虚構化の特徴があるとすれば、それは、数学的表現における虚構の空間の正確さにあるのだろう。もちろん、そこにラマルティーヌ的な詩情が隠れ潜んでいるということも忘れてはならないのだが。

こうしたフィクションの空間は、モーリス・ブランショが、デカルトによる分析幾何学、古典期の構造主義についてつぎのように語ったことを思いださせ、またあらためて理解させるものだろう。

デカルトは、分析幾何学を発明した。すなわち、フィギュールを構成することをあきらめ、問題の解決を視覚的なものにすることをあきらめ、公式を、つまり書かれたものを求めた。たとえ、かたちの線が、形象化され得ないものにとどまるとしても。こうしてデカルトは、直接エクリチュールに決定的な変化をもたらし、エクリチュールが自然にもっているものを減じつつ、エクリチュールに視覚的なものの理想を免れさせたのである。[11]

想像し想像させる声には、抽象的なことを具体的に示すことができる。そのようにして書かれたものは、弱く、儚いもの、具体的でありながらおぼろげなものとなる。「数字については一方では旅の時間にあたる数字他方では行程の長さと回数を表わす数字を認めればそれだけでわたしたちののろさについておぼろげながらも見当がつく[12]」というのが、ベケットのさしだした事の次第であった。

2　ファンシーあるいは「すべて遠ざからんとする奇妙なものども」

ベケットには、六三年あるいは六四年に英語で書かれたとされる『オール・ストレンジ・アウェイ』という奇妙な散文作品がある。[13] その短い作品は、テクストそれ自体が、想像し、想像させる声のテクストであるということを、そのまま訴えるテクストである。まさに「想像してください」という呼びかけとともに、そのテクストははじまる。

想像力は死んだから想像をしてみてください。場所をひとつ、もう一度。それ以外のことはいい。場所をひとつ、それからそのなかに誰かがいるのを、もう一度。悪臭放つ死の床から這い出して、ひとつの場所へ身を引きずってそっちで死んでゆく。戦後みたいに古いぼうしにコートをはおってドアの外から通りに出るというのは、ちがう、ちがうな、さあもう一度。平方五フィート高さは六、入り口ないし出口もない、そこにいる、そいつのために、やってみて。腰掛けひとつに壁はむきだし、光がはいれば、壁には女の顔がいくつか、光がはいればのはなし。光がはいれば隅っこにはジョリーやドレジャー、プレジャーやドレジャーが、なんて言ったら文はぼろぼろだけれども、まあ、大丈夫。光が消えるとそいつは腰掛け、最後の人、自分自身に話をし、ぶつぶつ言ってはいるけれど、何も聞こえてきはしない、じゃあ今どこにいるのだろうか、いや今だってそこにいる。闇と光に座って立って歩いて膝つき這って寝そべりのろのろすすむ、そういうのぜんぶやってみて。光のことを想像してみて。光を、想像してみて。何からくるのか目に見えず、ぎらぎらしていて強烈に、あちこちぜんぶが輝いて、影はなく、壁六つぜんぶが同じように輝くと、ゆっくりと、たっぷり十秒、同じように消えていくように、そんなようにやってみて。じっとしてればそいつの頭天井にふれるから、動くときには身をかがめる、立つなら高さはちょうどぴったり。そうしたことは消えてゆくけど大丈夫、もう一度はじめから、やってみて、べつの場所を、なかにいる誰かを、ぎらぎらしたものがそのままに、ぜんぜん見えなくても、見つからなくても、終わりはないから、大丈夫。〔……〕必要なものを想像してとかいうのはもうちがう、もう必要とされないというよりいつだって、必要とされたためしがない。光が流れて目を閉じて、じっと閉じると光は引いて、いやちがう、それは無理、目は開けておかないと、まあ大丈夫、これについてはまたあとで。(14)

イメージは、あらわれてはたちまちにして消える。読者はそのつど想像しなおさなくてはならない。それをくりかえしても、何が問題となっているのか、話がよくわからなくなってしまう。そこにきて、「いいから、大丈夫、またあとで」、といった具合ではぐらかされる。話はいつまでも先送りなのだ。そもそも何が大丈夫だというのか？ テクストは厄介で読者の手にあまる。

つぶやきでしかないようにみえるそのとらえがたいテクストのなかで、つぶやきが重層化していく。声に想像された人物もぶつぶつと何かを言うのである。そのつぶやきは、すこしのちに「ファンシー」と呼ばれることになるだろう。そしてこの「ファンシー」とは、まさに抽象的なものを具体的にするときのその具体なのであり、つまり、ベケットの創作の素材そのものを示す言葉、そしてそのテクストであると考えられる。じっさいに、想像上の人物の聞こえないつぶやきが言葉となるとき、『オール・ストレンジ・アウェイ』のテクストが生まれる。

「ファンシー」とは、言われてはその内容がすぐに霧散する、とるにたりないとされるようなつぶやきのことである。それは、ファンタジーとも、イマジネーションともはっきりと区別されなければならない。これは、サミュエル・テイラー・コウルリッジの『文学的自叙伝』にちりばめられた記述によって理解することができるのであり、それについてはピーター・マーフィーやブリュノ・クレマンによる具体的な解説などもある[15]。コウルリッジはたとえばつぎのように述べた。

さて《想像力(イマジネーション)》について、私はそれを第一あるいは第二のいずれかとして考えます。第一の《想像力》はあらゆる人間の知覚の生きた力であり主要な行為者であって、〔……〕第二の想像力は第一の想像力の反響であり、意識的な意志と共存します〔……〕。それは溶解させ、拡散させ、消散させて、再創造します。あるいはこの過程が不可能な場合でも、なお常に理想化し、統一しようと努めます。〔……〕/〔……〕《空想力(ファンシー)》が相手とするのは、固定されたものと限定されたもの以外にはありません。実際、空想は時間と空間の秩序から解放された記憶のひとつの様式に他なりません。それは私たちが《選択》という言葉で表している、意志の経験的現象と混じり合い、その現象によって変化させられます。しかし空想力は通常の記憶の場合と同様に、その材料のすべてを、連合の法則によってすでに作られたものとして受け入れるのです(第一巻第一三章[16])。

以上は、東京コウルリッジ研究会による翻訳のコウルリッジ『文学的自叙伝――文学者としての我が人生と意見の伝記的素描』からの引用である。この本のファンシーという用語にかんする注には、つぎのようにある。「コウルリッジはこの語(fancy)により、観念連合の力によってさまざまなイメージを想起し、それらを結びつける働きを意味することが多い。比喩表現や寓意表現もその中に入る。これに対して「想像力」はコウルリッジにとって、「空想力」が連合によって集めたイメージ群を、作品の中で有機的全体としてまとめる形成力を意味している[17]〔……〕」。記憶のようなものの断片がばらばらに思い浮かぶのがファンシーであり、ばらばらのイメージを再構成することでまとまったイメージをつくるのがイマジネーション、すなわち構想する力ということになる。これにしたがえば、ファンシーは、そもそもひどく内面的であったり個人的であったりする、不可欠あるいは不可避であるがとるにたりないもの、そしてそれが言葉によって想い浮かべられたもの、ということになるのだろう。

『オール・ストレンジ・アウェイ』を読みすすめると、奇妙なイメージがあらわれては、遠ざかって消え、それがくりかえされていく。「すべて倒れんとするもの」[18]ならぬ「すべて遠ざからんとする奇妙なもの」とは、時間と空間の秩序から解放されて生起する記憶のイメージの遠ざかりをそのままあらわしており、テクストの内容は、そのようなイメージの運動を言語化しようとしたものと考えてよいだろう。ブリュノ・クレマンは、九四年の著書『特性のない作品――サミュエル・ベケットのレトリック』のなかで、そのようなテクストの構造が、『名づけえぬもの』のテクストの構造と同じものであると指摘し、つぎのように述べている。

> インスピレーションの自発性に身をまかせることが問題なのでも、不確かな対象をもつ本をつくるにあたって何らかの形式を選択することに無関心でいるということが問題なのでもない。それは、正確で厳密な、形式的な解答なのであり、サミュエル・ベケットは、文学的な対象のあらゆる要素の関係についての問題にそうした解答を与えようとしているのである。ある意味では、作品のなかに想像力の構造をたどり、それをつくりなおすことは、人間にとってその機能が何であるかを文学の外側から気にかける（あるいは単にそれに関心をもつ）ことではない。それは、緻密に混乱を構成する作品の、忍耐強い、方法的なその生成に立ち会うことなのである。サミュエル・ベケットの作品において、すべてが似通っているのは、世界が完全な混沌であるからなのではない。すべては、自らを否定しないで済むように、かき消えてしまわないように、どんなほかの機能からも援助を受けることのない想像するという機能によってつくられているのである。想像する機能からなる構造こそが、その機能がふれるものすべてに、不変の形式を刻むのである。[19]

緻密に混乱を構成するベケットのテクストのなかでも、『オール・ストレンジ・アウェイ』はとりわけ直にわたしたちに向けて声ではたらきかけてくる。それは、たしかに『名づけえぬもの』の構造に似ているかもしれないが、それでも、『オール・ストレンジ・アウェイ』の声は、アイデンティティの混乱のなかにあった『名づけえぬもの』の声とは異なっている。わたしたちは、綿密につくられた言語体系に完全に巻きこまれてしまうと、テクストが構築するノン＝フィギュラティヴなフィギュールを、いよいよ一つひとつ、自分の想像力だけで確認していかざるを得ない。言葉を一つひとつたどり、それに自分でふれ、同じフレーズを読みかえしては、想像してみる、それしかそれを読む手立てはないのであり、ほかからの援助は得られない。しかしそのたどるという作業自体は、テクストによって丁寧に導かれてゆくのである。つまり、想像してみることが、『名づけえぬもの』よりも、より可能なことと感じられるのである。そのような状況下で、わたしたちは、想像することが、そして読むことが、一瞬の物事の把握や理解とは異なり、言葉を引きずったり伸ばしたり投げ出したりしながら時間を間延びさせるような行いであるということを――それはまさに、五九年の『事の次第』での試みを引き継ぐ試みである――知ることになる。ここから文学の声についての考察を、ポール・リクールが『時間と物語Ⅰ』（『ミメーシスⅢ』）において提起した、物語という時間世界をいかに「〈時間〉の現象学」をもって解釈できるのかという問題へと展開し考察するという大きな課題があるのだが[20]、ここではこの十分に複雑そうな課題には深入りせずに、ファンシーの話をつづけたい。

ファンシーと呼ばれるつぶやきと、とらえがたいテクストのかたちとは完全に結ばれている。つまり、ここでは、内容と形式の問題がはっきりと意識されるのであり、ベケットが、あるときつぎのように宣言したことを知っていれば、それはなおさらのことである。かれはこう言った。「人は、自分の前にあるもののことだけを語るのですが、それはただの瓦礫となっていきます……。それはそこにあるのですから、それをなかにいれてやらなくてはなりません……」[21]、そして、「その瓦礫にふさわしい形式をみつけること、それが今の芸術家のつとめなのです」[22]。ここで言われている瓦礫とは、まさにファンシーをなす言葉と同義であり、つまり記憶などから来るばらばらの断片をなす言葉ということになるように思える。そうであるならば、うち捨てられた瓦礫の山にたとえられる言葉の瓦礫とは、どのようなものなのだろうか。

言葉の瓦礫。これを知るためにできることは、耳を澄ますことだけなのかもしれない。そうすれば、ぶつぶつと聞こえてくる声がきっとあるはずなのだ。たとえば誰にも関心をもたれることのなかった女性の声を想像してみるのがよい。その女性は、ある出来事を契機に——それは殺人なのだが——ついに、おそらく生まれてはじめて、他人に向けて口をひらく機会を得た。かのじょは思いのままに、つぎのように話をする。

わたしは、しあわせとか、冬の植物について考えた、いくつかの植物とか、ものとか、食べもののこと、政治のこと、水のこと、水についての考えをもったわ、冷たい湖のこと、湖の底のこと、湖の底の湖のこと、それから、飲みこんだり奪ったり閉じこもったりする水のこと、そうしたことを考えた、水のことはいっぱい考えたのよ、地面を這いつづける手のない獣たちのことも、行ったり来たりするものについても、いっぱい考えたし、カオールについて考えていることのことも、わたしがそれについて考えているときには考えた、それから、そんなことを考えていないようなときは、テレビのことを考えるけれど、べつのものとゴチャゴチャになってしまうの、べつの物語にまぜあわされたのがべつの物語にまぜあわされた物語のこととか、いろんなもののうごめきのことを、いっぱい考えるのよ、うごめきとうごめきが一緒になって、つまりこういうことね、うごめきなどがいろいろと、まざりあったり引き離されたりするわけね、たくさん、たくさん、引き離されたうごめきといったけど、ちがうわ、わかるかしら、それは、一粒、一粒、引きはがされたり、貼り付けられたりもするのよ、うごめきの掛け算に、割り算、うごめく瓦礫の山のことを考えたわ、だめになっちゃったことなどもいろいろ、べつのいろんなことを考えた……[23]

ここで話をしているのは、デュラスの六七年の小説『イギリス人の恋人』のヒロイン、従妹殺害の容疑者クレールである。かのじょの舌たらずのようなつぶやきは、ベケットの六〇年代のはじめにつくられた劇『しあわせな日々』のウィニーのつぶやきに、けっして遠くはない[24]。それは、ジョイスの『ユリシーズ』の最終章「ペネロペイア」にくりだされる、コケティッシュなモリーの独白とはまったく異なる声として聞かなくてはならないものである。クレールたちの声、とりとめのないようなおしゃべりが運ぶのは、デュラスの映画『ナタリー・グランジェ』の女たちが住まう家にひそかに渦巻くかのじょたちの沈黙、声なき言葉と同じように、じっさいには、人に聞かれることのない声に属す。(25)

引用したクレールという女性のつぶやきは、おそらくはベケットのいう「目の前にあるもの」のことだけを考えている言葉であり、またそれは、ベケットにとって、文学に入れていくべき瓦礫と等価のものである。ファンシーとは、驚異的であることからはほど遠く、叙情的であるよりも叙事的であり、いやそれ以上にひたすら日常的である。それは、とるにたりないものとみなされ、それ故に言葉にされずに省略されるもの、「エトセトラ(等々)……」といった表現が、かろうじてそのなかに匿ったり、あるいは封じこめたりしているものなのである。文学において括弧に入れられていたものを、文学に導入することは、ベケットにおいて、『しあわせな日々』以降、この種の女性たちの声に耳を傾けることからはじまった。ベケットとデュラスの世界が隣りあったのはこのころだろう。

『オール・ストレンジ・アウェイ』のファンシーについて、ポール・デイヴィスは、それが、つぶやきながら人がくりかえす失敗のことだと解釈した。(26) たしかに、ファンシーは、求めようとするなにかを、固定したイメージに還元することのたえざる失敗からなっている。クレールは、思いつく断片をまとまったイメージにすることができず、たえざる失敗とともに言葉をつづけるだけだ。しかしわたしたちは、このテクストを前にして、『名づけえぬもの』を前にしたときの動揺、小説というジャンルそれ自体の崩壊に立ち会うかのような不安を感じることはないはずである。なぜなら、『オール・ストレンジ・アウェイ』は、ファンシーと呼ばれるつぶやきだけが、わたしたちの希望だということをしきりとおしえようとしているからなのだ。テクストはこうくりかえす。「ファンシーだけがかれの希望」、「ファンシーだけがかのじょの希望」。「ファンシーはかのじょの存在」なのである。(27) ファンシーの中味の脆弱さにもかかわらず、ファンシーが可能であるということ、それこそが人間にとっての生の希望、その存在の証明なのである。『オール・ストレンジ・アウェイ』は、希望のテクストなのだ。

3　探す声、つくる声

六〇年代から七〇年への、『事の次第』と『しあわせな日々』そして『オール・ストレンジ・アウェイ』から『人べらし役』に至るまでのおよそ十年の歳月は、初期フランス語小説三部作ののち創作の袋小路から出られずにいたベケットが、ようやくそこから這い出て、とうとう新たなフィクションのための模索が軌道に乗りはじめた時期であった。たとえばアラン・バディウは、そのころベケットが、「主体が他者へと開かれるように、止まらない悩ましいパロールのなかの自分に閉じこもるのをやめるように[28]」なったと語り、あるいはエリック・ウェスラーは、それが「作家が独我論の袋小路から抜けだして、人間表現を疎外と愛のなかで試みようとした時期[29]」であったと述べている。

『名づけえぬもの』のテクストを埋め尽くす、「話す主体」というべき声は、自分の言葉を探し求めながら、自分のなかにある他人の言葉をはきだし尽くすかにみえる。そして、こうした作品を書きつくした最後に、作者であるベケットは自分まで空っぽになってしまったのであろう。行き詰まった創作から抜けだすべく書いた『反古草紙』は、ベケットにとっては、新たな方向転換につながらなかったようであった（「最近わたしが書いたもののすべては、それは『反古草紙』のことなのですが、作品が風化してしまうような態度から抜けだそうとする試みでした、失敗しましたが[30]」）。ベケットの創作がふたたび活気を取り戻すのは、かれが自分のものではない声にひたすら耳を傾けるようになったときからであった。そして、かれが耳を傾けたのは、第一に女性たちの声であったといってまちがいない。

そしてどうやらその女性の声というのは、すでにみた、デュラスによるクレールのそれのような声であった。さらに誤解をおそれずにいえば、ベケットが耳を傾けた声とは、女性の声という以上に、デュラス的な声なき声であったのではないだろうか（言うまでもないことだが、ベケットがデュラスのように書こうとしたといいたいのではない）。

そのようなデュラスのエクリチュールとはどのようなものなのだろうか。あるいはどのようなものとみなされていたのだろうか。かのじょのエクリチュールが独特のものであるとされたとき、それはときに、ネガティヴなニュアンスを含んだものだったようである。じっさい、デュラスの書くものについて、それをたとえば、アル中でもういい年の自己陶酔的な女の、奇妙で下手なフランス語とみなす人がいたとしても、それは想像しがたいことではない。ただし、そうした感想はときに、ジャン＝ピエール・マルタンがそうであるように、ある種の賞賛の念から表明されることもある。マルタンはこう述べる。「デュラスの身体は、デュラスの〈話され‐書かれた声〉とともに語り、ともかく無垢に、陶酔の波を発信し、そこから、非常に希有な種類のブドウでできたすばらしい銘柄のワインを流すのであり、そのデュラス・ブランドの文章は、読者の心を揺さぶる前に、身近なものたちを酔わせるのだ[31]」。生前のデュラスと親交も深く、かのじょの映画のドキュメンタリーにも出演しているドミニク・ノゲーズによれば、辞書編纂者であるジャック・ロビシェはつぎのような皮肉を言って憚らなかった。「デュラスの文体はよくなっていった。かのじょの文章は、次第に言葉がへっていったから、次第にフランス語のまちがいがへっていったのだ[32]」。ドミニク・ノゲーズは、このようなロビシェの言葉について、つぎのように語っている。「たしかに、マルグリット・デュラスの作品には、フランス語のまちがいがいくつかありますし、かのじょはときどき、かなり奇妙な表現を使っていました。それはかのじょが正しい言葉をみつけられないからのようでしたから、そういうときかのじょは、ちょっと抽象的な婉曲表現で言いたいことのまわりをまわっているようでした[33]」。もちろんかれは、そうしたストレンジであるところそれ自体が、デュラス的なものをなしているということを誰よりもよく知っているひとりである。

　デュラスにとっては、フランス語をめぐってなされる自分への批判は、書くことで生きるそのアイデンティティにかかわる深刻な問題であったことを忘れずにおきたい。そのことを端的に示すのが、ロール・アドレールがデュラスの評伝のなかで紹介した、最晩年の小説『北の愛人』のマニュスクリをめぐるデュラスとミニュイ社のジェローム・ランドンとの決裂のエピソードであるように思う。ロール・アドレールはつぎのように書いている。

この決裂までには、おおくの衝突があって、問題はかのじょ自身のテクストにではなく、出版の考え方に及んでいた。デュラスはそのとき、かのじょがコレクションの編集長になることに同意した編集者が、十分なリスクを負わず、きちんと、文法的に正確に書かれた文学だけを好むことを、非難していた。〔……〕これからも、ずっと探求されるのは、壊れた言語であり、みだれた、書かれているよりも息をついているかの言語、かのじょが「ディンゴ」とよぶ、ぐちゃぐちゃとして、心を動かし、意味をかえてゆく言語、つまり、見捨てられた、ラテン・アンナンの文体の、スーパーシャラビアの言語だった。デュラスは、「わたしは、自分のシャラビアが魔法だと思うわ」、と決して壊れることのない品をそなえた「ブルー・ムーン」を聴きながら言い、自分は燃やされることを恐れながら物語に近づいていくのだと言うのだった。かのじょは言語をつくりなおしながら、自分自身のために、自分自身の生をパロールにすることによって、リズムをつけることによって、ふたたび自分のものにしたのである。(34)

ベケットの場合、たとえかれが自分の文章について、それを「文はぼろぼろだけれども」(35)と言ったとして、それは賢すぎる確信犯のようなものであり、それにたいして「これは難解である」といってうなる読者がいたとしても、文章がぼろぼろだといって批判したりするひとはいないだろう。あるいは、文章の語り手が女性であれば、ベケットは女性のおしゃべり、すなわち女性のシャラビアを、(36)見事に表現していると言われるかもしれない。そうだとしても、もっとまずく失敗したいベケットにとって、素で失敗だらけのデュラスのむきだしの不器用さが、大きな魅力とみえたとしても不思議ではない。かれが、ラジオでデュラスの『辻公園』を静かにきいていたイメージがナタリー・レジェの著作のなかにもある。(37)かれにとってはおそらく未知であるとともになつかしい言語であったデュラスのくりだす魔法のシャラビア、さきほどのクレールのちょっと奇妙なおしゃべりのような、まさにファンシーが響きわたるその声は、かれにとって衝撃だったはずである。ベケットはロンドンで『クラップの最後のテープ』の初公演を迎えた五八年を挟む『辻公園』の初演の五六年、五七年、そして六〇年にかけて、四度公演に足を運んだとされる。(38)ベケットは、『ねえ、ジョー』という、ベッドに腰掛けじっとしている男が、かれのなかにだけ響く母親と思しき女性の声に耳を澄ましている、それ以外には何も起こらない映像作品をつくっているが、それは六五年の作品である。

ジル・フィリップとジュリアン・ピアによる、『文学言語――フランスの散文の歴史、ギュスターヴ・フローベールからクロード・シモンまで』は、わたしたちに、ベケットやデュラスのような――そして、サロートなども加えられる――作家たちが、うつくしい言語のほうにではなく、それを歪ませるほうへと向かう文学の変遷に、どれほどまでに大きな役割を果たしたかを示している。かれらによれば、文学言語の「歪み」は、文学言語における書かれたこと（エクリ）と話されたこと（パルレ）の関係の変化とともに起こり、ある種のエクリのオラリゼーション（書かれたものの話し言葉化）とともに展開した。また、かれらは、エクリのオラリゼーションが目指すのが、いわば『内的独白』のエドワール・デュジャルダンが夢見た「生まれた状態」で「いつもやってくる」思考を示すにふさわしいエクリチュールであって、五〇年代のはじめに、そのようなデュジャルダンの理想が実現されたものととらえている(39)。ジル・フィリップによれば、ベケットの初期小説三部作のモノローグがもたらした衝撃は、フランスの文学言語にとって決定的なものであり(40)、また、ジュリアン・ピアによれば、「本当の言語活動の大異変は」、五〇年から七〇年のあいだに書物によって起こったとされている(41)。

四七年のロラン・バルトによれば、「上手く書くことは、ある結果を確認することであり、同時にある仕事に身を捧げることであった(42)」のであり、「それに作家の形式的なこの仕事は、より一般的な歴史的企図に対応していた。唯一の文法を信じ、純粋なフランス語を実践することは、フランス語のあの有名な明晰神話を延長することだった。その神話は、フランスの政治史にきわめて緊密に結びついている。この神話誕生の日付は、かなり重要である。一六四七年のヴォージュラによれば、明晰であることは宮廷で話すように話すことであった。明晰さは、よき慣用、すなわち直接的に権力の周辺にいる社会的集団の慣用だった(43)」。そして、「いまでも文学が有する唯一の手段である古典フランス語は、よりいっそう難解な手法に訴えなければ、それはなによりも、強力な、いや暇な、いや特殊な仕事――管理職の仕事といえるかもしれない――に従事する集団の言語なのである(44)」。

デュラスのような文章、「歪み」をともなう文学テクストのオラリゼーションにたいする保守的な動き、反発があるのは当然のことである。バルトは、当時の現状についてつぎのように述べる。「今日の作家たちにとっての問題、したがってそれはエクリチュールを歴史的起源、すなわち実際には政治的起源から切断することである。すでに、規範文法のかなりの部分、先祖伝来の癖のようなものが破棄されているようにみえる（もっとも、かなりやっかいな、伝統的読者の支持はいまなお守られなければならないということはあるが）。とりわけ、規範的エクリチュールの観念そのものが破棄されている」[45]。こうした言葉づかいにおいて、バルト自身の同時代作家としての態度はつねに曖昧なものにとどまるようにみえる。すくなくとも、かれは、「規範的に書く」という考えをめぐる作家たちの意識の変容をとらえることに興味を持っていたとしても、文学言語の「歪み」に興味を持っていたのではないだろう。かれは、三年後にはフランス文学に隕石の落下のようにしておとずれる『名づけえぬもの』がみせてくれるような、ベケット的な規範にとらわれずに書くという発想をもつことはないはずである。かれはこう書いている。「もっとも明晰な現代の作家でさえ、実際には社会集団と同じくらい文法があるということを理解し、実践している。今日の作家にとって上手く書くことは、徐々に、その社会的エリアが微妙に感じられないかたちで変わっていく、このような諸文法の多様性を完璧に知ることである。それは客観性にいたる唯一の可能な道である。とはいえ、語ることが文学的想像においてどんどん大きな位置を占めているといっても、それは文学言語の必然的に習慣的な部分を完全に排除することなどできないからだ。つまり叙述である」[46]。作家たちが、政治的背景から言語を解放する手続きとして、パルレをエクリに導入しなくてはならないという考えをみとめていたとしても、バルトは、そのような手続きによって語りの構造すなわち叙述にひびが入ることを好まなかったことがうかがえる。じっさいかれは、語りがつねに文法によって支えられなくてはならないとして、文学言語をめぐる作家たちの現状についてこう書いている。「ここに、古典文法の最後の砦がある。ここに、文体の袋小路の最も危機的な点がある。その周辺で、現代の作家たちは、最大限、過敏になり、闘い、創作をしているのだ。手法をふやし、その結果、叙述を文学の宿命的な覆いから引き離そうとする。できるかぎり、モノローグにおきかえ、物語のなかに二次的な主観性を創造する。というのも、夢もしくは想い出として与えられるもののほうが、物語として与えられるより、実際ずっと客観的なエクリチュールであるように思われるからだ。『猶予』においてそうであるように、同時的叙述が採用されるが、それは単一言語的な物語の魅惑を断ち切るためである。作家の行動の場が演劇や映画にまで広げられる。このエクリチュールの問題に理性的にぶつかる文学は、自らを分散させ、闘争し、いずれにせよ、移動しようとする」[47]。「作家の行動の場が演劇や映画にまで広げられる」ことには、話し言葉（パルレ）のエクリチュールへの占拠がともなっている。バルトはサルトルの四五年の小説を念頭においているが、かれの言葉は、ここで扱っている作家たち、そして声の文学の五〇年代、そして六〇年代以降の展開にはっきりと対応する予言的な言葉となった。

4 『オール・ストレンジ・アウェイ』のこと

想像し、想像させる声のテクストの典型とも言えそうな『オール・ストレンジ・アウェイ』だが、テクストの日本語訳がまだないということもあり、日本ではあまり知られていないというのが現状である。ジェイムズ・ノウルソンの九六年の評伝は、ベケット研究において資料として典拠とされることも多いが、そのなかでも、「複雑すぎる英語の作品」とは言われても、その内容についてはほとんどふれられていない[48]。

この作品が最初に出版されたのは、その執筆から一三年以上が過ぎた七六年のことで、それは、エドワード・ゴーリーの一五枚のイラストと併せてニューヨークのゴサム・ブックマートから出版された限定版であり、アイルランド生まれでベケットの劇『ゲームの終わり』ではクロブ役なども演じた俳優ジャック・マックガウランの追悼のためにつくられたものであった[49]。テクストは、その後、七八年のベケット研究の専門誌『ジャーナル・オブ・ベケット・スタディーズ（*JOBS*）』三号に掲載され、七九年になってようやく最初の普及版がコールダーによってロンドンで出版された。この短く厄介でうつくしいテクストには、のちのベケットの作品で開花するとも言うべきさまざまな要素が潜んでいる。何度も大きさを変える建物の四角い床に時計回りにａｂｃｄと記させる建物の（想像上にしかない）図形は、八〇年代はじめの『クワッド』の四角形の図のことを考えさせるし、『オール・ストレンジ・アウェイ』で最終的に円形になる建物のイメージは、『死せる想像力よ想像せよ』の円形建物を経て、やはり八〇年代はじめの『見ちがい言いちがい』にまでつづいている。また、大きな驚きをもって気づかされるのが、『オール・ストレンジ・アウェイ』の闇と光の入れかわる立方体の空間の壁に、女の顔や、身体の部分が浮かびあがるというほとんど異様なその設定とそのイメージとが、ベケットの後期の舞台および映像作品における、闇のなかに口や顔が浮かびあがるイメージの完全な青写真であるということである。この作品の分析は、ピーター・マーフィー、ジェイムズ・ハンスフォードそしてイノック・ブレイターをはじめとする研究者たちによって、普及版の刊行された七九年以降になってから遅ればせにということになるが、さまざまに展開された。この散文にちりばめられている、ランボーの詩「母音」のイメージの関連として分析される『オール・ストレンジ・アウェイ』のポルノグラフィックなページの読解は、とりわけおもしろい(50)。

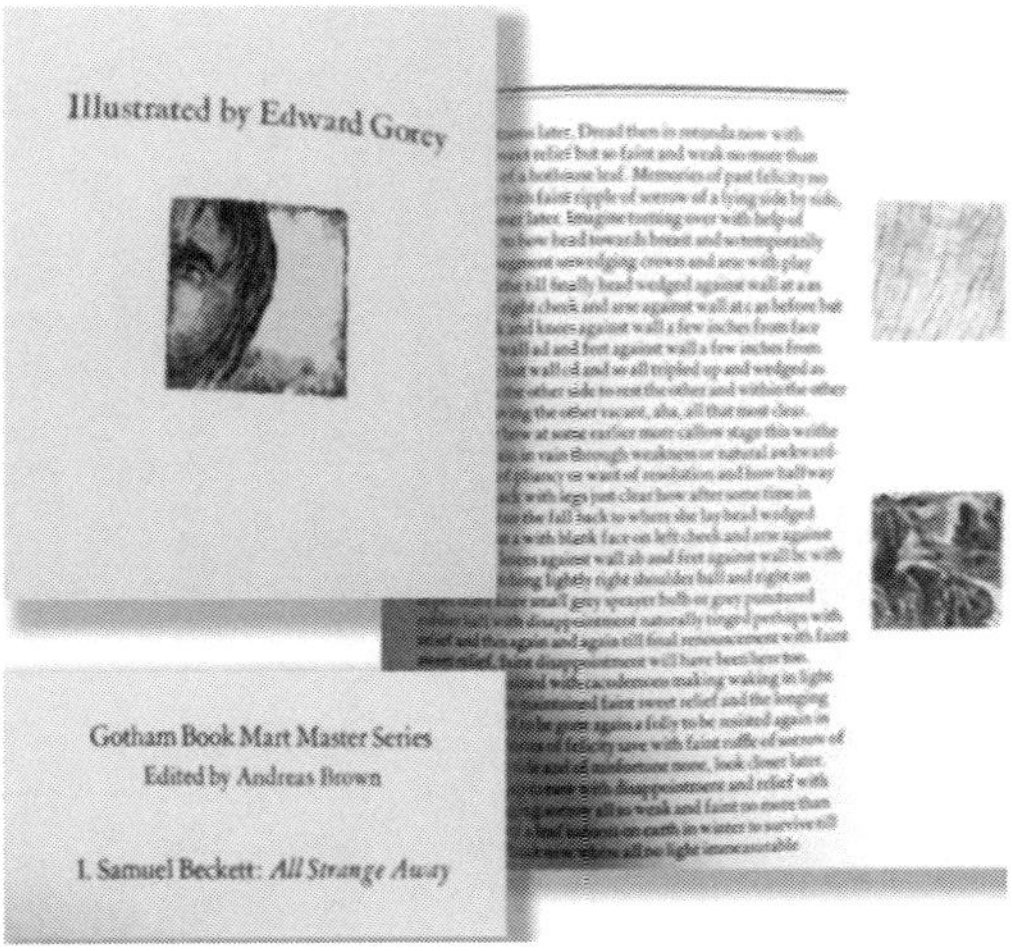

5　両性のエクリチュール

この短い散文作品における試みが、作家の創作の過程にあって、七〇年代から八〇年代へ向かうための重要なステップであったということをたしかめるひとつの手がかりとして、ここからは、六〇年代のベケットの声のエクリチュールのなかにジェンダーの問題がどのようにあらわれるかを考えてみたい。すでにふれたように、『名づけえぬもの』以後の創作の袋小路から抜けだしたベケットにとっての道しるべは、女性の声にあった。そこでベケットの作品における女性性について考えてみると、『しあわせな日々』で身体をちいさな丘に埋めこまれたウィニーとそんな奇妙な状態でつづけられる、半独白の言葉(ウィニーは、夫のウィリーにせっせと話を聞かせている）とはその典型的なあらわれであるようにも思える。女性的な小道具を用いていかにも女性風に振る舞うウィニーがものを書く人ではないという点、そして、もの書きではないうえに女性である人物が、自分自身の言葉づかい、そのつたなさ、あるいはそのポエジーに敏感になってそれについて自ら語るという点、しかも作品の主要な役割を果たすという点、これらはベケットにしてはあまりにも大きな変化ではある。しかし、だからといってベケットは、『しあわせな日々』の方法にとどまることはせず、それどころか、あっさりとつぎの道をとった。じっさいわずか数年ののちに書かれた『オール・ストレンジ・アウェイ』と、つづく六五年の『死せる想像力よ想像せよ』、そしてその翌年に書かれた『たくさん』という三つの作品には、ウィニーのような言葉づかいはみあたらなくなる。

あきらかなこととして、ベケットは、『名づけえぬもの』から『反古草紙』を経て『事の次第』から『しあわせな日々』へと書きすすめるなかで、自分のエクリチュールを自在に女性化できるようになることを目指していたわけではない。それよりも、この過程にあって、ベケットは、かれ自身のなかにある男性的なものと女性的なものというヒエラルキーの幻想をいったん壊して除去し、それを通して、それらが等価であるということをみとめようとしたようにみえる。

『オール・ストレンジ・アウェイ』において、性別ははっきりとした区別をもって示される。それが最も明確にあらわれるのは、この散文のちょうど中盤にはじまる、ポルノグラフィックな内容を含む箇所といってよい。そこでは声はまず、建物のなかにいるひとりの男性を想像しはじめる。つづいてその男性に、裸でいる女性の、からだの各部分を、性器も含めて部分ごとに、空間を仕切る四つの壁に、時計回りの順にあらわれるのを想像させる。そしてまた、その男性は、その女性との性の交わりのあれこれの身体的な行い、「キスをし、愛撫し、なめたりすったりやったりやられたり、そういうぜんぶを」[51]、具体的に想像させられる。したがって、そうしたすべては、わたしたちも同様に想像させられるのであり、そのページで、声のテクストは、密かにとてもエロチックにうねる。

想像される女性には名前があるが、象徴的な名前、エンマである。エンマは、四角くて窮屈な空間に丸まって横たわっている男性によって想像されていたはずなのだが、テクストがすすむうち、いつのまにか男性の場所に身をおいている。立場もまた、男性のおかれていたそれにおきかわっているのである。つまり、身を横たえて丸まっているのはもはや男性ではなくかのじょ自身なのであり、かのじょもまた、男性がしていたのと同じようにして立方体のなかで動いたり、独りごちたりしはじめる。

〔……〕エンマは闇と光のなかを、立ったり、回ったり、座ったり、膝をついたり、横たわったりしていて、かのじょは独り言をして言う、自分はここにはいないし、何も聞こえはしないけど、ファンシーだけがわたしの希望、するとエンモが壁にいて、最初に顔がみえてきて、それはとってもいい男、だから時計回りにみていくことにするけれど、細かいことは、またあとで。(52)

エンマにたいして今度はかのじょの想像のなかに、さっきまで空間のなかでかのじょを妄想していたはずの男性と同一なのかは不明のひとりの男性があらわれる。かれはその名をエンモという。エンマとエンモは、性別による身体的特徴の相違に応じた行為の差異はべつとして、ほぼ同様のことを想像する。つまり、テクストのなかでは、似通った文章がくりかえされるようになる。同じような文章のくりかえしに、何がみつかるだろうか。

おそらくは、ルビー・コーンやジェイムズ・ハンスフォードが指摘しているように、そのようなくりかえしを通して、男女の等価性が示されている。(53)ジョリーやドレジャー、プレジャー同様、エンマもエンモも性別以外は同じなのだ。この等価性は、男女の言葉の等価性のことでもある。また、ピーター・マーフィーは、エンマとエンモがMe(わたし)のアナグラムであるということを指摘していておもしろい。(54)男女の言葉が等価で、そのうえそこにMeすなわち「わたし」が隠れているとする。そこから浮かびあがるのは、ひとつの主体が複数の性をもつような、そんなエクリチュールのイメージだ。それは中性的というのとは異なる、アンドロギュヌス的なエクリチュールのイメージである。このテクストは、たぶん、エクリチュールのアンドロギュヌス化を準備している。そのことを、『オール・ストレンジ・アウェイ』にはじまる三つの短編から確認してみたい。

『オール・ストレンジ・アウェイ』のつぎに書かれた六五年の散文『死せる想像力よ想像せよ』において、またそれにつづく散文『たくさん』において、そうした準備はたしかに展開をみせてくれる。「どこにもひとかけらの人生もありゃしない、へん、楽な仕事さ、とあなたは言う、想像力は死なず、え、死んだって、そう、では死せる想像力よ、想像せよ(55)」、と聞き覚えのある訴えが聞こえてくるフランス語で書かれた短いテクスト、『死せる想像力よ想像せよ』にあらわれる男女をみてみよう。『オール・ストレンジ・アウェイ』によく似たところがあり、『死せる想像力よ想像せよ』における舞台は円柱型のドームで、そのロタンダのなかに、今度は同時に男女がひとりずつ身を丸めて横たわらされる。読者は、建物の空間の、ふたりの身体がぎりぎり収まるほど狭い円形の床を想像することになるのである。空間は、数値を示される。「直径八〇センチ、床から丸天井の頂上までの距離もそれと同じ(56)」。ずいぶんと窮屈な空間である。男女は背中を合わせて、頭は互いに逆さに配置される。それは非常に図式的で、幾何学的であるのだが、しかし同時に、すでに多くの指摘があるように、その様子からは胎児のイメージ、すなわち命、呼吸のイメージも連想される。じっさい、かれらがその姿勢で静かに息をついていることは、テクスト内にはっきりと明記されているのである。

景英淑（ギョンヨンスク）は、男女が配置されるその球形に着目し、それがアンドロギュヌス的、両性具有的イメージの表象であるということを、ジョルダーノ・ブルーノの宇宙理論に関連づけて分析している(57)。ここではアンドロギュヌス的なものを喚起するそのイメージを、ベケットのエクリチュールの企てに結びつけて考えてみたい。男女が胎児のように身を丸めている場所は、最初期の小説『並には勝る女たちの夢』に印象的にあらわれる、「墓胎（wombtomb）」のことをただちに思い起こさせる。このベケットの造語に墓胎という「母胎」と同音のその漢字表記を見事にあてた田尻芳樹の翻訳から、それがいかなる場所であるのかを引用しておくとつぎのとおりである。「トンネル内では彼は無償の思考の重々しい激発であり、彼の思考は自由で非職業的で無報酬で、霊魂だけに許された自由な生を生きた」、そして、「影の世界とトンネルのなかでは、交換も、飛翔と流動も、小川の病（バッハランクハイト）もなく、墓胎化して暗くなった精神のなかで生き生きと動く思考だけがあった(58)」。ベケットの最初期の小説にあらわれたこの墓胎の闇という抽象的なイメージは、ベケットの作品において、いわばファンシーの声が自由に響き渡る場所となっていったといえるだろう。ファンシーの声とは、そもそも精神のなかで生き生きと動くものであり、それ以外でそのようにできる場があるとしたら、それは『オール・ストレンジ・アウェイ』がその典型であるような、あるいは『イギリス人の恋人』というフィクションのみが可能にした、文学作品のエクリチュールのなかでしかないだろう。したがって、『死せる想像力よ想像せよ』の胎児のような姿勢で横たわる男女のいる空間は、やはりベケットが構想しているエクリチュールのメタフォリックなかたちといってよいはずである。

『死せる想像力よ想像せよ』のつぎには、『たくさん』という同じく短いテクストがつづいた。それは、ベケットの散文としては珍しく、一見すると語る主体が女性であるようにみえる作品である。これは、すでに死んでいる語り手が、生涯連れ添った年上の男性にたいして自分がどのように尽くしたのか、とくに性的にどのように尽くしたのかを回想するものとなっている。この回想の性的描写からは、それが男女のカップルであるととらえるのが自然であるように思えるのだが、べつのページに、たとえば子どもが老人と連れ添っているような印象を与える場面があると、語り手が女性であると限定することに、違和感が生まれる。語り手は男性なのか、女性なのか、というよりは、二つの性のあいだに揺らぎを感じるのである。テクストのなかでは、性別を見極めさせるフランス語の変化はことごとく避けられ、判断を決定できる要素が、最後までひとつもない。ただし、テクストの最後の一文に、どこかだし抜けに、「乳房」という単語が飛びだす（「これでたくさんわたしの老いた乳房がかれの老いた手を感じている」[59]）。だからといって語り手はやはり女性だったとして、わたしたちが腑に落ちるというわけでもない。

このちいさなテクストに何か悪戯めいたものを感じるのはおそらく偶然ではない。先行研究は、それがやむないことであるということをおしえてくれる。ルビー・コーンは、この語り手のジェンダーが注意深く隠されているということを指摘しており、また、ベケット自身が、『たくさん』の語り手を意識的に両性具有としたがっていたということも明記している。しかも、かのじょによれば、初稿の段階ではベケットはふたりの人物の双方に男性器をもたせ、そして、両方が男性であるというように研究者リンダ・ヴェン＝ツィヴィに語っておき、かたやコーンには、「男に乳房というわけがないだろう」と語るなど、わざと性別にかんして情報を混乱させていたというのである。[60] これがベケットの悪戯といっていけないことがあるだろうか。この両性具有的な声について、イノック・ブレイターは、それが読者によって想像されるしかないものであり、つまり、沈黙によってしか、そのような声は存在せず、それは記憶のなかに探り当てられるような誰かの声では絶対にありえないということを指摘している。[61] これはこの作品の試みを価値づける、きわめて重要な指摘だろう。存在しないのに存在する、想像上の声として以外には現前の不可能なアンドロギュヌス的エクリチュールの企ては、これ以後展開されることはなかった。それどころか、この後、ベケットが明確に一人称を用いて散文作品を書くことはなくなる。

ベケットがウィニーや『たくさん』のようなモノローグを検討していた六〇年代は、デュラスにとっては、『副領事』や『ロル・V・シュタインの歓喜』のように、男性の語り手を設定して女性である自分は作品からは身を隠すことでしか書けなかった時期にあたる。やがて、『イギリス人の恋人』によってクレールの女性的な語りで成功することになったことは、『しあわせな日々』のウィニーの女性的な語りの成功同様に重要な出来事であったはずなのだが、デュラスもまた、そこからすぐに離れ、映画制作の七〇年代に移行していった。このときにはジェンダーの問題はとうに越えられている。追求されるのは、デュラス自身の声を響かせるエクリチュールとなる。ロール・アドレールが言うように、かのじょは、自分の言語を作りなおし、ふたたび自分のものとしたのである。最終的に、デュラスが八〇年代以降に小説へと戻っていったとき、かのじょは中性的でも、両性的でもない、あの『愛人』が語る「流れるエクリチュール」にたどりつくのである。

そしてそのころベケットは、こうつぶやいているだろう。「どういえばいいのだろう？　どうまずく言えばいいのだろう？」。[62] そして最晩年の八八年一〇月二九日の日付をもつ「なんと言うか」という詩は、まさにそのタイトルの「なんと言うか」という言葉に終わる。

なんと言えば？　この詩に、ベケット自身のうつくしい、最後のファンシーを垣間見ているかのような気がしてくる。ついにベケットが詩にしてしまったファンシーを、わたしたちは垣間見ていると思うのであり、そのむこう遠くにかろうじてあるなにかを、わたしたちは垣間見ていると思いたいのである。

垣間見る——
垣間見ると思う——
垣間見ると思いたい——
とおくどこかむこうにかすかになにを——
たわごとはとおくどこかむこうにかすかになにを垣間見ると思いたいから——
なにを——
なんと言うか——
なんと言うか(63)

6　声の分有、生の時間

ジャン＝ピエール・マルタンは、シャルル・クロ以降の文学における声の問題を先駆的かつ大胆に扱った著書『サウンド・トラック』において、ベケットやデュラス、そしてサロートとパンジェもそこに加えて、かれらの作品に響く声に共通する特徴について、それが「いかなる代名詞を当てても不十分な揺れ動く複数の声(64)」であるとした。そのような声は、作家たちが自分のエクリチュールにふさわしいひとつの声を探し求めているときにつくられつつあった不安定な声のことを正確に言いあてているようにみえる。しかし、かれらの作品が引き起こす声は、そうした声にとどまったわけではなかった。声ははじめ、内側から複数化していったのであり、『名づけえぬもの』における話す主体の混乱したアイデンティティや、『オール・ストレンジ・アウェイ』をはじめとする一連の短編にみとめられたジェンダーの揺らぎなどは、そのヴァリエーションであったのだろう。それが、変化の過程にあって、やがて外側から分有される声という側面を強めていくようなのである。それは、複数の人たちに同時に声が分有されなければ、それが運ぶテクストあるいはそれが立ち上げる世界に命を吹きこむことはできないということに作家が気づくという過程であるかにもみえる。じっさい、ベケットの仕事において、役者たちとの声との共同によってこそ実現する晩年の舞台作品が充実度を増していくことと、声が分有されることとのあいだには、関係があるはずなのだ。つまり、小説とは異なるジャンルにおける創作活動が、作家のエクリチュールに変化をもたらすひとつの要因となっているといえるだろう。ベケットは、劇『オハイヨ即興劇』、『夜と夢』のなかで座っている人物のように、『何、どこ』で聞いている顔のように、声の空間にそうやって身をおき、観客と同じようにして声に耳を傾ける。作品を前に、作者もまた、沈黙のなかで、自分の声を介して声を聞く。

デュラスにおいて、そのような分有は、八〇年以降のヤン・アンドレアによる口述筆記というかたちよりもずっとはやい時期から、自明かつ単純なこととして意識されてきた。はっきりと自覚されるのは、やはり七〇年代のことである。七三年に行われたグザヴィエル・ゴーチエとデュラスの対談をまとめた『語る女たち』の対話を引用したい。話題になっているのは、映画であり本である『破壊しに、と彼女は言う』をめぐってデュラスが友人たちとおしゃべりをしていたときのことである。映画の公開からまだ三ヶ月ほどしか経っていないころのことだったとデュラスはふり返る。

M・D〔マルグリット・デュラス〕——友達の一人がわたしに向かってこう言ったのよ、「あの映画にはすっとはいれたけど、本のほうにはすっとはいれなかった」。それでわたしがそのあとすぐに言ったの、「それは不思議ね、わたしは、本にもすっとはいれたわ」。〔……〕要するにわたしは、自分がそれを書いたことを忘れてたの……〔……〕

X・G〔グザヴィエル・ゴーチエ〕——もちろんそうでしょうけど、ほかの作家たち、大部分の作家、つまり所有にこだわるもの——わかるでしょう、所有者ですよ、自分の書いたものにしがみついて、これは自分のものだというような——そういう作家とあなたが異なっている度合いに応じて、ほかの人たちも、つまり読者が所有できるのだと思います。これは、ロル・V・ステーン〔ママ〕の場合に起こったとあなたが言ってることと同じでしょう？

M・D——読者のものになるという意味？

X・G——ええ。

M・D——そうね、ケヴォルク・トゥックジャンがこう言ってる、「ロル・V・ステーンを書いたのはわたしだ」。そういうことを言えるというのが、すばらしいことだと思う。

〔……〕

M・D——〔……〕ものを書いてみようとしてるある人がね……『副領事』のことでわたしを知りたがったの、小説を書いてるんだけど、その小説の中に、『副領事』のいくつかの文章を、相当長く、ときには一章まるごと、原典を指示せず使いたいと申し出てきたの。もちろんわたしは承知したわ。

〔……〕

M・D——あの本が一人の人間みたいになっちゃったのよ、その小説を書く青年の、想像の領分にあの本は属しているのよ。[65]

声を生起させるためには、つまり作品が作品となるためには、作品を受けとる側の声が不可欠である。もちろん受け手のわたしたちは、それを知らずにいても作品をたのしむことができる。しかし、ベケットやデュラスの作品は、文学が声の体験であり、かつ自分の声を聞く体験であるということを、敢えて、かつてなく、意識させる。デュラスの語る作品のものである「想像の領分」は、自分が聞いている声によってその幅を広げる。

わたしたちは声をテーマに文学作品についてさまざまなことを考えうるわけだが、しかしそれは、声について思考するというよりも、声のまわりで思考をめぐらすことばかりをするということになるだろう。作家たちについていえば、かれらがたとえば愛や記憶、生や死をテーマにすることはあっても、声の問題それ自体をテーマとしたことは一度もないようにみえる。それは作品のテーマなのではなく、どうやら、かれらの作品世界の自由な想像の領分を広げ、動かしていく原動力のようなものなのである。[66]だからこそ、わたしたちの声をめぐる思考は尽きることがない。

声の作品の想像力の要請は、何のためのものなのだろうか？


「想像せよ」

「真実に向かって」

「あ、それなんかかっこいい」

〔……〕

「盗聴せよ」

「想像せよ」

「韻を踏んでる」

〔……〕

「想像せよ」

「想像するんだ」[67]

「何が起こるんだ？」


何が起こるのか？　それは、他人との関係のつづき、コミュニケーションと呼ばれるもの、あるいは真実と呼ばれるものの探求のつづき、出会いという衝突のつづきが問題になるのだろう。引用の『想像ラジオ』においていとうせいこうは、想像の要請への問いを率直に展開させようとしている。『ヒロシマ・モナムール』のあらすじを語るデュラスの、「大切なのは、日々くりかえされるこうした出逢いにつづく何かである」[68]という言葉も思いだされる。

しかし、想像させるテクストが引き起こすことがらはそれだけではない。たとえばラッパーがメッセージを届けようとするとともに言葉でうたをたのしむように、そこにはやはり、言葉そのものが魅力を発揮する。多和田葉子がフランス語について思いをめぐらせながら書いた言葉を読んでみたい。そこには、声の文学をまえにしてその不可思議によろこぶ読者のおそらく誰もが感じる漠然とした思いがよくあらわされているように思える。

人はコミュニケーションできるようになってしまったら、コミュニケーションばかりしてしまう。それはそれで良いことだが、言語にはもっと不思議な力がある。ひょっとしたら、わたしは本当は、意味というものから解放された言語を求めているのかもしれない。母語の外に出てみたのも、複数文化が重なりあった世界を求め続けるのも、その中で、個々の言語が解体し、意味から解放され、消滅するそのぎりぎり手前の状態に行き着きたいと望んでいるからなのかもしれない。[69]

想像する声の文学の体験は、物語に引き込まれてあっという間に終わってしまったというような「時を忘れる体験」とは異なっている。わたしたちは、聞くように読むことで、言葉の連なりを手がかりに、それを肌にふれる空気や風のように感じることで「時を過ごす体験」をする。このことは、文学の時間というものが、わたしたちの生の時の一部をなしているということをあらためておしえてくれる。そのような声の文学とは、生の文学なのであり、また希望の文学なのだと思う。

注

（1） Roland Barthes, *Le Neutre : Notes de cours au Collège de France, 1977–1978 (Les cours et les séminaires au Collège de France de Roland Barthes*, dir. Éric Marty), établi, annoté et présenté par Thomas Clerc, Éditions du Seuil, coll. « Traces écrites », 2002, p. 113-114.

（2） Maurice Grevisse, *Le Bon Usage*, 13e éd. refondue par André Goosse, Paris – Louvain-la-Neuve, Duculot, 1993.

（3） Marguerite Duras, *Le Camion* suivi de *Entretien avec Michelle Porte*, Les Éditions de Minuit, [1977] 1985, p. 89.

（4） 草月ホール（青山）で、デュラス生誕百周年にあたる二〇一四年三月二〇日に「草月ホール・シネクラブ vol. 2」という企画で（アテネ・フランセ文化センター主催、草月ホール後援）、デュラスの『ナタリー・グランジェ』および『トラック』の上映会が開催された。上映後、エディンバラ国際映画祭芸術監督のクリス・フジワラ氏のトークが行われ、デュラスの映画にかんするたいへん豊かで興味深い話がつづいた。そのなかで、『トラック』におけるデュラスとドゥパルデューの愛の関係について、映画の外側からの指摘がなされていたのは非常におもしろく、しかも説得力があった。フジワラ氏によれば、当時デュラスはドゥパルデューに好意を寄せていたのだが、しかし、二度の煙草のシーンに示されるそれぞれの煙草の銘柄にあらわれるふたりの立場のちがいが象徴するように——デュラスがつねに吸っていた「ゴロワーズ・ブルー」は労働者の煙草とされる——、また映画のなかでテーブルについたふたりの保つゆるやかな距離のように、かれらの関係は縮まらず、最後の一服がふたりの別れを予感させているということだった。

（5） Marguerite Duras, *Le Camion*, *op. cit.*, p. 34.

（6） *Ibid.*, p. 89.

（7） サミュエル・ベケット『モロイ』安堂信也訳、白水社、一九九五年、一〇一—一〇九頁。

（8） Cf. Bruno Clément, François Noudelmann, *Samuel Beckett*, Association pour la Diffusion de la Pensée française, Ministère des Affaires étrangères, 2006, p. 32. ブリュノ・クレマンは『垂直の声——プロソポペイア試論』（郷原佳以訳、水声社、二〇一六年、九五—九八頁）において、『ワット』に認められるベケットの表現の決定的な変化をプロソポペイアという声のための比喩形象を通して説明している。

（9） Alphonse de Lamartine, *L'Isolement* (1818), in *Méditations poétiques*. 引用は、ラマルティーヌ「孤独」（『瞑想詩集』）秋山春夫訳、『世界名詩集大成2 フランスI』平凡社、一九六〇年、一二三頁。

（10） Antoinette Weber-Caflisch, *Chacun son dépeupleur : Sur Samuel Beckett*, Les Éditions de Minuit, coll. « Paradoxe », 1994, p.

51–52.

(11) Maurice Blanchot, *L'Entretien infini*, Gallimard, 1969, p. 385.

(12) サミュエル・ベケット『事の次第』片山昇訳、白水社、一九七二年、二三一頁。

(13) ルビー・コーンは、『オール・ストレンジ・アウェイ』の執筆時期について、ジョン・コールダーが刊行した七九年版の表紙に示された六三年にたいして、ジェイムズ・ノウルソンによる評伝には六四年と、異なる年数が記されていることを指摘している(Ruby Cohn, *A Beckett Canon*, The University of Michigan Press, 2001, p. 287)。正確な執筆時期は不明。

(14) Samuel Beckett, *All Strange Away*, in *Samuel Beckett, The Complete Short Prose, 1929-1989*, New York, Grove Press, p. 169-170.

(15) Cf. Peter Murphy, "Review article : 'All strange away' by Samuel Beckett," in *Journal of Beckett Studies*, Number 5, Autumn 1979, in particular p. 109-110 ; Bruno Clément, « Mais quelle est cette voix ? », in *Samuel Beckett Today/Aujourd'hui 19 : Borderless Beckett/Beckett sans frontières Tokyo 2006*, éd. Minako Okamuro, Naoya Mori, Bruno Clément, Sjef Houppermans, Angela Moorjani et Anthony Ulmann, Amsterdam - New York, Rodopi B. V., 2008.

(16) S・T・コウルリッジ『文学的自叙伝――文学者としての我が人生と意見の伝記的素描』安斎恵子・小黒和子・岡村由美子・笹川浩・山田崇人訳、東京コウルリッジ研究会、法政大学出版局、二〇一四年、二五九頁。

(17) 同書、六六七頁。

(18) Samuel Beckett, *All That Fall* (1957), *The Complete Dramatic Works*, London, Faber & Faber, 2006 ; *Tous ceux qui tombent*, traduit de l'anglais par Robert Pinget, Les Éditions de Minuit, [1957] 2004.

(19) Bruno Clément, *L'Œuvre sans qualités : Rhétorique de Samuel Beckett*, Éditions du Seuil, coll. « Poétique », 1994, p. 60.

(20) ポール・リクール『時間と物語I 物語と時間性の循環――歴史と物語』(一九八三)久米博訳、新曜社、一九八七年、一二八頁。問題となるのは読者の体験であって、声のテクストが読者に自覚させるのは、リクールがつぎのように述べることがらである。「読書行為において、テクストの受け手は物語の拘束と戯れ、逸脱をおこない、小説と反小説のたたかいに参加し、そこにおいてロラン・バルトのテクストの快楽を味わうのである」(同書、一三六頁)。

(21) Pierre Mélèse, *Samuel Beckett*, Seghers, coll. « Théâtre de tous les temps », [1966, 1969] 1972, p. 138.

(22) *Ibid.*, p. 138–139.

(23) Marguerite Duras, *L'Amante anglaise* [1967, Gallimard], *Œuvres complètes*, t. II, édition publiée sous la direction de Gilles Philippe, Gallimard, coll. « Bibliothèque de la Pléiade », 2011, p. 744. ここでは拙訳を試みたが、田中倫郎訳『ヴィオルヌの犯罪』(河出書房新社、一九六九年)がある。

(24) ディナ・シェルゼーは、ベケットの『わたしじゃない』のような、声の主体が女性であるというマージナリティを強調し、そこにデュラスの『副領事』の乞食と、『トラック』の精神病院から脱走してヒッチハイクごっこをする老いた女性とに共通の性格をみとめている(Dina Sherzer, "Portrait of a Woman : The experience of Marginality in *Not I*," in *Women in Beckett*, ed. Linda Ben-Zvi, Urbana – Chicago, University of Illinois Press, 1990, p. 205–206)。しかしながら、わたしたちがベケットとデュラスの作品の人物たちに共通のもの、似通ったものとしてみとめる言葉は、マージナリティというよりも、むしろ凡庸さであろう。

(25) デュラスが監督した七二年の映画『ナタリー・グランジェ』における沈黙については、拙論「デュラスの映画『ナタリー・グランジェ』の孤独と暴力、そしてポエジー」を参照されたい(中央大学『中央評論 特集 映画の詩学』第二八七号、二〇一四年)。

(26) Paul Davis, *The Ideal Real, Beckett's Fiction and Imagination*, London – Toronto, Fairleigh Dickinson University Press, 1994, p. 149.

(27) Samuel Beckett, *All Strange Away*, *op. cit.*, p. 170, 172, 174, 175.

(28) Alain Badiou, *Beckett : L'Increvable désir*, Hachette Littérature, coll. « Pluriel », 1995, p. 38.

(29) Éric Wessler, *La Littérature face à elle-même : L'écriture spéculaire de Samuel Beckett*, Amsterdam – New York, Rodopi B. V., coll. « Faux titre », n° 339, 2009, p. 240.

(30) Pierre Mélèse, *op. cit.*, p. 137.

(31) Jean-Pierre Martin, *La Bande sonore : Beckett, Céline, Duras, Genet, Perec, Pinget, Queneau, Sarraute, Sartre*, José Corti, 1998, p. 172.

(32) Dominique Noguez, *Duras, Marguerite*, Flammarion, 2001, p. 184 ; Jean Cléder, *Marguerite Duras : Trajectoires d'une écriture*, Le Bord de L'Eau, coll. « Art en paroles », 2006, p. 86.

(33) *Ibid.*

(34) Laure Adler, *Marguerite Duras*, Gallimard, coll. « N.R.F. Biographies », 1998, p. 566-567.
(35) Samuel Beckett, *All Strange Away*, *op. cit.*, p. 169.
(36) 「シャラビア」は、語源的には、外国語のようなわけのわからない言葉を意味するフランス語である。グラン・ロベールによれば、このシャラビアという語は、いくつかの言葉、たとえば、algarabia（スペイン語）、al'alabiya（アラブ語、「西方の言語」）、charra（プロヴァンサル語）、barat（古フランス語、「喧騒」）に由来している。この表現は、女性のおしゃべりだけに限定されるものではない。
(37) Nathalie Léger, *Les Vies silencieuses de Samuel Beckett*, Allia, 2006, p. 79.
(38) Jean Cléder, *op. cit.*, p. 46 ; Gilles Costaz, « Le Théâtre de la passion », in *Magazine littéraire : Marguerite Duras*, nº 278, juin 1990, p. 51. ジェイムズ・ノウルソンの評伝によれば、かれはその舞台が「限りなく感動的」だとして、画家で親友のアヴィグドール・アリカにそう書き送っている（ジェイムズ・ノウルソン『ベケット伝 下巻』［一九九六年］高橋康也・井上善幸・岡室美奈子・田尻芳樹・堀真理子・森尚也訳、白水社、二〇〇三年、八四頁）。
(39) Édouard Dujardin, *Les Lauriers sont coupés*, suivi de *Le Monologue intérieur*, Rome, Bulzoni, 1977, p. 230.
(40) Gilles Philippe, Julien Piat, *La Langue littéraire : Une histoire de la prose en France de Gustave Flaubert à Claude Simon*, Fayard, 2009, p. 110. ジル・フィリップはプレイアッド叢書（ガリマール社）の『マルグリット・デュラス全集』の監修者でもある（Marguerite Duras, *Œuvres complètes*, t. I-IV, édition publiée sous la direction de Gilles Philippe, Gallimard, coll. « Bibliothèque de la Pléiade », 2011 (I-II), 2014 (III-IV)）。
(41) *Ibid.*, p. 491.
(42) ロラン・バルト「文法の責任」『ロラン・バルト著作集1 文学のユートピア 1942-1954』渡辺諒訳、みすず書房、二〇〇四年、九四頁。
(43) 同前。
(44) 同書、九五頁。
(45) 同書、九六頁。
(46) 同前。

(47) 同書、九六―九七頁。

(48) ジェイムズ・ノウルソン、前掲書、一六八頁。

(49) Samuel Beckett, *All Strange Away*, édition illustrée par Edward Gorey, New York, Gotham Book Mart, 1976. おそらく日本には一冊もないかと思われ、テキサス大学オースティン校のランソン・センターへ出かけるまでは手に取ることは叶わないと思えたアメリカの絵本作家エドワード・ゴーリーによる挿絵つきの『オール・ストレンジ・アウェイ』だったが、コレクターである濱中利信氏に問い合わせたところ、氏はそれをかれのコレクションに所蔵しており、しかもその本を快く見せてくださるばかりか、撮影まで許してくださった。濱中氏のご厚意に深く感謝している。掲載した画像は、そのときのものである。なお掲載にあたって、氏の了解を得た。エドワード・ゴーリーは、九八年のインタビューに答えて、ファンシーとイマジネーションのちがいについて言及しており、コウルリッジの名前もあげ、意味のあるイマジネーションにたいして意味のないものとされるファンシーの重要性を、ごくさりげないやり方で語っている。短いそのコメントは、たしかにベケットの『オール・ストレンジ・アウェイ』を喚起する。賛辞もまたゴーリー流というのか、かれはベケットの名前さえもあげず、じっさいには「ファンシー」とは言わずに、ほとんどいい加減とでもいうかのように「ファンタジー」と言いまちがえ、それにすぐに重ねてそれが言いまちがいであるということを自ら強調し、そしてゴーリーは、「わたしはね、かならずしも意味のあることをしてやろうなどとは、思っていないんだよ」という (*Ascending Peculiarity, Edward Gorey on Edward Gorey*, Interviews selected and edited by Karen Wilkin, A Harvest Book-Harcourt, 2002, p. 226)。ゴーリーはベケットの『ビギニング・トゥ・エンド』という散文にも挿絵をつけている (Samuel Beckett, *Beginning to End*, édition illustrée par Edward Gorey, New York, Gotham Book Mart, 1988)。

(50) Cf. Enoch Brater, "Voyelles, Cromlechs and the Special (W)rites of *Worstward Ho*," in *Beckett's Later Fiction and Drama : Texts for Company*, ed. James Acheson and Kateryna Arthur, foreword by Melvin J. Friedman, Macmillan Press, 1987 ; Enoch Brater, *Beyond Minimalism : Beckett's Late Style in The Theater*, New York – Oxford, Oxford University Press, 1987.

(51) Samuel Beckett, *All Strange Away*, in *Samuel Beckett, The Complete Short Prose, 1929–1989*, *op. cit.*, p. 171.

(52) *Ibid.*, p. 172-173.

(53) Ruby Cohn, *op. cit.* ; James Hansford, "Imagination dead imagine : the imagination and its context," in *Journal of Beckett Studies*, Number 7, Spring 1982.

(54) Peter Murphy, *op. cit.*, in particular p. 109-110.

(55) サミュエル・ベケット『死せる想像力よ想像せよ』(『死んだ頭』) 片山昇訳、『サミュエル・ベケット短編集』白水社、一九七二年、一九九頁。

(56) 同前。

(57) 景英淑「「死せる想像力よ想像せよ」——球形、アンドロギュヌス的イメージの表象をめぐる考察」『サミュエル・ベケット！——これからの批評』岡室美奈子・川島健・長島確編、水声社、二〇一二年。

(58) Samuel Beckett, *Dream of Fair to middling Women* (1932), première publication posthume en 1992, New York, Arcade Publishing, 2006, p. 45 (サミュエル・ベケット『並には勝る女たちの夢』田尻芳樹訳、白水社、一九九五年、五六—五七頁).

(59) サミュエル・ベケット『たくさん』(『死んだ頭』) 片山昇訳、『サミュエル・ベケット短編集』前掲書、一九八頁。

(60) Ruby Cohn, *op. cit.*, p. 297.

(61) Enoch Brater, *The Drama in the Text : Beckett's Late Fiction*, New York - Oxford, Oxford University Press, 1994, p. 62.

(62) Samuel Beckett, *Mal vu mal dit*, Les Éditions de Minuit, [1981] 2002, p. 20.

(63) サミュエル・ベケット「なんと言うか」『いざ最悪の方へ』長島確訳、書肆山田、一九九九年、一〇九頁。

(64) Jean-Pierre Martin, *op. cit.*, p. 29.

(65) マルグリット・デュラス／グザビエル・ゴーチェ『語る女たち』田中倫郎訳、河出書房新社、一九七五年、二二八—二二九頁。

(66) 声の問題は、二〇世紀末以降、二一世紀的なテーマとして作家たちによって積極的に展開されているといえるかもしれない。たとえばJ・M・クッツェーの『マイケル・K』(一九八五)、カズオ・イシグロの『わたしたちが孤児だったころ』(二〇〇〇)や『わたしを離さないで』(二〇〇五)のような小説には、声のテーマが人間存在とは何かを問う重要なテーマとして変奏されているのがみとめられる。つぎの引用のいとうせいこうの小説はベケット的な「想像し、想像させる声」を新しい世代におしえ、今に伝えようとする作品であるようにみえる。

(67) いとうせいこう『想像ラジオ』河出書房新社、二〇一三年、一八一—一八三頁。

(68) マルグリット・デュラス『ヒロシマ・モナムール』工藤庸子訳、河出書房新社、二〇一四年、七頁。

(69) 多和田葉子「マルセイユ」『エクソフォニー——母語の外へ出る旅』岩波書店、二〇一二年、一三九頁。

声は石になった
——アンドレ・ブルトン『A音』精読

前之園望

1　ブルトンの聞く〈声〉

アンドレ・ブルトン（一八九六―一九六六）は、眠りと目覚めのあわいに、彼の「内的な耳」(1)に聞こえてくるつぶやき声を知覚したと言う。『シュルレアリスム宣言』（一九二四、以下『宣言』と表記）に書かれている通り、この声を聞き逃した体験がいわゆる「自動記述」誕生の直接の起源となっている。

> すなわちある晩のこと、眠りにつくまえに、私は、一語としておきかえることができないほどはっきり発音され、しかしなおあらゆる音声から切りはなされた、ひとつのかなり奇妙な文句を感じ取ったのである。〔……〕じっさいこの文句にはおどろかされた。あいにくこんにちまで憶えてはいないけれども、なにか「窓でふたつに切られた男がいる」といったような文句であった。(2)

ブルトンはジークムント・フロイト（一八五六―一九三九）の自由連想法を応用して、この謎めいた声の到来を再現することを思いつき、あらかじめ書く内容を定めずに「文学的にどんな結果が生じうるかなどはみごとに無視して、紙に字を書きまくる」[3]ことで、フィリップ・スーポー（一八九七―一九九〇）と共著で『磁場』（一九二〇）を、そして自らの筆のみからなる『溶ける魚』（一九二四）を書き上げた。この記述法はシュルレアリスム運動内部全体で実践されるようになり、その結果は雑誌『シュルレアリスム革命』（一九二四―二九）の「テクスト・シュルレアリスト」欄に、ほぼ毎号発表された。しかし、「オートマティックなメッセージ」（一九三三、邦訳「自動記述的託宣」）でブルトンは自動記述の歴史を「不運の連続の歴史」[4]と断じ、それ以降シュルレアリスム運動内でも自動記述がクローズアップされる機会は急激に少なくなった――。

一般に知られているブルトンと〈声〉との関係を要約すれば、以上のようになるだろう。『宣言』を読むと、当時「シュルレアリスム」という用語が〈自動記述の実践〉とほぼ同義に用いられているが、周知の通りこの用語はやがて言語芸術・造形芸術・政治活動の諸領域を横断する運動体を示す名称となる。この一事をもってしても、「シュルレアリスム」という語の内実が不断の生成状態にあり、辞書的な恒常的定義を拒絶するものであることが分かる。ブルトン自身、シュルレアリスム運動の常に成長・拡大するこの性質を、ガストン・バシュラール（一八八四―一九六二）の用語を借りて「シュルラシオナリスム（超合理主義）」[5]と呼ぶことになる。「オートマティスム」や「自動記述」、あるいは「客観的偶然」などのブルトン独特の用語もまたこの超合理主義の刻印を押されていると考えるべきであり、時の経過に伴い、それぞれの用語の指示内容の輪郭が変化していることを忘れてはならない。そして、睡眠と覚醒のあわいでブルトンが聞いたという「覚醒時フレーズ」[6]もやはり、時期によってその特性を変えるのである。本稿ではあまり注目されることのないブルトンの『A音』という詩集の序文の精読を行い、晩年のブルトンと〈声〉との関係を考察する。

2　詩集『A音』

ブルトンは一九六一年に『A音』という詩集を出版する。詩集と言っても、一九六〇年一二月の日付のある序文（以下「序文」と表記）を除けば、収録されているのは一九五一年から五六年までの間にブルトンが聞いたという覚醒時フレーズのサンプルが四つだけ。一三センチ四方の小ぶりな小冊子で、六〇部のみの限定出版であった。ブルトン自身による「序文」は、彼がこれまで〈声〉とどうつきあって来たかを総括しているが、この文章は何か大々的なマニフェストと言うよりも、私的な打ち明け話と言った性格が強い。詩集のタイトル『A音』は「序文」の最後に用いられている「A音を鳴らす（donner le la）」という表現に対応している。「A音」とはラの音のことを指すが、この表現は楽器の音合わせのための標準音を鳴らすこと、転じて行動の規範を示すことを意味する。このタイトルは、〈声〉がブルトンの活動の基準たる標準音となっていた、ということをほのめかしているのだろう。そのサンプルとして紹介されているのは、以下の四つのフレーズである。

その皮膚のぴしゃりという音が平均してハ長調にあるO^3。

一九五一年一〇月二七日から二八日にかけての夜

レモンと共にさくらんぼうの終わるところに月が始まる。

一九五三年二月六日から七日にかけての夜

ひとはだから日記を書くだろう。複雑で神経質なその署名はあだ名になるだろう。

一九五三年五月一一日から一二日にかけての夜

金の白い野牛として生きるなら、金の白い野牛の切断を行うなかれ。

一九五六年四月一一日から一二日にかけての夜(7)

マリー＝クレール・デュマは、これら四つを含む、ブルトンの報告する九つの覚醒時フレーズを例に取り、ブルトンから見たそれらフレーズの特性が時の経過に伴ってどのように変化しているかを検証している。[8] 彼女の分析によれば、覚醒時フレーズは一般的に、ほぼ等音節のリズムグループの反復によって構成され、またフレーズ内に韻を踏み反響し合う複数の種類の子音あるいは母音が散在する傾向がある。それぞれの覚醒時フレーズ全体に緊密なまとまりを生じさせるこうした音声的要素の有機的な絡み合いのことを、ブルトンの以下の文章に基づいてデュマは「歌」と呼ぶ。

イマージュの新たな結合は――詩人、芸術家、学者はこれを出現させるべきだが――それが生成するためのスクリーンを、何らかの特殊な背景から、具体的には、漆喰が剝げた壁や、雲や、その他何かの背景から借りてくるという、似かよった点を持っている。執拗で曖昧な音が、歌として聞きたいと思っていた一句だけを、他のすべての句を排除して運んでくるのだ。[9]

デュマによれば、「ことばには歌が必要なのであり、フレーズはそれを支える歌があって初めて聞くことが可能となる」[10] のであり、「最終的に声はそこでことばと歌が結ばれる媒体であり続ける」[11] のである。この観点をもとに、デュマはブルトンの考える覚醒時フレーズの性質の変遷を大きく三段階に分けている。まず、新しいイメージを発生させることを模索していた二〇年代は、ブルトンは〈声〉の「ことば」の側面を重視しており、「歌」への配慮が欠けていたからこそ覚醒時フレーズを聞き逃してしまったのだと言う。次に、三〇年代に入るとブルトンは次第に〈声〉の持つ「歌」の側面に注目するようになり、この傾向は「黄金の沈黙」（一九四四）でもやはり顕著である。最後に、「序文」では、ブルトンは聞こえてくる〈声〉が自分の声であるという確信を強調するに至る。言わばブルトンの関心は、覚醒時フレーズの持つイメージの喚起力から、フレーズの音響的特性、そしてその根本的な属性へと変化するのである。

半＝睡眠フレーズに関してブルトンが考察する文章をいくつか見てきたが、当初はそれらフレーズのイメージをなす機能が強調されていたのに対して、それらフレーズの性質に関する疑問が強調されるようになった、と言って間違いないだろう[12]。

ほぼ四〇年に及ぶブルトンと覚醒時フレーズとの関係の変遷を、デュマは実に的確にまとめている。しかし、彼女の研究が明らかにするのはあくまで巨視的観点から見た一般的な傾向である。本研究では、ブルトンの終着点とも言える「序文」を精読し、晩年のブルトンが、過去の活動をいかに総括し覚醒時フレーズにどのような価値を見出していたのかを明らかにしたい。

3　『A音』序文精読

「序文」は、シュルレアリスムの起源たる「自動記述」を相対化することで始まる。

シュルレアリスムがその当初からいわゆる「自動」記述を通じてそれに従事し信頼を置くことを望んだ「思考の書きとり」（あるいはその他のものの?）、その聞き取り（能動的＝受動的な）が、覚醒時の生活の中でどれほどの偶発的危険にさらされているか、私は述べたことがある[13]。

「思考の書きとり」とはブルトンが『宣言』で「シュルレアリスム」という語彙に与えた定義である。

シュルレアリスム。男性名詞。心の純粋なオートマティスムであり、それにもとづいて口述、記述、その他あらゆる方法を用いつつ、思考の実際上の働きを表現しようとくわだてる。理性によって行使されるどんな統制もなく、美学上ないし道徳上のどんな気づかいからもはなれた思考の書きとり。(14)

「口述、記述、その他あらゆる方法を用いつつ」と他の手段を用いる可能性も示唆してはあるが、既に述べた通り、『宣言』当時は「シュルレアリスム」という用語は〈自動記述の実践〉とほぼ同じ意味で用いられていた。一方「序文」では、ブルトンは『宣言』で提示した自動記述の概念を、その手段と内容から二重に相対化している。彼は、記述する内容が「思考」以外のものの書きとりである可能性を暗示し(「あるいはその他のものの?」)、さらに自動記述の「自動」という形容詞からも一定の距離を取っているのである。これらの留保は、「能動的＝受動的」であるという自動記述の次のような構造的矛盾を強調していると思われる。理論上、自動記述の実践者は自らの「思考」の自由な流れを知覚する受動的状態を維持しつつ、文言として知覚した「思考」を正確に紙の上に転写するという意識的行為に従事することになる。しかし、実際には転写の際に、筆記者の批評的意識が多少なりとも文章に混ざってしまうのではないか。その場合、筆記行為は厳密には「自動」的とは言えず、また転写する内容にも、求める純粋な「思考」以外の夾雑物が含まれてしまうのではないか。こうした危惧の萌芽が既に『宣言』に見られる。

最初の文句を書きとめたという事実がごくわずかでも知覚をひきこむことを認めるなら、あとからやってくる文句はおそらく、私たちの意識的活動とそれ以外の活動との性質を同時におびることになる(15)〔……〕。

自動記述がはらむ構造的矛盾に関して、ブルトンは『宣言』の時点では自覚しつつも「それはあなたにとってほとんど問題にならないはずのこと(16)」と述べるにとどめていた。しかし、自動記述の「不運の連続の歴史」を公言する「オートマティックなメッセージ」の前年に執筆した「A・ロラン・ド・ルネヴィルへの手紙」(一九三二)では、ブルトンはこの構造的矛盾の引き起こす結果に「摩擦」という語を与え、以下のような考察をしている。

まず第一にわれわれは、シュルレアリスムのどんなに些細なテクストをも言葉のオートマティスムの完璧な見本として示していると主張したことはけっしてなかったのです。「統御されざる」最良のテクストの中でさえも、このことは明言しておかねばならないが、ある種の摩擦が認められます（いずれ発見しなければならない方法によってその摩擦をすっかり避けることにわたしは絶望してしまってはいないけれども）。そうはいっても、最小限の統御は、一般的には詩における語の配列という意味あいでは存続している。(17)

「言葉のオートマティスム」、すなわち自動記述の実践には、避けがたくこの「摩擦」が生じることを一九三二年の段階でブルトンは認めているのである。また、一五年後の一九四七年、五月三一日付『コンバ』紙に発表されたインタビューにおいても、ブルトンは「その摩擦をすっかり避ける」方法を将来発見する希望を語ることで、間接的にこの「摩擦」が変わらず存続していることを認めている。

それどころか、オートマティスムは、自らの否定へと通じる道である自己洞察を、より持続的に免れさせる（機械的な）方法が発見された暁には、格段の影響力をもつ飛躍が約束されていると私は考えているのです。(18)

五〇年代に入ると、ブルトンは、自動記述の変わらぬ重要性は強調しつつも、その実践がシュルレアリスム運動開始当初に固有の現象であったと説明するようになる。一九五三年にとあるラジオ番組のために執筆され、後に他の三人の作品と共に『四葉の赤クローバー』（一九五四）という書物に収録される「応接間のひばり」という作品の中でも、自動記述は過去のものとして描かれている。この作品にはブルトンの他に、彼の中の詩的夢想を擬人化したティタニア、そして日常生活の雑務に従事する散文的・実務的思考を擬人化したガロが登場する。ガロはティタニアを常に監視しているが、明け方、ガロが目を覚ます前にティタニアはブルトンの前に姿を現す。ブルトンが彼女に好きなことを話すようながすと、彼女は次のように語りだす。

ティタニア「あたしたちが心ゆくまで一緒にいられたあの時間は、どこに行ったのかしら。あの時間を、あなたはなんて呼んでたっけ。自動記述だったわね。でも、あたしはもう全てあなたに喋ったわよ。自分の回りを見つめるだけで充分じゃないの。これらはみんな、毎日の生活で強張ってしまっているだけで、魔法の杖を一振りすればいいってこと、よく御存じでしょ[19]……」。

ティタニアの口ぶりから、この作品においても自動記述がやはり過去に属するものとして提示されていることが分かる。そして、注目すべきは、これまでは解消すべき「摩擦」の根本的要因として捉えられていた自動記述における「能動的＝受動的」状況が、ティタニアの台詞の中では肯定的に捉えられているのである（「あたしたちが心ゆくまで一緒にいられたあの時間」）。自動記述が過去に属し、「摩擦」が完全に解消されるような事態がこれまでに起こらなかった以上、「摩擦」の原因である意識的活動と詩的夢想の混合状態は、自動記述の実践において過渡的なものではなくむしろ本質的な現象と捉えるべきである、とブルトンは考えるようになったのではないだろうか。『シュルレアリスム宣言集』（一九五五）に収録された「吃水部におけるシュルレアリスム」でも、彼はシュルレアリスムにおける自動記述の実践を過去の歴史に属するものと明言している。

シュルレアリスムにとって肝心なことは、言語の「第一物質」（錬金術的意味における）を見出したと確信することだった。そこから出発して、何処でそれが手に入るか分かった以上、飽きがくるまでそれを再生産することに興味がなかったことはいうまでもない。われわれのあいだで自動記述の実践があんなにも早く打ち棄てられたことを意外に思う人たちのためにこのことを言っておこう[20]。

このように、一九六〇年の日付を持つ「序文」執筆に至るまでに、ブルトンの中では自動記述の実践は完全に歴史の中で相対化されていた。そして、自動記述を実践する上で、意識的活動と詩的夢想（『宣言』にならってそれを「思考」と呼んでも良い）との相互干渉が不可避的に生じると言う経験則が、「序文」冒頭の自動記述に対する二重の留保に反映されているのだと考えられる。自動記述は完全に「自動（オートマティック）」的な記述法であったことはないし、純粋なる「思考」の働きのみを転写するものでもない、つまり、自動記述には常に意識的活動の夾雑物が紛れ込むのである。自動記述のこの本質的特性は、覚醒時において自動記述がさらされているとブルトンの言う「偶発的危険」とは区別して考えるべきだろう。シュルレアリストたちの間で自動記述が実践された際に、その出来栄えを競い合う心理的傾向が生まれたことを、ブルトンは繰り返し批判している。例えば、「吃水部におけるシュルレアリスム」は次のように始まる。

シュルレアリスムが、組織化された運動としての範囲では、言語を対象とする大規模な活動から生まれたことは今日では周知の事実である。この点にかんしては、それがまず最初に提唱した言語あるいは図形のオートマティスムの作品が、その作者の精神のなかでは美学的基準にまったく依存していなかったことを繰り返し注意しておくことが必要であろう。彼らのなかの何人かの虚栄心がそうした基準の入り込む余地を与えた瞬間から――それにはたいして暇どらなかった――、その活動はゆがめられ、あげくの果て、それを可能にした「恩寵状態」は失われた。[21]

ブルトンは、運動誕生の当初に「美学的基準にまったく依存していなかった」オートマティスム作品が存在したと言っているが、「A・ロラン・ド・ルネヴィルへの手紙」での発言の内容を思い返せば、そうした作品もやはり理性の統御から完全に自由だったわけではないはずである。ブルトンの指摘する自動記述の「偶発的危険」とは、もともと夾雑物としてその実践に混じっていた意識的活動の領域が、記述者によっては「虚栄心」のせいで肥大化し、結果的に自動記述が「美学的基準」に従属させられる事態を暗示しているのである。しかし、「序文」冒頭が自動記述の本質的な問題点として強調しているのは、やはり「能動的＝受動的」であるというその構造的矛盾である。続く文章では自動記述と覚醒時フレーズとの比較が行われるが、この強調の結果、両者の違いはより鮮明になる。この視点から「序文」の続きを読んでみよう。

> したがって、睡眠から取り出され、過ちようもなく記憶されたこれらの文章あるいは文章の断片、独語あるいは対話の切れっぱしは、私にとってつねに非常に大きい価値を持つものであった――過ちようもなく記憶されたと言ったが、それほどにそれらのことばのはっきりした発音と抑揚は目覚めたばかりのときにはっきりしているのだ――いや目覚めそのものがそれらのことばによってもたらされるように思える、というのはそれらはたったいま言われたばかりであるかのようだからだ。(22)

一言で言えば、ブルトンが目覚め際に聞く〈声〉は、覚醒時の意識的活動の影響を免れている、とこの文章は言っているのである。〈声〉は「睡眠」から取り出され、かつその〈声〉が「目覚め」をもたらす。これを時系列上で整理すると、まず睡眠があり、その睡眠を破るかのように〈声〉が知覚され、それをきっかけに目覚めが訪れるのである。しかし、『宣言』や「オートマティックなメッセージ」の時点では、ブルトンが〈声〉を聞き取るのは寝入りばなだった。

> すなわちある晩のこと、眠りにつくまえに、私は、一語としておきかえることができないほどはっきりと発音され、しかしなおあらゆる音声から切りはなされた、ひとつのかなり奇妙な文句を感じとったのである。(23)（『宣言』）

一九三三年九月二七日、またしても私のなかの意識的なものがなにひとつそれを促しはしないのに、普段より早い目に、夜中の一時ごろ眠ろうと努めていたとき、独白のようなかたちで発せられた〔……〕例の一連の言葉のひとつを、私は録音した。[24]（「オートマティックなメッセージ」）

〈声〉を聞くのが寝入りばなである場合と起き抜けである場合では、どのような違いが生じるのだろうか。『宣言』や「オートマティックなメッセージ」の場合では、覚醒時の意識が次第に薄れつつもまだ完全なる睡眠状態に陥る前に〈声〉の聞き取りが行われる。完全に眠りに落ちていないということは、覚醒時の意識の断片が残っているということなので、到来するフレーズは多少なりとも覚醒時の意識の監視下にあることになる。一方、「序文」の場合、主体の覚醒時の意識は一度完全に眠り込む。そして、〈声〉の到来の後に初めて主体の意識が目覚めるので、〈声〉が語るフレーズの形成に覚醒時の意識が介入する余地は（少なくとも理論上は）ない。また、〈声〉の到来が目覚めの直前に設定し直されているので、聞き取りの瞬間と目覚めの瞬間とが言わば隣接し、〈声〉の聞き間違いや聞き逃し、あるいは記憶違いなどの生じる可能性が大幅に排除される。換言すれば、自動記述で理想としていた、〈声〉の完全なる自動的転写を可能にする条件がそろうのである。以上のことから、以前は眠りへの階段を下りる途中に聞こえるものとされていた覚醒時フレーズが、「序文」では対照的に、眠りから覚めつつある意識が捉えた、消え去る直前の眠りの思考の名残り、言ってみれば、純度の高い夢の尻尾として提示されていることが分かる。したがって、自動記述に対する二重の留保を示した直前の文章は、覚醒時フレーズの純粋性を強調するための布石として理解できるだろう。こうして聞き取られた覚醒時フレーズを、続く文章で、ブルトンは「貴石類」に例えている。

それらのことばがどれほど謎めいていようとも、そうできるときにはいつも私はそれらを貴石類でも扱うように細心の注意を払って収集した。[25]

引用内の「貴石類 pierres précieuses」という用語は、直訳すれば「貴重な石類」であり、フランスでは一般的にダイアモンド、エメラルド、サファイア、ルビーの四種を指す。興味深いことに、「オートマティックなメッセージ」には、自動記述で得られる文章が、「エメラルド」の比喩を用いて語られている箇所がある。文章の校正や技巧的ブラッシュアップを放棄し、筆の先から生まれる文章をそのまま紙の上に書き連ねる行為を、ブルトンは浜辺に様々な漂流物が打ち上げられる情景に例える。

誤りを直すこと、自分の誤りを直すこと、磨きをかけること、やり直すこと、小言を見つけ出すこと、砂浜のところどころに一握りの泡立つ海草とエメラルドを打ち上げたいというただそれだけの誘惑にかられて主観の宝庫から無分別にくみ取ってはならないこと、そうした命令にわれわれは〔……〕数世紀このかた服従を強いられてきた。(26)

「泡立つ海草」は浜辺によく見られるが、「エメラルド」は通常鉱床より採掘されるものであり、浜辺に打ち上げられることはない。「一握りの泡立つ海草とエメラルド」が砂浜に打ち上げられるという一節は、出現するのが月並みな文章であろうと意想外な輝くイメージであろうと無関心を保ち、推敲せずにそのまま紙に残すという、自動記述の原則を思わせる。エメラルドに限らず、ブルトンの鉱物に対する愛着は深く、例えば、『狂気の愛』(一九五七)においては、自分の人生や自分の書く文章が「岩塩」(フランス語では〈塩の宝石 sel gemme〉と表現される)となることを夢想し、水晶の「硬さ、厳密さ、規則性、外部と内部の表面の輝き」(27)を芸術作品や人生のありかたのモデルとしている。そして、「序文」執筆時には、主に瑪瑙がブルトンの心を捉えていたと思われる。一九四四年の時点で、ブルトンはカナダのガスペジーの海岸での天然の瑪瑙拾いの体験に心を奪われており、その経験は『秘法一七』(一九四五・四七)の中でも、作品執筆の原動力のひとつとして重要な役割を果たしている。注目すべきは、同年に書かれたマッタ(一九一一―二〇〇二)に関するエッセーで、ブルトンがその経験を自動記述の試みと同質のものとして扱っていることである。

ここガスペジーのペルセ浜辺では、朝から晩まで、あらゆる年齢、さまざまな階層の人々が、海の運んできた瑪瑙の原石を探している。たいていはあまり見ばえのしない小石なのだが、束の間にもせよほの見えるある特別な角度の光芒のなかで、みごとに面目を一新する。〔……〕熟慮のすえに「構築された」作品のいやます単調さに対して、シュルレアリスムが最初におこなった行為は、これら瑪瑙とそっくりなイメージや言語構造をつきつけることだった。どんなに辛抱づよく、だがどんなに辛抱しきれぬ思いで、私たち自身もまた、そんな瑪瑙たちを探しもとめていたことだろう。(28)

回顧的に述べられている、「これら瑪瑙とそっくりなイメージや言語構造をつきつける」というシュルレアリスムの当初の活動は、約一〇年後に「吃水部におけるシュルレアリスム」の冒頭で「言語あるいは図形のオートマティスムの作品」と呼ばれることになるものの制作に他ならない。『宣言』の表現を借りれば「美学上ないし道徳上のどんな気づかいからもはなれた」自由な形成過程を経て誕生した造形・言語作品を、シュルレアリスムは当初から求めていた。作者の入念な計算のもとに「構築された」作品とは対照をなすそうした作品が「瑪瑙」に似ているとブルトンは言っているのであり、言わば「瑪瑙」はオートマティスムの理想モデルとして扱われているのである。

ブルトンは、一九五〇年にカオール地方ロット県にあるサン＝シール・ラポピーという中世から続く村に強く惹かれ、同年秋にその地に一軒の別荘を購入する。翌年の夏から友人たちの手を借りてその別荘の修繕・改装を開始し、毎年そこでバカンスを過ごすようになる。やがて彼は、村の近くを流れるロット河で瑪瑙の原石が採取できることを知り、ここでも瑪瑙拾いに熱中する。一九五七年に雑誌『シュルレアリスム・メーム』第三号に発表された「石の言語」では、ガスペジーでの体験がロット河での体験に接続されている。

ガスペジーの海は、あらゆる色の帯をまとい、無数の小さなランプのように遠くから光を発する透明な石を岸に打ちあげては、しばしば拾い集めることもできないほど早く、ふたたびそれらを運び去ってしまうのであった。また昨年のことだが、細かい雨のなかを、ロット河沿いのまだ探索したことのなかった石床に近づいてみると、この地方にしては思いがけず美しいいくつもの瑪瑙が私たちの「眼に襲いかかり」、その唐突さゆえに私は、一歩進むごとに必ずもっと美しい瑪瑙に出遭えるのだと納得してついに一分以上ものあいだ、地上の楽園の土を踏んでいるという完璧な幻想に浸りつづけたのだった。(29)

夏のバカンスごとのロット河での瑪瑙拾いはその後も続けられ、例えば「序文」執筆の前年にあたる一九五九年八月にトワイヤン(一九〇二—八〇)とロベール・ベナユーン(一九二六—九六)がブルトンの別荘に滞在した際には、瑪瑙採集が特に活発に行われたようである。ブルトンがサン=シール・ラポピーから娘オーブ(一九三五—)に宛てた手紙(八月二三日付)では、結果いかんにかかわらず、瑪瑙を探すという探索行為自体が魅力的であること、そしてそれでもひとつ拾い物があったということが述べられている。

トワイヤンとベナユーンはここで二週間過ごして、一昨日出発しました。彼らと一緒にいると、瑪瑙熱がこれまで体験したことのなかったレベルにまで達しました。いつだってそれは、それに熱中するものにとってはひどく謎めいた神秘的探索の遂行であって、その探索は得られる成果とはほとんど無関係なのです。もっとも、たまにある非常に稀な機会を除いて、ですが。そんなわけで私は、それまでに見たことのなかったような、とても美しい、とても澄んだ薔薇色の石をひとつ見つけました。そしてその中にはまるで刻印されたように花が一輪あるのです。(30)

以上のことから、「序文」執筆当時にブルトンが採集することに熱中していたのは間違いなく瑪瑙である。「貴石類」という用語に一般的には瑪瑙は含まれないが、少なくとも「序文」においては、ブルトンは瑪瑙を念頭に置いてこの表現を用いていると考えられる。つまり彼は、覚醒時フレーズを書きとめる行為を、瑪瑙拾いと同質のものとして捉えていたのである。この観点から、先ほど引用した「石の言語」の続きを読むと、ブルトンは非常に興味深い表現を用いている。鉱物の外見上の特性（形状、光沢、模様など）を見つめることで、そこに図像や物語を読み込むことをブルトンは「幻視鉱石学」と呼び、その解釈行為は「麻薬のように」精神に働きかけると言う。

疑いもなく、「幻視鉱石学」を養っている輝きと記号の執拗な追求は、麻薬のように精神に働きかける（agisse sur l'esprit à la manière d'un stupéfiant）[31]。

実はこれとほぼ全く同じ表現が『宣言』で用いられているのである。

シュルレアリスムは、それに没頭しているひとびとに対して、好きなときにそれを放棄することをゆるさない。どう考えても、それは麻薬のように精神にはたらきかける（agit sur l'esprit à la manière des stupéfiants）ものにちがいない[32]。

フランス語で「麻薬」にあたる単語が単数形か複数形かの違いはあるが、表現の特殊性から言っても、両者の類似は偶然とは考えにくく、ブルトンが「石の言語」を執筆する際に『宣言』の一節を参照したと考える方が自然である。「シュルレアリスム」という語が『宣言』執筆当時は〈自動記述の実践〉とほぼ同じ意味で用いられていたことに留意すれば、以下のように考えることが可能だろう。自動記述で書かれた文章も、瑪瑙をはじめとする鉱石の外見的特徴も、解読すべき未知の記号であるという点は共通しており、それらの解釈は共に「麻薬のように精神にはたらきかける」のである。その意味で、自動記述で得られた文章を読むことは、鉱石がその外見を通して語りかける「石の言語」を解読する「幻視鉱石学」と等価の行為であると言える。しかし、実際には自動記述には「摩擦」を生じさせる夾雑物が常に混じってしまうとブルトンは考えていた。一方、彼にとって瑪瑙はオートマティスムの理想モデルを示すものであった。「序文」で覚醒時フレーズの収集が瑪瑙拾いに重ね合わされているということは、覚醒時フレーズが彼にとって瑪瑙であるということ、つまり、自動記述とは異なり、その生成過程に夾雑物が介入しないと言う意味で純粋な記号の結晶であるということを示しているのである。念のため確認しておくと、ブルトンは自動記述で得られる文章の内容と覚醒時フレーズのそれとを比較して、後者に軍配を上げているわけではない。覚醒時フレーズが「どれほど謎めいていようとも」、つまり、文章として難解で、たとえ詩的イメージに結び付かなくても、ブルトンは一向に構わないのである。自動記述の聞き取りが「能動的=受動的」であり、覚醒時フレーズは完全なる「受動的」状態で知覚される。そこにこそ「序文」執筆時のブルトンにとっての覚醒時フレーズの価値があるのである。

それでは、そうして集めた覚醒時フレーズを、ブルトンはどのように扱うのか。「序文」の続きには、その使用法が紹介されている。一言で言えば、彼はそれを、覚醒時の意識のもとで書かれた文章に接触させるのである。

それらを文章の出だしにすっかり生のままではめこんだ時期もあった(「オートマティックなメッセージ」そのほか)。私はこうすることによって、それらのことばに続くものが、たとえすっかり別の音域のものであろうとも、最後にはそれらのことばに隣接し、それらの極めて高度な感情的昂揚の性格を帯びるに至るという結果となるという条件で、それらのことばに「つなぎ合わせをする」ことを自分に課したのであった。それらの中でもとくに美しい格言の様相を呈する「夢の砂のなかには風をすくうシャベルがひとつつねにあるだろう」という文句を、私は一九四三年に、私がいまおそらくもっとも愛着をもつ長篇詩「三部会」の横糸とした。

この文章でも覚醒時フレーズはやはり石として扱われており、ブルトンはそれを無加工の原石のまま文章の冒頭に「はめこんだ」と言っている。鈴木雅雄氏が端的に整理しているように、ブルトンは覚醒時フレーズが訪れた際に、そのフレーズを対象とする特殊な「解釈」を行うか、あるいはそのフレーズを軸として詩あるいは詩的テクストを組み立てる。[33] 理論的な文章を意識的に操作する前者の例はもちろんのこと、詩的文章への適用である後者の例であっても、両者ともに、覚醒時フレーズを、目覚めた状態での活動――引用文で「すっかり別の音域のもの」と呼ばれているもの――と接触させる試みと捉えることができるだろう。そうすることで、あたかも磁石に長時間接触していた鉄自体が最終的に磁力を帯びるように、覚醒時フレーズに特有の「高度な感情的昂揚」が論証的文章、あるいは詩的文章に伝染する、とブルトンは考えているのである。例えば一九三四年一一月二八日の朝、ブルトンは「束、白い薔薇」という詩句を前夜に見た夢から持ち帰り、その詩句についての考察を行うが、その際に以下のように言っている。

今朝の私を魅了しているのは、なにか私の忘れている長い詩のなかからユゴーが巧みに引用してみせたこの詩句によってよびおこされる悦びの感覚を、ずっと無傷のまま保とうとする試みである。[34]

「束、白い薔薇（Botte rose blanche）」という語の配列はフランス語としては全く意味が不明瞭であるが、ブルトンはその詩句から「悦びの感覚」を覚えたと言い、その詩句について論証的な文章を書くことでその「悦びの感覚」が文章全体に保存されると考えていることが分かる。また、長編詩「三部会」では、ブルトンは覚醒時フレーズを六つに分割し、文字の大きさを拡大した上で作品内に散在させているが、文章を分割し書体を変えてページ上に配置するというこの作業自体が既に意識的操作である。[35] その一方で、一語ないし三語からなるそれぞれの断片は詩的連想の出発点の役割を果たしており、あたかも種類の異なる種子がそれぞれ異なった発芽を見せるように、後続の詩句の展開はそれら断片によって固有の方向性を与えられている。この例でも、ブルトンは覚醒時フレーズのある種の特性を、その断片を作品内に散在させることによって、長編詩全体に浸透させようとしていると言えるだろう。

「序文」の最後の一文でも、やはり覚醒時フレーズは石として描かれている。ただし、今回登場する石は「貴石類」ではなく「試金石」である。

たとえ「闇の口」が、ユゴーに対してと同じ気前の良さをもって私に話しかけてはくれず――それにははるかに及ばなかった――脈絡のないおしゃべりで満足していたとしても、大切なことは、私にとって試金石であり続けるいくつかのことばを「闇の口」が時として私に吹き込もうと望んだということであり、私は確信しているのだが、それらのことばは私ひとりだけに向けて発せられていた（それほどまでに私は自分自身の声を認めるのだ、すっかり澄み切っていながら、しかし呪文の力をもつまでに至っているそれらのことばに）し、字義通りに解釈しようという気持ちをどれほどくじくものであっても、感情的次元では、それらのことばは私に規範となるA音を鳴らすのにうってつけなのだった。[36]

ヴィクトル・ユゴー（一八〇二―八五）の『静観詩集』（一八五六）には長編詩「闇の口の語るもの」が収録されており、ブルトンはこの詩のタイトルにちなんで「闇の口」という表現を用いている。彼は「霊媒の登場」（一九二二）の時点で既に「闇の口」から落ちてくるいくつかの言葉を厳密には意味を見通さぬままに拾い集めた[37]ことにユゴーの魅力があるとほのめかしている。しかし、ユゴーが晩年に交霊術に強い関心を示していたこととは対照的に、ブルトンは死後の世界の存在を一貫して認めていない。「闇の口」の語る〈声〉が「私自身の声」であることをブルトンが「序文」で強調しているのは、それが死者の霊との交信ではないと念を押すためでもあるだろう。また、ユゴーの「闇の口」は完成された長編詩を語っているのに対して、ブルトンが聞いたと報告する覚醒時フレーズはいずれも短く断片的であり、その内容も不明確である（「脈絡のないおしゃべり」）、という相違点も「序文」では指摘されている。特に、覚醒時フレーズの内容の難解さは繰り返し強調されており、例えば「呪文の力をもつ」という表現からも、ブルトンが〈声〉をその意味ではなく、一定の効果をもたらす音の連続として捉えていることが分かる。その効果こそが、感情面でブルトンに「規範となるA音を鳴らす」ことである。夢の中から持ち帰った「束、白い薔薇」という謎めいたことばがブルトンに「悦びの感覚」をもたらしたように、覚醒時フレーズはブルトンにとって「高度な感情的昂揚」を生み出す呪文なのである。また、その〈声〉が「すっかり澄み切って」いるというのは、既に述べた通り、本質的に「摩擦」を含んでしまう自動記述とは対照的に、睡眠から目覚める際に聞き取られる覚醒時フレーズはその生成過程に夾雑物が混ざらないことを示唆していると考えられる。自動記述では筆記者が自分の意志で「能動的＝受動的」な聞き取りを行うが、覚醒時フレーズは「闇の口」が「吹き込もうと望んだ」場合にのみ「内的な耳」に届くのである。

ブルトンは、そうして採集したフレーズを、今度は「試金石」に例えている。試金石とは、金や銀などの貴金属の純度や含有量を調べるために用いる石板のことであり、比喩的にはある対象の真価を見定める試験となるもののことを指す。検査を行う場合は、対象となる金属を試金石のざらざらした表面にごく少量こすりつけ、そこに残った条痕に各種の薬品をたらして、その化学反応から金属の品位を判断するのである。「序文」では、「試金石」ということばはその本義と比喩の両方の意味を踏まえて用いられているように思われる。まず、検査する金属を試金石にこすりつけるように、ブルトンは目覚めた状態で書いた文章を覚醒時フレーズに接触させる。二種類の文章を並置することで、覚醒時に書いた文章の詩的純度を計測するという側面も確かにあっただろうが、既に検討した通り、この接触はなによりも覚醒時フレーズの「高度な感情的昂揚」を後続の文章にも帯びさせるために行われた。その一方で、「序文」の結語にもある通り、覚醒時フレーズはブルトンにとって行動の規範とするべき「A音」であり、文章を書く際に参照すべき基準であった。覚醒時フレーズがブルトンにとって貴重なのは、それが「美学上ないし道徳上のどんな気づかいからもはなれた」形成過程を経て生まれたものだからであり、換言すれば、外部とは隔絶したブルトンの内部で自然発生的に結晶化した記号だからである。それは瑪瑙が気の遠くなる時間をかけて自らの内部に固有の縞模様を自然形成するのに似ている。『狂気の愛』でブルトンは、シュルレアリスムが理想とする「美」を以下のように形容する。

痙攣的な美は、エロティックでありながら覆われており、爆発的－固定的であり、魔術的－状況的であるだろう。さもなくばそれは存在しないだろう。(38)

瑪瑙がガスペジーやロット河の地で、その地でしかできない成長を続けたように、ブルトンが起き抜けに聞く〈声〉も彼の内部で「魔術的 - 状況的」に生成した「貴石類」のひとつなのである。

4 『A音』序文と『シュルレアリスム宣言』

本研究では、『A音』の序文を精読し晩年のブルトンと〈声〉との関係を明らかにしてきた。自動記述は〈声〉の到来の再現を目指して実践されたが、目指すこと自体が既に能動的な行為であるため、書かれた文章には意識的活動の残滓が避けがたく混入してしまう。そこで、筆記行為から意識的活動を完全に取り除くのではなく、到来した〈声〉の特性を自分の書く文章に上書きして反映させようという発想の転換のもとで、「すっかり別の音域」同士からなる混成テクストをブルトンは作成した。ブルトンの聞く〈声〉は現実世界のあらゆる制度的規則から自由な存在であり、その特性が後続の文章にも伝達されることをブルトンは期待したのだった。

ここでひとつの仮説が生まれる。『宣言』が自動記述を称揚していたように、「序文」はこの〈声〉と文章の混成テクストを新たなエクリチュールとして提案しているのではないだろうか。端的に言えば、「序文」はもうひとつの『宣言』なのではないだろうか。『磁場』の出版から四〇年を経て様々な試行錯誤を経験したブルトンが、今の自分が『宣言』を書くならどうなるかを試してみたのが、『A音』という作品だと思われるのである。実際『A音』には、『宣言』を意識して書かれたと思われる特徴が複数ある。「序文」冒頭で『宣言』における「シュルレアリスム」の定義を正確に参照していることは既に述べた。また、作品全体に目を向けると、両者ともに特殊な序文とそれに続く作品集という構成になっている。すなわち、『A音』は「序文」と四つの覚醒時フレーズからなり、その一方で『宣言』も元来は、自動記述で書かれたコント集『溶ける魚』の序文として書かれたものであった[39]。そして、両者とも後半の作品集に比して序文が長く、また必ずしも通常の意味での序文にはなっていない。齊藤哲也氏は次のように言っている。

『シュルレアリスム宣言』は、「作品」でも「序文」でもなく、作品がどんな人間によって書かれたかを、（作品としてではなく）作品の外で語りつづける「打ちあけ話」なのだ[40]〔……〕。

『A音』の「序文」でもまた、作品として収録された覚醒時フレーズの来歴や内容は一切触れられず、ブルトンの〈声〉に対する反応の方針転換が語られているだけだった。さらに、ジョルジュ・セバッグが指摘するように、『宣言』でブルトンが紹介する最初の覚醒時フレーズと『A音』内で最後の例として提示されるそれとは、見方によっては非常に似通っている。『宣言』での「窓でふたつに切られた男がいる」というフレーズは、窓ガラスによって胴体中央を筒切りにされた男のイメージを喚起するとブルトンは言う。[41] そしてセバッグは、『A音』の「金の白い野牛として生きるなら、金の白い野牛の切断を行うなかれ」というフレーズは、文章の真ん中に鏡が置かれたような対称性を示しており、言わばフレーズ自体が、『宣言』の「男」の胴体同様、中央で窓によって「切断」されていると説明するのである。[42]

ブルトンは「序文」において、自動記述とは異なる、もうひとつの〈声〉とのつきあいかたを示した。それは、任意の覚醒時フレーズを出発点として、そのフレーズに寄り添って書く、というものだった。一方、この観点から『A音』を確認すると、収録されている覚醒時フレーズには、どれも後続する文章がなく、ブルトンはそれらをただ並べているだけのように見える。しかし、この〈ただ並べる〉という行為が、きれいな石を見つけた子供がそれを周囲の人間に見せて回るような、無条件の悦びに満ちた行為であることに、まず気付くべきだろう。そして、石を見せられた側が思い思いにその模様を鑑賞するように、読者はその覚醒時フレーズ＝瑪瑙について自由に語り――セバッグのように分析の対象とするもよし、詩的文章の起点とするもよし――その悦びを共有するよう、ブルトンに誘われているのである。

注

（1）André Breton, « Le Message automatique », *Point du jour*, *Œuvres complètes*, t. II, Gallimard, « Pléiade », 1992, p. 375. 以下本稿では邦訳のあるものはその該当箇所も示すが、訳文は適宜変更を加える。アンドレ・ブルトン「自動記述的託宣」生田耕作訳、『黎明』（『アンドレ・ブルトン集成』第六巻）人文書院、一九七四年、三二八頁。

（2）André Breton, *Manifeste du surréalisme*, *Œuvres complètes*, t. I, Gallimard, « Pléiade », 1988, p. 324-325（アンドレ・ブルトン『シュルレアリスム宣言・溶ける魚』巖谷國士訳、岩波文庫、一九九二年、三七―三八頁）. 強調引用者。

（3）*Ibid.*, p. 326（同書、四〇頁）.

（4）André Breton, « Le Message automatique », *op. cit.*, p. 380（「自動記述的託宣」前掲書、三三三頁）.

（5）André Breton, « Crise de l'objet », *Le Surréalisme et la Peinture*, *Œuvres complètes*, t. IV, Gallimard, « Pléiade », 2008, p. 682（アンドレ・ブルトン「オブジェの危機」巖谷國士訳、『シュルレアリスムと絵画』人文書院、一九九七年、三〇九頁）.

（6）André Breton, *L'Amour fou*, *Œuvres complètes*, t. II, *op. cit.*, p. 701（アンドレ・ブルトン『狂気の愛』海老坂武訳、光文社古典新訳文庫、二〇〇八年、七一頁）.

（7）André Breton, *Le La*, *Œuvres complètes*, t. IV, *op. cit.*, p. 343-344（アンドレ・ブルトン『A音』〔『アンドレ・ブルトン集成』第四巻〕大槻鉄男訳、人文書院、一九七〇年、三〇七―三一〇頁）.

（8）Marie-Claire Dumas, « Le chant de l'image » in *L'Herne*, *André Breton*, dir. Michel Murat, « Cahier de l'Herne », n° 72, 1998, p. 229-243.

（9）André Breton, *L'Amour fou*, *op. cit.*, p. 753（『狂気の愛』前掲書、一七九頁）. 強調引用者。

（10）Marie-Claire Dumas, *op. cit.*, p. 231.

（11）*Ibid.*, p. 231-232.

（12）*Ibid.*, p. 235.

（13）André Breton, *Le La*, *op. cit.*, p. 341（『A音』前掲書、三〇五頁）.

（14）André Breton, *Manifeste du surréalisme*, *op. cit.*, p. 328（『シュルレアリスム宣言・溶ける魚』前掲書、四六頁）.

（15）*Ibid.*, p. 332（同書、五四頁）.

（16）*Ibid.*（同）

（17）André Breton, « Lettre à A. Rolland de Renéville », *Point du jour*, *op. cit.*, p. 327（アンドレ・ブルトン「A・ロラン・ド・ルネヴィルへの手紙」田村俶訳、『黎明』前掲書、二八一―二八二頁）.

（18）André Breton, « Interview de Dominique Arban », *Entretiens 1913-1952*, *Œuvres complètes*, t. III, Gallimard, « Pléiade », 1999, p. 601（アンドレ・ブルトン「ドミニック・アルバンによるインタビュー」『ブルトン、シュルレアリスムを語る』稲田三吉・佐山一訳、思潮社、一九九四年、二八六頁）.

（19）André Breton, « Alouette du parloir », *Œuvres complètes*, t. IV, *op. cit.*, p. 9（アンドレ・ブルトン「応接間のひばり」青木真紀子訳、『ユリイカ』一九九一年一二月号、一八八頁）.

（20）André Breton, « Du surréalisme en ses œuvres vives », *Œuvres complètes*, t. IV, *op. cit.*, p. 20-21（アンドレ・ブルトン「吃水部におけるシュルレアリスム」『シュルレアリスム宣言集』〔『アンドレ・ブルトン集成』第五巻〕生田耕作訳、人文書院、一九七〇年、一四三頁）.

（21）*Ibid.*, p. 19（同書、一四一頁）.

（22）André Breton, *Le La*, *op. cit.*, p. 341（『A音』前掲書、三〇五頁）.

（23）André Breton, *Manifeste du surréalisme*, *op. cit.*, p. 324（『シュルレアリスム宣言・溶ける魚』前掲書、三七―三八頁）.

（24）André Breton, « Le Message automatique », *op. cit.*, p. 375（「自動記述的託宣」前掲書、三二八頁）.

（25）André Breton, *Le La*, *op. cit.*, p. 341（『A音』前掲書、三〇五頁）.

（26）André Breton, « Le Message automatique », *op. cit.*, p. 376（「自動記述的託宣」前掲書、三二九頁）.

（27）André Breton, *L'Amour fou*, *op. cit.*, p. 681（『狂気の愛』前掲書、二四頁）.

（28）André Breton, « Matta : La perle est gâtée à mes yeux... », *Le Surréalisme et la Peinture*, *Œuvres complètes*, t. IV, *op. cit.*, p. 571-572（アンドレ・ブルトン「マッタ――真珠は私の見るところ、そこなわれて……」巖谷國士訳、『シュルレアリスムと絵画』前掲書、二二四頁）.

（29）André Breton, « Langue des pierres », *Perspective cavalière*, *Œuvres complètes*, t. IV, *op. cit.*, p. 961（アンドレ・ブルトン「石

の言語」巖谷國士訳、『美術手帖』一九七一年一二月増刊〔第三三六号〕、六五頁）。

（30）André Breton, *Lettres à Aube*, Gallimard, 2009, p. 123.

（31）André Breton, « Langue des pierres », *op. cit.*, p. 961（「石の言語」前掲書、六五頁）。

（32）André Breton, *Manifeste du surréalisme*, *op. cit.*, p. 337（『シュルレアリスム宣言・溶ける魚』前掲書、六四頁）。

（33）鈴木雅雄『シュルレアリスム、あるいは痙攣する複数性』平凡社、二〇〇七年、三一三頁。

（34）André Breton, « Victor Brauner : Botte rose blanche », *Le Surréalisme et la Peinture*, *op. cit.*, p. 493（アンドレ・ブルトン「ヴィクトル・ブローネル――束、白い薔薇」巖谷國士訳、『シュルレアリスムと絵画』前掲書、一四九頁）。

（35）この意識的操作の射程に関しては拙論を参照。前之園望 « Tisser le poème – *Les États généraux* d'André Breton »『フランス語フランス文学研究』第八七号、日本フランス語フランス文学会、二〇〇五年、六四―七八頁。

（36）André Breton, *Le La*, *op. cit.*, p. 341-342（『A音』前掲書、三〇五―三〇六頁）。

（37）André Breton, « Entrée des médiums », *Les Pas perdus*, *Œuvres complètes*, t. I, *op. cit.*, p. 275（アンドレ・ブルトン「霊媒の登場」巖谷國士訳、『失われた足跡』〔『アンドレ・ブルトン集成』第六巻〕人文書院、一九七四年、一三二頁）。

（38）André Breton, *L'Amour fou*, *op. cit.*, p. 687（『狂気の愛』前掲書、三二頁）。

（39）「そして、私自身にきいてみたまえ、この序文の、くねくねと蛇行する、頭がへんになりそうな文章を書いてこざるをえなかった本人に」（André Breton, *Manifeste du surréalisme*, *op. cit.*, p. 331〔『シュルレアリスム宣言・溶ける魚』前掲書、五二頁〕）。

（40）齊藤哲也『零度のシュルレアリスム』水声社、二〇一一年、五九頁。

（41）André Breton, *Manifeste du surréalisme*, *op. cit.*, p. 325（『シュルレアリスム宣言・溶ける魚』前掲書、三八頁）。

（42）Georges Sebbag, « 57 Une série d'hommes coupés en deux », *L'imprononçable jour de ma naissance 17ndré 13reton*, Jean-Michel Place, 1988, sans pagination.

歌声と回想
――ルソー、シャトーブリアン、ネルヴァル

野崎歓

1　抒情的主体と散文

「声」が聞こえてくるということく当たり前の事柄が、文学テクストの成立や構造とどう関わっているのか。改めて、そうした根本的な問題に照明を当ててみたいと願うとき、一九世紀ロマン派の文学を研究している人間からすると、その点をめぐって近年はとりわけ詩の研究で活発な動きがあったように思われる。つまり、フランスの抒情詩が一九世紀においてどのような進展を見せたのかを、ドイツ・ロマン主義および一九世紀ドイツ哲学における抒情詩の定義、定式化との関係において洗い直し、主体の位置、そして主体の発する「声」の意味の変容を辿ろうとする一連の研究が思い浮かぶ。そのときだれもが立ち返るのが、ヘーゲルの美学である。

ヘーゲルが一八二〇年代にハイデルベルク大学で行った美学講義は、彼の没後、一八三〇年代半ばに刊行された。外界を脱して「自己の内部」を目指し「絶対の内面性」に到達しようとする――それがヘーゲルの説くロマン派芸術の根本原理であり、そのなかで抒情詩は叙事詩とは正反対の、「自分を表現し、心情がことばとなって外にあらわれるのを聞きたい」という欲求を満たすジャンル(1)と定義づけられている。これがロマン派の時代におけるポエジー概念の基盤を示すものとみなされるのである。つまりロマン派とは、一人称の「私」が直接に自らの声を響かせ、内面を

吐露する詩の誕生によってしるしづけられる流派なのだ。その「私」の声は、はたして自伝的な、あるいは実在の作者の声と同一視できるものなのか、あるいは別の意味での「私」を想定するべきなのか、といった問題が、フィリップ・ルジュンヌの『自伝契約』の刺激を受けて近年、議論を呼んできた。すなわちルジュンヌの『自伝契約』は散文に対象を限定した議論だったのが、詩の領域でも自伝的設定があり得るのではないか。しかし同時に、ランボーの「私とは他者である」が雄弁に示すとおり、詩作における「私」を実人生上の私と完全に一体となった私であると考える必要はまったくないわけだし、逆に詩を、そうした一体化を打ち破る新たな「私」の現れる場、さらには「私」が消失する場とみなす考え方も、一九世紀後半のフランスの詩において重要な流れを形づくっている。そうした流れを再考する試みとして、たとえばドミニク・ラバテを中心として編まれた論集『抒情的主体の問題』(一九九六)や『抒情的主体のフィギュール』(一九九八)がある。[2] さらには、中世文学から現代まで、文学における「主体」の問題を扱う論考が近年目につくように思われる。[3] 拙稿ではそれらの成果を多少なりと汲みつつ、ロマン派的な「声」の現象についてささやかな提言を試みたい。

まずは一連の研究で前提とされている「抒情的主体」について、もう少し詳しく見ておこう。ドミニク・ラバテによればラマルティーヌ、ユゴー以降のフランス抒情詩のパラドクスとは、抒情が作詩法のプロとしての詩人の技量より以上に、「歌」としての音楽性や身体性にもとづくものとしてとらえられるところにある。また、「抒情的な声」とは「内密なるものの声」であり、それがだれしもの心のうちに、表現されないまま眠っているはずのものである限りにおいて、それに耳を傾ける者の胸を打つのだ。そう述べてラバテは、スタール夫人の『ドイツ論』の一節のうちに、そうした抒情詩のあり方の予告を見出すのである。

言葉によって、人が心の奥底で感じている事柄を明らかにする才能はきわめてまれなものである。だが、激しく深い愛情を抱く力をもつあらゆる人間のうちには詩がある。それを表す言葉は、それを見出すわざに熟練していない者たちには見つけることができない。詩人はいわば、魂の底にとらわれたままになっている感情を救い出し

てやるだけなのだ。(4)

ここで言われているような抒情詩人の定義を、散文作家にも当てはめることはできるのだろうか。詩はあらゆる人間のうちにあるものだとして、ではあらゆるジャンルのうちにも詩はあるのか。こうした抒情的主体の表現はポエジーのみならず、ロマン派以降の散文にも見出せるのではないか。

もちろん、何が散文作品にとって抒情的であるのかはまったくもって漠とした問題であり、およそわれわれにとって魅力をもった散文であれば必ずや、抒情的要素が含まれているのではないかとも思える。ここでは敢えて、散文における抒情的主体の発現は詩の場合と同じく、やはりロマン主義以降の現象であるという仮説を立てて、散文芸術の変容を考えるうえで、抒情的主体のフィギュールが画期的な意味をもつ点を強調したい。では散文における抒情的主体のフィギュールとは、どのような具体的細部に見て取ることができるのだろう。それはまさにロマン派の抒情詩(ポエジー・リリック)が、シャンソン・リリック、すなわち歌声を模倣し、かつ歌声と化すことを目指すこととパラレルを描くよう(5)な、歌声の描写、歌の引用という細部によってであり、それが主体の記憶作用との関連で扱われるとき散文の主体は一気に抒情的主体と化す、というアイデアを最初に提出しておきたい。

2　回想録から自伝へ

以下、一九世紀以前の散文から一九世紀的散文へといささか大風呂敷を広げることになるが、そもそも「主体」のフィギュールが明確に刻印された散文、要するに「私」の登場する散文とは何かといえば、まず思い浮かぶのは一七世紀以来の有力なジャンルとしての「回想録(メモワール)」である。筆者は長大な回想録の数々を読破したわけではなく、仮説の根拠ははやくも揺らぎかねないのだが、ともあれもっとも代表的なメモワールとおぼしきレ枢機卿による回想録の冒頭を見てみたい。枢機卿は回想録の執筆を一六七五年に開始し、一六七七年には視力の衰えにより中止を余儀なくされた。翌々年に枢機卿は死去し、回想録は没後の一七一七年、初めて刊行されている。その冒頭で著者は、自らがなぜ回想録の筆を執るに至ったのか、その理由を「マダム」に宛てて記している。そう呼びかけられている人物がだれであるか、セヴィニェ夫人説を始め諸説あるものの、いまだ定説はないらしい[6]。ともかく、自分の生涯を語るなど気が進まないが、しかし自己の評判を落とすことも覚悟のうえでマダムの求めに応じることにしたというふうに記されているのである。

私はこれまで運命のいたずらによって、幾多のあやまちを犯すという栄誉を賜ってきたのであって、その一部を覆っているヴェールをいまさら持ち上げようとするのが賢明なことかどうかはわからない。しかし私はどんな些細な事柄であろうともありのまま、包み隠さずあなたにお伝えするつもりである。

続く段落にはこうある。

私の物語がその全編にわたってあまりにも巧みさを欠き、それどころかあまりに混乱に満ちているのをご覧になってもどうか驚かれないよう、謹んでお願いする次第である。そしてわが人生を形づくるさまざまな部分を語りながら、ときおり物語の糸を中断するようなことがあるとしても、私はあなたに対して抱いている敬意にふさわしいだけのあらゆる誠実さを込めてでなければ、あなたに何もお聞かせしないだろうと思っていただきたいのである。この作品の巻頭に自分の名前を記すのは、いかなる点においても真実を縮めもふくらませもしないという義務を、いっそう自らに重く負わせるためである[7]。

「私」のテクストとしての回想録の意味をめぐって、この一節だけでもすでに興味深い事柄が多く示されている。ここでは、レ枢機卿にとっての回想録がまさしく、自分の人生について何事も包み隠さず明らかにするという、すでにしてルソー的な企図として考えられていること、そのうえ彼の文体自体に「誠実さ」ないし「真率さ」といったルソー的、さらにはロマン派的な価値を先取りするような役割が割り当てられていることだけを確認しておく。そのうえで注目に値するのは、わが人生のすべてをさらけ出すといいながら、続く記述においていっさい触れられずに終わる人生上の要素があるということである。すなわち、自らの少年時代である。

実際、冒頭でのこうした宣言に続く部分ではすぐさま、何かあれば即座に剣を抜き、決闘にあけくれる血気盛んな青年としての自己像が描かれていくのであり、誕生以降、成長過程を完全にすっ飛ばして人生が始まっているという印象なのだ。ルソー以後の自伝ないし自伝的作品に慣れ親しんだ読者の目からすると、これはいささか異様なことと思えるだろう。しかし逆にいえば古典主義的な回想録の場合、公人として立つ以前の子ども時代の記述はむしろ不必要な、意味のないものだったとも考えられる。他の例を探ってみても、フロンドの乱の時代、政治的にレ枢機卿と対立したラ・ロシュフーコーの回想記――一六六二年に刊行されたのち、大変広く読まれた――の場合も、記述は社交界に入ったところから始まっている。あるいはサン＝シモンの巨大な回想録の場合も、巻頭直ちに、宮廷人として目撃した事柄の描写がなされているのだ。

そもそも回想録とはいかなるジャンルなのか。マルク・フュマロリによれば、回想録が成立する根拠とは「その執筆者の身分、そして執筆者たる大公、公爵、元帥、大法官らの語る事柄の有難み」[8]、それが回想録を成り立たせているのだという、いささか身もふたもないことになる。偉い人は最初から偉い人であって、子どものころはどうだったかなど省かれてしまうのだ。

そうした回想録のあり方と比べるとき、ルソーの『告白』にはやはり「私」を描き出すまったく新しい態度が示されていると思わずにはいられない。公人としての私の回想という以上に、まず私という人間がどのように形成されていったのか、どのように成長していったのかということが前史として語られ、しかもその前史に実はのちの人生を解く重要な鍵があるといった発想が、ルソーには明らかに見て取れる。[9] そのとき、子どもの自分に呼びかけた他者の「声」、とりわけ「歌声」がよみがえってくる。そのよみがえりが、私の前史を記述する言葉に真率さを保証するといった構図をルソーのテクストに見て取ることができるだろう。

『告白』冒頭、子どものころ読書の楽しみをどのように発見したかに続いて、音楽の世界への目覚めを語る部分では、大人の「歌声」のよみがえりという事態が生じている。自分の音楽に対する情熱は父方の叔母に吹き込まれたものだとして、その声が思い出されるのである。歌のふしや歌詞を驚くほどたくさん知っていた叔母は「非常に優しいほそい声」で歌い、それが私にとっては魅力で、「子供のときからすっかりわすれてしまったものも、年をとるにつれて、何ともいえない魅惑をともなって追想されるのである。心労と苦痛にむしばまれた老いぼれのこの私が、すでにしゃがれてふるえる声に、そんな昔の歌のふしを口ごもりながら、ときどきふっと子供のように泣いてしまうことがあろうとは？」[10]。

つまり歌のよみがえりは、老いたルソーにおける、かつて存在した子どものよみがえりとしても体験されている。そして彼は「チルシース」云々という歌詞を引用してみせる。素朴な民謡といった雰囲気のこの歌を、涙にさえぎられずに最後まで歌うことは到底できないのだとルソーは述懐する。そして歌詞の後半がどうしても思い出せないのだが、しかし彼はそれを本気で解明しようとも考えない様子である。というのも、「あのなつかしいシュゾン叔母さん以外の人間がそれをうたったということがはっきりわかってしまえば、この歌のふしを思い出そうとするときに私のいだくたのしみは、たしかに、うすらいで消えさってしまうだろう」とルソーはいうのである。

こうして、歌声の回想がルソーにとってもつ意味は、単に過去の思い出という域を超えて、彼の存在の深みに根を下ろした実存的なものであることが感じられる。チルシースの歌は、それを他者と共有することさえいやだというくらい、自分だけの大切な歌、叔母の声という個人の特性といわば絶対的に結びついた歌なのであって、だからこそそれはルソーが叔母との関係においてそうであった純真な子どもに一瞬、生まれ変わることを可能にするのだし、また同時に『告白』のテクストにエクリチュールという迂路を超越した、声の現前がもたらす、スタロバンスキーのいわゆる「透明さ」を付与しているともいえるだろう。さらに、その歌詞が途中で途切れてしまっているのは、透明に対する障害をあらわに示す事態だともいえそうだ。

「私」による散文作品における、語り手の内なる「歌」の湧出ともいうべきこうした現象がルソーとともに始まったとするならば、そしてそこに散文における抒情的主体の成立のしるしを見出せるとするならば、一九世紀におけるその継承と深化の重要な一段階を示しているのはシャトーブリアンだろう。彼の大著『墓の彼方からの回想』は、いわば一七世紀以来の回想録の伝統が、ルソーの衝撃によって揺さぶられ、大きな変容を遂げた実例として受け止めることができる。『墓の彼方からの回想』の第一巻から第三巻にかけて、ブルターニュ地方での子ども時代から青年時代を描いた部分は、その瑞々しい魅力によっていまなお読む者の心を奪うページとなっている。シャトーブリアン自身もまた、これを自作のもっとも成功した部分のひとつと考えていた。同時に、メモワール執筆の最初の段階においては、彼は幼少年期について触れる意図がなく、むしろそれを抑圧しようとしたこと、しかし実際にメモワールの執筆が軌道に乗り始めるのはその抑圧を解き、幼少年期の思い出を描き始めたときからだったことも知られている。[11] その結果として書かれた作品には、やはりルソー的な歌声の回想が盛り込まれることとなったのである。

ルネの誕生後、ひ弱な赤ん坊の行く末を心配した乳母は、聖母に誓願を立ててルネが無事に成長できるよう祈る。その結果、ルネは幼いころから聖母の肖像のたぐいに親しんで育つとともに、ブルターニュの船乗りたちの歌う聖母賛歌もすっかり覚えてしまった。それが彼の人生で最初に暗記したものだというのである。『回想』第一巻にはこうある。

子どものころの印象というのはかくも強いので、私はいまなおそうした韻の踏み方の下手な歌詞を、ホメロスのもっとも立派な詩句よりも大きな喜びとともに口ずさんでいる。そして青い絹の服を着せられ銀のレースで飾られたゴシックの聖処女のほうが、ラファエロのもっとも美しい聖処女よりも大きな信心を私に抱かせるのである。[12]

そこには、きちんとした作詩法に則ってはいない、民衆の自然発生的な詩句のうちに実は公式的文学作品以上のポエジーが宿り得るというロマン派的な観念も含まれているわけで、そうした美学はフランスの場合、やがてとりわけネルヴァルやサンドによって強く打ち出されることになる。

シャトーブリアンの作品においては、さらにルソーとの類比を示すかたちで叔母の歌声の記憶が語られている。母の実家には若いころ、不幸ないきさつで結婚に失敗し、一生独身でとおした叔母が暮らしていたのだが、この人が針仕事などしながら、よく歌を口ずさんでいたのだという。

「ハイタカがウグイスに惚れていたんだとさ／しかもウグイスのほうもそうだったとさ」。

「私」は、ハイタカのくせにおかしな話だといつも思っていた。歌の最後はこんなリフレインになった。

「ああ、トレミゴン、わかりにくいお話だこと！／チュルリュル・リュル！　トララ・ラ・ラ！」

この世の物事のうち、気の毒な叔母の恋のようにチュルリュル・リュル！　で終わる事柄が、いったいどれほど多くあることか。[13]

こうして思い出のなかの叔母さんの歌には、そのいたって気軽なわらべを超えて、人生上の真理を含むものとしての意味が与えられる。「チュルリュル」とはリトレによれば古謡のリフレインとして用いられた表現だということなのだが、意味を欠いたその音がシャトーブリアンにとっては、実は「この世の物事」の行き着く末を示唆していたのである。

こうした歌声の記憶を含むシャトーブリアンの記述について、ルソーとの関連から興味深い指摘をしているのがジャン゠クロード・ベルシェである。シャトーブリアンがメモワール中にこうした古い俗謡などを引用できたのも、ルソーの先例があったからこそであり、先ほどわれわれの見たルソーのシュゾン叔母の記述によって、俗謡に「確かな文学的価値の威光」が与えられたからこそだとベルシェは指摘している。さらにベルシェは、このほかにもシャトーブリアンにおいて何度か出てくる昔の歌の喚起について、「それらが意識のうちに立ち現れることで、語り手にとって自らの存在の連続性が明らかになるばかりではない。それはまた語り手の根本的な〈イノセンス〉を裏付ける役割をも果たす。なぜなら語り手の現在の存在は細い糸によって起源の純粋さになお結びついているのだから。源のあのせせらぎをいまなお聞くことができるのは、私がひどく堕落してしまってはいないことの証拠だというわけである」[14]と分析している。

ベルシェは、ルソーからシャトーブリアンへの系譜のうちにフランス文学において初めて、ユウェニリア、つまり幼少期を回想する記述がジャンルとして成立したのだと指摘する。そこにはもちろん一八世紀に起こった「子ども」観の変容、さらには主体の観念の大きな変化を見て取ることができるだろう。つまり、自我の生成過程に対して初めて真剣な関心が寄せられるようになり、大人の起源としての子どものうちに、存在の秘密を解く鍵が求められるようになったのである[15]。

ベルシェのユウェニリア生成論を本稿の趣旨に引き寄せて解釈するなら、それを〝大人の魂のうちにひそむ忘れられた存在の救出〟というモチーフとして考えることができるだろう。スタール夫人の言葉をもう一度思い出しておくと、夫人によれば「詩人はいわば、魂の底にとらわれたままになっている感情を救い出してやるだけなのだ」ということだった。その作業は散文においても、抒情的主体の確立と軌を一にして可能となる。そのしるしが記憶の底からの「歌声」のよみがえりなのだと考えてみたいのである。

3　散策と歌声

シャトーブリアンの『墓の彼方からの回想』は、ルソー的告白に呼応する瞬間を豊かに含みながらも、一七、一八世紀的な公人の回想録という構えも放棄しない点で、きわめて総合的な企図だったといえるだろう。それに対し、より主体の抒情性を増す方向で一人称の散文を書いたのがネルヴァルだったのではないか。

ネルヴァルの作品における「私」の出現は、ルソー、シャトーブリアンの場合とはまたかなり異なる経緯を辿っている。当時勃興したジャーナリズムの枠内において、劇評や旅行記事といった慎ましい書き物をとおして次第に「私」への接近が試みられていったこと、そして最晩年の一群の作品でそれが夢と幻想の物語における主観性の発現につながっていくことはこれまでに指摘する機会があった(16)。ここでは彼の晩年の散文作品における「歌声」の登場に注目してみたい。

有名な「シルヴィ」や「幻想詩篇」を含む作品集『火の娘たち』(一八五四)に収められた「アンジェリック」という不思議な作品がある。ルイ＝ナポレオンが大統領の座につくとともにジャーナリズムへの締めつけが強化され、新聞に連載小説が書きにくくなった。そこでネルヴァルとしては、ビュコワ神父という一八世紀に実在した奇人であり、バスティーユ監獄からの脱走で知られる人物の評伝を連載しようと考える。それなら歴史上の人物の話で小説としてお咎めを受けることはないだろうという作戦なのだが、その種本として当てにしていた本が、どうしても図書館で見つからない。幻の本を追いかけて旅に出るうち、自分が子ども時代に過ごしたヴァロワ地方の田舎をさまようこととなり、あれこれと思い出がよみがえってくる。そんな脱線に満ちた一部始終を新聞の編集長宛に書き送った手紙という体裁のテクストである。小説というよりは一種のアンチロマンというか、エッセイとも評伝とも、何とも決めがたく分類しにくい散文作品になっている。

一一月一日、万聖節の祝日にヴァロワのサンリスという小さな町にやってきた語り手ネルヴァルは、修道院の階段のところで娘たちが歌をうたっているところに通りかかる。大きな娘が音頭をとって、小さな子たちに歌わせていた。

小さな女の子が、弱々しい、しかしよく通る声で歌い始めました。
小川にうかぶあひるたち……云々。

これもまた、わたしが聞いて育った歌のひとつです。人生の半ばに達すると、子どものころの思い出がよみがえってきます。――それはまるで、化学的方法で文章をふたたび浮き上がらせるパランプセストの写本のようなも

のです。(17)

ネルヴァルは、歌声とともに幼年期の記憶がよみがえることをパランプセストの比喩で語っている。羊皮紙に化学的処理を施すと、以前に書かれていた、そして削り取られてしまっていた文字が下から浮かび上がってくる。そのようにかつての記憶も失われずに、ふとしたきっかけで取り戻すことができるという考え方である。この言葉はのちにボードレールが『人工楽園』で用いており、さらにはフロイトのマジック・メモの比喩にまでつながっていくような、心的メカニズムのとらえ方を示す先例だと考えられる。ネルヴァルがたたずむ前で、少女たちはさらに別の歌をうたい始める。「——ここにもまた、思い出が」とネルヴァルは感慨を深めていく。

「牧場に三人の娘たち……／わたしの心は飛んでいく（繰り返し）／あなたの思いのままに飛んでいく」という民謡なのだが、さらに少女たちは階段から立ち上がって「風変わりなダンス」を踊り出す。「それはわたしにギリシアの島々の少女たちの踊りを思い出させたのです」とあるのは、いささか突飛ではあるが、東方への旅の途次ギリシアで見た古代から伝わる踊りの記憶を、ヴァロワの娘たちに託そうとしての表現だと思われる。一列に並んだ女の子たちと男の子とが、「蛇のような形を作」って「最初は螺旋状に、やがて円を描いて」動く。その運動のなかで時間も線状性をしばし失って円環を描くかのようである。ネルヴァルはそんな光景に立ち会った感激を、「わたしは子どもたちの歌声のうちに、かつて耳にした抑揚、装飾音、繊細な調べを聞き取って、涙が出るほど感動していました。それらは母から娘へと、変わることなく保たれるのです……」と記す。円環的時間とは母から娘へと伝わる、いわば女性的原理に支えられた時間であり、かつて子どものころの自分はそのなかで庇護されていた。そうした思い出がよみがえってきたのである。

民謡が集団的な無意識のうちに起源をもっており、そこにこそ実は制度化されていない真のポエジーの本源があったという信念をネルヴァルは抱いている。同時に民謡と触れあうことが、自らの本源への回帰をも可能にすることがいまのような一節にはよく表れている。ところが、ネルヴァルと歌声の関係はそれだけに留まらない。過去の歌声の魅惑はさらに、より幻想的な、主体を危機にさえさらすような過去の「声」の体験へと変容していくように思える。
「アンジェリック」においてはそうした側面は表面化しないが、しかしこのテクストに続けて「シルヴィ」へと読み進めるとき、読者は困惑を覚えずにはいられないだろう。「アンジェリック」では、いま見た場面に続いて、こんな回想がある。語り手は昔この同じサンリスの女子寄宿学校で行われた劇の上演に立ち会ったことがあるというのだ。演目はミステール（神秘劇）で、キリストの生涯が事細かに演じられていた。その舞台に「たいそう美しい金髪の少女が、白い服を着て現れ」、歌をうたう。「天使らよ！　すみやかに降り来たれ　煉獄の底に！……」。ここでの少女像は先ほどに比べてぐっと神秘化され、荘厳なアウラに包まれているが、ネルヴァルはこう付け加える。「これは王政下〔つまり王政復古期〕にあった出来事です。金髪の令嬢は、この地方でも指折りの名家の娘で、デルフィーヌという名前でした。——その名を私は決して忘れないでしょう！」。

これとほぼ同じ思い出が、続く中篇「シルヴィ」でも語られるのだが、そこでは寄宿学校の生徒たちの演じるミステールに登場したのはアドリエンヌという名前の少女ということになっている。

> 天使たちが、破壊された世界の残骸の上で演じる場面だった。生命の滅びてしまった地球が、かつてはどれほど素晴らしかったかをそれぞれの天使が歌い、死の天使が破滅の理由を説き明かした。深淵から精霊が、炎の形をした剣を片手に上ってきて、地獄に打ち勝ったキリストの栄光を讃えにくるようみんなに呼びかけた。その精霊こそアドリエンヌにほかならず、衣装のせいで見違えるようだったが、そもそも宗教の道に入ることで別人になっていたのである。〔……〕彼女の声は力強さを増し、音域も広がっていた。そしてイタリアの歌の際限のない装飾音（フィオリトゥーラ）が、荘重な叙唱（レチタチーヴォ）のいかめしい文句に小鳥のさえずりのような彩りを与えていた。[18]

というわけで、「アンジェリック」では「デルフィーヌという名を決して忘れない」といっていたのに、ここでは別名になってしまっている。もちろん、「シルヴィ」のほうはよりフィクションの度合いが高い別の作品だからという説明は成り立つかもしれない。しかし読者としては、同じ作品集に収められた隣りあう作品中で名前が変わっていることに一種の眩惑というか、不思議な感覚を覚えずにはいられないのである。要するに、少女のアイデンティティに揺らぎが生じている。「声」について見ても、「アンジェリック」でのあっさりとした描写に対し、こちらではイタリアの歌のフィオリトゥーラだの、小鳥のさえずりだのとくわしく説明されており、舞台衣装などの描写が詳細にわたっていることとあわせ、全体に、漠とした思い出の光景が急に光度を強め、精彩を増して、それが逆に幻想的な効果を発揮しているように思える。事実、「シルヴィ」では語り手自身がいみじくも、この一節にすぐ続けて「こんな記憶の細部を辿るうちに、いったいそれは現実のことなのか、それとも夢に見たことなのかわからなくなってしまう」と述べているのだ。

ここに、これまで見てきた散文の抒情的主体の基盤が揺らぐ瞬間をとらえることができる。歌声の思い出、記憶のよみがえり、自己の内なる子ども時代への回帰といった抒情性の諸要素は、もはや安定した過去の一時期に送り返されず、ある幻想の時空に漂い出す。そのとき、思い出と夢や幻想のあいだに区別をつけることができなくなる領域があるのではないかという本質的問題が提起されるともいえるだろう。そしてネルヴァルは最後の作品『オーレリア』(一八五五)において、まさにその領域を記録することに挑んだ。

4　抒情的主体の惑乱

『オーレリア』の成立をめぐってくわしく分析する余裕はすでにない。いま見たような揺らぎの経験がそこではさまざまな局面を示しており、一九世紀精神医学の文脈とパラレルな問題設定を見ることもできるのだが、その点についても詳述はできない。たとえば当時、幻覚と狂気はどう関係するのか、幻覚と夢、さらには芸術家のヴィジョンのあいだには連続性があるのかどうかといった議論が医学界で盛んになっていた。それはまさにネルヴァル個人のテーマでもあった。(19)

自伝的作品と形容することも可能だろうと思われる『オーレリア』の最後に「メモラブル」つまり記憶すべき事柄という章が含まれていることに注目するならば、これがシャトーブリアンの場合とはまた違った形で一七世紀以来のメモワールと自伝の合流する地点を形づくりつつ、散文における抒情的主体のひとつの究極的な境地を切り開いた作品であると考えることができる。究極的というのはまさしく、「それは現実のことなのか、それとも夢に見たことなのかわからなくなってしまった」男の自伝でありメモワールであるという点にかかっている。『オーレリア』第一部第三章の夢のなかのヴィジョンを引用しよう。

その部屋では三人の女性が仕事をしており、彼女たちは完全に似ているわけではないが、私の若い頃の親戚や女たちを思わせた。各々がそうした人たちの幾人もの顔立ちを帯びているように見えた。彼女たちの顔の輪郭はランプの炎のように変化し、瞬間ごとにある一人の面影の一部が他の人のものへと移り変わった。微笑み、声、目の色、髪の色合い、背丈、見慣れた身のこなしが、同一の人生を生きてきたかのように入れ替わった。そして画家たちが一つの理想的な美を創り出すために、多くのモデルたちから写しとった典型のように、各々がすべての女性たちを組み合わせた特徴を帯びていた。

年上の女性が、たしかに子どものころに聞いたことがある、よく響く歌うような声で私に話しかけ、なにを言ったのか判らないままにも、その深い正当性で私の心に強く訴えかけてきた。しかし、彼女は私の思考を私自身に向けるようにと導き、私が自分の姿を見直すと、全体が蜘蛛の巣のように細い糸で編まれた、昔風の形をした茶色の小さな着物を着ていた。それは可愛らしく、優雅で、甘い香りがたきこめられていた。妖精の指から作り出されたその着物を着て、すっかり若返った新鮮な気分を感じ、美しい貴婦人たちの前に出た小さな子どもになったかのように、顔を赤らめてお礼を言った。すると、なかの一人が立ち上がり、庭のほうに向かった。[20]

ご覧のとおり夢のなかの女たちはまるでゆらめく炎のように、決して一定した姿を取らず、互いの特徴を交換しあう。声さえもその絶えざる相互浸透の動きのうちで変化していく。だが次の瞬間、もっとも年長の女が「よく響く歌うような声」で私に話しかけたとき、私には、子どものころに聞いたことのある声だ、とわかる。何を言ったかはわからないし、そもそも女の存在もとらえがたく特定できないのに、声だけは深い説得力を備えている。幼年時代の純粋な歌声のよみがえりとでもいうべきだろうか。その声を聞くことが、私が小さな子どもの状態に還るという変化の引き金となる。すると女たちのひとりが立ち上がり、庭の方へ出ていく。それに続くシークエンスでは、私は彼女に向かって「逃げないで!」と呼びかける。「だってあなたと一緒に自然も滅びてしまうから!」そういいながら「私」はいばらのなかを進んでいくのだが、ふと気づくと庭は墓地のように変貌してしまっている。

いくつかの声が言った、「宇宙は夜の闇のなかにあるのだ!」

『オーレリア』においては、「夢と人生」という副題が示すとおり、夢と現実の生活のあいだに論理的な連関があるという考えに「私」はとりつかれている。たとえばいま見たヴィジョンはそのまま、自分の恋する相手の死を予告する意味をもつ夢だったと語り手は考えるのである。オーレリアは実際、この夢の直後に若くして死んでしまう。しかしここではその夢の論理を検討するのではなく、声が果たしている役割の重要さのみ指摘しておきたい。女が発した、子どものころ聞いた覚えのある「歌うような」声は、人の言葉はそもそも歌だったという『言語起源論』におけるルソーの説に従うかのような、深い魅惑をおよぼす声であり、主体を幼年期の幸福のうちに湯あみさせる。ところがその女が消え去ってしまう。それは幼年期の終わりとともに、世界の破滅をも意味する。ジャン・スタロバンスキーは、そこに「視線」の消失と「声」の顕現という対比があることを指摘している。(21) なるほど、子どもになった私は貴婦人たちの視線のもとに庇護されていたはずが、彼女たちの姿は消え、最後には廃園にころがる女の彫像の死んだ眼差しのみが示され、そして宇宙は闇に沈む。そのことを複数形の声が不吉に告げるのだが、いったいこの複数形の声とはだれの声なのか。それは聞いてしまった者に不幸をもたらさずにはいない忌まわしい声であるように思える。

以後、ネルヴァルの物語は悲劇的な色調を強め、「私」の混迷と悲嘆は深まるばかりになる。『オーレリア』第一部第一〇章ではある夜、女の叫び声で夢から覚めるという経験が語られる。歌うようなメロディアスな声に取って代わって、むきだしの叫び声が響き渡り、それとともに主体は抒情的である余地を奪われるばかりか、もはや主体としての基盤さえ危うくされるに至るのである。「はっきりとした、震えるような、悲痛な苦しみに満ちた女性の叫び声が、私を目覚めさせ、飛び起きさせた！　私が発しようとしていた未知の単語の音節が、唇の上で消えかかっていた……。私は床に身を伏せると、熱い涙を流しながら熱心に祈り始めた。――しかし、夜中にあれほど悲痛に響き渡ったあの声はいったい何だったのか？」[22]。

この胸を引き裂くような叫びはそのまま、夢と現実に引き裂かれた主体のあげる叫びであるかのように思える。しかしネルヴァルにとって夢と現実のあいだに断絶はないはずなのであり――逆にその確信が彼の自己分裂をいっそう深刻化させるようにも思えるが――、彼にとっては、夢のなかで聞いた叫び声はそのまま現実に発されたものであるはずなのだ。さらに続くくだりを見よう。

あの声は夢のものではなかった。生身の人間の声であり、私にとってはオーレリアの声の調子だった……。窓を開けた。あたりは静かで、もう二度と叫び声はくり返されなかった。――外に出て訊ねてみたが、だれ一人何も耳にしなかった。――しかしながら、叫び声は現実であって、この世の空気が震えたことを私はまだ確信している……偶然、その時、近所で女性が苦しみの声をあげたのかもしれない、と言われるかもしれない。――しかしながら、私の考えでは、地上の出来事は目に見えない世界の出来事と結びついているのだった。

夢のなかで聞いた声が現実でも響いていたはずだというその意識は、先に見た「シルヴィ」の、記憶のなかの歌が本当に聞いたことのある歌だったのかどうか自信がもてないという思いとちょうど逆であり、双方はいわば対称形を描き出している。すべては幻想のうちに沈むのか、それとも幻想まで含めて、すべては現実であるのか。

いずれにせよ、ここまで見てくれば、ネルヴァルの散文がルソー以降、さらにいえば一七世紀的メモワール以降の一人称の散文の道筋の先にあって、回帰不能な惑乱の地点にまで辿り着いてしまったことがわかる。散文の抒情化を象徴する「歌声」とは、ひょっとするとどこにも存在しない、実際には聞こえないはずのものであるのかもしれず、錯覚と幻想のうちに主体を引き込むシレーヌ的な、あるいはローレライ的な歌声であるのかもしれない。ネルヴァルはその誘惑に身をゆだね、回想のエクリチュールがよって立つべき真実性の基盤に大きなダメージを受けた。しかしそのことによってこそ彼は、散文に、ある未知の歌をうたわせるという地点に到達したともいえる。『オーレリア』の最終部分、「メモラブル」に、オーヴェルニュやヒマラヤの山並みに響く歌のヴィジョンが含まれていることを最後に指摘しておこう。「ホザンナ！」の声がこだまするその部分は、散文作品への歌の流入という以上に、散文ではもはや伝えられない事態に至って歌が湧き起こる瞬間を描いて、ジョルジュ・バタイユの『内的体験』終盤に登場する「賛歌」に比すべきものとも思える。

フィリップ・ルジュンヌは、一八世紀後半以降の自伝とそれ以前の回想録を画然と区別し、自伝とは「人格の歴史」、「内的な歴史」の記述なのだと定義している。[23] そうした内面化を示す具体的な指標として、歌声の回想、散文のなかへの歌声の導入という現象は特筆すべき意義をもつ。それを、一人称の記述における抒情的主体の成立の瞬間として取り出せるのではないかという仮説を、以上の考察で多少なりとも裏付けることができただろうか。もちろんこれはあまりに限られた、そしてあまりに有名な例のみに依拠した概観にすぎない。しかしながら、ルソーやシャトーブリアンの例はジャンルを一新するだけのインパクトを及ぼしたものであるだけに、注視に値するはずである。彼らが示しているのは、幼いころの私に対し、もっとも親しい他者としての女性が歌って聞かせてくれた声の記憶として、歌声には特別な意味が付与されるということである。その歌声が自伝の執筆においてよみがえってくるのであり、そのことでパランプセストとしての私の心的深層もまた浮き彫りになる。おそらくそうしたなりゆきは、ロマン派における一人称の抒情詩の展開とかなりの程度まで、共通する基盤をもっているのではないだろうか。さらには、ロマン派的な詩がやがて私の崩壊や消失へと向かっていくのと軌を一にするかのように、散文における抒情的な主体としての私にも、私が私であることを支えきれなくなるときが訪れ得ることを、ネルヴァルの例は示している。そのとき歌声は叫びと化し、私のなかにひそむ還元不可能な他者の声として戦慄とともに聞き取られるのである。

注

（1）ヘーゲル『美学講義』第二部第三篇Ⅰ「ロマン芸術一般について」（長谷川宏訳、作品社、中巻、一九九六年、一〇五頁以降）、および第三部第三篇第三章CⅡ「抒情詩」（同書下巻、一九九六年、三四一頁以降）を参照。

（2）*Le sujet lyrique en question*, textes réunis et présentés par Dominique Rabaté, Joëlle de Sermet et Yves Vadé, Bordeaux, P. U. de Bordeaux, 1996 ; *Figures du sujet lyrique*, sous la direction de Dominique Rabaté, PUF, 1996.

（3）主な研究として以下のものを挙げておく。Michel Zink, *La Subjectivité littéraire*, PUF, 1985 ; Ludmila Charles-Wurtz, *Poétique du sujet lyrique dans l'œuvre de Victor Hugo*, Champion, 1998 ; Nathalie Dauvois, *Le sujet lyrique à la Renaissance*, PUF, 2000 ; *Sens et présence du sujet poétique : la poésie de la France et du monde francophone depuis 1980*, études réunies et présentées par Michael Brophy et Mary Gallagher, Amsterdam, Rodopi, 2006.

（4）*Figures du sujet lyrique*, *op. cit.*, p. 13-14. スタール夫人『ドイツ論』第二部第一〇章「詩について」冒頭からの引用である。

（5）「本格的なメロディーとの融合は、ロマン的な抒情詩、とくに近代のロマン的抒情詩においてはじめて見られるところで、しかも、気分や心情が強い力を発揮する歌曲の形を取ることが多く、そこでは音楽が魂の内面の響きをメロディーによって強化し、仕上げる役を負っています」（ヘーゲル、前掲書、下巻、三七一頁）。

（6）レ枢機卿の『回想録』の成立をめぐってはAndré Berthière, *Le Cardinal de Retz mémorialiste*, Klincksieck, 1977を参照。

（7）Cardinal de Retz, *Mémoires*, éd. Michel Pernot, Gallimard, « folio classique », 2011, p. 55.

（8）Marc Fumaroli, « Les Mémoires du XVIIe siècle au carrefour des genres en prose », in *XVIIe siècle*, n° 94-95, 1971, p. 7.

（9）桑瀬章二郎の以下の指摘を参照。「〔……〕貴族の回想録において重要なのは、あくまで主人公が「歴史」の舞台（たとえば宮廷）へ登場してからの時期であり、幼年期を描くことによって現在の主人公の人格や個性を説明しようとする例はほとんどなかった」（桑瀬章二郎「自己のエクリチュール——『告白』、『対話』、『夢想』をめぐって」、『ルソーを学ぶ人のために』桑瀬章二郎編、世界思想社、二〇一〇年、一八八頁）。

なお、ルソー以前における幼少期を含んだ自伝の試みとして注目に値するのは、ヴァランタン・ジャムレ゠デュヴァルの『回想録』（一七三〇）である。そこでは子ども時代の記憶が精彩に描かれており、資料的な価値をもつとともに読み物としても興味深い。ただしこの回想録を発掘し刊行したジャン゠マリー・グルモによれば、これは極貧の農民の子として育ったジャムレ゠デュヴァルがやがてマリア・テレジアの宮廷で重用されるに至るという、まったく例外的な出世に対する周囲の興味から執筆を促されたものであり、ルソーの自伝のようにジャンル創出の意義を認めることはできないという。Valentin Jamerey-Duval, *Mémoires (Enfance et éducation d'un paysan au XVIII*^{e} *siècle)*, éd., Jean-Marie Goulemot, Sycomore, 1981 およびグルモがルソー作品の独自性を強調する論文 « Temps et autobiographie dans les *Confessions* : une tentative de réinscription culturelle », in *Lectures de Jean-Jacques Rousseau : Les Confessions I-VI*, dir. Jacques Berchtold, Élisabeth Lavezzi et Christophe Martin, P. U. de Rennes, 2012, p. 27-47 も参照のこと。

（10）ルソー『告白録』井上究一郎訳、新潮文庫、上巻、一九五八年、一六頁。

（11）Jean-Claude Berchet, « De Rousseau à Chateaubriand : la naissance littéraire des *Juvénilia* », *Chateaubriand ou les aléas du désir*, Belin, 2012, p. 460.

（12）Chateaubriand, *Mémoires d'outre-tombe*, éd. Jean-Claude Berchet, Le Livre de Poche, « Les Classiques de Poche », t. I, 2010, p. 79-80.

（13）*Ibid.*, p. 85-86.

（14）Jean-Claude Berchet, *op. cit.*, p. 467-468.

（15）フィリップ・ルジュンヌの表現を借りるなら、それは「人は生まれながらに成人に達しているのではない」ことの発見だった（ルジュンヌ『フランスの自伝』小倉孝誠訳、法政大学出版局、一九九五年、六一頁）。

（16）Kan Nozaki, « Nerval feuilletoniste : du compte rendu théâtral au récit du rêve », in *Études de langue et littérature françaises*, n. 58, mars 1991, p. 107-121 ; Kan Nozaki, « La mise en scène onirique du réel chez Nerval : l'écriture du rêve dans le *Voyage en Orient* », in *Vers l'Orient par la Grèce : avec Nerval et d'autres voyageurs*, textes recueillis par L. Droulia et V. Mentzou, Klincksieck, 1993, p. 181-186 ; 野崎歓『異邦の香り――ネルヴァル『東方紀行』論』講談社、二〇一〇年。

（17）Nerval, « Angélique », *Les Filles du feu*, éd. Bertrand Marchal, Gallimard, « folio », 2005, p. 80.

（18）Nerval, « Sylvie », *Les Filles du feu*, *op. cit.*, p. 163.

（19）トニー・ジェイムズによる下記の研究を参照。Tony James, *Vies secondes*, traduit de l'anglais par Sylvie Doizelet, Gallimard, « Connaissance de l'Inconscient », 1997.

（20）ネルヴァル『オーレリア』田村毅訳、『ネルヴァル全集』第六巻、筑摩書房、二〇〇三年、六一―六二頁。

（21）Jean Starobinski, *L'Encre de la mélancolie*, Seuil, « La Librairie du XXIe siècle », 2014, p. 482.

（22）ネルヴァル、前掲書、七三頁。

（23）ルジュンヌ、前掲書、一〇頁。

Ⅲ

声から立ちあがるもの——叫び、リズム、ささやき

叙情に抗う声
――オカール、アルトー、ハイツィックにおける音声的言表主体

熊木淳

二〇世紀を前衛の時代と呼ぶことができるかもしれない。フランスでは一九世紀後半の詩的課題を引き継ぎ、それらの問いに対して独特な回答を与え続けてきた。本論ではその問いの一部を捉えることで、それをめぐる詩的展開がどのようなものかを明らかにすることを目的とする。

詩における前衛とはその問いに対する取り組み方、回答の一様態であるという見方をここでは採用することになるだろう。したがってここでは前衛を詩のサブジャンルとも、また歴史上の現象とも捉えない。このような立場を採用することで、一九五〇年代以降の細分化された「前衛的」作品群を二〇世紀前半の前衛運動の延長線上に捉えることができるだろう。本論で扱う対象はそのような五〇年代以降に発展した音声詩であるが、それは二〇世紀前半の展開を踏まえた上で、その連続性の中で捉えられなければならないからである。

1　自我とテクスト

それではその問いとはなんであろうか。もちろん視点によって様々な問いが可能であろう。本論では、その重要な問いの一つを二〇世紀の初めにフランスの前衛詩を方向づけた詩人のうちの一人であるアポリネールから引き出す。彼は「新しい精神と詩人たち」において次のように述べている。

模倣における調和は、それなりの役割をもっていると人は考えているだろう。〔……〕しかし私には詩を単なる音、つまり何の叙情的、悲劇的、感傷的な意味も付与されていない音の模倣に還元してしまえるとは思えない。もし詩人たちがこの模倣という遊びに興じているとしても、そこに見るべきなのは練習、詩人たちが作品に至るためのスケッチでしかないのだ。(1)

この時代に新たに現れた形式的な革新を受け、アポリネールはそれを肯定的に受け止めつつも、一定の留保を示している。端的にいえば、従来の規則の破壊や新しい形式の発明は自己目的的に行われてはならず、それはつねに彼のいう「叙情的な(lyrique)」意味づけがなされていなければならない。いわば形式の革新と叙情性の実現、この二つが相補的に詩人の「新しい精神」を支えているのである。

「叙情性」という概念はフランス内外においては何百年もかけて変化してきた概念であるが、ここでは『ボードレールから現在に至るまでの詩の辞典』に倣って「自らの感情の発露や苦しみ」の中に「自らの詩の素材を見出す」ような詩人による「個人的な歌」であると見なしつつ(2)、より形式的に、詩による詩人の内面の表現とでも理解しておこう。このように理解したとき、アポリネールの形式と叙情性についての主張は、後者の方により重きが置かれており、そのため叙情性の実現を妨げるような形式的探求は認められないということがわかる。じじつ、『カリグラム』においてはいかに視覚的に奇異に映る詩であっても必ずフランス語の文章としては意味の通るものであり、その点において意味作用そのものを破壊するような試みは行われておらず、またそれは彼にとっては望むべきものではないのだ。

事後的に見れば、まさにこのようなアポリネールの主張に対する態度によってダダイスムとシュルレアリスムははっきりと区別されるだろう。ダダイスムは破壊の名のもとに形式的な刷新を絶えず行いつつも叙情性の実現についてはほとんど顧みなかったということができる。この点において一つの問いが浮かび上がってくるだろう。つまりアポリネールとダダイスムを対峙させたとき、現れてくるのはテクストと自我との関係であり、後者はその関係を厳しく問い直すことによって自らの作品を生み出したと言えるのだ。

少なくとも二〇世紀前半に展開された前衛と呼ばれる詩を眺めたとき、このテクストと自我がいかなる関係を結ぶかという留保なき問いを一つの軸として理解することができるのではないだろうか。またこの点においてシュルレアリスムは十分に前衛的ではなかったのではないかという疑義をさし挟むこともできるだろう。

そしてフランスにおいてこの問いに対して実践的にも理論的にも最もラディカルな回答を与えたのがレトリスムであるということができるだろう。レトリスム運動において中心的な役割を担っていたイジドール・イズーは、その宣言書的な著書である『新しい詩および新しい音楽へのイントロダクション』において、近代以降のフランス詩の展開を極めて簡潔にまとめ、一九世紀前半のロマン主義までの詩を「拡大的（amplique）」、ボードレール以降の詩を「彫琢的（ciselant）」と形容し、その彫琢的な傾向の最終的な到達点としてレトリスム詩を位置づける。つまりボードレールを境にして、それまでの必ずしも詩的ではない要素をも取り込むような傾向から、不要なものを排除し徐々にミニマルになっていく傾向への転換が行われたというのである。この観点から叙情性、つまりテクストとそれによって表現される自我との関係を眺めたとき、後者は端的に不要なものであり、排除されるべきものである。ダダイスムの試みはこのように正当化され、またレトリスムもその延長線上に位置づけられるだろう。

じじつ、両者の最も大きな違いは、レトリスムがテクストへの依存を完全に捨て去る方向へと進んでいったという点にある。

アポリネールの作品がそうであったように、詩人の内面を詩によって表現するためには、テクストとして記述されている言語が読解可能な、つまりは文法上適正なものでなければならなかった。その点においてフーゴ・バルやクルト・シュヴィッタースらは意味作用を持たないような言語によって詩を作り上げていった。しかしレトリスムの観点から見れば両者はともにテクストを用いているという点において共通していた。『ウルソナタ』は紙に書かれたテクストがいわば音楽における楽譜のような役割を果たし、それを元に舞台表象としての詩の「暗誦」が行われた。このようないわばテクスト（脚本）を元にした演劇的なモデルはダダイスムにおいても破壊されずに温存されていた。

イズーが指摘したのはまさにこの点である。もしこれまでテクストと自我が詩の大きな柱を形成していたとしたら、イズーはその両方を捨て去ったということができる。その結果として残るのが、文字であり、またそれをさらに押し進めることによって、いかなる文字にも還元され得ない音のみによって構成される詩を作り出そうとするのである。その結果として、『絶対散文詩の探求』におけるように、もはや文字に起こすことのできないえずきや息などの声というよりも音によって構成される音響詩を作り上げるのだ。このようなイズーによる詩的試みの原理の重要な一つとして、「理解」の放棄というものが挙げられる。理解を前提とした詩はその詩を理解できる者とできない者に分断し、そのことによって排他性を帯びることになる。しかしイズーが考える詩人は、むしろ自分が何を作っているのかを理解しない者であり、詩の需要とは、遠くで演説を聞くようなものなのである。聴衆は演説するものが何かを喋っていることは確認できるが、その内容を知ることはできない。そしてこのような詩の受容空間を作り出すために、意味作用を持ち、かつ分節された言語を放棄しなければならなかったのである。テクストと自我をめぐる問いを措定したとき、レトリスムにおいてある頂点に至るのは、それがテクストと自我の両方を放棄しようと試みたからであり、そしてそれがある程度の達成を見たからである。

2　テクストと声

イズーはその著書の中で、レトリスムがフランス詩の彫琢的傾向を極めたのち、新たな拡大的な詩が展開すると予言した。しかし彫琢的傾向が拡大的な傾向からの発展としてあるとしたら、その発展が拡大的傾向へと再び翻ることは退行とみなされるのではないだろうか。じじつ、この退行の謗りを自ら引き受けながら新たな詩を作り上げた詩人がレトリスムから出現したのである。

フランソワ・デュフレーヌはレトリスムの創設メンバーとして、画家という側面も持ちながら音響詩の詩を多く発表していた。彼はマイクを用いた独自の表現手法である「叫びのリズム（crirythme）」を編み出し、高度に訓練されたやり方で無意味な音の連続を繰り出していった。これらの作品にはイズーをはじめとして他のレトリスムの詩人たちによる作品といくつかの点において共通点が見られる。まずダダイストたちのそれのようにテクストに依存していないということ。そもそも彼の詩は、イズーの『絶対散文詩の探求』やヴォルマンの作品ほどではないにせよ、文字に起こすことがほとんど不可能なものである。さらに言えばもしそれが可能だったとしても、ダダイスムとの比較において重要なのはその詩の暗誦の「前に」テクストが位置づけられ得ないということである。第二の点は、その発話がいかなる意味作用にも規定されていないということである。

ところが一九五八年に発表された『ピエール・ラルースの墓』は、これまでの作品とは全く異なっていた。第一の特徴は、この詩は音声のみによって構成されているのではなく、テクストを前提としているということである。そのテクストは文章を構成することは全くなく、大文字と小文字の入り混じった奇妙な文字列だが、その「朗読」を聞きながらテクストを眺めると、それらが何らかの意味作用を持つ語を示していることがわかる（たとえば、wiskisKOTCHOTCHkisという語はwhisky Scotch hotchkissと聞こえる）。このことはすなわちレトリスムにおいて完全に否定されていた言葉への回帰であり、レトリスムが放棄しようとしていた意味作用が再び取り戻されていることを示している。デュフレーヌ自身、この作品について「レトリスムの下位に属する（infra-lettriste）」という形容を与えており、この作品自体がレトリスムの理念に鑑みある種の退行として捉えられうるということに彼自身意識的であったということがわかる。

しかしこの退行それ自体がのちの音声詩[3]を決定的に方向づけていることは看過すべきではない。のちに述べるように、フランス音声詩は、まさにこのテクストと声との共犯関係によって特徴づけられているのである。

そして本論の論旨において重要なのは、テクストと自我をめぐる問いがレトリスムの両者を廃棄するという形である極点にまで至った後に現れたこの『ピエール・ラルースの墓』において、問いが別の形に変容していくということである。それはテクストと声との関係をめぐる問いである。換言すれば、ダダイスムやレトリスムの詩人たちは、テクストとは何かという問いを看過することによって放棄していったのではないかと考えることもできるのだ。そしてこの問いに再びとり掛かるにあたって、極めて重要な役割を担うのが声なのである。

3 「勝ち誇った近代性」と「否定的近代性」

このように、いわゆる「前衛」として区別なく理解されている詩の潮流でも、二〇世紀前半のそれと後半のそれとでは大きな理念的な相違があるのがわかる。この違いに注目し、自らの詩が持つ近代性を見極めようとしたのが、エマニュエル・オカールである。

近代詩、もっと言えばその詩における言語のありようについてのオカールによる見方は、ある程度イズーのそれと重なり合う部分がある。それは二〇世紀のフランス詩の転回点として、二〇世紀半ば、イズーであればレトリスムによる彫琢的傾向の完遂、オカールであれば終戦を想定していたという点である。ところがこの転回点を境にした、その後の詩の展開についての見方に関して、両者は大きく異なるのである。イズーは彫琢的傾向から再び拡大的傾向に回帰すると考えた。じじつイズーと袂を分かったデュフレーヌはレトリスムに対して退行とも取れる作品を生み出していった。

ところがオカールにとって問題なのは出来上がった作品ではなく、むしろそのような作品を生み出す前提であるように見える。彼にとってはイズーのいう彫琢的傾向とはある種の還元主義的な傾向、ミニマリスム的傾向であるといえるが、そのようなミニマリスムを可能にする精神の自由を彼は見てとっていた。それに対して戦後はその精神の自由を保証する前提そのものを失ってしまったとオカールは考えているのである。彼はその二〇世紀後半の近代性のあり方について次のように主張している。

それは戦前の勝ち誇った近代性、そこかしこの前衛による近代性ではない。それはアウシュヴィッツとともに終わりを告げたと主張することは正当だろう。他方で近代性の異なる流れがある。戦後の否定的（否定神学的）近代性である。それはあらゆるもの、そしてそれ自身についての疑義、疑い、そして問いの近代性である。詩においてそのような近代性が顕著に現れるのが六〇年代および七〇年代である。この近代性はこんにちポストモダン的態度と呼ばれるものとは別のものである（この言葉は大西洋の両岸で正確には意味が異なる）。この近代性はゲームの規則、詩的言語の要諦についての根源的な問い直しによって特徴づけられているのだ。(4)

言ってみれば否定的近代性とは戦前の自由に裏打ちされた前衛運動と前提を共有できないある不可能性のもとで成立しているのであり、そのことによる根源的な問いかけがこの近代性を支えているのである。

この否定的近代性の典型的な例としてオカールが挙げているのが、彼自身がモルドヴァで体験した出来事である。オカールは文化使節団として友人の作家たちとともにモルドヴァの首都キシナウを訪れた。現地のガイドとともに街を巡ったが、第二次世界大戦の戦火によって興味深いものはあらかた破壊されてしまった。にもかかわらずそのガイドは立て板に水のように止めどもなく破壊された彫像や公共施設、記念碑などについて語りだす。オカールがこのガイドに興味を持ったのは、そのガイドが話すフランス語が、非常に明瞭であるにもかかわらずアクセントの全くない、彼にとっては奇妙なフランス語だったからだ。彼はこの点に二つの理由を見いだす。まず第一に彼は大学でフランス語を学んだこと、そして第二に周りの学生や教員も一度もフランスに足を踏み入れることなく、また一度もフランス語を母語とする者と話したことがなかったからである。その結果、このガイドはフランス語を造花の花束のように人工的なものとして扱い、そのため彼がいかに真実を語ろうとも虚偽のように響いてしまうのだ。(5)そのためこのガイドにとってフランス語は自らの内面を表現する機能は持ち合わせてはおらず、ただ何かを指し示す役割しか担っていないのだ。

このことが意味しているのは、言語には、本来的にはアポリネールが信じるような叙情的主体、より単純に言えば自我の内面を表現する機能は含まれていないということである。もしこの観点からオカールが「勝ち誇った近代性」と呼ぶ二〇世紀前半の状況を眺めるならば、当時の、とりわけ前衛的な活動に身を投じていた詩人たちはある欺瞞のもとで詩作を行っていたことになる。つまり、本来ありえなかった言語における叙情的主体、あるいは両者の必然的な結びつきを想定した上でそれを破壊しようとしていたということである。言い換えるならば、この勝ち誇った近代性の勝利は、「あらゆるもの、そしてそれ自身についての疑義、疑い、そして問い」を行わないことによって得られたものでしかなかったのだ。そのため彼らは言語とそれが表現する叙情的主体を所与のものとし、その上でそれらを切り離し破壊したと僭称するに至ったのだ。

だがオカールによれば、このような事態は単なる欺瞞でも、当該の詩人たちによる個別的な忘却の結果でもない。むしろ彼らが拠って立つ前提は社会的に要請されたものであり、教育の結果でもあるのだ。その意味でこの勝ち誇った近代性と彼が呼ぶものは優れてヨーロッパ的なものであると言えるし、理性的なものでもある。

オカールは『タンジェの探偵』と題される断片集とも短篇集とも言えない奇妙なテクストの中で、教育の名のもとで行われる朗読について語っている。

クラスのすべての生徒は朗読の前で平等である。みな同じ本を持っている。非常に単純な基本的規則を守ればみなちゃんと読むことができるはずである。

速さ――遅すぎず(間の抜けた感じになってしまう)、速すぎず(笑いを誘ってしまう)。だがジャン＝リュック・パランの朗読は速すぎ、オリヴィエ・カディオもトム・ラウォースも同様であった。

口調――ギクシャクせず、だらだらしない。はっきりと発音し、区切り、そして句読点に配慮しリエゾンを行う。*Nous n'rions plus-zo-bois.*

表現――感情を表現する。ラ・フォンテーヌは表現豊かな朗読のための「メトード・ローズ」である。というのは、彼は優れて自然の詩人であるからだ。慧眼な人類の観察者として、彼は多くの動物たちを自らの物語に登場させる。ラ・フォンテーヌは学校の授業に最もよく登場する詩人である。(6)

他の分野のみならず朗読においても教育は一定の規則を強い、教育を受ける者を馴致するわけだが、オカールによれば詩を読むにあたっての感情表現とはまさにそのような強いられた規則のうちの一つにすぎない。
これは詩の問題というよりもむしろ、言葉そのものにかかわる問題である。言葉はそもそも一つの主体をその担い手とは決してしない。オカールは言葉に不可避的にまとわりつくざわめきや噂といったものについて『雲と霧』という比較的短い文章の中で検討している。そもそも言葉というものには人格や内面を表現するのに妨げになるような音が含まれており、それは無記名のものなのである。

自らの歴史を経て言葉は、ざわめき／噂（rumeur）が描き出すような音声による円環を喚起しているのだ。言葉が言語の体系の中に入り込むとき、それは大きな騒音を述べるためなのだ。武器のぶつかり合う音なのである。こんにち、それはラテン語の rumor という語がかつて表していたものを再び示すことになる。それは街中であることないことを言いふらす、誰ともわからぬ低い声の集まりのことである。[7]

このようなざわめき／噂といったものがその主人を持たないものであるのは、それが動詞を持たないからだとオカールは主張する。フランス語の性質上、動詞はその主語と深く結びついている。もしそれが動詞を持たなければ主語もない。ということはその言葉の主人はいないということでもある。[8]
このように考えることが妥当であるならば、アポリネール的叙情性に抗おうとした二〇世紀前半の前衛詩の試みは誤っていたということになるだろう。叙情性から逃れるためには、言語を意味のレヴェルにおいて破壊するのではなく、むしろ言葉が本来備えているこのざわめき／噂に忠実に言語を使用することが重要なはずである。
ある観点から見れば、二〇世紀前半の前衛詩は自我とテクストとの関係を問うてきたということができる。しかしそれは言語が自我なるものを表現できるという前提に立った上でのことだ。もしオカールの言うようにそもそも言葉は本来その主人を持たず、したがってそれが自我と必然的な関係を結んでいないがゆえに、教育によってその関係を作り上げなければいけないとすれば、重要なのはそれを作り上げる（でっちあげる）作業であり、そしてそれは朗読である。したがって問題なのは「テクストと自我」より前に考えなければならないはずの「テクストと声」なのである。じじつ、このオカールの考察を手がかりに二〇世紀後半の前衛詩を眺めてみると、その自明性のゆえにこれまで意外にも等閑視されてきた声をめぐる思考がそれぞれの作品において展開されているのがわかる。

二〇世紀前半の前衛詩人たちは破壊すべき対象としてのテクストと自我をつねに考えてきた。しかしオカールの考察が示すのは、その破壊すべきテクストと自我を事前に作り上げるテクストと声との関係である。二〇世紀後半のフランスに独特な形で現れた音声詩はまさにこの関係についてこれまでにない思考を展開したものだと言えるのである。

4　声の事後性

この声とテクストとの関係をオカールよりも前に、より挑発的な形で問うていたのがアルトーである。精神病院収容後のアルトーは演劇人やシュルレアリストというより、むしろ詩人として捉えられなければならない。狂人と見なされたその晩年にもかかわらず、彼の詩についての考察は本論での議論の文脈において非常に示唆に富んでいる。

彼の晩年の詩論の中で最も重要なものが「詩への反抗」と題された短い文章である。ここでアルトーは奇妙な詩の定義を提示する。それは「詩とは詩への反抗である」というものである。なぜなら、彼によれば詩とはつねに詩人によって作られるものではなく、しばしば詩人になりかわった何者かが詩の制作に入り込んでくるからである(9)。

なぜか。その理由は明快である。詩は言葉によってできているからだ。言葉は詩人のものではない。言葉は詩人が詩を作る前にすでにあるものであり、言葉が詩人だけのものでないがゆえにその詩人が作った詩が読者である他者に伝わるのである。詩が創造であるならば、詩はそれを生み出す創造主でなければならず、詩人自身「生み出される」存在であってはならない。むしろ「生み出す」存在でなければならないのだ。そのためには詩によって詩人が「生み出され」てはならない。

私は諸物の中で自らが再生産されることを望まない。私が望むのは、諸物が私によって生み出されることだ。私は自らの詩の中に自我の観念があることを望まない。私はそこで私自身に再会しそれを見直すことを望まないのだ。[10]

このようなアルトーの主張は言うまでもなく、言葉の特異な性質による、詩人の困難な状況に依拠している。つまり、創造主であるべき詩人はそれ自身詩人によって創造されたものではない言葉を使用せざるを得ないという状況である。

ここでアルトーはマラルメがそうしたように、新しい言語を創造するということを望むことができたのかもしれない。しかし彼が望んだのはそれとは全く別のことである。

アルトーの詩への反抗というのは、自らが創造したものでない言葉への反抗であるのだが、それは形式的に言えば詩人の「前」に存在するものに対する抵抗であるとも言える。「生み出されるもの」は「生み出す」存在よりも後に存在し、したがって詩人は「前」に存在するものでなければならない。しかし言うまでもなく詩人、詩の担い手は言葉よりも「後」の存在である。アルトーにとって詩とは「後」の「前」に対する反抗なのである。

この「理論」をアルトーはネルヴァルの『幻想詩集』に収録されている「アンテロス」の読解において実践する。アルトーは一九四五年に二つのネルヴァル論を発表したジョルジュ・ル・ブルトンに反論するために比較的長い手紙を執筆した。結局その手紙はル・ブルトンに送られることはなかったが、晩年のアルトーの詩論を知るための極めて重要な資料の一つになっている。

ル・ブルトンが自らの論文の中で問うたのは、ネルヴァルの発想の源泉がどこにあるのかということだ。彼によればネルヴァルの詩は厳密に計算されたものであって、シュルレアリストたちが考えるような理性の支配から完全に逃れたものでは決してない。彼はオーシュにある図書館を訪れ、ネルヴァルが『幻視者たち』の中で言及していた作家の一人であるアントワーヌ＝ジョゼフ・ペルヌティの『エジプト・ギリシア寓話集』という著作を発見した。そこでは、「ドン・ペルヌティはエジプトおよびギリシアの神話的な物語は、すべて賢者の石の制作を寓意的に記述しようとした錬金術師たちによって着想を得られたものだ、と強く主張している」[11]。ル・ブルトンが主張するのは、ネルヴァルがペルヌティの著作に見いだすことができるような錬金術の原理を参照しつつ、『幻想詩集』の詩篇の中に秘密のメッセージを忍び込ませたということである。アルトーが強く反発したのは、詩人ネルヴァルの「前」に彼の作品をあらかじめ決定づけているものが存在するというル・ブルトンの解釈である。アルトーはこのネルヴァルの詩に三種の「詩への反抗」つまり「前」に対する抗いを見てとるのである。詩人であるネルヴァルはこのル・ブルトンのような解釈に「あらかじめ」抗っており、また登場人物のアンテロスは異教の神であるヤハウェではなく母であるアマレクタに抵抗しているというのがアルトーの独特な解釈である。母とは子に先立つ存在であるということは言うまでもない。その母から先立つ根拠となる生殖の機能を奪うことがアンテロスの目的であり、また最後の行（「その足元に、年経た竜の歯を再び蒔く」[12]）で描かれていることであるとアルトーは考えたのだ。

しかしそれだけではない。アルトーが行ったこの詩の解釈の独創性は、もう一つの「前」に対する抗いを見出したということである。それは読者による抗いである。

『幻想詩集』の詩句の意味の根拠は、神話学、錬金術、タロット、神秘思想、弁証法あるいは心理学の意味論などによって与えられるのではなく、もっぱら発声法によって与えられると言いたいのです。あらゆる詩句はまず聞かれるべく、高らかに精一杯の声で具体化されるべく書かれたのです。〔……〕なぜなら、真の詩句が意味を持つのは、印刷されたり書かれたりしたページの外でしかないからです。そこではあらゆる言葉が逃げてゆくための息吹の空間が必要となるのです。言葉はページを逃れて迸ります。言葉は詩人の心を逃れ、詩人は言葉の翻訳し難い衝撃の力を駆り立てるのです。〔……〕そして『幻想詩集』の大変な困難を経て生み出された詩句の音節が語っているのはこのことなのです。ただし読むたびに新たに痰を吐くように吐き出すことが条件です。――このときはじめてその象形文字は明らかになるのです。いわゆる神秘学のあらゆる鍵などは脳の灰白質の無用で有害な襞の中に消えてしまえばいいのです。なぜならこれらの詩句が難解だとしたら、それは詩人を堪え難い者と感じ、その人生の匂いを嫌悪して、純粋な精神の中に避難してしまう者にとってだけ難解なのです。(13)

彼にとって読むこと（朗読すること）はその都度詩を作り変えることであり、そのことによって「前」を消去するのである。

ここで重要なことは、読者とは詩の場において最後に現れる存在であり、そのような存在にとっては書かれた詩そのもの、それに基づいてなされた解釈、そして詩人自身でさえも「前」のものであり、抗う対象なのである。(14)そのため読者は従来の解釈からは明らかに逸脱した読解を、場合によっては意図的な誤読を伴って行うべきなのである。このようないわば暴力的な単純化を行う契機となるのが声である。吐き出された痰を精緻に分析する者などいようか。しかしただ破壊するのではなく、アルトーはそのように吐き出すことによって新たな詩を改めて作り上げているのである。

5　声とテクストとの共犯関係

このようにアルトーにとって、声の前にあるもの、とりわけテクストはいわば敵のようなものであった。しかしそれは、レトリストたちが信じたようにただ単に排除されるべきものなのであろうか。ただ排除されるためだけのものなら、なぜそれを取り上げる必要があるのだろうか。

忘れてはならないのは、アルトーはレトリストたちほど事態を単純化していないということだ。アルトーがテクスト、もっと言えば「前のもの」を敵と見なしているとき、それはただ単に排除されるべきものと考えているのではなく、ある共犯関係を想定している。つまり敵として求めているということだ。神の裁きはただ決別されるべきものではない。決別されるべきものとしてアルトーが要請しているのである。

そのことを正確に見てとって、自らの理論を構築していったのがベルナール・ハイツィックである。フランス近代詩について、ハイツィックはイズーとほぼ同様の歴史観を持っていた。ボードレールから始まったある傾向が二〇世紀半ばにある極点を迎え、その極点を経て新たな展開へと舵を切る、と。イズーはその極点にイズー自身を置いた。ところがハイツィックによればそこにいるのはアルトーその人であったのだ。そしてイズーが彫琢的傾向から拡大的傾向への転換と見ていたものを彼は求心的発展から遠心的発展への転換と見ていたのだ。つまり、ハイツィックによれば、アルトー、しかも彼の叫びが、このフランス詩の求心的傾向から遠心的傾向への転換を促したのだ。

アルトーの叫びは、ボードレール以来の詩の求心的な発展の頂点に位置づけられるものとして現れた。ボードレール以来の詩は、一世紀以上前から、形式的に、その詩自身を中心として展開し続け、最終的に、そして全面的に、その道のりを極め、その緊張の、その集中の、そしてその詩自身の追求の限界にまで至った。そしてそのすべてがアルトーの叫びによって表現されているのだ。

にもかかわらずそれは転回点としての叫び、つまり頂点かつ転回点としての叫びなのだ。というのは、この叫びは自らとともにページを焼き尽くしたからだ。ある過程の終わりの停滞の表明として、この叫びは書物を爆発させ、空を切り裂く。最終局面、つまりこの時代に至りインフレを起こした言葉、蝕まれ腐り、焼き尽くされた言葉にはもはやできないことだ[15]。

重要なことは、この求心的展開から脱するアルトーの叫びが「ページを焼き尽く」すこととして現れているということだ。すでに述べたように、このことはページ、あるいはテクストの素朴な放棄を指し示しているのではない。三〇年代のアルトーの演劇理論において叫びは俳優の前にすでに何かが俳優の行為や思考を規定してしまっていることによるある受苦の表明であるが、まさにその前にあるものこそがテクスト、戯曲であり、彼の理論においてはこのような受苦を実現するためにもテクストは不可欠なものだった。そのためハイツィックも言明するように、ページ、テクストは同時に友であり敵でもあるのだ。

ページよ、さようなら。遠慮なく言おう。無二の親友であり、敵でもある、そして話し相手でもあり、伝達手段でもあるページよ、さようなら。詩はそこから抜け出した。詩は、病に冒され、このぬかるみ、そして罠であり鏡でもあるページから抜け出そうとよろめいている。しかしそれでいい。

詩は、儚く、その窒息のふちでさえ、つまり最期を迎えつつあるにもかかわらず、自らの歓喜に浸っているために、ページの奥底で麻痺が自らを捉えていることに気づいていなかった。そして詩をページへと至らしめたのは、この読者嫌いと、絶対への渇望だ。

こうしてページは空白へと変化する。そして自らの薄明かりの中にまどろむ。ページとは、過剰に自己中心的なものであり、貪欲かつ過ぎ去ってゆくものである。そしてそれは詩によるページの放棄に反抗する。この壁に対する最後の衝突――アルトーの転回点となる叫びだ――が、したがって雷鳴のように轟く。決定的に。最終的に。詩篇の基礎としてのページは、生きながらえてきたのだ。

しかし、この叫びは、引き裂かれから発せられるものであり、そのため絶対的で無言の空白に対峙した完全な闇であり、同時に、疑いなく、解放の叫びであったのだ。求心的な。他者たちの眼前へと投げ出された。彼らに宛てられた。

つまり詩は、世界へと帰っていくのだ。その素材は再び自由に、生き生きとしたものになった。そのことを望みつつ、そこでペンや血を失おうとも獲得しようとも、詩は新しい現実へと身を投じ、立ち向かおうとしているのである。この現実とは詩にとってのこれまでとは異なった諸次元であり、そこで詩は活動することを運命づけられている、つまり時間と空間である。詩は大衆とかかわる用意をしているのである。逃げ出した大衆ではなく、追求され、請われた大衆である。

そう、詩は、社会を元の場所に戻すのである。より正確には、社会の中で展開していくのである。(16)

過剰に自己中心的なページはそこに書き込まれた詩によってその詩の排他的な担い手を作り上げる。彼の主張する「詩によるページの放棄」とはこの排他性から逃れることである。しかし同時にこのようなページそのものを作り上げているのも彼自身であることは当然無視すべきではない。

つまりここである二重性が指摘されなければならないのだ。よく知られているように、音声詩の名のもとで行われる彼の詩作は、視覚詩的なテクストとそれを元に行われる音声的表象（朗読）の二つのプロセスによって完成する。このようなプロセスを「射出（catapulter）」することであると主張している点は看過すべきではないだろう。射出する、という語は彼の好んで使う語のうちの一つだが、それは単に外へ発するということのみを意味するのではない。この動詞は、射出された戦闘機が空母に帰艦するように、射出された対象の回帰をも同時に意味しているのだ。ここで彼が詩の作者と読者の同一性を主張しているということにも注意しなければならない。「言うまでもないことだが、このような条件〔「ライヴ」での朗読によるテクストの可視化〕のもとにおいて、きわめて希有な例外はあれど、詩人は独占的な解釈者（朗読者）となるだろう。そしてその理由で、自らの作品から朗読をする職業俳優を排除することによってある種の「プロフェッショナリズム」に到達するという義務とはいわないまでも誓いを行うのである」(17)。このことによって、詩は詩人によって二つの段階を経ることになる。つまり、詩人による詩のページへの閉じ込め、そしてその同じ詩人によるページからの詩の解放である。もし「音声詩」という名が音声による詩の表現を示すのであれば、ハイツィック自身が言うように彼の詩を音声詩と呼ぶのは適切ではない。そのため彼自身は音声詩ではなく行動詩（poésie action）という呼称を好んだ。彼によれば詩とは例外なく音声的なのであり、それは詩の二つ目の段階、ページからの詩の解放による自我の事後的な作り直しの契機を含んでいるということである。アルトーに言わせれば

新刊案内

2017年3月

平凡社

それは詩を痰のように吐き出すということに他ならない。

本論では、オカール、アルトー、ハイツィックという、フランス詩の中で決して中心的な役割を担っていたとは言えない詩人たちを通じて、声の担う独特な役割を明らかにしてきた。声とは本来、テクストが指し示す主体などとは全く関係のないものであったが、それが教育によっていわばテクストに従属させられてきた。そのためひとたび声がテクストという軛から解放されると、声はいかなる主体の表現とも結びつかない一見空疎なものとなる。これがオカールのいう「否定的近代性」の根底にあるものだ。

だとすれば声から出発して事後的に主体なるものをでっちあげなければならないと考えたのがアルトーであり、ハイツィックでもある。このような声によって事後的に立ち現れる主体を音声的言表行為の主体と名づけることはできないだろうか。声が誰かの声であったことは一度もない。もしそのようなものとして捉えられるとすれば、声がその「誰か」を事後的に捏造しているからに他ならない。アルトーはそのような実践を「アンテロス」の読解において行い、またハイツィックは声の事後的な捏造を用意する場としての街（『カナル・ストリート』、『ショセ・ダンタン交差点』など）を思い描いていたのだ。

注

（1） Guillaume Apollinaire, *L'Esprit nouveau et les poètes*, *Œuvres en prose complètes*, t. II, Bibliothèque de la Pléiade, Gallimard, 1991, p. 947. なお邦訳および強調はすべて引用者によるものであり、以下も同様である。

（2） Dominique Rabaté, rubrique « Lyrisme », *Dictionnaire de poésie de Baudelaire à nos jours*, éd. Dominique Rabaté, PUF, 2001.

（3） 本論では、ダダイスムに代表される二〇世紀前半に生み出された声によって表現された詩を音響詩（poésie phonétique）、そして二〇世紀後半に、とりわけフランスで独自の発展を遂げた詩を音声詩（poésie sonore）と名づける。両者は厳密にジャンルとして区別されているわけではないが、本論では便宜上この区別を採用する。また著者としては、この区別は二〇世紀の前衛詩を眺める上で非常に有効であるとも考えている。

（4）Emmanuel Hocquard, *La Bibliothèque de Trieste*, Éditions Royaumont, 1988, p. 28-29.

（5）*Ibid.*, p.26.

（6）Emmanuel Hocquard, *Un Privé à Tanger*, P.O.L, 1987, p. 26-27.

（7）Emmanuel Hocquard, *Des Nuages & des brouillards*, Spectres familiers, 1985, p. 11-12.

（8）「言語の中に含まれる音〔ざわめき／噂〕とは別の名が動詞なのである。これは便利な表現だ。動詞があるならば、主語（主体）がある。しかしつぶやきにはそのような動詞はない。巧妙な表現だ。なぜなら動詞がないならば主語（主体）もないからだ。つぶやきとは把捉し得ないものなのである」（*Ibid.*, p. 14-15）。

（9）Antonin Artaud, « Révolte contre la poésie », *Œuvres complètes*, t. IX, Gallimard, p. 121.

（10）*Ibid.*, p. 123.

（11）Georges Le Breton, « La Clé des *Chimères* : L'Alchimie », in *Fontaine*, n° 44, été 1945, p. 443.

（12）Gérard de Nerval, « Antéros », *Les Chimères*, *Œuvres complètes*, t. III, Gallimard, p. 320.

（13）Antonin Artaud, « Projet de lettre à Georges Le Breton (le 7 mars 1946) », *Œuvres complètes*, t. XI, Gallimard, p. 187. ネルヴァルの詩の読解における指示対象の理解の不要性に関しては、セルジュ・メタンジェも指摘している（Serge Meitinger, « Quelques hypothèses à propos de l'hermétisme des *Chimères* », in *Rêve et la Vie* : Aurélia, Sylvie, Les Chimères, C.D.U. et SEDES, coll. « Société des Études romantiques », 1986, p. 137）。

（14）例えばアルトーはコーキュートスの河とレーテーを意図的に混同し、コーキュートスの流れに浸されたアンテロスは家族や自らの起源を忘却するとしている。

（15）Bernard Heidsieck, *Notes convergentes*, Romainville, Al Dante, 2001, p. 102-103.

（16）Bernard Heidsieck, *Poème-Partition* V, Bordeaux, Le Bleu du Ciel, 2001, p. 72-73.

（17）Bernard Heidsieck, *Notes convergentes*, *op. cit.*, p. 230.

例外性の発明

――ギー・ドゥボールの声について

門間広明

声とは何か。もちろんさまざまな答えがありうるが、とりあえずここでは、内容でも形式でもないもの、と否定的に定義しておくことにしよう。声はそれが語る内容とは別次元にあるが、かといって語りの形式に属しているわけでもない。形式は工夫をこらしたり、別の領域から借りてきたり、すっかり変更したりすることができる。つまり形式は更新しうるもの、進歩しうるものであり、ゆえにそこには歴史性が刻まれる。声がそのような歴史性を帯びることは稀である。もちろん、これまで誰も聞いたことのない新しい声というものはあるだろう。しかし、そのとき人々が思い浮かべるのは、創造者の創意や歴史の進展といったものではなく、むしろ生得の資質、あるいは天与の才能といったものだろう。たとえ新たな声の獲得、声の発明といった事態がありうるとしても、それは決して瞬間的なものではなく、長い時間をかけた「修練」のプロセスを思わせる。

ギー・ドゥボール（一九三一―九四）は何よりも声の人だった、と言ってみたい。もちろん、彼の作品の内容を語ることはできる。たとえば『スペクタクルの社会』をはじめとする理論的著作を検討し、そこから社会批判のための重要な知見を引き出すことができる。そしてもちろん、彼の作品の形式について語ることもできる。たとえば彼の映画で多用される、既成の映像の転用、映像と音声の非同期、スチルによる文字の挿入といった技法を分析することができる。しかし、ここではあえてドゥボールの声、すなわち内容にも形式にも還元できないものにこだわり、その水準での彼の戦略を問うてみたい。

1　静かな映画

　まず、ドゥボールの映画作品で聞くことができる彼自身の声がある。『サドのための絶叫』（一九五二）から『われわれは夜に彷徨い歩こう、そしてすべてが火で焼き尽くされんことを』（イン・ギルム・イムス・ノクテ・エト・コンスミムール・イグニ）（一九七八）まで、彼が制作したすべてのフィルムにおいて、ドゥボール自身の声は、それなくしては映画そのものが成り立たない不可欠の要素だった。そもそも、彼の映画においては映像に対する音声の優位がはっきり確認できる。映像を欠いた（より正確には白一色の画面と黒一色の画面が切り替わるだけの）、サウンドトラックのみの映画『サドのための絶叫』はもとより、それ以降の、さまざまな既成の映像が「転用」されている映画でも事情は変わらない。というのも、転用された映画やニュースやCMの映像にかぶさるドゥボール自身の声が、それらの映像の無意味さや欺瞞性を暴き出すというのが、以後のドゥボール映画の基本的なフォーマットになるからである。『われわれは夜に……』でまさしくドゥボール自身が語っているように、それは「すべて無意味であるか虚偽のものである映像を背景に私が真実だけを語る映画、自分を構成しているこの塵芥のような映像を軽蔑している映画」[1]なのである。そして当初から映像に対して優位に置かれていた音声は、時代を追うごとにドゥボール自身の声へと集約されていく。[2]『サドのための絶叫』とそれに続く『かなり短い時間単位内での何人かの人物の通過について』（一九五九）では複数の人物による語りが採用されていたのに対し、次作の『分離の批判』（一九六一）ではわずかに冒頭のナレーションのみ別の女性が担当しているものの、以降の作品、つまり『スペクタクルの社会』（一九七三）、『映画「スペクタクルの社会」に関してこれまでになされた毀誉褒貶相半ばする全評価に対する反駁』（一九七五）、そして『われわれは夜に……』では、全編にわたってドゥボールがナレーションを担当しているのである。

　書籍版『スペクタクルの社会』（一九六七）において現代社会における「スペクタクル」の支配を批判し、イメージの専制に徹底して抗おうとしたドゥボールの映画が、映像を蔑視し音声に重要性を与えているということは、ある意味で理解しやすい。しかし、この音声の特権化はもともと、若きドゥボールが参加した前衛芸術運動レトリスムの創始者、イジドール・イズーから受け継がれたものであることを確認しておきたい。ドゥボールがレトリスム運動に参加するきっかけは、イズーの映画『涎と永遠についての概論』（一九五一）を観て衝撃を受けたことだった。イズーはこの映画において、また雑誌『イオン』に発表された長大な論考「映画の美学」において、これまでの映画では映像が音声を従えてきたこと、音声は映像を二次的に補完する役割しか与えられてこなかったことを繰り返し強調し、その序列を逆転させることを提案している。かくして「私は耳を、映画におけるその主人、眼から切り離したい」[3]といった言葉が溢れる『涎と永遠についての概論』は、音声による映像批判のフィルムという性格を帯びる。この点からすれば、イズーが活用した「彫り刻み（シズリュール）」、すなわちフィルムに直接傷をつけたりペンで書き込みをしたりする手法も、それによってもたらされる意外な効果によって映像を豊かにするものというより、むしろ映像そのものを物質的に毀損し、最終的には廃棄するための技法として立ち現れてくる。

ある意味で、ドゥボールの『サドのための絶叫』は、この音声による映像批判の試みを極限まで押し進めた映画である。何しろそれは映像のない、サウンドトラックのみの映画なのだから。しかしながら、この映画の「本体」である音声は、イズー映画のそれとはかなり異なった印象を与える。イズーの映画は、己の主張をひたすら声高に喚き立てる映画である。それは新たな映画の形式を創出しようとする意気込みに満ちた、野心的であることをいささかも隠そうとしないフィルムである。またそこにはレトリストたちによる音声パフォーマンスが頻繁に挿入されており、とりわけフランソワ・デュフレーヌの音響詩「歩行」および「私は尋問する、私は罵倒する」は強烈な印象を残す。要するに、そこでは有意味な言語に分節される以前の声の多様な響きが活用されている。それに比べると、ドゥボールの映画の音声は、ほぼ全編にわたって断片的なテクストを淡々と朗読するというもので、妙に静かな、ある意味で「貧しい」ものである。

確認しておけば、『サドのための絶叫』は、音声が流れている間は白一色の画面、音声が途切れると黒一色の画面に切り替わるが、約一時間の上映時間のうち音声あり／白画面のパートは二〇分足らずであり、観客はかなり長い時間、無音／黒画面に向き合うことになる（最大で二四分間続く）。しかし、この映画の奇妙な「静けさ」の印象は、この長々と続く無音／黒画面のためばかりではない。ドゥボールとイズーを含む五人の人物が担当する音声パートも、シナリオに付されたノートによれば、「聞こえてくる声はすべて無表情」[4]なのであり、その抑揚のない声によるテクストの朗読は、イズー映画の騒々しさとは対照的である。また読まれているテクストは新聞記事、ジョイスからの引用、法律の条文などが入り混じった雑多なもので、イズーにおけるように新しい芸術のためのマニフェストが前面に押し出されてはいない[5]。かくしてこの音声あり／白画面のパートは、その形式的かつ内容的な慎ましさゆえに、時間的にそれよりはるかに長い無音／黒画面を背景にそこからときおりかろうじて浮かび上がってくる、という印象を与えるものになっている。

実は、この映画のシナリオには雑誌『イオン』に発表された第一版と実際の映画に採用された第二版がある。両者を比べてみると、上述のような「静けさ」、「慎ましさ」の印象は、第二版での改変によって生じていることがわかる。第一版ではさまざまな映像を用いる計画があったばかりでなく、音声もより騒々しいものだった。というより、そこにはイズーの『涎と永遠についての概論』のほとんど模倣に近いアイディアが多数含まれている。デュフレーヌの「歩行」と「私は尋問する、私は罵倒する」はこの映画でも使用される予定だったし、それ以外にも「フランソワ・デュフレーヌの叫び」、「叫びと口笛の音に覆われた背景音とレトリストのコーラス」、「喘ぎ声の即興によるレトリストのソロ」、あるいはたんに「絶叫」といった指示や、無意味な文字の羅列に近い音響詩のテクスト（もちろん実際の映画ではその朗読が聞かれるはずだった）など、イズー映画をそのまま引き継いだような構想が、第一版のシナリオにはふんだんに盛り込まれているのである。しかし第二版では、そうした音声上のアイディアはほぼすべて削除され、『サドのための絶叫』という題名を裏切るかのように、きわめて静かな映画に変化している。唯一の例外は、冒頭に挿入されたジル・J・ヴォルマンの即興詩であるが（ちなみにこの映画はヴォルマンに捧げられている）、これは実にささやかな例外である。イズーの映画で多用されているこれ見よがしのパフォーマンスとは違って、ほとんど消え入りそうな喘ぎ声によるその即興詩は、実際にすぐさま消え去り、淡々としたテクストの朗読に場を譲るのである。

2 叫ばない声

ところでそのヴォルマンは、『サドのための絶叫』と同年に、『アンチコンセプト』というフィルムを制作している。この映画も白画面と黒画面が切り替わるだけの「映像のないフィルム」であり、そして音声も雑多なテクストが途切れ途切れに朗読されていくというもので、多くの点で『サドのための絶叫』と似ている。しかし、それぞれのフィルムが観客に体験させようとしているものは、実はかなり違っている。まず『アンチコンセプト』は、映像を欠いていても、あるいは映像を欠いているからこそより純粋に、眼という器官に強烈な感覚をもたらすことを目指したフィルムである。これは激しく明滅する光が、通常のスクリーンの代わりに気象観測用の白い気球に投射され、その運動性そのものを眼に感得させるという仕掛けの映画なのである（いわゆる「フリッカー」の先駆と言われることもある）。ヴォルマンは上映後に雑誌『Ur』に掲載された記事で、次のように言っている。「このリズムはあまりに強烈なので、最初の上映の際、目をつむっている観客も瞼を通じて運動を知覚していた。後ろを向いていた者さえその運動からは逃れられなかった。その運動は映画館と一体化していた[6]」。それに対して、『サドのための絶叫』では、すべてが無に帰してしまったかのような無音／黒画面がやはり基調となっているように思われる。繰り返しになるが、音声あり／白画面はその無音／黒画面をときおり断ち切ってかろうじて浮かび上がってくるにすぎない、という印象を与える。

次に音声面では、『アンチコンセプト』は、イズー映画のような押しつけがましさは感じられないものの、少なくともかなり喧しい映画ではある。ヴォルマンは、ときに子供の囃し歌を思わせる独特の節回しでテクストを朗読する。ドゥボールの映画に比べると、声の表情ははるかに「豊か」である。そして何よりも、ヴォルマン自身の「メガプヌミー mégapneumie」（文字通りには「巨大な気息」）と名付けられた音響詩をはじめ、レトリストのパフォーマンスもふんだんに用いられている。またそれ以外にも叫び、呻き、唸り、囁きといったプリミティヴな声の響きが大いに活用されている。少なくともこの点では、『アンチコンセプト』は『涎と永遠についての概論』と、またこの時期のレトリスム映画のもうひとつの代表作、モーリス・ルメートルの『映画はもう始まったか』とも共通している。これら三作品は、当時のレトリスムの主要な活動である音響詩の試みを大々的にフィーチャーしているのである。逆に言えば、初期レトリスム映画（以上三作品に『サドのための絶叫』を加えた四作品にほぼ尽きる）において、音声の使用法という観点からすれば、『サドのための絶叫』のほうが例外的なのである。

映画を離れて考えてみても、ドゥボールはその活動をレトリスムから開始していながら、イズーやデュフレーヌやガブリエル・ポムラン、あるいは後にイズーを批判して共にレトリスト・インターナショナルを立ち上げるヴォルマンやジャン＝ルイ・ブローとは異なり、レトリスムの中心的な活動である音響詩の試みには向かわなかった。どうやら彼は、声そのものの響きの探求には関心がなかったようなのだ。二〇一〇年には彼がテープレコーダーに吹き込んだ録音物を集めたCD付の書籍が刊行され、映画以外での彼の声もいくらか聞くことができるようになったが、それを聞いてもこの印象は覆らない。[7] あれだけ叫んだり、喚いたり、呻いたり、喘いだりしている前衛芸術のパフォーマーたちに囲まれていながら、ドゥボールの声は決して言葉を手放さず、節度を失わず、淡々とテクストを読んでいく。先述のように、『サドのための絶叫』において、音声は「無表情」であることが指示されていたが、この指示はそれ以降のドゥボールのフィルムでもずっと有効でありつづけたかのようであり、さらにそれは指示であるというより、ドゥボール自身の声の形容のようである。彼の声は、悪く言えばそっけないのだが、よく言えば端正である。それはその使用法においても、その響きにおいても、ほとんど「古典的」と形容したくなるような声なのである。

3　声の継承

ドゥボールは一九八四年、彼の映画作品のプロデューサーにして友人だったジェラール・ルボヴィッシが暗殺されたことをきっかけに、映画の制作から身を引き、それまでの作品もすべて上映禁止にする。したがってそれ以降の、つまり晩年のドゥボールの声はわれわれの耳から遠ざけられている（先に言及したCDも一九六一年までの録音しか収めていない）。しかしある意味で、その声はかたちを変えて響きつづけていたとも言える。すなわち、しばしば「古典的名文家」や「現代のモラリスト」などと形容されもする晩年のドゥボールの格調高い「文体」に、われわれはあの彼の端正な語り口の継承をみとめるのである。そしてこの声の連続性こそが、しばしば対立的にとらえられるシチュアシオニスト・インターナショナルおよび『スペクタクルの社会』時代の理論家ドゥボールと、八〇年代以降の作家ドゥボールを、ひそかに媒介しているものなのではないか、と問うことができる。それはまた、主要な参照先がマルクスやフォイエルバッハからボシュエ、パスカル、レ枢機卿、バルタザール・グラシアン、クラウゼヴィッツなどに移行した晩年のドゥボールにおいて、かつてのスペクタクル社会批判の作業がいかに引き継がれたのか、と問うことにもつながってくる。

ドゥボールは、一九八九年の自伝的作品『称賛の辞 第一巻』において、次のように述べている。

わが時代についてのこの報告の真正さは、その文体〔style〕によって十分に証明される、と考えることができる。この言述の語り口〔ton〕がそれ自体で十分な保証となるだろう。というのも、誰もが理解するように、この種の陳述を見事におこなうことができるのは、そのように生きたことがある場合のみだからである。[8]

真実は何よりも「文体」によって、つまりそれを語る者の「語り口」によって保証される。そしてしかるべき語り口を身につけられるのは、語るべき何事かを身をもって生きることによってのみである……。ここで言われていることとは、言葉の説得力はその語り口がにじませる「人生の重み」に左右される、といったこととさほど変わらないようにも思える。しかし、この時期のドゥボールの文体は、実はそうした素朴な経験主義とはほとんど正反対のものである。ドゥボール自身が語るところによれば、『称賛の辞』では、「古典的なフランス語――まずはそれを感じとり、外国語におけるその等価物を与えるすべを知らねばならないのだが――の背後に、その「古典的な言葉づかい」の特別に現代的な用法が隠されている。この新しさは異様なもの、人を不快にさせるものである」[9]。つまり、この書物の言葉は、過去数世紀にわたるフランス語の遺産から多くを汲んでいるが、そこに現代的な用法、しかも「異様な」用法を加えてもいる。したがって、この書物の翻訳者に要求されるものは多大である、とドゥボールは警告する。翻訳者はまず、そうした古典的フランス語の正確な等価物を自国語で与えることができなければならない(10)。しかし同時に、そうした古典的文体に隠された現代性の徴をも再現しなければならない。ドゥボールは最終的に、「翻訳はすべてを忠実に置き換えなければならない」、「すべてが真実であり、そこから何も差し引いてはならない」と、困難というより端的に不可能な要求を翻訳者に突きつける(11)。しかしここで重要なのは、ドゥボールがそうした過度な要求に見合うものとして自分の文体を誇っているという事実そのものである。

晩年のドゥボールの読者なら知っているように、彼にとっては愚昧であること、無知であることは許しがたい悪徳である。スペクタクル社会が断罪されるのは、何よりも人々を「文盲」にしてしまうからなのだ。だとすれば、翻って、ドゥボールの映画や録音物における声の使用法が、直接性や身体性の称揚――しばしばレトリスムの特徴として挙げられるもの――へと決して向かわなかったのは当然のことだったとも言える。初期の頃から闇雲なプリミティヴィズムを退け、「叫び」を回避し、「節度」という言葉で形容されるに相応しかったその声は、後期の偽古典的な文体へと見事に引き継がれた、と言っていいだろう。しかしそのとき、かつてスペクタクル社会の精緻な理論家にして徹底的な批判者であったドゥボールは、どうなってしまったのだろうか。

4　方法としての自己中心化

もちろん、一九八八年には『スペクタクルの社会についての注解』が出ていることを忘れてはならない。理論的には、この書物は『スペクタクルの社会』で提示されていたスペクタクルの二つの形態(「集中したスペクタクル」と「拡散したスペクタクル」)に、新たに「統合されたスペクタクル」という形態を付け加えたことで知られる。ところが、本書はあまりにペシミスティックだという指摘がしばしばなされてきた。そもそも『スペクタクルの社会』にしてすでに、現代社会におけるスペクタクルの支配をあまりに完璧に描き出しているので、それに対抗する可能性をむしろ閉ざしているという批判があった。そしてその傾向は、『注解』において弱まっているどころではない。そこではスペクタクル社会の絶望的な逃げ場のなさが繰り返し強調されている。さらには、現状を改善するための手段については何も語らないと明言されてもいる。「この注解は、人を教化することなど少しも気にかけていない。それは望みうることを、あるいはたんに好ましいことをすら、考察するものではない。それは現状を指摘するにとどまるであろう[12]」。かくして本書には、スペクタクルの支配に抗うための戦略の次元がきわめて稀薄である。

こうしたドゥボールの態度は、ある程度、現実の社会そのものの堕落に対する応対として理解できる。ジャコブ・ロゴザンスキーは、『スペクタクルの社会』にくらべて『注解』が「理論的退行」を示しているように見えるとすれば、それは現実そのものが堕落したがゆえに、その現実を説明するための理論も退行してしまったからだと示唆している。「統合されたスペクタクルという非‐弁証法的な概念のほうが、時代の災厄をよりよく説明してくれるのだ[13]」。すなわちロゴザンスキーによれば、『注解』は現実とスペクタクルの間の「矛盾の原理」を手放し、それを「たんなる可逆性」に置き換えている。現実とスペクタクルの間の矛盾は、乗り越えられたのではなくたんに解消され、両者は互いに可逆的なものとなってしまった。そのとき、スペクタクルに抵抗するための手がかりすら失われてしまう。『注解』に色濃く漂っているペシミズムは、そのような絶望的な状況を正確に描き出そうとするがゆえのものなのだ、というわけである。かくしてスペクタクルの一元的な支配が完成した時代にあって、それに対するドゥボールの批判は、きわめて個人的な、ひいては自己中心的(エゴサントリック)な形態をとらざるをえない。『称賛の辞 第一巻』から引用しよう。

あらゆる物事を、世界の中心として選択された自分自身から出発して考察することほど自然なことはない。そうすることで世界を、人を欺くその言説に耳を貸そうとするまでもなく、断罪することができるのだ[14]。

最後のフィルムとなった『われわれは夜に……』では、「映画が語るくだらない冒険を、私自身という重要な主題の検討に取って替えること」[15]が提案されていた。これをひとつの転機として、その後、八〇年代に入ってからのドゥボールのすべての作品に、多かれ少なかれこの「私自身」という主題が見出される。[16]しかし、ここで重要なのは、それが必ずしもかつての社会批判の実践から私的な領域への「撤退」を意味しないことである。それはむしろ別の仕方での批判の継続、ひいてはその徹底化なのである。なぜならそのとき、「私自身」とは、世界を断罪するための唯一の拠点としてドゥボールが方法的に要請したものだからである。だからこそドゥボールは、世界のなかでの自分の例外性、唯一性、すなわち孤独を、誇張的に語りつづける。「私は全世界的に嫌われることに成功した、しかもつねに新たなやり方で」[17](『ジェラール・ルボヴィッシの殺害についての考察』一九八五)。「私はこの時代に、私以外にたった一人でも私のように振る舞った者がいたかどうか知らない。私だけが陥った狂気の正しさを示すように、現在のあらゆる状況の堕落がまさしく同じ時期に出現したことについても、同意が得られねばならない」[18](『称賛の辞 第一巻』)。「私はこの時代が望まなかったものの注目すべき例だが、時代が望んだものを知るだけでは私の卓越性を立証するにはおそらく十分ではないと思われる」[19](同書)。

ときにルソーに比される、この誇大妄想と被害妄想すれすれの自分語りこそ、スペクタクル社会に抗うための新たな戦略なのだと考えるべきなのだ。だからそれは決して敗北主義的なものではない。それは世界のなかで自分を例外化すること、すなわち自分を世界から排除することで、世界を批判しうる唯一の拠点たらしめるための方法的な自己中心主義(エゴサントリスム)なのである。

5 転用から引用へ

時代の退廃がドゥボールに強いた戦略の転換には、別の例もある。かつてドゥボールは、ヴォルマンと共同で「転用の使用法」(一九五六)を書いた。また自身の映画や、アスガー・ヨルンとの共著『回想録』や、書籍版『スペクタクルの社会』などにおいて、この「転用」の手法を大々的に活用した。転用とは、典型的な例を挙げれば、既成の作品の一部（たとえば書物の文言や映画のシークエンス）をまったく違う文脈に移し替えることで、そこに別の意味を立ち上げることである。たとえば『スペクタクルの社会』冒頭の「現代的な生産条件が支配的な社会においては、生の全体がスペクタクルの膨大な蓄積として現れる」という一文は、マルクス『資本論』の一文を、「商品」の一語を「スペクタクル」に変更したうえで転用したものである。[20] マルクスの文章が、マルクスの時代にはまだ顕在化していなかった現象を分析するために、一語を入れ替えることで活力を再充塡されているのである。

ところが晩年の『称賛の辞 第一巻』において、ドゥボールが訴える手法はもはや「転用」ではなく、「転用の使用法」において否定的に言及されていた「引用」なのである。そしてそれは時代の変化、というより劣化によって強いられたものである。

> 無知の時代、あるいは蒙昧な信仰の時代において、引用は有用である。中国の古典的な詩、シェイクスピア、あるいはロートレアモンに見られるような、非常に有名であることが知られているテクストへの引用符なしのほのめかしは、過去の文およびその新たな応用が招き入れる隔たりを見分けられる人間がもっと多い時代のために取って置かなければならない。[21]

引用符なしのほのめかし、すなわち「転用」は、すでに過去の時代のものになってしまったと言わんばかりである。「転用の使用法」では、「転用の主たる力は、はっきり意識しながらであれ曖昧にであれ、記憶によるその再認に直接左右されるので、転用された諸要素にもたらされる変形は極限まで簡略化されるようにしなければならない[22]」と述べられていた。人々が転用元を見抜くことを困難にするような改変は最小限にしなければならない、ということだ。しかし、そのような配慮だけで足りていた時代はすでに過ぎ去ってしまったのではないか……。先に述べたように、ドゥボールはスペクタクル社会を、しばしばその無知蒙昧さ、無教養さゆえに攻撃している。しかし、この社会はもしかすると彼の批判を受けとめることすらできないほど愚かになってしまったのかもしれない。「転用」という高度な戦略が無意味になってしまうほど世界は堕落してしまったのかもしれない。

ドゥボールは哲学者ジョルジョ・アガンベンに向かって、自分は哲学者ではなく「兵法家」であると語ったという[23]。「戦争」に対する彼の偏愛はよく知られているが、彼が好むのはいわば古き良き戦争である（ドゥボールのフィルムには多くの戦争映画が転用されているが、そこには二度の世界大戦の場面はひとつも含まれていない[24]）。敵味方が知略をぶつけあい、ときには思い切った戦略上の決断によって、ときには向こう見ずな英雄的行為によって勝敗が決する、そのような血湧き肉踊る戦争のあり方は、しかしもはや過去のものになってしまった。少なくとも、スペクタクル社会との戦いをそうした戦争になぞらえることは、もはや不適切以外の何ものでもない。おそらくこれが、当時のドゥボールの苦々しい時代認識だったのではないか。

6 声＝文体の戦略

声＝文体に戻ろう。文体について、ドゥボールは言う。「個性そのものと同じくらい、文体に出会うことが稀になってしまうと、文体をもつことは容易に罪となる[25]」（『この悪しき評判……』一九九三）。また出版人としてのルボヴィッシを振り返りつつ、彼は言う。「あらかじめ予定された退廃と無知の時代、革命の拡大ではなく社会の衰退がはっきり見分けられる時代には、古典を出版すること自体が秩序を転覆する行為と見なされた[26]」（『ジェラール・ルボヴィッシの殺害についての考察』）。現代において「文体」を身につけることは、それだけで罪深い行為であり、そして無知に覆い尽くされた社会においては、「古典」こそが秩序を転覆する力をもつ。したがって、ドゥボールの「古典的文体」の採用は、スペクタクル社会批判という観点からして、完全に首尾一貫している。古典的文体で書くということは、それ自体がもっとも反スペクタクル的な行為なのである。

しかし、ドゥボールにおいて、この声＝文体は、何よりも自分自身という唯一の中心を際だたせるために用いられた。「これまでは滅多にそんなことはしなかったのだが、私が自分のことを話すとき、ある種の断固たる語り口［ton tranchant」、まったく状況に応じたものであるその語り口は、あまり賛同を得ることがない。しかし、これはさして驚くようなことではない。他の多くの者たちは、そうした語り口に頼ることはできないだろう。なぜなら、彼らは形式を守らなければならず、また彼らには内容も欠けているからである」[27]（『ジェラール・ルボヴィッシの殺害についての考察』）。この断固たる、不遜ですらある語り口、ときに「パラノイアック」と形容されもするドゥボールの語り口は、たんに同時代を嫌悪し、それに背を向ける態度を意味しているのではない。それは明らかに方法的な選択である。ドゥボールが自己中心的であることは否定しようもない。しかしそれは、自己の純粋性を守るために外を拒絶する態度ではない。それどころかむしろ、彼はつねに外側から、スペクタクル社会の側から自分を眺めていた。自分を社会の最大の敵と見なし、自分を例外化＝排除しつづけるというのはそういうことだ。このパースペクティヴの逆転こそが、おそらくドゥボールの最終的な戦略である。彼は自分の内側からではなく外側から、自己中心性を強固なものにしていく。そのため彼は、世界のなかでの自分の例外性を、言い換えれば絶対的な孤独を、絶えず強調しつづけた。

だからドゥボールの声＝文体は、ひたすらにドゥボールその人の声＝文体であり、そこには彼の人となりがはっきり刻まれている。二〇世紀の文学を彩った、多声的だったり中性的だったりする実験的な声とは無縁の、みずからに固有の声を、武器を研ぐようにしてひたすら研ぎすましていったドゥボール。果たして彼は、自身が用いる言語についてこう述べていた。「それは「零度のエクリチュール」ではなく、その逆である。それは文体の否定ではなく、否定の文体なのである」[28]。しかしそうしたどこまでも反時代的な声こそが、二〇世紀も終わりにさしかかろうとしていた頃、その時代を、正しくはその時代の不幸を、逆説的に、しかしきわめて正確に映し出していたということだけは、確かであるように思われる。

注

（1） Guy Debord, *Œuvres*, éd. Jean-Louis Rançon, Gallimard, coll. « Quarto », 2006, p. 1349（ギー・ドゥボール『映画に反対して――

ドゥボール映画作品全集 下』木下誠訳、現代思潮社、一九九九年、六七頁）.
以下、ドゥボールからの引用は基本的にこのガリマール版『作品集』に依拠し、注には書名と頁数のみを記す。なお日本語訳の情報は可能なかぎり掲げるが、本文中で用いた訳文は既訳を参考にしつつ筆者が訳したものであることをお断りしておく。

（2）この点については以下を参照。廣瀬純「現勢性の悲観主義、潜勢力の楽観主義」『蜂起とともに愛がはじまる』河出書房新社、二〇一二年、九〇―九四頁。

（3）Isidore Isou, *Traité de bave et d'éternité*, Hors Commerce/D'ARTS, 2000, p. 12.

（4）*Œuvres*, p. 72（ギー・ドゥボール『映画に反対して——ドゥボール映画作品全集 上』木下誠訳、現代思潮社、一九九九年、三九頁）.

（5）こうした見方には異論があるかもしれない。たしかに『サドのための絶叫』のテクストには「映画の死」を宣告し、フィルムの上映の代わりに「討論」への参加を呼びかける挑発的な言葉も含まれている。「フィルムはありません。映画は死んだのです。フィルムはもうありえないのです。よろしければ討論に移りましょう」。しかし、確認しておけば、この言葉はイズーの「映画の美学」からの引用であり、映画での朗読もイズーが担当している。これはイズーが、自身が主張する「フィルム‐デバ」、つまり映画についての討論（デバ）を映画の一部として取り込み、さらには映画そのものと見なしてしまうという発想を、想像的に（条件法を用いて）ドゥボールに語らせている箇所である（Isidore Isou, « Esthétique du cinéma », in *Ion*, n° 1, 1952 ; rééd. Jean-Paul Rocher, 1999, p. 148）。自身の映画シナリオの一部として採用したのだから、ドゥボールもこの時点ではこうしたイズーの考えを肯定的に受けとめていたはずだが（ドゥボールはこの映画の上映後すぐにイズーと決別する）、フィルムを映画館という場全体へと拡張し、そこに主体的に参加することを観客に促すこうした姿勢は、『サドのための絶叫』よりも『涎と永遠についての概論』、あるいはモーリス・ルメートルの『映画はもう始まったか』においてはるかに強く打ち出されている、ということは指摘しておかなければならない。『サドのための絶叫』において基調となっているのは、人々を扇動し行動に駆り立てる言葉ではなく、沈黙に埋没しそうになりながら途切れ途切れに発せられる言葉であり、だからこそ奇妙な存在感と魅力を帯びているように思われる。

（6）Gil J Wolman, « Le cinématochrone/Nouvelle Amplitude », in *Ur*, n° 2, 1952 ; repris dans Wolman, *l'Anticoncept*, Allia, 1994, p. 52.

（7）Guy Debord, *Enregistrements magnétiques (1952-1961)*, éd. Jean-Lous Rançon, Gallimard, 2010.

（8）*Œuvres*, p. 1660-1661.

(9) *Ibid.*, p. 1686.

(10) 逆に言えば、古典を参照することで適切な翻訳がより容易になるということでもある。「私が生まれる前の五世紀間、とりわけ最後の二世紀間にフランスで出版された古典的テクストの広大なコーパスを参照すれば、いかなる未来の固有語においても、フランス語が死語になってしまった後でさえ、私が書いたものを適切に翻訳することはつねに容易であるだろう」(*Ibid.*, p. 1660)。

(11) *Ibid.*, p. 1686, 1687.

(12) *Ibid.*, p. 1595.

(13) Jacob Rogozinski, « "La vérité peut se voir aussi dans les images" », in *Dérives pour Guy Debord*, dir. Jacob Rogozinski et Michel Vanni, Van Dieren, 2010, p. 70. とはいえロゴザンスキーは数ページ後にこう述べている。「自身のうちに現実を完全に吸収してしまった「統合されたスペクタクル」という仮説は幻想にすぎない。テクストの外はおそらくないだろうが、スペクタクルの〈外〉はある」(p. 75)。

(14) *Œuvres*, p. 1659.

(15) *Ibid.*, p. 1352.

(16) ただし初期の頃からドゥボールにおける「自分語り」の傾向を指摘することはできる。そのもっとも注目すべき達成として、アスガー・ヨルンと共同で制作された画文集『回想録』(一九五八)がある。この書物はレトリスト時代のドゥボールの活動を「一九五二年六月」、「一九五二年一二月」、「一九五三年九月」という三つの時期のエピソードに分けて語ったものであるが、テクストの言葉はすべて転用によって成り立っている。

(17) *Ibid.*, p. 1553.

(18) *Ibid.*, p. 1664.

(19) *Ibid.*, p. 1685.

(20) 『スペクタクルの社会』の翻訳者のためにドゥボールが作成した「引用と転用の暫定的リスト」を参照した(*Ibid.*, p. 862-872)。ちなみにドゥボールは、これ以外にも自作の書物や映画に含まれる引用および転用のソースを明らかにし、それをリスト化する作業をおこなっている。書物では『回想録』、『スペクタクルの社会』、『称賛の辞 第一巻』、映画では『われわれは夜に……』が、そうした作業の対象となっている。ほとんどは自作の翻訳者のために作成されたものという事情もあり、フランス語のことわざや成句を下敷きにした表現の解説なども含まれている。

（21）*Ibid.*, p. 1656.

（22）*Ibid.*, p. 224.

（23）ジョルジョ・アガンベン「ギー・ドゥボールの映画」『ニンファ——その他のイメージ論』高桑和巳編訳、慶應義塾大学出版会、二〇一五年、六三頁。

（24）Cf. Vincent Kaufmann, *Guy Debord, La révolution au service de la poésie*, Fayard, 2001, p. 305.

（25）*Œuvres*, p. 1798.

（26）*Ibid.*, p. 1798.

（27）*Ibid.*, p. 1577.

（28）*Ibid.*, p. 853（ギー・ドゥボール『スペクタクルの社会』木下誠訳、ちくま学芸文庫、二〇〇三年、一八三頁）. またドゥボールはすでに一九五六年、雑誌『ポトラッチ』にジル・J・ヴォルマンと共同で執筆した「なぜレトリスムか」において、イズーの芸術論を直接の標的としつつ、新たな形式の更新というモダニズム的理念を退けていた。「当時多数派だった傾向は、新たな形式の創造に人間のあらゆる活動のなかでもっとも高い価値を与えていた。原因も目的もみずからの内部にしか抱えていない形式的発展への信仰は、諸芸術におけるブルジョワ的理想主義の立場の根底にあるものである」（*Ibid.*, p. 196〔『武装のための教育——アンテルナシオナル・シチュアシオニスト3』木下誠監訳、インパクト出版会、一九九七年、二九六頁〕）。

目で聴く

――マラルメと古典人文学の変容

立花史

文学について語り始めるとき、私たちはともすると、作家、批評家、読者が共有するリテラシーの高い空間を前提として話を進めがちである。しかし文学は、必ずしも愛好家だけのものではない。というより普段は文学など別段興味がないという人たちでさえ否応なく文学と向き合わざるをえない空間がある。皮肉なことに、黙読文化が浸透した今日では、この空間こそが、声と文学の出会いが経験される主要な場の一角をなしている。それは教育現場である。(1)

ここでは、正典化された特定の作品が、音読され、朗読され、暗唱される。それは社会において文学が最も権威をふるう局面である。それゆえに、正典の正統性がつねに問われる。ある作品を擁護しようとする者が最も覚悟して向き合うべきは、その作品を評価しない商売敵や同好の士ではなく、そもそも文学に価値など見出していない役人や財界人、文学嫌いの一般人なのではあるまいか。文学が声に出して読まれる場でこそ、文学の価値が疑義に付されうる。この意味で、精妙かつ難解な詩群の創作と、文学をめぐる問いの定式化によって、一九世紀末に象徴主義の領袖として君臨したマラルメが、同時にリセやコレージュの教員でもあった事実は重要である。

エリート層を対象としたフランスの中等教育は、一九世紀における市民社会の成立とともに、抜本的な改革を迫られていった。本稿では、当時の教育論争を簡単に概観したあと、現場の教師として著作を出版したマラルメの教育思想を確認し、最後に、比較的よく知られた詩人としての彼の発言を読み直すことにする。その過程で、声と文学をめぐるその思考も明らかになるはずである。

1　悪癖としての辞典づくり

教育の民主化

一九世紀になると、市民社会の到来によって、フランスの公教育は、大衆化に舵を切っていった。とりわけ問題になったのは、中等教育である。従来のエリート向けのものから、中産階級を取り込んだものへと移行しなければならなくなった。こうした要請にしたがって改革は少しずつなされてきたが、一八七一年に普仏戦争で大敗を喫すると、教育への危機感が急激に強まった。

一八七〇年から七三年まで、ティエール内閣の公教育大臣だったジュール・シモンは、教育改革に乗り出していたが、その際、一八七二年に『フランス公教育小論』を世に問うたミシェル・ブレアルを参謀として登用している。彼らの政策を確認しておこう。冒頭ではまずこう述べられている。

わが国の歴史は、表面的には革命だらけですが、知性的かつ道徳的な根底をなすものはここ二世紀のあいだ、ほとんど変わっていません。[2]

フランスではいまだに一七世紀とたいして変わらない教育がおこなわれている。フランス革命によって教育を受けられる層は広がったが、教育の質はほとんど変わっていない。しかし隣国に対する手痛い敗北を喫した今こそ、本格的に教育を改革しなければならない。そういうわけでこの『フランス公教育小論』では、外国（主にドイツ）の制度と比較しながら、初等教育、中等教育、大学に分けて教育制度の改革案が提起されている。

ブレアルの提案は、教育方法の民主化とひとまず言えるものである。従来の人文学には「哲学と歴史の欠如」（p. 176）がある。例えば、ラテン語学習においては、文法規則を例文とともに丸暗記することが求められる。それに対してブレアルは、生徒自身が文法と向き合ってそこから法則性を洞察するような契機を重視し、文法が合理的に習得されるよう求めている。また、一七世紀のような特定の時代のフランス語を特権化するのではなく、法則性にのっって歴史的な変遷を遂げたものとしてフランス語を理解するよう訴えている。

『フランス公教育小論』のおおよそ半分が中等教育に割かれているように、ブレアルが照準を定めているのは、ラテン語を中心とした従来型の中等教育である（当時の用語でこれを「人文学」と呼ぶ）。その具体的内実については次節で触れることにするが、ブレアルの観点では、かつての教育が、知識偏重で特定の規範を押し付けてくる強権的なものであったのに対して、現代の教育は、歴史的事実に基づいた合理的かつ民主的なものとして描かれている。

彼の提案には実学志向が認められる。初級では、大人向けの文学作品を読ませるのではなく、児童用に設計された児童文学を与えること、そして中等では、シェイクスピアやロングフェローを読むことではなく、当時の最新の学問動向を把握できるような語学力を目指すこと。方法の革新と言いつつも、従来の人文学の価値を根底から揺さぶるような側面があったことは否めない。

ただしブレアルやシモンはどちらかといえば穏健派の改革論者である。そもそも彼らが「方法」にこだわったのは、一方には古典の堅持にこだわる保守派がおり、他方には古典語課目の撤廃を志向する革新派がいたからである。従来の「古典人文学」に対して、古典語のかわりに近代外国語を用いた「近代語人文学」、フランス語そのものの内部でおこなう「フランス語人文学」も徐々に試みられつつあった[3]。ブレアルの戦略は、古典人文学の成果を活用しながら、その内容もしくは方法を現代化することにあった。

古典人文学

一九世紀初頭の定義によれば、「人文学とは、学校教育の教科であり、生徒をラテン語の言語や文学に親しませ、詩（ラテン語韻文）による作文と散文（叙述と演説）による作文を通じて生徒が古代の作家たちを模倣できるようにしてやることを狙いとして[4]」いた。その後、ギリシャ語とフランス語も一九世紀には導入されるが、基本的には修辞学に価値づけられた教育であり、人文学の六学級には含まれない初等の第八学級や第七学級から哲学級を含めてラテン語教育が貫徹されていた。[5]

人文学は、その実情はともかく、二重の意味でリベラルな教育の理念に基づいている。第一に、特定の職業教育とは無縁で、利害や実利にかかわらないこと。その意味で、この教育においてラテン語の学習はきわめて象徴的な存在だった。第二に、それは自由な人間を作るためのものであり、若年期から人間の思考と創作の極致に触れさせて、若者の精神を培うこと。[6] それは、専門知識の獲得ではなく、判断力、記憶力、想像力の鍛錬である。

人文学の教育は古典語と密接に結びついている。一六世紀にコレージュが設立された時期には、まだ西欧世界には古代のギリシャやローマに匹敵する言語文化が存在しなかった。それ以降、教育においては長らく、フランスの古典主義の大作家たちでさえ、ギリシャやローマの模範となる作品のすぐれた翻訳者・模倣者として受容されてきた。そこでは、ラ・フォンテーヌの作品は、アイソーポスの作品の系譜として、ラシーヌの『イフィジェニー』はエウリピデスの『イピゲネイア』を前提として、読まれ、学ばれ、朗読されている。フランス語のテクストがそれ自体で学習の対象となることはなく、説明されることもなかった。参照されるのはあくまで、古典の模倣に際してのフランス語による模範例として、そうした作家たちの文体やセンスを学ぶためである。

人文学の教育課程全体を概観しておこう。まず下級の文法学級では、提示されたテクストに見られる表現に対応した別の表現を見つける。この作業は、ラテン語同士、ギリシャ語からラテン語、ラテン語からフランス語、フランス語からラテン語など、さまざまな形でなされる。それは、文法に習熟し、熟語表現に親しみ、文章のリズムや意味のニュアンスを習得することを目的としている。第四学級になると、生徒たちは詩に触れる。最初は、教師に出題されたラテン語の散文の語句をひっくり返して韻文に整え直す。その後、さらに上級の人文学級になると、今度は、辞典を片手に、類語や形容語句をいじりながら、自分で単語を選択する。さらに上達すると、暗記した表現のストックを基に、古代の大作家の詩句や言い回しを自由に組み替えて、自分でラテン語の詩を作ることができるようにする（人文学級が、詩学級とも言われる所以である）。最終学級は修辞学級であり、学習内容も韻文だけでなく散文にも拡張される。さまざまな作文演習の成果を結集して、散文で長い模擬演説をおこなうのが、この学習の最終段階である。

ラテン語韻文

「ラテン語韻文」は、古典人文学のなかでも、時代遅れで役に立たないものとして特に批判を浴びた教科である。ブレアルも批判的である。彼は、生徒のセンスや想像力を鍛えさせることの重要性には同意するが、しかしフランス語の散文で二つの観念を組み合わせたこともない若者に、ラテン語の六脚詩句でしゃべらせることから始めるのは自然な進め方ではないと考える。ごく一部の生徒しかついて行けないこうした教育をほどこすより、生徒全体がついて来られることから始めるべきである。ブレアルの批判は今日からすればありきたりな意見に見えるが、ラテン語韻文の弊害を批判した箇所を一瞥しておこう。

生徒たちに向けて、彼らが用いる形容語句や迂言表現を類語辞典(シソーラス)で調べないよう促すのは正しい。しかしウェルギリウスかルカヌスを読むとき、まさしく彼らは、自分用の詩作辞典を心の中で作っているのではなかろうか。彼らは、いつか自分たちに役に立ちうると思われるものを拾い集め、自分が模倣したいと思うものを注視する。関心の偏ったこうした見方を持つだけで、読書の知性的かつ道徳的な効用はすでに危ういものとなる。(7)

このように警鐘を鳴らしてブレアルは、まず生徒自身に物事を自発的に見つめさせ、最低限の情報だけを理性的に与えるよう提案する。しかし彼のラテン語詩作批判は、図らずも古典人文学のあり方を照射しているように思われる。従来の古典人文学では、詩はそれ自体を味わうために読まれるのではなく、自己表現のためのリソースとして用いられる。このとき、自在な表現を身につけることは、グラドゥス(Gradus)のような、類語や例文を収めた「詩作辞典を心の中で作っている(se composer mentalement un dictionnaire poétique)」こととしてイメージされている。ブレアルにとってこれは、知識偏重の古典人文学が精神にもたらす悪影響の最たるものである。

2　マラルメの辞書学

『英単語』の人文学

『英単語』は、一八七七年末の刊行物である。一八六〇年代を初期マラルメとし、ヴェルレーヌの『呪われた詩人たち』やユイスマンスの『さかしま』で紹介されて再び脚光をあびた八〇年代半ば以降を後期マラルメとするなら、七〇年代という中期は、発表作品が比較的少なく、むしろマラルメにおいて教育やジャーナリズムの執筆活動が活発な時期であった。ジュール・シモンに取り入ってパリで職を得たこともあって、本書の冒頭からは、当時の教育改革の要請に応えようとする身振りが見てとれる。

辞典をまるまる一冊渡される、それは膨大で恐るべきものだ。辞典を所有すること〔辞典に精通すること〕は、大冒険であり、読書に助けを借りたり、文法の初歩を一通り学び終えたりが伴う。〔……〕あなた方自身が、諸々の語が今日作り上げている言語そのものと一体になる、つまり一人前の人間としてその言語に精通する〔その言語を所有する〕ようになるであろう。複雑ですっかり忘れられたかくも多くの行為が、そうした行為たちの歴史に注意を払ったあなた方読者にとってのみ、素直に再開される。最も高貴な目的に入る目的であり、実に哲学的な目的だ。この目的は単純であり、ある時代もしくは現代では、人は、大いに理解することによって初めて、あるいは、多くの事物の間で何らかの関係を把握することによって初めて、少しだけ何かを学ぶ、ということに基づいている。才能があれば十分だが、方法があれば、それでもまた十分である。そしてこの方法は、「人文学」を修めた者あるいは修めんとする者の管轄にある。おぼろげな記憶一切の類は、曖昧なものも危ういものも、諸概念または諸事実に並ぶ能力として〈記憶〉という名にふさわしいものに勝りはしないだろう。物事を知るための最良の手段は、依然として〈科学〉である。(8)

括弧つきとはいえ、「人文学」という言葉がはっきりと見てとれる。「「人文学」を修める」と訳したフランス語表現 faire ses « humanités » は、「ギリシャ語やラテン語の勉強をする」という意味から転じて、「文芸で精神を培う」ことを表す。いずれにせよ古典人文学の原義から生じた慣用表現であることは言うまでもない。それを踏まえて引用全体を見渡すと、なるほど当時の古典人文学を念頭に置いた表現が節々に見られる。例えば、「一人前の人間としてその言語に精通する」という一節には、人間を作るという人文学の理念を認めることができよう。また諸概念や諸事実と並ぶ能力として記憶が挙げられているように、本書は専門的な知識を身につけるより、まずもって語彙を記憶するための「知的記憶術」(p. 969) である。「少しだけ何かを学ぶ」という態度も含めて、想像力、記憶、判断力を養うという人文学の目的にかなっている。

元来、人文学とはすべからく古典人文学であった。ギリシャ語やラテン語の文献が対象である。しかし本書は、人文学のカテゴリーには入らない英語に関する著作である。すでに述べたように、この時代には、従来は古典語でおこなっていたような教育を、現代外国語によっておこなおうとする動向が見られた。『英単語』のなかで「人文学」を括弧つきで提示するとき、古典人文学とは異なる近代語人文学のことがマラルメの念頭にあったと考えてよいだろう。実際、この引用は、さまざまな点で人文学の刷新を跡づけている。一つには、「歴史」の重視である。テクスト同士を時代の違いを無視して突き合わせるのではなく、その時代の文脈に置き直して吟味するという姿勢である。もう一つは、そうした歴史の重視の背景には、歴史を合理性によって明らかにする当時の言語「科学」への期待がある。ブレアルの言葉にも見られるとおり、当時、人文学は、比較文献学的な知性によって再定式化されつつあった。

しかし『英単語』が人文学を僭称するのには、はっきりとした理由がある。本書は、文法の巻とセットで書かれる予定であった語彙の巻である。つまり「文法の初歩を一通り学び終えた」あとに豊かな語彙を身につける課程で用いられるべく編まれている。古典人文学においても、こうした課程は存在した。下級学級で文法を習得したあと、コピア (copia) と呼ばれる段階では、修辞学の研鑽のために語彙を増やしてゆく。これが、前述の人文学級に該当し、最初は詩作辞典を用いて、ラテン語韻文を作りながら、類語を記憶する。『英単語』は、こうした古典人文学を想定しながら、その方法と内容を、当時の言語科学たる比較文献学に合わせて組み替えたものと考えられる。

辞書学

『英単語』という著作について、研究者の常識の部類に属する事実が二点ある。一つは、それが、当時の比較文献学に依拠した語学教材である点であり、もう一つは、文献学のうち、文法ではなく、語彙に特化した研究だという点である。そしてマラルメ自身が「辞書学」と位置づける『英単語』の序論の冒頭で、きわめて印象的な仕方で、辞典に言及している。「辞典をまるまる一冊渡される」で始まる一節のあと、今度は、さきほどの引用では飛ばした箇所を読んでみよう。

> 単語たちは、なんと多くの（原初的でない）ニュアンスを意味していることか。小辞典〔lexique〕の欄のなかに配列されるこのような語の乱雑な集まりは、そこに恣意的に、そして何か悪い偶然によって、呼び集められるのだろうか。とんでもない。各々の語は、諸地方または諸世紀を通じて、遠くから、自分の正確な位置につく、この語は孤立させられ、あの語はある一群に混ぜられるといった具合に。それは魔術さながらで、そのとき、白紙ページの数々に語彙集を表象する——と推測される——われわれの精神にとって、それぞれの語たちの過去の成り立ちについて一つの新たな表象を与える器用な手つきに知恵をつけられて、語たちが、お互いに溶け合ったり争ったり、退け合ったり惹きつけ合ったりして、かつての有様のように立ち現れようものなら、あなた方自身が、諸々の語が今日作り上げている言語そのものと一体となるであろう〔……〕。（p. 948）

まずはアルファベット順の辞典をイメージする。アルファベット順は、一つの単語をピンポイントで調べるには大変便利なのだが、そのかわり単語と単語の類義関係や親族関係がわかりづらく、語彙が無造作に並んでいるような印象を与える。しかし実際には、各々の単語は、それぞれ歴史の厚みを担って緊密に結びついている。それは、当の辞典編纂者たちが最もよく心得ている。そういうわけで、辞典編纂者たちの語彙文献学に立ち戻って、辞典を読み直してみればどうか。そのとき、各々の単語が経由してきたドラマが、「魔術さながら」に、ありありとよみがえるはずである。マラルメの立場はおおよそこうしたものである。つまり、彼が語彙研究を「辞書学」と呼ぶのは、語彙研究が、まずもって辞典編纂者にとって必要な作業だと考えているからである。英単語を文献学的に学習することは、辞典という結果よりも、辞典編纂という過程を追体験すること、そして、各自が〝心の中の辞典〟を書き上げることを意味する。このように、『英単語』は、アルファベット順の辞典を、言葉の無造作な寄せ集めではなく、語彙の緊密なネットワークとして捉え直す試みである。

インデックス

『英単語』の試みの一端を表しているのが「一覧表」である。これは、生徒が英語の語彙に親しめるよう、アングロ＝サクソン語由来の英語の単純語だけを集めた語彙リストである。マラルメは、（1）古英語の時代に語源を共有していた単語のうちイニシャルが似通っているものを「語家族」というグループにまとめ、そのなかに共通の「観念」を見つけてフランス語で記述する。（2）イニシャルごとにその語家族をまとめて、語家族ごとの観念を、イニシャルの意味のようなものとして注記する。以上のような一覧表において、イニシャル文字は「インデックス」の本来の用途を思い起こさせる。

今日のインデックスは、通常、アルファベット別の索引を意味する。だがそもそも、アルファベット自体が言語のインデックスである。記号を組み合わせて、記譜法のように、口頭で語られる言語を指し示すためにある。書物に簡単にアクセスできない中世では、書物の内容の記憶も重要な作業であった。アルファベットのインデックスはそうした記憶術にかかわる。例えば、法律関係では、不在（absentia）、外国資産（alienatione）、食料（alimentis）、抗議（appellationibus）について、すでに学んださまざまなテクストの内容をいつでも引き出して口頭で語れるよう、グリッドを作って記憶する。[9] 索引とはこのような心の中の場所（ロキ）を指し示すものであった。それが書物に適用されて、今日のインデックスとなっている。その意味で、オングが言うように、「アルファベット順の索引は、実際のところ、聴覚的な文化と視覚的な文化との交点である[10]」。

　一覧表では、アルファベットのインデックス性が回帰している。一方で、書物に蓄積されて語彙が膨大なもの、もはや記憶しきれないものになっている。それゆえに当初は記憶のためのインデックスであったアルファベット索引そのものが無秩序に見える状況に陥っている。しかしその対処手段としてマラルメが提起するのもやはりインデックスとしてのアルファベットである。ここでも、さきに音が想定され、それを示すのが文字である。しかしその文字は、単に発音を示すだけでなく、個々の単語の過去の痕跡をとどめている。単語の綴りは、言語の歴史を音の観点から映し出す手がかりでもある。こうして人間が記憶のために用いる秩序立ったインデックスとしてのアルファベットが、一覧表では、いったん言語の歴史という〝非人称〟な水準に差し戻された上で再び秩序立てられて、人間の記憶のために用いられている。ここには、二重のインデックス性が見られる。

　従来、記憶するに際して、韻律法が用いられていた。ラテン語の詩句を用いて類語を覚えるというのもその一環である。一覧表の場合、インデックスしか用いられていないが、マラルメはこれを「頭韻」と比較している（p. 967）。もちろん「頭韻までは行かないこと」（p. 941-942）と注意を喚起して、一覧表の操作を厳密な意味での頭韻とは峻別しているが、しかし頭韻と似た操作であることを自覚の上で、一覧表が作成されているのも事実である。一覧のイニシャルが、アルファベットで分類されているにもかかわらずアルファベット順ではなく、音の近いイニシャルがまとめられているのもそのためである。

　一覧表はたしかに『英単語』のなかに収められているが、マラルメの語るところによると、それは完成品ではない。一覧表は、マラルメの提示した見本を基にして、読者みずからが時間をかけて作り直し、その過程で記憶に焼き付けてゆくべきものである。こうして「一覧表」の姿がおおよそ明らかとなる。それは一方では個人の意思のおよばない言語固有の雄大な歴史に根差していながら、他方でそれを、個人の社会的な言語実践のために再構築したものである。

そのとき一覧表は、英語の使用者なら誰でも暗黙裡に前提としている「秘密」(p. 967) でありながら、しかしまた独自の美的な秩序をなしているのである (p. 969)[11]。

3 文字の教え

「音楽と文芸」

後期のマラルメにおいても、辞典やインデックス文字への関心は、目立たない形であれ、ひそんでいる。それを確認する前に、まずは、英語教師を早期退職したのを機に、英国の大学人に頼まれて一八九四年におこなったオクスフォードとケンブリッジでの講演「音楽と文芸」について見ておこう。ここにはこの当時までのマラルメの文学論が凝縮されている。

「音楽と文芸」は、一見、文芸の自律性を謳った講演にも見える。たしかに、「知的な飽和状態」の敬遠という意味では、そのとおりである。マラルメは詩句を、そうしたものの対極に置いている。旧態依然たる古典人文学と専門分化した資本主義社会という両陣営の共通点は、まさに知に拘泥するところにあるとも言えるだろう。

しかし大学という場所で催されたこの講演では、それ以上のことが語られている。本講演に挿入されたいささか寓話風の一段落を読み直そう。以下はその全文の引用である。

同時代人たちのもとにある知的な飽和状態を一切忘れて――わざと知らないでいるというのならまずくはありません――、一人の男が到来するかもしれません。非常に単純かつ原始的な何らかの頼みの方途、例えば四季に固有の交響楽的方程式にしたがって、光線と雲の習性を知るために[12]。〔以下は〕熱気や悪天候――これらによって、われわれの情念が多様な天空〔ciels〕の支配下にあるのですから――と似た次元の二、三の注記です。すなわち、〔一切の忘却によって〕自分自身によって再創造された彼が、そのほかを一掃して、二四の文字――無数の奇跡によって何らかの言語つまり自分の言語に固定されたそれらの文字――に対するある種の敬虔さと、次に、詩句という超自然的な語にいたるほどの文字たちの対称性・動作・反射に対するある種の感覚とをきちんと取って置くよう気をつけてきたなら、エデン的文明人たる彼は、他の富にくわえて、至福の要素、つまり一つの地域と同時に一つの教義を所有しているのです。彼の主導権か、あるいは神的な文字たちの潜在的な力が、文字たちを作品にすることを彼に教えるその時に。

われわれの資財の無邪気さが協働して、正書法という古代の書物たちからの遺産は、それ自身、自発的に、記譜＝表記の一方法を、〈文学〉として切り離すのです。これは手段ですが、それ以上のもの！原理なのです。われわれの構成からかたどった、文の輪郭もしくは二行詩の広がりが、われわれにおけるさまざまな洞察や照応の開花を手助けするのです。(p. 66-67)

ここには、マラルメの考える文学が非常に切り詰めた仕方で定式化されている。誰かが、一切の知をいったん括弧に入れて天空を見上げ、四季の移り変わりや天候の変化にかかわる原始的な方法で、「光線と雲の習性」を知ろうとする。[13] それと類比的な仕方で、われわれが、すべての知を脇に置いて、フランス語のアルファベット二四文字と、詩句に対する感覚とだけを保持し続けたなら、文字たちを作品にする方法が告げられる。正書法という書物からの遺産と、個人の特異性の協働によって、韻律法が文学としておのずと浮かび上がる。韻律法は、手段であるばかりでなく原理であり、人間の構成からかたどったものであり、その手段にしたがって作品を作ることによって、洞察や照応が得られる。以下の二つの節で、この引用を注釈してゆこう。

文芸を教える

ブレアルが、ラテン語韻文の丸暗記に反対し、生徒たちには幅広く作詩法を学ばせて、作品を味わわせるにとどめた方がよいという提案をしたことはすでに述べたとおりである。この改革はジュール・シモンの辞職によっていったんは途絶えるが、一八八〇年からバカロレアの試験には、「ラテン語模擬演説」と「ラテン語韻文」のかわりに、「フランス語作文」が設置される。いよいよ名実ともに、教育制度からラテン語の教科が放逐され始めたのである。「音楽と文芸」のなかで、「われわれフランス人は韻文に手をつけてしまったのです」(p. 64)とマラルメが言うのもそうした時期である。もちろん前後の文脈から、マラルメが念頭に置いているのは、フランス語の韻文の話である。生ける古典と言うべきユゴーが八五年に亡くなり、やがて自由詩が登場したからである。しかし「韻文の危機」の深刻さを推しはかるには、人文学の動向も併せて考えておく必要がある。[14] 韻文はフランス語で始まったものではない。古代から連綿と受け継がれ、近代以降も、古典語の韻文を覚え、語り、書いてきた。そうした制度が一八八〇年代以降、衰退に拍車がかかる一方で、それと前後するように、マラルメの周囲に自由詩の実践者たちが現れたのである。それゆえこの時期は、フランス文化史的に見ても、一九〇二年の改革[15]に向かって、韻文＝詩句というものの公共的な地位が根底的に変化しつつあった重要な時期である。その意味で、「詩の危機」のなかで韻文をとり巻く事情を論じる際に、マラルメが、「われわれにとっての六脚詩句と言うべき〔フランス語の〕一二音節詩句」(p. 206)と呼んでいることは重要である。ここでは明らかに、六脚詩句のようなラテン語詩のかわりに、フランス語の一二音節詩句が、「われわれ」にとって新たな古典として生き延びうるかどうかが、問題となっているのである。

そうした文脈を考慮に入れると、さきほどの引用で、マラルメが、単に文学の話をしているわけではないことがわかる。人がみずからを創造し直す場面が描かれている。それは、知識の獲得とは別の目的で、過去の文献に向き合う自己形成である。そこには、一定期間、特定の態度だけを維持するような鍛錬がある。自分自身を全面的に再創造しようというこの鍛錬は、いわば全人的教育であり、『英単語』の序論で言及されていた「人文学を修める」ことを彷彿させる。そもそも、公教育大臣のヴィクトル・デュリュイが改めて指摘したように「人を作ること」は、まさに人文学の使命であった。ただしここで重要なことは、それが、通常の人文学、単に人間を作ることではないという点である。「自分自身によって再創造された」という言い方からわかるように、人間の「再創造」にかかわる。人間を作ることが人文学であるとすれば、人間の再創造は、人文学のやり直しということになるだろう。

実際、さきほどの引用で「古代の書物たちからの遺産」と言われていることは重要である。「古代（antique）」とあるように、マラルメは古代のギリシャ語やラテン語の文献までも念頭に置いている節がある。古代から連綿と受け継がれた詩句（にもかかわらず手をつけられてしまった詩句）がほのめかされている。

古典人文学にはラテン語韻文の修練があった。自在に組み替えてラテン語韻文を作れるようにするために、ラテン語詩人の文言を頭に詰め込んでおかねばならなかった。それに対して、マラルメの教えは「忘却」から始まる。人文学には無償性の理念があり、目的や利益、専門知識から距離をとるものだが、[16] 彼の場合、その無償性が極限にまで推し進められ、ほとんど一切の忘却のもとでなされている。

したがって、ここでは、ある意味で、人間主体もまた括弧に入れられている。正書法の尊重と並んで、「われわれの資財の無邪気さ」が重視されている。両者の相互作用によって、文学は、「自発的」に切り出される。ただしこの自発性は、主体性ではない。マラルメの語る教育は、誰かが特定の規範を課すという形をとらないという意味では、自己触発であり、そこには自律性がある。しかしこの鍛錬で主導権を握っているのは、正書法と無邪気さ、文字の尊重と詩句への感覚である。そこではやはり、何かが詩人に「文字たちを作品にすることを教える〔enseigner〕」という構図が維持されている。「詩の危機」で言われていた「語群に主導権を譲る」（p. 211）という現象も、いわば語群に「教わる」局面である。人間主体の自由に立脚した従来の人文学に対して、知を削いで文字と感覚に主導権をゆだねる人文学というものを想定するなら、それは非人称な人文学と言えるかもしれない。

声の亡霊

ところで、こうした文字の教えに、鍛錬や蓄積が伴う。さきの引用で「気をつけてきたなら」と過去表現になっているように一定期間の修練が必要であり、また「古代の書物たちからの遺産」という物言いからわかるように一定の読書が前提となっている。こうした歴史性を考慮した鍛錬のなかには、言語史の追体験としての辞書学という『英単語』の発想の痕跡を見て取ることができよう。それにしてもなぜ、詩句において「二四の文字」が重視されるのだろうか。

この点を確認するべくマラルメの「文字の神学」を参照しよう。この言葉がはっきりと用いられているのは一箇所だけである。それは死後出版された、比較的まとまった一八九五年頃の草稿にある。「一つの主題についての変奏」の一部として『ルヴュ・ブランシュ』誌掲載を意図して書かれたものと考えられる。

冒頭で、一般の人々がおこなう日常の言語活動が、「辞典を生に浸すこと」になぞらえられているのに対して、詩人の言語活動はむしろ「生から辞典を搾り取るのだ」といった喩えが語られている。辞典を韻文＝詩句に引き寄せながら、こう続く。

〈詩句〉、そして音声言語に由来するがゆえに結局はあらゆる書き物は、口頭試験（発声の試練）を受けることができること、もしくは、外的提示の一様式として、高みであっても群衆のなかでも納得のいく反響を見出すために、発声法に立ち向かえることを、みずから示さなければならない一方で、〈詩句〉およびあらゆる書き物は、その諸要素が心的音楽たちへと気化しながら沈黙を通過するその沈黙の彼方で生起して、繊細なわれわれの感覚、夢に関するわれわれの感覚を触発するのである。（p. 474）

詩句にかぎらずおよそ書かれたものは、口頭言語とは異なるが、それでも、その気になれば発声してみることができるものである。声は潜在化しているがそれでも聴き取り可能である。詩句は、実際の声が「気化」され、生を剥奪されることによって生み出されるものであるから、それは、いったん言葉が沈黙を通過した先で生じる「心的音楽」と言える。これが、「われわれの繊細な感覚」を刺激する。

ところで、マラルメにとってこのようなエクリチュールとしての詩句を成り立たせているものは、亡霊的な声としての文字である。ここで彼は、「この複数形のｓと、動詞のなかで二人称単数形に付け加わるｓ」を例に挙げている。発音されない子音ｓをともに持つ単語同士の脚韻は、たとえ発音が同じでもｓの付かない脚韻とはまったく別物である。sのそろった前者は、後者とは異なり、「目の快楽」をもたらす。亡霊的な声は、目で聴いて楽しむものなのである。それでは、このsにそのような価値を与えているものは何なのだろうか。ここで、彼は『英単語』の「一覧表」のような手つきで、文字の価値について語りだす。

言っておくがSは分析的な文字、すぐれて解散的で散種的な文字である。〔欠落部分〕であるような古い神聖な原動力をさらけ出すこと、もしくは神経の隅々まで衒学的な自分をご披露することをお許しいただきたい。この機会に、音声言語もしくは難読書が有する、言語的価値と純粋に象形文字的価値にくわえて、正書法によって漠然と示される秘密の方向、詩句を徴づけることになる一般的純粋記号に神秘的な仕方で寄与している秘密の方向が実在することをはっきりと言っておく。(p. 475)

目に快楽をもたらす文字の価値は、「言語的価値」ではないとされている。例えば発音してはっきりと聞き取れる接頭辞や接尾辞のような形態素が有する意味内容とは別物であり、またそれは、文字自体が何かをかたどっているといった場合のような象形文字的価値でもないとされている。このあとで「〈文字〉の神学とまさに呼んでもよさそうなもの」と言われているので、ひとまずこの価値を神学的価値と呼んでおくと、これは、あくまでエクリチュールの上で、かろうじて綴りのなかで表示される価値である。元々マラルメが声より文字に価値を置いたのは、そこでは声が潜在化しているからである。そして二つのsに関しては、単に黙読されるという意味で潜在化されているだけでなく、黙読においてさえ発声されないという意味で、二重に潜在化されている。ここに文字の神学的価値がある。マラルメは、明示的な意味を持たない文字に対するある意味で理不尽な敬虔さを彼にもたらしている価値を、そのように名づけているのである。

たしかに、フランス語では語末の子音字を発音しないことが多い。この無音の文字が、エクリチュールとして見た場合、脚韻の選択に一定の影響をおよぼす。しかしここで考えるべきは、ラテン語との対比である。ラテン語は書き言葉でしかなく、書かれた文字はおおよそ何らかの方法で読み上げられる。しかしフランス語はそうではない。現用語であるかぎり、発音される音と綴りに大きな乖離がある。一九世紀の中等教育では、保護者の要望もあり、フランス語の正書法が本格的に教科に組み込まれつつあった。(17)

マラルメはそこにむしろフランス語の詩句の価値を見出している。彼のリヒャルト・ワーグナー論によれば、フランス語は、その精神において「きっちりと想像力豊かで抽象的な、つまり詩的」(p. 157) なものである。それは口頭で読まれて味わわれるだけでなく、ページの上でも味わわれ、口頭で語られる「報道」の言語には還元できないものである。ラテン語は、第二言語として主に書物から学ばれ、口語であるフランス語には還元不可能な独自の世界としてその存在を示しているが、(18) フランス語もまた、母語でありながら、ラテン語とは異なる仕方で、口語とはいったん切り離された別の世界を有している。少なくとも、マラルメはそのような点においてフランス語の韻文に豊饒な可能性を見出している。彼の作品の難解さの一端は、こうした可能性の探究にある。

このように、ラテン語との対比でマラルメの発言を見ていくとき、散文詩集『ディヴァガシオン』の「はしがき」もまた示唆的である。「見かけ上は散漫なたわ言だが、一つの主題、唯一の主題を扱っている。部外者としてこれを見直すなら、それはあちこちが壊れているが、かえってそこから散歩者にみずからの教養を発散する修道院のようなものである」(p. 82)。すさんでひびだらけの修道院から聞こえてくるのは、ギリシャ語混じりのラテン語の呪文を含んでいるにちがいない。ここで言われている「一つの主題」とは祝祭のことである。マラルメは、カトリックのミサの先に未来の祝祭の可能性を見ていたわけだが、ミサは元々ラテン語でなされる行事であった。また「詩の危機」によれば、読書という孤独な祝祭の場に向けて、彼の詩句は「言語とは異質で、呪文のように、完全な語」(p. 213) たらんとしている。呪文のような語と言われるとき、宗教的な典礼で用いられる古典語の文言を念頭に置いていると思われる。このようにマラルメが思索をめぐらすところには、かつてはラテン語が交わされた空間の陰がしばしば見え隠れしている。(19)

4　神話のほころび

一九世紀後半は、蓄音機と国際発音記号が発明された時代[20]だが、同時にそれらがいまだ浸透していない時代でもあった。音声はそれ自体としていまだ対象化しづらく、それを表記する手段も確立していなかった。この時期、たとえ黙読文化が浸透していたにせよ、活字を読むという行為は、現代と比べても、ずっと声に満ちた経験だったと考えられる。

本稿で注目した声は、今日では音素として理解されているものに相当するだろう。しかしそれを一つ取ってみても、マラルメがいかに声の詩人であったかが明らかになったはずである。声の潜在化あるいは亡霊化としてのエクリチュールの探究は、声に対する信頼を前提としたものであった。

マラルメの詩論は、往々にして、近代文学史の常套句として読まれがちである。しかしこの当時、中等教育における古典人文学の厳然たる存在と対比してみるとき、その輪郭がくっきりと浮かび上がる。古代に始まる修辞学は、人間が社会的な実践において自己表現をなすために存する。そこには人文主義と同時に人間主義がある。記憶術も、アルファベットも、文芸も、まずもって人に奉仕する道具であった。一方、マラルメにとっては少し事情が異なる。たしかに詩句は、かつての修辞学と同じく、表現と思考のための手段である。しかしアルファベットは、人間の意図が直接には関知しない言語史の爪痕であり、そこで成り立つ記憶術は、声のインデックスによる言語史の再構成であり、後に語られる文芸は、声の亡霊が往来するエクリチュールという非人称な場における実作や鑑賞となる。

ボードレールやランボーと古典人文学との関係の一端はすでに明らかにされつつある。[21]クローデルがどのように近代語人文学の論争に巻き込まれたのかもおおよそ知られている。[22]マラルメと人文学の関係がわかりづらいとすれば、実作のかたわら、新たな古典のあり方を考察し、その伝達と教育を思考するという彼の試みそのものが、新興の人文学と接していたからではないだろうか。[23]

今日、マラルメをめぐる一つの神話がほころびつつある。それは、英語教師という仕事に多くの時間をとられた哀れな人物という彼みずからが「自叙伝」で演出した詩人像である。物理的な時間と労苦の点ではそのとおりだったかもしれない。しかし文学に微塵も興味のない公衆が文学と出会い、選別された正典が恭しく読み上げられる人文学という公共の場に長らく身を置き続けたことが、文学史にマラルメの名を残すにあたってどれほど貢献したのか。われわれは、今ようやくそれを理解し始めたばかりである。

注

(1)「文章を読み深めるため、音読、朗読、暗唱などを取り入れること」(文部科学省『高等学校学習指導要領解説 国語編』二〇一〇年、三五頁)。

(2) Michel Bréal, *Quelques mots sur l'instruction publique en France*, Hachette, 1872, p. 3.

(3) それぞれ、humanités classiques、humanités modernes、humanités françaises の訳語である。

(4) *Enseigner les humanités : Enjeux, programmes et méthodes de la fin du XVIIIe siècle à nos jours*, dir. Jean-Noël Laurenti, Kimé, 2010, p. 66.

(5) 本稿では立ち入ることができないが、一九世紀の修辞学については次を参照のこと。*Histoire de la rhétorique dans l'Europe moderne : 1450-1950*, dir. Marc Fumaroli, PUF, 1999.

(6) ただし一九世紀において中等教育を受けることができたのは、実際には就学年齢の男性全体の五パーセントと言われている (Pierre Albertini, *L'École en France XIXe–XXe siècles : de la maternelle à l'université*, Hachette, 1992, p. 10)。日本語では次を参照のこと。畠山達「七月王政の学校教育と文学――ボードレールを事例として」、『仏語仏文学研究』第三七号、二〇〇八年、三―二八頁。

(7) Michel Bréal, *op. cit.*, p. 223.

(8) Stéphane Mallarmé, *Œuvres complètes*, II, éd. Bertrand Marchal, Gallimard, « Bibliothèque de la Pléiade », 2003, p. 948. 以下、頁数のみを表記したマラルメの引用はすべてこの版から取ったものである。

(9) メアリー・カラザース『記憶術と書物』別宮貞徳監訳、工作舎、一九九七年、九一頁。

(10) ウォルター・J・オング『声の文化と文字の文化』桜井直文・林正寛・糟谷恵介訳、藤原書店、一九九一年、二五七頁。

(11) 辞書学の歴史や当時の言語科学とマラルメの関係については、『言葉と物』のフーコーによる位置づけの再検討もふくめて、次の拙稿をご参照いただきたい。立花史「フィクションのための辞書学――『英単語』のマラルメを中心に」、『ÉTUDES FRANÇAISES 早稲田フランス語フランス文学論集』第一九号、二〇一二年、一九五―二一四頁。

(12) 草稿では「習性（habitude）」に形容詞が付されているので「知る」の目的語ととる。Cf. p. 1604.

(13) むろんここには、「自然の悲劇」をめぐるマラルメの思考が織り込まれているのだが、ここではいったん置いておく。Cf. Bertrand Marchal, *Religion de Mallarmé*, José Corti, 1988, p. 320-360.

(14) 教育史家によれば、一九世紀の中等教育において「文芸」という言葉には「人文学」の響きがある。実際、中等教育における（狭義の）人文学の学級では、文法学級を終えたあと、修辞学級の手前で、ラテン語韻文を実作する課程であった。「それゆえ「人文学を修める」という表現には時代によってさまざまな外延がある。それはすべての課程を学ぶことだろうか、あるいはただ後半の二つあるいは三つの学級を学ぶことだろうか。一九世紀において人文学は、「上級学級」とも呼ばれる「文芸学級（classe de lettres）」と同一視されており、六学年から四学年までの「文法学級」と呼ばれるものにおいてなされた文法教育と、原則的に区別されていた」（André Chervel, Marie-Madeleine Compère, « Les humanités dans l'histoire de l'enseignement », in *Histoire de l'éducation*, N. 74, 1997, p. 8）。

(15) コンパニョンはこう述べている。「チボーデは、一九〇二年の現代教養教育の改革〔一九〇二年に中等教育の現代化のために改革がなされ、ラテン語が教育課目から姿を消すことになった〕に、真の二〇世紀の始まりを見ていたに違いない。それは、一八九八年とドレフュス事件、一九〇五年と政教分離、あるいは一九一四年と戦争よりも、フランス文化史の視点から見れば、より決定的な出来事であった。アンチモダンの伝統にとって、一九〇二年は鍵となる年であり、ペギーの「現代世界」に対する反抗は――驚くべきではないとしても注目すべき事実であるが――学校の急進的政策に対する反動として始まったのである」（アントワーヌ・コンパニョン『アンチモダン』松澤和宏監訳、名古屋大学出版会、二〇一二年、一七一―一七二頁）。

(16) 古典人文学を改革しようとしたジュール・シモンは、教育改革の図書のエピグラフに「私としては、あれこれ詰め込んで心をいっぱいにするより、心を鍛える方がいい」というモンテーニュの言葉を掲げている（Jules Simon, *La réforme de l'enseignement secondaire*, Hachette, 1974, p. 1）。

(17) *Enseigner les humanités*, *op. cit.*, p. 68.

(18) 「古代は間接的にしか歴史に属しておらず、それは時系列的かつ地理的に限定できる一時代や一文明ではない。古代という語が指し示すのは、科学的基準ではなく漠然とした帰属感情に応じて混ざり合った、非常に不均質な時間と空間の広大な星雲である。この帰属は、ラテン語というきわだった特定の古語に基づいている〔……〕」（Corinne Samidanayar-Perrin, *Modernités à l'antique : parcours Vallésiens*, Champion, 1999, p. 15）。

(19) なお、マラルメのフランス語の革新性がかえってラテン語の構文と似ている点については、わずかながら指摘がなされている。Cf. Jacques Schérer, *Grammaire de Mallarmé*, Nizet, 1977, p. 53–64.

(20) よく知られているように、音声の再生装置としての蓄音機は、一八七七年のシャルル・クロとトーマス・エジソンの発明にさかのぼる。また国際音声記号（ＩＰＡ）は、フランスの言語学者ポール・エドゥアール・パシーを中心とする言語学者のグループによる一八八八年初めの試みに由来する。

(21) Cf. Corinne Samidanayar-Perrin, « Baudelaire poète latin », in *Romantisme*, vol. 31, Issue 113, 2001, p. 87–103 ; Anne-Marie Franc, « « Voyelles », un adieu aux vers latins », in *Poétique*, n° 60, 1984, p. 414–422.

(22) Didier Alexandre, « Claudel et la querelle des humanités modernes : *Positions et propositions de Claudel* », in *Paul Claudel et l'histoire littéraire*, Franche-Compté, Presses Universitaires de Franche-Comté, 2010, p. 213–230.

(23) この議論の詳細については拙著をご参照いただきたい。立花史『マラルメの辞書学――『英単語』と人文学の再構築』法政大学出版局、二〇一五年。

主体なき口頭性
──アンリ・ミショーにおけるリズム

梶田裕

1　声のアンビヴァレンス

文学においてもその外部においても、声という概念が困難な問いを提起し、かつ豊饒な省察を生み出してきたのは、おそらく、西洋の哲学的な伝統のなかで対立する二つの価値が声に与えられてきたからではないだろうか。この対立する二つの価値は、アリストテレスの『政治学』の次の一節のなかに要約されている。

なるほど声〔*phōnē*〕は快と苦を伝える信号〔*sēmeion*〕ではある。それゆえ他の動物にも声はそなわる。〔……〕しかし人間に独自な言葉〔*logos*〕は、利と不利を、したがってまた正と不正を表示する〔*dēloun*〕ためにある。[1]

このように、一方にはただ感覚を直接的に指示する声があり、他方には利害と善悪を判断する論証的言語（ロゴス）がある。しかし、ここで声とロゴスの間に引かれている境界は、実のところ、声そのものの内部に引かれる境界でもある。というのも、デリダが明らかにしたように、声は、思考、意味、概念あるいは観念への近接性において、ロゴスと特権的な関係を持ってきたからだ。[2] したがって、声は身体的な感覚を直接的に指示する分節化されていないである。

音声とみなされる一方で、思考、意志、意識、そして意味がもっとも純粋に現前する精神的媒体とみなされもしたのである。

ジャック・ランシエールは『沈黙する言葉』(3) のなかで、パロールの優位からエクリチュールの優位へと移行することで成立した言語芸術の体制として文学を規定している。ランシエールによれば、このことが、文学をそれ自体のうちに矛盾を孕んだ体制とする。エクリチュールは、一方で、事物に受肉した言葉、つまり記号に慣習的な意味作用以上のことを語らせる象徴的言語、記号とそれが語ることとの間に有縁性ないし類似の関係を打ち立てる言語である。しかし他方で、それは書き手の意図を離れてあてどもなく彷徨い続ける、無言であるがゆえに饒舌な言語の様態であり、記号と意味の安定した関係を崩壊させる。かくしてエクリチュールは文学を可能にすると同時に、その内部に矛盾をもたらしてそれを脅かす。そしてランシエールが言うように、この矛盾の果てしのない解消の試みが文学におけるさまざまな実践と反省のダイナミズムを作り出しているとすれば、声はその二重の価値を両極として、文学のさまざまな実践と戦略を定めうるものとなるだろう。ランシエールがパロールの優位と言うときのパロールとは、ロゴスとしての声とほぼ同義であることを考えるならば、声は文学以前の言語芸術の体制への回帰、つまりランシエールが「再現＝表象的体制」(4)（これはアリストテレスの『詩学』に基づく言語芸術の体制である）と呼んでいるものへのノスタルジックな回帰を意味するだろう。他方、非分節的な音声としての声は、オノマトペーや叫びという形で、慣習的な意味の手前で、記号とそれが意味するものの間に直接的な関係を打ち立てる象徴的言語を完成させるものとみなされもすれば、発話者が取り返しのつかない仕方で不在であることによって特徴づけられるエクリチュールに対して、生身の身体を現前させるパフォーマンスの要素、あるいは空間的ないし時間的に隔たった感性的現前性をその特異性において喚起する媒体とみなされもするだろう。文学が声に訴えるこうしたさまざまな実践と戦略、そしてまたこうした実践と戦略をめぐる理論的反省は、それらの見かけの異質性や対立にもかかわらず、文学がその可能性の条件でもあるエクリチュールに対立するさまざまな仕方を定めているという点において一致するのではないか。これがこの論考を導いている仮説である。つまり、文学がその内部において、エクリチュールのもたらす脅威から身を離そうとするとき、声の二重の価値は、その力を文学に貸し与えるのだ。その脅威とは、発話主体（書き手、作者）の不在、記号と主体が言わんとすることの間にもたらされる乖離、そして記号の無差別的な流通である。そして声は、精神的な媒体としてであれ、物質的・音声的な媒体としてであれ、あるときには主体の思考、意図、意志のイデア的現前に、またあるときには、主体の身体的・肉体的な現前に結びついてきたのである。

この仮説に従えば、文学における声は、一方で文学以前へと向かい、他方で文学以後へと向かうことになるだろう。文学以前とは、再現＝表象的体制へということであり、文学以後とは、エクリチュールの体制としての文学の清算へということである。そしていずれの場合にも、声はエクリチュールが脅かす現前性——イデア的な意味にせよ、感性的な意味にせよ——という価値の復興を目指す。だとすれば、われわれがここで問いたいのは、文学におけ

る声の新たな問題系を設定する可能性であり、要するに主体の現前と結びついた声から外に出ることの可能性なのである。

2　メショニックにおける口頭性

そこでまず、アンリ・メショニックにおけるリズムおよびそれに基づいた「口頭性（oralité）」の概念を取り上げたい。メショニックの「口頭性」の概念が興味深いのは、メショニックがこの「口頭（oral）」というカテゴリーを、「書かれたもの（écrit）」と「話されたもの（parlé）」という対立の外で思考しているからである。そしてこの口頭性の基盤には「リズム」の概念がある。ここではジェラール・デソンとの共著で、簡潔な教科書的書物である『リズム概論』[5]を特に参照しながら、メショニックにおけるリズムの口頭性について概説する。

まず、メショニックとデソンはリズムが単に個人的な発話あるいは受け手の主観的な印象の問題であり、それゆえ曖昧で恣意的な概念であるとする見解を退ける。リズムはフランス語の音声学的な原則に基づく客観的なテクニックなのである。しかし、ある規則性によって規定可能な現象であるからといって、リズムは形式的な観念であるわけではない。それは単に言説の形式的な組織の問題なのではなく、言説の意味作用に関与するのである。そこでメショニ

ックとデソンは、リズムと「作詩法(メトリック)」(以下メトリックとする)を区別する。フランス語においては、メトリックは基本的に音節の数に基づく。それゆえメトリックと同一視されると、リズムは規則的なテンポとみなされてしまう。しかしリズムは運動であり、音節の計算に基づくのではない。リズムはひとつの連続体なのであって、数のような非連続なものではないのである。かくしてメショニックとデソンは、リズムを「パロールの運動の組織化」と定義する。(6)ここでパロールとは、書かれたものであれ、話されたものであれ、言語の個人的な実践という意味で用いられている。これはバンヴェニスト的な意味での「ディスクール」に対応する。

このような連続体としてのリズムの概念の基礎にあるのは、バンヴェニストによるリズムという語の語源研究である。「言語学的表現における《リズム》の観念について」というよく知られた論文のなかで、バンヴェニストは、語源的には「流れる(rhein)」を意味する *rhuthmos* が、プラトンによって、いかにしてメトリックにおいて理解されているような規則的なテンポの意味に変えられてしまったのかを示している。そして、リズムの本来の意味は、このような規則的なテンポという「図式的形態(schèma)」とは異なることが示される。「図式〔*skhèma*〕とリズム〔*rhuthmos*〕の間には差異がある。図式は〔……〕いわばひとつの物体として措定された、固定的で完成した「形態」である。逆にリズムは〔……〕、運動し、可動的で流動的なものが瞬間的にとった形態、有機的な確かさ〔consistance〕を持たないものの形態である〔……〕。それは即興的で、一時的で、変更可能な形態なのである」(7)。したがって、すでに出来上がった形態を言語という素材に押しつけるメトリックとは異なり、リズムは言語がとるつかの間の形態、形作られるや否や変形される形態なのである。

リズムがパロール、すなわち個別的な発話行為の組織化に関わる以上、当然そこに発話行為の主体の問題が浮上する。実際、メショニックとデソンはリズムの定義をさらに明確にし、「主体によるパロールの運動の組織化」(8)と言い表している。しかし、ここでの主体とは通常の意味での発話主体のことではない。それは、発話行為以前にすでに構成されている個人としての主体ではなく、ディスクールのなかで生み出される主体であると言える。したがって、リズムはすでに構成された主体がその特殊性をディスクールに刻み込んだ結果なのではなく、むしろリズムによって主体と呼ぶことのできるような何かがディスクールのなかに生み出されるのである。このような主体性は、メショニックとデソンにとって、新たな「有意性（signifiance）」の原理である。それは、文法的規則に則った離散的な記号の単なる集積には還元されない意味作用をディスクールにもたらす。リズムは、非連続的な要素からなる体系としての言語に対立する言語活動の観念なのである。

このようなリズムの作用は、書かれたものであれ話されたものであれ、すべてのディスクールに生じうる。それゆえメショニックは、「話されたもの」と「書かれたもの」に、「口頭のもの」というカテゴリーを付け加える。口頭性とは、要するにディスクールにおけるリズムの有意的な働きであり、したがって、話されたものであれ書かれたものであれ、ひとつのディスクールに付与されうる性質である。口頭性は、エクリチュールによる話し言葉の模倣などではまったくないのである。

こうしてメショニックにおける口頭性は、「主体」をめぐるある種の弁証法的な運動を示すことになる。一方で、リズムをフランス語の音声学的な原則に基づく客観的なテクニックとすることで、リズムは主観的な恣意性から引き離される。このことは、リズムを個体として実在する発話者の意志や感情などから引き離すことを意味する。しかし他方、リズムはディスクールのなかに生じる主体性を表す。つまりリズムは、実在する個体としての発話者ではなく、純然たる言表主体がそのディスクールを主体化する原理となるのである。

この弁証法の最初の契機であるリズムの同定と表記のテクニカルな面についてはごく簡単に触れるだけにしておこう。メショニックは、リズムを生み出すアクセントを大きく三つのタイプ、「統辞的アクセント（accent syntaxique）」、「韻律的アクセント（accent prosodique）」、そして「作詩法的アクセント（accent métrique）」に区別している。統辞的アクセントは、統辞上の統一を構成する語のグループの最後の発音される音節に付与されるアクセントである。フランス語は語そのものにアクセントのある言語ではないので、アクセントは語が文のなかで占める位置に依存する。アクセントの数や位置の変化は、記号的観点からは同一の文に、ディスクールの上での意味的変化を生み出す[9]。次に韻律的アクセントだが、その基本となるのは、同一子音の反復である。ただし、子音が音節を開く場合のみで、閉じる場合アクセントはおかれない。また、反復とは関係なしに、統辞的グループの初めの子音および母音におかれる「文頭〔出だし〕アクセント（accent d'attaque）」と呼ばれるアクセントがこのカテゴリーに含まれる。(10) 三番目の作詩法的アクセントは、詩句の形式を持つ詩作品にのみ関わるアクセントである。原則として、各詩句はその最後の発音される音節と、句切りがある場合は句切りに当たる音節にアクセントがおかれる。

以上の三つのアクセントをもとに、メショニックとデソンが挙げている例文、L'éclat de mon nom même augmente mon supplice（私の名そのものの輝きが、私の苦痛を増している）にリズムを表記してみよう（この文は詩句だが、作詩法的アクセントについては考えないことにする）。(11) まず、統辞的アクセントを太字で表記すると、L'é**clat** de mon **nom** **mê**me aug**men**te mon sup**plice** となる。次に韻律的アクセントを生み出す子音をイタリックで表記すると、子音 /l/、/m/、/s/ の反復があるので、*L*'éclat de *m*on nom *m*ême aug*m*ente *m*on supplice となる。これらを組み合わせると、この文のリズム表記が定まる（*L*'é**clat** de *m*on **nom** **mê**me aug**men**te *m*on sup**plice**）。ちなみに、統辞的アクセントと韻律的アクセントが重なる場合、常に統辞的アクセントが優先される。

このようにリズムを表記すると、アクセントが二つ以上連続することがある。このような現象は「カウンター・アクセント（contre-accent）」と呼ばれる。先ほどリズムは連続体を形成すると述べたが、カウンター・アクセントはまさにリズム的連続体を体現する現象である。それは、言葉あるいは統辞的な統一の非連続性を超えて、リズム上の連続性を生み出すのである。先のリズムにカウンター・アクセントを数字で表記すると次のようになる。(12)

1 2 ◡ 1 2 3 ◡ — ◡ 1 2 3
L'éclat de mon nom même augmente mon supplice.

このカウンター・アクセントによる連続体の形成も意味論上の効果があるわけだが、それについてはここで論じることはできない。(13) とりあえずここで確認しておくべきことは、フランス語の言語学的な特性に基づいて、メショニックがリズムの認識と表記を体系化し、リズムを単なる主観的な発話の実行の様態から引き離したということである。

3　ディスクールにおける主体化のパラドックス

では、われわれの議論にとってより重要なリズムと主体化の問題に移ろう。この主体化の思考は、言うまでもなく、バンヴェニストが行った言表主体の考察に立脚している。メショニックの主体は、バンヴェニストの言表の主体と完全に同一というわけではないが、その修正的拡張として理解することができる[14]。『一般言語学の諸問題』に収められた「代名詞の性質」という論文のなかで、バンヴェニストは、「私（je）」や「あなた（tu）」のような代名詞や「これ」、「ここ」、「いま」などの「指示子（indicateur）」（要するに「転換子（shifter）」と呼ばれている一連の記号）が、通常の語のような語彙的意味を持たないことを指摘した上で、次のように述べている。

> では je や tu が参照する「現実」とはいかなるものであるのか。それはただ「ディスクール上の現実〔réalité de discours〕」であり、かなり特異な事象である。je は「発話〔locution〕」という観点からしか定義されえず、名詞的記号のように、対象の観点からは定義されえない。je は「je を含んだ現になされているところの個別的発話行為を行っている人物」を意味する[15]。

つまり、je はその都度特異な個別的な発話行為への参照によってのみ同定されるのであって、言語外的な対象への参照によっては同定されえない。それゆえ、たとえ二つの個別的発話行為が、同一の声によって継起的に行われ、そのそれぞれが je を含んでいるとしても、その je が同じ発話者を指しているとは限らないのである（これは継起する発話行為のうちのひとつが je を含む言表の引用である場合などを考えてみれば明らかであるだろう）。

ジョルジョ・アガンベンは、『アウシュヴィッツの残りのもの』のなかで、バンヴェニストの同じ一節を引用しながら、je を含む言表行為のパラドックスを論じている。個別的な発話行為のみを参照する空虚な記号としての je は記号の体系としての言語(ラング)から個別的な言語使用としてのディスクールへの移行を可能にするものである。実際、各個人が言語を自らのものとするのは、その都度の個別的発話行為のなかで je と発話する者となることによってでしかない。しかし、言説における je となることで、発話者は純然たる言語的現実となり、精神身体的(psychosomatique)個体としては消え去らなければならない。je はその言表行為のみを参照し、そこで語られている対象を参照してはいないからだ。それゆえアガンベンは次のように述べる。

よく見ると、言語からディスクールへの移行はひとつのパラドキシカルな行為である。というのも、それは同時に主体化と脱主体化を前提とするからだ。一方で、言表行為の主体となるためには、精神身体的個体は完全に消滅し、実在する人物としては脱客体化されなければならない。言表行為の主体になるとは、あらゆる実体性を奪われ、個別的発話行為へのむき出しの参照以外のあらゆる内容を奪われた、純然たる転換子 je によって同定されるということだ。しかし、一度言語外的なあらゆる現実性をはぎとられ、言表行為の主体として構成されてしまうと、この個体が見出すのは、自らが到達したのは語る可能性というよりは、その不可能性であるということなのだ(16)[……]。

つまり、発話者が精神身体的個体としては消滅し、ディスクールの主体として主体化されるとき、この主体がディスクールによって、そしてディスクールのなかでのみ作り出されている以上、もはやこの主体を、本当の意味でディスクールのなかで語っている主体とすることはできないということだ。メショニックの論じる主体化が、バンヴェニストのディスクールにおける主体化にリズムという要素を付け加えることでそれをさらに強化するものと考えられるとすれば、メショニックの主体化も、脱主体化を免れはしないということになるだろう。メショニックにおいてわれわれが主体の弁証法と呼んだものは、実のところ常に中断されることになるのだ。個体としての脱主体化が、個体を言表の主体とする新たな主体化によって止揚されるまさにその瞬間に、この主体性は、語る主体としては解任されてしまうのである。それゆえアガンベンは、個別的発話行為においては、「主体化と脱主体化があらゆる点で一致する」[17]と言う。だとすれば、リズムによる主体化を語ることをメショニックに可能にしたのとまったく同じ理論に基づいて、リズムによる脱主体化を語ることができる。そして、メショニックの口頭性が、言説におけるリズムの働きであるとすれば、口頭性は主体化の場であるのと同じくらい、脱主体化の場でもあるのだ。

4　アンリ・ミショー——無限、リズム、脱主体化[18]

リズムおよびそれに基づく口頭性が、このような主体化と脱主体化の中断された弁証法に結びつくということを、ただ発話行為一般の構成的な構造として提示することが、ここでわれわれの問題なのではない。われわれの目的は、それを一人の詩人の特異な実践のなかで明らかにすることである。それによって、ディスクールにおける主体化の脱構築は理論的な空虚さを免れ、固有に文学的な問題として提出されることが可能となるだろう。そこで、リズムを脱主体化の場として思考していた詩人、アンリ・ミショーを取り上げることにする。

ミショーの詩作にとって無限なるものの経験がその根源的な主題であったことはよく知られている。ここで詳しく論じることはできないが、ミショーにおいて、無限なるものの経験は、閉じられた有限的な形象としての自我の消滅を前提としている。この無限と有限の対立は、『惨めな奇跡』（一九五六／一九七三）のなかで球と線という幾何学的な形象の対立として描かれている。

とりわけ恐るべきことは、私が一本の線でしかなかったことだ。通常の生においては、われわれはひとつの球である。開けた見晴らしを持つ球である。〔……〕しかし、ここでは一本の線でしかない。無数の逸脱に折れ砕ける一本の線である〔Une ligne qui se brise en mille aberrations〕[19]。

球とは、自己同一的で閉じられた自我の形象である。球としての自我の有限な生においては、われわれの可能性もまた有限であり、その全景を俯瞰し、明確に予期することができる。しかし、線として解放された無限の生においては、無数の可能性が予測不可能な逸脱として、すなわち出来事として開かれる。そしてミショーにとって、存在論的には無限のほうがより根源的なのである。たとえ経験的なレベルにおいてわれわれの生やわれわれが体験するすべてのものが有限であるとしても、有限なものは根源的な存在論的無限を囲い込んだ結果にすぎない。無限の逸脱、変容へと開かれた無限こそすべての存在者の存在であって、有限なものはその効果にすぎないのだ。それが、『プリュームという男』（一九三八）のよく知られた「あとがき」のなかで言われていることである。

ただひとつの自我があるのではない。一〇あるのでもない。自我などというものはない。自我とはひとつの平衡状態にすぎない（つまり絶えず可能で常に準備のできた他の無数の状態のひとつにすぎない）[20]。

ここでミショーは、唯一的な自己同一性に対して、複数的な自己同一性を称揚しているのではない。一の自我を一〇の自我で置き換えたところで、何も変わりはしない。ミショーが表明しているのは、無限の変容の自己に対する絶対的な先行性である。無限の変容が自我のような何かを一時的な均衡状態として可能にしているのであって、決してその逆ではないのである。

このように、ミショーにおいて存在はいかなる実体でもない。それは無限に折れ砕ける線であり、あらゆる尺度、あらゆる計量を逃れ去る、運動する連続体としての無限である。実際、今日の数学では、連続体としての無限は加算無限よりも大きく、その超過を計量することはできないことが知られている。しかしミショーにとっての問題は、このような無限をいかに有限であるほかはない作品のなかで形象化するのかということだ。この問いこそ、ミショーのデッサン作品と詩作品の双方を貫いている問いである。そして、この問いに対するミショーの回答がリズムなのである。ミショーは、折れ砕ける線としての存在の無限性は、リズムとして感覚可能になると考える。リズムは、いわば存在の無限性が感覚可能となる媒体なのである。無限とリズムの関係は、薬物の作用のもとで書かれた一九六一年の著作、『深淵による認識』のなかで、非常に簡潔に、「唯一存在する無限、リズムである無限」[21]と言い表されている。存在は根源的に無限である以上、真の意味では無限しか存在せず、有限なものは無限から派生した効果にすぎない。そして無限が自らを表出し、感覚可能なものとなる様態がリズムである。それゆえ、ミショーはこのすぐ後で「物質のなかでもっとも非物質的なものが、無限なものの感情を支えにやってくるというのはそんなに無茶なことだろうか」[22]と言う。つまり、リズムは物質性の極めて希薄な物質として、無限の物質的な媒体となるのである。このように、リズムは無限を感覚可能にするものであるが、だからといって、無限をなんらかの形象のなかに固定してしまうことはない。バンヴェニストはリズムを固定的な形態としての図式に対立させたうえで、リズムを「運動し、可動的で流動的なものが瞬間的にとった形態」と定義していた。したがって、リズムはその都度なんらかの形態を生み出すと同時に、それをひとつの流れのなかに組み込むことで絶えずそれを解体してゆく。リズムとは、有限な形態と無限の流れの共存なのである。それゆえ、リズムは固定し閉じられた有限性に対立するにもかかわらず、一切の形象化を破壊する無限のカオスに陥ることはない。リズムは、有限なるものが無限なるものへと引き込まれると同時に、無限なるものが有限な形象を一時的にとる運動を感覚可能にする。リズムにおいて、無限なるものは有限なるものを絶え間なく通過するのであり、そうであるがゆえに、リズムは存在の無限性の経験を可能にするのである。

このように、ミショーの詩的実践においても絵画的実践においても、線としての無限なる存在とリズムの概念が結びついていると考えられる。デッサンの線が存在の線のリズムを描こうとするように、言語においても、リズムが存在の無限性を担う。メショニックとデソンによって、リズムが言語における連続体の形成として定義されていたことを思い起こす必要があるだろう。リズムは、記号の不連続性を貫いて、連続したディスクールの運動を作り出す。そしてそこにこそ、言語のなかに無限が通り過ぎる可能性が生まれるのである。

5　『折れ砕けるもののなかの平和』

ミショーの詩作におけるリズムの実践を論じるために、『折れ砕けるもののなかの平和』と題されたテクストを取り上げることにする。デッサン作品と詩的テクストからなるこの一九五九年の著作は、絵画作品と詩作の連続性と緊張関係を思考するための極めて興味深い例となっているが、ここではこの作品においてイメージとテクストが互いを翻訳し合うやり方を論じることはできない。しかし、デッサンの視覚的な類似性が明らかに認められる詩的テクストは、「無数に折れ砕かれた詩」[23]と言われており、それはデッサンの折れ曲がり錯綜する線のうねりと呼応しながら、存在の無限性を言語のなかに来らせようとしているように思われる。

実際、作品のタイトル *Paix dans les brisements* からしてすでに、明らかに存在の無限に「折れ砕ける線」へと差し向けるものである。無数の逸脱となって折れ砕ける線は、自分自身と一致する安定した自己同一性を持つような有限な主体が消失し、無限へと開かれる様を示していた以上、タイトルは、このように自己が無限へと溶解することにおいて、逆説的にも平和がもたらされることを語っているように見える。そして、詩の冒頭で語られているのは、まさしく自己の消失なのである。

空間が私の上で咳き込んだ
するともはや私は存在していない[24]

咳が形象化している突発的な出来事が、ここで自我を破裂させている。そして次の詩節で描かれるのは、そのような破裂した自我が、無限の空間のなかへと分散していく様である。

無数の粉砕によって粉砕され
　無限に引き延ばされ
　無限の立会人となり
それでもやはり無限で[25]
　無限へとおかれ

ここで想定されている主語は「私（je）」であると考えられるが、それはすでに消失してしまい、詩句は完全な文を構成してはいない。このような自我の消失が無限の経験を可能にする。次の詩節で、主体が溶解してしまうこの無限の空間は、奇妙なことに「祖国」と呼ばれているが、この見かけの矛盾を解くことはもはや容易い。無限は存在者の存在であり、存在者がそこに由来するところのものである以上、それはあらゆる存在者の祖国なのである。そしてこの詩節では自我の溶解が、自我を表す単語 moi を構成する子音 m の分散によって表現されている。

　　提示される祖国
それは私の二つの手を用いることなく
　しかし私の手を無数に粉砕する
私はそれを覚えているが、認識はしていなかった
　それは私を取り巻き、攪拌することで
私を私から引き抜き、私を開き、私を吸収する[26]

フランス語原文を見てもらえれば、子音 m がこの詩節のなかにまき散らされているのがわかるだろう。この m は、まさに「私＝自我（moi）」から引き抜かれ、粉砕されたものなのである。自我を砕き、それを吸収してしまうこの

「祖国」は、まさに存在の無限なる連続体にほかならない。自らの存在であるこの祖国を主体はそれとなく覚えているが、しかしそれはわれわれの通常の経験世界においては与えられていない以上、それを認識することはなかったわけだ。そして、この存在論的に根源的な場へと立ち返ることは、有限な生がリズムによって貫かれ、無限の生へと開かれる契機でもある。

群れのなかに私は帰る
ツバメの無数の羽が私の生の上で震える
〔……〕
私は無差別化する波動を受け取る
不純で一時的なちっぽけな生は〈真の生〉から追放される
亡霊たちが私に向かって殺到する[27]

ここで「群れ」と言われているのは、自我が粉砕され分散させられてしまった存在の祖国のことだと考えられる。そこで生は、鳥が羽を羽ばたかせるようにリズミカルに振動する。リズムは、一時的な形態の形成とその消失を繰り返す、存在と非存在の間にある亡霊のような存在であり、自我はそのような亡霊に襲われることで、自己を差別化する同一性を失う。それによって、個体としての主体の不純で有限な生は、「真の生」に場を譲る。ここで便宜上「真の生」と訳したのは、大文字のVieである。それは、非人称的な無限なる生である。少し先のところには、「洪水が私の重荷を持ち上げた/自我の帝国の放棄が、私を無限に拡大した/私はもはや自分の死体を必要とはしない/私はいまや神殿の生のみを生きるのだ[28]」とある。自我とは、私を有限な生に閉じ込める、死体のような重荷である。リズムの洪水はそれを押し流し、私を無限へと開く。そこで主体は神殿の生、すなわち無限の生を享受するのだ。
今や、タイトル「折れ砕けるもののなかの平和」の意味するところは明らかだろう。自己が無限に砕け散ることは、非人称的で無限の生を享受することを可能にする。それこそが平和であり、幸福なのである。ミショーにとっての幸福は、脱主体化の経験と不可分なのである。

このように、この詩のなかで語られていることにおいては、脱主体化とリズムの連結は明らかであると思われるので、それに対応した言語のリズム的構成の分析へ移ることにしよう。この詩においてリズムを形成する要素として注目すべきものは、同一な語や表現の反復ないし多少のヴァリエーションを含んだ反復と、より細かい音素レベルでの反復である。前者は、ドゥルーズにも影響を与えたことで知られるウィルヘルム・ヴォーリンガーが論じた、ゴチック芸術の線を構成する反復およびその線の垂直性の問題とともに論じる必要があり、ここでそれを行うことはできないため、[29] 二番目の要素に限ることにする。これは、メショニックとデソンの研究において韻律的アクセントと呼ばれていたものに対応する。韻律的アクセントの増加が、カウンター・アクセントと呼ばれていたリズム的な連続体を作り出す以上、それはリズムのなかに存在の無限の連続体を出現させようとするミショーにとって重要な要素であることは間違いない。そして実際、ミショーは、自我の無限への溶解が問題となるところで、効果的にこのリズム的連続体を作り出している。例えば、すでに引用した子音 m が執拗に反復される詩節のリズムは次のように表記することができる。

*pa*trie *qui se pro***pos**(e)
qui n'emploie **pas** *mes* deux **mains**
mais me **broie** *mille* **mains**
*que je recon***nais** et *pour***tant** *ne connaiss***ais**
*qui m'em***brass**(e) [*m'em***brasse**] et *par brassage*
à moi *me sous***trait, m'ou***vre* et *m'assi***mi***le*

ここでは、mes deux mains の deux を除いて、一行目から四行目の reconnais までが、ひとつのリズム的な連続をなしている。「祖国」によって用いられない「二つの手」の「二つ」はまさにリズムがなす連続によって包囲され、「無数の手」になるべく粉砕されつつあるかのようだ。言うなれば、ここでリズムは詩句の語っていることを行っているのである。

もうひとつ例を挙げよう。

cependant l'espace et l'espace mien qui me démange
continuellement bougeons et bouillonnons

ocelles
infini d'ocelles qui pullule
je me prête aux ocelles
aux infimes déchirures, aux volutes
je me plie aux mille plis qui me plient, me déplient
petits traîtres qui vertigineusement m'effilochent
〔……〕

infini
infini qui au corps me travaille
et rit de mon fini
qui en frémissements éludants et par retraits

fait poussière de mon fini
infini qui m'étend
et sans effort, sans spectacle
de mes prises me dessaisit[30]

ここでもやはり、詩句が語っているのは有限な自己の無限化である。最初の二行の詩句では、沸き立つように波打つ空間のなかに、「私」が溶解する様が語られている。最初の詩句の動詞 démanger にはそもそも「侵食する、蝕む」といった意味があり、空間による有限な自己の侵食が語られていることがわかる。こうして「私」は砕け散り、空間と一体となって、複数的な「私たち」を形成している。この詩句のリズムは次のように表記される。

*cepen***dant** *l'e***spac**(e) et *l'espace* **mien** *qui me dé***mange**[31]

ここには、まさしくリズム的連続体が、「私（me）」を侵食し、連続体のなかに取り込んでいる様が読み取られるだろう。また、その数行後の詩句、「私は、私を折り畳み、広げる無数の襞に服従する」においても、詩句のリズム的組織化が顕著に認められる。詩句は、折り畳まれては広げられる線としての存在のリズムへと委ねられる主体を語っているわけだが、この詩句のリズムを表記すると次のようになる。

je me **plie** aux *mille* **plis** *qui me* **plient**, *me dé***plient**[32]

ここでは、aux の後、mille から déplient までがリズム的連続を構成し、その連続体に文字通り主体「私（je）」が身を委ねている。ここでもやはり、リズムは詩句が語っていることを行っているのである。

詩の終わり近くで、ミショーは「自分を停止させ／自分を固定し、位置づけようとする誘惑にもはやかられることがありませんように」という願望を語っている。その理由は今や明らかである。無限のリズムのうねりのなかに自我を溶解させ、位置づけられていない存在となることこそ、ミショーにとっての平和なのである。そして、この存在の無限のリズムがある種の口頭性をエクリチュールの上に出現させるとすれば、この声は、自我に帰着させることもできなければ、なんらかの超越的な実体的存在者に帰着させることもできない。どこにも位置づけることができないにもかかわらず、「私」の存在そのものにほかならないこの無限を、ミショーの作品のタイトルを借りて、「内なる遥か」あるいは「遥かなる内部（lointain intérieur）」と呼ぶことができるだろう。リズムはミショーにおいて、いかなる主体に結びつけることもできない内なる遥か＝遥かなる内部から鳴り響く声を担っているのである。

注

（1）アリストテレス『政治学』1253a 11（『政治学』牛田徳子訳、京都大学学術出版会、二〇〇一年、一〇頁。訳は一部変更）。

（2）Jacques Derrida, *La voix et le phénomène*, PUF, 1967（『声と現象』高橋允昭訳、理想社、一九七〇年）.

（3）Jacques Rancière, *La parole muette : Essai sur les contradictions de la littérature*, Hachette, 1998.

（4）再現＝表象的体制の本質は行為の再現＝表象である。そこではまず表現はその主題に従属しなければならない。そして主題の選択と、その主題と表現の適合関係が、この体制におけるジャンルの原理とフィクションの「真実らしさ」を構成する。ランシエールによれば、このような主題に適合した表現のモデルは、演説における雄弁である。行為の再現＝表象はまずもって生き生きとした語りの行為の上演である。詩的なフィクションの言語は、命令し、説得し、教育し、忠告する演説の言葉、実生活に働きかける言葉をモデルとしていた。そして、このような生き生きとした言葉の特権性が、作者、登場人物、そして観客の間に調和をもたらすと考えられた。能動的な語る主体としての作者だけが、やはり能動的な語る主体としての人物を描くことができ、そしてやはり能動的な語る主体としての観客だけが、そこに描かれる人物たちに自己を同一化することで、主題と表現の適合を感じ取ることができるというわけである。言説の様式、その内容、その主体とその宛先の正当なる関係を秩序づけている言葉の特権は、ロゴスとしての言葉ないし声の特権なのである（Cf. *Ibid.*, p. 17-30）。

（5）Gérard Dessons, Henri Meschonnic, *Traité du rythme*, Armand Colin, 2008 (première éd., 1998).

（6）*Ibid.*, p. 26.

（7）Émile Benveniste, « La notion du « rythme » dans son expression linguistique », *Problèmes de linguistique générale*, 1, Gallimard, coll. « Tel », 1966, p. 333（邦訳未収録）.

（8）Gérard Dessons, Henri Meschonnic, *op. cit.*, p. 28.

（9）Cf. *Ibid.*, p. 129-137.

（10）Cf. *Ibid.*, p. 141-143.

（11）nom に付された傍点は、アクセントの有無が解釈に左右されることを示す。

（12）Gérard Dessons, Henri Meschonnic, *op. cit.*, p. 99 より転写。

（13）リズム的連続体の形成が言説の意味作用にもたらす影響については、*Ibid.*, p. 201-207 を参照。

（14）この点については Lucie Bourassa, *Henri Meschonnic – Pour une poétique du rythme*, Bertrand-Lacoste, 1997, p. 48-55 を参照。

（15）Émile Benveniste, « La nature des pronoms », *Problèmes de linguistique générale*, 1, *op. cit.*, p. 252（エミール・バンヴェニスト『一般言語学の諸問題』河村正夫ほか訳、みすず書房、一九八三年、二三五頁）. 翻訳は引用者。

（16）Giorgio Agamben, *Ce qui reste d'Auschwitz*, trad. fr. par Pierre Alferi, Rivages Poche/Petite Bibliothèque, 2003, p. 127（ジョルジョ・アガンベン『アウシュヴィッツの残りのもの――アルシーヴと証人』上村忠男・廣石正和訳、月曜社、二〇〇一年、一五七―一五八頁）. 翻訳は引用者。

（17）*Ibid.*, p. 127-128（前掲書、一五八頁）.

（18）以下、ミショーからの引用はプレイヤッド版（*Œuvres complètes*, Gallimard, « Bibliothèque de la Pléiade », tome I, 1998 ; tome II, 2001 ; tome III, 2004）のテクストを用いる（以下それぞれ *OC. I*, *OC. II*, *OC. III* と略す）。邦訳に関しては、『アンリ・ミショー全集』I―IV（小海永二訳、青土社、一九八六―一九八七年）のものを参照させていただいたが、解釈の都合上、ここでは拙訳を用いたことをお断りしておく。

(19) *OC. II*, p. 737.
(20) *OC. I*, p. 663.
(21) *OC. III*, p. 12.
(22) *Ibid.*, p. 13.
(23) *OC. II*, p. 1001.
(24) *Ibid.*, p. 1002.
(25) *Ibid.*
(26) « patrie qui se propose/qui n'emploie pas mes deux mains/mais me broie mille mains/que je reconnais et pourtant ne connaissais/qui m'embrasse et par brassage/à moi me soustrait, m'ouvre et m'assimile » (*Ibid.*).
(27) *Ibid.*
(28) *Ibid.*, p. 1009.
(29) 実際この詩のなかには「ゴチック様式」への言及がある。ヴォーリンガーによれば、ゴチック芸術における装飾モティーフの機械的な反復は、そのリズムをあらゆる有機的対称性から引き離し、無限を表現するにまでいたらせる（ウイルヘルム・ヴォリンガー『ゴシック美術形式論』中野勇訳、岩崎美術社、一九六八年参照）。
(30) 「しかしながら、空間と私をむずがゆくする私の空間／私たちは連続的に揺れ動き沸き立つ／／目玉模様／急激に増殖する無限の目玉模様／私はそうした目玉模様に身を委ねる／微細な裂け目に、渦巻きに身を委ねる／私は、私を折り畳み、私を広げる無数の襞に服従する／私を激しく散り散りにする小さな裏切り者たち／〔……〕／／無限／私の身体を攻め立て／私の有限を笑う無限／ものを巧みにかわすように震えながら、引きこもることによって／私の有限を粉々にする無限／私を引き延ばし／やすやすと、見せびらかすこともなく／私から足場を奪う無限」（*OC. II*, p. 1005）。
(31) démange の /3/ は次の詩句の bougeons のなかで反復されている。
(32) je の /3/ は二行上の詩句の je においても直後の詩句内の vertigineusement においても反復されている。qui は直後の詩句、« petits traîtres qui vertigineusement... » において反復される。déplient の /d/ は直前の詩句内の déchirures の /d/ を反復している。

ささやきとしての声（ヴォワ）、動詞の形としての態（ヴォワ）

――主体のエコノミー（ヴァレリー、ブルトン）

ジャクリーヌ・シェニウー＝ジャンドロン
（中田健太郎訳）

「わたしが話すとき、話しているのは誰か」。「……と言われている」という一節のなかで、話しているのは誰なのか。「il pleut（雨が降る）」における「il」は、何をあらわしているのだろう。

これらは、不安を抱かせるような問いである……。

フランス語における声（voix）という言葉について自問しはじめると、この驚異には二つの性質の位相があることに、われわれはすぐさま気がつく。ひとつには、フォネーとしての、響きとしての声がある。そしてまた（フランス語においては、これもおなじ「voix」という言葉であらわされるのだが）、言語における動詞の形の特性としての「態」もある。態とは、「行為における主体の役割をあらわすために動詞がとる形態」[1]のことだ。主体が行為を「行う」ことをしめす能動態や、主体が行為を「受ける」ことをしめす受動態がある。また、主体によってなされた行為がおなじ主体にたいして「再帰する」ことをしめす再帰態、もしくは中道態ないし代名態がある。再帰してきた行為を被る主体は、同時にその行為の源でもあるので、動作過程に「内包されている」。文法学者たちは、その主体が行為に「含意されている」のだとも言う。

印欧語の歴史における「態」のなかで、能動態がもっともあたらしい形態であり、その証拠にもっとも「合理的」なものであるというのは興味深い。またやはり興味深いことに、たとえばもっとも古風なギリシア語動詞において意思や欲望をあらわすもので、しかももっともよく使われていたものは、「中道態」でしか存在しないのである。「中道態voix moyenne」は、作者を含意するという「詩的な声 voix poétique」を生成させるものであると、類比的に言うこともできるだろう。

見かけのうえでは、「voix」という言葉のこの二つの用法のあいだで共通しているところは、ほとんどない。しかし、(フォネーの)効果の面から人間のアイデンティティー空間について、また(自分-他者を対置して、声を音響的な中間領域として検討することによって)、(人間から成る)環境にもたらされる声の可能的効果のひとつについて自問してみるにせよ、あるいは、この「中間領域」の両極について、つまり一方にある「わたしが話す」、「わたしが動く」という極と、もう一方の「わたしは聞かれる」ないしは「わたしは事物や世界の玩弄物」になるという極について自問してみるにせよ、いずれも問いは関係的なものとなる。

そのようにしてわれわれは、「voix」という言葉の二つの用法が、思ったよりもどれだけ深く結びついていたのか、気がつくのである。まるで、「ささやき」という意味における「voix」が、自我と世界を(エコノミックにあるいはサイバネティックに)分節するための、際立った事例であったかのように。

*

つづいて、「voix」の二つの機能の、ありうべき変化もしくは混乱について、よくよく考えることができるだろう。

(1) 変化について。「他人のために」大声で音読するのは、きわめて興味深い状況である。というのも、それは想像されたものに「働きかける」からだ。まだ読むことができずに物語を読んでもらっていた、子どものころのジャン=ポール(『言葉』のなかに見られるジャン=ポール・サルトル)にとっては、それがいつも問題だった。彼のたったひとつの問いは、「それを言ったのは誰なの」というものだ。

歌やそれに類するものは、それが物語や感情表現をよりどころにする場合(西洋のオペラや日本の能などにおける場合)、この想像されたものを情緒的な秩序へと変化させる。

混乱について。「狂気」となった発話、あるいは発声における疾患や個人的な奇癖(たとえば吃音など)は、「自分の位置」についてわれわれに問いかけ、われわれはみずからのうちに主体のようなものをつくりだすことができるという考えにまで立ちかえらせてくれる。

(2)　動詞の形についてのわれわれの問いかけを明確にしてくれる、そのほかの経験について。能動性と受動性の形成は、「鏡像段階」にある子どものうちに体験される。受動性が理解されるのは、(能動的)同一性が定まってからのことだ。また、(言語実践の)高度な段階においては、他言語とりわけ古語(ヨーロッパにおいて印欧語であり古語であるのは、総合的言語かつ屈折語であるところのギリシア語やラテン語である)の学習によって(あるいは表面的な理解によっても)、「態」にたいする驚きが開かれることをわたしは確信している。ある種の異なった思考類型がこのように開示されることによって、精神の習慣が検討され、あらたな問いも当然生じてくる。分節よりも抑揚にもとづいて意味づけされることが多いと言われる日本語が、また印欧語とくらべてずっと多くの文字上の分化を定めている日本語が、印欧語と日本語の両方に熟達した人たちを、まったくあらたな問題へと目覚めさせているのは偶然ではないのだ。

*

声とはしたがって、人間によって生みだされる音の総体である。シュルレアリスムのテクストはしばしば、ブルトンの一節を想起しながら、〈ささやき〉であると言われてきた。この「ささやき」という言葉は、人が口にだす声と、非人間的な音とのあいだの中間状態を意味する。フランス語のきわめて一般的な比喩においては、「ささやき」は「泉」へと結びつけられているのだ。

文法上のカテゴリーとしての態については、曖昧さの生じる泉〔原因〕に注意をうながしておく必要がある。文法学者たちが、はっきりと「態」と「法」(フランス語には、直説法、命令法、接続法、そして場合によっては条件法という、四つの法がある)を区別しているのにたいして、あいにく慣用ではときに、「態」の意味で「法」という言葉が用いられている。こうした混乱の泉は、避けるようにしたい。

われわれは、ポール・ヴァレリー「のほうへ」と、ついでフロイトの読者としてのアンドレ・ブルトンのほうへと臨むために、「音の総体」としての声と「動詞の形」としての態という、「voix」の二つの用法を心にとどめておくことにしよう。

1　ヴァレリー

思考のじつにすばらしい柔軟さから発しているヴァレリーの批評的テクストから、彼の作品にとりかかることにする。それらのテクストに「密着した」読解をしめすことには、気後れを感じない。わたしはとりわけ『カイエ』の紙片に、またそこから著者が練りあげた出版物に、打ち込むことになるだろう。

ヴァレリーの詩について、それぞれの異本のうちに、人間の声の表現と対照された自然のざわめきの表現を調査していくのは魅力的なことだろう――そして、それはまったく別の探求になるだろう。『若きパルク』を、行きあたりばったりに開いてみる。するとそこでは、風と波がともにざわめいていて、詩人を運んでいくように請われている。詩人を高揚させ、彼に思考を吹き込むのだ。「濁された、海藻混じりの大地よ、わたしを運んでゆけ」。

〔……〕そして風は　屍衣を通ってきたようで
海の響きからは　乱れた横糸が織られていく
崩れて消える白波と、櫂がぶつかり合い……
久しくつづくしゃっくりと、耳障りな呻き声
止んだと思えば、沖合でまたぶりかえす……狂おしく変わっていく
あらゆる運命が投げだされる　貪婪(どんらん)な忘却を転々とさせて(2)

これらの詩行の鮮烈さは、「擬音的諧調」の見事な効果にも起因していることをつけ加えておく。このような効果の解析は、「即時的な」質の基準とはならないため、批評的な流行からもはや外れているということについては、くりかえすまでもないだろう。そうした解析はまたかつては、美をめぐる抽象論についての、あるいは言語と「世界」のいわゆるミメーシスについての、あやふやな結論を許容してきたのである。とはいえ、そうした解析による（ここではまったく技術的な）所見は明白なものである。風は、大声で音読されたときの「semble（ようだ）」や「linceul（屍衣）」といった、詩のなかの言葉「のように」鳴りわたる。そして波は、「ourdir（織る）」、「bruits（響き）」、「marins（海の）」、「trame（横糸）」、「brisés（止んだ）」、「repris（ぶりかえす）」、「sorts（運命）」、「éperdument（狂おしく）」、「roulant（転々とする）」、「vorace（貪婪な）」などの言葉のなかでわれわれの耳を引きつける、「r」の音「のように」逆巻くのである。

しかしながら、話の一貫性のために、わたしはとりわけ『ヴァリエテ』に打ち込むことにする。『カイエ』に由来することが知られているこの『ヴァリエテ』は、ブルトンを再読しようとするわれわれにとって、とりわけ重要なものだ。というのも、『カイエ』の該当箇所のほとんどは、一九一〇年代から二〇年代のはじめにかけて、ブルトンがヴァレリーと連絡をとって文通を交わし、彼を訪ねていた時期に書かれたものだからである。

詩人の「声」について語ることによってヴァレリーは、その詩人をほかの詩人たちから区別しているものについて、その詩人のもっとも個人的な部分について、隠喩的に指ししめす。そうした一節を、じっさいに読んで（あるいは再読して）みよう。

声と語がある。ユゴーには語があり――そして声はない。彼のなかの役者、あるいは大仰な雄弁家が顔をだし、避けがたくあらわれて――醜悪なものになる。ユゴーにおける声は滑稽な演説家のものであり、それがとても美しいときには、もはや声ではなくオーケストラのざわめきとなるのだ。

もっとも美しい詩篇は、理想的な女性の声、「魂」嬢の声をもっている。わたしにとっては、内なる声が基準となる。その声が拒むものはすべて、節度のないものとして退ける。というのも、内なる声というものは、その意味が真なる存在とひそかに一致しているような言葉しか、その音楽が真なる存在の運動と停止についてのグラフそのものであるような言葉しか、我慢ならないものだから。(3)

『カイエ』のおなじ第六巻のあとのほうでは、つぎのように書かれている。

詩の繊細な特質、それは声の獲得である。声が純粋詩を定義づける。それは語りや雄弁や、劇そのものからも隔たった様態であり、また明瞭さや厳格さからも、さらには描写の飽和状態あるいは描写の非人間性からも隔たった様態である。
描写は、それだけでは声と相容れない。(4)

このころヴァレリーは、きわめて自然なことに、詩における語りと読みとりを、(物語的ないし小説的)散文における語りと読みとりに、「声」という観点から対置させている。詩は声の側にあって、意味を妨げて宙づりにするものだが、それは放たれたあとで反響することによって意味を豊かにもする。他方で、散文は理解を目指すものであり、それはヴァレリーによれば言語の目的を「破棄する」ことだ。

散文、真に散文であるものは——(韻文ではないもののすべてがそうなのではない)幾何学的命題とおなじようにに同定されねばならない——すなわち、それがまさに理解された瞬間に破棄されねばならない。
〔……〕真の詩人は、いま幸運にも書きとめたばかりのものの意味を正確には知らない。というのもつぎの瞬間、それにたいして彼は単なる読者になるのだから。
彼は、ある無意味なことを書いたところだ。意味を差しだすはずのことではなく、受けとるはずのことを(それはまるで違うことなのだ)。

この逆説的作業を、どのように考えればよいのか——書くことは、あたえられなかったものを復元するのである。詩句は意味を待ち受ける——詩句はその読者に耳を傾けている——同様に、わたしが自分のさまざまな〈観念〉やイメージを見ていると言うとき、わたしはまたそれらのものから見られていると言うこともできる。自我をどこに置くのか。この関係性は、どうして非対称的なのだろう[5]。

ヴァレリーにおいては、この詩人としての語りを、彼の科学史の知識と考えあわせることは不可欠である。わたしが誰かないし何かを眺め、あるいは見るときには、その対象と光量子を「交換している」のである(光量子は、ついで脳のなかに再送されてそこで再処理されるのだが、この最後の段階——解釈——を、ヴァレリーはここでは脇に置いている)。わたしが音を聞く、あるいは聴くこと、それは音響的な信号がわたしの鼓膜を叩くということなのだ(鼓膜は、それを「解釈する(演奏する)」脳内へと反響させる)。「対象」と「自我」のあいだの関係は、美しく優れた双数をなし、対称的なものとなる。

しかし、そのすばらしく直感的で断続的な注釈のなかで、「逆説的作業 travail paradoxal」という言葉を用いるときには、ヴァレリーはまた別のことを言っている。「travail(作業/仕事)」という言葉を、わたしはそれが自然科学において担っている(「力の移動」という)意味において、あらためて明確にしておく。この言葉は、詩における「声」を、空間のなかで(したがって時間のなかでも)動きまわる力と同化させようとしているように思われる。「詩句は意味を待ち受ける」という一節においても、このことは明示されている。そのとき詩篇は、本性からしてある力学の所有者であり、それを発揮するはずのものである。じっさい、時間的かつ空間的な関係性を描写してみると、それは三段階ないし四段階に分解される。(1) わたしは書く(場合によっては自発的な運動のなかで)。(2) しかしついで、わたしは自分が書いたものを聞く。わたしは待つ……。そして(3) わたしはそのありうべき意味作用の複数性を聞き入れる(理解する)。それに加えて、四番目の段階として今度は読者が聞き、その意味作用を豊かにする。「詩句はその読者に耳を傾けている」と、ヴァレリーが見事に書いているとおりだ。

この最後の定式には非人称的なところがあるので、ヴァレリーにとって言語は、それが「詩的な」言語であるときには、自律的に「単独で」働くものなのだと言いたくなる。

時間については、ヴァレリーは有機的比喩を避けている（聴取による意味の「成熟」という言葉には、期待がかけられているが）。彼が用いているのは、くりかえそう、「逆説的作業」という用語であって、それは時間の問題から遠いものではない。というのも、この作業は時間とよく結びついているものだから。もっとも、両者の語彙場は重なっているわけではまったくない。ヴァレリーは、われわれが知性的な語彙にとどまるように強いている。この作業は、時間のなかでの人間的作業であり、人間的言語の領域で実現される。それはしたがって、言語の自律的な働きの形式をよく指ししめしてはいるものの、あくまでも個人的な言語の働き、個別的な偶発事における人間的な言語の働きである。

逆説という考えは、どこからきたものだろうか。「逆説的」ということが、意味の伝播において生じてくるのは、つぎのようなときである。つまり、意味の伝播が作業であり、したがって人間がその練りあげに参加しており、しかも明晰な意図をもって参加してはいないという場合。論理に立ちむかうこうした考えに照らしながら、ヴァレリーはみずからの大胆な理論を相容れないもののうちでしめす。それらの理論には、つけ足すべき決定的な結論がいつもあった。というのも、ヴァレリーは彼の時代が練りあげつつある理論に通暁していたからだ。彼はただ、われわれの判断を宙づりにするようにそのかすのである。

驚異や宗教といった背景をもたない、論理的な逆説を考慮に入れること。それこそが、ヴァレリーによってきわめて見事に理解された、二〇世紀初頭の科学史と科学哲学のたしかな立ち位置であることはまちがいない。一九一九年の一二月以降には、エディントンが王立天文学会（ロンドン）で発表した当時最新の結論を、『新フランス評論』の編集長ジャック・リヴィエールが「大急ぎで」訳し、同誌にそれを掲載しえたことを思いだそう。それらの結論は、宇宙を成立させている根本的な力についてまさしく語っており、この二一世紀においても反論しえないものだ。

ヴァレリーにとって魅惑的だったのは、アインシュタインの差しだした（逆説的な）理論が、その実験による実証に先立っていたということである。今日でもやはり、物理学者のリチャード・ファインマンが、「量子力学を現代の人は誰も理解していないが〔……〕それでも量子力学は働いている」のだと言いうる。（ガリレイが地球について、その太陽のまわりの公転について語った）「……それでも地球は回っている」を引き写した最後の断言は、進行中の思考過程について、まだ解明はしていなくても「信頼している」研究者の強情さを際立たせているのだ。今日のファインマンは、（量子力学という）知の領域が、その部分集合においては完全な一貫性をもっているにもかかわらず、それにとって代わるような、あるいはそれに相反してさえいる理論によって調子づけられていることを確認している。それ以降、現代科学の先端部にかんしては、われわれはこうした状況を仮の現実として受け入れるように習慣づけられてきた。

詩の言語において逆説的作業であるものは、ヴァレリーにとっては、ひとつのアポリアでもある。それはしかし、仮のアポリアだ。

*

この点にかんしてわれわれは、言語哲学の固有な歴史のうちにヴァレリーの言語哲学を位置づけることができる。思いだしておくなら、ヴァレリーにとって発された言語は、「いつもそれが言っていること以上のことを言うことになる」のだった。意味作用の多様性は、人間的な意思伝達の「特質」に属している。それは、ヴァレリーのシステムが三項からなるものだということだ。そこでは言語が、精神と「世界」の「あいだ」で、とくにひとつの場所を占めている。

「世界」（とその事物）と自我（とその視線）のあいだの（二項的）関係だけを考慮する西洋の認識哲学とは異なって、言語哲学はその中間にあるきわめて固有のものに規定をあたえようとする。そのような哲学は、「唯名論」と定義される。精神が言語をまるで事物のように操り、操作しているかのようにして、言語と事物をどちらも相対化して、いわば両者を同一平面上に置いてしまう観念論とは、唯名論は対立している。また、外部世界がそれにたいして抱かれる意識や認識とは独立して存在しうると主張する、すなわち（われわれの外部にある事物の）「現実」についての存在論的実在をわれわれの精神からは独立したものとして主張する実在論とも、唯名論はやはり対置される。

中世初期と二〇世紀の思想がともに浴している唯名論においては、ジャン・ラルジョとポール・ヴィニョーによれば、（言語）記号の観念論は（世界の）事物の実在論によって補正される。言語は、それが記号であるかぎりにおいては観念論的であり、それが事物であるかぎりにおいては世界に属するものなのだ。

ラルジョとヴィニョーは、二〇世紀初頭の科学的発展が「記号的言語」をあきらかに出現させ、それが論理学者たちのつねに目指してきたような、あらゆる内容と無関係な形式言語をもたらしたのだと強調している。このような人工的な記号は、さまざまな体系の出発点に位置づけられ、とりわけ操作概念として役立つものだ。この言語の形式化は、各体系を「働かせる」ために占領し、ついには組み合わせの遊戯へといたる。

組み合わせという言葉は、われわれが検討しているもの、つまり詩的言語における「逆説的作業」の概念の周辺について、もっとも適切な説明をもたらしてくれるものである。

*

ジャン・ラルジョは、観念論者の危惧（デカルトと「悪霊」）は事物に欺かれることであったと指摘している。ところで、唯名論者が危惧するのは、言葉に欺かれることである。

ヴァレリーにおいてこの危惧は、数十年間の詩的沈黙によって、はっきりと表明された。その危惧は、彼にとってためになるものだった。彼は自分の言語を、言語自身において、言語自身のために、言語のより申し分のない組み合わせを待ちながら、作動するにまかせることになったのだから。

シュルレアリスムの領域においては、アラゴンがおそらくもっともこの言語の構想の近くにいる。わたしの知る範囲ではこの一回きりだが、彼は『夢の波』（一九二四）において唯名論をはっきりとよりどころにしている。

〔……〕あらゆる感覚、それを批評すべきあらゆる思考を、われわれは一語に還元した。絶対的唯名論が、シュルレアリスムにおいてその輝かしい立証を見いだしたのだ。そして先述した心的物質は、言葉そのものであることがついにわれわれにあきらかになった。つまり、言葉の外に思考はない。(6)

これは、「実在論〔リアリズム〕」（いわゆる「社会的リアリズム」をそこに含む）への移行を、彼のうちに正当化させることになる考えでさえあった。哲学的唯名論のとるさまざまな形態が、ジャン・ラルジョの言うように、哲学的実在論に属しているかぎりにおいて。

*

結局のところ、ヴァレリーにおいて言語を変調させ、言語を「働かせる」もの、それは情動ではちっともない。彼にとっては、「舌」のうえで動き回っていた情動の心理学に、はいりこむ余地などないのだ。とはいえ、人間的な情動の存在が提起する哲学的な問題には、考慮の余地があたえられる。そのような問題にたいする考慮は、われわれにわれわれ自身のことを分からなくさせ、われわれのなかの「物質」（生理学）を際立たせることになる。そして、夢についてもまた考慮の余地があたえられる。この夢の問題が当時ヴァレリーを……（いずれにしてもこれはわたしの解釈だが）「無意識」のようなものを着想させるように仕向けたのだ。

二〇年代に書かれた、「純粋詩」(7)という標題で知られている文章のなかで、彼は四次元の幾何学と類比することによって自説を展開している。

われわれが夢によってときに知ることのできるこの感情的世界のなかに、われわれは意思の力で思いのままに出たり入ったりすることはできないのです。その世界はわれわれのなかに閉じ込められているし、われわれはその世界のなかに閉じ込められています。それはどういうことかというと、われわれには修正を加えようとしてその世界に働きかけるような手段がないということですし、また逆に、その世界は外部世界にたいして働きかけるわれわれの最大の作用力とは共存できないということなのです。(8)

感情的世界はわれわれのなかに閉じ込められているし、われわれはその世界のなかに閉じ込められている！　メビウスの輪との、なんと美しい類似だろう！　空間との類似でもあるが、しかしそれは夜のなかで乗りこえられた空間であり、そこではつぎの節におけるように「手探りに」すすむことになる。

純粋詩と言う代わりに、おそらくは絶対詩と言ったほうがよいのかもしれません。そのとき、この絶対詩という言葉は、語の関係あるいは語同士の共鳴の関係に由来する効果の探求という意味において理解されなければならないでしょう。それは要するに、言語によって支配されている感受性の領域全体の探求を示唆するものです。こうした探求は、手探りになされうるものです。それは普通、そのように行われています。しかしいつの日か、体系的な探求がなされないともかぎりません。(9)

ヴァレリーは魅力的な仕方で、別の規則のもとに構成されている建築や音楽などのような芸術と対置させながら、声にだされた言葉によって引き起こされる詩的感情を、とうとう脇に追いやってしまう。

〔……〕〔人間は〕この状態〔感情の状態〕を思いどおりに再構成したり、望むときに再発見したり、そしてついにはみずからの感性的存在が自然に生みだしたものを人為的に発展させる手段を、探しては発見したのです。〔……〕ところで、詩的世界を生産し、再生産し、豊かにするこれらの手段のなかで、もっとも古くておそらくもっとも尊敬に値するものの、もっとも複雑でもっとも利用困難なものは言語なのです。(10)

混乱した通常言語は、しかし根本的な仕方で音と意味を結合させるものであり、そのため、音響的ないし視覚的な方法がするよりも一層はげしく、詩人に刃向かうものとなる。「可能事」のめまいは、そこでは高く位置づけられる。詩的な声の「逆説的作業」が、かぎりない豊かさを有しているのだ。

ブルトンとヴァレリーが、「可能事」の魅惑についてどれだけ多くのものを共有しているかは、よく知られている。そのための思考モデルが、ヴァレリーにとっては数学や物理学であり、ブルトンにとっては有機的ないしエネルギー論的なモデルである（この点については後述しよう）ということだけを指摘しておこう（それは本質的なことだが）。

2 （フロイトの読者としての）ブルトン

わたしはまず、シュルレアリスムのテクストが、その情緒豊かな「声」によって、われわれの感受性をかきたてることだけを目指しているといった、単純すぎる考えを一掃しておきたいと思う。

たしかに、その熱烈な（そして精神をかき乱す）テクストの、読む人を思いがけず巻き込む力はきわめて強いので、まるでそれらのテクストが、情緒を危険にさらし、表明された思想やあたえられたイメージの伝染を引き起こすためだけに書かれているかのようだ。なるほど、この強い情緒は、一定の読者たちにとっては読書の規則をかき乱すものだろう。しかし、それは実証主義者たちにかぎられる。

というのも、この巻き込む力は高く価値づけられてはいないからだ。感情の「理論」をブルトンに求めてみても、ヴァレリーのうちにあるほどには見あたらないだろう。それは拒絶されているからではなく、ただ感情の彼岸に達しているからである。感情を超越してふるい落とすような彼岸に、耳を傾けてみよう。ブルトンが追求したような主体の巻き込み方は、ほとんど存在論的な類型の「革命的」哲学に属している（社会だけではなく、「世界の秩序」を激変させなくてはならないのだ）。『シュルレアリスムと絵画』（一九二八）の、一九二五年に発表された部分に再読されるとおりだ。

けれども、感動のための感動という段階がひとたび超えられた以上、われわれにとって、この時代に危機にさらされているのは現実そのものであることを忘れてはならない。どうしてこれの芸術作品のもたらす、束の間の動揺に甘んじていることができるだろう。(11)

〈解放された声〉、ただし「内的な」

シュルレアリスムの「声」については、松浦寿輝の「これらの声やささやきはどこから来るのか」と題するきわめて見事な論文が、『プレーヌ・マルジュ』第三〇号(一九九九年一二月)に寄せられている。ブルトンによる反復的かつ漸進的な定式化について、「専門家たち」はよく知っているが、松浦寿輝のおかげで「声」という観点からそれを振りかえってみるのは価値のあることだ。

重要なのは、一九二二年一一月、『文学』第六号(一頁からひきつづく部分)に「霊媒の登場」という標題で、ブルトンによる証言が出版されたことである。この文章は、同年九月末に起こった出来事について、詳しく物語っている。しかし、ブルトンはまずさかのぼって、一九一九年に彼のもとにあらわれた章句について語る。「われわれの無意識状態」(「われわれの無意識」というそれだけでフロイト的と言える定式化ではなく、巧みにぼやかされた表現だ)という用語を使って、この「心的オートマティスム」の到来がフォネー、声、すなわち「それ自体で事足りているこうしたささやき」に属するものであることが語られるのだ。重要なのは、つぎのような章句なのだという。

〔……〕眠りにつく直前のたったひとりでいる時間に、予定された何かをそこに発見できないようにして精神に感じられてくる、多少とも部分的なところのある、いくつかの章句。際立って精彩に富む、完全に正確な構文を備えているこれらの章句は、わたしには第一級の詩的要素であるように思われた。わたしはまずそれらを記憶にとどめるだけにしておいた。スーポーとわたしが、自分たちのうちにそうした章句の形づくられる状態をすすんで再現しようと思いついたのは、しばらくあとになってからである。そうするためには、外部世界を捨象するだけで十分だった。

〔……〕われわれはしかし、たとえ冗談にでも、われわれの無意識からくる声以外のものに耳を傾けた場合には、それ自体で事足りているこうしたささやきを、あるいは本質において巻き添えにする危険があった。[12]

わたしは、「精彩に富む（imagés）」と「詩的（poétiques）」という二つの用語を強調した。なぜなら、「imagés」という言葉は、われわれにとっては大きく隔たった二つの意味にとりうるからだ。「視覚に属する」という意味と、見事な文体による文彩といった意味である。「詩的」という言葉と関係づけられることで、幅をきかせてくるのは第二の意味のほうだ。『文学』に掲載された文章（「霊媒の登場」）の、引用部にひきつづく部分でブルトンは、夢の記述についても、そして最後に、第三の関心の的となる催眠状態の語りについても、検討しなくてはならないとつけ足している（もっとも、語りというのもやはり、ささやき、フォネーではないだろうか）。ついで、一九二四年の『シュルレアリスム宣言』においては、ブルトンは「霊媒の登場」における章句を自己引用して思いださせている。すなわち、「多少とも部分的なところのある、いくつかの章句に注意力を注ぐ」ことを願っていたのだ。

ふたたび時間をさかのぼってブルトンは、この時期より以前には、速度という観点からするとほとんど反対の試みを行っていたことを思いだしている。彼は、自分の詩作品にたいする「推敲の遅さ」に言及し、第一詩集『公設質店』の最後のほうの詩篇、とりわけ「黒い森」（一九一九年以前執筆）における「〔言葉が〕その周囲に受け入れる空間」、「空白の行」について想起させているのだ。[13]

そしてついに、彼は一九二二年からはじまるみずからの冒険を物語るにいたり、フォネーの役割を強調することによって、とりわけ『文学』に掲載されたテクストについて詳しく語りながらその位置づけを変えていく。この点については、アラゴンがずっとのちに強調することを忘れていない。[14]

すなわちある晩のこと、眠りにつくまえに、わたしは一語として置き換えることができないほどはっきりと発音され、しかしなおあらゆる音声から切り離された、ひとつのかなり奇妙な文句を感じとったのである。その文句は、意識の認めるかぎりそのころに関わりあっていたもろもろの出来事の痕跡をとどめることなく到来したもので、しつこく思われた文句、あえて言えば窓ガラスを叩くような文句であった。〔……〕それは何か、「窓で二つに切られた男がいる」といったような文句だった。それにしても、曖昧さによってそこなわれるようなものではありえなかった。なぜならそれにともなって、体の軸と直角に交わる窓によってなかほどの高さのところを筒切りにされて歩くひとりの男の、ぼんやりとした視覚表現があらわれたからである。[15]

この箇所に付された注には、「画家だったら、おそらくわたしにとってこの視覚表現は、言語表現よりも優位を占めたことだろう」とある。

ついでブルトンは、話をフロイトへと結びつけている（フランス語における数少ないフロイトの普及者や翻訳者を介して、一九二四年までに読みえたかぎりでのフロイトでしかないことには注意しておこう[16]）。

松浦寿輝は、「ブルトンにとってその経験の興味が声の目立った反響に存していることを、そしてブルトンが「フォネーをグラフにしたがわせる」のを拒んだことを、適切にも指摘していた。

彼はまた、ブルトンにおいて現象は内在性の思考に属しており、超越性に属するものではないと強調していた。シュルレアリスムの声は、超越的な神の声などではなく、精神異常や交霊術信仰として知られていたものの位置づけを変えるのである。この点について松浦寿輝は、ブルトンを結局のところルネ・ゲノンに近づける。ゲノンは、われわれがエスと呼ぶような実在を、個別的自我とは異なるものとして際立たせているのだ。あるいは松浦は、ジャン・スタロバンスキーがかつてしたように、ブルトンをマイヤースへと近づけたのである。彼はだからこそ、無意識ではなく無意識状態なのだと概括する。局所論の問題系を離れよう。声は「他の場所」からやってくるのではない、それは存在の様態なのだと。

＊

ブルトンが彼の注意を――こうした過程の内在性をしっかりと維持しながら――（霊感をあたえる）「声」から（幻想に満ちていて不安をかきたてる）「視覚」へと移行させるのは、もうすこしあとになってからのことだ。『シュルレアリスムと絵画』の最初のほうの部分（一九二五年執筆）や、とりわけ『ナジャ』（一九二七年執筆）がそれを知らせてくれる。

生き生きとした、響きのよい、大いなる無意識状態よ、「わたしがいつも立証したいと願っている意味のための」たしかな証拠となる行為だけをわたしに吹き込む無意識状態よ、わたしという一切をいつまでも意のままに用いてくれ。あらためてここで無意識状態にあたえているものを奪いかえす機会がおとずれたとしても、わたしはそんな機会をすべてわけもなく捨ててしまう。いまいちど、わたしは無意識状態に思いあたることしか、無意識状態をあてにすることしか望まない。そしてほとんど心ゆくまで、わたしの目のなかにあるはずの光り輝く一点を見つめて、夜の船荷たちとぶつかるのを避けながら、無意識状態の広大な埠頭を駆けめぐってみたいのである。[17]

＊

このようにして、ブルトンにおける声と言語の思考は、現象学的ないし医学的観測の領野に位置づけられる。[18]彼のオートマティスムの思考は当時、純粋さを、「写真的な」書きとりを夢みるものであった。また、検閲の先を越すのに適した、あるいは不活性な霊感をも暴力的につかみとるのに適した、霊感の急増によって、検閲の働きを削減させることを夢みるものであった。[19]

医学的なねらいについて言うと、催眠状態のなかで獲得された言葉は、「大戦」にかかわるトラウマの痕跡をとりのぞくものとして期待された。マルグリット・ボネは、レジス博士の著作『精神医学概論』（一九一四）のなかから、ブルトンが彼の友人テオドール・フランケルのために書き写したいくつかの文章を掘りだしている。[20] また、ブルトンがポール・ヴァレリーや、やはりフランケルとのあいだに交わした書簡から、「医師補」として過ごした時間についてしるした文章を掘りだしている。一九一六年八月七日、彼はポール・ヴァレリーにつぎのように書いていた。

わたしの全業務は、質問の連続に埋め尽くされています。「フランスは誰と戦争していますか」。「夜は何を夢みますか」。

九月一日。毎日のように、五人の（精神病）患者に初診をほどこします。あらゆる種類の精神病がわれわれのまわりにあるのです。

そして、九月三日にはテオドール・フランケルに宛ててつぎのように。

日曜は、全身麻痺の患者と過ごしたよ。ぼくはやっぱり、ひどくくさっていたんだけど、何もとがめないでくれ。一分と暇な時間がないんだ。

さて、一九一四年のレジスの著作は、フロイトの思考の変化を、とりわけ一九二〇年以降の進展を考慮に入れたものではない。「第二局所論」の登場と呼ばれるものもあつかいえなかった。だからといってシュルレアリストたち（とりわけブルトン）も、そのころフロイトの思想が展開していたような複雑性に、無関心であったのだろうか。わたしの答えは、否である。

〈発声の力〉／〈声の作業〉

わたしがさらなる注意力をもってとり組みたいのは、ブルトンによる第二局所論の読解についてである。「第二局所論」と呼ばれているものにたいする理解は、たしかに込み入っていて、ブルトンとシュルレアリストたちによるその潜在的な把握は、それとして否認すべきものではないのだが、批評によって不当にも「忘却されて」きた。

誰もが、フロイトの第二局所論は、第一（局所論）のある種の楽観的な単純さをつくり替えたものだと考えている。この変化がどのように記述されてきたか、思いだしておこう。つまり、超自我の登場と（リビドーだけというのに代わってさらに）死の欲動の登場である（そして、超自我が自我のいくつかの欲求を奨励しつつ自我を制止もするといった、ようするにこの二つの概念のあいだのある種の結びつきの登場である）。

松浦寿輝もたしかに、第一局所論（無意識／前意識／意識）から、第二局所論つまり「エス」あるいは「イド」／自我／超自我へという、このあたらしい分節について考慮に入れていた。

しかし、「局所の」移行は、この真の革新のもつ主要な意義を告げてはいない。わたしとしては、フロイトの根本的な概念の曖昧さが、つまりはより込み入った複雑性が、駆動しはじめたのだということを強調したいと思う。フロイトの初期の仕事において目立っていたエロスやリビドーは、「本能」のことだと理解されるが、しかしそれをまえにすると、また別の欲動ないし本能が立ちあらわれてくる。それこそが死の欲動であり、また他方では、理想的自我であると同時に抑制的な本能でもあるところの、超自我なのだ。

そしてなにより、もともとは空間的なものだった諸概念が、自我のエコノミーに属する観念（あるいは概念）に変容したことに気がつく（自我のエコノミーに属するということは、したがって時間のなかでの管理に属するということだ。家を「かたづける」こととは違って、それを「管理する」には幅をもった時間が必要だ）。リビドーは、エロスの（経済学的観点における）エネルギーに、そして生きた存在を（経済学的観点においても）生活機能のない状態へと引きもどす傾向性としての死の欲動あるいは死の衝動に、とって代わるのである。

問題となるのはしたがって、この「第二局所論」の最初の定式化を、フランス語ではどこで読むことができたかということだ。

＊

フロイト思想のこの移行をしめした著作には、エレーヌ・ルグロが一九二五年に訳した『夢について』がある。そしてとりわけ、メイエルソン訳で一九二六年一二月に出版された『夢の科学』があり、ブルトンはその読書記録のためにノート一冊を割いている。また、ジャンケレヴィッチによって一九二七年に訳された『精神分析試論集』もそうで、そこには主体をめぐる経済学的思考にとってきわめて重要な「自我とエス」や「快楽原則の彼岸」などが収められていた。そして最後に、マリー・ボナパルトが一九三〇年に訳した『機知――その無意識との関係』とその補遺「ユーモア」があり（一九二九年六月にでた『ヴァリエテ』のシュルレアリスム全頁特集号に掲載されていたため、「ユーモア」をブルトンはすでに読んでいた）、この著作はフロワ＝ヴィットマンが『革命に奉仕するシュルレアリスム』においてすぐさま要約している。(21)

ブルトンがフロイトのこの第二局所論を読んだ痕跡は、一九三五年一一月刊行の『シュルレアリスムの政治的位置』に収められることになるテクスト、「今日の芸術の政治的位置」（一九三五年四月）のなかであきらかにしめされている。「エロスと死の本能を闘わせる闘技場」という、ブルトンが括弧に括った表現は、この「第二局所論」をしめした『精神分析試論集』の翻訳から直接とられたものだ。(22)

ブルトンが一九三〇年代をとおして練りあげた『黒いユーモア選集』においては、この『精神分析試論集』からの引用が数多くなされることになる。その系統的な論述は、フランス語で読みえたフロイトのあたらしいテクストを、ブルトンがたしかに読んだということを証明している。

＊

さて、フロイト思想の展開は単純なものではない。ブルトンもそれを即座に解明できたわけではなく、その理解の展開はフロイト思想の革新と似たところがあった。いくつもの語（「概念」）の体系が、この展開をあらわしている。第二局所論（エスあるいはイド／自我／超自我）にかかわるものとして、「（生の）欲動／（死の）欲動」や「快楽原則／現実原則」があり、また「自由エネルギー／拘束エネルギー」や「解放／拘束」がある。

そしてフロイトは（ラプランシュとポンタリスによれば）、これらの対概念を成す二つの用語のあいだに、ひとつのはっきりした分節を見いだしていた。それは、第二のものが「体系を、混乱させることなく複雑化させる」ということだ。

*

ここでわたしは、ブルトンによるフロイトの理解を「全体化する」ような既存の考えのいくつかに、逆らってみたい。

一、フロイト思想の第二段階についてのブルトンの読書は日付を明確にできるものであり（フロイトの初期のフランス語版著作については、すでに刊行年を挙げた。それらの書物は、ブルトンの蔵書にのこされている）、その第二局所論は一九三〇年代以降のシュルレアリスム思想にしみ込んでいったのだと、わたしは考える。だからこそ、一九三三年の折り返し地点（「オートマティックなメッセージ」）においてブルトンは、やや単純化されていたオートマティスム論の最初の定式を捨てたのだ。

二、（わたしに固有の、また別の方向性だが）ブルトンとラカンの生産的な対話を、それ以前のことととして位置づけなくてはならない。じっさい、ブルトンとラカンは、一九三〇―三二年のあいだたがいのテクストを読み合っていた。この問題については、『シュルレアリスム、あるいは作動するエニグマ』という著作に収められた、中田健太郎が骨を惜しまずに訳してくれた論文のなかで詳説したことがある。[23] きわめて複雑なその論文を、要約することは難しい。おそらく、わたしはくりかえしを辞さないだろう。

ブルトンにとっては、まるで作業のようにして、とつぜん詩的なエクリチュールがあらわれたのだ。主体についての哲学的な理解を、根本的に修正することを代価として。アンドレ・ブルトンとジャック・ラカンの相互的な読書による「対話」は、それぞれのうちで概念や「観念」を、二重にそして対称的に再定式化することを可能にした(24)。わたしが強調するのは、こうした方針である。

*

詳細に入ることにしよう。片方の思考がもう片方のそれにとって、相互的に試金石の役割を果たした、三つの明確なそして徴候的な時期を以下にしめす。

一、一九三〇年以前、つまり第二局所論の端緒がフランス語であらわれる以前からすでにブルトンは、一九二七年の『精神分析試論集』に収められた「快楽原則の彼岸」や、同年の『夢解釈』(当時は『夢の科学 *La Science des rêves*』と題されていた書物)によって、フロイトの著作の読書に打ち込んでいた。そうして彼のうちにあらわれたのが、オートマティックな加工とでも言うべき、混成的で強度のある奇妙な考えで、そこでは主体はまったく溶けていくことがない。オートマティックに生成された形式は——テクストにせよイメージにせよ——どこまでも拡大していく渦のうちに消えていく安易な陶酔ではもはやなく、未分化な自動運動にたいするある種の抵抗となるのである。

第一の状況(フロイトの第一局所論と向き合ったオートマティスムの思想)においては、オートマティスムは検閲をショートさせようとして、「室内での」かくれんぼや追走劇をくりひろげていた——検閲は、障壁や(平面幾何学における)境界線のように思われたのだ。ところが、わたしが掘りだそうとしている第二段階(フロイトの第二局所論と向き合ったシュルレアリスムの声の思想)においては、あらゆる概念が根本的に両義的なものとなり、制止(死の欲動)が生の欲動を作動させるようなことが起こるので、ショートはいわば「内在」している。

一九二七年にブルトンは、新参者の熱意をもって『夢の科学』の文章にとり組んだ。それは、心理現象における無意識の働きの存在を暴きだし、それを言語の作業として解読した著作であった——きわめて多量の読書記録がのこされている。[25] 夢の作業は、さまざまな段階で働いている。たとえば、移し替えや形象化能力（die Darstellung＝演劇的脚色）は、夢の思考におよぼされるそのほかの二つの機構の結果、つまり圧縮（die Verdichtung）と置換（die Verschiebung）のあとでしか、あらわれることがない。[26] 夢は、機知に富む言葉と同様に、精神の「空白」が思考の「空白」ではないことを告げているのである。同じ一九二七年、ドイツ語では一九二〇年に出版された「快楽原則の彼岸」が、「拘束」という概念を形づくっている。それは、快楽原則の観点と主体の経済学的思考とを、制御しつつ修正する概念である。いわく、拘束は「快楽原則とはっきり対立するわけではなく、それから独立してあり、部分的にはそれを考慮に入れさえしない」[27]。ラプランシュとポンタリスは、つぎのように解説している。

〔……〕拘束は一次過程におよぼされる自我の影響、つまり二次過程と現実原則を特徴づける制止の導入と見なされるのがきわめて一般的であるが、フロイトはここでは、ある場合には「快楽原則の支配〔そのもの〕」に、「興奮を抑える、もしくは束縛する仕事〔……〕」があらかじめ行われていることが前提となるのではないかと自問するにいたっている。[28]

*

ブルトン思想の軸となるテクストを、そしてつづいて、その内容を証明する二つのテクストをとりあげる。

ブルトンが一九三〇年七月に〔「やがてやがてあるところに」というテクストで〕、「想像力は才能ではなく、とりわけ獲得するべき対象である」[29]という見事な冒頭句を発したとき、彼は詩的行動（ネルヴァル的な論理における、夢の姉妹としての行動……）への誘いをしているのではなかった。彼は詩の言葉に、夢想的な滝〔水の落下〕のような弱々しい飛沫をあげさせておくのではなく、むしろそれを「発電所の水圧管」へ導くように提案しているのだ。いまや、まだ言われていないことや言語に絶することを語るためだけに口を開くべきなのである。さて、ブルトンの記述は皮肉なものだ。

想像力の実践的な効力にたいして過度な疑心を抱くことが普通に行われているが、それは発電のための水力を水の落下のようなばかばかしい職業意識につれもどそうとしながら、電力の予備を是が非でもみずから捨て去ろうとすることなのである。[30]

「発電所の水圧管」という言葉は、ブルトンのテクストのなかにはない。しかし、その考えと比喩は、疑う余地なくそこにある。彼は、一九一九―二〇年のオートマティスム論によってつくられた(大半が変わりやすい)考えに反して、まさにこの皮肉な比喩のなかでほとんど反対の意見を力説しようとしている。つまり、自由だが無益な水の落下を拒否して、制約されることを有効利用しようというのだ。ここにはまさしく、フロイトの第二局所論から引きだされた拘束エネルギーの概念がある。

その翌月、一九三〇年八月末から、ブルトンとエリュアールは『処女懐胎』を書きはじめる。そのもっとも有名な章「憑依」は、精神錯乱状態の真似あるいは模倣からなっていた。序文は、「訓練」という概念をあらかじめしめしている。

著者たちは、〔……〕正常な人間にあって詩的に訓練された精神には、このうえなく逆説的でこのうえなく常軌を逸した言語活動の主立った特徴をつかんで再現する能力があるということを、またそれによってみずからに持続的な障害をひきおこすことなしに、精神錯乱の思想の主要部分を意のままにできることを、証明したいと願っている。[31]

ブルトンとエリュアールは、したがって精神は詩的に訓練されうるという考えをもって、問題を主体のほうへと移行させている。それは、個々人に固有の適性を意志的に変化させることを前提とし、また鍛錬（苦難）の期間をともなうものだ。恣意的に決められた鋳型から、草稿にはっきりと見いだすことのできる「カタパルト」もしくは「スプリングボードとなるタイトル」から、テクストの水圧管をつくりなおすことが問題となるのだ。この水圧管はしたがって、恥ずべき生成方法でもなく、隠されているわけでもなく、むしろすっかり白状されてある鋳型、パターンなのだ。

まったくおなじ時期、一九三〇年一一月に、ブニュエル（とダリ）の『黄金時代』の公開を機として、ブルトンの「性の本能と死の本能」が発表されている。このテクストは、精神分析の歴史のなかでももっとも多く引用されるもののひとつが証言しているように、一般的な読解とは異なった第二局所論の興味深い理解をしめしている。[32]一方でブルトンは、問題の二つの本能は保存の本能だと強調する。「良い」本能と「悪い」本能があるわけではないのだ。また他方で、芸術にかんしては、個人的で一時的な用語で、「あるときに（une fois）」あった仮初めの成功についてしか語れないという。同年七月にブルトンが書いた「やがてやがてあるところに（Il y aura une fois）」を、ここにも見いだすことができる。それは、『黄金時代』をめぐるブルトンのテクストの、最後の二段落の意見でもある。

〔……〕この二つの保存本能は、フロイトがはっきりと述べていたように、生そのものの出現によってかき乱された状態をつくりだそうとするものであり、またあらゆる人のなかで完全な仕方で均衡を保っている。エロスを犠牲にして反エロスが日の目を見なくてはならないのだとしたら、それは社会の怠惰にほかならない。ある人物のなかで燃えあがった愛の熱狂の荒々しさによって、革命的な観点から見たときの〔……〕彼の拒絶の能力を判断できるなどという考えほど誤ったものもない。[33]

ブルトンの考えが傑出しているのは、この文脈のなかで彼が芸術を臨時の規則のうちに、個人的な不確かさのうちに位置づけていることだ。そして、それだけが可能事の境界線を押しもどしていくことができるのだ。結局のところ、もしも詩が天賦の才だとしたら、その暴力性はとつぜん出現するものの荒々しさだということになる。その内容にではなく、そのあらわれ方にこそ暴力性があるわけだ。本質的に重要なのは、「あるときに」という特定の時点が明示されることである。ブルトンのテクストは、つぎのようにつづく。

> 願わくはあるときに、そしてそれがまさにこの〔『黄金時代』の〕事例なのだが、愛の熱狂がその固有の限定のもとで十分に解明されるように。願わくはあるときに、愛の熱狂が、愛そうとした人のあるいはときに愛した人の血を滴らせた、棘を逆立てるように。願わくはあるときに、われわれシュルレアリストがそれ以外のいかなる芸術表現をも有効だとみなすことを拒否している、そしてそこをあらゆる人が通過していく妥協のためのあたらしい劇的な境界線だとわれわれが知っている、そんなひどく非難された狂乱が居座るように[34]〔……〕。

二、一九三一年のブルトンによるラカンの読書、その意図と戯れ。さてここには、若いラカンとの思考の一致が見られる。このときのラカンが関心を寄せていたのは、女性の精神錯乱者のエクリチュールと……シュルレアリストの作家たちであった。ある論文[35]のなかで彼は、『処女懐胎』の体験をもちだすことになる。ラカンはそのテクストの抜き刷りをたしかにアンドレ・ブルトンに送っているのだが、いままで指摘されてこなかったことでわたしが主張したいのは、そのことによってブルトンが、エリュアールとともに書きあげた『処女懐胎』を読みなおす手がかりをえたのではないかということだ。一九四八年、ブルトンはラカンから送られたこの抜き刷りを、あらためて引用している。[36]『処女懐胎』の草稿がしめしているもの（「仲立ち」の章におけるタイトルのスプリングボードとしての働き、またそこにあらわれている複合的な修正の実践）を、ラカンは非常に面白い仕方で際立たせて提示し、それを理論化していくための方向をしめしている。

ラカンのテクストにおいては、精神分析はまったく参照されていないと、ラデュ・テュルカニュは指摘している。[37]

このラカンの論文は一見してマルセル・Cの症例研究となっていて、その症状は書くことの障害としてあらわれる。この記述の「症状」の分析は、著者たちによれば、「知的欠損と熱情的な強力性（ステニー）」という、反対方向から発された二つの基底のうえに立脚した精神疾患にかかわるものだという。論文の結論は、まったくオートマティスムを評価しておらず、「慣例にのっとって」（ピエール・ジャネが『心理的オートマティスム』においてやりかねないように）つぎのように断言しているのだ。

> ようするに、吹き込まれたと感じられるこの手記は、霊的な意味ではまったく吹き込まれてはいない。思考が不十分で貧困である場合に、オートマティスムがそれを補うのである。それが外的なものと感じられるのは、思考の欠損を補っているからなのだ。(38)

しかしながら、全体的な評価はそのような悪意あるものではまるでなかった。その証拠に、意味論的な障害について語る議論のなかで、つぎのような決定的な文章も見いだされるのである。

> とはいえ、これらのテクストにおけるすべてが、感情的な諸傾向によって歪められた言語的表現だというわけではないだろう。そこには遊戯の活動が見られるわけだが、それにかんしては意図の役割もオートマティスムの役割も、無視してはならない。ある種の作家たちがシュル＝レアリスム的〔sur-réaliste〕と呼び、彼らがその方法をきわめて科学的に(39)叙述したエクリチュールの一様式についての経験は、あらゆる催眠作用をのぞいて、書記のオートマティスムがどのくらい注目すべき自律性に到達しうるのかをしめしている。(40)
>
> ところで、それらの作品のなかでは、全体のリズムとか格言風の形式(41)などといった、ある種の枠組みがあらかじめ固定されうる。だからといってそのために、紛れこんでくるイメージのひどく不調和な性格が減じられるわけではない。類似のメカニズムは、われわれの患者の手記においても働いていて、そこでは大きな声で読むこと

がリズムの本質的な役割をしめしている。リズムはしばしば、それだけで相当な表現力を備えているのだ。[42]

このようにしてラカンは、シュルレアリスムの記述を思いおこすことによって、マルセル・Cの書いたものの症状としての側面を否定することなく、そこに意図や遊戯の部分を見いだしていくのである。精神疾患の偽装の試みによって精神病の症状の創造的な側面にたいする認識をラカンに確認させたのは、エクリチュール・オートマティックの体験であったのだ。そのようにしてラカンは、マルセルの精神病を創造的な症状として読み、またその話を聞くことができるようになる。この患者に、彼女自身の書いたものについてどう思うかと尋ねてみたところ、彼女はつぎのように答えたのだという。「わたしは言語を発展させています。これらすべての古めかしい形式を揺さぶらなければなりません」[43]。

したがってラカンは、精神医学の環境のさなかにいながらも、言語をめぐるシュルレアリスム的体験のもつ科学的特徴を認めていた。『医学＝心理学年報』がシュルレアリスムの脅威にたいして憤慨した精神科医たちの応答の場であったことを思いだすなら、ラカンの思考の驚くべき自由さを、通りがかりにも感じることができる。この論戦は、よく知られているものだ。[44]

三、規則の拘束。ブルトンとエリュアールは、彼らの『処女懐胎』の記述について振りかえって釈明するために、ラカンのテクストの読解を活用することになる。じっさい、一九三二年二月の『新フランス評論』誌に発表された『処女懐胎』にたいする批判[45]に、同年の七月、おなじ雑誌上で答えた際、ブルトンがとつぜん提示したのは、自分たちの記述の実験における意図の部分であった。『処女懐胎』への批判は、狂気は真似ることができない、ということに存していた。演じているか、あるいは狂人であるかのどちらかだというのだ。

さて、ブルトンは『処女懐胎』において自分とエリュアールが身をまかせた模作の試みを、いくつかのパラメーターにもとづいたエコノミーのようなものとして再定義している。「われわれは、思考がその極限的な混乱状態を表明するのに、ごくわずかの非常信号しか自由には使えないということを知っていました」[46]。そして彼は、記述の実践を「ア・プリオリな限定」として、あるいは「今日にいたるまで、しかじかの精神病に特有のものと規定されてきた症候群」からなる「条件づけ」として語るのだ。これは、きわめて主意主義的な立場である。透明な主体が「他の場所から」やってきた語りのための媒体となるといったような、シュルレアリスムにおけるオートマティックな活動に安易に張りつけられてきたロマン派的な見解からは、相当に離れていたわけだ。

したがって、「泉」から果てしなくあふれでてくるささやかれた声は、あらかじめ定められた記述の規則、しかもみずからにとって外的な規則にしたがった声よりも、価値を低められている。後者は、「締めつけられた」声とも呼びうるものだが、そのような規則にしたがっているため、倍化されたエネルギーによって制約されているのだ。ここには、「制約による無限の利益」という、ボードレール的な考えのようなものが見いだされる。それは、ボードレールが一八六九年に短篇小説(ショート・ストーリー)というジャンルについて語り、テオフィル・ゴーチエを褒めそやし、長篇小説をこきおろすために用いた表現だ。長篇小説については、のちにレーモン・クノーも、結局のところ自分のまえのガチョウの群れ(登場人物たちの群れ!)を追いたてているようなものだと言っている(『棒・数字・文字』において)。

しかし、こうした考えのようなものは、それぞれ性質が異なるものだ。ボードレールにとっては、詩人や短篇小説家の制約というのは、定量的かつ定性的なのである(短いテクストのあらゆる部分が意味をなすため、記述は「ゆるむ」ことがあってはいけない)。彼の作家にたいする要求は心理学的なものであり、また道徳的なものでさえある。長篇小説と短篇小説のあいだにある差異は、単純に等級の差異なのだ(それでも、参照している体系は同じものでありつづけているが)。

それにたいして、ブルトンにおいては、ひとつの美学から別の美学への移行が、生来の差異をしめしている。『磁場』の美学と『処女懐胎』の美学を連接させることは、それらを対比したうえでなければ、わたしからすれば不可能である。読者として、これらの詩集のいたるところに「散文詩」(このジャンルの文字どおりの定義はきわめて幅広いが）を読みたがるものもいる。しかし、わたしの目から見て、著者がはっきりと表明している意図を一掃する権利はない。というのもわれわれは、〈音〉の（受動的な）聞きとりから、記述の戦略の練りあげへと移行してきたのだから。後者のケースにおいては、〈声〉は主体との積極的な共犯関係において発されるのだ。

***

どうしてわたしが、「霊感の声」と呼ばれるものについて、また動詞の形における「態」によってわれわれの言語体験が告げるものについて、視野におさめようとしたのか分かってもらえるだろう。『磁場』がわれわれに語っているように、ささやきの聞きとりを受動形へと近づけたなら、わたしの議論はもっと理解しやすいものになったかもしれない。しかし、われわれは一九三〇年の「オートマティックな」（正しくは、ほとんどオートマティックではない）記述を、声高な発言のほうへ、制約や規則のもとにある能動的な動詞形のほうへと帰着させたのである。

そうすると、ブルトンを読んできたわれわれは、ヴァレリーの語っていた逆説的作業から遠く離れていることになるだろうか。そんなことはないのである。双方においてあきらかにしめされている、エネルギーの問題を強調するならば。そして、現代科学における記号の操作体系（これはヴァレリーが参照したものだ）と、シュルレアリスムのいくつかのテクストにおいて用いられた操作の規則（『処女懐胎』におけるタイトルによる誘導、諺の書き換えにおける音節の置換の遊戯）のあいだに類似を認めるならば。とはいえ、ブルトンにおいてはエネルギーというのは音の出現によるものであり、結局のところそれは主体との結びつきへと、分析の秩序へと差し向けられる。[47]それにたいして、ヴァレリーにおいては、古典的な韻律学によってコード化された規則を手玉にとる（そして、それを華々しく浮かびあがらせる）ために、聞きとりによる意味の二次的な（逆説的な）練りあげとエネルギーが、知性において発揮されるのだ。

注

(1) Maurice Grévisse, *Le Bon usage*, Paris et Gembloux, Duculot, 1975, p. 605.

(2) Paul Valéry, *Œuvres*, t. 1, Gallimard, 1957, p. 105〔ポール・ヴァレリー『若きパルク』鈴木信太郎訳、『ヴァレリー全集』第一巻、筑摩書房、一九七七年、九九—一〇〇頁。また、以下の邦訳も参照した。ポール・ヴァレリー『若きパルク』『若きパルク/魅惑 改訂普及版』中井久夫訳、みすず書房、二〇〇三年、三〇—三一頁。以下、参照した邦訳文献を掲げるが、訳文は文脈に合わせて変更した場合がある〕.

(3) Paul Valéry, *Cahiers*, t. 2, Gallimard, 1988, p. 1076〔ポール・ヴァレリー「詩について」菅野昭正・兼子正勝訳、『ヴァレリー全集カイエ篇』第八巻、筑摩書房、一九八二年、二五三頁〕.

(4) *Ibid.*, p. 1077〔同書、二五四頁。また、以下の邦訳の該当箇所も参照した。ポール・ヴァレリー「「詩学」(『カイエ』より)」『ヴァレリー集成』第三巻、田上竜也・森本淳生訳、筑摩書房、二〇一一年、一六七頁〕.

(5) *Ibid.*, p. 1078〔ポール・ヴァレリー「詩について」前掲書、二五五—二五六頁〕.

(6) Louis Aragon, « Une vague de rêves », in *Commerce*, hiver 1924-1925 ; *Œuvres poétiques complètes*, t. 1, Gallimard, 2007, p. 87〔ルイ・アラゴン『夢の波』『イレーヌのコン・夢の波』江原順訳、現代思潮社、一九七七年、二三頁〕.

(7) Paul Valéry, « Poésie pure, notes pour une conférence », *Œuvres*, t. 1, *op. cit.*, p. 1456-1463〔ポール・ヴァレリー「一詩人の手帖」『ヴァレリー・セレクション』上巻、東宏治・松田浩則編訳、平凡社ライブラリー、二〇〇五年、一九八—二一一頁〕.『著作集(*Œuvres*)』(一九六八年版)のp. 1819の注釈が、この文章と、ヴュー=コロンビエ劇場で一九二二—二三年の冬のあいだに、また別の資料によれば二七年の一二月に行われたという六つの講演の結びつきについて説明している。わたしがこれらの日付を取りあげるのは、それがやはり、ブルトンと彼の友人たちがヴァレリーに多くの注意をはらっていた時期だからである。

(8) *Ibid.*, p. 1460〔同書、二〇四頁〕.

(9) *Ibid.*, p. 1458〔同書、二〇〇—二〇一頁〕.

(10) *Ibid.*, p. 1460〔同書、二〇四—二〇五頁〕.

(11) André Breton, *Le Surréalisme et la peinture*, *Œuvres complètes*, t. 4, Gallimard, 2008, p. 352〔アンドレ・ブルトン『シュルレアリスムと絵画』巖谷國士訳、『シュルレアリスムと絵画』人文書院、一九九七年、一七頁〕.

(12) André Breton, « Entrée des médiums », *Œuvres complètes*, t. 1, Gallimard, 1988, p. 274-275(強調はシェニウーによる)〔アン

ドレ・ブルトン「霊媒の登場」巖谷國士訳、『アンドレ・ブルトン集成』第六巻、人文書院、一九七四年、一三一頁〕.

(13) André Breton, *Manifeste du surréalisme*, *ibid.*, p. 323〔アンドレ・ブルトン『シュルレアリスム宣言』『シュルレアリスム宣言・溶ける魚』巖谷國士訳、岩波文庫、一九九二年、三五頁〕.

(14) Louis Aragon, *Je n'ai jamais appris à écrire ou les "incipit"*, Skira, 1969, p. 38〔ルイ・アラゴン『冒頭の一句または小説の誕生』渡辺広士訳、新潮社、一九七五年、三九頁〕. この点については、わたしのつぎの著作のなかで議論している。*Surréalismes, l'esprit et l'histoire*, Champion, 2014, p. 78〔ジャクリーヌ・シェニウー＝ジャンドロン『シュルレアリスム』星埜守之・鈴木雅雄訳、人文書院、一九九七年、九二―九三頁〕.

(15) André Breton, *Manifeste du surréalisme*, *op. cit.*, p. 324-325〔アンドレ・ブルトン『シュルレアリスム宣言』前掲書、三七―三八頁〕.

(16) 当時訳されていたフロイトの著作は、以下のものしかない。*La Psychanalyse*, trad. Yves le Lay, Genève, 1921 ; *Cinq leçons sur la psychanalyse*, trad. Yves le Lay, Payot, 1922 ; *Introduction à la psychanalyse*, trad. S. Jankélévitch, Payot, 1922 ; *Psychopathologie de la vie quotidienne*, trad. S. Jankélévitch, Payot, 1922 ; *Totem et tabou*, trad. S. Jankélévitch, Payot, 1923 ; *Psychologie collective et analyse du moi*, trad. S. Jankélévitch, Payot, 1924.

(17) André Breton, *Nadja*, *Œuvres complètes*, t. 1, *op. cit.*, p. 749（強調はシェニウーによる。［ ］に括られた言葉は一九六二年版で削除された）〔アンドレ・ブルトン『ナジャ』巖谷國士訳、岩波文庫、二〇〇三年、一八一―一八三頁。また、一九二八年版からの以下の翻訳も参照した。アンドレ・ブルトン『ナジャ』巖谷國士訳、白水社、一九八九年、一五五―一五六頁〕.

(18) André Breton, « Max Ernst », *Œuvres complètes*, t. 1, *op. cit.*, p. 245〔アンドレ・ブルトン「マックス・エルンスト」巖谷國士訳、『アンドレ・ブルトン集成』第六巻、前掲書、九二頁〕.

(19)「こうした有名な作家〔シェイクスピアとゲーテ〕に存在する、結局たいへん強力な検閲のせいで、彼らの作品の全体を分析に供することができないのです。あらたな必要に応じた表現様式を見つけることは、彼らとは別の人々の仕事でした。そしてそのことは、霊感というものを優遇しなおすというやり方でなされたのです」(André Breton, [Carnet, fin 1920-juillet 1921] *Œuvres complètes*, t. 1, *op. cit.*, p. 619〔アンドレ・ブルトン「手帖」より（一九二〇年末～一九二一年七月）」星埜守之編訳、『現代詩手帖』一九九四年一〇月号、二二三―二二四頁〕）。シェイクスピアの『ヴェニスの商人』は、フロイトの『応用精神分析の試み』（フランス語訳は一九三三年刊行。ただし、『イマーゴ』の一九一三年六月号〔*Imago*, juin 1913〕でレジスとエスナールによってすでに紹介されている）において、またゲーテの「トゥーレの王」は、フロイトを経由してユングによって解釈された（*L'Année psychologique*, 1909）。

(20) Marguerite Bonnet, *André Breton, naissance de l'aventure surréaliste*, José Corti, 1975, p. 102-114. テオドール・フランケル宛の一九一六年八月三一日の手紙には、疾患からくる奇妙な呼びかけが報告されている。この呼びかけは、昇華の効果を巧みに用いたものだった。

(21) この記事は、画家でありのちに精神科医となるジャン・フロワ＝ヴィットマンに「発注」されたものにほかならない（*Le Surréalisme au service de la révolution*, n° 2, oct. 1930, p. 26-29）。それは悪意混じりに、フランス精神医学にたいするブルトンの論戦の最終段階にあたる記事と、ならべて掲載されている。この論戦は、『ナジャ』（後半の結末部）の出版によって開始されたものだ。フロイトはこのようにして、フランス精神医学の「ボスたち」と対比されて、高く評価されたのである。

(22) André Breton, « Position politique de l'art d'aujourd'hui », *Œuvres complètes*, t. 2, Gallimard, 1992, p. 438〔アンドレ・ブルトン「今日の芸術の政治的位置」田淵晋也訳、『アンドレ・ブルトン集成』第五巻、人文書院、一九七〇年、一八八頁〕.

(23)〔訳注〕ジャクリーヌ・シェニウー＝ジャンドロン「アンドレ・ブルトンの「他者」、ジャック・ラカン」中田健太郎訳、『シュルレアリスム、あるいは作動するエニグマ』齊藤哲也編、水声社、二〇一五年、二八九―三二三頁。本稿のこれ以降の部分は、この論文と同内容の箇所を多く含んでいる。

(24) ブルトンおよびラカンをめぐる書誌は豊かなものだが、この簡潔な問題をまったくとらえ損ねている。

(25) 小学生向けサイズのノート一冊分である。メイエルソンによる翻訳は、一九二六年一二月三一日に完成していた。この読書記録において例外的なのは、ブルトンのフロイトにたいする文献学的かつ哲学的な注目だ。

(26) フロイトの『夢解釈』の第六章「夢工作」を参照（ジークムント・フロイト『フロイト全集』第五巻、新宮一成訳、岩波書店、二〇一一年、三―二八九頁）。

(27) Sigmund Freud, *The Standard Edition of the Complete Psychological Works of Sigmund Freud*, t. 18, London, Hogarth Press, p. 35〔ジークムント・フロイト「快原理の彼岸」須藤訓任訳、『フロイト全集』第一七巻、岩波書店、二〇〇六年、八八頁〕.

(28) Jean Laplanche, Jean-Bertrand Pontalis, *Vocabulaire de la psychanalyse*, P.U.F., $5^{\text{ème}}$ édition, 2007, p. 223〔ジャン・ラプランシュ／ジャン＝ベルトラン・ポンタリス『精神分析用語辞典』村上仁監訳、一九七七年、みすず書房、一三八頁〕.

(29) André Breton, « Il y aura une fois », *Le Surréalisme au service de la révolution*, nº 1 ; *Œuvres complètes*, t. 2, *op. cit.*, p. 49〔「いつかはそうなるだろう」菅野昭正訳、『アンドレ・ブルトン集成』第四巻、人文書院、一九七〇年、二三頁〕.

(30) *Ibid.*, p. 50〔同書、二四―二五頁〕.

(31) André Breton, Paul Éluard, « Les possessions », *Œuvres complètes*, t. 1, *op. cit.*, p. 848（強調はシェニウーによる）〔「憑き物」阿部良雄訳、同書、三六八頁〕.

(32) 「性の本能と死の本能」というテクストは、つぎの（たいへん興味深く、また適切な）考えを起点としている。つまり、芸術家に固有の昇華は、彼らを実在する事物の秩序へと引きわたしてしまう（したがって、彼らを政治活動からは遠ざける）というのだ。「芸術家たちのうちに抱かれる昇華されたエネルギーは、彼らを身動きもできないままに実在する事物の秩序へと引きわたす」(André Breton, « L'instinct sexuel et l'instinct de mort », *Œuvres complètes*, t. 1, *op. cit.*, p. 1025)。したがって、ブルトンによれば芸術家たちは、彼らをしたがわせているこの「根本的な陰謀」をよりはっきりと自覚していかなくてはならないだろう。しかしそのことは、「昇華を忌避して不健全な陰謀のうちに芸術を位置づける」ところの、「極端さそれ自体のための極端さ」や「殺人的本能の権利要求」とは、何の関係もない（Élisabeth Roudinesco, *Histoire de la psychanalyse en France*, La Pochothèque, 2010, p. 589）。ブルトンの立場は、さらに入念に練りあげられたもので、第二局所論に結びつけられていた。美学の徴候（「あるときに」）のもとに位置づけられると同時に、それはとりわけエロスに内在する暴力性をも考慮に入れている。

(33) André Breton, « L'instinct sexuel et l'instinct de mort », *op. cit.*, p. 1027.

(34) *Ibid.*

(35) J. Lévy-Valensi, P. Migault, J. Lacan, « Écrits 'inspirés' : schizographie », in *Annales Médico-Psychologiques*, nº 5, décembre 1931 ; repris dans Jacques Lacan, *De la psychose paranoïaque dans ses rapports avec la personnalité*, Seuil, 1975, p. 365-382〔ジャック・ラカン「《吹き込まれた》手記――スキゾグラフィー」『二人であることの病い――パラノイアと言語』宮本忠雄・関忠盛訳、講談社学術文庫、二〇一一年、四七―九二頁〕.

(36) 一九四八年の以下の論文においてである。André Breton, « L'Art des fous, la clé des champs », *Œuvres complètes*, t. 3, Gallimard, 1999, p. 885 ; *Le surréalisme et la Peinture*, *op. cit.*, p. 728〔アンドレ・ブルトン「狂人の芸術、野をひらく鍵」粟津則雄訳、『シュルレアリスムと絵画』前掲書、三五二頁〕.

（37）Radu Turcanu, « *Qui parle?* Le peu de réalité surréaliste et lalangue psychanalytique », in *Pleine Marge*, n° 24, novembre 1996, p. 21-34.

（38）Jacques Lacan, *De la psychose paranoïaque dans ses rapports avec la personnalité*, *op. cit.*, p. 382〔ジャック・ラカン「《吹き込まれた》手記」前掲書、九〇―九一頁〕.

（39）ここには、一九二四年の『シュルレアリスム宣言』にかんする注が付されている。

（40）ここでは別の注が、ブルトンとエリュアールの『処女懐胎』を参照させている。

（41）諺や格言の書き換えにもとづく、『処女懐胎』の最後の章「最初の審判」にたいするあきらかな言及である。

（42）*Ibid.*, p. 379-380（強調はシェニウーによる）〔同書、八五頁〕.

（43）*Ibid.*, p. 374〔同書、七三頁〕.

（44）一九二九年の『シュルレアリスム第二宣言』においてブルトンが、ポール・アベリの「正当防衛」と題する論文の掲載されていた『医学＝心理学年報』一九二九年一二月号の滑稽な抜粋を引き写したのが、訴訟申請の代わりとなった。彼は、『革命に奉仕するシュルレアリスム』（第二号、一九三〇年一〇月）に、「シュルレアリスムに照らした精神医学」と題するテクストを発表して、議論を再開させている。

（45）André Rolland de Renéville, « Dernier état de la poésie surréaliste », in *Nouvelle Revue française*, n° 221, février 1932, p. 284-293.

（46）André Breton, « Lettre à A. Rolland de Renéville », *Œuvres complètes*, t. 2, *op. cit.*, p. 327-328〔アンドレ・ブルトン「A・ロラン・ド・ルネヴィルへの手紙」生田耕作・田村俶訳、『アンドレ・ブルトン集成』第六巻、前掲書、二八二頁〕.

（47）一九二八年にフォンテナスが刊行した、ポール・ヴァレリーからアンドレ・フォンテナス宛ての、『若きパルク』をめぐる手紙のなかでは、（韻律法の）規則は、たとえば「蜂の巣」や「脚韻の拷問具」、「われわれの韻律学の窮屈きわまるパズル」と呼ばれている。Paul Valéry, *Œuvres*, t. 1., *op. cit.*, p. 1631〔ポール・ヴァレリー（『若きパルク』について――アンドレ・フォンテナス宛）「手紙」市原豊太・佐藤正彰・清水徹訳、『ヴァレリー全集』第六巻、筑摩書房、一九七八年、三六六頁〕.

Ⅳ　声の創造——霊媒、テレパシー、人工音声

声は聞き逃されねばならない

――シュルレアリスムとノイズの潜勢力

鈴木雅雄

1　妖怪蓄音機

オスカル・ドミンゲスのあるオブジェから出発してみよう。一九三八年に開催されたシュルレアリスム国際展の会場写真を見る限り、かなり人目につきやすい場所に置かれていたらしいそのオブジェは、とりあえず一つの蓄音機ではあるようだ（図1）。ただしラッパ状のスピーカーはプレーヤー部分に直接接続されてはおらず、たどっていくとそれは徐々に手の形に変わっていき、その手が本来ならレコード針が盤面に乗せられるはずの位置で触れようとしているのは、人間の腹部のように見えるふくらみである。さらに奇妙なことに、音を吐き出すはずのラッパ口は、今まさに一人の女性を呑みこんだばかりであるらしく、巨大な食虫植物であるかのように、犠牲者の二本の足を覗かせている。もちろん静止したオブジェであってみれば、その女性が呑みこまれているか吐き出されているかを決める根拠があるわけではないのだが、突き出しているのが頭ではなく足であるせいで、今しもスピーカーから流れ出る音楽に聞き入っていた誰かが、そのままラッパに吸いこまれたと想像したくなるのは自然であるように思われる(1)。

ところが《未来の記憶》と題された同時期のデッサン（図2）を見ると、だいぶ事情が変わってくる。獲物を呑みこむ食虫植物かと思われたこの形態は、そこでは女性の足で立ち上がった不可思議な生物、日本人に理解しやすいイメージにたとえるなら、まるで唐傘のお化けのような形象として描かれている。横には通常の蓄音機が置かれ、地平線には小さく白鳥と思われるイメージが描き添えられているが、これら三つの図像（蓄音機を支える湾曲した台座のようなものを一つと考えれば四つになる）は、すべてがそれ以外の図像のメタファーにも見え、互いにその形態を反響させあうのである。国際展に出品されたオブジェだけを見ると、記録された音を再現するだけでなく、音源それ自体を取りこんで保存する究極の記録・再生媒体かとも見えたオブジェは、実は蓄音機に擬態して、聞き取った音を模倣的に再現しようとする妖怪なのかもしれない。だとすると、もしこの妖怪が音声を発するとするなら、それは「偽物」の音声だといわねばならないだろうか。だが蓄音機に擬態する妖怪は、レコードを読み取るように人間の身体をレコード針ならぬ掌から読み取り、えた情報をもとにして、自らの身体のなかで対象の声を――記録の再生ではない生の声そのものを――作り出そうとしているのかもしれない。おそらく我々はここに、音源（オリジナル）を完全な状態で保存しようとする「ハイ・ファイ」の夢ではなく、かといって機械が生み出すのは二次的な代替物（コピー）にすぎないとする発想でもなくて、蓄音機という近代的な技術の作り出す音声は「本物」でも「偽物」でもなく、それ自身の生命を持った何かだと考えるような態度の形象化、オリジナルとコピーのヒエラルキーを攪乱する装置を見るべきなのである。

機械に人間的な、とりわけ性的な含意を見つけようとする隠喩的想像力は、たしかにシュルレアリスムの圏域を横断する一要素であるかもしれない。だがこうした想像力の産物に見える一連のオブジェは、メタファーである以上に、シュルレアリスムが同時代の科学や技術と取り結んだ、さほど容易に一般化できない特異な関係の表現でもある。蓄音機という装置の形態や機能、あるいは円盤の回転運動に性的な含意を見つけることは難しくないとしても、今ここのものではない声を我々に送り届けることによって、直接的なものと間接的なもののレベルを交錯させようとするエジソンの発明の深い倒錯性こそが、ここでは何よりもまず問題になっているのではなかろうか。

さらにいうなら、出発点として取り上げた例がドミンゲスのものであったのもまた、まったくの偶然ではない。カナリア諸島生まれのこの画家の作品には、ブルトンが彼のシンボルと見なすにいたったあの巨大なリュウケツジュのように、生まれ故郷の自然と強く結びついたテーマの傍らで、しばしば有機的な生命を授けられた多様な機械が登場する。代表的なものの一つは、文字キー一つ一つが独立の意志を持った触手のように振る舞うタイプライターであるが、これもまた同様に、記録メディアそのものが意志を持ってデータを生産しはじめたかのようなイメージである。さらに時間を圧縮して示す試みといえる「リトクロニズム絵画」の映画フィルム的な性格を思い返すなら、あるときはダリの、またあるときはピカソの模倣にすぎないようにも見えるドミンゲスのイメージには、キッチュ的とも表現できるメディア画家の作品としての側面があるのかもしれない。(2) 私が見ている対象、触れている身体、聞いている声の音源、それは本当にここにあるのか、あるいはそれは別のどこかに存在する何かの幽霊のような存在なのではないか、だがまたその幽霊こそがいわゆる実在以上にリアルな存在として現れてしまうとすればそれはなぜか、といった問いと、常にともにあったように思えるシュルレアリスム運動にとって、ドミンゲスの妖怪蓄音機はこれらの問いのエンブレムであるといえる。私たちはこのエンブレムに導かれながら、シュルレアリスムにとって声の体験が持っ

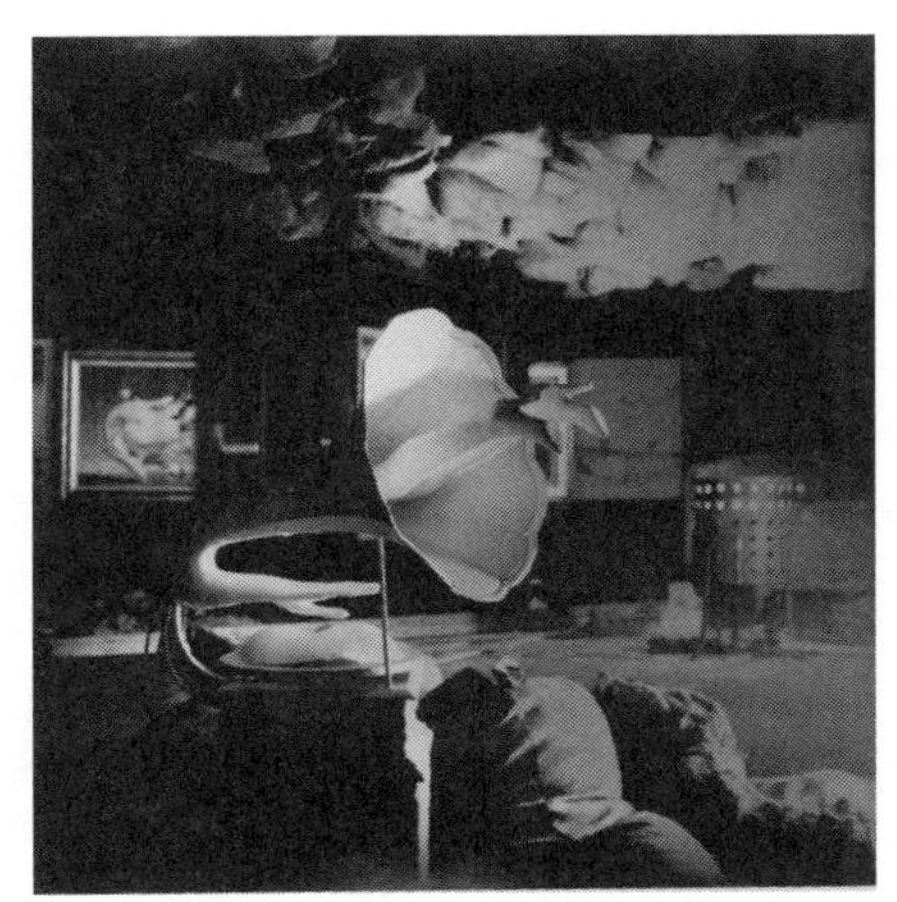

図1　オスカル・ドミンゲス《決して》1938年（シュルレアリスム国際展から）

図2　オスカル・ドミンゲス《未来の記憶》1938年

ていた価値を、とりわけブルトンの後期テクストのなかから取り出してみたい。

2 神託／予言／テレパシー

自動記述において目指されていたのが、書く主体のすべてが透明になるような、自己への現前の体験でなかったことは、今となっては論じるまでもない。シュルレアリスムの出発点は、書く主体にとってまったく見知らぬ（あるいは聞き知らぬ）声に襲われる体験であったし、声の到来はブルトン自身にとって、思いもかけず自らの欲望が明らかになるといった体験ではなく、目的もわからないなんらかの行為へと誘う不可思議な誘惑のそれであった。そこまではよい。だがそれにもかかわらず、声の到来は特定の誰かに生じ、かつ明確な日付を持つ、代替不能の出来事でもなければならなかった。集合的無意識のような何かに通じるものでないのは当然として、それは「作者の死」の向こう側に垣間見られる、匿名の文学空間に属するものと見なされてもいない。そもそもなぜブルトンは、「オートマティックなメッセージ」の日付を書きとめることに、あれほどにまでこだわったのだろう。たしかに『通底器』第一部での夢分析は詳細なものだが、彼が自らの聞いた声について、それを自由連想の記録のように扱い、フロイト的な意味での自己分析の手がかりとしたわけでもない。ではそうした客観的な（いわば科学的な）視線の対象にする意志もないとすれば、なぜ日付はそれほどまでに必要だったのだろうか。

いや、これはやや極端な整理であろう。少なくとも『宣言』のなかで報告された「窓によって二つに切られた男がいる」というあのフレーズは、いかなる日付もともなってはいなかったし、その声から出発して執筆されたはずの『磁場』草稿に、日付に対する配慮があったとも思えないからだ。ブルトンは『宣言』のよく知られた注の一つで、「ベチューヌ、ベチューヌ」とささやきかける不可思議な声の聴取について、一九二四年六月八日のことと明記していたが、彼が「声」に日付をつけるようになるのは、早く見積もってこのころからだろう。あるいはのちに客観的偶然の原型と見なされるようになる「新精神」（『失われた足跡』に収録）のエピソードに日付の与えられたことなどが、その先触れであったかもしれない。ともあれブルトンは、徐々に到来する声を時間のなかで明確に位置づけるようになっていった。形式的にいうなら、この変遷を聞き取り方のモデルの変化として表現することができる。いかにも大づかみなカテゴライズであると明言したうえで、この変化はおそらく、「神託」モデルから「予言」モデルへ、「予言」モデルから「テレパシー」モデルへの変化として定式化することができるように思える。

はじめに声がやって来たとき、ブルトンはそれがいかなるものかを考える以前に、とにかくそれに驚かされ、書き取らねばならないと考えるしかなかった。それが何であるかという問いは延期したままに、聞き逃されてはならない真実として記録される声、それは神託のような声である。事実『宣言』末尾ではデルポイの神託が持ち出されていた。そこではまだ誰が聞き取ったかという問題すら、前面にはない。神託を聞き取る巫女の固有名は、語られる真実にとって必ずしも関与的ではないだろう。だが声は徐々に、聞き取った主体にとってのメッセージとして意識されるようになる。『宣言』でもすでに（ただし注のなかで）「ベチューヌ、ベチューヌ」という謎の声は、ブルトンをベチューヌへと向かわせる命令として受け取られていた。(3) その延長上で自動記述の言葉は、書いた「私」（聞き取った「私」）にとって予言的な価値を持つものと見なされることになる。声はのちに予言であったとわかるために、あらかじめ日付を振られ、予言とその実現とのあいだの時空間を意味づけることになるのである。

だがある時期以降（とりあえず第二次世界大戦以降といっておこう）、予言と実現の回路はあまりうまく機能しなくなったように見える。『A音』に記録された声のどれ一つとして具体的な出来事につながることはなかったし、逆に客観的偶然が狭義での「オートマティックなメッセージ」によって準備されたような事例も、明確には報告されなくなった。私の聞き取った声は、もはや独力で出来事を呼びこむことはできない。誰かの言葉と私の言葉との偶然の一致が、そこになんらかの交信があったかもしれないと思わせる、そんな事態が生じるにすぎないのである。そこに一種の衰え、声の聴取という体験の漸進的な磨耗の結末を見ることも不可能ではないだろう。声はもはや私にとって決定的な断絶の先触れではなく、どこか余所で発せられた声と自らが重なりあっていたらしいことを弱々しく証言するにすぎない。だがこの「テレパシー」的局面に、もう少し積極的な意義があったと考える余地もあるのではないか。

一九五五年に発表された二つの文章を取り上げてみよう。直接的な聴取体験が後景に退いたような、事後的にのみそれとわかるテレパシー的体験が報告される範例的なテクストとして、まずは「吊り橋」と題されたものがある。(4) 事実経過はごく単純である。友人の画家ルイス・フェルナンデスから、その妻エステルが亡くなったという通知がブルトンのもとに届く。詩人は部屋に飾られていた友人の作品（図3）の前にたたずみ、そこに描かれた平原の道を地平線の方向へ、あたかも遠ざかる友人の妻の姿を追うようにして視線でたどり、そのささやかな弔いの身振りを手紙で画家に知らせるだろう。すると数日後、画家から届いた手紙には、そのタブローに描かれた道こそはまさにエステルの葬列の歩いた道であり、彼女のなきがらは今もその道の彼方に眠っているのだと書かれていた。

ブルトン自身はこの出来事を、デ・キリコの描いたアポリネール像の頭部にその後詩人が戦場で受けるけがを予感させる包帯が巻かれていた事実や、ヴィクトル・ブローネルの片目の失われた自画像が実際にこの画家が片目を失った事件の予告として機能したことなど、よく知られた事例に引きつけて語るが、それらに比べてこれがいかにも精彩を欠いた出来事であることは否定できない。デ・キリコやブローネルのケースでは、出来事の痕跡（となるはずのもの）が曲がりなりにも画面に直接描かれているのに対し、今回のケースではただブルトンがタブローの前で視線をわずかに移動させたという、出来事ともいえないほどの出来事が記録されているにすぎないからだ。どこからかやって来て真実を告げる声の体験の延長上に置かれながら、このいかにも慎ましい事例においては、予言的な形象や声の実在を証明する何ものもない。だが重要なのはまさにこの物質的な痕跡の欠如、あるいはその欠如についての、テクストそのものに刻みこまれた意識である。

友人からの、あるいはむしろその亡くなった伴侶からのテレパシー通信であるかのようなメッセージを、はじめ自分は聞き逃していたと、ブルトンはいう。テクストは、しかしその聞き逃されていた声は実在したのだと語ろうとしかけ、だがまた同時にそれが証明することのできない事実であって、書き手の思いこみにすぎないかもしれないことを書き落としてはならないと考える。タブローの前にたたずんだとき、「声」が届けられていることを予感させる何かがそこにはすでにあったと断言するような記述は排除されているが、文章を書き進むうちブルトンは、やはりその声は受信されていたのではないかと感じさせる思いつきを抑えることもできない。残された草稿（図4）をたどると、執筆中のブルトンが頭に浮かんだ想念を注の形で、つまりは本文より遅れたものとして記録していくプロセスをたどることができる。つけ加えられた注とは次のようなものだ。

この風景画は、数年前に彼が選んで贈ってくれたもので、フェルナンデスがヴァカンスをそこで過ごし、今も通っているジロンド県で描かれた。彼はある日それを展覧会で使うために借りに来たが、見直してみると自分の描

図3　ルイス・フェルナンデス《風景》1947年

Il me pardonnera, j'espère, de ne pas garder pour moi seul sa trop émouvante lettre du 26 septembre dernier où il me disait que sans, bien entendu, accorder le moindre crédit au spiritisme ni placer la moindre foi dans aucune religion, il ne pouvait douter que l'être disparu continuât à vivre « en dedans » de lui-même et que même c'était sur ses instances qu'il m'écrivait. Au peu de consolation que j'essayai de lui apporter, il répond le 30 septembre en ces termes :

« Il y a une chose étonnante dans votre lettre. Je copie le fragment entier : « Il est encore tout proche ce matin où le petit carton blanc(2) m'a laissé un instant médusé. Mon premier mouvement a été d'aller revoir de près le paysage que j'ai de vous, de remonter lentement la route qui le traverse pour aller se perdre entre deux massifs de verdure et c'était comme si j'avais voulu faire à Esther ce bout de conduite... »

« Or – poursuit Louis Fernandez – c'est exactement la route que nous avons remontée lentement pour accompagner le corps d'Esther jusqu'à l'endroit où il est maintenant, derrière les deux massifs de verdure, à un kilomètre environ de ceux-ci et, si l'on regarde le petit tableau, dans le prolongement (à peu près exactement, ou exactement) de la route. »

André Breton.

(1) Cf. Le Temps et le Rêve, éditions du Seuil, 1948.
(2) De faire-part, reçu quelques jours plus tôt.
(3) Ce paysage, qu'il avait choisi pour m'offrir il y a quelques années, a été peint dans la Gironde, où Louis Fernandez passe les vacances et se trouve encore. Un jour qu'il vint me le demander pour une exposition, il manifesta une grande agitation en le revoyant, assurant qu'il ne parvenait pas à le reconnaître. Il me le rendit au bout de plusieurs mois revêtu d'un cadre noir qui triplait au moins sa hauteur et m'effraya quelque peu.

図4　アンドレ・ブルトン「吊り橋」草稿

いたものだとわからないといって、たいへんに動揺を示した。数ヵ月後返してもらったときそれは、絵の高さを少なくとも三倍にするような額に入っており、私はいくらかたじろいだ。[5]

思いをめぐらすほどに、聞き取られていたかもしれない声の日付は時間を遡っていくかのようだ。何一つ断言はできないが、頭をよぎる思いを無視することもできない。その逡巡そのものが、ここでの主題だといってもいいだろう。私は実は、送り届けられたが聞き取ることはできなかった多くの声に取り巻かれているのではないか。少しの注意力となんらかのきっかけがあれば、いわばデータを再生するようにして、私はそれらの声を遅ればせながら聞き取ることができるのではないか。おそらくここにはそうした問いがある。

同じ年に書かれたもう一つのテクスト「日々の魔術」[6]が差し出しているのは、まさにこうした聞き届けられない声の遍在の可能性である。理論的な考察は一切含まれておらず、ある一週間ほどの期間(一九五五年二月二一日から二六日まで)のうちにブルトンに訪れたなんらかの意味で不可思議な出来事の群れが、きわめて淡々と語られていく。予言的な構造が明確なのは、シュルレアリストたちがなるべく早く世を去ってほしい人物を投票するという遊戯をした結果上位に入賞したポール・クローデルが、その直後実際に死去したといった報告などだが、出来事相互の関係はしばしばそれほど明確ではない。だがテクスト全体の方向性は、最後に置かれた数十年前の恋人からの手紙によって明かされる。いささか単純化するならば、事実経過は以下のようになるだろう。[7]

この一週間ブルトンは、当時話題になっていたいわゆる「ドゥニーズ・ラベ゠アルガロン事件」、ある女性が恋人を引きとめておくために我が子を手にかけるという事件の行方を見守っていたのであり、恋人への愛か子供への愛かという問いへの答えを探していた。その問いの開いた磁場がさまざまな出来事を生起させる条件となるが、答えの出ないままのブルトンに届けられたかつての恋人からの手紙は、ブルトンに子供(オーブ)が生まれるよりも前に、彼がやがて子供を授かり、ついでその母親はブルトンの視界から退場していくだろうと予言していたかのような、数十年前の夢を報告するものだった。その手紙がブルトンに与えた一種の赦免のようなものについて、ここで詳しく論じる余裕はない。ともかく確かなのは、ある問いのまわりに構造化された磁場といった条件があるときにだけ可視化されるが、普段は聞き取ることのできない無数の声によって、この世界は満たされているかもしれないという予感である。

おそらくこの時期に重要だったのは、届けられるメッセージの内容以上に、今ここという時空間に拘束されていない誰かからの声が、ありえざる場所に、ありえざるタイミングで立ち現れる可能性は、いまだに存在するという保証であった。『A音』に記録された言葉たちについて、もちろんブルトン自身、機会があればなんらかの解釈を提示したという可能性はまったく排除されない。だがともかく重要なのは、「私」の熱望や後悔が「私」に特異な出来事を読み取らせるのだとしても、そのように読み取りうるデータが「私」の知らないうちに記録されていたという事実だ。送り届けられつつも聞き逃されるこうした声の群れを、ノイズと形容することもできる。そしてノイズから声が立ち上がってくるとき、我々はその「声」が、「私」の作り出したものか記録されていたデータの再生であるか、決めることはできないのであり、「本物」とも「偽物」とも決められないという意味で、それはいわばあの妖怪蓄音機から流れ出す声である。ではなんらかの条件下でメッセージに変換されうるノイズのなかに我々は置かれているというこの認識は、いかなる射程を持つだろうか。

3　事後性と驚異

ブルトンが客観的偶然と呼んだ一連の体験には、事後性という問題が終始つきまとったように思える。これは不思議なことだ。「ひまわりの夜」を予告する詩篇「ひまわり」(8)はブルトン自身にとって、ジャクリーヌ・ランバとの出会い以前にはなんら特別な詩と思われてはいなかったのであり、しかもこの事後性はまったく嘆かれてはおらず、むしろそのようになんとも思われていなかったテクストが予言に変化しうるという事実——ノイズのなかからそれまでは未知のものだったメッセージが立ち現れるという出来事——こそがシュルレアリスム的な驚異の条件であったかのようだ。それはたとえば、ブルトンの事例と隣接しているといってよいフロイトのテレパシー解釈との差異において際立つものとなる。

超常現象の存在を端的に認めるような「信仰」的態度に決して屈しまいとする選択と、しかしテレパシーのような、合理的思考に回収されない剰余部分にこだわらずにいられない感性とにおいて、フロイトとブルトンの態度は非常に近接したものである。両者にとってテレパシー現象は、あくまで事後的に見出されるものにすぎない。だがブルトンはその事後性が「当事者」によって意識されているような事態に、とりわけ関心を向ける。まずはフロイトの挙げている典型的な事例を思い返してみよう。

テレパシーという「微妙」なテーマについてあからさまに語ったフロイトの文章はさして多くないが、代表的なものといえる一九二二年の「夢とテレパシー」(9)は、死者、ないし死につつあるものからのメッセージを扱っているという意味で、「吊り橋」のエピソードにきわめて近い。それは戦場にいた弟が戦死間際に発した呼びかけの声を、その姉が聞いたという事例である。弟が「お母さん、お母さん」と呼ぶ声を聞いた女性は、同じ声を自分の母親も聞いていたことを知るが、のちにちょうどそのころ弟が戦死していたという知らせが届く。これに対するフロイトの解釈は、女性が母親に対して強い自己同一化をしており、自分こそ弟の母親だと宣言しようとしたのだという、明確にオイディプス的なものだ。つまりフロイトは、実際に起こったことと女性の報告は、出来事の順序が入れ替えられているというのである。まず母親が女性に、息子の声を聞いたという。すると、その声を本当に聞くべきなのは自分だという「心的現実」のせいで、自分こそその声を聞いたのだという記憶が生まれる。要するに、解釈者／観察者の視点からするとこの現象は事後的に生じた確信にすぎないが、出来事に襲われた主体自身はこの事後性を意識することはない。これとは反対に、ブルトンにとってはこの事後性の意識されているような事態、あるいはそれが事後的な確信にすぎないのではないかという迷いと、生じている事態を驚異と感じる印象とが両立しうるという点こそが重要である。問われているのはその現象の実在ないし不在ではなく、そうした現象へと常に反転する可能性を持ったノイズが我々を取り巻いていること自体の驚異であるともいえようか。「私」が作り出したかもしれないその声は、にもかかわらず

「私」を捉えずにはいない。フロイトもまた自らの解釈について、それは「証明もできないし、また拒絶もできない」仮説だと認めていたが、そうした決定不可能性の領域はブルトンにとって、解消すべき中間段階ではなく、シュルレアリスム的な驚異の条件なのである。

ところで、おそらくブルトンがテレパシーをもっとも直接的に論じたのは、「互いのなかに」と呼ばれるシュルレアリスムの遊戯をめぐる論考であった。遊戯の構造は、参加者の一人（「鬼」と呼んでよかろう）が心のなかで自分をなんらかの事物（たとえば「十字路」）と決めておき、他の参加者から指定された別の事物（たとえば「帽子」）から出発して自らを記述しつつ、自分が何であるかを当てさせるというものである（「私は大きくて平らな帽子。直に地面に置かれており、交差したリボンでできているが、そのリボンは伸び広がって地平線へと消えてゆく」[10]）。二つ、ないし複数の意識間の結びつきを試すという意味で、これはテレパシー的な遊戯であるが、ブルトンは実験を総括するなかで、やってみるとそこに、なんらかの超常的次元の助けがあったかに見える事態が紛れこんでいたようだと語る。それはたとえば、大して記述が進んでいないうちに答えが見つかってしまうケースであったり、選ばれた事物がそもそも類似関係にあったり（たとえば「ハンモック」と「オオコウモリ」）、近似した発音を含んでいたりするケース（たとえば「潜水服 scaphandre」と「コガネムシ scarabée」）だったりするが、ブルトンがもっとも興味深いとするのは、「オブジェAが発見されたとき、それまで口にはされなかったのに、参加者全員の脳裏に浮かんだある関係によって、そのAがBと結ばれていると確認されるような場合」だという。具体的には、「それらの出会いが、不可避的にある記憶を喚起する」ケース（たとえば二つの語がよく知られた詩句のなかで隣りあっており、正解が与えられるや誰もがその詩句に思いいたるようなケース）や、とりわけ次のような事例であるらしい。

> BからAへの移行が、Bを示す言葉が日常的な言い回しにおいてAと接近させられている言葉とほぼ同音異義のものであることに基づく連想によって、はっきりと容易なものになっていたようなとき。例：「私はとても小さな「揚げ菓子 beignet」。とても軽い塩味で、カリカリしているわけでもふわりと詰め物がされているのでもなく、

葬儀での食事の際に、また同様に陽気な会食者たちに囲まれたテーブルでも現れることがある」（アンヌ・セゲルス）。答えは「涙」だが、BからAへと、「涙に濡れたbeigné de larmes」という言葉によって通路が開かれていたと考えずにいることは難しい。[11]

だがなぜこのケースこそが興味深いのだろうか。それは二つの意識が関係を持つにあたって、距離が一挙に縮まるのではなく、少なくとも当初は不透明なより多くの媒介要素が介入しているからであると考えなくてはならない。要するにブルトンは、もっともテレパシー的でない事例をこそテレパシーと呼んでいるように見えるのである。「鬼」は決して透明な声を聞き取ることを求められてはいない。むしろ「鬼」は、はじめから書きこまれていたのか、自ら作り出しているのか決めることのできない言葉を紡ぎ出す。ならばここで機能しているのもまた、ドミンゲスの妖怪蓄音機のような装置ではなかろうか。

「互いのなかに」を総括するこの文章の補遺として、ブルトンはW・カリントンの『テレパシー』を引用するのだが、これもまた奇妙なことに引用されるのは、決してテレパシー現象を直接扱った一節ではなく、我々が通常堅固なものと信じている外的世界が非常に脆弱で、ささやかな思考実験によって破綻してしまうものだと説明するページであった。[12]その思考実験とは、事物が視覚のみによって捉えられているとき、それが我々の想像するようなものだという保証は慣習的な約束事でしかないことを体感させようとする試みであり、要するに世界の分節化の不確定性、我々の世界認識の間接性を証明しようとする記述である。するとブルトンが意図しているのは、結局テレパシーの否定なのであろうか。おそらくここには、フロイトに見出されるものと類比的なアンビヴァレンツが存在する。

超常現象などという怪しげなテーマから精神分析を遠ざけたい周囲の人々の思惑にもかかわらず、なぜフロイトはテレパシーにこだわり続けたのかという問題に対し、十川幸司は明確な答えを提出している。[13]患者と分析家のあいだでやり取りされる言語的回路、すなわち転移／逆転移の回路のみによって考えようとする精神分析にとって、両者の関係にそれとは別の回路が開けてしまうなら、分析は破綻するのではないかと考えたからこそ、フロイトはテレパシーにこだわり続けたというのが、その答えの核心である。そしておそらく、ブルトンの思考もまた、フロイトの懐疑とそう大きく隔たってはいない。テレパシーがもし可能であるなら、すなわち複数の意識間にもし絶対的な直接性が成立しているとするなら、「驚異」は成立しないのではないか。「互いのなかに」が図式化して見せている詩の構造とは、あなたの意識と私の意識とのあいだの踏破できないはずの距離を前提としたものだ。両者が重なりあって距離が無化されるのではなく、埋められることのない両者間の空間で生じる放電こそが「驚異」であると、すでに第一『宣言』は語っていたが、ここでその絶対的な距離は向かいあった私とあなた（たち）の距離として捉えなおされている。シュルレアリスム的な言語体験とは、テレパシーがその都度失敗してしまうからこそ機能しうる私とあなたのあいだでの短絡、あるいは痙攣である。テレパシーはブルトンにとって、憧憬の対象としての側面を否定しがたく持っていたにせよ、それ以上に無視することの許されないライバルのような何かだったのではなかろうか。

声はその場で聞き届けられるのではなく、意味から遠ざけられた謎として我々を取り巻いているのでなくてはならない。声は聞き逃されなくてはならないのである。

4　幽霊の理論

シュルレアリスムは十全に聞き届けられた声――絶対的に透明な声――へと遡行しようとする不可能な試みではないと、第二次世界大戦後のブルトンは明言していた（「吃水部におけるシュルレアリスム」[14]）。記号と意味されるものの一致ではなく、「シニフィアンの誕生」へ赴くとはつまり、聞き逃されていた声の集積としてのノイズのなかからいまだ聞かれざる声を立ち上げることである。ジャクリーヌ・シェニウー＝ジャンドロンはその決定的な論考のなかで、このノイズを「おしゃべり」と呼び、声が超越的な場所から与えられるとする形而上的解釈からシュルレアリスムをきっぱり遠ざけた[15]。だが彼女はあくまでノイズの音声化が投影的なプロセスであり、言語体系内の出来事であると考えることにこだわっているように見える。私たちはそれが、知覚か表象か――ナマ演奏か再生か――を決められないような様態で生じ、最終的には（その点はここで主題的には論じないが）言語を、つまりは主体の構成を書き換える可能性を持った出来事であると考える。

ブルトンは何度かこうした声について語ったし、第一『宣言』から「吃水部におけるシュルレアリスム」や『A音』にいたるまで、声の理論家であり続けたとさえいえる。だが突然詩人を襲うオートマティックなメッセージなどでなく、より物理的に聞き取られる音声に寄り添って書かれたという意味で、とりわけ特異なテクストが一つ存在する。第二次大戦中に書かれたブルトン唯一の音楽論、「黄金の沈黙」(16)がそれである。音楽嫌いを公言していた彼であってみれば、この文章にしても具体的な音楽作品を扱うようなものでないのはいたしかたないが、そこで展開されるいささか強引な論理は、彼が声の体験に期待したものを別の角度から照らし出している。

冒頭から持ち出されるのは、「オートマティックなメッセージ」（一九三三）などで一貫して主張されてきた、知覚と表象の対立を乗り越えることが現代の課題だという認識である。対象世界が主体から独立したものとして存在し、それを主体が知覚によって捉えるという図式で考えるのでなく、我々の知覚そのものが主体による構成作用によって成立しているのだとする発想は、ジョナサン・クレーリーなどの知覚の歴史に関する仕事を経た現在の視点からすると、非常に納得しやすいものに見える。だが不思議なのはその先だ。この知覚と表象の対立の乗り越えは視覚についてのみでなく聴覚についてもなされねばならず、さらにその乗り越えは、音楽と詩の対立の乗り越えとして思考されるとこのテクストはいう。

ここにあるのはもちろん、詩を声に出して読む機会をふやし、そこに身体性や、口承的伝統のなかに存在していた共同体的性格を取り戻そうなどという議論ではない。知覚と表象の対立の超克は、音楽の側からも詩の側からも試みることが可能なはずだが、自分は音楽のことはまったくわからないから詩の方から考えるとブルトンはいう。そこで主張されているのは要するに、「語の音調的 tonal な価値」を重視することの必要性だ(17)。表面的に見ればたしかに、いわゆる詩の音楽性を忘れるなというだけのことにも思えるが、そこで「音調的」と呼ばれているもののなかには、意味論的レベルも巻きこんだ複数の次元が含意されているらしい。ブルトンは二〇年前に書きつけた「言葉は愛を営んでいるのだ」[18]という有名な表現を持ち出して自らの直感を正当化する。どんな原理によるにもせよ、語が自律的に組織されるという現象が重要なのである。なぜか。自律的に結びついている以上それらの言葉は、外在的な発言の書き写しではなく、そのような形で結びつくためのリズムや音の流れ（いわばメロディー）、意味上の響きあいといった必然性を、それら自身のうちに記録していると、おそらくブルトンは考えている。それらはいわばデータとして記録された情報、一言でいえば録音なのである。

音楽を楽譜に記録することができ、詩も声に出して読むことが可能である以上、音楽を知覚に、詩を表象に還元することにどこまで正当性があるかは疑わしいとしても、ブルトンがここで、前者を現勢的なもの、後者を潜勢的なものとして思考しているのは間違いない。知覚と表象がもともと一つのものであるとは、現実に発された音が記録されるのではなく、イメージされていた音を現実化するのでもなしに、ノイジーな反復のなかから、あるときふと曲が形を取ることがあるという発想、あるいは音とは本質的にそうしたもので、知覚と表象に分割されるのは事後的な整理にすぎないといった発想である。これまで聞き逃されていたとしても、その曲はデータとして確実に存在していたのであり、詩とはそうしたデータでなくてはならないと、ブルトンは考えているように思える。自律的に組織された言葉とは、書き手にも意識化されないままの音楽を記録している媒体なのである。

問題となっているのはだから、ここでもまた「本物」でも「偽物」でもない音の聞き取りに他ならない。声を到来させようとする三〇年代の試みから、常にすでに到来してしまっているノイズに浸されたものとして現実の時間を見出しなおそうとする第二次大戦後への橋渡しの時期に、ブルトンが唐突に音楽論を書いてみせたのは、だからきわめて自然な成り行きだった。声とは本質的に現実にも想像にも属さず、いわば一つの幽霊であると、ブルトンはいう。物理的な身体から発されたものでありえないとわかっていても、「声」は聞こえてしまうのである。オートマティックなメッセージとは蓄音機から聞こえてくる音であるというのはだから、比喩とはいいきれないだろう。これは、すべての聴取体験は常にすでに間接的なものであるという発想だ。あるいは逆に、物理的な音源から切り離された状況で発生する聴取体験もまた、決して二次的な劣ったものと見なされえない真正なものだと表現することも可能であるに違いない。我々は常に、再生＝生成することを待ち望む無数の音源に取り囲まれていて、なんらかの条件下でそれらの再生されることがオートマティックな声の聴取なのだろう。今この瞬間にも聞き逃されていて、しかし常に聞き取られる可能性を差し出している、「本物」でも「偽物」でもない声の群れ、それはここでもまた、あの妖怪蓄音機の発する声である。

5　フキダシと蓄音機

ジョナサン・クレーリーが一九世紀における視覚体験の変容を表現する装置として取り上げた光学的遊具が、マックス・エルンストのコラージュでどのように利用されたかを、ロザリンド・クラウスは論じた。(19)コラージュ小説『カルメル修道会に入ろうとしたある少女の夢』のよく知られたイメージでは、『自然(ナチュール)』誌に掲載されたゾートロープの図版が利用されているが、クラウスの主張を敷衍するなら、エルンストはこの装置を持ち出すことで、一九世紀に問題化された、運動を知覚するだけでなく、それを作り出すものとしての「観察者」のあり方を意識化したのだと結論できるだろう。さらにエルキ・フータモは、エルンストによるこの「観察者」のステイタスの意識化は、二〇世紀的なメディア・アートの出発点の一つだったかもしれないとさえ主張している。(20)さてここまで考えてきたことからすれば、シュルレアリスムの想像力は、聴覚に対しても同じような働きかけをしたといえるのではなかろうか。ドミンゲスの創造したあの奇妙な蓄音機は、たしかにエルンストのコラージュを聴覚体験に置き換えたような性格を持っている。『カルメル会』の少女はゾートロープのなかに置かれて身をよじっているが、そのことで鑑賞者は、同時にゾートロープの外側と内側にいる感覚、イメージが動いているのを目撃する視点と、それは自らが装置を作動させることで作り出された仮象であると知っているものの視点が共存するような感覚をうると、クラウスは語っていた。はばたく鳥の運動は、同時に「本物」であり「偽物」だと表現してもよい。同様にブルトンにとってテレパシーとは、ノイズのなかから自分自身が立ち上げているものだと知りながら、それでも立ち上がってこずにはいない、そんな声だったし、妖怪蓄音機が形象化しているのも、聞こえてくる音が「本物」であり同時に「偽物」でもあるかのような聴覚体験であった。ここから引き出せる結論はまず、シュルレアリスムが科学技術とのあいだに取り結んでいる、きわめて逆説的な関係に関わるものである。

何度も確認するとおり、たしかにシュルレアリスムは声に失われた透明性を取り返そうとするノスタルジックな夢ではないが、同時にそれはまた、蓄音機が無差別に記録するノイズへと声を解体しつくすような、「アヴァンギャルド」的身振りとも遠く隔たっている。自動記述の主体は決して自らを押し包むノイズのなかへと解体されるのではなく、あくまでそこから立ち上がる「声」を聞き取る。ノイズから声を作り出しているのが自らであると意識しつつ、しかしその声が生成してしまうという事実に、困惑しつつも魅惑された証人として立ち会うのである。すべてはノイズだと告げる科学／技術と、その声は彼方からやって来たと信じさせようとする文学／宗教のあいだにとどまることこそが、ドミンゲスの蓄音機の役割であった。ところで、現実的なものの無差別な録音と声の聞き取りのあいだ、知覚と表象のあいだにとどまり、その「あいだ」こそがまずはじめにあると主張するのがシュルレアリスムであるなら、それはまた、あらゆる「視覚的ノイズ」を記録してしまうフィルムと、特定の対象や場面を見せる技術としての（西欧）絵画のあいだに宙吊りになった、近代的メディアとしてのマンガが与える体験のような何かだともいえる。これは必ずしも比喩ではない。

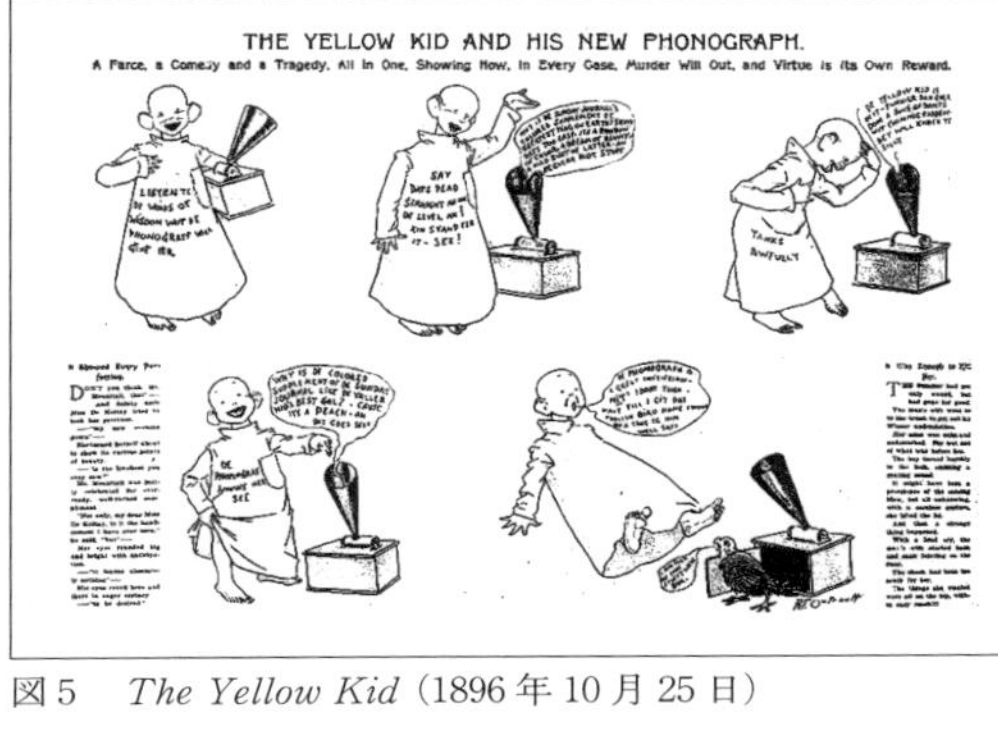

図5　*The Yellow Kid*（1896年10月25日）

しばしば（特に英語圏の研究において）マンガの起源として語られてきた『イエロー・キッド』の場面のなかでも、とりわけオウムと蓄音機を扱った一続きのシーン（図5）は近代マンガの誕生を画するものとして重要視されてきたが、これに関するティエリー・スモルデレンの指摘が持つ重要性を、細馬宏通はきわめて的確に強調した。(21) マンガの成立をしるしづけるメルクマールの一つとして「フキダシ」を論ずる際にスモルデレンは、それ以前の民衆版画などでも形式上フキダシに酷似した言葉の書きこみは多いが、それらはナラティヴな時間に組みこまれない無時間的なもので、「ラベル」と呼ぶべき現象であり、一方このイメージではオウムのセリフは、ある瞬間に位置づけられる十全な「音声イメージ」になっているとする。蓄音機のラッパから吐き出されている音声は、まさに今この瞬間に聞かれているものであるはずだが、この「発語者なき言葉」こそがオーディオヴィジュアルの時代が到来したことを示すというのである。それが実はオウムの声だったというオチも、声と発語者の切り離しを強調するものであり、イメージの説明ではない独立した音声イメージの存在を確認させてくれるだろう。いまや「絵」は話すことができる。さらに作者アウトコールトがエジソンの助手経験を持ち、歴史的なパリでの蓄音機実演につき添っていたのだとすれば、近代メディア史・技術史のなかにマンガの成立という出来事は見事に位置づけられるとスモルデレンはいっている。だがここで重要なのは、マンガと映画の類似ではなくむしろ差異である。

こののちさまざまに試みられていくコマ内のイメージとフキダシの言葉の「同期」の実験は、決してスモルデレンがいうほどに、映画におけるトーキーと類比的な現象ではない。マンガのイメージが静止したものである以上、セリフの時間とコマの時間が単純な意味で同期を実現することはありえないが、にもかかわらずそれが同期していると感じられるとすれば、それは読者としての我々が同期さ<ruby>せ</ruby>ている<ruby>から</ruby>なのは明らかであり、読者はみなそのことを知っているはずだ。読者がイメージと言葉のズレをズレとして認識しないで済むための技術をその後のマンガがどれほど熱心に開発してきたとしても、この問題は原理的に決して解決されることがなく、むしろこのズレ自体がマンガを読む/見るという体験の核心をなしてきたともいえる。マンガは絵画と映画のあいだに、つまり一九世紀的な光学器械の位置にとどまるのである。そしてクレーリーがこれら光学的遊具から取り出してみせた、我々自身がイメージを動かしているという感覚は、ノイズのなかから「声」を立ち上げているのが我々自身であると感じ続けるシュルレアリスム的な聴取者の意識と重なりあうものに違いない。静止したキャラクターを語らせ続けるマンガ読者は、結局一つの妖怪蓄音機の役割を果たしているのだし、それればかりかスモルデレンのいうとおり、まさにフキダシの形そのものが、蓄音機のラッパとアナロジカルに捉えられることが多かったのだとすれば、マンガとはつまり、フキダシを不可思議な蓄音機として機能させえたときに可能になったメディアだとさえいえるかもしれない。たしかにここでの議論は、視覚と聴覚を単純にパラレルに捉えたものであり、いわゆる視覚の聴覚に対する優位という問題系や、蓄音機と映画の果たした文化的な役割の差異、その同期の「実現」としてのトーキー映画の意味などを、シュルレアリスムとどう結びつけて語るかといったテーマは括弧に入れられたままだ。とはいえ、近代的な技術やメディアが必然的に作り出す知覚と表象の乖離に対し、前者への撤退でも後者への憧憬でもなく、両者のあいだに発生する痙攣を生きることこそがシュルレアリスムの選択だったことは事実であろう。

我々はそれが、自らの身体の作り出したものだと知りながら、ノイズから声を立ち上げ、キャラクターにセリフを語らせる。我々はその声やキャラクターを自らに親しい、必要なものと感じ、それらとともにあることを不思議なほど簡単に受け入れてしまう。つまりそれらを愛してしまうのである。ノイズそのものを聞き取ろうとするモダニズムではなく、かといってもちろん、声の実在を信じこむロマン主義への逆行でもなくて、私が作り出しているにもかかわらず私に所属することのない声を聞き取り続ける態度としてのシュルレアリスムとは、いわば近代的なメディア技術が生み出した新しい逆説的な愛の可能性に対する、賭け金も定かならざる賭けの一形態である。

注

（1） オスカル・ドミンゲス《決して》一九三八年。ドミンゲスは一定のモチーフをさまざまに組み合わせながら繰り返し使用する画家だが、蓄音機、特にラッパ状の部位は複数の作品に登場する。

（2） タイプライターを扱ったものとしては一九三八年の《タイプライター》があり、「リトクロニズム絵画」としては《リトクロニックなエストカード》（一九三九）などが代表的作品だろう。

（3） アンドレ・ブルトン『シュルレアリスム宣言・溶ける魚』巖谷國士訳、岩波文庫、一九九二年、八一頁。

（4） André Breton, « Le pont suspendu », *Perspective cavalière*, Gallimard, 1970, p. 99-101.

（5）*Ibid.*, p. 101.

（6）André Breton, « Magie quotidienne », *ibid.*, p. 108–124.

（7）この次第については、次の文章でやや詳しく解説した。*Faits divers surréalistes*, textes réunis et présentés par Masao Suzuki, Jean-Michel Place, 2013, p. 118–120.

（8）アンドレ・ブルトン『狂気の愛』海老坂武訳、光文社古典新訳文庫、二〇〇八年、一一三―一一四頁。

（9）「夢とテレパシー」須藤訓任訳、『フロイト全集 17』岩波書店、二〇〇六年、三二一―三四二頁。特に三三八―三四〇頁。

（10）André Breton, « L'Un dans l'autre », *Perspective cavalière*, *op. cit.*, p. 64.

（11）André Breton, « Incidences de « L'Un dans l'autre » », *ibid.*, p. 70–71.

（12）*Ibid.*, p. 73–75. Whately Carington, *La Télépathie*, traduit de l'anglais par Maurice Planiol, Payot, 1948, p. 106–107.

（13）十川幸司「精神分析とテレパシー」、『現代詩手帖』第四二巻六号、一九九九年、六四―七〇頁。

（14）アンドレ・ブルトン「吃水部におけるシュルレアリスム」『シュルレアリスム宣言集』生田耕作訳、『アンドレ・ブルトン集成 5』人文書院、一九七〇年、一四三頁。

（15）ジャクリーヌ・シェニウー＝ジャンドロン「おしゃべりと驚異――シュルレアリスム再考」鈴木雅雄訳、『シュルレアリスム、あるいは作動するエニグマ』齊藤哲也編、水声社、二〇一五年、五五―八〇頁。

（16）アンドレ・ブルトン「黄金の沈黙」『野をひらく鍵』粟津則雄訳、『アンドレ・ブルトン集成 7』人文書院、一九七一年、一一六―一二三頁。

（17）同書、一二一頁。

（18）アンドレ・ブルトン「皺のない言葉」『失われた足跡』巖谷國士訳、『アンドレ・ブルトン集成 6』人文書院、一九七四年、一四八頁。

（19）ロザリンド・クラウス「見る衝動（インパルス）／見させるパルス」、『視覚論』ハル・フォスター編、榑沼範久訳、平凡社ライブラリー、二〇〇七年、八七―九〇頁。

（20）エルキ・フータモ『メディア考古学――過去・現在・未来の対話のために』太田純貴編訳、NTT出版、二〇一五年、一七〇―一七二頁。

(21) Thierry Smolderen, *Naissances de la bande dessinée. De William Hogarth à Winsor McCay*, Les Impressions Nouvelles, 2009, p. 124-125. スモルデレンの著作が持つ意味については、次の細馬宏通氏による講演に多くを負っている。細馬宏通「フキダシと時間」、連続ワークショップ「マンガ、あるいは「見る」ことの近代」第四回、二〇一五年五月二二日、於：早稲田大学文学学術院。ただし細馬氏の講演はスモルデレンの論旨を追認するのではなく、これ以前の時代にも「音声イメージ」と見なせる事例は存在したのではないかと示唆する、さらに豊かなものであった。

* 序およびこの論文は、JSPS科学研究助成費基盤研究（c）（課題番号26370180）による研究成果の一部である。

心霊主義における声と身元確認

——「作家なき作品」の制作の場としての交霊会

橋本一径

1　視覚メディアと幽霊の身元確認

ボストンで一八六〇年代初頭に心霊写真の実践を始めたウィリアム・H・マムラーは、その活動が軌道に乗り始めると同時に、様々な疑いの目を向けられるようにもなる。疑惑の高まりとともにボストンでの活動に支障が出始め、マムラー一家は一八六八年にニューヨークへ移住、いったんは名声を取り戻したものの、一八六九年にマムラーは詐欺の容疑で訴えられる。終始一貫して容疑を否認したマムラーは、証拠不十分による不起訴を勝ち取ったにもかかわらず、失墜した信頼を回復させることは難しかった。彼が一八七五年に刊行した自伝は、そんな失意のさなかにあって、自らの写真の信憑性を説いた、ある種の護教論である。そこでの争点はとりわけ、写真に写し出された「心霊」がいったい誰なのかという、同一性の問題であった。

今はマサチューセッツ州クインシーにいるジョン・J・グローヴァーは、撮影してもらったところ、年老いた自らの母に瓜二つの肖像を受け取ることになった。グローヴァー氏が比較のために私に預けた、元気な頃の彼の母の写真と比べると、赤の他人ですら、誰なのかがすぐにわかった。〔……〕マサチューセッツ州ローウェルのウィリアム・ティンクハム氏。この紳士はかれこれ三、四年前に私のもとを訪れ、複製用の写真を置いていった。実験結果は彼の最初の妻に瓜二つの肖像であり、彼自身ばかりか、それを見た親戚や友人もみな、それが誰なのかを言い当てたのだ。(1)

自らのスタジオで撮影した、あるいは預けられた写真を再撮影することで制作した写真に写る「心霊」の身元に、マムラーがこれほどまでこだわったのは、「心霊」であるはずの人物が生前の誰かに似ているとされたことがきっかけとなって、自分の写真に疑惑のまなざしが向けられるようになったという苦い経験があったためでもあるが、そもそも心霊主義の実践においては、心霊の「同一性」の確認が、最大の関心事の一つであったのである。のちに心霊主義の聖典と呼ばれることになる『心霊の書』を、フランスで一八五七年に刊行したアラン・カルデックは、一八六一年の『霊媒の書』では、「心霊の同一性」に一章を割いて、以下のように述べる。

心霊の同一性の問題は、心霊主義の信者の間ですら、もっとも意見の分かれる問題である。というのも心霊は実際のところ公知証書を携えて私たちのところにやってくるわけではなく、一部の心霊が借りものの名前をいともたやすく名乗ることが知られているからである。〔……〕心霊は要求されれば〔身元の〕証拠を示してくれるかもしれないが、それは心霊にとって好都合な場合のときだけであるし、こうした要求はしばしば心霊を傷つけるのである。だからそれは避けなければならない。肉体を離れた心霊は、自尊心まで脱ぎ捨てたわけではない。自分を試すような質問には、いつでも気分を害するのである。生きていれば、礼儀に反するのを恐れて、あえて聞こうとはしない質問というものがある。ではなぜ死後には気配りが足りなくなるのだろうか。ある人がサロンで自分の名を名乗りながら自己紹介したとして、詐欺師がいるからという理由で、間違いなくその人物であることを、肩書を示して証明せよなどと、出し抜けに求めたりするだろうか。(2)

心霊写真とは、このように心霊の口から直接聞き出すのは難しい心霊の身元を、客観的に確かめるための、言わば心霊の身元写真だった。生きた人間の身元確認の手段が、写真から、アルフォンス・ベルティヨンの人体測定法、さらには指紋へと進化していくのをなぞるかのように、やがて心霊についても、写真を撮影するだけでは飽きたらず、その指紋を採取しようという試みがなされたのも、したがって当然の成り行きであった。霊媒マージャリーことミナ・クランドンが、一九三〇年代のボストンで開かれていた交霊会において、亡くなった兄の霊ウォルターから指紋を採取する様子は、伝えられるところによれば、たとえば以下のようなものだった。

ライムストリート一〇番地での交霊会、一九三二年五月一〇日、午後九時一〇分。
〔……〕ほどなく〔霊媒には〕トランス状態が訪れ、数分後に「ウォルター」が現れる。忙しそうな様子。
ウォルター：「今夜はあまり時間がないから、急いで片付けてしまわないと。〔……〕昨日みたいな熱いお湯はお断りだ。冷たい水を少し混ぜて皿に注いでくれ〔……〕」。霊媒は大鼾をかいている。皿にお湯が注がれてから、アダムス氏はライトをつける。ウォルターはつけたままにしておくように言う。続いてウォルターは小さなワックスの塊（手のひらサイズ）を所望し、皿に入れるように言う。〔……〕
九時二二分：ウォルター曰く、「きれいな左手ができた。完璧な手だ。冷たい水から取り出して確かめてみてくれ」。
ソローグッド氏が蠟を冷たい水から取り出し、確かめてみると、きれいなレリーフ状の左手であることがわかった。
ウォルター：「今夜はこれで終わりだ。完璧な右手は金曜の夜九時だ。おやすみ」(3)。

交霊会の度にいくつも作成され、列席者におみやげとして振る舞われていたというこの心霊指紋は、やがてそれが存命の人物の指紋と一致してしまったことから、マージャリーを窮地に陥れることになる(4)。心霊の実在を客観的に証明しようとした指紋が、かえって心霊の存在を否定してしまうという事態については、後に改めて立ち戻るとして、ここではひとまず、写真さらには指紋というメディアを舞台に、心霊が問題となるとき、争点となっていたのは、心霊たちの身元確認であったということを確認しておこう。

2　心霊主義における声

一八四八年にニューヨーク州ハイズヴィルでフォックス姉妹が、あたかもモールス信号の交信のように、心霊とラップ音で意思を疎通したという出来事をきっかけとする心霊主義が、同時代の新たなメディアと強い結びつきを持っていたのは、しばしば指摘されることである。たとえばアメリカの映画研究者ジェームズ・ラストラは以下のように述べる。

一九世紀の想像力がテクノロジーを通して追い求めた日常生活の改変は極めて徹底していたので、写真、録音、電報のすべてが、心霊主義の言説と方法の中に入り込むことになった。たとえば交霊会の心霊たちが「ラップ音」によって交信を始めたのは、電報の発明の後のことでしかなく、後には写真が伝達の手段や心霊の出現の隠喩的理解の手段にされることになる。フォノグラフやラジオもまた同様であることは確かである。(5)

ラストラの言うように心霊主義がメディア・テクノロジーの発展と歩みをともにしてきたのは確かである。だが心霊主義がそれぞれのメディアとどのような結びつきを持っていたのかは、もう少し詳細に見ておく必要があるだろう。写真などの視覚メディアにおける争点であった同一性の問題が、音声メディアにおいては、論点とされた形跡が見当たらないからである。そもそも心霊主義の実践において「声」はどのような役割を果たしていたのであろうか。たとえば前述のカルデックの『心霊の書』には、以下のような記述がある。

一五二。死後の魂の個体性については、何が証拠になるのでしょうか。

「あなたが交わした交信からその証拠が得られませんか？　盲目でないなら見えるでしょう。耳が不自由でないのなら聞こえるでしょう、なぜならあなたの外にいる存在を明らかにするのはしばしば、あなたに語りかける声だからです」[6]。

語りかけられる声に耳を澄ましさえすれば、死後も魂が生前の個体性を保っていることの証拠が得られるのだという。この一節で引き合いに出される「声」[7]とは、物理的に鼓膜を震わせる声というよりは、言わば心の声のようなものである。もとより「真面目な交霊会」を志向していたカルデックは、テーブルが宙を舞ったり楽器が鳴り響いたりするようなスペクタクル化には批判的であり、交霊会の「静寂と畏敬」[8]を保つために、参加者はカルデックの許可がなければ発話することも許されなかったという。リヨンの霊媒E＝V・エドゥは、カルデックに捧げられた一八六三年の著作『実践心霊主義』において、心霊の言葉遣いと同一性の関係を論じており、たとえば位の低い心霊の語り口は「粗暴で、下品で、辛辣で、軽々しい」[9]としているが、しかしこうした言葉遣いとは、あくまで自動筆記、すなわち霊媒の「腕と筆が、呼び出された心霊のオカルト的な影響力に身を任せる」[10]ことで記録された、書き言葉のことでしかない。

とはいえ、カルデックこそ交霊会に静寂を求めていたものの、フォックス姉妹のラップ音が心霊主義の始まりを告げたことに象徴されるように、一般的に見れば、交霊会とは様々な音が鳴り響く場であったのは確かだ。たとえば奇術的なスペクタクルで知られたアメリカの霊媒ダヴェンポート兄弟が、一八六五年にパリで披露した交霊会の光景とは、以下のようなものであった。

テーブルの上にはベルとギター、そして再び結び目を解かれてまっすぐになったロープが置かれた。

部屋を明るくしていた唯一の蠟燭が吹き消されるやいなや、すぐにギターが音を立てて動き出した。再度明かりが灯されると、早くも霊媒たちは、先ほど長く伸ばされていたロープで、手を背中にして、テーブルに縛り付けられていた。

〔……〕

……蠟燭を消せ！　との命令が出された。

暗闇に包まれたかと思うと、ギターとベルが持ち上がっては落ち、机の上で音を立てるのが聞こえた。続いてそよ風が顔に当たるのが感じられ、すぐ背後の空中を、ギターが音色を大きくしながら駆けまわるのが聞こえた。この荒れ狂った疾走の途中で人をかすめる楽器もあった。時には人の周りを飛びながら、膝や肩や頭の上にとまり、また飛行を始めることもあった。

一度はギターが私の椅子の後ろに落ちてきて、私の頭に三回、徐々に強く襲いかかり、思わず私は叫び声をあげた。少し遠くでは、女性の膝の上に乗り、美しいというよりは個性的なメロディを何小節か奏でた。[11]

交霊会中に心霊が、自動筆記による書き言葉ではなく、声でメッセージを送り届けることもあった。多くの場合その声はトランス状態にある霊媒の口から発されたが、霊媒の口とは別のどこかから、心霊が直接列席者に語りかける「直接発声（Direct Voice）」が試みられることもあった。この直接発声においては、「物質化」した発声器官から心霊自身が声を出すのだとされ、「トランペット」と呼ばれる、ダンボールやアルミでできたメガホンが、微弱な声の増幅装置として用いられた。[12] アメリカの霊媒ジョージ・ヴァリアンタインは、この直接発声の使い手として、コナン・ドイルからもお墨付きを得ていたが、[13] その信憑性には常に疑惑がつきまとっていた。ロンドンの心霊研究協会は一九三二年の会報に、ヴァリアンタインの霊媒行為には強い疑いありと結論づける記事を掲載する。その中で紹介されている交霊会の列席者の一人の女性と直接発声とのやりとりは、たとえば以下のようなものであった。

「V〔ヴァリアンタイン〕氏と私はしばらくの間、彼の次のイタリア訪問やその他について座って話をしました。五分ほどしてから、彼はトランペットを私の耳にあてて、数秒後、音が聞こえないかと聞いてきました。すると静かなつぶやきが聞こえました。「心霊」は私の知り合いなのか、などの様々な質問をしてみたところ、はっきりとした「イエス」が聞こえました。時おり私は名前を尋ねてみましたが、二音節のつぶやき以上のものは聞こえませんでした。会話を続けながら、私は名前を聞き取ったり、手助けをしたりするために心から努力をしました。するとVは「お父さんと聞こえませんか」と言うので、私は「ええそうだと思います」と言ったところ、トランペットから非常にはっきりと「お父さん」と聞こえてきました。〔……〕私は「お父さん」に一人なのか聞いてみたところ、違うとの答えがあり、そのあとは二音節のつぶやきでした。〔……〕手伝わなければつぶやき以上のものは聞こえそうになかったので、少ししてから私は、「あなたと一緒にいるのはハリーなの?」と聞きました、するとすぐに「そうハリーです、彼はあなたと話したがっています」という明瞭な答えが得られました。それから会話のようなものを続けると、私に託す伝言があると再び言われました。名前を尋ねても同じつぶやきの繰り返しだったので、少ししてから私は言いました。「モーリーと聞こえますが、あなたがモーリーに伝言をしたいなんて考えられません。ですからモーリーで正しければはっきりと名前を言ってください」。すぐに「そうモーリーです」との答えが、十分に明瞭な囁きとしてトランペットから聞こえました。ハリーもモーリーも単なる思いつきです。どちらも聞いたことすらありません〔……〕」。

この女性の父親は当時健在だった。(14)

ヴァリアンタインを熱烈に擁護したのは、自身も霊媒であったイギリスのデニス・ブラッドリーであり、直接発声で聞こえた声が自身の姉のそれとそっくりだったことが、ブラッドリーの主張するヴァリアンタインの信憑性の根拠の一つだった。しかしこれについても心霊研究協会の会報は、ブラッドリーが姉の声を認識できたのは姉の名が告げられてからのことにすぎなかった点を指摘して、それが暗示によるものだと結論づけている。

ブラッドリー氏は後になって、彼の姉の声や話し方は特徴的で、それが交霊会では正確に再現されていたと、私たちに伝えてきたが、彼はアニーという〔姉の〕名前が告げられてからしか声を認識できなかったのである。〔名前が告げられる前には〕彼は記憶をたどり直しても「手がかりは得られなかった」。ブラッドリー氏による声の特定が瞬間的なものであったとしたら、それはもっと説得力があっただろう。

ヴァリアンタイン氏の交霊会で聞こえた声と、現れたとされる伝達者の声の類似は、ブラッドリー氏や他の人々によってしばしば強調される点である。このことの大部分はおそらく暗示の働きによるのであり、トランペットの使用に起因するひずみや不明瞭さにも手助けされているのである。[15]

「お父さん」あるいは家族の名前を名乗りながら語りかけてくる声を、その当人のものであると思い込んでしまうことが暗示にすぎないのは、この記事の筆者にとっては自明のことであるようだ。ヴァリアンタインの直接発声はグラモフォンによる録音も試みられたことがあったが、それが心霊の身元の確認に用いられることはなかったようである。グラモフォンが記録したのはむしろ、ヴァリアンタインが交霊会で披露してみせた、直接発声によるもう一つの現象であった。つまりそれは交霊会の列席者の家族や知人の声ではなく、霊媒が知らないはずの外国語を話す声や、列席者たちの「守護霊〔ガイド〕」とされる、歴史上の、もしくは架空の人物の声である。そうした外国語の中には日本語も含まれており、一九二五年三月の交霊会には、当時ロンドン在住だった詩人の駒井権之助が招かれ、駒井は直接発声からいくつかの日本の人名や地名を聞き取ったほか、声の持ち主が切腹をした人物であることも伝えられたという。[16] グラモフォンによる録音は計六回なされ、そのうちの一つは、孔子が古中国語で話したとされる直接発声の録音だった。

声の録音のための特別な交霊会は私のアパートの居間で開かれた。霊媒、ブラッドリー夫妻、そして私が出席した。全部で六つの録音がコロムビア・グラモフォン・カンパニーによってなされたが、この六つのうちもっとも興味深い四つだけを選ぶことにする。〔……〕

「孔子」の録音のコピーはしばらくの間ワイマント博士の手元にあった。彼が私に伝えたところによれば、あちらこちらでいくつかの単語を聞き取ることはできると思うが、すべてを翻訳するのは不可能だということだった。ワイマント博士はそれを古中国語で話された挨拶のようなものだと考えていたようだが、録音が不完全であるためどんな翻訳も推測になってしまうと、博士は当時私に断言していたので、ここでそれを引用するのは控えておきたい。[17]

実際の孔子の声を知る者はおそらく実在しない以上、孔子の声だという直接発声の録音で、問題にしうるのは同一性ではなく、せいぜい中国語が正しいかどうかだけだった。録音などの技術はその後も交霊会において活用され続けたが、管見の限りではそれが心霊の身元確認のために用いられた形跡はない。たとえば晩年のトーマス・エジソンが心霊現象に並々ならぬ関心を寄せていたことは、比較的よく知られており、死後に刊行された自伝の中では、肉体の崩壊後も存続するパーソナリティと意思疎通するための装置を、「数カ月後には」完成させたいとさえ述べている。[18] エジソンのこの希望は残念ながら叶えられることがなかったため、彼の構想した装置がどのようなものであったのかは推測の域を出ないが、このエジソンの「ネクロフォン（necrophone）」構想にかんする興味深い論考を、エジソン自身のテキストとともに近年フランスで刊行したフィリップ・ボドゥアンによれば、その装置はエジソンのフォノグラフに似た外観をしており、死者から送られてくる何らかの信号を、過マンガン酸カリウムにより増幅させることを目指していたという。[19] 微弱な音声を増幅させるという点では、それは「直接発声」においてすでに用いられていた「トランペット」の域を出るものではなかった。

あるいは前述の心霊指紋を実演したボストンの霊媒マージャリーは、直接発声の使い手としても知られていたが、彼女に対して用いられたのが「ヴォイス・コントロール・マシーン」だった。これは直接発声が霊媒や他の列席者の口からなされたものではないことを確かめるための装置であり、霊媒を含めた列席者の全員が管を口に咥え、列席者のいずれかが管から舌を離すと、それらの管の先にあるU字型のガラス管に入れられた水の水位が変化する仕組みになっていた。こうして列席者が誰一人として発話不可能な状況が作られた交霊会においても、マージャリーによって呼び出された心霊「ウォルター」は列席者に対して軽口を叩き、直接発声の独立性に真実味を与えることになる。

一九二五年五月二一日。ウォルターの声の独立的性質を証明するためのリチャードソンの器具を全体的に試すための最初の交霊会。この器具の最重要部分は、各出席者が持つマウスピースである。〔……〕このようにマウスピースを咥えた出席者は全員、話したり口笛を吹いたりしようとしたが、無駄だった。〔……〕暗闇でウォルターはすぐに機嫌よく現れ、こう言った。「君たちの様子を見ながらずいぶん楽しませてもらったよ。自分の器具を使いこなせていないみたいじゃないか。時間をくれれば俺が試してやる」。〔……〕ウォルターはいともたやすく話をした。(20)

マージャリーによる独立発声に対するテストはその後もさらにエスカレートし、密閉して外界の音を遮断したマイクロフォンを降霊会の部屋に設置して、そのマイクロフォンからの音声を別室のスピーカーで聞くという試みもなされたが、それでもウォルターの声は見事にスピーカーから流れだしたという。(21) つまりウォルターの声は、何らかの超常的現象により、密閉した容器の中のマイクロフォンに直接話しかけたのだということになるが、その真偽のほどはともかくとして、重要なのはここでもまた、争点はウォルターの声の同一性ではなく、あくまでその声の発生源にすぎなかったということである。

3　声の身元確認

一八八七年にイギリスの画家フランシス・バラウドは、亡くなった兄マークの声が録音されたフォノグラフと、マークの飼い犬のニッパーを、形見として引き取る。フランシスがフォノグラフを再生したところ、ニッパーはフォノグラフの前から一歩も動かずに、飼い主の声に聞き入ったという。フランシスが描いたこの場面が、《ご主人様の声（His Master's Voice）》と名付けられて、RCA社などのトレードマークとなり、今日に至っていることは、よく知られているとおりだ。[22] 録音技術はその黎明期からすでに、このニッパーのエピソードによって、声の同一性の問題と、神話的に結びついていると言える。ところがその録音技術が、法廷において身元を特定する証拠として本格的に用いられるようになるのは、後に詳しく見るように、一九六〇年代になってからのことにすぎない。一八三九年にダゲレオタイプの技術が公表された後、一八四〇年代にはすでに、ベルギーやイギリス、フランスなどで、監獄におけるダゲレオタイプの撮影が行われていたことに比べると、[23] 録音技術の司法的な身元確認への応用の遅れは、いかにも際立って見える。

犯罪捜査への音声の応用の歴史を概観する記事が、声により誰かを特定する経験を、以下のように「きわめて一般的な経験」だと述べていることからすると、この応用の遅れは、なおさら奇妙である。

> 私たちが声だけから親しい人々を特定するというのは、きわめて一般的な経験である。家族、友人、同僚、俳優、ラジオやテレビのパーソナリティなどなど。実際に彼らが話しているのを見なくても、誰なのかがすぐにわかるだろう。話し声から話者を特定するというこの人間の能力は、人間が保持する言語運用能力の一部と見なすことができ、私たちの祖先や類人猿から進化してきたのだろう。[24]

類人猿、さらにはおそらく犬にも共通するこの「一般的な経験」が、法廷において争点となることがまったくなかったわけではもちろんない。たとえばフランソワ・リシェが一七七二年に刊行した『著名にして興味深い訴訟集』の第一巻には、盲人の聞いた声が法廷で証拠となった例が紹介されている。ルーアンからパリに向かっていたイタリアの富豪が、パリ近郊アルジャントゥイユ付近で殺害され、随行していた従僕が行方をくらませていた。事件当日、犬に導かれて遺体発見現場付近をたまたま通りかかっていた盲人が、従僕と思わしき人物と言葉を交わしていた。ルーアンで新たに商売を始めた男が容疑者として収監されたが、当人は否認したため、件の盲人が証人として法廷に呼び出された。

〔……〕盲人の前で二〇人ほどの人物が順番に話をさせられた。盲人がアルジャントゥイユの山で話すのを聞いた人物だと同定できる者はいなかった。最後に囚人に話をさせると、盲人は彼だと認めた。同じことが三回繰り返されたが、盲人は意見を変えなかった。

これらの状況証拠に基づき、囚人には車責めの刑が言い渡され、執行された。[25]

事件を紹介するリシェ自身は、この判決が軽率であると断じ、盲人の供述は状況証拠としてすら認められるべきではなかったと述べている。[26] 全六巻の『犯罪科学論』の一冊として一九三二年に刊行された『同一性の証拠』の中でこの事件について言及する、フランスにおける科学捜査法の創設の父エドモン・ロカールにとっても、声による身元確認が、「きわめて不確か」[27] なものであることは否定できない。ロカールによれば、声を犯罪捜査における証拠として用いるのが難しいのは、主に以下の二つの理由による。

一方で、聞こえた声は普段の音域ではない恐れがある。脅迫したり叩いたりする人、喉をかき切られようとしている人は、世間話での調子や、学会での議論の調子では話さない。他方で、聞く者は、自分が耳による証人になった場面により恐怖につつまれているか、自分の命が心配なので、おそらく非常に動揺している。ところが感情は知覚を乱し、記憶を曖昧にするだけでなく、不完全で不正確にしてしまうのである。[28]

犯罪者は普段とは異なる発声をするかもしれない。時としてそれは意図的な場合もある。たとえば電話で詐欺をはたらこうとする者は、指で鼻をつまむか、「受話器をハンカチで覆う」[29]ことで、声色を変えようとするだろう。たとえ声がいつもと同じでも、聞く側が動揺しているために、間違った証言をしてしまうかもしれない。結局のところ声が当てにならないのは、それを証拠として用いようとすれば、証人を当てにせざるをえないからである。そして証人による不確かな証言こそ、犯罪科学が是が非でも乗り越えようとしてきたものだった。だからスイスにおける犯罪科学の第一人者ロドルフ・ライスは、一九〇八年の『犯罪人類学論叢』に発表した記事を、以下のように切り出しながら、一般の証言がいかに頼りないものであるのかを力説する。

証人による生者や死者の認証は、司法捜査・警察捜査にとって最重要のものである。被告の有罪や釈放はしばしばそれに依存している。不幸なことにこのような証人による認証は、しばしば信用できないものでもある。実際、身元確認において一般人が犯した誤りは数えきれず、重罪裁判所などで、良心に偽りのない証人が、被告のことを知っていると必死で証言するのに、被告には反論の余地のないアリバイがあるという場面に出くわすことは、しばしばあるのだ。[30]

犯罪科学はこのような当てにならない証言への依存から脱却するためにこそ、たとえばアルフォンス・ベルティヨンの人体測定法を導入し、耳や頭骨のサイズを計測することで、身元を偽ろうとする再犯者の虚言を暴き出すことを可能にした。[31]あるいは犯罪現場に残された指紋を照合することで、容疑者の否認にもかかわらず有罪判決が下されるというケースも出現し始めた。[32]ところが声については、犯罪科学はそれを証言に頼らずに同定することができなかったのである。耳の位置や形を分析するのと同じように、声も分析することができれば、「警察は大いに進歩を遂げることができるだろう」。前掲の書物の中でこのような期待を述べるロカールは、しかし「私たちはまだそこにまで達していない」のだと、告白せざるをえない。[33] 犯罪科学が声の分析をようやく本格化させるのは、一九六〇年代に入ってからのことである。

一九六六年四月、ニューヨーク州ウェストチェスター郡裁判所の薄暗い法廷で、ベル研究所出身のローランス・カースタは、「インクを不規則に塗りたくったように見える白い三角形」[34]が六つ描かれた映像を投影する。それは六人の人間による「イエス」の発声を視覚化したスペクトログラム、すなわち「声紋」であった。「二つの声が同じ声紋になることはない」とのカースタの主張が認められて、録音された電話の声の同定に、声紋鑑定が用いられることになったのである。同じ年の合衆国軍事控訴院では、二人の女性にかけられた猥褻な脅迫電話の録音が、カースタの声紋鑑定により同一人物の声によるものと認められ、これが証拠の一つとなり、容疑者のジェームズ・ライトの有罪が確定した。[35]

「声紋（ヴォイスプリント）」という言葉自体は、やはりベル研究所のグレイとコップが、軍事的な応用を念頭に置きながら一九四四年に用いたのが始まりとされている。[36] 戦後しばらく忘れられかけていたこの語を蘇らせたのは、一九六二年、『ネイチャー』誌に声紋についての論文を発表した、前述のカースタである。[37] 上記のように六〇年代後半から七〇年代にかけて、カースタの声紋鑑定技術は法廷で実用化が試みられ始めるが、同時にその信頼性に対する疑念も強まり、スペクトログラムにより視覚化した声のみに依拠した認証は下火になっていく。七〇年代以降はコンピュータを用いた自動認証システムの開発が盛んになっていくが、用いられるアルゴリズムが多様化しても、根本的に変わらないのは、それがすでに登録された声との比較に基づくシステムであるという点である。あらかじめ持ち主の確定したサンプルからなるデータベースを構築し、それとの照合により身元を確認するというシステムが、まさに指紋法によって確立したものであるからには、たとえすでに視覚的な「紋様」が用いられていないとしても、「声紋」という語が一般的に通用し続けていることは、必ずしも誤用と片付けきれるものではない。

4 指紋による霊媒の自己否定

『モダン・メカニクス・アンド・インヴェンションズ』の一九三三年一〇月号は、晩年のエジソンが構想したという死者との通話装置「ネクロフォン」の概要を伝える貴重な媒体である。[38] 一九二〇年にエジソンが少数の科学者らを集めて行ったという公開実験に基づくこの記事において、興味深いのは、生物は「不死のユニット」の無数の集まりでできているとする自らの理論を説明するために、エジソンが指紋を例として用いていることである。この理論の証明のために、エジソンはまず自らの指紋を焼き消してみせた。

火傷は繊細な皮膚の線をすべて消し去ってしまうほどの重傷だったが、指が癒えると、もう一度指紋が現れ、線や渦は、絶望的なまでに破壊されてしまったにもかかわらず、元の位置に戻ったのだ。[39]

指紋が元に戻ったのは、離散した「不死のユニット」が、元のデザインに基づいて再集結したからだ。そして指紋だけでなく人間が丸ごとそのようなユニットからなるモザイクであるとするならば、死後に離散したこれらのユニットを、何らかの装置によって再集結させれば、死者を蘇らせることができるはずだというのが、エジソンの理屈である。「ライプニッツのモナド論の唯物論的な読み直し」[40]とも言われるこの理論は、エジソンが「あまりにも幼稚でほとんど科学的でない」[41]と断罪する心霊主義の実践に代わって、「厳密に科学的な方法」[42]によって心霊とコンタクトを取るための前提だった。重要なのは「いかさま師や〈霊媒〉たちから手を切ること」[43]である。「ネクロフォン」さえ完成すれば、信用の置けない霊媒たちを当てにする必要はなくなるに違いない。要するに霊媒は不要になるのである。

直接発声の使い手として紹介したヴァリアンタインとマージャリーという二人の霊媒が、いずれも心霊指紋の実践者でもあったことは、興味深い符合である。そして両者の霊媒行為につきまとっていた疑惑を決定的なものにしたのも、これらの心霊指紋に他ならなかった。一九二五年より制作の始められたマージャリーの心霊指紋は、一九三二年に、彼女に指紋押捺用の蠟型を提供していた歯科医コールドウェルの指紋と一致することが、ジャーナリストのE・E・ダッドリーの調査によって判明したことをきっかけに、マージャリーを窮地に陥れる。(44) 一方のヴァリアンタインは、一九三一年のロンドンでの交霊会において、コナン・ドイルの霊が残したとされるものを含む複数の指紋を作成したが、それらの多くは実はヴァリアンタイン自身の体から採取されたものだった。

> 二月二五日の交霊会には、メチレングリーンを染み込ませた特殊な蠟が準備された(ヴァリアンタインには知らせていなかった事実)。〔……〕交霊会が終わると、カーボン紙の上に二つ、特殊な蠟の上に一つの指紋が残されていた。紙の上の指紋が、ヴァリアンタインの左手の中指の右側と一致することはほぼ確実である。蠟の上の指紋は肘の関節のものであるようだった。ヴァリアンタインはその場で服を脱がされた。左の肘の関節からはメチレングリーンの徴が見つかった。(45)

直接発声については、ヴァリアンタインはまだ決定的な不正の証拠を摑まれるには至っていなかったのに、心霊指紋のこのあからさまな不正によって、「ヴァリアンタインの霊媒行為の全体は、その物理的な側面において疑わしい」(46)との結論が、英国心霊研究協会により導き出されてしまう。同様のことは、「ヴォイス・コントロール・マシーン」や密閉マイクロフォンのテストを切り抜けていた、マージャリーについても言える。ヴァリアンタインもマージャリーも、心霊指紋に手を染めることで、言わば自分で自分の首を絞めた格好だが、彼らがそれほどの危険な賭けに出るだけの理由は、確かにあったのである。健在の人物の指紋や、自分の体が残した跡と一致してしまったがために、疑惑を決定的なものにしてしまった指紋が、逆に彼らの言うように、生前のウォルターやコナン・ドイルの、たとえば形見の品などに残された指紋と一致したとすれば、数多の疑惑の声を押し黙らせるほどのインパクトを持ちえたはずだろう。交霊会中の現象について、賛同者たちがいくらその真実性を証言しようと、疑惑の声を打ち消すことはできない。ならばそうした証言に頼ることなく、指紋によって客観的に、心霊の同一性を証明してみせればよい。それはまさしく犯罪科学が、犯罪捜査において指紋に期待したことと同じだった。

5　心霊主義とシュルレアリスム

マムラーが自らの心霊写真の真正さを訴えつつ語った、以下の言葉を思い出そう。「実験結果は彼の最初の妻に瓜二つの肖像であり、彼自身ばかりか、それを見た親戚や友人もみな、それが誰なのかを言い当てたのだ」[47]。「親戚や友人もみな」、マムラーの心霊写真に写る人物の同一性を証言してくれること。だがそのことは、マムラーが期待したようには、彼の撮影行為の真正さを証明してくれるには至らず、疑惑を打ち消すことができなかった彼は、不遇のうちに生涯を終える。必要なのは証言に頼らずに心霊の同一性を証明することだった。しかし指紋によって可能になったことを、犯罪科学が声においても試み始めるのは、すでに見たように一九六〇年代に入ってからのことにすぎない。だからブラッドリー氏が、ヴァリアンタインによる直接発声に、いくら姉の声を聞き取ったとしても、それが「暗示の働き」として片付けられてしまうのは仕方のないことだった。それは単なるブラッドリー氏の証言にすぎなかったからである。

霊媒行為から証言を排除すること。だが心霊主義がそれを目指すことは、自らを否定することでもあるだろう。参列者たち——つまり証人たち——の前で繰り広げられる交霊会こそが、心霊主義の基盤であったはずだからである。霊媒が生み出す様々な現象は、証人たちに確認されることによってこそ完結する。交霊会で証人たちが見たり聞いたりすることは、時として霊媒自身の意図や思惑を超えていた。一八七五年にフランスの心霊写真師エドゥアール・ビュゲが詐欺罪で訴えられたとき、ビュゲ自身がいったんは自らの詐欺行為を認めたにもかかわらず、証言台に立った顧客たちの多くが、ビュゲに撮ってもらった写真の真正さを訴え続けたのはこのためである。

ビュレ伯爵、四六歳。

問：彼のところで撮影をしましたね。

答：はい、どんなポートレートを欲しいのかは伝えずに。

問：降霊はしましたか？

答：はい最初は。ですが何も得られませんでした。二度目の撮影ではボルチモアにいる姉のポートレートが得られました。

問：勘違いではないのは確かですか？

答：ああ！　もちろんです。姉であることは確かです。

〔……〕

問：ですがここにポートレートのたくさん入った箱があります。二人の女性の顔が似ていることがあるとは思いませんか？

答：ああ！　誰もが姉のポートレートだと認めたのです。確かに彼女です。

問：つまりねムッシュー、あなたは騙されているのですよ。

答：いいえ。

〔……〕

マリー・ドヴェ嬢、一八歳。

問：ビュゲ氏のところに行ったことは？

答：あります、好奇心から。

問：何かを求めましたか？

答：いいえ。

問：ですが二人の心霊が現れたのですか？
答：はい、友達と叔父です。
問：その友達と叔父だとわかったのですか？　本当に確かですか？
答：ええ、ムッシュー。
問：ですがビュゲは霊媒などではありません。単なる写真師です。あなたの言う心霊は、あなたを撮影する前に写真板の上にすでにあったことがわかっています。あなたの空想ではないですか？
答：いいえ、まったく。
〔……〕
デスノン（ジャン＝クロード）、五五歳、マラケ河岸一五番地、画商。
問：心霊を見たのですか？
答：〔……〕私とビュゲによる降霊、そして撮影の後、ビュゲは戻ってきて写真板を見せながら言いました。「取り扱いに気をつけてください、これほどのものはめったに手に入りませんから」。〔……〕私の降霊した妻は、非常によく似ていたので、親類の一人に見せると、彼はこう叫びました。「これは私の従姉妹じゃないか」。
問：偶然ですね、ビュゲ？
ビュゲ：はい、偶然です、デスノン夫人の写真は持っていませんでしたから。
答：私の子供たちも、私と同じように、完璧なまでに似ていると思いました、ポートレートを見ながら彼らは言いました、「ママだ」。よくできた偶然だ！！(48)

撮影者のビュゲ自身がトリックであることをすでに認めた写真が、なおも心霊写真であるとすれば、それは写真の中に相変わらず家族や友人の心霊の姿を認めようとする、証人たちのまなざしの中にのみ存在する。ビュゲは自分でも見えないものを写真に収めてしまったわけだ。それはヴァリアンタインの直接発声でも同じことである。心霊指紋の不正が明白になってからもなおブラッドリー氏は、「愛している、愛している」と語りかけてきたという直接発声の声が、姉のアニーのものであることを疑おうとはしなかった。(49)仮にそれが「暗示の働き」にすぎなかったとしても、ブラッドリー氏の耳には、アニーの声が聞こえていたのだということを、いったい誰が否定できるだろうか。

写真であれ、直接発声であれ、霊媒たちの生み出したものは、ただ証人たちにとってのみ存在する。霊媒たちの「テキスト的・図像的・物質的な産物の芸術的な価値(50)」を尊重するというジェラール・オディネに倣って、そのような彼らの産物を、芸術作品と見なすことにしよう。ただしそれはオディネのように、霊媒たちに芸術家としての資質を見出すことによってではない。自分たちには見ることも聞くこともできないものを生み出してしまう彼らは、自らの作品に絶対的な権利を行使するような、古典的な意味での作家ではありえない。彼らの産物は、言わば作家なき作品である。だとすればシュルレアリストたちが霊媒に注いだ敬意の意味も、ようやく理解できるだろう。「肉体を離れた心霊が好きなように支配する機械(51)」と化した霊媒が、時として「驚くほどの速さで腕を動かして(52)」心霊のメッセージを書き取ったという自動筆記は、なるほど確かにオートマティスムの概念の成立に影響を与えたに違いない。しかし心霊主義とシュルレアリスムとの結びつきは、そのような単なる方法論上の部分的・表面的な影響関係にとどまるものではない。(53)ロラン・バルトの言うように、「〈作家〉のイメージの脱神聖化(54)」が、シュルレアリスムの達成の一つであるとするなら、心霊主義は、ただ読者や観者あるいは聞き手にとってのみ存在する、作家なき作品を生み出すことによって、シュルレアリスムを先取りしていたのである。

注

（1） William H. Mumler, "The Personal Experiences of William H. Mumler in Spirit Photography," [1875] in Louis Kaplan, *The Strange Case of William Mumler, Spirit Photographer*, Minneapolis, University of Minnesota Press, 2008, p. 119, 131.

（2） Allan Kardec, *Le livre des médiums* [1861], 6ème édition, Didier, 1863, p. 327, 330-331.

（3） Brackett K. Thorogood, *The "Walter" Hands : A Study of Their Dermatoglyphics*, New York, The American Society for

Psychical Research, 1933, p. 196.

(4) マージャリーの心霊指紋の詳細については以下も参照されたい。橋本一径『指紋論』青土社、二〇一〇年、一二一―一二二頁。

(5) James Lastra, *Sound Technology and the American Cinema*, New York, Columbia University Press, 2000, p. 224.

(6) 『心霊の書』は心霊に対する質問とそれへの回答からなる。「一五二」とはそれぞれの質問につけられた通し番号である。Allan Kardec, *Le Livre des Esprits*, 15e édition, Didier, 1867, p. 67.

(7) John Warne Monroe, *Laboratories of Faith : Mesmerism, Spiritism, and Occultism in Modern France*, Ithaca, Cornell University Press, 2008, p. 130.

(8) *Ibid.*, p. 132.

(9) E.-V. Edoux, *Spiritisme pratique. Appel des vivants aux Esprits des morts*, Lyon, La Librairie Moderne, 1863, p. 16.

(10) *Ibid.*, p. 7.

(11) Zéphyre-Joseph Piérart, « La vérité sur les Davenport », in *Revue Spiritualiste*, T. 8ème, 1865, 8e Livraison, p. 238.

(12) *A Survey of the Occult*, ed. Julian Franklyn, London, Arthur Baker, 1935, p. 238–239.

(13) Arthur Conan Doyle, *Histoire du spiritisme* [1926–27], trad. C. Gilbert, Monaco, Éditions du Rocher, 1981, p. 340.

(14) Lord Charles Hope, “Report on some sittings with Valiantine and Phoenix in 1927,” in *Proceedings of the Society for Psychical Research*, Vol. XL, 1931–1932, p. 416–417.

(15) Mrs. W. H. Salter, “The history of George Valiantine,” in *Ibid.*, p. 391.

(16) *Ibid.*, p. 406.

(17) Lord Charles Hope, *op. cit.*, p. 418–419.

(18) Thomas A. Edison, *Le Royaume de l'au-delà* [1948], Grenoble, Jérôme Millon, 2015, p. 128.

(19) Philippe Baudouin, « Machines nécrophoniques », in Thomas A. Edison, *op. cit.*, p. 64.

(20) *The Margery Mediumship : A Complete Record from January 1st, 1925*, ed. J. Malcom Bird, New York, The American Society for Psychical Research, 1928, p. 259, 261.

(21) Brackett K. Thorogood, *op. cit.*, p. 6.

(22) Cf. Jonathern Sterne, *The Audible Past : Cultural origins of sound reproduction*, London, Duke University Press, 2003, p. 301–307.

(23) Christian Phéline, « Portrait en règle », in *Identités : De Disderi au Photomaton*, Centre national de la photographie, 1985, p. 53.

(24) Kanae Amino, *et al.*, "Historical and Procedural Overview of Forensic Speaker Recognition as a Science," in *Forensic Speaker Recognition*, ed., A. Neustein and H. A. Patil, New York, Springer, 2012, p. 3.

(25) François Richer, *Causes célèbres et intéressantes, avec les jugemens qui les ont décidées*, T. 1, Amsterdam, Michel Rhey, 1772, p. 121–122.

(26) *Ibid.*, p. 122.

(27) Edmond Locard, *Traité de criminalistique. Tome troisième. Les preuves de l'identité*, Première partie, Lyon, Desvigne, 1932, p. 201.

(28) *Ibid.*, p. 202.

(29) *Ibid.*

(30) R.-A. Reiss, « Fausse ou non reconnaissance par les témoins d'individus vivants ou morts », in *Archives d'anthropologie criminelle*, 1908, p. 473.

(31) Alphonse Bertillon, « De l'identification par les signalements anthropométriques », in *Archives d'anthropologie criminelle*, 1886, p. 193–223.

(32) フランスでのその最初の例は一九一〇年である。Cf. Edmond Locard, *Traité de criminalistique. Tome premier. Les empreintes et les traces dans l'enquête criminelle*, Lyon, Desvigne, 1931, p. 229.

(33) Edmond Locard, *op. cit.*, p. 196.

(34) "Jury to weigh voiceprint as identification," in *Chicago Tribune*, April 12, 1966.

(35) Henry F. Greene, "Voice print identification : The case in favor of admissibility," in *The American Criminal Law Review*, vol. 13, Fall 1975, no. 2, p. 172.

(36) Oscar Tosi, *et al.*, "Experiment on Voice Identification," in *The Journal of the Acoustical Society of America*, vol. 51, no. 6 (Part 2), 1972, p. 2031.
(37) L. G. Kersta, "Voiceprint Identification," in *Nature*, No. 4861, Dec. 29, 1962, p. 1253–1257.
(38) "Edison's Own Secret Spirit Experiments," in *Modern Mechanix and Inventions*, Oct. 1933, p. 34–36.
(39) *Ibid.*, p. 36.
(40) Philippe Baudouin, *op. cit.*, p. 42.
(41) Thomas A. Edison, *op. cit.*, p. 128.
(42) *Ibid.*
(43) *Ibid.*, p. 87.
(44) Thomas R. Tietze, "The 'Margery' Affair," in *The Journal of the American Society for Psychical Research*, vol. 79, no. 3, 1985, p. 369.
(45) Mrs. W. H. Salter, *op. cit.*, p. 400–401.
(46) *Ibid.*, p. 401.
(47) William H. Mumler, *op. cit.*, p. 131.
(48) *Procès des spirites*, éd., Madame P. G. Leymarie, La librairie spirite, 1875, p. 26–33.
(49) Mrs. W. H. Salter, *op. cit.*, p. 391.
(50) Gérard Audinet, « L'art de la table », in *Entrée des médiums. Spiritisme et art de Hugo à Breton*, Paris-Musées, 2012, p. 11.
(51) E.-V. Edoux, *op. cit.*, p. 8.
(52) *Ibid.*
(53) シュルレアリスムに対する心霊主義の影響を、オートマティスムに限定してしまえば、ブルトンが、『第二宣言』(一九二九年執筆)において自動筆記への失望を表明して以降も、霊媒への敬意を持ち続けていたことの理由を説明するのは困難だろう。Cf. *Entrée des médiums*, *op. cit.*, p. 130–131.
(54) Roland Barthes, « La mort de l'auteur », *Le bruissement de la langue*, Seuil, 1984, p. 63.

人工の声をめぐる幻想
——ヴェルヌ、ルーセル、初音ミク

新島進

先だつ虚構に根ざさない現実はない。
（ジャン＝マリ・ブラス・ド・ロブレス『ネモ・ポイントの島』[1]）

コンサートのラストソング、初音ミク[2]は歌う。

誰より大切な君に　愛されないことを恐れて
一万年先の星まで　ひとっ跳びで逃げた[3]

人工の歌声に心を揺さぶられ、観客は彼女の動きに合わせてペンライトを振り、サビを合唱する。実際には誰も立っていないステージに向かって、なのに人の誰が歌うよりもそこにリアリティを感じて。「Starduster」というタイトル、歌詞は、生身の一六歳が歌っても[4]、ただ鼻白むだけで言葉は虚しく通り抜けていってしまうかもしれない。しかし人工の少女が歌うとなにかが生まれる。彼女は生身の歌手（ヴァーチャルアイドル）の代わりではない。その歌声が人工であるからわれわれは感動している。

人間であれ人造であれ、文学作品——あるいは漫画作品——に登場する架空の人物はオリジナルの声を持たない。この空白は豊かな空白だ。映像作品はそれを利用できない。映画『her／世界でひとつの彼女[5]』（二〇一三年）のOS、サマンサの声は人工の音声ではない、スカーレット・ヨハンソンの声だ。レプリカントやターミネーター、空気人形（のぞみ）

の声も。さらにターミネーターはロボットではなく父親だ。のぞみは性を搾取されて捨てられる女。実写作品は人工物をどうしても人間として描いてしまう。アニメーションや人形作品ではこの呪縛が弱まるが、やはり声優は人間であり、イリュージョンはその声の情報量に支えられている。よって、人間ではない存在を演じるために役者は声を変調させる工夫をしてきた。ヨーロッパの人形劇、ポリシネル人形の演者は素っ頓狂な声を出すための小道具を用い、(6)われわれは子どもの頃、胸を叩きながら「ワレワレハ火星人ダ」と言って遊び（なぜ火星人は日本語を知っているのだろう?）、そしてYMO「テクノポリス」（一九七九年）、スティクス「ミスター・ロボット」（一九八三年）のロボットヴォイスに未来を感じた。その未来が初音ミクとなってやって来たのかもしれない。

ロボットが労働者や移民、(7)父親や恋人の代替として虚構作品で描かれるように、初音ミクもまた、少女のリプレゼントだ。舌足らずな声、そして人工物であるという物語上の傷は、大人未満という少女像を効率よく表わす。(8)彼女の声は声優、藤田咲の声をサンプリングしたものである以上、それは完全な人工の声とはいえないかもしれない。しかしオリジナルは、最先端テクノロジーの介入と、イラストという身体への差し替え、キャラクターに付された最小限の物語性によって限りなく不在となり、初音ミクの声に人工物という幻想を抱かせる。この脱人間化された、感情のこもらない声こそが初音ミクという楽器の魂柱（アム）だ。彼女の声の向こうにオリジナルの存在がいない（と感じさせる）こと。非ピグマリオン的な、つまり純粋な人形愛に似たものを彼女はわれわれに吹きこむ。だから初音ミク、あるいは彼女を生んだ想象力最大の原動力は畢竟、ミソジニーということになろう。ただ、そう結論してしまう前に少し思いだしてみたい。音楽学の観点から人工の歌声を考察しているブリュノ・ボシスは言う——「声を固定、操作するテクノロジーはまずは幻想小説をとり囲み、続いて詩人や音楽家たちに新たな地平を開く。ジュール・ヴェルヌからピエール・シェフェールまで、ヴィリエ・ド・リラダンからシュトックハウゼンまで、声はもはや身体から出るものではなくなり、独立した、無限に操作可能な音響現象となったのだ」(9)と。フィクションはテクノロジーを生み、テクノロジーはフィクションを生む。未来（ミク）という技術にもまた、彼女を育んだ過去の虚構作品があったはずなのだ。それはいったいどんな夢だったのか。

ひとつ留保が必要だ。二〇〇七年に誕生した初音ミクは現在、語りうる対象とすることが難しくなってしまった。キャラクターが音楽ソフトという枠組みを超えて産業化したこと、逆に単なる楽器として、その出自であるシンセサイザーに戻っていったこと。テクノロジーの宿命。一九世紀後半における鉄道と電話の普及は世界を一変させたが、たとえば一九一六年にはすでにこんな証言がある——「それはちょうど電話のようなもので、かつて人はこの超自然的な機械の神秘に驚嘆したのに、今はそんなことを考えもせず、洋服屋を呼んだりアイスクリームを注文したりするのに使っている」[10]。百年後の初音ミクも例外ではない。すでに彼女が歌っている、彼女に歌わせることに「超自然的な機械の神秘」を感じることはほぼなくなった。日々、初音ミクに関する最新テクノロジーの情報が飛び交い、未だにすばらしい楽曲が生まれているが、衝撃という点では、パソコンからはじめて彼女の声が聞こえてきたあのとき、初の本格的なコンサート[11]で、舞台からせりあがってきた彼女が「ワールドイズマイン」を歌いはじめたときほどの驚愕はない。また彼女がヴァージョンアップされ、人間の歌声に近づけば近づくほど、人工性という魂柱が見えなくなるという矛盾も技術進歩の必然として抱える。たとえばテクスト読みあげソフト[12]の声は今ではあまりに自然であり、これでは萌えようがないのだ。彼女は透明なメディアになりつつある。そして、そもそも初音ミクは身体のようなもので、その全体を語ることは難しいのかもしれない。その意味で本稿における初音ミクとは、二〇〇七年八月三一日の誕生からカオス的な成長を遂げ、「メルト」という名曲で初音ミクというキャラクターを脱ぎ捨てるや、「桜ノ雨」という卒業ソング[13]で文字どおり幼年期を去っていった二〇〇八年二月二三日まで、その約半年間の彼女のことを指すのかもしれない。

1　一九世紀後半における〈女の声〉

初音ミクというテクノロジーを生んだフィクション、人の欲望、想像力を考えるにあたり、どこまで時代を遡ればいいのだろうか。初音ミクの爆発的普及において決定的な役割を果したのはインターネット上の動画共有サイトだが、この点で注目すべきはアメリカのSF作家ウィリアム・ギブスンの『あいどる』（一九九六年）における予見である。[14]だが、この作品ではヴァーチャルアイドルの声、歌声はテーマ化されていなかった。声を人工的に保存、再生するという発想に絞れば、蓄音機が登場する一九世紀後半以前にも、たとえばフランソワ・ラブレーの「凍った言葉」[15]（一五五二年）やシラノ・ド・ベルジュラックの「朗読機械」[16]（一六五七年）などにその夢が託されていた。ただしこうしたユートピア文学における装置ではテクノロジーとのダイナミックな連動が乏しく、またセクシュアリティとの接続はおこなわれていない。福田裕大が明確にするように、音の保存、再生という技術は「人工音声」と「音響を視覚的に捉える」試みの二方向から進められてきたが、[17]一八世紀、人間機械論の時代には前者の方法、つまり肺や喉など人体の機能を模すというコンセプトから〈しゃべる首〉という出し物がヨーロッパを賑わせ、ケンペレンはあの有名な発話機械を披露する。この、人の身体機能を模す自動機械（オートマタ）のカウンターパートとなる幻想が、『砂男』（一八一七年）のオリンピアを代表とするホフマン的自動人形の夢、欲望であろう。なお本論の終章を先回りすれば、〈人工音声〉型の原型は、パイプオルガンという紀元前から存在していた楽器にあると思われる。とまれ、ケンペレン的な発想での声の再現は、聾啞者用の医療器具としてその後も実用化が目指されるも、現在の工作技術を用いても人声として認識できるレヴェルには至っていない。[18]一方、「音響を視覚的に捉える」、つまり音の波形を記録、再生するという発想から一八七七年、蓄音機が生まれる。[19]サンプリング技術が音の波形記録のデジタル化であることを考えれば、この装置の音楽への適用こそがヴォーカロイドというテクノロジーの原点であったことはいうまでもない。これを受け、ヴィリエ・ド・リラダンとジュール・ヴェルヌはともに蓄音機をモチーフに、しかしおのおの独自の観点からヴァーチャルアイドルの原型ともすべき人造の女性を幻視する。それが『未来のイヴ』（一八八六年）のハダリー[20]と『カルパチアの城』（一八九二年、執筆は一八八九年）のラ＝スティラ[21]ということになろう。神秘カトリック的シュルレアリスト、ミシェル・カルージュがのちに、マルセル・デュシャン《彼女の独身者たちによって裸にされた花嫁、さえも》（一九一五―二三年、未完）とのこじつけ的接続を試みる独身者機械作品群である。[22]

写真や蓄音機の発明、改良が可能にしたことは死者の姿や声の保存であったが、テクノロジーの普及はつねにエロティックな欲求に支えられる。蓄音機は自分の好きなタイミングでくり返し同じ声を聞くことができるというオナニスム的欲望をかなえ、これは『カルパチアの城』のゴルツ男爵から『新世紀エヴァンゲリオン』（一九九五年―）[23]における主人公シンジ（S-DATプレイヤー）に至る、ループで音楽を聴くという行為の系譜をつくる。動画共有サイトという場が与えられたことに加え、初音ミクという人工の歌声に人々が惹きつけられた、つまり彼女がリアリティを獲得したもうひとつの大きな要因は、中田健太郎が指摘するように、声に身体がもたらされたことにある。[24]それも現代日本のアニメ漫画文化の成果を戦略的に活用し、[25]一部の若い世代にとってもっともリアルな身体、ジャンルが開拓したエロティックなコード――日本のアニメ文化の海外受容によって、近年、外国人にも解読されはじめた――で示された美少女像、鉄腕アトム以来、人工の身体とも相性のいいアニメ絵という身体を組み合わせたのだ。[26]

声がコミュニケーションの道具として機能するためには、身体性の付与が有効であることはロボット工学的な実験からも証明されている。[27]しかし、そうした実証的裏づけがなくとも、声に身体のイメージを付与するという発想はあまりにも自然なもので、それはエジソン自身が一八八九年に〈蓄音機人形〉を開発、販売していることからもわかる。[28]ヴィリエはそれに数年先だって、大きな子ども向けに、蓄音機を女体にすること、ミロのヴィーナス像（一八二〇年発見）と組み合わせることを想像していたことになる。女性の身体の人工化については同じ頃、マネキンが、やはり技術の進歩によって単なるデッサン用の道具からエロティックな装置として認識されはじめ、ピグマリオン神話がアトリエに持ちこまれるという絵画史の一頁とも連動している。[29]ヴィリエが想像した、録音再生技術と女体との結合は初音ミク誕生の結節点でもあるだろう。

蓄音機というテクノロジーにエロティックな機能が求められはじめた頃、歌声のほうはどんな時代の欲望を担っていただろうか。当時、ヨーロッパの大都市で、時代の寵児たるブルジョワ階級あるいは古き貴族階級が耳を傾けていたのはオペラであり、とりわけ、きわめてセクシャルな声＝物体であるソプラノの歌声であった。蓄音機が一八七七年に誕生したのならば、パリのオペラ座ガルニエの落成が一八七五年、フランスであればビゼー『カルメン』初演が同年、ドイツではワーグナー『神々の黄昏』の初演が一八七六年で指輪の神話が完結する。おそらく初音ミクを考える際にもっとも重要なオペラである『ホフマン物語』を、ジャック・オッフェンバックは未完のまま残して一八八〇年に死去したが、翌年に初演がおこなわれており、ホフマンの原作短編以上に大きな影響を後世に与えた。こうした〈女の声〉が、蓄音機の発明に触発されてフィードバックを起こした結果が、ジュール・ヴェルヌ『カルパチアの城』となろう。

同作における死んだ女、幽霊の声とソプラノの歌声の結合は、テクノロジーは顕在化しないものの、のちにガストン・ルルー『オペラ座の幽霊（怪人）』（一九一〇年）[30]に至り、これを総タイトルとするような作品群を生む。このテーマについてはすでに――初音ミク登場以前より――まとまった研究、論評がある[31]。なかでもフェリシア・ミラー・フランクの議論を要約すれば、一九世紀文学の〈女の声〉とは、死んだ女の声であり、人工の声であり、つまり崇高さに結びつくということになる。

> 〔近代文学の〕テクスト上において〔は〕、性別を欠く、あるいは人工的な天使として表象される女性の形象が、一九世紀の経過とともに累進的に、一方では崇高体験の象徴として、他方では芸術における現代性（モダニティ）の象徴として、すなわち、天使的なものと人工的なものとして描かれる[32]。

天使的なものと人工的なもの、これはそのまま、初音ミクのキャッチコピー〈電子の歌姫〉（電子＝天使）[33]の謂いであることから、ここでもまた二〇〇七年の人工の歌姫が、一九世紀的な〈女の声〉への欲望を継承していると考えることは自然な理解であろう。

ヴィリエのアリシアは損得感情から舞台女優を目指しているが、歌もよくし――ただし彼女は芸術全般を卑しいものとみなしている――ヴェルヌのラ＝スティラは当代随一のオペラ歌手という設定で、ともに美貌にして夭折した歌姫マリア・マリブラン[34]が引き合いに出される。彼女たちの歌声を録音して所持することは〈女の声〉へのフェティッシュな欲望を示している[35]。その身体性について言えば、ハダリーが――エジソンの設計段階では――マネキンや自動機械という物理的実体であったのに対し、ラ＝スティラは写真術の未来予想的応用によってその姿を現わす。とりわけガラスに映るラ＝スティラ（図1）と、透過スクリーンに映るCGの初音ミクには、カルージュ的独身者機械の指標[36]を含め、その相同性に驚かされる。

しかし、ここで議論してみたいのは、女の、とりわけソプラノの歌唱と初音ミクの声との関係である。もちろん生身のアーティストが感情をのせた声と、のっぺりとしたミクの声は明らかに異なる。だが、ソプラノ歌手が絞りだす高音は、他の歌唱に比べて人工的であり、その点でヴォーカロイドの声と似た性質を持っているのではないだろうか。初音ミクの声の特徴はプログラム次第で理論的にどこまでもあげられるその甲高さ（la voix aiguë）であり、この能力を最大限に活かした曲が無数にある。ソプラノについては言うに及ばず、モーツァルト『魔笛』（一七九一年）の「夜の女王のアリア」で五点のファに達する、一見、不必要と思えるほどの音程の高さをその本領としている。もち

図1　ヴェルヌ『カルパチアの城』より。ガラスに映るラ＝スティラ

ろん他の音楽ジャンルでも高音は用いられ、初音ミクも低音で歌うことは可能だが、甲高い声こそが両者の特質をなすだろう。やはり「夜の女王のアリア」、そしてなにより『ホフマン物語』における「森の小鳥は憧れを歌う」で用いられるコロラトゥーラという超絶技巧も、後者を歌うのが自動人形オリンピアであることがよく示すとおり、人体をメカニカルなものとすることで完成に達するかのようだ。いつか初音ミクがオリンピア役を演じる『ホフマン物語』が上演されるのだろうか。あるいは、やはり人が人形を演じる倒錯こそがオリンピアの本質なのだろうか。

ともかくも甲高さは、声を言語から切り離す。超高音、超高速で歌われる初音ミクの曲は実際、ほとんど歌詞が聞きとれない。そもそもがフランケンシュタインの怪物的に継ぎ接ぎされた声だ。そして少なからぬ数のクリエイターがこの非人間的な特性を逆手にとってクリエイティヴな曲を制作している。[37] 歌詞の非言語化はソプラノの声にもいえよう。オペラの歌詞はネイティヴでも聞きとりにくいであろうし、一般に、歌い手がネイティヴではない言語で歌うことがあってもさほど支障はない。そもそもオペラの台本は故意に意味を拒んだような表現に満ちている。物語やメッセージは声の圧倒的なプレゼンスの前にかすんでいく。テーマについてもそうだ。宮廷オペラはギリシア悲劇の再現としてはじまったのであり、日常性が排除される。初音ミクの人工性はSF的な、いわゆるセカイ系的な歌詞と相乗効果を生む。オペラでは多く、ディーヴァの死をもって幕が降ろされるのならば、電子のディーヴァは最初から存在していないという物語を抱えている。初音ミクを起用した現代アート作品『THE END』(二〇一二年)を渋谷慶一郎がオペラと標榜したのも決して奇を衒ったことではない。非日常、神性、死。〈女の声〉のこうした宿命の共有も、初音ミクの母を、一九世紀後半における〈女の声〉の幻想に求める根拠となる。

もちろん音楽シーンは広い。一九世紀後半のパリでは同時期にカフェ゠コンセールも流行していた。しかしそこで歌われる人間くさい情緒は人工性とはそぐわない。日本でいえば、演歌は過去を持つ大人が人の生きざまを歌い、ポップスは若者が生とセックスを歌い、オペラは無時間にいる存在が死と性を歌う。つまりオペラとカフェ゠コンセールの違いは〈非日常とエロス〉、〈日常とセックス〉の違いとでもいえようか。そして初音ミクは明らかに前者の欲求の現代日本的表現に違いない。

オペラの舞台では「パロールと叫びが、分節言語と非分節言語が溶け合い、混じり合う」[38]。ソプラノの甲高い歌声をフロイト派は原光景、両親の性交の場面における母親の喘ぎ声だと断ずる。[39] そして両親の性交を解釈せんとする子どもの幻想のなかに〈性的なあいまいさ〉が現われる。男性同性愛者にとってオペラのソプラノ歌手はドラァグクイーンのごとく強烈な憧憬の対象となる。オペラの台本にズボン役が多いのも同様の理由であり、宝塚のようなジャンルもその延長線上にあるだろう。そもそもソプラノとは、オペラ黎明期ではカストラート、実在では、映画『カストラート』[40]（一九九四年）のモデルとなったファリネッリ、あるいはザンビネッラを文学的記念碑とする去勢男声歌手が務めていたパートであり、つまりは出自からして性的にあいまい、かつ人工的な存在なのだ。これに鑑みるとレーモン・ルーセル『アフリカの印象』（一九一〇年）におけるタルーの奇行はきわめて明快な行為と解せるようになる。黒人王はその戴冠式において、白人女性歌手のコスプレをして超高音の歌曲を歌う。[41] つまりこれはルーセルにおける原光景であり、それをこじらせてしまったこと、同性愛という性癖を残酷なまでに明らかにしている。

ミラー・フランクもまた一九世紀文学における〈女の声〉の性的あいまいさを強調する。では、これまで見たとおり、初音ミクの原罪なき母たちをハダリーやラ＝スティラとするならば、初音ミクもまた性的にあいまいなのであろうか。藤田咲のサイボーグ化した声にはそもそも性差がないのかもしれない。だが、考察以前に初音ミクの声を一聴すればわかる。その声は子どもの声にしか聞こえない。

2 女の声から子どもの声へ——亡き子の声、生成

一九世紀のブルジョワ社会と現代日本の情報化社会とのあいだには当然、さまざまな文脈で大きな隔たりがある。また、ラ＝スティラはヴォーカロイド以前の、スクリーンやテレビに映る歌手への偏愛を予見しており、一方、ハダリーの蓄音機には「今世紀最良の偉大な詩人たち、慧眼な形而上学者たち、深遠な小説家たちが生みだした〔……〕奇跡のような名句[42]」が録音されていることから初音ミクのあり方に通じるものの——彼女自身は言葉を持たない。プ

ロデューサーの言葉をくり返しているのだ――ハダリーはソワナの魂なしには起動せず、エジソンを欺いて自律的かつ心霊主義的な存在として現われる。さらに彼女たちの声には、舌足らずな、人工の歌声が持つ欠陥も見あたらない。年齢の設定もアリシアは「二十そこそこ」であり、エワルドと出会う前に結婚歴がある。ラ＝スティラは二五歳、対して初音ミクは一六歳だ。

冒頭に述べたとおり、ヴォーカロイドを日本のアニメ漫画文化に準拠した美少女にしたことは、彼女を彼女たらしめるための大きな前提だった。初音ミク以前にもヴォーカロイドは発売されていたが、〈大人の声〉を模したキャラクターは初音ミクほどの成功をおさめることはなかった(43)。つまりヴァーチャルシンガーではなくヴァーチャルアイドルであること、さらに〈アニメ声〉であることが彼女を特権的な地位につけたのだ(44)。よってヴォーカロイドの実現以前にアニメ声というある意味で人工的な声の発明があり、その魅力が初音ミクの声をリアルなもの、つまりエロティックなものにしたといえる。だが、それだけだろうか。たとえば現代日本のアニメ文化とはコンテクストを異にする電子音楽の黎明期、カールハインツ・シュトックハウゼンは電子音と子どもの声を組み合わせた作品「少年の歌」（一九五五年）を発表している。シュトックハウゼンらが試みた電子音楽というジャンルは、音源の加工によって新たな音像を生む点でデジタル音楽を、ひいては初音ミクを生んだテクノロジーの直接的な先駆けになっている。ループ再生から可変、生成へ。女の声をくり返し聞くことから、子どもの声を生むことへ。では〈子どもの声〉のテクノロジーにはどんなフィクションが夢見られていただろう。ここではルーセル『ロクス・ソルス』（一九一四年）第五章に登場するリュシウス・エグロワザールの奇妙な蓄音機、そしてヴェルヌが『カルパチアの城』の約二年後に書いた短編『レのシャープ君とミのフラットさん』（一八九三年、執筆一八九一年）に描かれる人間パイプオルガンを思いだしてみたい。

リュシウス・エグロワザール(45)は一歳になる最愛の娘ジレットを盗賊団に惨殺されて精神を病み、〈ロクス・ソルス〉荘の万能博士カントレルによる治療を受けている。彼は、ルーセル作品一流の奇妙な作業を黙々とこなしているが、それらはすべて娘の殺害場面を再現するものである。そしてそのなかに亡き娘の声を再生する蓄音機が登場する。

その突飛な構造は明らかに〈手法[46]〉の使用によるものであり、装置は緑の薄板、豚のラードでできた身長計のミニチュアなど六つの部品からなっている。エグロワザールは準備が整うと、マルヴィナ[47]というソプラノ歌手に「ほとんど最高の音域で[48]」、オペラ『アビメレク』の「おお、レベッカ[49]」ではじまる一節を歌ってもらい、歌声を録音する。続いて彼は、録音されたその声を、複雑な工程によって別の声に変化させる作業に没頭する。〈ロクス・ソルス〉荘の見学者がエグロワザールの作業場を出ようとすると、「あの子の声だ」という叫びがあがる。エグロワザールの装置はついに、亡き赤ん坊の声を生みだしたのだ。カントレルによると、患者はこうして娘が死んでいなかったという幻想を抱き、それは病の回復を早めるはずであった。

テクノロジーの面での類似を見れば、エグロワザールの蓄音機がすでに、声のサンプリングとその加工という点でヴォーカロイドの仕組みを先どりしていることに驚く。物語としては、ソプラノ、つまり女の声が赤ん坊の声に変換されていることが示すとおり、産声を人工的につくりだすこの装置は母子関係と密接に関わっている。そしてエグロワザールが娘を失っているとするならば、ルーセルは『ロクス・ソルス』執筆前に最愛の母親を亡くしていた。同作品には全編にその死が影を落としている。プルーストは『ロクス・ソルス』の前年に発表された作品のなかで、蓄音機で母親の声を聞いても母親は戻ってこないと嘆いているが[50]、ルーセルのこの装置は女の声を産声に変換することで、自らの誕生を再現し、それをもって喪失の治療としているかのようだ。この幻想の機械は、死した母の声、失われた対象から自らの声を生みだしているのではないか[51]。逸話的になるが、ルーセルは蓄音機が発明された一八七七年に生まれている。

子どもの声を人工的につくることで死、つまり母とつながり、自らの誕生を確認する。この錯綜と倒錯による母子関係の再現は、初音ミクを用いて曲をつくる作業を思わせないだろうか。初音ミク発売から数日後に発表されたOtomania「Ievan Polkka」の歌詞がスキャットであることは、「エヴァのポルカ」というタイトルを含めて象徴的だ。はちゅねミクはネギを振りながら喃語を発しているのではないだろうか。初音ミクを歌わせることでユーザーは己の〈ハジメテノオト〉——コトバではない——を見つけだしているのではないか。また、冒頭に記したとおり、代表曲

「メルト」をひとつの契機にそれ以前の約半年間を初音ミクの誕生期とするならば、その間に発表された曲では〈初音ミク〉という言葉自体を解体、再構成することで、ユーザーがロボットの歌姫を世に送りだす、生産（プロデュース）するという物語を歌ったもの、つまりキャラクターソングが多いことはしばしば指摘される。(52) 自らが欠けた存在であるわれわれは、機械の初音ミクに自身を重ね合わせて能動と受動の転換を起こす——初音ミクを生産することは、自身が生産されることだ。あるいはDECO*27の「愛言葉」、「二息歩行」（ともに二〇〇九年）といった、母子関係を暗示する歌詞を持つヒット曲もある。こうしたことは「私は蠟の人形、糠の人形」と歌わされたフランス・ギャルや日本のアイドル(53)にもあてはまる。だが、生身ではない——いや、生身のアイドルもラ＝スティラのようにガラスの向こうではヴァーチャルな存在なのだが(54)——初音ミクの場合、デジタル技術の洗礼を受けて非人格化された声は、オリジナル声優の存在をほぼ消し去り、この転換を容易にするのではないか。声の人形化。そこでわれわれは母からの〈ハジメテノオト〉を聞き、〈ハジメテノオト〉を返す。自らの声を湖面に映すナルシス、このとき初音ミクの声はエコーとなる。

　初音ミクは、機械であるというその出自ゆえに、フロイト説くところの女の三つの相、誕生、繁栄、死(55)のうち、死の相も必然としてひき受ける。『ホフマン物語』であれば自動人形オリンピアが誕生として、そのもうひとつの相はジュリエッタが示す破壊、死であった。歌う快楽もまた、アントーニエの死んだ母と結びついている。モーツァルトの夜の女王も、その原光景の叫びのなかで父ザラストロを殺せと命じる。母の死、母という死。人工物という物語とともに生まれた初音ミクはたちまち「最高速の別れの歌」（「初音ミクの消失」）を歌い、「死んでるように見える？」（渋谷慶一郎『THE END』）と問う。死すべき者が死すべき生を生む。母子関係の根本的矛盾をエグロワザール／ルーセルの装置は幻想し、母の声から自らの声、エコーの声を生みだす。初音ミクはこの機械の実体化ではなかったか。

3　パイプオルガンとしての初音ミク

時間を遡ることになるが、二つめの注目すべき幻想機械は一八九三年、『フィガロ・イリュストレ』誌に初出されたヴェルヌの短編『レのシャープ君とミのフラットさん』（以下、『レのシャープ』[56]）に登場する。物語の舞台は時計の国、自動機械の国スイス、カトリックに属するとされる架空の小村。クリスマスを前に教会のパイプオルガン弾きが聾となり、引退をしてしまう。ちょうどそこに謎のオルガン職人エッファラーネ師が現われ、ミサでの演奏をひき受け、そればかりか教会のパイプオルガンに、独自に発明した前代未聞の音栓[57]、〈幼子の音栓〉を組みこむと宣する。それが実現すれば「次のクリスマスでは、羊飼いと博士がトランペットにブルドン、そしてフルート〔三つともパイプオルガンの音栓の種類〕で伴奏されたあと、幼いイエスと聖母のまわりを羽ばたく天使たちの、水晶のごとき爽やかな声を聴くことができる」はずであった。しかしクリスマスが近づいても、師はどうしても幼子の音栓を教会のパイプオルガンに取りつけることができない。そして、ついにやって来たイヴの晩、エッファラーネは聖歌隊の子どもたちをひとりずつパイプオルガンの管に押しこめ、組みこみに失敗した幼子の音栓の代わりに、実際の子どもの声を使って演奏をしようとする。つまり子どもの喉をパイプ代わりにした、人間パイプオルガンである。主人公の語り手は聖歌隊の一員で〈レのシャープ〉の音を担当していた。しかしこの場面は、少年がイヴの晩に見た夢であった（この夢に性のめざめ、精通の暗示を読むのはたやすい）。実際には、幼子の音栓の設置に失敗したエッファラーネは、ミサがはじまる前に村を逃げだしていたことが明かされる。この幼子の音栓もまた、幻想文学作品に現われた人工の子どもの声ではなかったか。

きわめてホフマン的な、また、やはりオペラ『ホフマン物語』[58]を彷彿させるこの作品における幻想、つまり子どもの声とパイプオルガンを等価に置くという発想は、人工的な子どもの歌声への欲求を直接に示す。幼子の音栓とは、子どもたちの声変わりを人工的に止める装置だ。つまりはカストラート機械である[59]。永遠に子どものままで、天使のままでいること、性の分化を被らないこと。この願望をかなえる装置が幼子の音栓であるとするならば、その実現の失敗は必然であり、ヴェルヌは己のミソジニー的欲求を頓挫させることで作品のモラルを示している。一方、二〇〇七年に誕生した初音ミクは今も一六歳であり、いつまでもそうである点でピーターパン的な空想をかなえている。録画、録音された映像、声も同じことだが、ヴォーカロイドたちは新しい詞を次々に歌い続けられる点でぶきみだ。

『レのシャープ』を通して再確認できるのは、『ホフマン物語』（ホフマン『クレスペル顧問官』）のアントーニエがヴァイオリンだとしたら、初音ミクはDX7というシンセサイザー、「〈人間の声という〉一音しか出ない」[60]シンセサイザーであり、さらにはこの電子楽器の前身がパイプオルガンだということである。パイプオルガンは種々の響きを合成（シンセ）することで音色を生む。パイプオルガンの音栓は、音の似る楽器の名で呼ばれることが多いが、なかには〈人間の声〉という音栓もあり、この語自体を『レのシャープ』のインスピレーション源とする論者もいる[61]。またこの楽器は、ふいごによって空気（息）を吹きこみ、パイプ（喉）に開いた隙間（口）から音を出す、つまり〈人工音声〉型に近い、人体を模した発声装置でもある。ヴェルヌも執拗に、パイプオルガンと人体との相同性を、比喩表現を用いて強調している。オルガン、声、オルガスム（orgue, organe, orgasme）がテクストのうえで横滑りしているのだ。よって時系列的に整理すれば、人体を模した歌う機械がパイプオルガンであり、この関係性を逆転させて、パイプオルガンを人体によって代用しようとしたのが『レのシャープ』の幻想であり、パイプオルガンの後継機であるシンセサイザーに少女のイメージと、声から分離した言葉を与えたのが初音ミクということになる。

教会とは境界である。カトリック世界において天と地の際にある神の家。独身者機械《大ガラス》であれば、上部と下部を分かつあの線だ。パイプオルガンと聖歌隊の歌声はこの鏡面に音を放ち（鏡音リン／レン）、天に祈りを届かせようとする。東洋では笙という楽器がこれに相当し、音色、基本構造もパイプオルガンに類似する。地上に這いつくばる人間、大人には出せない甲高い声は死者のいる天に向かって伸びあがり、その天上界を精神分析家は母と定義するであろうし、カルージュの独身者機械論では至高点であり性的恍惚と同一視される。この超人的な音を人は、人為的手段、人工物によってつくりだそうとしてきた。それが教会ではパイプオルガンと聖歌隊であり、のちに劇場ではカストラート、さらにソプラノの歌声として技芸化される。よって、こうした歌声は死と性の陶酔をひき起こす。クリスマス、聖母マリアからイエスが生まれた日における少年の性のめざめを、幼子の音栓という装置を通して描いたヴェルヌは、子どもの歌声の本質を正確に捉えている。そして子どもの喉でできたパイプオルガンという幻想は、言葉らしきものを発するシンセサイザーである初音ミクのまさに原型であり、われわれが彼女の声に魅了される理由をも説明するだろう。大人ではないもの、人ではないもの、つまり子ども、つまり機械が、天と地の境界で超人間的な叫びをあげる。初音ミクは二つの界をつなぐ天使であり、巫女（ミコ）、霊媒であり、その意味で媒体（メディア）なのだ。

この点で、二〇一二年一一月二三日、東京オペラシティでおこなわれた冨田勲『イーハトーヴ交響曲』初演の演出は実に興味深いものであった。宮沢賢治『注文の多い料理店』（一九二四年）を原案とした第三楽章で冨田勲は、山猫軒[62]に閉じこめられた狩人役に初音ミクを起用した。この日、彼女は、両脇に少年少女合唱団を配した高壇にあがり、牢に見たてたパイプオルガンの柱列の前に投影（プロジェクト）され、歌ったのである。この光景は、閉じこめられ、歌わされる子どもという点で[63]『レのシャープ』における幼子の音栓を彷彿させ、また、パイプオルガンと重ねられることで人工の子どもの声、初音ミクの本質を見事についていたと思われた。

くり返す。初音ミクは今、メディアとしてますます透明になろうとしている。本稿ではテクノロジーの宿命に先立つ夢、人工の声への欲求を、コンテクストの異なる過去の虚構作品のうちに見いだす作業をおこなってきた。（多くの者にとって）神なき世界に生きるわれわれは今、この人工の巫女、メディアを通し、死すべき母から死すべき存在として生まれたことを識り、愛されないことをおそれ、一万年先の虚無に思いを馳せる。過去が夢に見た、人工物を媒介とした至高点への希求を、初音ミクはその誕生時に実体験させせたのだ。

注

（1）Jean-Marie Blas de Roblès, *L'Île du Point Nemo*, Zulma, 2014, p. 409. ヴェルヌやルーセルの作中人物を登場させたメタフィクション。

（2）二〇〇七年にクリプトン・フューチャー・メディア社から発売されたヴォーカル音源。一六歳の女性アイドル歌手という設定で、声優、藤田咲の声が収録されている。歌声合成ソフトとともに用い、パソコン上で入力した歌詞とメロディーを歌わせることができる。音楽ソフトとして空前のヒットとなり、人気は社会現象にまでなった。初音ミクのほか、こうしたヴォーカロイドは現在、商品化されたキャラクターだけでも数十名いる。

（3）ジミーサムP「Starduster」（二〇〇九年）。時空を超えたロボットの孤独は、（母から）愛されないという詞も含めてスティーヴン・スピルバーグ監督の映画『A.I.』（二〇〇一年）終盤のヴィジョンと重なる。ヤン・ハーランによれば、同作品を企画し、制作半ばで逝去したスタンリー・キューブリックは当初、ロボットの少年役を実際にロボットに演じさせることを考えていたという（「EYES特別インタヴュー」、『宇宙船』二〇〇二年五月号、九八頁）。日本の現代演劇では平田オリザ率いる青年団と、大阪大学教授、石黒浩製作のアンドロイドによるロボット演劇、および、映画『さようなら』（二〇一五年、深田晃司監督）がある。

（4）個人的には、初音ミクのオリジナル曲を生身の歌手が歌っても違和感は覚えない一方、生身の歌手のオリジナル曲を初音ミクが歌うと声の情報量が落ち、曲の強度を保てないと感じることが多い。歌のジャンルによっても異なるが、聴く側に〈人工の歌声による曲〉という認識が必要なのかもしれない。このギャップを逆手にとって異化作用を楽しむという手法もある。

（5）スパイク・ジョーンズ監督作品。パソコンのOSとして機能する人工知能と恋に落ちる男の話。彼女（ハー）は声だけの存在で身体を持たない。主人公の仕事が手紙の代筆業であることから、エドモン・ロスタン『シラノ・ド・ベルジュラック』（一八九七年）の人工知能版か。

（6）この器具をpratiqueといい、avaler la pratique de Polichinelleで「（ポリシネルの声のような）しゃがれた声で話す」という表現もあった（リトレ辞典）。『未来のイヴ』のエジソンは、初期の蓄音機から出た音の酷さを言う際にこの語を用いている。また、ルーセル『アフリカの印象』のテノール歌手キュイジペルはこの器具を用いて己の声量を百倍に増幅するが、これは同語を用いた〈手法〉によって発想されている。

（7）現在、ヨーロッパで人気を博しているテレビドラマシリーズ『リアル・ヒューマンズ』（二〇一二年―）は『ブレードランナー』（一九八二年）のテーマを継承するアンドロイドものだが、制作は、移民大国として知られるスウェーデン。ヒロインのロボットに韓国系女優が起用されている点は『空気人形』（二〇〇九年）との並行関係から興味深い。こうしたロボットは人のアイデンティティに還元されている。

（8）現代日本のサブカルジャンルでは、少女の傷を癒やすことが恋愛成就やゲーム攻略の手段になっている作品が多い。少女はさまざまな傷を負って作品に登場するが、そのひとつの形態が「ロボットという傷」である。学園にロボットの少女が一体紛れこんでいるのは定番のパターンであり、漫画ならば、高橋しん『最終兵器彼女』（一九九九―二〇〇一年）ほか無数に、ゲームならば『To Heart』（一九九七年）のマルチを筆頭に、『ペルソナ3』（二〇〇六年）のアイギス、『ガールフレンド（仮）』（二〇一二年）のミス・モノクロームなど。

（9）Bruno Bossis, *La voix et la machine*, Rennes, Presses Universitaires de Rennes, 2005, p. 7.

（10）マルセル・プルースト『囚われの女 I』鈴木道彦訳、集英社文庫、二〇〇七年、六二頁。習慣化して神秘を失ってしまったテクノロジーを〈囚われの女〉の比喩とすることもできるだろう。また直後の場面で、眠ったアルベルチーヌを眺める私の感情の動きは人形愛の本質をよく示す。吉川佳英子は川端康成『眠れる美女』（一九六一年）との比較を試みている（「川端『眠れる美女』をめぐって――プルーストの〝眠る女〟を視野におさめて」、『年報・フランス研究（関西学院大学）』四五号、二〇一一年、二九―四一頁）。

（11）二〇一〇年三月九日におこなわれた「ミクの日感謝祭 39's Giving Day」。THE 39S という極めて高度な演奏能力を持つ生身のバンドメンバーが伴奏をするなか、初音ミクは透過スクリーン上に立体的なCGの姿で現われた。

（12）福田裕大が警鐘を鳴らすように、われわれは「再生音と原音を同一視」し、たとえばCDから流れる音楽が媒介された音であることをふだんは忘れている（谷口文和・中川克志・福田裕大『音響メディア史』ナカニシヤ出版、二〇一五年、五八頁）。また氏が指摘するように、エジソンの蓄音機が現在認識されるような録音再生装置として用いられるまでには数十年の年月がかかっている。注（6）で見たとおり、ヴィリエはこのことをよく認識していた。スパンの短さはあるものの、この透明化への過程を初音ミクは今、たどっている。

（13）ryo「メルト」（二〇〇七年）は、必ずしも初音ミクとは特定されない少女の恋心を歌っている。この楽曲が爆発的な人気を得たことから、脱キャラクターソング（後述）として記念碑的な作品とみなされている。さらに歌手 halyosy は同曲の男性ヴァージョンを自ら歌って公開し、ヴォーカロイドのオリジナル曲を生身の人間が歌うという趣向に先鞭をつけた。このことも「メルト」をターニングポイント的な曲にした。さらに同氏が作詞・作曲し、初音ミクに歌わせたヒット曲「桜ノ雨」（二〇〇八年）はいわゆる卒業ソングであり、ここでも初音ミク＝ヴォーカロイドという構図は崩されている。ただし以後の楽曲にも〈少女＝欠けた存在＝ロボット〉という図式は根強い。ryo も後年、典型的なキャラクターソングである「ODDS & ENDS」を発表している（二〇一二年）。

（14）近未来、日本の技術者が投影麗（レイ・トーエイ）というヴァーチャルアイドルを開発し、ある有名ロックシンガーが彼女との結婚を企てる。作品では人造美女テーマよりも現代のメディア批判が顕著である。投影麗の漢字表記は、訳者の故・浅倉久志のアイデアだが、トーエイ＝投影という偶然の一致は、初音ミクやカルージュ的独身者機械の観点からあまりにもその本質をついている（東映かもしれないが。麗もまた、霊と読み替えられる）。ちなみに初音ミクを知ったギブスンは彼女についてはじめ、やや否定的なコメントをツイッターに残した。投影麗は続編『フューチャーマチック』（一九九九年）にも登場するが、同作は、初音ミク現象をSF化した野尻抱介『南極点のピアピア動画』（二〇一二年）と、コンビニエンスストアやナノテクの役割などにおいてテーマを共有している。『南極点の～』はテクノロジーが新たなフィクションを生むという原則の好例であろう。詳しくは拙論「ギブスン・キーコンセプト事典」、『増補改訂版 ウィリアム・ギブスン』巽孝之編著、彩流社、二〇一五年、一五三―一五四頁。

（15）「わたしは、雪や氷を、きれいな藁で包んで保存しておくようにして、これらの与太毒舌をいくつか、オイル漬けにして保存しておきたいと思ったのです」（フランソワ・ラブレー『第四の書』宮下志朗訳、ちくま文庫、二〇〇九年、四六五頁）。

（16）「それから針を回して、それを聞きたい章の上に当てる。するとたちまちこの胡桃の実に似た機械から、人間の口か楽器のようにさまざまの明瞭な、ありとあらゆる音が出てきて、それが偉大な月世界の人びとのあいだではことばの用をなすのである」（シラノ・ド・ベルジュラック『日月両世界旅行記』赤木昭三訳、岩波文庫、二〇〇五年、一五四頁）。

（17）谷口文和・中川克志・福田裕大、前掲書、二五頁。

（18）たとえば香川大学教授、澤田秀之の「発話ロボット」（https://youtu.be/J_R7fgo0FLc）。ぶきみの谷につき落とされる。

（19）ただし福田氏によれば録音再生を目的としたものではなく、「偶然生まれ出た「用途なき副産物」」としてであった（谷口文和・中川克志・福田裕大、前掲書、二〇頁）。

（20）絶世の美女であるが、魂は俗悪そのものの女性アリシアを愛したエワルド卿を救うため、エジソンはアリシアと寸分たがわぬ人造人間ハダリーを授ける。ハダリーはいわばミロのヴィーナスの形をした蓄音機だが、生身の女性ソワナの魂と組み合わされており、完成した電気の天使は自身のことを「夢想と睡眠の狭間にその蒼白い国境が垣間見える、無限の地からの使者」と名のる。

（21）死んだオペラ歌手、ラ＝スティラが幽霊となってルーマニアの廃城、ゴルツ男爵家が所有するカルパチアの城に現われる。だが、その歌声は蓄音機による再生であり、姿は、生前に描かれた肖像画を特殊な装置でガラス板に映したものだった。ヴェルヌは幻と現実を合わせ鏡のように配し、テクストの迷宮に読者を誘う。拙訳が近刊予定、ヴェルヌの透明人間もの『ヴィルヘルム・シュトーリッツの秘密』との合本（インスクリプト）。

(22) あるいはアメリカ南北戦争（一八六一—六五年）によって大量の戦死者が出ると、（もちろん捏造の）心霊写真が流行した（詳しくは *Le Troisième œil : La photographie et l'occulte*, Gallimard, 2004）。死者のメディアとしては、現在ではフリーソフト（UTAU など）を用いて誰でも自身の声を音源化し、歌わせることが可能になっている。なかでも亡くなった妻の声をライブラリー化してカバー曲を発表している〈とりちゃん〉は、現代のリュシウス・エグロワザール（後述）か。

(23) 「「ループで聴く」と一般に呼ばれるものは、マスターベーション的快楽に由来する」(Jacqueline Waeber, « L'opéra, fenêtre sur le Réel : *The Piano Tuner of Earthquakes* de Stephen et Timothy Quay », in *Opéra et Fantastique*, Rennes, Presses Universitaires de Rennes, 2010, p. 353)。

(24) 中田健太郎「主体の消失と再生——セカイ系の詩学のために」、『ユリイカ』二〇〇八年一二月臨時増刊号、一九三—二〇四頁。

(25) 「イラストのディティールや、エロゲの物語性などなど、萌えで惹きつけた後でその内実を見せるというものがあるわけですが、それを我々なりにやってみたのが、初音ミクだった」（佐々木渉「生みの親が語る初音ミクとアングラカルチャー」、『ユリイカ』同号、一五頁）。

(26) 斎藤環は、虚構には虚構のリアルが存在し、漫画アニメのそれを支えているのはセクシュアリティだと指摘する。「描かれた少女の可憐さは、こうしたリアリティをもたらすための大切な要因のひとつだ」（斎藤環『戦闘美少女の精神分析』ちくま文庫、二〇〇六年、三〇八頁）。

(27) 小野哲雄・今井倫太・石黒浩・中津良平「身体表現を用いた人とロボットの共創対話」、『情報処理学会論文誌』二〇〇一年、一三四八—一三五八頁。

(28) ハダリーの肺に収められた黄金の蓄音機には遠く及ばないが、「この、かわいらしい「未来のイヴ」の小さなシリンダーには［……］」、少女たちの笑い声、詩の朗唱、数え歌が録音されており、彼女は「話す」ことができた」。エジソンはこの人形を年間十万体以上生産する体制を整えたが、「少女たちの気を惹くには至らなかった。なぜなら多くの子が、魂が抜けているかのような、墓場から聞こえてくるかのような声に恐れをなしてしまったからだ」(Jane Munro, *Mannequin d'artiste, mannequin fétiche*, Paris musée, 2015, p. 163)。

(29) 当時のピグマリオニスムとマネキンの関係はジェーン・マンローに詳しい (*Ibid*., p. 138-149)。

(30) 原題の直訳は「オペラ座の幽霊」。声だけの存在であるファントムはもはやオペラ座と一体化しているため、オペラ座はさながら幽霊屋敷（une maison hantée）ならぬ「幽霊歌劇場」といえるだろう。ロン・チェイニーの特殊メイクで有名なサイレント映画は一九二五年公開。一九四三年版のファントム役クロード・レインズは『透明人間』（一九三三年）ではグリフィン役を演じており、つねに声の存在となっている。以後、映画やミュージカルで何度もリメイクされるが、そのたびに幽霊と歌姫の関係は書き直される。

（31）Bruno Bossis の著作として前掲書のほか、« Le fil d'Ariane, au-delà de la vie », in *Revue Jules Verne*, n° 24, 2007 ; « La technologie au service d'une poétique du fantastique dans l'opéra contemporain », in *Opéra et Fantastique*, Rennes, Presses Universitaires de Rennes, 2010 ; 下記ミラー・フランクの著作、そのネタ本のひとつ Michel Poizat, *L'opéra ou le cri de l'ange*, Métailié, 1986 など。いずれも初音ミク登場以前の著作であるか、あるいは彼女には触れていない。

（32）フェリシア・ミラー・フランク『機械仕掛けの歌姫』大串尚代訳、東洋書林、二〇一〇年（原著一九九五年）、一二頁。

（33）ヤスオP「えれくとりっく・えんじぇぅ」（二〇〇七年）では「電子のココロ」が歌詞でくり返され、「量子の風」と「天使の羽根」が同じメロディーで歌われる。

（34）一九世紀前半のもっとも有名な歌姫（一八〇八―三六年）。ヴェルヌはミュッセの詩「ラ＝マリブランに」（一八五〇年）を作中で引用しており――「もうひとりのマリブランが姿を現わすのであり、ミュッセならばこう言ったかもしれない。／君が歌、痛みも天に運びけり！」（Jules Verne, *Le Château des Carpathes*, Hetzel, 1892, p. 116）、『未来のイヴ』にも「そして、マリア・マリブランがそうだったように、偉大な詩人〔ミュッセ〕が、私の姿、声、魂、灰を不滅にしてくれることでしょう」とある（Auguste de Villiers de l'Isle-Adam, *L'Eve future*, *Œuvres complètes*, t. I, Gallimard, coll. « Bibliothèque de la Pléiade », 1986, p. 806）。なおマリブラン自身はコントラルトからソプラノまで広い音域を歌いこなしたという。マリアの妹はやはりオペラ歌手のポーリーヌ・ヴィアルドで、こちらはジョルジュ・サンド『コンシュエロ』（一八四二―四三年）のモデル。

（35）この欲望は、ソプラノ歌手の歌声を盗み録りすることで事件に巻きこまれるジャン＝ジャック・ベネックス監督の映画『ディーバ』（一九八一年）にまでひき継がれる。ベネックスがこののち、日本の若者に取材したドキュメンタリー『オタク』（一九九三年）を撮り、『ディーバ』との関連性を認めていることも興味深い。

（36）初音ミクの髪が緑色（フランス語でガラスと同音異綴語）であるという客観的偶然（？）もある。

（37）たとえば cosMo（暴走P）「初音ミクの消失」（二〇〇七年）など。異常なアップテンポに、おそらくプログラムの限界まで歌詞を詰めこんでいる。

(38) Michel Schneider, *Voix et désir*, Buchet/Chastel, 2013, p. 74.

(39) 「オペラは原初の声を聞かせるのか? 原光景の声を?」(*Ibid.*, p. 230)。

(40) ジェラール・コルビオ監督。同映画における去勢歌手の歌声は、男性のテノール歌手と女性のソプラノ歌手の歌声を当時最新の音声合成技術でミックスしたもので、フランス国立音響音楽研究所(IRCAM)が技術提供をおこなった。同研究所でも人工の歌声の研究がおこなわれており、かつて公式サイトで「夜の女王のアリア」のデモ演奏を聴くことができた。ただし歌詞は入力できないらしい。

(41) ルーセル作品における甲高い声については拙論 « La voix des morts, des femmes et des machines », in *Roussel : hier, aujourd'hui*, Rennes, Presses Universitaires de Rennes, 2014. 同論で指摘したとおり『アフリカの印象』にはルイズ・モンタレスコというもうひとりの異性装者が登場し、彼女の肺は手術によって一種の楽器になっている。ここでも〈女の声〉の人工性と性的あいまいさが組み合わされている。

(42) Villiers, *op. cit.*, p. 910.

(43) 同じクリプトン社の Leon、Lola、日本語ヴォーカロイドの MEIKO(それぞれ二〇〇四年)、KAITO(二〇〇六年)。MEIKO と KAITO の声を担当した拝郷メイコ、風雅なおと、は声優ではなく歌手である。MEIKO についてはソフトのパッケージにイラストも付されたが、音源の技術的な完成度のほか、やはり〈女の声〉であることが問題だったのかもしれない。

(44) アニメ声の性的あいまいさについてはミラー・フランクとはまた違った観点から考察が必要である。たとえばアニメの少年役は成人女性が演じることが一般的であるし、鏡音リン、レンというヴォーカロイドでは下田麻美が少年の声も担当している。

(45) 娘の名ジレット(Gillette)からカミソリのアナグラムとされる(rasoir/Egroizard)。

(46) 地口を利用したルーセル独自の創作方法。この場面でどのような〈手法〉が用いられたかについては『いかにして私はいくつかの本を書いたか』(一九三五年、死後出版)に言及はない。ただし「豚のラードでできた身長計=定規(règle en lard)」は「アートの規則/正規の仕方(règles de l'art)」と読み替えられることを多くの研究者が指摘している。

(47) クエイ兄弟の映画『ピアノチューナー・オブ・アースクエイク』(二〇〇五年)はアドルフォ・ビオイ=カサーレス『モレルの発明』(一九四〇年)を原作とするはずだったが権利の問題で断念され、『カルパチアの城』を翻案することになった。同映画でラ=

スティラに相当するオペラ歌手はマルヴィナと名づけられているが、『ロクス・ソルス』のこの挿話に由来するかもしれない。ジャクリーヌ・ヴァベールは、クエイ兄弟がいかに『モレルの発明』と『カルパチアの城』から作品のエッセンスを汲みとっているかを明らかにしている（Jacqueline Waeber, *op. cit.*）。

（48）レーモン・ルーセル『ロクス・ソルス』岡谷公二訳、平凡社ライブラリー、二〇〇四年、二七二頁。

（49）架空のオペラ作品。アビメレク、レベッカ（リベカ）とも旧約聖書『創世記』中の人物。レベッカの夫イサクは、王アビメレクが治める土地で、妻を妹と偽って難を逃れる（二六章）。レベッカはまたエサウとヤコブ双子の母。

（50）「母親を亡くした人は、生前の母親の声の美しい響きのみをレコード（phonographe）で再現してみても悲しみが慰められはしないだろうが、それと同じに嵐を機械で模倣してみても、〈展覧会〉にしつらえた照明噴水のように私の関心をそそりはしなかっただろう」（マルセル・プルースト『スワン家の方へ Ⅱ』鈴木道彦訳、集英社文庫、二〇〇六年、四二三頁）。プルーストはルーセルよりやや年長だが、ともに裕福なブルジョワという境遇にあって実際知り合いでもあり、同性愛、そして母親の偏愛などを共有している。

（51）死んだ母親の声と息子の声であれば、アルフレッド・ヒッチコック監督の映画『サイコ』（一九六〇年）とも関連づける必要がある。同作品における母親の声は、男性（息子役のアンソニー・パーキンスではない）と複数の女性の声を継ぎ接ぎしたものだった。

（52）「初音ミクのキャラクター性を歌詞に織り込んだ作品は、初音ミクがニコニコ動画に登場した最初期に多く発表されており、「みくみくにしてあげる♪」「恋スルVOC@LOID」「あなたの歌姫」「えれくとりっく・えんじぇぅ」「ハジメテノオト」など数多の名曲がある」（「ニコニコ大百科（仮）」、「私の時間」の項目［http://dic.nicovideo.jp/a/私の時間］）。ただし初音ミクの魅力がこの時期のキャラクターソングだけに集約されていると言いたいわけではない。個人的に愛聴しており、またもっとも初音ミクと相性がよいと感じるwowaka（現実逃避P）作詞・作曲の諸作品が登場するのは「メルト」以降のことである。

（53）円堂都司昭はこうした自己言及性をPerfumeの初期歌詞、さらに遡って榊原郁恵の「ROBOT（ロボット）」（一九八〇年）などのテクノ歌謡にも見いだす（「「Pの悲喜劇」――初音ミク周辺で回帰する八〇年代的テーマ」、『ユリイカ』二〇〇八年一二月臨時増刊号、五八―五九頁）。

（54）これはギブスン『あいどる』でくり返し示唆されるテーマである。

（55）ジークムント・フロイト「小箱選びのモチーフ」『ドストエフスキーと父親殺し／不気味なもの』中山元訳、光文社古典新訳文庫、二〇一一年（原著一九二八年）。この理論を『ホフマン物語』にあてはめた分析が Michel Schneider, *op. cit.*, p. 68-82。

（56）大学書林より拙訳が近刊予定。ヴェルヌを神のように崇めていたルーセルだが、その読書の内実については証言が乏しい。初出時（ルーセルは一六歳）に、あるいはヴェルヌ死後、短編集『昨日と明日』（『アフリカの印象』と同年の一九一〇年）に再録された際に読んだ可能性はある。

（57）パイプオルガンの部品のひとつ。パイプへの送風を律し、音色を変えるための装置。また音色それ自体も指す。

（58）ヴェルヌはお互い無名時代にオッフェンバックと知り合っており、のちに『ホフマン物語』の台本作家となるミシェル・カレとは戯曲作品を共作している。

（59）九世紀から一〇世紀におけるスペインの教会ではイスラムの影響を受け、天使の声とカストラートのそれとが同一視されていたという（Michel Poizat, *op. cit.*, p. 161）。

（60）佐々木渉、前掲誌、一一頁。

（61）Christian Chelebourg, « Le miroir de Jules. Imaginaire et fantastique dans *Monsieur Ré-Dièze et Mademoiselle Mi-Bémol* », in *Bulletin de la Société Jules Verne*, n° 72, 1984, p. 194.

（62）〈子どもパイプオルガン〉のもうひとつのインスピレーション源は〈猫オルガン〉という想像上の機械である。詳しくは拙論「猫オルガンとはなにか？――ヴェルヌ『レのシャープ君とミのフラットさん』、ルーセル作品を通して（1）」、『慶應義塾大学日吉紀要フランス語フランス文学』六〇号、二〇一五年、九七―一二七頁および「同（2）」、同誌六二号、二〇一六年、一―三二頁。猫と初音ミクの関係については別途論を設けたいが、ここでは「にゃーお」という鳴き声、非分節言語が子どもの声、〈女の声〉に通じ、初音ミクの人工性と相性がよいこと、また、笑いと癒しという問題につながっていることを指摘するにとどめる。実際、doriko「キャットフード」（二〇一〇年）、daniwell「Nyanyanyanyanyanya!」（二〇一〇年）、トーマ「エンヴィキャットウォーク」（二〇一一年）など、彼女を猫に喩えたヒット曲も少なくない。

（63）パイプオルガンに囚われたさまを語り手は「鳥籠に入れられ、歌わされる子ども」と表現したが、同様の内容を歌った、オワタP「パラジクロロベンゼン」（二〇〇九年）というヴォーカロイド曲がある。

オートマティスムの声は誰のもの?

――ブルトン、幽霊、初音ミク

中田健太郎

1　声が聞こえない――『ナジャ』小試論

「わたしにはあなたの言うことが聞こえない」[1]と、アンドレ・ブルトンは『ナジャ』(一九二八)の後半部に記している。それがナジャの言葉に魅惑され、翻弄されてきた主体の物語であったことを考えるなら、この別れの言葉は決定的である。

ナジャが精神病院に入ってしまって、もう彼女の声を以前のように街路で「聞く(entendre)」ことができない、というだけではない。もしも彼女の声を耳にする機会があったとしても、もう自分にはそれを「理解する(entendre)」ことができないのだと、ブルトンは知っている。だから、やはりこれは残酷な別れの言葉だ。彼がフィリップ・スーポーと共著した初期の戯曲『すみませんが』において、「まだあなたの言うことが聞こえる」という言葉が、愛を肯定的に確認しようとする女性の最期の台詞の口火を切っていたことを考えるなら(しかも、その言葉にたいする男性の拒絶は、彼女を撃ち殺すことによってしめされたのだ)、あるいは『秘法一七』(一九四四)において、「わたしのことはもうあの人には分からないだろうと自分に言い聞かせる」のが「真に許しがたい接触の喪失」だとされていたのを思いだすなら、声と理解をめぐるこの拒絶がブルトンにとってどれだけの強さをもって口にされていたのか、あらためて

実感されるようだ。(2)

『ナジャ』の後半部で、狂気と非狂気のあいだに境界などないのだと「詭弁」(一七〇頁)を弄してみても、精神病院の暴力性にたいしてどれだけ怒りをあらわにしても、あるいはいつまで彼女に金銭的援助を行いえたかを切々と語ったとしても、「自己弁護」(一七〇頁)のための言葉のように虚しく響くことは、ブルトン自身にもよく分かっていた。物語にとって決定的なのは、その狂気と非狂気のあいだの境界という、言葉のうえでは一笑に付しうるものの社会的な意味の大きさに、彼とナジャが引き裂かれてしまったということであり、そしてなにより彼自身がもう、あの声に聞く耳をもたない人間になってしまったという自覚である。

いや、そもそもこの作品の報告していた時間のなかでさえ、ブルトンはほとんどの場合、ナジャの言葉に耳をかたむけられずにいたのを告白している。「わたしはもうかなり長い間、ナジャと理解しあえなくなっていた。じつを言うと、われわれは一度だって理解しあったことがないのかもしれない」(一五七頁)。ナジャが予言的な能力をはじめてつづけざまに爆発させた、出会いの二日後(一〇月六日)の晩にしても、そうだったかもしれない。窓のあかりのつく時間を予言したり、「火の手」をめぐるスフィンクス的な問いを聞いたりしたときには、ブルトンはその言葉にたしかに感応していたように見える。しかし、その直後には「彼女はいま、自分ひとりのためだけに話しており、もう何を言っても前のようにはわたしの興味をひかない。顔もそっぽを向いていってしまって、わたしはそろそろ飽きはじめる」(一〇三—一〇四頁)。言葉が「自分ひとりのため」のつぶやきになるのは、もちろん多分に聞く側の問題でもある。一九六二年の序言にも明言されているとおり、この作品の「神経精神医学的」(八頁)文体が、ブルトン自身にもメスを入れているのがよく分かる。彼は、ナジャとの最良の日のひとつにおいてさえ、彼女の言葉に耳を貸さず、そして「理解しあう(s'entendre)」ことがなかった自分について語っているのだ。

その翌日、一〇月七日の午前中にも、彼は自問している。「彼女に会わないとしたら、今日の午後はどうするか? いや、もうこれっきり会わないとしたら? そうしたら、わたしはもう知ることがなくなるだろう。つまり、もう知らないのが当然という身になってしまうだろう」(一〇五頁)。ブルトンは、自分が予言の言葉に聞く耳をもたない人間になるのを恐れている。いや、そんな日が遠からずくることを、予感しつつ恐れていたのだ。一〇月一二日には、「わたしはだんだん彼女のひとりごとについてゆくのがつらくなる。あいまの沈黙が長くなるにつれて、言うことの意味が分からなくなりはじめる」(一二四頁)。それが早くも、『ナジャ』が記録として提示する最後の日となってしまう。彼女の声は、狂気の「想念」の世界へと隔離されてしまったのだ。ブルトンは、自分が「彼女の生活に介入し、事実上そうした想念の拡大を促進したということ」(一六〇頁)を、事実として自覚してさえいる(狂気と非狂気の境界線に、変わらず嚙みついてみせたとしても)。

だから、それらの日々の報告のあとでは、彼は慎ましく「物語をよぎる声」(一七五頁)を思いだすことしかできない。「いまはもう、日々の流れるにつれ、彼女がわたしのまえで口にしたり、見るまにさっと書きとって見せたりした言葉を、いくつか想起するだけにしておきたい。これらの言葉こそ、彼女の声の調子をもっともよくわたしに思い起こさせ、いまもわたしのなかに大きく、大きく響きをとどめているものである」(一三八頁)。響いているのは、つぎのような声だ。

「神秘を前にしているのよ。石の人、わたしを分かってね」(一三八頁)

ああ、ブルトンは、自分が石のように何も聞こえないで、何も分からないでいたのを思い知らされている。恩寵の声が聞こえないことにたいする、ブルトンのこの恐れを読み落としてしまえば、『ナジャ』という作品を不思議な女性との魅惑的な出会いを描いた「幻想小説」へと貶めることになるだろう。「どれだけ羨望を抱いたにしろ、またおそらくどれほど幻想を抱いたにしろ、わたしは彼女の提示していたものの高みにまでのぼってはいなかったのかもしれない」(一五九頁)。きっと、そうなのだろう。だから『ナジャ』は、誰もが指摘するとおりの「声の物語」であるのとおなじ程度には、声が聞こえない物語である。

しかし、それでも『ナジャ』が、声を聞こうとしたためにはじまった物語であるのはたしかだ。「わたしとは誰か？」という冒頭の問いかけにたいする導きの糸として、ブルトンは彼女の声を、一時期は追いかけようとした。その予言的な言葉は、自分が知りえない多少とも普遍的な領域を、「いまのわたしという誰かになるために、わたしがそうであることをやめなければならなかった何か」（一一頁）を、指ししめしているようにたしかに思われたのだ。だから、「ほかのすべてを要約するひとつの問い」（八二―八三頁）、「あなたは誰？」という問いを彼女に問うことは、「わたしとは誰か？」と問いつづけることでもあった。

じっさい、わたしとは誰だろう？「ほかのあらゆる人々のなかで、わたしは何をしにこの世へやってきたのか、またわたしはどんな特別な伝言をたずさえた使者」（一三頁）であるのか。この問題は、最良の戦後詩人たちが（日本ではとりわけ鮎川信夫が）誠実にも体現したような、死者たちの遺言をかかえた「代理人」としての戦後を、「幽霊」として生きようとする思想とは似て非なるものだ。ブルトンも、「わたしとは誰か？」と考えはじめると、「生きながら幽霊の役を演じ」（一一頁）ているように感じるのだという。しかし、それは死者となった誰かの声を代理しているからではない。そうではなくて、もともとたずさえていた言葉の全能を回復しようと願うときに、彼は彼岸にいるはずの自分の幽霊となるのである。

ここでのブルトンは、ほとんどプラトンのイデア論のように、此岸を彼岸の影として描いている。「自分自身よりも遠くに耳をかたむけようとすることは〔……〕なんという気ちがい沙汰だろう！」[3]。たしかにそうかもしれない。『ナジャ』の冒頭でのブルトンは、あまりにも彼岸に耳をかたむけようとして、観念論に素朴に近づきすぎているように見える。しかし、すでに確認したように、彼はナジャの謎めいた言葉の神秘を手に入れたとか、みずから彼岸の普遍性に到達しえたなどとは言わない。むしろ、ナジャとの経験をとおして彼は、彼岸と此岸のあいだの壁に、狂気と非狂気のあいだに社会が築く境界にはばまれて、すごすごと引きかえすはめになった。彼岸と此岸を貫くような声があると言ってもきっと詭弁に響くだろう。

それでも、あの声をたしかに聞いたと、そしてすくなくとも一度はまた聞きたいと、思ったからこそ可能になったこともある。だから、そんな詭弁を掲げつづけることの意味を、ブルトンは信じようとしている。「どんなに議論の余地のない真実よりも、はるかに意味ぶかく、はるかに射程の大きい詭弁というものがある。それを詭弁としてとりさげてしまえば、大きさも重要さも失われる。もしそれが詭弁だったとしても、すくなくともその詭弁のおかげで、〔……〕いつまでも悲しみをかきたてる叫びを、「誰がいるのか?」という叫びを投げかけることができたのだ」(一七〇―一七一頁)。詭弁を保ってでも観念論にぎりぎりまで近づいたからこそ、ブルトンは彼岸と此岸のかりそめの境界線で、つぎのような誰何を発することができた。

誰がいるのか? あなたなのか、ナジャ? いったい、彼岸のすべてが此岸にあるというのは、ほんとうなのか? わたしにはあなたの言うことが聞こえない。誰がいるのか? わたしひとりなのか? これは、わたし自身なのか? (一七一頁)

観念論的な声を現実に聞こうとしたブルトンは、ついにその声がもう聞こえないことを認めざるをえない彼岸と此岸の縁にまで連れだされ、ナジャと自分を同時に見失っている。超越性を指ししめしてきたナジャの声は、むしろそれが聞こえなくなる地点でこそ、彼我の境が不分明になるまでにブルトンの主体性を再審に付す。だからこの別れとしての誰何は、主体を超越性との接点で作りかえる力を、観念論から現実に借り受けてくることに成功しているのだ。狂気や超越性をまえにすると現実に引きかえしがちなブルトンの態度は、たとえばツァラやアルトーなどと比較して臆病な穏当主義として批判されがちだが、観念論から現実的な革新の力を引きだしてくる、実践の思想としてそれを評価する余地はある。

ブルトンは、彼の最良のテクストのうちでいくどか、観念論に限界まで近づきながら、いわば超越的な認識と現実的な認識の縁に立って、このような誰何を発している。あるいは、ここではほとんど同じことだが、超越的な声と自

引き止めようとしているのが分かる。このような相反する態度の共存は、超越的な認識と現実的な認識の縁に立って外部と内部のはざまで主体を問いなおすという、ブルトンの課題のひとつの展開を『ナジャ』において確認した後でなかったなら、かなり奇妙なものに思われたはずだ。

『シュルレアリスム宣言』(一九二四)の、おなじくオートマティスムの声について記述している箇所においては、スピリティスムよりもフロイト理論との結びつきが前面にだされており、「できるだけ早口に語られるひとりごと」[9]といった内部からの声のイメージが強調されている。もちろん、それが声の問題であるかぎり、外部性の問題が消えることはないが、しかし肝心の最初の声の到来もつぎのように曖昧にしか響かない。「わたしは一語としておきかえることができないほどはっきりと発音され、しかもあらゆる声音からは切りはなされた、かなり奇妙な文句を感じとった」[10]。発音されながらも、声音ではないと強調されているこの「シュルレアリスムの声」は、やはり超越的な外部の発話者との結びつきは曖昧なまま、内部と外部の接点で話され、また聞かれるのである。ブルトンにはじめて到来したのが、「窓で二つに切られた男がいる」[11]という文句であったことが、なんとも象徴的に思われるようだ。オートマティスムの声は、まさに窓に乗りだしたときのように、人を部屋の外側と内側に同時に帰属させるための呪文となったのである。

また、おなじ『宣言』のなかでブルトン、シュルレアリストは「数多の木霊をとりいれる無声の集音器」[12]になるという、有名な比喩を提起していたのも思いだされる。この「木霊」という比喩もやはり、声の帰属を奇妙にはぐらかしたまま、内部と外部の間の反響を問題にしているようだ。

外部と内部の接する地点へと向かおうとする、オートマティスム論のこのような積極的な曖昧さは、さらにブルトンの生涯にわたって追跡していくことができるだろう。たとえば、もっとも観念論に近づいた『シュルレアリスム第二宣言』(一九二九年掲載)においては、心霊研究に乗りだすことさえ容認されているが、一九三三年の「オートマティックなメッセージ」においては、「「声」の外在性という問題は起こりようもなかった」[13]として、引きかえすべき地点が明示されている。このような理論的隘路を、これ以上たどりなおすことはしないでおく。ただ、彼の最後の詩集となった『A音』（一九六一）の序文においても、オートマティスムの声は「闇の口」から漏れてきたささやきであり、そして同時に「自分自身の声」でもあるという、折衷的な態度がしめされていたのを確認しておこう。

たとえ「闇の口」が、わたしにはユゴーにたいするほどは気前よく話しかけず、いやそれどころではないのだが、そして脈絡のない言葉しか話しかけないとしても、大切なことは「影の口」がわたしに、ときとしていくつかの言葉をささやいてくれたということであり、〔……〕それらがわたしひとりだけに話しかけられたのだという確信をもっているということだ（それほどまでに、わたしはそれらの言葉に、すっかり明快で呪文の力をもつまでに至っているけれども、自分自身の声を認めるのだ）。[14]

このようにしてブルトンは、シュルレアリスムの声の超越的な魅惑にぎりぎりまで迫りつつ、しかしそれを外部にある意志（たとえば心霊）へと直接結びつけずに、内部にとどまって語るという理論的隘路を歩みつづけた。そのようにして彼は、外部と内部を通底させて主体を問いなおす契機を、声に期待したのである。

これは、ツァラやアラゴンに見られたアヴァンギャルド的認識とは、やはり大きく異なった思考法である。とはいえ現代から見れば、観念論をしりぞけて言語を唯物論的な形式としてとらえたアヴァンギャルドの認識が、あまりにもソシュール的な言語観にとどまり、記号と意味の関係性およびその不可能性という問題にこだわりすぎたことの限界も、やはりあきらかだ。声を受けとったという主観性を巻きこみつつ、内部と外部の接点において言語を流動的にとらえ、さらにリズムや形態などへとオートマティスムの問題を押しひろげていったブルトンの思想は、おそらく認知言語学以降の知見からあらためて評価する必要があるだろう。

3 声はどこからやってくるのか——スピリティスムの場合

それにしても、「霊媒の登場」が発表された一九二二年の時点において、スピリティスムという言葉は、すでに多少時代がかったものであったと言っていい。[15] 近代的スピリティスムの潮流は、一般的には一九世紀なかごろのアメリカを起点としていると言われる。ニューヨーク州のフォックス一家における定期的なラップ音や家具の移動現象が話題を呼び、そのフォックス一家の姉妹が霊媒として各地を巡業するうちに支持者を増やし、アメリカ全土に心霊ブームが広がっていったのである。一八五〇年代中盤には、一説によれば一万人以上の自称霊媒があらわれたという。この傾向は、まもなくイギリスにも伝播していくことになる。

イギリスにおける流行にやや遅れるかたちで、スピリティスムはフランスにも根づきはじめた。一八五〇年代前半には、交霊術はフランスのサロンのあいだで話題をあつめ、ユゴーのような文学者たちも実験に熱中するようになっていった。フランスにおけるスピリティスムを理論化した功績は、『霊の書』（一八五七）などの著作をまとめたアラン・カルデックに帰せられている。心霊現象を霊界からの伝達と考えたカルデックは、霊媒を介して得られた言葉を記録して、霊界での生活や霊の種類などをはじめとするスピリチュアルな体系をつくりだした。そのため、霊媒によるその伝達の受信方法について具体的に検証したことも、彼の重要な仕事である。輪廻の法則を語ったカルデックのスピリティスムは、キリスト教道徳とも結びついたひとつの宗教思想としてフランス社会の一部に浸透していった。人間を「魂」と「肉体」に分け、両者をつなぐものとして「霊体」を位置づけるといった彼の議論は、ある意味では心身二元論を結ぶ動物精気説を焼きなおしているところがあり、フランスにおけるデカルト哲学の根深さを感じさせるところもある。

いずれにせよ、ブルトンたちが霊媒まがいの実験に手をつけたのは、このようなカルデック主義の当初の熱狂から、半世紀あとのことだった。心霊の存在を前提とせずに交霊術に惹かれていた「霊媒の登場」と同時代のテクストとして読みうるのは、むしろカルデックの議論をあくまでも科学的に分析しようとした二〇世紀前半の心霊研究であろう。そのような科学的な心霊研究の潮流を代表するのが、生理学の大家でもあったシャルル・リシェである。リシェは心霊の言葉の聞きとり自体を否定しており、ブルトンも読んでいたことが知られている『超心理学概論』（一九二二）

のような著作においては、カルデックの報告している霊言はすべて催眠状態にある霊媒たちのなかからでてきたものだと明言している。しかし、われわれにとって興味深いのは、彼がそれでもさまざまな霊媒たちのテクストを収集し、その創作物としての価値を高く評価していたことだ。たとえば、ユゴーの作品のなかに見られる交霊術の影響をめぐっては、「これらの文章や詩行を口述したのはシャルル・ユゴーの無意識であり、その無意識は巨匠の天才に比肩していた(16)」と論じている。シャルル・ユゴーはヴィクトル・ユゴーの息子であり、しばしば交霊術の霊媒を務めていた。このようにしてリシェは、声が心霊に由来することは否定しつつも、それが主体にもたらす絶大な効果を積極的にとりあげたのである。

それにしても、引用した一節のなかで「無意識」という言葉が用いられているのは、われわれにはやはり興味深い。心霊に由来するものではなくとも、実験者にとって超越性を保っているように思われる声は、主体の無意識を機能させる契機となるのである。このようにして、超越的な声の効果に寄り添い、主体の内部に外在性との接点をつくりだすことによって、無意識の革新的な能力を引きだすことができるという点で、ブルトンとリシェはカルデック以後の感性を共有していたと言ってもいいだろう。

シュルレアリスムの実践は、きわめてしばしば心霊的主題をあつかってきたし、それはこの運動に影響を受けた現代文学・美術の潮流においても変わらない。このことが、しばしばきわめて趣味的な関心と結び合って、シュルレアリスムを「幻想」の好みと混同させてきたようだ(17)。しかし、ブルトンのスピリティスムへの興味が、心霊の実在を前提としなくても成りたつものであったことは、見のがしてはならないだろう。彼にとって超越的な外部からの声は、むしろ無意識という内部の次元へと通底し、そこで木霊することによって、主体性を革新する力となることを期待されていたのだ。「スピリティスムの目指している事柄つまり霊媒の心理的人格を解体させるのとは逆に、シュルレアリスムはこの人格の統合以外の何事をも目指していない(18)」という、「オートマティックなメッセージ」の著名な一節が語っていたのも、このような主体の弁証法の可能性にほかならないだろう。

「現実僮夕論序説」（一九二四）における、「甲冑たちの対話」と題された謎めいた対話劇も、このようなスピリティスムの弁証法的利用の、見事な実例だと言うことができる。

灯籠を手にして、わたしはとある城の控えの間にいる。そして光り輝く甲冑をつぎからつぎへと照らしだす。後日おなじ控えの間で、それとは気づかずにわたしの甲冑を着用する人間があらわれないともかぎらない。台座から台座へと、無言のすばらしい対話がつづけられる。(19)

いったい、「無言の対話」を交わしているのは誰だろう？　ゴシック・ロマン調の舞台設定は、空の甲冑たちのなかに潜む、超越的な存在を想像させるかもしれない。しかし、「わたしの甲冑を着用する人間があらわれないとはかぎらない」という一節は、むしろその霊的に思える存在を介した自己の刷新を指ししめしているようだ。いつかわたしの甲冑を着るものがあらわれるなら、空の甲冑たちの対話は結局のところ、あたらしい主体を生みだすために、わたしのなかで響いていたということになるのではないだろうか。

4　声はなにを語っているのか——電子音声現象について

超越性への志向を主体との接点において再駆動させるブルトンの発想は、理性によって不可思議を追いはらうだけではあきらかに不十分になった現代に、心霊現象の理性にとっての意義をしめしてくれている。じっさい、われわれは科学技術の進歩によって心霊がいなくなるどころか、むしろ技術のうちに心霊がとりつくことが当たり前となった時代に生きている。心霊写真への関心は、音響や映像のなかにも変わらずに棲みつき、ネットの情報のなかで増殖してウェブカメラによって常時配信される。幽霊たちはもう井戸からあらわれるまでもなく、データの深みに潜んだまま、いたるところにあるスクリーンの表面から飛びだしてくることができるだろう。一方で、スマホの画面を見つめてゾンビのように移動しているわれわれは、魂をスクリーンの向こう側に移行させているようにも見える。

機械技術における心霊主義のインフレーションのなかでも、われわれの主題にとってとりわけ興味深いのは、いわゆる電子音声現象であろう。この現象の流行は、ブルトンのシュルレアリスムとかならずしも同時代のものではなかった。とはいえ、機械技術における人間経験の拡張は、語源的に言ってもシュルレアリスムの根本的な課題にちがいない。「歩行を真似しようとして脚にはちっとも似ていない車輪をつくりだす」ことが、アポリネールのしめしたシュルレアリスムの最初の実例だったし、ブルトンにとってオートマット(自動人形)とは、「人間らしく振る舞うことはまるでなしに、行動にかんするただしい概念をわれわれにあたえる」ものなのだ。[20] マクルーハンのメディア論が、技術のもたらす身体と感覚の拡張について語るよりも数十年前から、シュルレアリスムは技術による身体の改変と刷新を期待しつづけていたわけだ。

さて、現代の電子音声現象の端緒としては、たとえば一九五九年にスウェーデンのフリードリヒ・ユルゲンソンが、鳥の鳴き声を録音したテープのなかに自分の亡くなった肉親の声を聞いたことなどが、しばしばとりあげられる。それは、通常の状態では聞こえなかったはずの音を、機械技術を媒介とすることによって感知することができるという、あらたな霊媒性の発見であった。

この領域に決定的な足跡をのこしたのが、ラトヴィアの心理学者コンスタンティン・ラウディヴである。ラウディヴは、七万以上もの実例をあつめて『聞こえない言葉が聞こえる』(一九六五)にまとめ、電子音声現象を体系化したのだ。彼が実験のために用いたのは、「ザー」というホワイトノイズをテープレコーダーに録音しながら、そのレコーダーのまえでマイクを使って見えない存在に質問を重ねるという方法であった(機械の多重使用が、超自然的な声もしくはノイズを発生させる好条件となっていたのはたしかだろう)。このようにして採取された録音から、メッセージが引きだされることになるわけだが、その段階ではラウディヴが多言語性によって特徴づけられるラトヴィアの人であったことが、大きな利点となった(その点では、スコットランド人であったユルゲンソンも同様である)。というのも、彼はひとつの音声を何ヶ国語もの組み合わせとして解読していくのである。『聞こえない言葉が聞こえる』にも、この声のもつ柔軟な言語に人間の耳が慣れるまでには「すくなくとも三ヵ月はかかる」[21]と記されており、それが多少とも秘術的な解読方法であったのは否定できない。

このような方法論には、もちろん批判もありえるだろう。もっとも著名な批判者の一人は、ウィリアム・バロウズであった。彼は、ラウディヴの方法は「実験者の記憶のなかに録音された音声が再生されている」[22]だけだと、まっとうにも指摘している。電子音声現象が、実験者の聞きたいものを聞く、欲望の投影に終わってしまうという危険はたしかにあるだろう。ユルゲンソンとおなじように、ラウディヴもまずそこに、彼の亡くなった母の声を聞きとったのだ。バロウズ自身は、音が実験者の欲望へと直接結びつくことを避けるようにして、街頭で録音したテープをカットアップして、そこに偶然性を導入するという、コラージュ的実践に向かうことになる。

とはいえ、ブルトンもたびたび言及した、壁のしみから絵画の主題を見いだすダ・ヴィンチの教えや、雲のかたちを自由に形象化するハムレットの教えを思いだすなら、ラウディヴの方法を単なる欲望の投影として貶める必要はないだろう。それはむしろ、外部の声によって無意識の働きを刺激することで、主体的欲望を組織的に改変しつづける方法だったと評価することもできる。ジェフリー・スコーンは、機械技術における心霊主義をめぐる研究のなかで、「［フロイトとラウディヴによる］これら二つの「解釈的」科学は、彼らの実践によって重大な喪失のトラウマを乗り越えることができるという希望を、その核心の部分で分かちもっていた」[23]と要約しているが、それはユングのもとでオックスフォード大学で学んでいたというラウディヴの経歴をも思いださせる適切な理解である。

われわれにとってさらに興味深いのは、ラウディヴの編みだした方法が、オートマティックな詩のうちに未来の予言を読みとったブルトンの読解（客観的偶然）を、音の次元からはじめて多言語的に展開したものとして評価しうることだ。ラウディヴは、エクリチュール・オートマティックを機械的な聴取に託し、その読解を多言語操作の恣意性にゆだねることによって、オートマティスムの生成から客観的偶然へという「事件的懸隔」（ジャクリーヌ・シェニウー＝ジャンドロンの用語）のなかにあったサイクルを、ひとつの体系として再組織化したと言うこともできる。客観的偶然が、分析対象をオートマティスムによって主体から遠ざけることで自己分析の困難を多少とも回避しようとしたのにたいして、電子音声現象は、テクストの生産と解釈の過程を機械化して組み合わせることで意味生成のインフレーションを起こし、個人の欲望に回収されない解釈の多様性を確保しているのだ。

すくなくともラウディヴの方法論は、機械録音された音の言語的可能性という、きわめて根本的な発想を、現代の音響と言語をめぐる思索にもたらしたと言うことができる。そこには、音響詩につらなるアヴァンギャルドの言語的探求を、言語解体の不可逆な歴史としてではなく構想する可能性が籠められている。現代芸術家マイク・ケリーによる『パリの精霊』（二〇〇二）のような音響・映像作品は、この点できわめて意識的である。彼は、ロートレアモンやツァラのような芸術家たちの終の棲処と、アラン・カルデックや著名な霊媒たちの墓地などで採取した映像そしてとりわけ環境音を組み合わせてみせたのだ。その奇妙なパリ案内におけるノイズは、音を絶えず意味として受けとってしまう心霊主義的感性を、アヴァンギャルドとそれにひきつづくシュルレアリスムの言語と同一平面上に結び合わせる、ラウディヴ以後の構想力を静かに伝えている。(24)

このように考えはじめると、ブルトンが電子音声現象と同時代を生きていなかったことが、残念に思われてくるほどだ。とはいえ、彼のテクストのうちでも、電子化された音声の伝達にかかわる概念が展開されたことがあった。それは「無線」という概念であり、マリネッティがすでに「未来派文学の技術的宣言」（一九一二）において、言葉を科学的思考によって自由にできる根拠のひとつとしてとりあげていたものだ。フランスのアヴァンギャルドの文脈においては、マリネッティがその翌年にパリで行った講演をきっかけに、多少の流行を見せたものでもあった。(25)

ブルトンは、それからさらに一一年後の「現実僅少論序説」の冒頭において、この語彙の流行から現代人の感覚や認識力について論じていた。しかし、なによりも忘れがたいのは、彼がそのイメージに『ナジャ』の結末部をゆだねたことだ。

X……発、一二月二六日——ル・サーブル島にある無線電信局の当直技師が、日曜の晩の某時、……から発送されたと思われる通信の一部をとらえた。通信はとくに「どこか具合のよくないところがある」と述べていたが、そのときの飛行機の位置を明示することはしなかった。きわめて不順な気象条件と、あいつぐ電波干渉のために、技師はそれ以外の言葉をなにひとつ聞きとることができず、あらたに連絡をとることも不可能になった。

（一九〇頁）

ある日の朝刊にとりあげられていた、このような断片的な無線通信の記録こそ、なによりも自分の「消息」を伝えるものだとブルトンは言う。ここではもちろん、マリネッティ的な意味における言語の革新が語られているわけではない。そうではなくてブルトンは、またしても「聞こえない」遠方からの声を、今度は機械技術による無線通信のイメージによって拡張させることによって、その引き延ばされた受信の可能性のなかでみずからの「消息」を、誰何として響かせている。外部に響く声はここでも、それが聞こえなくなる地点で、内部性を別様に開くのである。

5　声が立ちあがる――初音ミクをめぐって

機械化された音声によって人の消息が伝えられ、そしてあらたな主体が構想されうるという考えは、いまや多様な実例を得て、現代人の感受性のうちに染みこんでいると言うことができる。テレビをつけて、たとえば『モヤモヤさまぁ～ず2』（二〇〇七～現在）のような番組を見ていると、いつのまにか音声合成ソフトによるナレーションを一人の人格（ショウ君）の声として認識しはじめているのに気がつく。あるいは、さまざまな実況動画の配信者たちが、みずからのキャラクターを合成音声に託しているのを、われわれは自然に理解することができる。また別の場合には、動画にたいして打ち込んだ自分のコメントが合成音声となって実況者に伝わり、そのほかの視聴者の声と区別なしに和合していくのを、集団性の愉悦とともに感じてしまう。

このような感性が常態化するのに決定的な役割を果たしたのが、ヤマハのVOCALOIDシリーズのひとつとして発売された『初音ミク』（二〇〇七）であったのは、論を俟たないだろう。初音ミクが惹起した主体をめぐる問いについて、VOCALOIDの生みの親として知られる剣持秀紀は、つぎのように語っている。「初音ミクの曲を誰が歌っているか？　というと、それは結局のところ打ち込んだ人自身なんです。けれども決してその声は自分の声ではないし、自分が歌っているのではない。人間の歌手に曲を提供するのと近いですけれど、でもその場合はその人の歌として、別の表現になる。これはやっぱり今までになかった状況なんですね」[26]。ユーザーの打ち込んだ言葉が、ソフトのなかの初音ミクの音声素材によって再生されることで、そこにつねにあたらしい初音ミクが生まれていく。そのつどの初めての音とともにあらわれるこの天使的主体は、世界中に大きな衝撃をもって迎えられ、合成音声の時代のアイコンとなった。

内部から発したはずの言葉が外部にある音との出会いに際して、主体性への問いをあらたに機能させていると考えるなら、ここにはわれわれが『ナジャ』の誰何から一貫して検討してきた問題の現代的展開がある。その意味では、初音ミクの主体が天使としてのキャラだけではなく、しばしば霊的な表象あるいは死後の生を指ししめしているのは、きわめて自然に思われる。ここではもっとも象徴的な事例をあげることしかできないが、たとえば渋谷慶一郎の『THE END』（二〇一二年初演）は、死をめぐるオペラを初音ミクが主演したものだ。アーティスト・ユニットBCLによる展覧会「Ghost in the Cell：細胞の中の幽霊」（金沢21世紀美術館、二〇一五―二〇一六）は、初音ミクの幽霊的主体性に現代文化の想像力を仮託したものだという。

初音ミクにかぎらず、合成音声技術はさまざまな死後の生にかかわりながら、彼岸と此岸の境界線を拒否するブルトンの「詭弁」に、ある種の現実感をあたえようとしている。一九九八年に亡くなったhideの新曲「子ギャル」が、合成音声技術を介して発表されたことは、その見事な実例と言っていいだろう。そして、松尾Pによる歌声合成ツールUTAUを用いた音源「とりちゃん」は、わたしに驚きと感動をあたえてくれる合成音声でありつづけている。この音源は、松尾Pが亡くなった妻ののこした三曲の歌声から構築したものだ。松尾Pの、「すばらしいツールに心から感謝を。おかげで残りの人生でやることができました」[27]という言葉どおり、二〇一三年九月に発表された荒井由実の「ひこうき雲」のカバーからはじまって、「とうちゃん」による歌の動画は月に数本のペースで現在も増えつづけている。その「ひこうき雲」のきわめて個人的な歌声は、たとえば『ナジャ』の末尾の無線通信が語った飛行機の行方を、というよりも聞こえなくなった声たちのあらゆる消息を、われわれにも指ししめしてくれるようだ。

ランボーは「セール」という詩編のなかで、詩人の売りたてる品として「構成し直された〈声〉、合唱や管弦楽となるエネルギーすべての、友愛に満ちた目覚めとその即座の応用」(28)を数えあげていた。だとすれば、その後の近現代詩の流れのなかで、ダダ（のたとえば同時詩）からレトリスムへといたった言語の無機的な解体の系譜は、やはり声においてあらためて構成しなおされる余地がある。そのことを、ラウディヴから初音ミクにいたる、音から生命を生みだす一連の思想はあらためて教えてくれた。言葉には意味がないという諦念と、言葉には意味が宿るという霊感は、うたがいなく表裏の関係にあって、われわれの現代語はそのあいだで可逆的に蠢動している。

「とうちゃん」も歌っている荒井由実の「やさしさに包まれたなら」に、「カーテンを開いて　静かな木洩れ陽の／やさしさに包まれたなら　きっと／目にうつる全てのことは　メッセージ」という歌詞がある。『ナジャ』はおなじことを、「人生は暗号文のように読み解かれることをもとめているのかもしれない」（一三三頁）と書いていた。ふと、「ひこうき雲」を主題歌とした映画『風立ちぬ』から、ヴァレリーの「風立ちぬ、いざ生きめやも」（堀辰雄訳）という詩の一節を思いだす。その詩のなかでヴァレリーは、欲望にとりまかれた感覚的肉体を捨てて無機物として故郷の墓地に眠る悦楽的夢想を、とつじょ吹いてきた清新な風によって中断され、生を鼓舞されたのだ。カーテンを開くと風が立ちあがり、声が聞こえてくる。あれは誰の声なのだろう？「生きようとしなくてはならない」。

注

（1）アンドレ・ブルトン『ナジャ』巖谷國士訳、岩波文庫、二〇〇三年、一七一頁（なお、同書からの引用については本文に頁数だけを記した）。以下、既訳のあるものについては邦訳文献のみを掲げたが、訳文は変更した場合がある。

（2）アンドレ・ブルトン／フィリップ・スーポー『すみませんが』豊崎光一訳、『アンドレ・ブルトン集成』第三巻、人文書院、一九七〇年、三一〇頁。アンドレ・ブルトン『秘宝十七』入沢康夫訳、人文書院、一九九三年、一二四頁。

（3）アンドレ・ブルトン『溶ける魚』『シュルレアリスム宣言・溶ける魚』巖谷國士訳、岩波文庫、一九九二年、一五七頁。

（4）アンドレ・ブルトン「むしろ生を」（一九二三）入沢康夫訳、『アンドレ・ブルトン集成』第三巻、前掲書、六六―六七頁。

（5）アンドレ・ブルトン「「手帖」より（一九二〇年末～一九二一年七月）」星埜守之編訳、『現代詩手帖』一九九四年一〇月号、二三頁。なお、以下のオートマティスムやスピリティスムなどをめぐる問題のいくつかは、「アンドレ・ブルトンにおけるオートマティスムの概念とその変遷」と題する博士論文（東京大学大学院総合文化研究科、二〇一五年）において詳述したことがあり、その分析内容や記述には一部重なっているところがある。

（6）トリスタン・ツァラ「かよわい愛とほろにがい愛についてDADAが宣言する」（一九二〇）『ムッシュー・アンチピリンの宣言――ダダ宣言集』塚原史訳、光文社古典新訳文庫、二〇一〇年、六八頁。ルイ・アラゴン「文体論」（一九二八）川上勉訳、『講談社世界文学全集』第七八巻、講談社、一九七五年、三六六頁。

（7）アンドレ・ブルトン「霊媒の登場」巖谷國士訳、『アンドレ・ブルトン集成』第六巻、人文書院、一九七四年、一三二頁。ユゴーの「闇の口の語るもの」については、たとえば以下に詳しい。稲垣直樹『フランス〈心霊科学〉考――宗教と科学のフロンティア』人文書院、二〇〇七年、一八一―二三六頁。

（8）アンドレ・ブルトン「霊媒の登場」前掲書、一三一頁。

（9）アンドレ・ブルトン『シュルレアリスム宣言』『シュルレアリスム宣言・溶ける魚』前掲書、四〇頁。

（10）同書、三七―三八頁。

（11）同書、三八頁。

（12）同書、四九頁。

（13）アンドレ・ブルトン「自動記述的託宣」生田耕作訳、『アンドレ・ブルトン集成』第六巻、前掲書、三四一頁。

（14）アンドレ・ブルトン『A音』大槻鉄男訳、『アンドレ・ブルトン集成』第四巻、人文書院、一九七〇年、三〇六頁。

（15）マシュー・ジョセフソンのようなアメリカの批評家が、ブルトンたちの興味の遅さに驚いたのも、意外なことではない。フランソワ・ビュオ『トリスタン・ツァラ伝――ダダの革命を発明した男』（二〇〇二）塚原史・後藤美和子訳、思潮社、二〇一三年、一二三頁参照。また、スピリティスムをめぐる本節の記述は、たとえば以下の書籍を参照している。イヴォンヌ・カステラン『心霊主義――霊界のメカニズム』（一九五四）田中義広訳、白水社、一九九三年。三浦清宏『近代スピリチュアリズムの歴史――心霊研究から超心理学へ』講談社、二〇〇八年。

（16） Charles Richet, *Traité de métapsychique*, Félix Alcan, 1922, p. 86, 90（強調は中田による）.

（17） キャサリン・コンリーによる近年の著作は、このような主題について、とりわけ主体の二重性などの一般化可能な観点を強調しつつ記述しようとしているところがあり、その点で共感できる。Katharine Conley, *Surrealist Ghostliness*, Lincoln and London, University of Nebraska Press, 2013.

（18） アンドレ・ブルトン「自動記述的託宣」前掲書、三四一頁。

（19） アンドレ・ブルトン「現実僅少論序説」生田耕作訳、『アンドレ・ブルトン集成』第六巻、前掲書、二〇三頁。

（20） ギヨーム・アポリネール「ティレシアスの乳房」（一九一七）安堂信也訳、『アポリネール全集』第三巻、青土社、一九七九年、二八〇頁。アンドレ・ブルトン「現実僅少論序説」前掲書、二一七頁。

（21） Konstantin Raudive, *Breakthrough* (1968), Letchworth, Garden City Press, 1971, p. 20.

（22） William S. Burroughs, "It Belongs to the Cucumbers," in *The Adding Machine : Selected Essays*, New York, Grove Press, 1974, p. 59.

（23） Jeffrey Scone, *Haunted Media : Electronic Presence from Telegraphy to Television*, North Carolina, Duke University Press, 2000, p. 91.

（24） Mike Kelley, Scanner, « Esprits de Paris », in *Sonic Process : Une nouvelle géographie des sons*, Centre Pompidou, 2002, p. 276-280. また、マイク・ケリーによるつぎの文章には、バロウズにたいする指摘も含めて示唆を受けた。Mike Kelley, "An Academic Cut-up, in Easily Digestible Paragraph-Size Chunks ; Or, the New King of Pop : Dr. Konstantin Raudive," in *Grey Room*, n°11, 2003, p. 23-41.

（25） この点については、以下の論文を参照。Karina Martin-Cardini, « Carrà, De Chirico et la genèse du surréalisme », in *Futurisme et Surréalisme*, ed. François Livi, Lausanne, L'Âge d'Homme, 2008, p. 94. また、アヴァンギャルドにおける「無線」の問題にか

かわる論文集として、以下のものをあげておく。Douglas Kahn, Gregory Whitehead, *Wireless Imagination : Sound, Radio, and the Avant-Garde*, Cambridge, The MIT Press, 1992.

（26） 柴那典『初音ミクはなぜ世界を変えたのか？』太田出版、二〇一四年、一五六頁。初音ミクの主体性については、つぎの文章のなかで考えてみたことがある。中田健太郎「主体の消失と再生——セカイ系の詩学のために」、『ユリイカ』二〇〇八年一二月臨時増刊号、一九三—二〇四頁。

（27） 松尾P「【UTAUカバー】ひこうき雲【妻音源とりちゃん】」：http://www.nicovideo.jp/watch/sm21728961

（28） アルチュール・ランボー「セール」中地義和訳、『ランボー全集』青土社、二〇〇六年、二八八—二八九頁。

フランスにみる録音技術の黎明期

——来るべき「録音技術と文学」のために

福田裕大

1 「録音技術と文学」を夢みて

本書の編者である塚本昌則は、二〇一三年に『写真と文学』なる書籍を編んでいる。[1] 本論を執筆するうえでまず筆者の関心を惹いたのは、文学研究、とくにフランス文学の研究を専門とする複数の論者たちが、同書において写真に関する堅固な知識を有したうえで議論を展開しているという、単純ではあるが重要な事実だった。写真史一般に関してはもちろん、「理論」に対する習熟の度合いにしても、私見ではあるがフランスで刊行されている類書(例えばフィリップ・オルテルによる『写真時代の文学』など)の水準をはるかに凌いでいるように思われる。ベンヤミンの古典的論考をはじめとし、バルトやソンタグ、クラウスからバッチェンにいたるまでの成果はあくまで前提であり、銘々の論者がこれらの理論に対し独自の目配りをなしたうえで、個々の議論が展開されていく。このような事態は、本論が自らに課すべきつとめを定めにかかるうえで、ひとつの重要な参照事項となるものだ。

「声と文学」という表題をもつ本書のなかでこの『写真と文学』に類した仕事をなすことを想定すると、なにかしらの技術を用いた声と文学との関係を問うという課題がやはり思い浮かぶ。一九世紀の後半以来、欧米諸国では電話や蓄音機といった音響技術が社会生活のなかに入り込み、それにともなって人々の音の文化のありかたも大きく変化した。とりわけエジソンの「フォノグラフ」（一八七七）に端を発する録音技術の普及によって、私たちは音声を記録したり、編集したり、運搬したり、複製する可能性を手にすることとなった。さしあたりこう粗く述べてみるだけでも、録音技術によってもたらされた新しい音声文化が、本書のもうひとつの軸たる「文学」に強い影響を与えうるものであることがみえてくる。

だが、あらかじめ述べておくと、こうした展望から浮かびあがる「録音技術と文学」という課題に正面から向き合うことは、現状では著しく困難であるといわざるをえない[2]。理由は単純で、当の録音技術なるものを問題化せんとする際に、まさに『写真と文学』の論者たちが前提としていた知識や理論にあたるものがいまだ十分に蓄積されていないからだ。確かに、録音技術が音楽産業との結びつきを強固にしたのちの時代に関しては、ひろく音楽学にかかわる研究者たちや、いわゆるオーディオ愛好家たちの手によって、少なからぬ歴史記述の試みがなされてきた。とはいえ、人々がこの装置に対して投げかけてきた期待は「小売り商品としての音楽ソフトを再生すること」という役割ひとつに限られるものではない。以下の論で具体的にみることになるが、録音技術の誕生、そしてその普及という出来事を辿ることによってみえてくるのは、個々の時代や社会に固有の知と文化を複雑に巻き込んだ巨大な問題系であり、このなかには音楽に偏った観点のみでは決して汲み尽くせない複数の余剰が含まれている。

こうした余剰のうちとりわけ規模の大きいものが、以下の議論の具体的な対象となる録音技術の黎明期である。本論にいう黎明期とは、この技術の誕生から録音技術が音楽産業との結びつきを強化しはじめる時代以前のことであり、期間としては一八七七年から一九二〇年ごろまでの約四十年のあいだを想定している。シャルル・クロという特殊な存在についての研究に携わってきた関係もあり[3]、筆者はかねてよりこの録音技術の黎明期に関する文化史的な仕事を行ってきた。その成果の一端は、谷口文和、中川克志との共著による『音響メディア史[4]』が刊行されたことによりすでに公表されているが、こうした研究が成立しえたことの背景には、近年著しく発展している英米圏のサウンド・スタディーズの成果がある。とりわけ、二〇〇三年に原著が、ごく最近日本でも翻訳が出版されたジョナサン・スターンの『聞こえくる過去』は、録音技術、電話、ラジオといった「音響再生産技術」の生誕と受容にかかわる背景を、

当時の音響学や生理学といった学術的知、ならびに種々の文化的実践のうえに求めようとする極めて重要な仕事である。(5)

これらの先行研究の成果を踏まえつつ、本稿では録音技術の誕生とその黎明期の受容の過程を、うえに示唆した通り非 - 音楽的な観点から取りあげていくことにしたい。その際に本論の固有性となるのは、これまでの研究ではほとんど扱われることのなかったフランス語の資料を導入している点である。直前で述べた通り、近年の音響メディア研究の発展は英米圏の研究者によって牽引されたものであり、必然的に参照されうる資料が英語のものに偏ってしまうという弊害が生じている。録音技術の開発やその受容は地域横断的な現象であったにもかかわらず、目下の研究状況においては、英米圏で報告されたローカルな現象に過ぎぬものが、さも普遍一般のものであるかのように理解されてしまいかねない、というわけだ。いまだフランス一国の、しかもパリで刊行された文書ばかりという限定がつくものではあるが、以下の論述は録音技術史にとって非 - 英語圏の資料を調査することに少なからぬ意義が秘められていることを示さんとするものでもある。

具体的な手順についてであるが、まず後続するふたつの節では、録音技術の誕生という出来事を歴史的に定位するための作業を進めていく（2録音技術とはなにか／3録音技術のパラダイム）。そののち、さらに二節を設けて、こんどは録音技術の受容過程に関する問題を取りあげていく（4黎明期の使用法／5再生音の理解をめぐって）。歴史的事実の確認作業とさしあたりはいえるだろうが、急ぎ次のような注意を喚起しておきたい。メディア史関連の研究のなかでは頻繁に口にされることであるが、あるひとつのテクノロジーが生み出されたり世に普及したりする際の文脈は、現代に生きる私たちが、現代に生きるがゆえにもちうる常識をむき出しにしたままでは決して汲み取れないものである。すでに述べた「録音技術は音楽のための装置である」という常識はもちろん、「録音技術は録音された音を再生するものだ」という信念すら揺るがさねばならないこともでてくるだろう。いまだ「理論」などと呼べるほどの段階にはないが、この技術の過去を過去の状況に即して適切に問題化するためにいかなる態度をとるべきか、ということについても、後続する議論のなかで実践的に提示していくつもりである。

とはいえ、あらかじめ述べておくと、ここまで要約してきた本論の議論が先行研究の図式を抜本的に刷新することはないだろう。筆者自身の力量不足による部分があることは認めなければならないが、同時に次のような判断がはたらいていたことは述べておきたい。こんにちに至る研究の進捗状況を踏まえれば、なんであれ早急な刷新を望むよりも、まずは参照しうる資料の範囲を確実に拡大し、そこから得られる情報を先行研究と接続したうえで、この総体をよりひろい研究分野の関心へと開いていくことのほうが重要であるということだ。ただし、ささやかながら「刷新」へとつながるものがないわけではない。本論の末尾におかれた節（6録音技術と文学）では、録音技術を対象とした当時の文学作品へと資料の範囲を拡大し、当時の人々がこの技術に対して抱いていた期待をよりひろい文脈から探る試みを行っている。

こうした作業を通じて、黎明期の録音技術をめぐる基本的な情報を適切なかたちで共有し、かつ、この種の研究に対してフランス語の資料がもつひろがりと固有性を提示することができたとき、本論の道のりは一応の到達点を迎えることになる。

それではまず、録音技術の誕生をめぐる議論へとはいりたい。

2　録音技術とはなにか

一八七七年、アメリカの科学者トーマス・アルヴァ・エジソンは、「フォノグラフ（phonograph）」と呼ばれる装置の試作機を完成させる。翌年の五月にはパリでも複数の公開実演が開催され、それらを報じた複数の文書によって、エジソンの発明は海を隔てたフランスの地でも知られることとなった。

大きくいってこの装置は「吹き込み機構」、「記録機構」、「再生機構」の三つの部位からなる。(6)「吹き込み機構」とはラッパ型の小型の器具で、吹き込み口の反対に振動膜と記録針とが取り付けられている。音声を吹き込むと空気の振動がまず振動膜に伝わり、さらにそれと連動した記録針の運動へと変換される。

「記録機構」は、直径四インチほどの銅製の円筒に記録媒体としてスズ箔を巻き付けたもので、ねじ式のシャフトに沿って横向きに取り付けられている。付属のクランクを回すとシャフトを軸にこの円筒が回転し、かつ、水平方向に少しずつ移動していく。また円筒表面には細い一本の溝が螺旋状に刻まれており、前述の記録針はこの溝のうえに接地されたうえで、円筒の回転に従って振動を表面に伝えていく。

最後に、上記の吹き込み器具とほぼ同じ組成を有しているのが「再生機構」である。スズ箔のうえに記された振動の跡を再生用の針が辿り、針の運動を振動膜に伝え、さらに振動膜が空気をふるわせることによって、記録時に生じたものと類似した空気の振動を発生させる。

こうして具体的な組成に目を向けてみると、史上初の録音再生技術として知られるエジソンのフォノグラフは、その技術的組成の面に関していえば、非常に単純なものであったといっていい。エジソンというと、電話や電信、また白熱灯の発明など、「電気」の人というイメージが強いかもしれないが、ことフォノグラフに関しては、少なくとも当初の実験段階において、まったく電気を要さない発明品だった。シリンダーが手動で回転することはもとより、肝要というべき音の記録・再生の過程にしても、音(＝空気の振動)という現象を物体の振動へと変換し、後者をもとに物理的な痕跡を得るという「メカニック」な原理のみによって作動した。[7]

黎明期のフォノグラフがもつこうした単純さに関しては、特殊だが興味深い次のような言説がある。一九世紀フランスの作家ヴィリエ・ド・リラダンの小説『未来のイヴ』(一八八六)は、周知の通り、現実のエジソンに想を得た同名の科学者を中心に据えた物語であるが、同作のなかで作家は、どうしてフォノグラフというごく単純な発明が——ピタゴラスやユークリッドといった——過去の偉大な科学者によって考案されなかったのかと、この「エジソン」を自問させる。「鋼鉄の細い針」、「チョコレートの包み紙」それに「銅の円筒がひとつ」ありさえすれば、「天地のありとあらゆる声と響きを貯蔵蓄積する」という偉業が実現したのに、というのが作中の「エジソン」の言だ。[8]

ではいったい、この粗野な発明品の新しさはどこにあったのだろうか。本論がここで参照しておきたいのは、フォノグラフをフランスの読者に知らしめた最初期のテクストのひとつたる、テオドール・デュ・モンセルの『テレフォン・ミクロフォン・フォノグラフ』である。自らも技師であったほか、科学的知識の大衆化のために数多くの書籍を執筆したこの人物は、当時の多くの人々のようにフォノグラフという新発明の驚異に呑まれることもなく[9]、当の装置のもつ重要性と新しさをごく冷静な筆致で次のように表現している。

つまるところ、エジソン氏こそが初めて音声を機械的に再現したのであり、その事実をもって、われわれの世紀にとって最も興味深く重要な発見のひとつを現実のものとすることになったのだ。というのも件の発見は、この〔音声の〕再現というものが、人々が考えてきたほどには複雑でないということをわれわれに示すこととなったからである。〔……〕驚いたことに、二年前にドイツから私たちのもとにやってきて、グラン・ドテルに展示された話す機械は非常な複雑さからなっていたのに、フォノグラフはといえばこの問題をごく単純なしかたで解決してしまったのだ。これらの機械のうち、一方はただ言葉を再生産する reproduire のみであったのに対し、もう一方は言葉を生みだそう émettre としており、後者の機械の発案者は、言葉というものを作りだすために私たちの身体組織のなかで連動するあらゆる器官を、当の機械のしくみのなかで参照しなければならなかったのである[10]。

この文言からもわかる通り、デュ・モンセルにとってフォノグラフが重要であったのは、それがまったく新奇な発明であったからではない。そうではなく彼は、あらかじめ存在していた「〔音声の〕再現」なる試みを引き継ぐものとしてフォノグラフを位置づけつつ、この試みに新種の解決策をもたらしたものとして当の装置を評価しようとしている。

ここでポイントとなるのは、エジソンによる一八七七年の発明以前に、音声を再現しようとする試みがすでになされていた、ということだ。文中でいわれているドイツの機械が正確に何をさすのか不明なのが残念だが、一連の記述を踏まえれば、デュ・モンセルのいう「〔音声の〕再現」の試みは一般に「人工音声」と呼ばれている実践のことであり、およそ一八世紀の後半以来ヨーロッパの地で一定の伝統を育んだことで知られている。代表例として、ハンガリー生まれの技師ウォルフガング・フォン・ケンペレンが一八世紀の末に行った試みを紹介しておくと、この技師が一七八三年ごろから開発に着手した人工音声装置（図1）は、口蓋を模した構造の内部に手押し式のふいごと管によって空気を送り、口蓋の開口部と、うちがわにあるフィルターの角度を調整することによって、いくつかのタイプの音声を作りだすことができたという[11]。

一瞥してただちに興味を惹くのは、この装置の全体が人間の発声器官の機能になぞらえられていることだろう。手押し式のふいごはさながら肺のようにふたつ取り付けられているし、口蓋の内部のフィルターや開口部が、それぞれ舌や唇の機能を代理していることはすぐに想像がつく。実際のところ、一八世紀以降のヨーロッパでなされたその他の人工音声の試みもまた、やはりケンペレンの企てと同じ傾向によって特徴付けられていた。ほぼ同時代に製作されたというミカル神父の「話す頭」をはじめとして、クラッツェンシュタイン、メルツェル、ホイートストン、フェーバーといった人々が企てた実験は、人間の発声器官のしくみとはたらきを綿密に調査し、これらの機能を代行する特殊な機構を作りだそうとする機械論的傾向に支えられていたといわれている[12]。

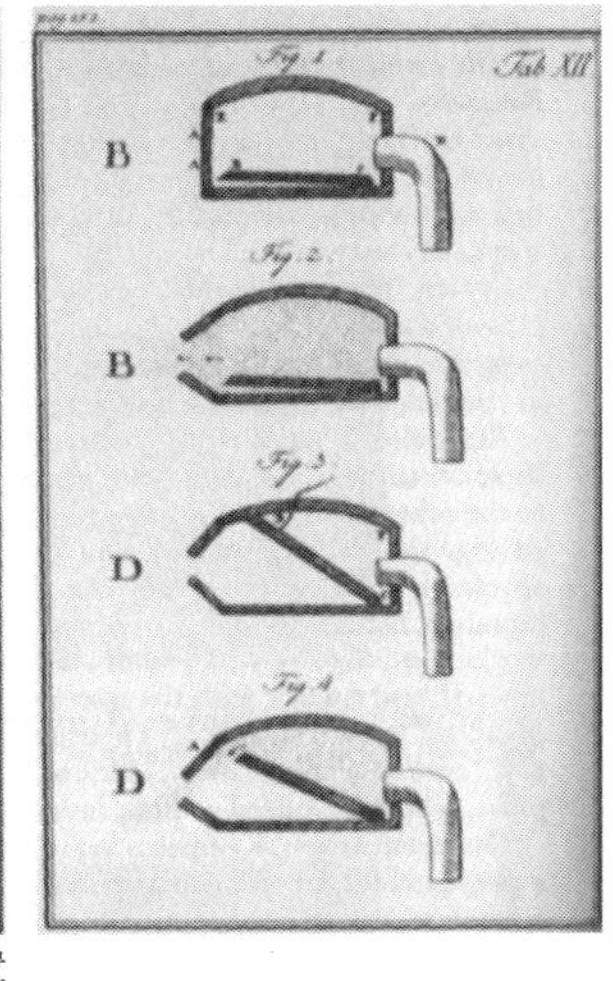

図1　ケンペレンの音声合成装置
Thomas L. Hankins, Robert J. Silverman, *Instruments and the Imagination*, Princeton University Press, 1995, p. 194.

ただし、こうした方向性のもとになされた音声の再現実験は、十分な成功を収めるには至らなかった。人間と同じやりかたで「ことばを生みだす」機械を作るには、デュ・

モンセル当人の言にある通り、生身の発声器官が連動する過程そのものを模倣するという困難な課題を克服する必要があったからである——参考までに述べれば、同種の方向性による音声の再現は、こんにちでも望ましい状態に達していない。一方、フォノグラフという発明がもたらした新しさは、人間の声を再現するというこの既存の、しかし実現しがたい課題を、従来とは全く異なる方法によって解決したところにある。端的に述べてその新しさとは、実際に再現すべき対象を「音源」（発声器官）から「音」（物理的振動）そのものへといわば大幅に縮減したことに存していた。「この振動が直接の声によって作られようと、純粋に機械的なしくみに由来するものであろうと、最終的な結果は同じである。同じ言葉が聞こえてくるのだ[13]」。当時刊行されたある雑誌記事が的確に表現している通り、エジソンのフォノグラフの革新性は、音を生みだす要因ではなく、その要因によって発された振動のほうを対象化したところに存していた。そのうえで、この振動の効果によって得られた物理的痕跡をもとにして、当初吹き込まれたものと類似した空気の振動をシミュレートすることがフォノグラフによる音声の再現なのだ。諸々の資料をみる限り、こうした意味でのフォノグラフの新しさは、デュ・モンセルのように一定の科学的知識を有した文筆家たちのあいだでは、誕生からさしたる時間を要さずに理解されていた。他方で、これらの文筆家のテクストに次のような奇妙な共通点がみられることも述べておかねばならない。すなわち、フォノグラフの革新性を上記の通り理解していたにもかかわらず、この機械による音声再現を描写する際に、乗り越えられたはずの話す機械を思わせる描写を引き込んでしまっていることである。この奇妙な捻れに関しては第五節でふたたび言及することになるだろう。

3　録音技術のパラダイム

周知のことかと思われるが、こうした新種の音の再現技術の想を得ていたのは、なにもエジソンひとりではなかった。この人物の発明に半年以上先立つ一八七七年の四月には、フランスの科学者シャルル・クロが、「聴覚によって知覚された諸現象の記録と再生の手法」なる覚書のなかで録音技術の原型とみなしうる機器を素描していた。その他にも同時期のフランスでは、マルセル・ドゥプレ、シャルル・ロザペリー、エティエンヌ＝ジュール・マレーといった人物たちが類似したアイデアを暖めていたことが知られている。[14] ここではさらにもうひとつ、フォノグラフの誕生から約二十年以上も前になされていたひとつの発明を紹介しておきたい。

二〇〇八年三月、『ニューヨーク・タイムズ』や『ル・フィガロ』をはじめとする複数の新聞が、エジソン以前（一八六〇年）に記録されていた録音物が再生された、との報告を掲載した。[15] ここにいうエジソン以前の音の記録とは、フランスの植字工エドゥアール＝レオン・スコット・ド・マルタンヴィルが一八五七年に考案した「フォノトグラフ」phonautographe なる機器によって実現したものである。端的に述べて音を視覚化するための機器であり、漏斗状のラッパロで受け取った空気の振動を振動板へと伝え、その板に取り付けられた猪の毛によって、煤を塗布したガラス板に音の振動を書き付ける、というしくみによって作動した。

フォノトグラフはあくまで記録機器であり、再生機構こそもちあわせていなかったが、当の記録の工程はエジソンによる発明を余すところなく先取りしていたといっていい。両者の機器がともに、前節で述べた「音（＝空気の振動）という現象を物体の振動へと変換し、後者をもとに物理的な痕跡を得るというメカニックな原理」のうえに立つものであることは、デュ・モンセルの著作からとられた図2をみれば明らかだろう。このように、音を記録する際の様式においてエジソンの発明と共通の基盤を有していたからこそ、再生機構をもたない装置が――現代の科学技術の助けを借りることによって――エジソン以前の記録を音としてよみがえらせることができたわけだ。

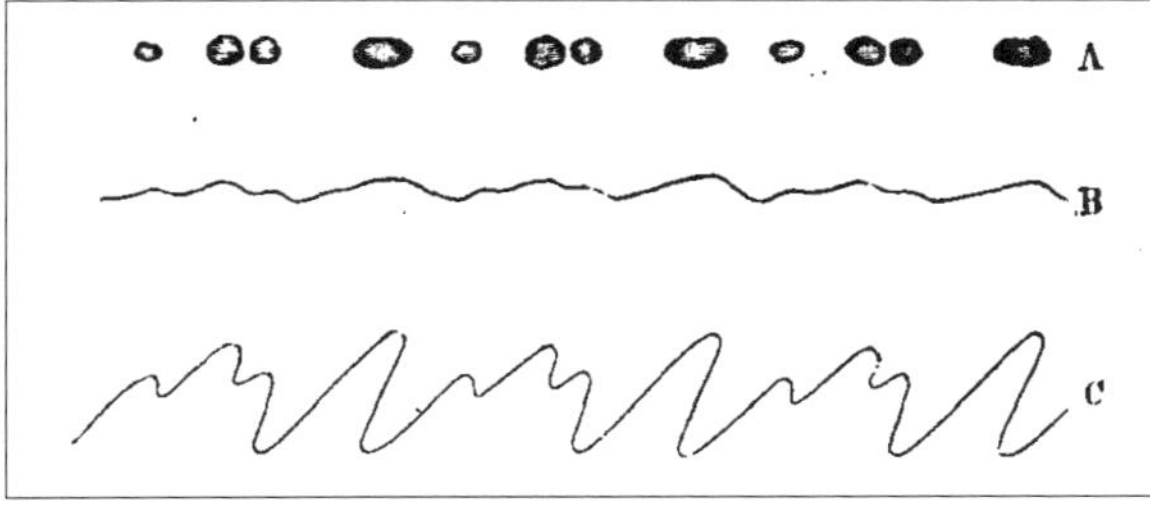

図2　〈A〉の音を三つの異なる機器によって記録した結果
Théodore Du Moncel, *Le téléphone, le microphone et le phonographe*, Hachette, 1878, p. 290.
うえから順に、エジソンの「フォノグラフ」、レオン・スコットの「フォノトグラフ」、ケーニヒの「マノメトリック・フレイム」。「フォノグラフ」は記録針が上下に振動したため、横振動型の「フォノトグラフ」とは痕跡の形状が異なっている。

詳述は避けるが、レオン・スコットのフォノトグラフは、こうした「逸話」のうえのみならず、複数のパイオニアたちの研究実践のなかで現実に参照されたものである。とはいえ、ここでなさんとしていることは、もちろん「真のパイオニア」を探すことではない。ここでの狙いはむしろ、レオン・スコットとフォノトグラフという源流へのまなざしを足がかりにして、録音技術の誕生を支えた一般的な条件のいくつかを可視化しておくことである。(16)

上述した通り、レオン・スコットは植字工であった。若くして学業を放棄せざるをえなかったこの人物は、この職務の経験のなかで触れる書籍を通じて科学的な知識を蓄えていったという。そのような人物であった彼が、「自らを書き取る言葉」という夢、すなわち、物理現象としての音声を自動的かつ客観的に記録するという着想を抱いたのは、一八五四年ごろのことであったらしい。

この年号は「写真の登場以後」という意味において些細ではなく、事実、スコットが残したテクストのうえには、自身の構想と写真術との隣接性が様々なかたちで語られている。他方で、音を対象とした研究領域に視覚とは異なる固有の問題系が秘められていることに関しても、この人物は十分意識的であった。当時のヨーロッパでは、音という現象を理解するための探求が本格化しつつあった反面、当の研究対象を客観的に観察するための技術環境が整備されていなかった。同時代の音響研究の状況をこのように捉えていたスコットは、自らのフォノトグラフを（私たちの考える録音装置というよりは）様々な音の現象を視覚的に分析するための機器として世に問おうとしていたようだ。(17)

技師としては素人であったが、実際の機器製作に際しても、相応の知識と、また後述する通りの独創性とを有していた。実際のところ当時の音響研究は、音を視覚的に分析するための機器を部分的には実現していた。すなわち、音叉という特定の物体の振動を記録紙に書き付けるための装置の開発が、奇才というべきトマス・ヤングに始まり、デュアメルやホイートストンといった研究者へと引き継がれるかたちで進められていたのである。レオン・スコット当人と直接の交流があった科学史家ルイ・フィギエによれば、この植字工は上述した人物たちによる業績を踏まえていた。(18) そのうえで、スコット自身の言葉を借りるなら、フォノトグラフによって成し遂げられたさらなる「一歩」とは、音叉に代えてラッパ状の集音管を用いたことにより、記録対象となるものを空気の振動全般にまで拡張したことにあ

るといえるだろう。(19)

同じく興味深いことに、この発明家は当時の生理学の動向にも通じており、この分野の知識にもとづいてフォノトグラフの構想を練りあげていた。二次資料による複数の証言を信じるなら、そもそも彼がこの装置の想を得たきっかけは、上述した通りの植字工としての職務のなかで耳の解剖図に触れたことであったとされている。(20) この逸話自体の真偽はともかくとして、以下の引用をみる限り、スコット当人がフォノトグラフと人間の耳の機能とを明らかな類比のもとに捉えていることは確実である。

この問題を解決するために、私は、人間の耳を部分的に、つまりその物理的な機構のみを模倣し、自身が提案する目的に流用すること以上のやりかたがありうるとは思えなかった。というのも、この感嘆すべき感覚は、音の振動を刻印する機器の原型であるからだ。(21)

ここでなされている「耳の（機能的な）発見」というべきものは、実のところ時宜にかなったものだった。近代の生理・解剖学の発展のなかで最も遅れた領域だった耳は、およそ一八世紀の終わりから一九世紀全般にわたって、緩やかにではあるが確実に開拓されはじめていた。もちろん、この時点で内耳より先の構造が正確に理解されるなど望むべくもなく、当時の研究者たちは、耳という器官の暫定的なモデルを緩やかに更新していたに過ぎない。だがそれでも、耳という器官のなかで空気の振動が物体振動へと変換されることを通じて聴覚的印象が作りだされるという近代的な理解がひろく共有されはじめたことは、大きな進展だった。(22)

先の引用においてレオン・スコットが発見したものも、まさに上記のようなかたちでその機能を抽出された「物理的な機構」としての耳である。こうした理解を端緒に据えた発明が、実際にどのようなかたちで耳との類比（アナロジー）を引き込んでいたかを把握することは、さして困難な務めではないだろう。人間の耳のなかでまず「鼓膜」が内と外の世界とを媒介するように、フォノトグラフ——さらには、同じ発想を引き継いだエジソンのフォノグラフ——にも「膜

（diaphragm）」があり、この膜こそがあらゆる音響を「ひとしなみに——つまり、どのような音源から発せられたのかという水準とは無関係に——振動として受け取る」ことを可能にする。[23]

本論冒頭で紹介したジョナサン・スターンに従えば、録音技術の誕生という出来事を支えた諸要件は、音なるものをめぐる当代の知や文化が、上に述べたような「鼓膜的メカニズム（tympanic mechanism）」としての耳をひとつの理想的なモデルとして自身のうちに取り込むなかで育まれたのだという。[24] 実際、スターンの提示するこのような図式は、録音技術という新発明が前節で紹介した人工音声——音源そのものの模倣を通じてなされる音声再現——の試みを乗り越えるかたちで登場してきたこととも合致しうるものであり、極めて説得力に富んでいる。しかしながら、あえて挑発的にいうならば、私たちはスターンの提示するこうした説を即座に信じてかからなくともよいのかもしれない。あるいは、スターンの論の妥当性そのものを疑う必要はないにしても、録音技術の歴史研究の現状を踏まえるなら、むしろ私たちは、スターンが上記のような見立てを得る際に参照した個々の文脈をいっそう精緻な検証の対象とすることに、さしあたり集中すべきではないか。

前節からここまでみてきた通り、録音技術の発明という出来事は単なる技術的な発展史として説明できるようなものではまったくなく、ひろく音なるものに関係する当時の多様な知の実践が、ある布置のもとに結びつくことによって実現したものである。そうした実践のひとつひとつにより細やかな探求の目を向けることが、録音技術のよって立つ基盤について、さらなる理解をもたらしうるということに留意しておくべきだろう。とりわけここで強調しておきたいのは、近代のフランス文化を対象にした研究のうちに存在する空隙をみることが、上記の通りの貢献可能性へと直接的につながっているように思えるということだ。即座に思いつくだけでも、一八世紀の自動人形や喋る機械の文化を調査したり、感覚論以後の一九世紀フランス哲学の流れを、とくに「見えること」や「聞こえること」といった身体内部の現象に関する理解の推移として辿りなおしたりすることは、双方の研究領域にとって非常に意義のあることではないだろうか。

4　黎明期の使用法

ここから一転して録音技術の受容過程を追いかけていくために、急ぎ次のことを確認しておきたい。エジソンのフォノグラフが明確な用途をもたぬまま生みだされた発明品であったということだ。

そもそも、エジソンがフォノグラフの原型的な発想を得たのは一八七七年の七月から八月にかけてのことで、そのときこの技師は、電信を長距離送信するための中継機の開発に取り組んでいた。この開発実験のさなか、エジソンは当の機械が高速で電信信号を読み取る際に、人間の声に似た音を立てていることに気がついた。そこから彼は、電信信号の代わりに人間の声を記録したり取り出したりすることを可能にする装置の構想を漠然と抱くようになる。とはいえこの構想は、同時期に進行していた白熱灯の研究開発のために数ヶ月のあいだ放置される。(25) 一八七七年の一一月になって急遽エジソンが録音技術の具現化を企てたのは、端的に述べて第三者が同種の構想を実現しつつあるとの噂に動かされたからであり、当初の着想がなにかしらはっきりとした目的意識に昇華されようとしていたわけではない。エジソンのフォノグラフとは、当時彼が手掛けていた別種の研究実践から偶然得られた構想を、その使い道も定まらぬうちから具現化した結果であり、いうなれば一個の「用途なき発明品」に過ぎない。以下の部分で辿られていく録音技術の受容過程とは、この「用途なき発明品」が当時の社会のなかで繰り広げられていた様々な知や文化の実践に受け止められ、個々の文脈に応じた役割を与えられていく道のりである。

重ねて強調しておけば、録音技術を受け止めようとした知的・文化的文脈は複数あり、その受容過程を単線的に語ることは許されない。発明者たるエジソンひとりの足取りを辿るだけでも、この新たな発明が様々な可能性へと接続されうるものであったということがみえてくる。そもそも、原型となる着想が得られた経緯からして、また、「スピーキング・テレグラフ／スピーキング・テレフォン」などといった呼称が当初のうち与えられていたことからもわかる通り、初期段階の録音技術は電信や電話のための研究実践から切り離されてはいなかった。事実、フォノグラフの発明を報じた初期の文書に目を向けてみると、エジソンがこの装置を「エアロフォン」なる遠隔通信用の装置と接続し、距離を隔てた二点間で音声通信を行うアイデアを有していたとの証言がなされていたりする[26]。

他方でエジソンの考えのなかでは、おそらく一八七七年の一一月ごろを転機として、上記のような原型的発想がもともとの通信産業の文脈から部分的に独立し、新しい可能性を形成しはじめていたように思われる。少なくとも、種々の興行を通じてフォノグラフの驚異が発信されはじめる一八七八年初旬になると、この新たな可能性はかなりはっきりとしたかたちを取りつつあった。先行研究によってすでに少なからず紹介されてきた「フォノグラフとその未来[27]」なる文書は、エジソンが録音技術の想を得たそもそもの文脈と、そこから新たに引き出された可能性をともに跡づけているという意味で、やはり非常に重要な資料である。エジソンの提案を便宜的にまとめると以下のようになるが、人間の声の記録と保存を目指す種々の用途に加えて、末尾の部分で「電信や電話システムの刷新」という目標が掲げられていることにも注目されたい。

音を使った手紙の作成／文書の口述筆記／録音された声を通じて読まれる本／教育用のソフト／音楽の記録／家族の声、とくに遺言などの記録／音声による本の執筆／おもちゃ、お喋り人形など／録音を用いたアラーム時計／音声による広告／演説やその他諸々の発話の記録／電話の会話の記録など電信や電話システムの刷新

ここでなされている提案のいくつかは、録音技術のその後の展開のなかで現実のものとなった。例えば「教育用のソフト」に類する実例が現実に存在したということは——まさに下段に述べるような——音声のアーカイブがウェブ上で公開されはじめたことにより、こんにち容易に確認しうるものである[28]。また、「文書の口述筆記」というアイデアが、初期の蓄音機産業のなかで重要な役割を占めたということも知られておくべきだろう[29]。とはいえ先ほども述べた通り、録音技術は当時の社会のなかで繰り広げられた様々な実践と結びつくなかで受容されたのであり、その使用法が発明者当人の提案ひとつで決定された、などという雑な話をしたいわけではない。ここでエジソンの事例をまず

取りあげたのも、あくまで当の装置の受け皿となった知や文化のひろがりを把握せんがためである。同様の作業の延長として、以下ではさらに、エジソンの手を離れたところで提案された録音技術の使用法をふたつの傾向にわたって確認しておきたい。

第一の傾向は、音の客観的な観察のためにフォノグラフを用いるというものである。この種の使用法については、フォノグラフの完成直後に意外な方面から提案がなされている。世紀後半のパリで活躍した演劇批評家フランシスク・サルセーは、自らがフォノグラフの実演公開に立ち合った経験をもとにして、次のような発話矯正法を提案している。サルセー曰く、私たちの日常的会話においては、多少話し手の発音がルーズになされていても、耳そのものが蓄積してきた習慣がそれを補い、たちまち発話の内容を再構築することができるという。一方で、演じることを生業とする人間たちがこのような習慣に甘んじていてよいはずはないが、現実として自身の発音に問題があることを自覚する俳優は少ない。そこからサルセーは、フォノグラフが俳優たちにとって「発話や歌唱のための写真」として機能しうるのではないかと主張する。すなわち、俳優たちが自らフォノグラフに対して吹き込みを行うことによって、自身の発音を文字通り一個の対象（オブジェ）として客観的に観察するという提案である。(30)

ところで、サルセーは自らの提案が「科学的な観点」に立つものではないと断っているが、実際のところ両者の距離はそれほど遠いものではない。というのも、この時代のフランスの音声学は、まさにこの批評家が想定していたような声の客観的観察を実現するための動きを開始しようとしていたからだ。その試みの端緒といいうるのは、あのエティエンヌ＝ジュール・マレーのもとで学んでいたシャルル・ロザペリーによる実験であり（図3）、師の

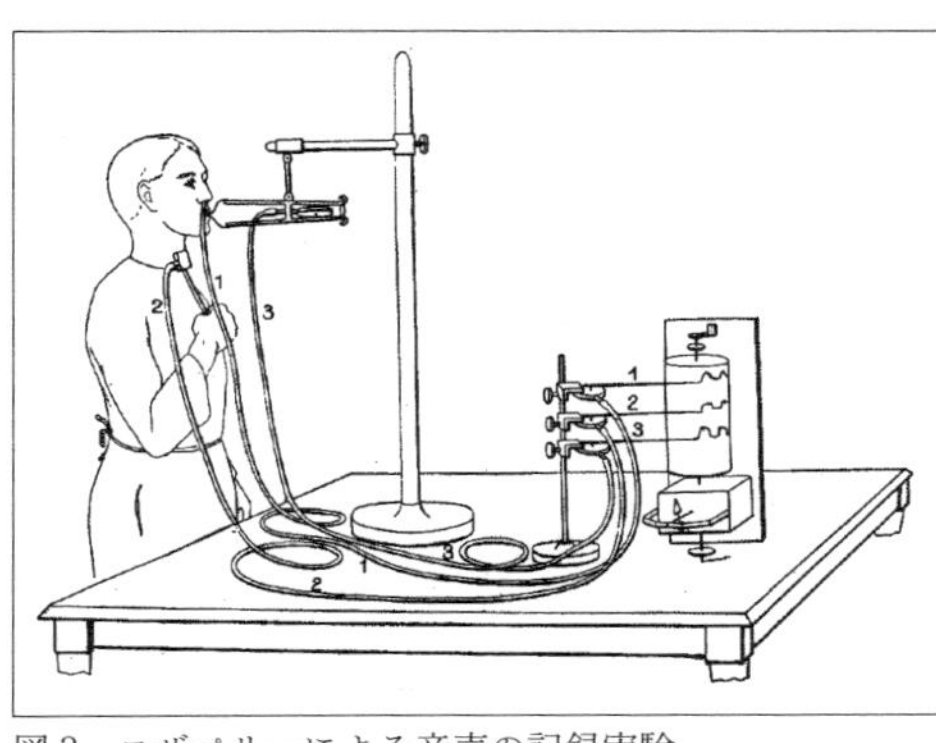

図3　ロザペリーによる音声の記録実験
Bernard Teston, « L'œuvre d'Etienne-Jules Marey et sa contribution à l'émergence de la phonétique dans les sciences du langage », in *Travaux Interdisciplinaires du Laboratoire Parole et Langage d'Aix-en-Provence* (TIPA), 2004, vol. 23, p. 254.

考案によるグラフ式記録機器を応用して、発声時に生じる口腔・鼻・咽喉それぞれの振動を記録するというものであった。フォノグラフ誕生のわずか一年前になされていたこの実験を皮切りに、以降のフランスの音声学者たちは、様々な記録機器を駆使しながら音声現象を客観的に観察するための試みを継続していく[31]。エジソンの生み出した「用途なき発明品」は、まさにこうした音声学の動向に発見されることにより――のちの世にいわれるような「再生機器」としてではなく――上記のような科学的実験を支える記録＝観察機器の一種として受容されることとなった[32]。いまだ十分な歴史記述がなされていない受容形態であるが、当の音声学自体との濃密な関係のみならず、同時代の「自由詩」運動への影響関係が指摘されるなど[33]、科学と技術、そして文学までをも巻き込んだ重要な水脈を形成している。録音技術の受容史がもつ多層性を象徴するかのような事例であるといえるだろう。

第二の傾向は、声の保存、ないし永遠化を目指すものである。録音技術が生み出された際、当の技術によって人々の声を保存できることに対し様々な方面から強い期待が向けられた。例えばエジソンの広報を務めたジョンソンは、フォノグラフによって発話者の死後にもその声がよみがえりうることにフォノグラフの可能性を見出していた[34]。シャルル・クロの側でも、同じく発明家本人と近しいジャーナリストたちが、やはり同様の理想のもとにこの技術を位置づけていた。曰く、録音技術とは音の領域における「写真術」なのであり――みたび「写真」である――、それを用いることによって、「人々の声、歌、朗読」は、「彼らがいなくなってしまったずっとのちの世紀においても」、「彼らが生きていたときさながらに」繰り返されることになるだろう。これらの音は録音技術のなかに「保存され、標本となるのである[35]」。

現実に実現した使用法としては、偉人たちの声を記録して将来の世代へと伝えたり、遺言の類を記録して当事者の死後にそれを再生する、といったものが挙げられる。こちらの場合もやはり、先行して存在する種々の文化のなかで養われた発想がこの新技術を受け止めているところが重要である。この点に関しては、やはりスターンが死体防腐や保存食産業の文化へと意外な補助線を引くことで説得力のある議論を展開しているし[36]、直前でも示唆しておいた写真技術の先行性がここでもまた無視できない問題となるだろう。

同種の傾向は、同じく一九世紀の後半に大きく発展しつつあった人類学や民族学の動向と結びつくことによって、その規模をさらに拡大することともなった。ひとことでいうと音声のアーカイブを構築する動きであり、都市での日々の暮らしから異国の風習を伝えるものまで、実に多様な種類の「音」が録音技術によって記録され、かつそれらを収集管理するための制度が構築されるようになったのである。

欧米各国で声の録音収集が本格化するのは二〇世紀の初頭のことであり、具体的にはパリ人類学学会が一九〇〇年に音声の博物館を開設することによって音のアーカイブ化に本格的に着手する――この年にはウィーンでも同種のアーカイブが開設されている。[37] さらに一九一一年には言語学者のフェルディナン・ブリュノが（エミール・パテの資金的援助を得ることによって）フランスの国立図書館内に「音声のアーカイブ」を開設する。おりしもこの時期のヨーロッパでは、前世紀からみられた都市文化の勃興のあおりを受けて、方言や民話などの地方文化が消えゆこうとしていた。録音技術は、同じくこの時代に制度化されようとしていた人類学という知と結びつくなかで、こうした消えゆく文化を保存する役割を与えられることになったのである。[38]

5　再生音の理解をめぐって

一九一三年の一二月二四日、このフェルディナン・ブリュノは、自身の主導する音声アーカイブ計画の一環としてギヨーム・アポリネールをはじめとする複数の詩人たちに自作の詩を朗読させ、これを録音技術によって記録する。その他の参加者には、ギュスタヴ・カーン、ルネ・ギル、エミール・ヴェラーレン、ピエール・ルイスらがおり、翌一九一四年の五月二七日には、彼ら「象徴派」の詩人たちによってなされた録音が、ソルボンヌに集った聴衆たちに向けて再生された。

一九一三年といえば、未来派、そしてダダといった前衛的な芸術運動が顕在化しようとしていた時期であるだけでなく、アポリネール当人が――「同時性」なる呼称で形容される――新たな詩学を開拓しようとしていた時期である。[39]

となると当然、この詩人と録音技術との出会いになにかしらの強い意味を読み取りたくもなるだろうが、結果から述べて、アポリネール自身によって記された印象は極めて素朴なものでしかなかった。というのもそこで述べられているのは、例えばギュスタヴ・カーンのものはよく聞き取ることができたとか、ピエール・ルイスの詩は聞き取りに骨が折れたとか、自分の朗読は聞き取れたと思うが、他人がそれをどう感じているかはわからない、といった内容にとどまっているのだ。(40)

このアポリネールの証言が物語っているのは、単純ではあるが非常に重要な次の事実である。すなわち、初期の録音技術による再生音の質が、再生音とは呼べないほどに劣悪だったということだ。とりわけ完成当初の段階では、クランクの回転や針とスズ箔との摩擦など、フォノグラフの機構そのものがおびただしいノイズを発生させていた。とともに、シリンダーそのものが手動式であるために、記録時と再生時の双方で（あるいは個々の工程のさなかでさえ）回転速度が一致せず、再生された音の高さや質が揺らいでしまう事態も頻繁にみられたという。(41) これらの課題は時代とともに改善されていくが、記録可能な音がごく狭い帯域に限られているという問題はかなりのちの時代に至るまで解決されることがなかった。とりわけ問題があったのは「ｓ」の音であり、ある雑誌記事によると、ラシーヌの『アンドロマック』の一節からこの文字を落とすかたちで読みあげたものが、通常通りの吹き込みと再生時にはまったく同じものに聞こえたという。(42)

こうした事実から浮上するのが、「再生音」なる対象に向けられた人々の理解や反応をめぐる歴史の問題である。現代に生きる私たちは、録音装置というものが、音を記録し、再生する装置であることを自明の事実とみなしがちである。いいかえると私たちは、再生音を「原音」なるものの完全な類同物（アナロゴン）と認識するような態度をいつのまにか自然化してしまっているわけだが、こうした「原音忠実（ハイ・フィデリティ）」的な再生音理解は、録音技術の誕生直後から当たり前のように共有されていたわけではなく、技術とそれを取りまく文化や人々の認識が歴史のなかで変容するにつれて、徐々に形成されたものにほかならない。

あくまで理念的なレベルに限定すれば、再生音を現実の音の等価物とみるような認識は録音技術が登場しようとしていた段階からすでに萌芽していた。この技術の可能性を保存や反復といった理念によって捉えようとしていた最初期の言説のもとで、再生音はすでに、いわば無自覚な前提として、原音を忠実に再現するべきものとして期待されていたのである。他方、すでにみてきた通り、そうした一連のテクストの掲げる理想は、この時点ではあくまで理想でしかなかった。もう一例のみ挙げておけば、前節で取りあげたサルセーの発音矯正にしても、俳優たちが実際に参照しえた再生音は「客観」からほど遠いものだったという。正確には、吹き込み時の発音が正確になされていると「正確で堅固な輪郭」をもった音が返されるが、少しでも言葉があやふやに発されると、再生時の「空気の振動」は不確かで不明瞭なものとなる。煎じ詰めれば、ここで問われているのは再生音がまともに聞こえるかどうか、といったレベルの話でしかない。この劇批評家が録音技術に対して「一般的な写真のもつ冷徹なまでの忠実さと完全なる無意識」を期待していたことは確かだとしても、当の期待はつねに、自らの述べる雑音めいた「空気の振動」に晒されざるをえなかったのである。(43)

このような現実からスタートした再生音が、私たちの考えるような「原音の写し」としてひろく理解されるようになるまでには、長い過程を経る必要があった。ただし、この過程は技術的な発展のひとつの帰結として説明できるものではない。事態はむしろ次のように認識されるべきである。すなわち、技術面での現実が「原音忠実（ハイ・フィデリティ）」などという理想からほど遠かった段階から、録音技術を対象として生みだされた言説や表象がこの種の理想の存在感を強め、それを世にひろく普及させていったということだ。

こうした言説や表象が果たす役割に関しては、いくつかの先行研究が英語圏の事例をもとにして重要な指摘をなしている。近い将来にフランス側の事例分析を行う際の参考として、いくつかの事例を紹介しておきたい。(44) 大半のものは再生音と現実の音を比較の俎上にのせるという構図を際立たせており、例えば図4に挙げたヴィクター社の広告などが典型をなす。さらなる一歩として、再生音を生みだしているはずの機械の存在を抹消することにより、原音と再生音の近しさをより強く演出する手法もみられた。「バンドを探しています」との文言とともに、斧を手にした子供が蓄音機を壊そうとしている広告（図5）などはその先駆であろう。また、この広告を手掛けたエジソン・フォノグラフ社が同時期に開催していたトーン・テストなるイベントでは、生身の歌手の歌声と蓄音機の再生音とが文字通り比較の舞台にあげられていたが、その際、これらふたつの音源はカーテンによって客席の視線から覆い隠されていたという。

重ねて強調しておけば、これら一連の表象のなかで謳われた忠実性が、当時の録音技術の現実と符合していたわけではない――参考までに述べておくと、上記の「トーン・テスト」の場を支えていたのは蓄音機の側の忠実性などではなく、むしろ歌手たちのほうが再生音に似せて歌唱することを強いられていたのだった[45]。だがより重要なのは、現実がこのようなものであったにもかかわらず、当時の録音技術産業の実践のなかで、再生音と現実の音とを対応関係におくような言説がさかんに生みだされていたことの方だろう。「再生産された音がオリジナルの音に忠実である」という認識は、こうした言説の密度の高まりにともなって緩やかに形成されたのであり、その意味で技術そのものではなく文化の産物というべきものなのである。

もう一点、再生音の理解をめぐる歴史を描くうえで重要なつとめとなるのが、こうした文化の形成以前に人々が有していた再生音理解のありかたを突き止めておくことだ。わかりやすい事例として、こうした問題に早くから関心を向けていた秋吉康晴は、最初期の実演公開の場でフォノグラフの回転速度を意図的に変化させたパフォーマンスが頻繁に行われていたことを指摘している[46]。例えばある実演に際しては、興行主が現場で録音した「メリーさんの羊」を様々な回転速度で「再生」し、結果として「再生音」は歌い手の性別さえ違って聞こえるほどに変化したという。このように、世の中に投げ出されたばかりのフォノグラフは、クランクの回転速度に応じて再生速度や音高が変化するという特性を前景化させるようなかたちで公開されており、聴衆たちもまたそうした実演をさしたる違和感もなしに受けいれていた。いいかえると、録音技術から発された音が文字通り「機械の出す音」として受容されていた段階が存在した、ということになる。フランス側からの証言として、例えばルイ・フィギエによる次のような報告文などは、最初期における再生音の意味合いを現代へと伝えてくれる貴重なテクストであるといえるだろう。

フォノグラフをヨーロッパに知らしめるべくニューヨークから派遣されたエジソン氏の助手は、縦二〇センチ、横一メートルほどのオルゴールに似た機械の前に身をおいて、高らかに次のような言葉を口にした。「エジソン氏からアカデミー会員各氏に謹んでご挨拶申しあげます」。続いてこの助手がクランクを回すと、機械ははっきりこう繰り返した。「エジソン氏からアカデミー会員各氏に謹んでご挨拶申しあげます」。〔……〕これらの言葉は全員に申し分なく聞き取られた。ただ、その音声はもともと発されたものと同じではなかった。この装置は、腹話術師のように、もっとずっと低く話したのである。(47)（強調は引用者による）

即座に読み取られる通り、ここでフィギエが体験している再生音は忠実なものなどではまったくなかった。にもかかわらず、というべきか、この書き手はそうした忠実性の欠如をそれほど大きな問題とはとらず、むしろ、フォノグラフというひとつの機械が人間の声を話し、音を生みだしているという事実そのものにより大きな驚きや関心を向けているように思われる。そうした関心のありかたは、フィギエ自身がここで「装置」が「話した」という表現を用いていることからもある程度推測される。些細なレトリックとして片付けられるべき表現ではおそらくないだろう。というのも、同じく秋吉が指摘してきた通り、録音技術に関する最初期の表象のなかには、このフィギエのテクストの

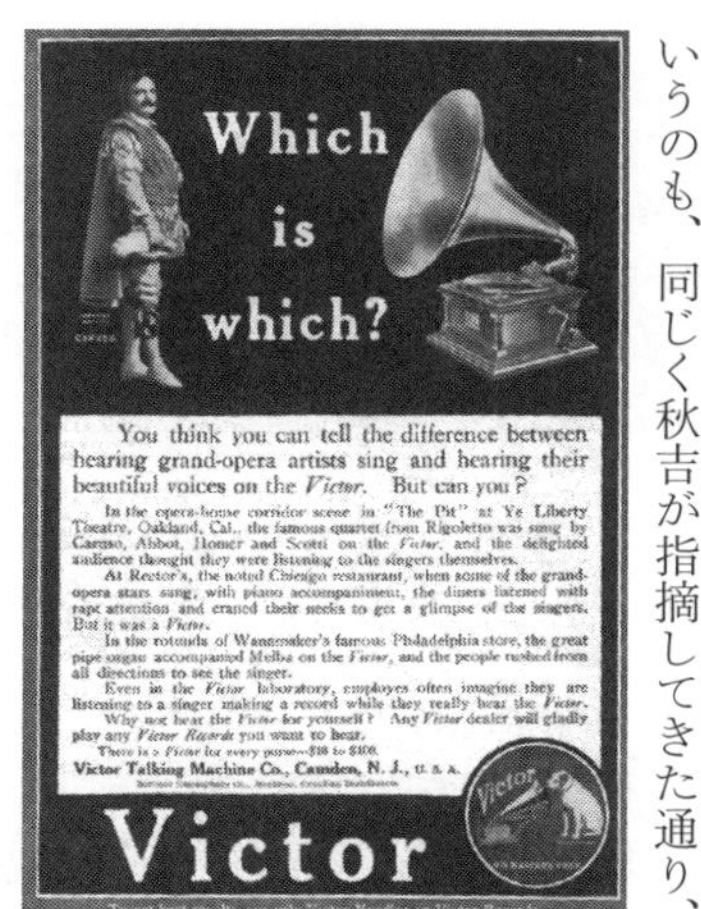

図4　「どっちがどっち？」と問いかけるヴィクター社の広告（1908）
Jonathan Sterne, *The Audible Past : Cultural origins of sound reproduction*, Duke University Press, 2003, p. 217 (*The Outlook Magazine*, vol. 88, n° 16, April 18, 1908).

図5　「リアリズムの極み」（1902）
Erika Brady, *A spiral way : how the phonograph changed ethnography*, University Press of Mississippi, 1999, p. 35.

ように、当の（再生）音の生産主体がフォノグラフという機械であることを隠すことなく前景化するような表現が少なからず見出されるからだ[48]。

よりいっそうの調査が望まれる課題ではあるが、次のような仮説を提示して議論を締めくくることとしたい。第二節において示した通り、録音技術という技術の新しさは、一八世紀以来の話す機械とは異なる音声再現の方法を取り入れた点にあり、フィギエをはじめとした科学史家たちはこうした革新性を適切に理解していた。だが、そうした専門的な理解が形成されることとはおそらく別の水準で、録音技術を受容した当時の人々の内部には、およそ一世紀先立つ時点から話す機械を受け止めてきた時代の記憶がなお強く沈殿していたのではないか。いいかえると、録音技術の開発の過程で乗り越えの対象となった話す機械は、前者が社会的に受容されていく過程において、人々の想像力のなかにある種の受け皿を用意したのではないだろうか。

容易に検証しえない仮説ではあるが、来るべき考察の端緒として、以下にエドモン・ド・ゴンクールによる『日記』の一部を引用しておきたい。本論がここまで辿ってきた黎明期の受容のありかたをミニチュア化したようなテクストだが、ここでの論点は、偉人たちの声を生きながらえさせるという夢想を作家がフォノグラフの誕生以前に抱いており、さらに、かつてはその実現を「ヴォカンソン式」の自動人形のうえに求めていたということだ。話す機械と録音技術、それぞれに固有の想像力が重なりねじれ合った当時の状況をほのめかすテクストであるといえはしないだろうか。

> 私はかつて『観念と感覚』のなかで、偉人たちの延命が先の世で叶うとすれば、絵画でも彫像でもなく、蠟細工のなかにあるヴォカンソン式のからくりが、故人のとくによく知られた言葉を反復するのだろう、と書いていたはずだ。その当時フォノグラフはまだ発明されていなかった。名高い文句が故人の声色そのままに発されて、［フォノグラフが］さらなる改良を経たのちに、あのポリシネルのような鼻声をもたぬようになることもあるのだろうか[49]。

6　録音技術と文学

締めくくりとなる本節では、冒頭で予告した通り資料の範囲を文学作品へと拡大し、当時の人々がこの技術のうえに見出していた期待をよりひろい視座から理解する可能性を示しておきたい。フランスの小説家ジュール・ヴェルヌが一八九二年に発表した『カルパチアの城』は、そうした作業の端緒として申し分のないものであるといえるだろう。トランシルヴァニアの山奥にある孤絶した古城を舞台とし、そこで生じる種々の驚異を登場人物たちが解明していくという物語であるが、なによりの特徴は、当時のヨーロッパ社会に登場して間もない視聴覚メディアを大胆に取りあげている点だろう。この作品中で最大の驚異として描かれているのが、ある死者の復活である。オペラ女優として一世を風靡したものの、ある不幸によって死をむかえたはずのラ＝スティラなる女性が、冒険者たち――そのうちのひとりは、偶然によって古城へ導かれたかつての恋人だった――の眼前で、生前と同じ姿で現れて、変わらぬ歌声を披露する。物語の黒幕であり、女優を偏愛していたゴルツ男爵が、孤高の科学者オルファニクの手になる最新の映像装置と録音技術を用いて生前の女優の存在を記録していたのだ。

様々な解釈を呼び込みうる印象的な結末だが[50]、本論としてはやはり、前節までの議論をもとにして、この場面にみる録音技術の表象を歴史的に位置づけてみたくなる。思い返しておくべきは、録音技術によって人の死を無化しようとする発想が、この技術の黎明期にみられた一般的な傾向であったことだ。即座に思いつく例として、イギリスの画家フランシス・バラウドによるあの《主の声》（図6）が制作されたのも『カルパチアの城』とほぼ同時期のことだ[51]。種々の証言を踏まえれば、この絵のなかに描かれた「ニッパー」なる犬は、蓄音機から自身の亡くなった飼い主（画家の兄）の声が聴こえてくると、ラッパ口に近づいて不思議そうに首を傾げ、その音にじっと耳を澄ましていたという。

両者の直接的な影響関係を云々するつもりはないが、ともに死者の声の復活という主題を表現するこれらふたつの表象が、その先の部分でさらなる共通点を有していることには目を向けておくべきだろう。結論から述べて、ヴェルヌの『カルパチアの城』の結末部分は、この《主の声》ともども、ハイ・フィディリティ的な理想を謳う初期の表象の典型というべきものである。より正確にいうと、両者はともに死者の声の復活という強力な物語に寄生しつつ、録音技術の生みだす再生音を――故人による発話という――現実の音の水準にまで引き上げ、両者を共通の尺度のもとにおくことに成功している。一匹の犬に主人がまだ生きていると聞きまがわせるほどの再生音、という触れ込みがいかに強力であったかは、この絵の商標としての息の長さを思えばすぐに理解されるだろう。他方で、そうした宣伝活動とは縁のなかったはずのヴェルヌもまた、やはり死者という媒体を引き込むことによって、再生音と現実の音の距離を見事なしかたで抹消している。急ぎ指摘しておけば、以下のような作中の語りから推測しうるように、ヴェルヌ当人が現実に知りえたはずの再生音がそうした水準からほど遠いものであったにもかかわらず、である。

録音技術は、この時代に立派に完成されていた。オルファニクは非常に完全にその機械を作ったので、人間の声は、その魅力においてもその純粋さにおいても、どんな変質もこうむることはなかった。[52]

この『カルパチアの城』の例が示してくれるのは、文学作品のなかに描かれた録音技術のすがたが、その外部にある歴史的状況から完全に切り離されているわけではないということだ。他方で、このように作品を歴史の側から理解するだけではなく、それに目を向けることによって録音技術に対する私たちの認識そのものを刷新するような読みをなすことはできないのだろうか。

筆者がこれまで研究上の関心を向けてきたシャルル・クロという存在は、このような試みをなすうえで格好のサンプルケースであるといえるかもしれない。本論で取りあげてみたいのは「未来の新聞」と題されたショート・ショート的作品である。[53]同作の語り手は、ふとしたはずみで一八八〇年代から百年後の世界にタイムスリップしてしまい、その先で未来の新聞製作の現場を目の当たりにする。未来の新聞の「編集部」では、ナンバーをつけられた無名の筆記労働者たちが電話を片手にし、オートメーションさながらのしくみによって送られてくる紙のうえにひたすら文字を書き付けている。この時代には人間の脳をメッキ化して保存し、電流を用いて別人の脳と接続する技術がすでに普及しており、この労働者たちは、帽子のなかに取り付けられたメッキ脳——例えばユゴーやバンヴィルのもの——から送り込まれてくる思考や創意に文字通り手を貸しているに過ぎない。そうした労働から生みだされた原稿は、やがて地下にある「誰も印刷を行わない」印刷室へと回され、活字に変えられる代わりに吹き込み係によって「フォノグラフ」のうえに記録されていく。この録音物を無数にコピーして、音声による記事を届けることがこの未来における新聞のかたちであるというわけだ。

図6　フランシス・バラウド《主の声》
Jonathan Sterne, *The Audible Past : Cultural origins of sound reproduction*, Duke University Press, 2003, p. 302.

明示的に読めば、ここで提案されているのは近代ヨーロッパが構築してきた通信網の末端にフォノグラフを組み込み、それを音声による情報発信装置として機能させようとする発想だ。第四節で紹介したエジソンによる研究の発端とも通じ合う興味深い提案であるが、ここではあえてこの作品に描かれた新聞製作の光景を別種のネットワークの比喩として読み込んでみたい。人間の身体というネットワークである。

この新聞は、電話という回路を経て一個の耳に到達した情報が、脳、ならびに労働者の手、さらには吹き込み係による音声化と録音の過程を経て、最終的に購買者たちが所有する再生装置へと届けられる。あるいは、電話の受信器や筆記者の鼓膜のうえの振動が、脳というブラックボックスを通過して書字へと変換され、これを再度音声化した際の物理的振動が末端の再生機構へと向けてさらに変換・伝達される。いずれにせよ、これら一連の過程の結果として当の「新聞」は出力されるわけだ。こうしたディテールによって描き出されているのは、音声、ないし広義の情報とでもいうべきものが、ひとつの組織のうちに存在する複数の処理過程へと託されることによって、決定的な変容を繰り返していくその様子である。いいかえるとこの小説は、末端での出力時に情報のみが現前することを楽観的に描いている一方で、当の情報そのものの様式が伝達の過程で根本的に書き換えられてしまっていることを冷徹に暴くようなまなざしを同居させてもいるのである。

このような変換・伝達系のうえに「脳」という器官が含まれていることは偶然ではない。ここにみた「未来の新聞」という短編は、クロ自らが構想した「脳の力学原理」なる未完の理論体系と密接に関係している(54)。拙著においても言及したテクストであるが(55)、ひとことで述べて、表題にもある「脳」を中枢に据えた入出力系、すなわち、外的な刺激をうちがわへと取り込んでいく「知覚」と、各末端へ生理的な運動の指令を伝えていく「反応」という二系統のネットワークを想定することで、人間の身体を理解せんとする試みである（おそらくこうした発想の背景には、医学者であった兄アントワーヌ・クロを介して得られた神経生理学の知識がある(56)）。さらにいうとこの二系統は――同じく表題に示されている――力学的な方法で表象された擬似的な神経系というべきものであり、外界から得られた原初的な刺激が図7に挙げたような複数の回路を経ることによって次々に書き換えられ、さらなる回路へと伝送されていくさまが思い描かれていた。

「未来の新聞」における編集室は、まさにこのような点において、クロ自らが考えていた身体のはたらきに類比しうるものである。そのうえで述べておけば、同作品中に描かれた「フォノグラフ」は、文字通りの音の記録再生装置として理解されるにとどまらず、脳を中心としてこの編集室（＝身体）全体が遂行している情報の変換・伝達行為の一端を、ひとつの回路として担っているということになる。あるいは、思い切って見方を変えてみると、電話や耳に始まって各末端にある再生装置の振動膜へと伝えられていく一連の情報処理過程そのものが、ひとつの「鼓膜的メカニズム」として、つまりは一個の巨大なフォノグラフとして描かれているとの読みをなすことも可能であるかもしれない。

いずれにせよ、本論が冒頭にて予告した小さな刷新とは、この作品を典型とするように、人間の内的な情報処理系統のはたらきを比喩的に想像させるために録音技術を参照しようとする傾向を浮かびあがらせることである。クロという先駆者ゆえの独創とも思える一方で、決して歴史から孤立した発想であったわけではない。詳述することはできないが、本論が幾度か示唆してきた既存の知的コンテクストによる録音技術の受容とでもいうべきものが、まさに同時代に発展しつつあった神経生理学的な知のうえでもなされようとしていたのである——例えばキットラーによって発掘されたジャン＝マリー・ギュイヨーの「記憶とフォノグラフ」などは、こうした未発掘の水脈を可視化するうえで極めて貴重な情報を提供するものとなるだろう(57)。

あるいは、すでに紹介した『未来のイヴ』なども同種の問題意識によって読み解きうる作品であるかもしれない。ややもすると例の「黄金のフォノグラフ」だけに集中してしまいがちになるが、むしろこの小説の特殊性は、あの人造人間（ハダリー）の生命活動を——作中で執拗に描写される——一連の装置によるネットワークとして描いているところにあるように思われる。人造人間（ハダリー）が他者と接し、自らの言葉を出力するその過程で実際に生じているのは、黄金のフォノグラフの運動ひとつではなく、彼女の指に嵌め込まれた宝石型のボタン、パンチカードを思わせる円筒型の中枢、電磁気を応用した伝達系など、やはり複数の回路の連携なのである(58)。近しい友人であったクロとヴィリエの作品に見出されるこうした類似性は、『未来のイヴ』そのものの読み替えを可能にするのみならず、黎明期の録音技術に対する想像力の歴史のうえに新たな展望を拓くものであるといえはしないだろうか。

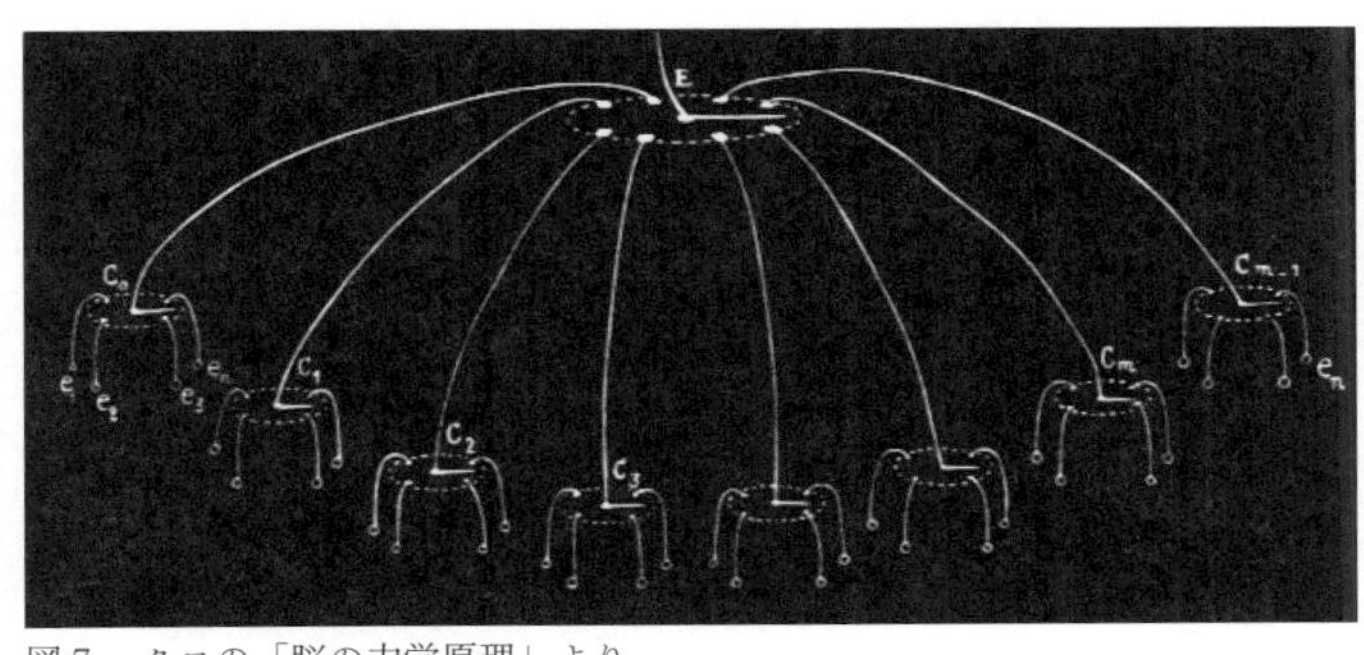

図7　クロの「脳の力学原理」より
Charles Cros, *Œuvres Complètes*, éd. Louis Forestier et Pierre-Olivier Walzer, Gallimard, coll. « Bibliothèque de la Pléiade », 1970, p. 567.

＊

本論はここまで、おもにフランス語で書かれた資料に頼りながら、録音技術の誕生と受容の過程とを跡づけてきた。ここに至る一連の議論によって、本論が冒頭にて設定した目的はおおよそ達成されたのではないかと思う。

私記めいた結びとなるが、今回の課題に取り組むなかで改めて痛感したのは、やはり自分自身の現代的な視点を相対化することの難しさである。本論の議論の随所で実践してきたつもりではあるが、この技術の過去を文字通りの過去として適切に問題化するためには、私たちが現代に生きるがゆえにもちうる常識をかなりの程度揺さぶってかからねばならない。逆にいうと、そうした姿勢をひとたび獲得しさえすれば、本論が取りあげた録音技術の黎明期には数々の魅力的な問題が未発掘のまま埋もれていることがみえてくる。とはいえこれはあくまで一例で、録音技術を含む音のメディアと文化の歴史には、このような意味での空隙がいまなお大量に残されていることに私たちは意識的でなければならないだろう。これらの課題はおそらく個人のレベルで解決しうるものではなく、例えば視覚文化論などの領域ですでに行われている研究者たちの有機的交流を、こちらの側でも実現させる必要があるように思われる。そのようにして実践される基礎的研究の向こう側で、いつの日か「録音技術と文学」という試みが具体的なかたちを取ることに筆者は強い希望を抱いている。

注

（1）『写真と文学――何がイメージの価値を決めるのか』塚本昌則編、平凡社、二〇一三年。

（2）数少ない先駆的な試みとして、例えば以下の研究がある。Franc Schuerewegen, *À distance de voix*, Presses universitaires de Lille, coll. « Problématiques », 1994. 阿部宏慈「身体なき声、声なき身体。あるいは近代フランス文学における音声装置（フォノグラフ、電話）の表象――ヴィリエ・ド・リラダンからコクトーまで」、『山形大学人文学部研究年報』第九号、二〇一二年、三一―六八頁。

（3）福田裕大『シャルル・クロ　詩人にして科学者――詩・蓄音機・色彩写真』水声社、二〇一四年。

（4）谷口文和・中川克志・福田裕大『音響メディア史』ナカニシヤ出版、二〇一五年。

（5）Jonathan Sterne, *The Audible Past : Cultural origins of sound reproduction*, Duke University Press, 2003（ジョナサン・スターン『聞こえくる過去――音響再生産の文化的起源』中川克志・金子智太郎・谷口文和訳、インスクリプト、二〇一五年）.

（6）谷口・中川・福田、前掲書、二三―二四頁。

（7）Pierre Giffard, *Le Phonographe expliqué à tout le monde, Edison et ses inventions*, Maurice Dreyfous, 1878, p. 26.

（8）Villiers de l'Isle-Adam, *L'Ève future*, *Œuvres complètes*, t. I, éd. Alain Raitt et Pierre-George Castex, Gallimard, coll. « Bibliothèque de la Pléiade », 1986, p. 783. フリードリヒ・キットラー『グラモフォン　フィルム　タイプライター』石光泰夫・石光輝子訳、筑摩書房、一九九九年、五〇―五一頁。

（9）例えば前掲のジファールの著作には、フォノグラフによる声の記録が缶詰式のもの――声の実体をシリンダーのなかに保存するもの――ではないということについてかなり真剣な指摘がなされている。Giffard, *op. cit.*, p. 31.

（10）Théodore Du Moncel, *Le téléphone, le microphone et le phonographe*, Hachette, 1878, p. 272-273.

（11）Thomas L. Hankins, Robert J. Silverman, *Instruments and the Imagination*, Princeton University Press, 1995, p. 196.

（12）Hankins and Silverman, *op. cit.*, p. 198.

（13）Antoine Bréguet, « La transmission de la parole : le phonographe, le microphone, l'aérophone », in *Revue des deux mondes*, 17 août, 1878.

（14）Du Moncel, *op. cit.*, p. 272 ; Bernard Teston, « L'oeuvre d'Etienne-Jules Marey et sa contribution à l'émergence de la phonétique dans les sciences du langage », in *Travaux Interdisciplinaires du Laboratoire Parole et Langage d'Aix-en-Provence*, n° 23, 2004, p. 252-257.

（15）firstsounds.org のウェブサイトで音源を聴くことができる（http://www.firstsounds.org/sounds/scott.php）。

（16）同種の試みとして、中川克志による以下の先駆的論文を参照のこと。中川克志「音響記録複製テクノロジーの起源――帰結としてのフォノトグラフ、起源としてのフォノトグラフ」『京都精華大学紀要』第三六号、二〇一〇年。

（17）Édouard-Léon Scott de Martinville, *Le Problème de la parole s'écrivant elle-même*, l'Auteur, 1878, p. 56-57.

(18) Louis Figuier, *Les Merveilles de la science ou description populaire des inventions modernes*, t. VI, Jouvet et Cie, 1894, p. 631.

(19) Scott de Martinville, *op. cit.*, p. 31–32.

(20) Hankins and Silverman, *op. cit.*, p. 135 ; Paul Charbon, *La Machine Parlant*, Jean-Pierre Gyss, coll. « Ils ont inventé », 1981, p. 10.

(21) Scott de Martinville, *op. cit.*, p. 31.

(22) Sterne, *op. cit.*, p. 33. 谷口・中川・福田、前掲書、三五―三六頁。

(23) 福田貴成「痕跡・距離・忠実性 ――聴覚メディア史における〈触れること〉の変容について」、『表象』09号、表象文化論学会編、月曜社、一二九頁。

(24) Sterne, *op. cit.*, p. 50–51.

(25) 谷口・中川・福田、前掲書、六四―六五頁。

(26) こうした構想は早い段階でフランスにも伝えられていた。以下のものは『デイリー・グラフィック』誌の記事をもとにしたフランス側での報道である。« Le phonographe et l'aérophone : une visite à M. Edison dans le New-Jersey (États-Unis) », in *La Nature*, 25 mai, 1878.

(27) Thomas A. Edison, "The phonograph and its future," in *The North American Review*, vol. 126, n° 262, May–Jun., 1878. なお、この小文によるエジソンの提案は、前掲のデュ・モンセルやジファールの著作を通じてほぼ同時代的にフランスへも伝えられていた。

(28) アメリカ合衆国国立公園局のウェブサイトを参照（http://www.nps.gov/edis/learn/photosmultimedia/the-recording-archives.htm）。

(29) アメリカ議会図書館ウェブサイトを参照（http://www.loc.gov/item/00694308）。

(30) Giffard, *op. cit.*, p. 42–48.

(31) Cf. Claire Pillot-Loiseau, « Place de la phonétique dans la revue *La voix parlée et chantée* », in *Observatoire musical français* (série « Conférences & Séminaires »), vol. 47, 2011.

(32) *Ibid.* なお、この種の使用法は、エジソンの発明を報じた科学史家のテクストのなかですでに提案されているほか（Du Moncel,

op. cit., p. 289–293)、録音技術が産業化の道を辿りはじめる一八九〇年前後の時期においても確認できる。例えば以下のアカデミー議事録では、耳医学の観点からエジソンの改良型フォノグラフ（一八八八年製作）を用いた音響測定をなすことが提案されている（*Comptes rendus hebdomadaires des séances de l'Académie des sciences*, t. 107, Gauthier-Villars, 1889, p. 473)。

(33) Robert Michael Brain, *The Pulse of Modernism : Physiological Aesthetics in Fin-de-Siècle Europe*, University of Washington Press, 2015, p. 150–173.

(34) Edward H. Johnson, "A Wonderful Invention : Speech Capable of Indefinite Repetition from Automatic Records," in *Scientific American*, vol. 37, n° 20, November 17, 1877.

(35) Le Blanc, « Le Téléphone et le Phonographe », in *La Semaine du Clergé*, 10 octobre, 1877 ; Victor Meunier, « Le son mis en bouteille par M. Charles Cros », in *Le Rappel*, n° 2832, 11 décembre, 1877.

(36) Sterne, *op. cit.*, p. 287–333.

(37) Ludovic Tournès, *Du phonographe au MP3 : Une histoire de la musique enregistrée XIXe–XXIe siècle*, Autrement, coll. « Mémoires / Culture », 2008 ; Jean-Claude Wartelle, « La Société d'Anthropologie de Paris de 1859 à 1920 », in *Revue d'Histoire des Sciences Humaines*, n° 10, 2004.

(38) Tournès, *op. cit.*. p. 20-22.

(39) 「同時性の詩学」のありかたを説いた以下の小論で、アポリネールは確かに録音技術に言及している。だが、そこでの記述からは、彼がこの技術にいかなる可能性を見出していたのか正確に推し量ることはできない。Guillaume Apollinaire, « Nos Amis Les Futuristes », *Œuvres en prose complètes*, t. III, éd. Pierre Caizergues et Michel Décaudin, Gallimard, coll. « Bibliothèque de la Pléiade », 1993, p. 971.

(40) Guillaume Apollinaire, « Les Archives de la Parole », *ibid.*, p. 213.

(41) Giffard, *op. cit.*, p. 25.

(42) Bréguet, *op. cit.* 参考までに、歯擦音が記録可能になるには電気録音の開始を待たねばならず、時代としては一九二五年ごろのことである（谷口・中川・福田、前掲書、一一一頁）。

(43) Giffard, *op. cit.*, p. 46–47.

(44) 以下の各論を参照のこと。Emily Thompson, "Machines, Music, and the Quest for Fidelity : Marketing the Edison Phonograph in America, 1877–1925," in *Musical Quarterly*, vol. 79, 1995 ; Sterne, *op. cit.* 秋吉康晴「録音された声の身体——人間と機械のあいだから聞こえる声」、『美学芸術学論集』第九号、神戸大学文学部芸術学研究室、二〇一三年。

(45) Sterne, *op. cit.*, p. 262.

(46) 秋吉康晴「音響装置論——19世紀末におけるフォノグラフの声」、『美学芸術学論集』第四号、神戸大学文学部芸術学研究室、二〇〇八年、六〇—六一頁。

(47) Louis Figuier, *op. cit.*, 1894, p. 629.

(48) 秋吉康晴「おしゃべりするフォノグラフ——一八七七〜一八七八年におけるフォノグラフのデモンストレーションと人造の音声」、『ポピュラー音楽研究』第一八号、ポピュラー音楽学会、二〇一五年、六八—七一頁。なお、当のフィギエは自著の他の箇所でも同種の言い回しを用いており、それによれば「フォノグラフはあらゆる言語で話す」ことができた(Figuier, *op. cit.*, p. 654)。

(49) Edmond et Jules de Goncourt, *Journal : mémoires de la vie littéraire*, t. III, Fasquelle, 1956, p. 1193. Edmond et Jules de Goncourt, *Idées et sensations* (Nouvelle édition), Charpentier, 1877, p. 115–117. 書き手が参照している『観念と感覚』の該当箇所は、蠟人形の文化に関する言及のなかに見出される。いつの日かこの「不気味なる自然の剽窃物」が、例えばヴェルサイユでの人々の暮らしといった人類の記憶や追想を、そのかたちや色彩、果てには音声に至るまで完全に模造してしまうかもしれない、というのが書き手の言だ。そうした想定のなかで、蠟人形に発話能力を付与するための機構には「小さなクランク」une petite manivelle という表現が与えられている。本文中に引用したテクストを踏まえればフォノグラフはいまだ知られていないはずなので、本人のいうように何らかの自動人形、ないしオルゴールなどが想像力の源となったのだろうか。なお、当の蠟人形そのものについての言説を、スターンによる死体防腐についての言及と重ね合わせて読むことも可能かもしれない。Cf. Sterne, *op. cit.*, p. 359–390.

(50) 例えばトム・ガニングによる以下の論考などが興味深い。Tom Gunning, "Doing for the eye what the Phonograph does for the ear," in *The sounds of early cinema*, ed. Richard Abel and Rick Altman, Bloomington, Indiana University Press, 2001.

(51) スターンによればこの絵が最初に作られたのは一八九三年ごろのことであり、当初はシリンダー型のフォノグラフが描かれていた。のちにベルリナー・グラモフォン社やヴィクター社など、円盤型の装置を商品化していた会社にこの絵の権利が買い取られた際、絵のなかの録音技術もシリンダー型から円盤型へと描き換えられた（Sterne, *op. cit.*, p. 303）。

（52）ジュール・ヴェルヌ『カルパチアの城』安東次男訳、集英社文庫、一九九三年、二三六頁。

（53）Charles Cros « Le Journal de l'Avenir », *Œuvres Complètes*, éd. Louis Forestier et Pierre-Olivier Walzer, Gallimard, coll. « Bibliothèque de la Pléiade », 1970, p. 235–236.

（54）Charles Cros, « Principes de mécanique cérébrale », *ibid.*, p. 528–571.

（55）福田、前掲書、二三五―二三六頁。

（56）例えばアントワースの以下の著作では、チャールズ・ベル、フランソワ・マジャンディ、そしてクロード・ベルナールらによって一八世紀末以来進められてきた神経生理学研究の動向が通覧されている。同書をみる限り、アントワースも弟と同様に人間による情報処理のはたらきを非‐局所的な発想で捉えようとしていたようだ。Antoine Cros, *Les fonctions supérieures du système nerveux : recherche des conditions organiques et dynamiques de la pensée*, J.-B. Baillière et fils, 1874.

（57）Jean-Marie Guyau, « La mémoire et le phonographe », in *La Revue philosophique de la France et de l'étranger*, F. Alcan, cinquième année, tome IX, janvier à juillet 1880, p. 317-322. キットラー、前掲書、五一―五八頁。

（58）とりわけ第五巻の記述を参照のこと。Villiers de l'Isle-Adam, *op. cit.*, p. 908–953.

跋 〈本物〉とは何か

――サイボーグにおける誠実さ

塚本昌則

二〇世紀の文学は、さまざまなテクノロジーの発展による知覚の変化を刻印されている。写真や映画などの視覚メディア、車や飛行機などの交通手段の発達とならんで、電話、録音、無線などの音響技術の飛躍的進展もまた、言葉によって表象される世界に大きな変化をもたらした。それはどのような変化だったのだろうか。

この問いに答えるべく、文学における声、さらに声のテクノロジーをめぐる多様な考察を展開する本論集からは、近代という時代が主体のあり方にもたらした大きな混乱が浮かびあがってくる。われわれはもはや重苦しい人格の鎧をまとっているわけではないが、無秩序なノイズの集積に解体しているわけでもない。声について考えることは、この混乱がどこからやって来るのかを検討することでもある。われわれが確固とした人格の声をもつわけでもなく、無意味なつぶやきの集まりでもないとしたら、そのどこに〈本物の自分〉と呼べるものがあるのか。巻頭の鈴木雅雄氏による序につづいて、ここでは〈本物 (authentique)〉とは何かという疑問を通して、この論集を読み解く作業を試みたい。

研究の出発点にあったのは、写真をめぐってしばしば口にされる、インデックスとイリュージョンという考え方である。写真は、煙と炎のように、写しだされた現実と直接関わるという側面（インデックス）と、現実には知覚できない幻覚を創りだすという側面（イリュージョン）という、二つの矛盾した性質をもっている。写真という媒体は、実在の何ものかに関係しているが、現実には存在しない幻覚を発生させる装置でもあるのだ。同じことは声をめぐるテクノロジーについても言えるのではないか。音響再生産の技術に媒介される声は、何よりもインデックスであり、その声を発した人の存在そのものと直接関わっている（つまり〈本物〉である）。それと同時に、その声は現実には存在しない、時代も、人格の枠組みも超えた幻想（イリュージョン）を引き起こす力（つまり〈偽物〉の、人を欺く力）をひめているのではないだろうか。

身体に深く根ざし、話す人の個別性・特殊性にかけがえのない形で関わっていると同時に、その人物の境域を超えた異界にたやすく結びつく、声というこの奇妙な対象をめぐって、どのような問題があり得るのか。この呼びかけに応えてくださった論者の方々が、さまざまな問題を提起し、視野が広がっていった。そこから編者の一人として、本造りに参加しながら次第に感じるようになったのは、〈本物〉の意味が、歴史上のどこかで変わってしまったのではないかという疑問である。幼年時代からの一貫した人格が信じられていた時代には、〈本物〉の声とは内面の歴史に誠実な、一人の人間の真実の声ということになる。だが、ロマン主義の退潮とともに他者という源泉が強調されるようになり、この考え方では捉えきれない〈真正さ〉の探究がおこなわれるようになった。そこで目指されているのは、記憶の欠落した幼い頃について語ろうとするジョルジュ・ペレックのように、「真実」というより「真実らしさ」の探究である。事実として確認できなくても、フィクションを通してある現実をありありと見せることは可能だというのだ。この場合〈本物〉とは、個人の奥深い真実ではなく、「真実らしさ」を通してある現実にせまろうとする切実さに基づいている。人格の歴史から、他者という源泉へ、〈本物〉を判断する基準が根源的に変化したのではないか。また、この疑問を考えることで、〈前衛〉と〈後衛〉のような、文芸思潮の表面上の対立とは違った視点から、二〇世紀文学について考えることができるようになるのではないか。ここではこれらの疑問を、言葉としての声、歌としての声、ノイズとしての声という三つの側面から検討してみたい。最初にその前提として、他者の言葉がわれわれの源泉であるという認識の広がりを記述する。

1　内部で語る他者の声

言葉を運ぶものとしての声は、他者との深い関わりから生まれるという認識は、二〇世紀の作家、文芸批評家に広く見られるものである。たとえば、ヴァレリーは次のように述べる。「われわれは、認識可能な自我、それとわかる自我を、他人の口から受けとる。他人が源泉なのだ」[1]。私が〈私〉と言えるようになるためには、他人の語る言葉を、それが自分のことであるかのように引き受けて、声を発しなければならない。この認識は、ラカンから始まるわけではない。ここではバフチンの言葉を参照してみよう。

〔……〕言語は、本質的に個人の意識にとっては、自己と他者の境界に存在するものである。言語のなかの言葉は、なかば他者の言葉である。それが〈自分の〉言葉となるのは、話者がその言葉のなかに自分の志向とアクセントを住まわせ、言葉を支配し、言葉を自己の意味と表現の志向性に吸収した時である。この収奪の瞬間まで、言葉は中性的で非人格的な言語のなかに存在しているのではなく、（なぜなら話者は、言葉を辞書のなかから選びだすわけではないのだから！）他者の唇の上に、他者のコンテクストのなかに、他者の志向に奉仕して存在している。つまり、言葉は必然的にそこから獲得して、自己のものとしなければならないものなのだ。[2]

〈私〉の話す言葉は他者の唇の上にある。〈私〉の話す言葉は、〈私〉とは関わりなく存在してきた言葉に、〈私〉がどのようなアクセントをつけて声にできるかによって、多かれ少なかれ自分のものとなる。この認識は、むしろ古代のほうが明確に認識されていた。ウィリアム・マルクス氏が強調しているように、叙事詩では女神（ムーサ）の語る言葉を、詩人が聞きとって語るというスタイルが取られている。また、思考が死者との対話によって営まれるものであることは、プラトンの対話篇が明瞭に示している。死者の語る言葉を伝えようとする衝動は、言語芸術の根幹にある衝動だろう。

そこに詩人がどのようなアクセントを込めて語ることができるかが問題だった。〈私〉とは、他者の声とともに語る者である。[3]

ところが、近代に入って事情が一変する。声の源泉が他者であることを積極的に肯定し、むしろ自己のなかで他者が語ることを求める時代から、自己のなかで他者が語ることを恐れるようになる時代へと、大きな転換が起こったのだ。その転換の原動力のひとつが、「真正さ」authentique（本物、真実、誠実）という価値観の登場である。[4]われわれは幼年時代に源泉をもつ、一個の独立した人格なのであり、その人格にむきあって誠実に語る言葉にこそ本物の価値がある、というのである。われわれ一人一人は、他にかけがえのないものとして生まれたのに、社会が本物の自己をねじまげ、本当の自分にはそぐわない、さまざまな役目を演じるように強いてくる。この貶められ、歪められ、偽物の外観をまとった自分に、本物の自己を取り戻させることが、ルソーに始まる近代的自伝の重要な役目となった。ここで言う本物とは、「言葉と存在の一致」[5]を意味している。〈私〉の話す言葉が、〈私〉の存在とぴったり一致するとき、〈私〉の言葉は真正なものとなり、〈私〉の存在は本物となる。

しかし、本当にそのようなことが可能なのだろうか。伊藤亜紗氏が強調するように、人間は他者との関わりにおいて自己生成する「生まれながらのサイボーグ」であり、他者への「開放性」を備えている。このフレーズを作りだしたアンディ・クラークは、ペン、紙、懐中時計、画家のスケッチブック、数学者の用いた計算尺のような旧式の技術の時代から、心を拡大するテクノロジーがすでに始まっていたと指摘している。「人間の脳の特別なところ、人間の知性の際立った特徴をもっともうまく説明するものは、非生物的な構築物や補助具と深く複雑な関係を取り結ぶ能力にある〔……〕」。[6]脳の特性は、異質なものと結びつき、生産活動を拡大する点にあるというのだ。この視点から見れば、心のなかで聞こえてくる他者の声に耳を澄ませ、その声を自分の声であるかのように引き受け、他者として振舞うこと自体は、偽物になることでも、狂気におちいることでもない。近代以前の言語芸術は、むしろこの他者から来る言葉に忠実であることに真実の源泉を見ていた。他人として振る舞うことが人格の解体でも崩壊でもないという、この開放性にどのような可能性があるのかを突きつめてゆくことが、おそらくいまなされるべき仕事である。というのも、この問いが考えられるようになるまでの道のりは平坦なものではなかったからだ。

多くの論者が、起伏にみちたその道のりを論述している。前之園望氏が紹介するように、ブルトンが眠りと目覚めのあわいで、「内的な耳」に聞こえてくるつぶやきを聞き逃した体験から、「自動記述」が誕生する。郷原佳以氏が記述するように、ブランショは〈私〉のなかで語る他者の声に注目していたが、「他者が語るときには誰も語っていない」、つまりこの他者は〈私〉や〈彼〉のように人称化できる実体をもたない、主体性の外部にある中性的なものと考えていた。また、桑田光平氏が指摘するように、ロラン・バルトは「意味の充満から身をかわすような言語活動」を夢みていた。いずれも外から聞こえてくる声、ただし何らかの主体、何らかの意味に還元できない、際限のないつぶやきのような声を捉える試みである。だが、ブルトン、ブランショ、バルトなどの個別の試みを超え、時代の価値観のレベルで大きな変化がなければ、他者として振る舞うことによって、自己の「真正さ」を究めることが可能なのかという問いは、共通の問題意識として浮上しなかったかもしれない。他者が源泉であることを抑圧し、他者とはっきり異なる個々人のうちに「真正さ」があるという見方を押しつける価値観は、数々の作家たちの仕事にもかかわらず、まるで自明の真実であるかのように思われてきた。その価値観は揺らぎはじめているが、個人の独創性という神話が消滅したわけではない。自分たちの置かれた現在地を測る羅針盤は、「「本物」でも「偽物」でもない」(鈴木雅雄氏「序」)、そのような「真正さ」の可能性を読み解くことにかかっている。この問題を、言葉としての声、歌としての声、ノイズとしての声という声の三つのあり方から考えてみよう。

2　言葉としての声——独創性と紋切り型

内部で語る他者の声が抑圧された背景には、独創性という神話があった。

独創性は、一八世紀に成立した美学上の理念である[7]。独創性が評価されるためには、芸術の源泉への考え方が変わる必要があった、と美学者は指摘する。詩の女神に祈願し、死者と対話する時代、芸術は自然の模倣とみなされ、芸術の起源は個人の外にあると考えられていた。それに対して、作家の独創性が高く評価される時代、芸術家は内的自然から霊感を得るとみなされる。作品の起源は芸術家個人のうちにあり、はるかな幼年時代の記憶という源泉から現在への流れをたどることが文学に固有の営みとみなされた。他者からほとんど何も借りずに創造する芸術家という神話が広まった。芸術家は、自らの苦悩から言葉をふりしぼる。それだけでなく、彼の言葉はことごとく、それ以前にあったものを覆す、革新的なものである。ブランショの要約によれば、「私は革命である」と名乗らないような作品には存在価値はない、ということになる。新たな作品は新たな革新であり、それ以前には存在しなかった新しい世界を繰り広げなくてはならない。(8)

作家に何よりも独創性を求めるこの体制に登場する〈本物の自分〉という価値には、大きく目立つ欠陥がある。「紋切り型」をうまく使いこなせないのだ。「紋切り型」は、この言葉で名指されないまま本論集でさまざまな角度から分析されている重要なテーマである。他者から聞こえてくる声が自分の話す言葉の根源にあるなら、誰もが口にする紋切り型という問題を避けて通ることはできない。独創性を追究した近代における文学のあり方は、この問題を抑圧することで成り立ってきたとさえ言えるかもしれない。他者の言葉を反復することが、いかに軽蔑され、また恐れられたかは、紋切り型辞典の構想に触れたフローベールの有名な言葉が典型的な形で示している。(9)独創性が作品を評価する基準となり、紋切り型を口にすることへの恐怖が強かった時代には、ジャン・ポーランのように紋切り型を称揚する主張はすぐには理解されなかった。ポーランは、紋切り型こそ一瞬ごとにわれわれの面前に生まれつつある創造的な言語なのだと主張する。家族や恋人たち、さまざまな流派、流行の思潮は、他の人々にはわからない、自分たちだけにしか通用しない言葉や符丁を創ろうとしないだろうか。そして、そうした常套句を使っているときほど、思想が言葉から解放され、まるで言葉がないかのように、直接感情を伝えていると感じられるときはないのではないか。(10)

この論集から浮上するのは、この「紋切り型」lieu commun が、ポーランが考えていたのとは異なった形で復権しつつあるということである。言葉による伝達は、文字通り「共通の場所」lieu commun として再生しつつある。個人の輪郭があいまいになり、他者の記憶を取りいれることで豊かになる、そのような場所としてよみがえりつつあるのだ。そのためには、一人の作家が、自分の人生に深く関わってくる切実さから、誰もが口にする符丁を新たな場所として創りなおす必要がある。共通の場所を創りだす試みは、同じ表現の反復ではなく、誰もが知っているつもりだが、実際には何も知らない場を再創造する形でなされる。塩塚秀一郎氏の論じるジョルジュ・ペレックは、「W(ドゥブルヴェ)」という名の南米大陸の端にある架空の島、人々がスポーツに専念する島を、住民の側からではなく、統治者の視線から語るという虚構を通して、アウシュヴィッツを語ろうとした。支配する側の言説を使って島の日常を描くことで、声をあげることもなく滅ぼされた人々の視線が宿る言葉を創りだそうとしたのだ。谷口亜沙子氏も、シャルロット・デルボの証言を通して、正確に伝えるためには創造しなければならないというダイナミズムを明らかにしている。「真実（vrai）」である確証はなくても、「真実を告げる言葉（véridique）」となり得る、そのような言葉の探究こそ、作家個人の独創性探究とは違った形で、〈本物〉を打ちたてるために必要な作業ではないだろうか。「真実」vraiではなく、新しい「真実らしさ」vraisemblableの追究——当事者性がなかったとしても、自分の生に深く関わってくる出来事を、「感覚的な、内臓的な、皮膚的な次元」で創りだすこと、時には思いきり遠い状況に置き換えることによって語ること——、そのような探究がここでは問題となっている。

ボードレールは、「人生の重大な局面における身振りの誇張的真実[11]」について語った。「身振り」を「声」に置き換えてみよう。言葉を発することができないまま、この世を去った人々の無念をどのようにして語ることができるのか。そこに「誇張的真実」、「真実らしさ」を込めて語ることができるのは、声が、他者の唇にあった言葉を自分のものとすることで、初めて話しだすという独特の生成過程をもっているためである。声が、他者が源泉なのだが、そこには一人の人間の身体と切り離せない切実さがある。経験から生じるというより、むしろ経験を可能とする心の装備を創りだすことが問題となっているのだ。言い換えれば、声を内在化する必要はない。聞こえてくる声に合わせて自分も語ることを通して、経験というものがどのようにして形成されるのかが見えてくる——少なくとも、自分に語りかけてくると感じられる声についてはそう言えるだろう。音なき記号に身体を貸し与えること（伊藤亜紗氏）、三人称の「仮面(ペルソナ)」を通して語ること（郷原佳以氏）、他者の声に憑依されたまま語ること（たけだはるか氏）、アルファベット表記のなかで亡霊化した声として語りつづけること（立花史氏）――声にこのような局面があるのは、声が現実の経験がまずあったうえでその経験を映しだすものではなく、ある虚構の時空間を創りだすことで現実の理解を可能にする、そのような現実理解の装置として機能する側面があるからだ。ある主体が自らの経験を誠実に語る、という近代の文学空間が崩れても、経験を可能とし、他者の経験を自らの切実な経験として引き受けることを可能とするというこの構造は、いまもなお声に備わっているのではないだろうか。いずれにせよ、声は個人の専有物ではなく、個体化という視点だけから考えることはできない。

ここで重要なのは、「人生の重大な局面」が「共通の場所」として浮上してきたことだろう。どのような状況についても、経験を可能にする条件としての声が機能するわけではない。他者の言葉を自らの言葉として語るとき、人格が崩壊するわけでも、偽物になるわけでもないとすれば、それはこの「共通の場所」がつねに再創造され、更新されることを求めていると受け手に感じられるためだろう。それは創造のダイナミズムを失えば、形骸化した生命力のない紋切り型の集積になるような場所である。幼年時代からの人格に誠実であることで得られる〈本物〉から、他者を源泉とする「真実らしさ」を追究する〈本物〉への移行は、この一回ごとに新たな創造を求める、そのような生と死に関わる「人生の重大な局面」が、文学のなかで復権してきたことと深く関係しているのではないか。中田健太郎氏が、亡き妻が歌った三曲の歌の録音を素材に、ヴォーカロイドを使って新しい歌を発表しつづけるアーティストを紹介している。この論文集のもととなったコロックで、この世にいない人間の歌う「ひこうき雲」が流れたとき、誇張ではなく会場に衝撃が走った。踏み越えてはいけない一線が確かに存在するのであり、その境界にこそ「誇張的真実」は宿るのではないか。このことは、声が歌としてあらわれるとき、とりわけ明確になる。

3　歌としての声

声には言うまでもなく物理的な音としての側面がある。声はニュートラルに意味を伝えるものではない。時に歌として、時に叫びとして炸裂し、怒り、悲しみ、喜び、嘆きなどの情念を、意味ではなく調子で伝える。カトリーヌ・クレマンは、オペラが死にゆく女の声を出現させるために創られたとさえ主張している。声が死を前にして高まるときほど、感動が胸を突きさすことはないからだ。「歌われる死」[12]という舞台上の出来事は、何度繰りかえされてもその「真実らしさ」を失わない。「人生の重大な局面」は、声が歌となり、叫びとなって、「誇張的真実」を告げる状況でもあるのだ。

幼い頃に聞いた女たちの歌声が、ロマン主義のなかで特別な意味をになってきたことを野崎歓氏が指摘している。その歌声のよみがえりには、「魂のうちにひそむ忘れられた存在の救出」という側面があるのだという。しかし、野崎氏がネルヴァルの作品の読解を通して示すように、この〈本物〉の歌声には、歌っていた女たちの個別の人格を溶解させ、複数の声を融合し、耳を澄ませる者の人格の統一性をも危うくする力がひめられている。一人の人間の無垢な魂を証明するものだったはずの歌声は、ひょっとするとどこにも存在しない、主体を錯乱のうちに引きこむセイレーンの歌声なのかもしれない。人格の歴史の中核にあった歌声そのものに、人格に収斂しない、収拾不可能な混乱がふくまれているのではないか。

この意味で興味深いのは、新島進氏が発見的に記述する、人工音声を備えた人造女性の系譜である。ヴィリエ・ド・リラダン『未来のイヴ』、ジュール・ヴェルヌ『カルパチアの城』から、ガストン・ルルー『オペラ座の怪人』、レーモン・ルーセル『ロクス・ソルス』などを経て、ヴォーカロイドの初音ミクにいたる系譜は、人工的に合成された音声に、人工的な身体をあたえる物語が多彩に変奏されながら受け継がれてきたことを示している。人工音声は、ネルヴァルのうちによみがえる女の声、明確な人格をもたず、複数化してゆく声と重なる部分をもちつつ、そこに合成された身体があたえられることによって、錯乱と幻想の領域とは別の境界に近づいてゆく。新島氏によれば、ヴォーカロイドは「夜の女王のアリア」で歌手が絞りだす高音のような超高音で歌うだけでなく、声から言語が切り離されるまでに超高速で歌う。尋常ではない速度を声にあたえることは、それが人の声ではなく機械的に合成された音であることを強調するためである。中田健太郎氏も、ヴォーカロイドが人工的な金属音をわざと残すことによって、人工的身体の印象をあたえるように作られている点に注目している。ここでは、人間の身体がどこまで拡張可能なのか、その境界が探られているのではないだろうか。伊藤亜紗氏の指摘する「開放性」ゆえに、人工器具が接続されること自体は、人間性を損なわない。むしろ人間の身体はそうした拡張性にむけて開かれてゆくものだ。しかし、そのどこかで「開放性」の限界を超え、人間の声の領域が踏みにじられる、そのような境域があらわれる。どのような虚構の言葉によっても回収できないようなその境域に、人間は長くとどまっていることができるのだろうか。

少なくとも、この人工合成された音声の可能性を追究し、超高音、超高速の歌声をどこまでも追究してゆくことによって、それ以上先には進めない境界があらわれるのではないかという予感は、他者を源泉とする「真実らしさ」について考えるために重要なことである。その予感が示すのは、「共通の場所」に宿る新たな「真実らしさ」には踏み越えられない限界があるということだ。人間の力が、機械によって無限に高まってゆくとしても、人間のうちに宿る他者が制御不能な振る舞いをすれば、「開放性」の条件そのものが失われるだろう。合田陽祐氏は、ジャリを論じながら、そこに「聞いた者の精神を支配してくるような声」と、「他人の声」を通して語る声の二つの声を聞き分けている。他人の声で語り、他人とともに生成するような主体には、「開放性」が備わっている。だが、支配しようとする邪悪の意志をもった声からは、何としても逃れなくてはならない。そのために必要なのは、『オーレリア』の夢に登場する、複数の女性の顔に変容してゆく顔でなく、初音ミクのアニメ顔のような明確な輪郭をもった顔ではないだろうか。

「私とは一つの他者だ」（ランボー）という言葉をひっくり返し、「他者とは、私だ」と言ってみてもほとんど意味をなさない。「ボヴァリー夫人は、私だ」（フローベール）という言葉のように、その他者がひとつの身体をそなえた、ある特定の存在であることが明らかに必要である。個別の人間の身体がもつ意味が、これまでになく問われているのではないか。内面の一貫性を軸にせず、「仮面（ペルソナ）」を被り、死者になりかわって語り、人工音声を通して語る作業にも、それを超えてしまえば実践としての意味がなくなってしまうような限界がある。他者を源泉とする「真実らしさ」は、それを通して一度もなかった過去を思い出し、自ら経験しなかったことを自分のこととして引き受けるところに本質がある。それはまったく無制約におこなわれる作業ではない。歌声をめぐる考察を通して見えてくることは、そこにひとつの身体としてのまとまりが求められているということだ。その身体は、性別、年齢、生物／人工物等の違いを超える身体であってもかまわない。自己の身体感覚の限界を超えないという点が重要なのである。

近代の自伝をささえていた〈本物〉という価値観が凋落しても、結局、他に置き換えようのない自己の身体感覚を手がかりに、世界を認識していくしかない――そんな認識がこの論集から立ちあらわれてくる。知覚する一人の人間の身体は、「真実らしさ」の探究に不可欠なものである。確かに人間は、他の存在に開かれ、接続される「開放性」をそなえた「生まれながらのサイボーグ」である。しかしこのことは、そのサイボーグが一個の身体であることをまたげはしない。初音ミクが、もはや歌詞を聞きとれない超高速、超高音で歌うとき、それを超えればもはや人間の身体が接続できなくなる境界があらわれるのではないか。その境界の先にある非人間の領域に、われわれはどこまで踏みこんでいけるのだろうか。リクールは、言葉と、言葉の外にあるとみなされる世界との関係が、書き手と読み手の身体を介した形で結ばれることが、文学テクストのもっとも根本的な約束事だと指摘している。「文学的フィクションが科学的フィクションと根本的に違うのは、それがひとつの不変項をめぐる、つまり自己と世界との実存的媒介として生きられる身体的条件をめぐる想像的変更でありつづけるところに存する。演劇や小説の人物は、われわれのような人間である」[13]。

声の力は、人間の五感の範囲を超えられない。[14] どれほど他者にむかって開かれようとも、この条件を踏みにじることはできない。歌は身体の極限を示すと同時に、その限界をも示している。「誇張的真実」は、限界への旅ではあるが、人間の身体性さえ超えてしまう異世界にまでは通用しないものなのだ。

4 ノイズとしての声

その意味で、個別性にこだわりつづけたブルトンの姿勢は興味深い。シュルレアリスムの出発点は、見知らぬ声に襲われる体験だったが、それにもかかわらず「声の到来は特定の誰かに生じ、かつ明確な日付を持つ、代替不能の出来事でもなければならなかった」ことを、鈴木雅雄氏が強調している。自己とは他者の声が上演される場であると認識すると同時に、その声の上演に自己の身体をかける必要があること、個別の特殊性にとどまってこそ、初めてその上演が意味をもつこと――これが他者を源泉とする〈本物〉の、現在言える基本条件である。意味をなさないノイズから、それまで知らなかったメッセージ、それも宛先と日付が明確なメッセージが立ちあらわれるというシュルレアリスム的驚異については、鈴木雅雄氏、前之園望氏、ジャクリーヌ・シェニウー＝ジャンドロン氏の論文にゆだねることにしよう。われわれはノイズと〈本物〉とのあいだにどのような関係があるのかを探ることにしよう。

〈本物〉が自己への誠実さを基盤とするとき、求められるのは透明な音である。声が澄み、清らかな歌声が響き、メッセージに一点の曇りもないことが理想となるだろう。しかし〈本物〉が、他者を源泉とする「真実らしさ」を基盤とするとき、そこには不透明なノイズがあふれることになる。ただひとつの真実によって解消される闇が問題なのではなく、聞こえてくる他者の声と自己の身体感覚だけを羅針盤とし、どこまでいっても確証をもてない闇が問題なのだ。そこではたがいの連関がわからないノイズが基調となるだろう。ただし、ノイズがある種の運動を引き起こすことについて、この論集にはいくつかの視点が出されている。

他者の声に耳を澄ますことは、確固とした主体という理念が基盤となっている時代には、人格の崩壊過程と捉えられたかもしれない。自己の真正な声なのか、複数の他者が次々に語りだす声なのか、見分けがつかないとき、ベケットの『名づけえぬもの』のような際限のない独白がつづくことになるだろう。熊木淳氏が、確固とした主体という理念に基づく〈本物〉に、レトリスム運動の詩人や、アルトー、ハイツィックなどの詩人たちがどのように抗ってきたかを論じている。無意味な音の連続を繰りだすことが、どれほど技術を要するものであるのかを熊木氏は詳述しているが、同時に、無意味な音は無意味なままにとどまらず、とりわけアルトーとハイツィックが事後的に、何らかの主体をでっちあげる必要性を感じていたと指摘している。梶田裕氏も、リズムというものが、先行する統一性を解体すると同時に、何らかの形態を生みださずにはいられないことに注目している。リズムは脱主体化だけでなく、その場だけの主体を立ちあげる力をもっているのだ。門間広明氏の論じるドゥボールも、映像のない、サウンドトラックのみの映画の制作にとどまらず、全世界から嫌われることを厭わない、自己の「例外性、唯一性」にこだわっている。ノイズは解体への誘いというより、何かしら統一する原理を希求させる、そのようなダイナミズムをはらんでいるのだ。

ノイズと、この事後的にあらわれる主体性、統一性とのあいだには、無数のニュアンスが可能だろう。たけだはるか氏が指摘するベケットの「ファンシー」は、口にされた途端、その内容がすぐに消えてゆく、とるにたらないつぶやきである。確固とした主体の繰り広げる想像力の世界でなくても、そのようなつぶやきの場に意識はとどまっていることができる。桑田光平氏の論じるバルトの「意味形成性」にも、主体を脅かしたり、その統一性を何としても回復させようとする激しさはない。満ちたりた意味から身をかわすことそのものが、実践的意味をになっている。ノイズからつねに同じ主体、同じ意味が立ちあらわれることが、ここでは批判の対象となっている。ここで重要なのは、立ちあらわれる主体や意味が〈偽物〉であり、ノイズが〈本物〉だ、とはならないということである。他者を源泉とする〈本物〉は、自己の身体感覚にかなう形で「真実らしさ」を追究するというものであり、ノイズに取り囲まれた状態にとどまることができないという反応にこそ本質があるからだ。形成されつつある意味が確定され、固まることを拒絶しようと、事後的に主体が立ちあがるのを否定しようと、不定型な音の塊の状態にとどまることに人間の身体は耐えることができない。「真実らしさ」はそのような反応を基礎とすると考えるべきである。

音響技術の発展史も、機械のたてるノイズから、人の声らしき意味をもった音を形成させる試みであり、そこに「真実らしさ」の探究があることを示している。福田裕大氏が論じるように、「再生音は録音された声の類同物ではな」く、「人工的な構築物」なのであり、自然の声と機械による再生音の二つを結びつける必然性はない。機械のたてる音はあくまでも機械のたてる異様な音なのに、そこに人間の身体をもった声を聞きとるまでにどれほどの紆余曲折があったかを福田氏は明快に記述している。橋本一径氏はさらに、霊媒たちの生みだす声に、生前の誰かの存在を認められるかどうかが、証人たちにかかっていたことを明らかにしている。機械音であれ、霊媒の声であれ、そこに肉親の語る声を聞こうとする人間の情熱があって初めて意味をもった声が立ちあがるのだ。福田氏も、橋本氏も、フォノグラフのラッパの口から流れる主人の声に聞き入る犬のニッパーに言及している。機械音を人間の領域に飼いならすために、それが亡くなった人の声を死後も保存するという言説が、重要な役割を果たしたという事実は興味深い。その事実は、人間の「開放性」が機械のノイズと接続されるために、どれほどの抵抗があったかを示している。

『失われた時を求めて』で、語り手が祖母からの電話を受けとる場面を思い出してみよう。語り手は、電話機を通して聞こえてくる音について、それは「たぶん祖母の死後に私を訪ねてやってくるあの亡霊と同じように、手にふれることもできない幻影の声だ」と感じる。音声の途切れた電話を前にして、語り手は「ひとりぼっちになったオルフェウスが、死んだひとの名を繰りかえすように」祖母の名を呼びつづける。[15] スタンリー・カヴェルは、オルフェウス神話について、「この物語は声の力の限界についての物語だ」[16] と指摘する。オルフェウスは声の力で地獄の扉を開くが、そこから大切なものを救いだすことはできなかった。この神話は、人間が地下世界と地上世界、感性的世界と理知的世界、ノイズと身体から発せられる声の両側にまたがって存在することを示している。そのいずれかが真実なのではなく、二つの世界を絶え間なく行き来するところに「真実らしさ」があるのだ。

ジョナサン・スターンは、声とノイズの関係をもっと過激に記述している。音響技術によって定着されるもととなったオリジナルとは、「再生産のプロセスが作りだした人工物でしかない」。「再生産技術がなければコピーは存在しないが、だとすればオリジナルも存在しない」[17]。これは人の声が存在しないということではなく、機械音から人の声を聞きとるプロセスが文化的に規定されると、逆にその機械音をもとに、できるかぎり現実に近い声を創りだそうとする考えが生まれるというのである。真正なものがあって、それを人工的に定着するのではなく、人工的な手段があって、初めて真正なものがあらわれるということだ。結局、声、ならびに声のテクノロジーをめぐる考察を通して明らかになる〈本物〉とは、他者の言葉やノイズに耳を澄ませ、そこに自己の身体感覚によって可能なパフォーマンスを繰り広げるということである。〈私〉には一貫した人格などない。しかし〈私〉はノイズの集積でもない。やって来る声を、身体感覚のすべてをかけて自分のものとして引き受けることで、何度でも更新可能な行為を始めることができるのではないかと予感するものである。

以上、編者の一人として、論集におさめられた論点をたどってみた。総論は読み手の数だけあるものと考える。個別の研究をつづけているあいだには見えなかった光景が、全体を俯瞰することによって見えてくることの不思議さを、読者の方々にもぜひ味わっていただきたい。

最後に、この論集がどのようにしてできたかについて、簡単に記しておきたい。鈴木雅雄氏と何度も会合を重ねながら、一連の講演会・シンポジウムを企画、ウィリアム・マルクス氏講演会（東京大学文学部、二〇一四年四月二五日）、シンポジウム「声と文学」第一回：「声の不在と現前」（東京大学文学部、二〇一四年九月二七日）、シンポジウム「声と文学」第二回：「声を与える、声を作り出す：身体性とテクノロジー」（早稲田大学文学部、二〇一四年一二月一三日）、ジャクリーヌ・シェニウー゠ジャンドロン氏講演会（早稲田大学文学部、二〇一五年四月二一日）を開催、平凡社編集部の松井純氏をまじえて本のコンセプト作りを進め、シンポジウムより枠組みを広げて何人かの研究者にも新たに参加していただいた。全体の編集実務には宮田仁氏にもご協力いただいた。講演会・シンポジウムの開催にあたってご協力いただいたすべての方々に、この場を借りて深くお礼申し上げる。

この本の最大の特徴と言ってもいい音響技術の発展と文学・文化・芸術を関連づけた年表作成の経緯については、作成者・福田裕大氏の序文をご参照いただきたい。項目によっては、論集の参加者に直接ご執筆いただいた。第一回シンポジウムにご参加いただきながら、事情があって今回ご寄稿がかなわなかった佐藤典子さんにも、デ・フォレの項目をご執筆いただいた。記して感謝したい。

研究を進めるにあたっては、科学研究費基盤研究（c）「近代フランス文学における散文の研究」（研究代表者：塚本昌則、二〇一三―二〇一五年度）を活用させていただき、また出版にあたっては二宮学術基金のご協力をいただいた。心より感謝の念を表する。

注

（1） Valéry, C, XXVII, 393 [1/467].

（2） バフチン『小説の言葉』伊東一郎訳、平凡社ライブラリー、一九九六年、六七―六八頁。

（3） Cf. ドミニク・ラバテ「声の詩学」逸見龍生訳、『〈声〉とテクストの射程』高木裕編、知泉書館、二〇一〇年、一四頁：「私は他者の声とともに語っている。他のさまざまな声に憑かれ、乗り移られ、棲まわれた声は、言語と同様、この私にはどうしても所有することができぬ何かなのである。私の声とは、これら他の声たちの登場する舞台にほかなるまい」。

（4） この問題については、Lionel Trilling, *Sincerity and Authenticity*, Harvard University Press, 1971, 1972（ライオネル・トリリング『〈誠実〉と〈ほんもの〉――近代自我の確立と崩壊』野島秀勝訳、法政大学出版局、一九八九年）を参照のこと。

（5） Cf. *Encyclopédie philosophique universelle, II, Les Notions philosophiques : Dictionnaire*, volume dirigé par Sylvain Auroux, t. I, PUF, 1990, p. 193 : « L'authenticité /…/ se définira donc comme coïncidence de la parole et de l'être ».

（6） Andy Clark, *Natural-Born Cyborgs : Minds, Technologies and the Future of Human Intelligence*, Oxford University Press, 2003, p. 5（アンディ・クラーク『生まれながらのサイボーグ――心・テクノロジー・知能の未来』丹治信春監修、呉羽真・久木田水生・西尾香苗訳、春秋社、二〇一五年、七頁）.

（7） この点については、小田部胤久『芸術の逆説――近代美学の成立』第二章「独創性」東京大学出版会、二〇〇一年、五一―八八頁を参照。

（8） Maurice Blanchot, *La part du feu*, Gallimard, 1949, p. 311. Cf. Laurent Jenny, *Je suis la révolution— Histoire d'une métaphore (1830-1975)*, Belin, 2008, p. 5.

（9） 「この本のはじめからおわりまで、ぼく自身のつくりあげた言葉はひとつも見当たらず、だれでも一度これを読んだなら、そこに書いてある通りをうっかり口にするのではないかと心配で、ひと言もしゃべれなくなる、というふうであってほしいのです」（フローベール、ルイーズ・コレ宛一八五二年一二月一六日の手紙、『ボヴァリー夫人の手紙』工藤庸子編訳、筑摩書房、一九八六年、一八七―一八八頁）。

（10） Jean Paulhan, *Les fleurs de Tarbes ou la terreur dans les lettres*, Gallimard, 1941, p. 33-34（ジャン・ポーラン『タルブの花――文学における恐怖政治』野村英夫訳、モーリス・ブランショ／ジャン・ポーラン／内田樹『言語と文学』書肆心水、二〇〇四年、一三四頁）.

(11) Charles Baudelaire, *Exposition universelle, 1855, Beaux-arts, Œuvres complètes*, t. II, coll. « Bibliothèque de la Pléiade », 1976, p. 592 : « la vérité emphatique du geste dans les grandes circonstances de la vie »（『ボードレール全集 Ⅲ』阿部良雄訳、筑摩書房、一九八五年、二七八頁）.

(12) Catherine Clément, *L'opéra ou la défaite des femmes*, Grasset, 1979, p. 88.

(13) Paul Ricoeur, *Soi-même comme un autre*, Seuil, coll. « Points/Essais », 1990, p. 178（リクール『他者のような自己自身』久米博訳、法政大学出版局、一九九六年、一九三頁）.

(14) 工藤進氏が、文字との対比で、声のもつこの個別性、身体性を強調している。「ときには超越的力をもつことができる文字と、その力が人間の五感の範囲を越えない（越えられない）「声」とは、言葉の現実との関わりにおいてまったく違うものと考えることができる。「声」のもつ感覚性、直接性、同時性、限界性、個別性、真実性は、ヨーロッパの特に表音的、抽象的、普遍的、思弁的「文字」にはないものである」（工藤進『声――記号にとり残されたもの』白水社、一九九八年、八二頁）。

(15) Marcel Proust, *À la recherche du temps perdu*, t. II, Gallimard, coll. « Bibliothèque de la Pléiade », 1988, p. 434（プルースト『ゲルマントの方 I』『失われた時を求めて 5』鈴木道彦訳、集英社、一九九八年、二二五―二二九頁）.

(16) スタンリー・カヴェル『哲学の〈声〉――デリダのオースティン批判論駁』中川雄一訳、春秋社、二〇〇八年、二二四頁。

(17) Jonathan Sterne, *The Audible Past : Cultural origins of sound reproduction*, Duke University Press, 2003, p. 219（ジョナサン・スターン『聞こえくる過去――音響再生産の文化的起源』中川克志・金子智太郎・谷口文和訳、インスクリプト、二〇一五年、二七三頁）.

年表　音響技術と文学

以下の年表は、近代の西洋社会のなかで様々な音響技術が生みだされ、世に広まっていく際の足取りと、文学をはじめとする種々の文化的表現の歴史的展開とを併置し、両者のつながりを展望しようとするものである。こうした狙いのうち、前者に関連する試みにはすでに先例と呼びうるものがある。近年では森芳久らによる『音響技術史――音の記録の歴史』（森芳久・君塚雅憲・亀川徹、東京藝術大学出版会、二〇一一年）があるほか、この年表の編集を担当した福田が参加した『音響メディア史』（谷口文和・中川克志・福田裕大、ナカニシヤ出版、二〇一五年）の狙いの一部も同様のものであったといえる。

これらの先行研究に多くを負いつつ、以下の年表では、先に述べた「文学をはじめとする種々の文化的表現の歴史的展開」をあわせて記載することに挑戦した。こうした新たな課題設定の背景に、なにかしら明確な理念が据えられていたわけではない。年表中にいう「音響技術の発展」と同時代の「文学・芸術・文化」それぞれの歴史的推移を俯瞰することに対し、漠然とした必要性、ないし可能性のようなものを感じつつ、はっきりとしたヴィジョンを作りだすに至らぬまま、文字通り手探りの作業ばかりが積み重ねられてきた、といったところが実情である。以下に掲載する年表は、こうした意味で不十分なところがあることをあらかじめ断っておかねばならない。

＊

改めて述べると、本年表は「音響技術」と「文学・芸術・文化」の二つの欄からなり、各欄に記載された項目にはすべて解説文が付されている。実際の作業に際しては、まず福田が種々の先行研究を参考にしながら、「音響技術」欄に記載される事項の選定と各項の解説文の執筆とを行った。同様に「文学・芸術・文化」欄に関しても、何冊かの先行研究と自身による調査をもとにして作品・事項の選定をなし、自らで担当可能なものに関しては解説を作成した。この段階で、編者である塚本・鈴木両氏を介して「文学・芸術・文化」欄の原型と呼びうるものを各執筆者にチェックしてもらい、とくに本書に掲載された各論との関係で追加すべき項目を募るとともに、可能な場合は解説文の執筆も依頼した。年表中に事実誤認などが含まれていた場合の責任は、最終的な編集を担当した福田に帰せられるものであるが、「文学・芸術・文化」欄の内容に関しては、執筆者各氏の貴重な協力なくしては完成しえなかったということを明記しておきたい。

*

さしあたりの完成段階に達したといえるいま、例えば次のようにいうことができるかもしれない。この年表は、音響技術の存在、ないし、それによって媒介された音声を表現した文学作品の暫定的な一覧表として、ひとつの価値を有している。近年、隣接領域たる視覚メディアとの関連で、「写真と文学」ないし「映画と文学」といった――間領域的であり、また個々の作家研究を超えた――重要な課題設定がみられている。他方で、こうした架橋の企てが音響技術を対象としてなされてこなかったのは、ひとえに当の連接作業を可能にするだけの基礎的情報が獲得されていなかったからにほかならない。対して以下の年表は、音響技術そのものの歴史と、音響技術を対象化した文学作品の歴史とを併置することにより、これまでにみられなかった新たな傾向の研究を実現するかもしれない。例えば、プルーストとデュラスというタイプの異なる作家が描きだす「媒介された声」の問題を、各時代の技術的状況を踏まえながら実証的に考察する、といったことである。

と同時にこの年表は、英語圏を中心に目下発展しつつある音の文化研究に対して、文学研究の側がなにかしらの貢献をなそうとする際の下地になるかもしれない。拙論でも論じたことであるが、音響技術が生まれ、世に普及していく際のプロセスは、よくある技術の発達物語へと帰されるような単純なものではなく、同時代の知や文化を複雑に巻き込んだ巨大な問題系を構成する。こうした視点に立つとき、文学や思想などを研究するものたちが普段目にしている資料体（コーパス）は、うえに述べたような問題系が孕むダイナミズムの一端を解き明かすものとして、極めて貴重な価値を秘めたものとなりうる。文学研究に携わるものたちがいま意識しておくべきことは、こうした意味での価値の再発見がなされることへの期待が、音の文化を専門とする様々な研究者たちのあいだでかなりの程度まで高まっているということだ。そのような期待へと具体的に目を向けていくために、以下の年表では――便宜的に「文学・芸術・文化」欄を借りることにより――音の文化を対象とした現代的研究の代表例をいくつか取りあげている。と同時に、これらの研究に対する何らかの応答を誘発しうると感じられたものに関しては、音の技術そのものと直接的なつながりをもたないように見える作品・事象であっても、やはり同欄を用いて紹介を行うことにした。

とはいえ、冒頭でも述べた通り、この年表は制作側の明確な理念に貫かれたものではなく、不十分な点をあげはじめたらきりがない。「文学」と大きく看板を掲げつつも、本書のもとに集った執筆者たちの専門の偏りから、取りあげられているものの大半はフランスに出自をもつものとなってしまっており、それ以外の国から呼びだされたものに関しては、地理的区分、ジャンル、文学史的な意義等々の面でちぐはぐさを隠しおおせてはいないだろう。「芸術」に関しても同様で、いわゆる前衛（アヴァンギャルド）からポピュラーカルチャーに属するものまでを強引に巻き込んだ、かなり曖昧な看板となってしまっている。

にもかかわらず、この年表をかくなる段階で世に問わんとしたわけは、さきにつぶやいてみせたような展望などをゆうに超えた、より大きな可能性がその向こうに広がっているとの確信があったからである。現状のこの試案のようなものをあえて投げだすことによって、さらなる好奇心（あるいは反発？）が生みだされ、そこから例えば、種々の空隙の補塡、個々の情報の精緻化、新たな枠組みの模索などといった仕事が積みあげられていく——。この年表の表題となった「音響技術と文学」という研究領域には、そうした知的な連鎖を受け止めていくだけの広がりと豊かさとが間違いなく秘められている。本年表がこのような未来に対する「挑発」のひとつとなれば幸いである。


（福田裕大）

西暦	音響技術の発展	文学・芸術・文化
一七四八		ラ・メトリ『人間機械論』：キリスト教神学の理念から離れ、表題通りの唯物論的発想のもとで人間身体の機能を捉えようとした画期的な書。同時代の自動人形についての言及もある。
一七五四		コンディヤック『感覚論』：有名な「彫像」のメタファーが象徴するように、感覚を端緒として人間の心理的現象を理解する理論体系を構築。一九世紀フランス哲学の身体観に強い影響を与えた。
一七六〇		ティフェーニュ・ド・ラ・ロッシュ『ジファンティ』：写真に類するアイデアを記述した先駆的テクストとして知られるユートピア小説。音声の遠隔通信についての記述もみられる。
一七八三	ヴォルフガング・フォン・ケンペレン、人工音声の実験に着手。発声器官（＝音源）の機能の模倣を通じてなされる音声再現の先駆。同時期にはフランスでミカル神父の話す頭像が公開されたといわれる。	
一七九三	クロード・シャップ、アブラアム＝ルイ・ブレゲの協力のもと、「光学式テレグラフ」（腕木通信）を用いた通信実験を行う。翌一七九四年、パリ－リール間の通信が稼働する。	
一八〇四	ナポレオン、シャップ式の腕木通信を用いてイタリアとの通信経路の構築を命じる。翌一八〇五年、リヨン、トリノを経由して、パリ－ヴェネツィア間が結ばれる。	
一八〇七	トマス・ヤング（英）、自著のなかで、物体の振動を視	

年	音響技術	文学
一八一七	覚的に示すための実験を紹介。音を視覚的に描く装置の先駆的発想。	E・T・A・ホフマン『砂男』：自動人形オリンピアの発話機能についての言及はなく、「あ、あ、あ」としか言えない。しかし主人公は人間だと認識する。
一八三〇		チャールズ・ベル『人体の神経組織』：感覚が生じる際、眼や耳といった器官固有の性質が重要な役割を果たしていると主張。身体内部で生じる生理的な感覚作用そのものを問題化しようとする新たな理論の嚆矢となる。
一八三二	サミュエル・モールス（米）、電気を用いたテレグラフの着想を得る。同時代にはヴィルヘルム・ヴェーバー（独）や、ウィリアム・フォザーギル・クック（英）らが同種の構想を抱いている。	シャルル・ラヴー「トビアス・グワルネリウス」：ストラディヴァリウスに比肩しうる名器を製作すべく、もてる力のすべてを注ぎ、ついには母親の魂をバイオリンのうちに閉じ込めてしまった楽器職人の物語。
一八三三		ヨハネス・ミュラー『人体生理学要綱』（—一八四〇）：「特殊神経エネルギー説」の呼称で知られる理論の典拠となる書籍。外的世界の物理的刺激それ自体ではなく、各器官がそれに反応する際の特殊な様態こそが感覚の要因であると主張した。
一八三六	モールス、レオナルド・ゲールの協力のもと、電信信号を長距離伝送するための継電器を開発。一〇マイル（約一六キロ）を超える通信に成功する。	
一八三七	ウィリアム・クック、物理学者のチャールズ・ホイートストンとの協力で、電信装置の試作機を製作。翌一八三八年、グレート・ウエスタン鉄道の路線沿い（パディントン - ウエスト・ドレイトン間）に一三マイル（約二〇キロ）の通信線を設置。	

年	事項	文化
一八三九		フランソワ・アラゴ（仏）、フランス学士院にて、ルイ・ジャック・マンデ・ダゲール（同）の発明による実用的写真技法「ダゲレオタイプ」に関する報告を行う。写真の誕生年とされる。
一八四四	モールス、ワシントン‐ボルチモア間に約四〇マイル（六〇キロ）の電信線を設置。同年五月に開催された開通式では、「神が作りたまいしもの（What hath God wrought）」という聖書の一節がワシントンから送信された。	
一八四五	この頃、ジョセフ・フェーバーにより、演奏式トーキング・マシーン「ユーフォニア（Euphonia）」が発明される。喉頭に見立てた鍵盤と足踏みペダルで、人間の声を再現するしくみ。鍵盤の横には奇怪な人体模型や人型のマスクが取りつけられた。	
一八五〇	この頃、ヨーロッパ各国で電信の通信ネットワークが急速に拡大する。北中米各国においても電信の設置が開始されるとともに、海底ケーブルの必要性が意識されるようになる。同年八月、イギリス‐フランス間で、電信用の海底ケーブルを設置する初めての試みがなされる。	
一八五六	ジョージ・カマン（米）、両耳型聴診器を開発。両耳を用いて音を聴く機器の先駆的形態。	
一八五七	エドゥアール＝レオン・スコット・ド・マルタンヴィル、「フォノトグラフ（Phonautographe）」なる音の描画装置を開発。先行するヤングらの装置とは異なり、音全般を記録対象とすることができた。	ボードレール「万物照応」（『悪の華』）：共感覚を打ちだし、異なる感覚の連合をうたうなかで、音と香りを結びつけた。

年	音響技術	文学
一八五八	サイラス・フィールドが中心となって設立されたアトランティック・テレグラフ社、複数回の失敗を経て、同年八月、電信用の大西洋横断海底ケーブルを設置するが、およそ二ヶ月後の一〇月に不調におちいる。	
一八六〇	レオン・スコット、「フォノトグラフ」を用いてフランス民謡《月の光に（Au claire de la lune)》を記録。再生機構をもたない同装置に代わり、およそ一五〇年後の二〇〇八年、アメリカの科学者たちがこの音の記録を再生する。	
一八六二	ルドルフ・ケーニヒ（独）、「マノメトリック・フレイム」を考案。音の振動に応じて揺らめく炎の跡によって音を視覚的に観察する装置。ケーニヒはレオン・スコットのフォノトグラフの製作にかかわったことでも知られる。	
一八六三		ヘルマン・フォン・ヘルムホルツ『音感覚論』：同時代の音響学・聴覚生理学の発展を総合し、聴覚現象を「音の物理的特性」「耳という器官の形態・機能」「聴覚神経に固有の性質」の相互作用として把握しようとした。倍音や共鳴に関する重要な提言も含まれる。
一八六五	アトランティック・テレグラフ社、ウィリアム・トムソン（後のケルヴィン卿）を中心とした大西洋横断電信ケーブルの設置を再開させる。翌一八六六年七月に無事設置が完了し、翌月から大西洋をまたいだ通信事業が稼働することとなった。中南米・カリブ海での電信事業が本格化する。	
一八七一		ランボー「母音」：音と色の共感覚の創造（「A（アー）は黒、E（ウー）

年	事項	注
		は白、Iは赤、Uは緑、Oは青、母音よ」）。ランボーは二年後、「言葉の錬金術」（『地獄の一季節』）冒頭部で、過去の数々の愚行を自嘲する文脈のなかで「ぼくは母音たちの色を発明した……」と回顧している。
一八七四	アレクサンダー・グラハム・ベル、クリアランス・ブレイクの協力のもと、「イヤー・フォノトグラフ」を開発。レオン・スコットのフォノトグラフに人間の耳の一部を取りつける。	
一八七五	シャルル・ロザペリー、エティエンヌ＝ジュール・マレーのグラフ式記録装置を用い、発声時に生じる各器官の振動を描画する実験に着手。後になされる同種の研究の先駆をなす。	
一八七六	グラハム・ベル、電話を発明。翌年にベル電話会社（後のアメリカ電話電信社）を設立。	
一八七七	四月、シャルル・クロが封緘した覚書「聴覚によって記録された諸現象の記録と再生の手法」をフランスの科学アカデミーに提出。色彩写真研究から得られた印刷技術の発想を転用し、録音の複製を提案した。 一二月、エジソン、助手のクルーシらとともにフォノグラフの試作機を完成。同二二日『サイエンティフィック・アメリカン』誌が同技術の誕生を報じる。	マラルメ『英単語』：人文学再編を背景に英語の語彙を論じた「辞書学」としての学校教材で、語頭のアルファベット音に着目した分析や分類で知られる。
一八七八	五月、エジソン、部下のプシュカーシュをヨーロッパに派遣し、フォノグラフの実演公開を行う。パリでは科学アカデミーでの開催を皮切りに、複数の場所でフォノグラフが公開される。 同月、エジソン『ノース・アメリカン・レヴュー』誌に	

年	音響技術	文学
一八七九	小文「フォノグラフとその未来」を公開。同技術の将来的用途を提案するも、一時的に録音技術に対する関心を失う。	エラ・チーヴァー・セイヤー（米）『ワイアード・ラブ』：電信を通じてなされる恋愛を描いた小説。
一八八〇	グラハム・ベル、チチェスター・ベル、チャールズ・サムナー・テインターらとヴォルタ研究所を設立、録音技術の改良に着手する。	シャルル・クロ「未来の新聞」：一〇〇年後の世界にタイムスリップした語り手が、フォノグラフを末端の出力機構とする「未来の新聞」の製作現場を目の当たりにする。 ジャン＝マリー・ギュイヨー「記憶とフォノグラフ」：音溝という潜在的データを音として顕在化させる点にフォノグラフの根本原理を見出したうえで、脳という未知の器官、とりわけ、記憶と想起のしくみを理解するためのメタファーとしてこの装置を位置づける。
一八八一	一一月、クレマン・アデール、パリ国際電気博覧会にて「テアトロフォン」を用いた公開実演を実施する。オペラ座とテアトル・フランセで奏でられた音が電話線を通じて博覧会場まで届けられ、来場者はそれをヘッドフォンに類した装置によって聴くことができた。電話技術を娯楽や情報の発信ツールとして利用する初期の例。	オッフェンバック『ホフマン物語』（オペラ）：ホフマン『砂男』の自動人形オリンピアが超絶技巧で歌う。また、女の声と楽器が同一視される『クレスペル顧問官』も原作のひとつ。
一八八三		アルベール・ロビダ、〈二〇世紀〉シリーズ刊行開始：電話、蓄音機の機能を拡張する種々の未来予想や、テレビを彷彿させるテレフォノスコープが描かれる。
一八八四		ユイスマンス『さかしま』：ピアノの鍵盤に「味」が対応する機械「カクテルピアノ」の登場。

一八八五	ベル、自身らの録音技術を「グラフォフォン（Graphophone）」として公開。翌年にはヴォルタ・グラフォフォン社を設立。	シャルル・クロ「碑文」：クロの韻文作品のひとつ。録音技術に対する彼の願いを表現したものとして理解されてきたが、蓄音機論とのあいだには八年あまりの隔たりがある。
一八八六		ヴィリエ・ド・リラダン『未来のイヴ』：エジソンが、科学（蓄音機を備えた人工の身体）と夢幻（魂）を合わせて天使を作り、高貴な男性との聖婚という実験を行う。
一八八七	エミール・ベルリナー、円盤式の記録媒体を用いたグラモフォン（Gramophone）を考案。ベルリナーはかつてベルのもとでグラフォフォンの研究開発に従事していた。	
一八八八	エジソン、録音技術の研究に復帰し、同年夏に改良型フォノグラフを完成させる。同年設立したエジソン・フォノグラフ社をはじめとした複数の企業を設立し、録音技術の産業化に本格的に着手する。	ベラミー『かえりみれば』：近未来を舞台としたユートピア小説。舞台となる世界では、電話がある種の音楽配信ツールとして用いられている。
一八八九	五月、エジソン、パリ万国博覧会にてフォノグラフを展示。装置に取りつけられたパイプから複数のヒアリング・チューブが分岐しており、複数の人間が（両耳を用いて）同時に同じ音を聴くことができた。	ヴェルヌ（父名義だが、息子ミシェルの作品）「二九世紀にて。あるアメリカ人ジャーナリストの二八八九年の一日」：ロビダ風短編。二九世紀では、新聞に代わってテレビがニュースを伝えている。アメリカにいる主人公はパリにいる妻とテレビ電話で会話をする。
一八九〇	コイン・イン・ザ・スロットがアメリカ各地に普及しはじめる。五セント硬貨を投入して音楽を再生する装置で、両耳用のヒアリング・チューブが取りつけられていた。	
一八九一	ストロージャー（米）、電話の自動交換システムに関す	

年	音響技術	文学
	る特許を取得。ステップ・バイ・ステップ方式（ひとつの番号ごとに端末を絞り込んでいくしくみ）と呼ばれた。 二月、ギュスタヴ・エッフェル、エジソンから送られたフォノグラフを用い、私的な会話を録音する。現存する初期の録音例のひとつ。 エジソン、「キネトスコープ」を発明。映画技術の初期形態のひとつ。	
一八九二	ベッティーニ、自作の録音技術たるマイクロフォノグラフ（Microphonograph）とともに、録音済みシリンダーを発売。ソフト産業の先駆的形態となる。 ジョルジュ・ドムニー、自らが被写体となり、「愛しています（Je vous aime）」などの発話がなされる際の口の運動を、秒あたり二〇回ほどの撮影速度で撮影する。公開実演を通じて人々の関心を惹く。	ヴェルヌ『カルパチアの城』：幽霊譚、狂気、偏執的な愛に、機械装置（オペラ歌手の歌声と姿を録音・録画、再生）を介入させ、近代における幻想と欲望のかたちを示す。 マルセル・シュオッブ「話す機械」：短編小説。どことも知れぬ空間に据えられた巨大な人工の口が、不明瞭な声音を発しながら緩やかに自壊していくさまが描かれる。この物語はジョセフ・フェーバーが発明したユーフォニアへのオマージュでもある。
一八九三	ハンガリーのブダペストで「テレフォン・ヒルモンド」のサービスが開始される。電話回線の加入者に向けて、ニュースやスピーチ、音楽の演奏などを聴かせる番組を送信した。	アルフレッド・ジャリ『砂時計覚書』：記念すべき第一作。身体から切り離され孤児となった声の象徴として蓄音機が取りあげられている。同主題に取り組んだレミ・ド・グールモンとシュオッブへの熱いオマージュ。
一八九四	リュミエール兄弟の「シネマトグラフ」が製作される。エジソンの発明とは異なり、スクリーンへの投影をなす点において、こんにちの映画により近い。	

年	事項	文学
一八九五	ベルリナー、ユナイテッド・グラモフォン社を設立し、録音技術産業に参入。同年、第一号となるレコードを販売。メッキ技術による円盤の複製を実現し、ソフト産業を本格化させる。以降、円筒型の録音媒体は徐々に衰退していく。	ヴェルヌ『スクリュー島』：蓄音機を利用した音楽再生や、ケーブルを介した演奏会の中継などヴェルヌには珍しい未来予想がある。後者はプルーストも利用。
一八九七	マルコーニ（伊）とポポフ（露）、ほぼ同時期に無線通信の実験に成功。マルコーニはその後、ブリストル海峡での無線電信通信に成功したほか（一八九七）、一九〇一年には大西洋をまたいだ通信を成し遂げる。 サデウス・ケーヒル（米）、テルハーモニウムのための特許を取得。史上初の電気的な音の合成（synthesize）装置とされる。一九〇六年公開。	ブラム・ストーカー『ドラキュラ』：登場人物のひとりが蓄音機で日記を残しており、それがテクストをなす。 マラルメ『ディヴァガシオン』：多様なジャンルの散文を収めた作品集だが、とくに音楽・舞台芸術・報道言語との対比で文学独自の言語様態を論じた評論で知られる。 ギュスタヴ・カーン「自由詩についての序文」：韻律をめぐる伝統的な理論の恣意性を指摘し、実際に発話される／聞こえてくる詩にもとづいた新たな韻律法を構築しようとした。
一八九八		ジャリ『パタフィジック学者フォストロール博士の言行録』（一九一一刊行）：ネオ科学小説と銘打たれた本作では、博士が「テレパシー書簡」で物理学者のケルヴィン卿と交信する挿話がある。元ネタとなっているのはケルヴィン卿の講演集。
一八九九	ヴォルデマール・ポールセン「テレグラフォン」を製作。磁気録音の先駆的試み。翌年のパリ万博に出品される。	ジャリ『絶対の愛』：シャルコーの火曜講義を題材とする「サルペトリエール小説」のパロディ。主人公が催

年	音響技術	文学
一九〇〇	ウィーンを皮切りに、ヨーロッパ各地で録音物をアーカイヴ化するための組織が設立される。パリ、ベルリン、ロンドンなど。 マルコーニ、国際海洋通信会社を設立。西ヨーロッパ圏での船舶通信をおもな領域として、民間による無線通信事業を開拓する。アメリカ、ドイツ、フランスなどで無線通信事業を担う企業が複数設立されるも、マルコーニ側の優位がつづく。	眠暗示をかけ隷従させた母と、テレパシーの一種を用いて交信する場面が描かれる。
一九〇二	UKグラモフォン社のフレッド・ガイズバーグ、海外録音（世界各地をめぐってその先々の音楽や芸能を録音するプログラム）の一環として、アジア遠征を実施。日本には一九〇三年一月から約二ヶ月間滞在する。以降、コロムビア社やビクター社などが同種の録音を行う。	ジャリ『超男性』：男性版『未来のイヴ』を意図して書かれた「現代小説」。ヴィリエの作品から多くの登場人物の名前が取られているほか、物語後半で蓄音機が重要な役割を果たす。ジャリのヴィリエ愛に満ちた傑作。
一九〇三	ガイズバーグ、UKグラモフォン社にて「赤盤（Red seal）」シリーズを販売。スター歌手限定の特別レーベルの先駆。なお、この赤盤を飾ったのはあの《主の声》である。 第一回国際無線通信会議が開催。異なる通信方式間のやりとりを禁じる従来の制度の解消が提案された。一九〇六年の第二回会議では、使用する周波数帯域の割り当てをめぐる議論がなされた。	
一九〇四	エジソン・スピーキング・フォノグラフ社、映画広告「速記者の友：エジソン・ビジネス・フォノグラフが	

一九〇六
一九〇七
一九〇九
一九一〇

成し遂げたこと」を制作。録音技術が口述筆記の補助器具として用いられたことを示す貴重な実例。

フレミング、二極真空管を発明。一九〇六年にはド・フォレストが三極真空管を発明する。のちに電気信号の増幅器として用いられ、電気録音の基盤となる。

ド・フォレスト、三極真空管を用いて無線による放送実験を行う。その際、レコードの再生音が電波に乗せられた。ラジオ放送の原型のひとつとみなしうる。

ジョン・フィリップ・スーザ「機械音楽の脅威」：録音された音楽と生の音楽を対置させ、前者を「缶詰音楽（canned music）」と呼ぶことで否定的に評価した。

モーリス・ルナール「死と貝殻」：貝殻と蓄音機というふたつのガジェットのうえで、声と死が交叉する。フリードリヒ・キットラーの分析にも用いられた。

オットー・アブラハムとエーリッヒ・フォン・ホルンボステル、非西洋音楽の採譜のために五線譜の記譜法を改良する提案をなす。この研究の基盤となったのが、ベルリンのフォノグラフ・アルヒーフだった。

ガストン・ルルー『オペラ座の幽霊（怪人）』：近代的な劇場自体が、人工の女の声、さらに幽霊（ファントム）を生みだす巨大な機械装置であることを再認識させる。

マリネッティ「未来派宣言」：イタリアで出版された冊子では、機械と速度の美を謳った著名な宣言文とともに、「自由詩についての国際アンケート」を収録。「読まれた詩」を再発見した自由詩派の影響を思わせる。

レーモン・ルーセル『アフリカの印象』：声を使った種々の芸。超高音で歌うカルミカエルとタルー、リュッドヴィックのひとり合唱、アル

一九一一

パリにて、言語学者のフェルディナン・ブリュノが「音声のアーカイヴ」を開設。アルデンヌ県で行われた方言の調査の結果などがフォノグラフに記録される。

一九一三

フェルディナン・ブリュノ、ギヨーム・アポリネールをはじめとする複数の詩人たちに自作の詩を朗読させ、録音技術によって記録する。翌一九一四年には、このときなされた録音がソルボンヌに集った聴衆に向けて再生された。

一九一四

七月二十八日、オーストリアがセルビアに対し電信を用いて宣戦布告。第一次世界大戦の幕開けとなる。開戦後、ドイツ電信通信網に対する連合国側の攻撃が開始される。以降、有線・無線を問わず、電信通信用ネットワークをめぐる情報戦が繰りひろげられる。

一九一五

北米諸都市を中心に「トーン・テスト」なるコンサート

コット親子のエコー。また、ベクスのオーケストラ機械。

アポリネール「月の王」：独身者機械作品。投影された女体との交合のほか、巨大スピーカーで世界各地の音を聴いているルートヴィヒ二世が登場する。

ルッソロ「騒音音楽宣言」：未来派の影響のもとで構想された新たな音楽のあり方を描く。都市での暮らしに含まれる様々な騒音を音楽制作の新たな素材とすることを主張した。

プルースト『失われた時を求めて』の刊行開始。蓄音機や電話を介した女（祖母、母）の声への考察がある。『ゲルマントの方 I』（一九二一）で、主人公は電話での祖母の声を、まるで亡霊の声のようだと思う。『囚われの女』（一九二五）では電話がすでに、ありきたりな装置になったとする。

レーモン・ルーセル『ロクス・ソルス』：娘を失って発狂した男が、治療のため、音の波形を記録、加工する装置を手づくりし、女の歌声から死んだ娘の産声を合成する。

アポリネール「われらが友、未来派」：「同時性」の美学の萌芽的言説にあたるこのテクストには録音技術への言及がみられる。

式のイベントが開催される。

一九一九

ベル研究所、電気録音の研究に着手。翌年一一月、第一次世界大戦の終戦記念日になされた無名戦士の慰霊祭の様子が録音される。

リルケ「始源のざわめき」：レコード盤の溝と頭蓋骨の冠状縫合を類比しつつ、後者をレコードの針で読み取ることによって聞こえてくるかもしれない「始源のざわめき」に思いを馳せる。録音技術を用いた音の（「再」生産ではなく）生産の可能性に目を向ける先駆的テクストとなった。

一九二〇

一一月二日、アメリカ合衆国大統領選挙。同日、ピッツバーグにラジオ局KDKAが設立され、選挙の開票速報が放送される。

レフ・テルミン（露）、テルミンを発明。本体から伸びた二本のアンテナに手を近づけることで音高と音量をコントロールする電子楽器。

ブルトン、スーポー『磁場』：いわゆる「自動記述」の手法によって書かれた最初の詩集。ブルトンによる、不可思議なフレーズの聞き取りの体験に端を発する実験とされる。

一九二二

カフカ『城』：電話を通じて届けられるオスヴァルトの声が、ヨーゼフ・Kと「城」とをつなぐ最初の経路となる。

ラースロー・モホイ＝ナジ「生産‐再生産」：レコードを音の「再」生産ではなく生産の道具として用いることを提案する。前掲のリルケ「始源のざわめき」とともに、キットラーによる研究のなかで取りあげられた。

寺田寅彦「蓄音機」：日本に伝えられた直後の蓄音機と寺田自身との「交渉」を記した随筆。同時代にみられた蓄音機の学術的使用例も紹介される。

一九二四

ブルトン『シュルレアリスム宣言・溶ける魚』：就寝前に聞き取られた謎めいたフレーズと、それを出発点とした「思考の書き取り」が、シュルレアリスムの基礎

		づけとなる。
一九二五	三月二二日、東京放送局（後のＮＨＫ）によるラジオ放送が開始。 この頃、北米圏で電話の社会的位置づけに変化がみられる。用件伝達ツールから私的な会話を行うための社交ツールへ。	トーマス・マン『魔の山』：物語の後半、登場人物たちが滞在する療養所に蓄音機が設置され、ハンス・カストルプがレコードを次々に鑑賞する場面がある。
一九二六	ブランズウィック社、再生を電気的に行う蓄音機（いわゆる電気蓄音機）の第一号、パナトロープを発売。 映画『ドン・ファン』公開。長編映画としては初のトーキー作品とされる。ワーナー兄弟による「ヴァイタフォン」なる装置（映写機と蓄音機を連動させるしくみ）が用いられた。翌年には同じ方式を用いた『ジャズ・シンガー』が公開される。	
一九二七	フォックス社（米）、ニュース映像を音声つきで公開。フィルム上に音声を光学的に記録した「サウンド・オン・フィルム」方式の先駆。	
一九二八	ディズニー社がミッキーマウス初の主役作品として知られる『蒸気船ウィリー』を公開。「サウンド・オン・フィルム」方式を用いたトーキー映画。 モーリス・マルトノ（仏）、電子楽器オンド・マルトノを製作。初期はワイヤー状のインターフェースで音高を調整したが、後にピアノ式の鍵盤が取りつけられる。同様の流れを経た電子楽器として、ドイツのトラトニ	

ウム（一九三〇）がある。

一九三〇

ヴァルター・ルットマン『ウィークエンド』：音のコラージュを志向した初期の作品例。映画フィルム上のサウンド・トラックを編集した。同種の試みとして、アレキサンドロフとエイゼンシュテインによる『ロマンス・センチメンタル』。

パウル・ヒンデミット「レコードのための作品」：グラモフォンムジーク（録音済みの音源を用いる演奏実験）の試み。

ジャン・コクトー『声』：ひとりの女性登場人物による、一幕のみの舞台作品。電話が中心的な舞台装置となり、声と愛（死）、混線の不安など、同メディアをめぐる重要な主題が表現される。

一九三二

セリーヌ『夜の果ての旅』：書き言葉の基本だった単純過去を突き崩し、口語性の強い複合過去を取りいれようとした作品。ほぼ複合過去で書かれたカミュの『異邦人』とは異なり、単純過去の根強い伝統との格闘の跡が残されている。

一九三三

EMI社（英）に勤めたアラン・ブラムライン、ふたつのマイクロフォンを通じて得た音を、レコードの盤面に対して左右四五度の角度で記録する方法によって特許を取得、「バイノーラル（binaural）」と名づける。ステレオ録音の可能性を切りひらく。同年にはレオポルド・ストコフスキーとベル研究所との協力による三チャンネルの記録・再生実験も行われる。

ローレンツ社（独）、自社の磁気テープ「テクストフォ

ロベール・デスノスのシナリオによるラジオ番組『ファントマ哀歌』。音楽クルト・ヴァイル、音響効果アレホ・カルペンティエル。アントナン・アルトーの朗読にリスナーが震えあがる。

一九三四	ン（textophone）」を発売。おもにドイツ政府向けに発売された。	アドルノ「レコードのフォルム」：「レコードの針の溝」（一九二七）と並び、レコードを対象としたアドルノの代表的エッセイ。レコードの普及にともなう音楽の所有の問題、レコード盤の音溝がもつ「文字（Schrift）」的性質についての言及など、多数の指摘が凝縮されている。
一九三五	ＡＥＧ社（独）、フリッツ・フロイメルによる金属粉コーティング技術を採用し、磁気テープを用いた録音再生装置「マグネトフォンＫ‐１」を発表する。	
一九三六	米ニュージャージー州で商業的なＦＭラジオの放送局が開設される。	ベンヤミン『複製技術時代の芸術作品』：複製技術論の嚆矢ともいうべき古典。わずかながら録音技術についての言及もみられる。
一九三七	国際電話電信会社に勤めたアレック・リーヴス、「１／０」からなるパルス信号によって音声を記録するＰＣＭ方式の原理を考案。電話などの音声通信の文脈で研究開発が継続された。	
一九三八	ベル研究所、クロスバー式の電話自動交換機を製作。各国各社による改良を経て、第二次世界大戦後にみられた電話交換の自動化の一翼を担う。	サルトル『嘔吐』：元恋人のアニーの前から去った後、物語の結末でロカンタンはレコードから流れる女性ジャズ歌手の歌声を耳にする。 ルネ・ドーマル『大いなる酒宴』：第一部で現代音響学を踏まえた似非科学議論が展開され、音節や楽器の音が物理的な破壊を行う。
一九三九	ベル研究所のホーマー・ダッドリー、ヴォコーダーを発表。人間の声を（声帯・口腔等）各調声機構の発する	アガサ・クリスティ『そして誰もいなくなった』：物語の舞台となる孤島の館で、登場人物たちの罪を暴く姿

	周波数ごとにパラメーター化し、受信側で再度合成するとの発想が端緒となった。音声通信用の圧縮技術として用いられるほか、音楽制作にも利用されることとなる。	なき声が蓄音機から流れだす。『アクロイド殺し』でも電話や録音技術がトリックに組みこまれている。
一九四〇	ストコフスキー、ディズニー社の『ファンタジア』の音楽を制作。九チャンネルのマルチトラック録音を行う。	アドルフォ・ビオイ＝カサーレス『モレルの発明』：半永久的にリピートされる仮想現実の島が舞台。視覚情報に加え、聴覚の記録、再現も行われる。
一九四二	AEG社の「マグネトフォンK－7」が発売。既存の蓄音機を凌駕するほどの音質向上がみられた。	
一九四六		デ・フォレ『おしゃべり』：話したいという欲求を満たせない語り手が、書かれた「声」によって読者を強引に「聞き手」とする作品。彼の声は一方的な呼びかけそのものであり、内容は等閑に付されている。
一九四七	アンペックス社（米）、アメリカでの磁気録音装置の先駆となる「モデル200」を製作。当時の人気歌手ビング・クロスビーに性能を評価され、ラジオの録音放送などに用いられる。 アメリカで音響工学会が設立され、一九四九年からオーディオ・フェアを開催。ハイ・フィデリティ熱が本格化する契機となる。 ベル研究所、トランジスタの実用化に成功。ラジオ等の小型軽量化をもたらす。	ボリス・ヴィアン『うたかたの日々』：ユイスマンス『さかしま』（一八八四）に描かれた「カクテルピアノ」が再登場。
一九四八	コロムビア社、LPレコード（Long Playing Record）を発売。直径一二インチ、毎分33⅓回転を標準規格とし、録音時間を片面二〇分ほどに延ばした。壊れやすく、劣化しやすいシェラックに対し塩化ビニールと	ピエール・シェフェール（仏）、「五つの騒音のエチュード」を発表。種々の機械音や生活音、人々の日常会話などの素材を編集した「具体音楽」（ミュージック・コンクレート）の先駆例。この当時はまだテープレコ

年	音響技術	文学
	いう素材を用いた。	ーダーを所有しておらず、録音はレコード盤上に直接なされていた。 内田百閒「サラサーテの盤」：サラサーテの自奏による「ツィゴイネルワイゼン」のレコードをめぐる幻想譚。このレコードには、サラサーテ当人によるものと思しき話し声が入っているとの「いわく」がついている。鈴木清順の手で映画化された。 ミシェル・レリス『ゲームの規則――ビフュール』：声・歌・言葉の記憶をめぐる聴覚的な自伝。録音・再生のできる「グラフォフォーン」の精緻な描写では、鋼鉄の針が蠟ロールを削るさままでが喚起される。 アントナン・アルトー『神の裁きと決別するため』：アルトー最晩年のラジオ録音。歯を失ったアルトーの叫びがフランソワ・デュフレーヌに大きな影響を与えたとされ、彼が後に作りあげる「叫びのリズム」のヒントとなった。
一九四九	RCA社、直径七インチ、毎分45回転のレコード規格を発表。日本では「七インチ」「ドーナツ盤」等の呼称で普及した。	
一九五〇	ソニー社、日本初のテープレコーダー「G型」を発売。官公庁用の口述筆記装置としての使用を想定していたため、Government の頭文字が取られた。	ピエール・シェフェール「ひとりの男のための交響曲」：ピエール・アンリとの合作。テープレコーダーを制作に導入し、記録媒体を直接切り貼りするかたちで編集がなされた。
一九五一	エモリー・クック、ふたつのマイクロフォンによる録音をレコード上の別の溝に刻み込み、二本の再生針のついたカートリッジで再生する「クック・バイノーラ	ギタリストのレス・ポール、パートナーであった歌手のマリー・フォードと「ハウ・ハイ・ザ・ムーン」を発表。アンペックス社のテープレコーダーを改良し、十

	ル」方式を発表。クックの設立したクック・レコードは、世界各国の音楽や芸能、口承文化等の録音を発売（一九五二―）したことでも知られる。	回を超える演奏をオーバー・ダビングした作品。 ベケット『モロイ』：モロイによる母捜しとモランによるモロイ捜しがそれぞれ一人称で語られる二部構成の小説。二人の語り手は、アイデンティティの揺らぎのなかで周囲のあらゆる「声」に頻繁に耳を傾け、最後には声にしたがって書いていることを自覚する。 ベケット『マロウンは死ぬ』：声を発することのできない瀕死の語り手が、様々な物語を展開する。ただしすべてが虚構であることがたびたび強調され、マロウンの死を表すかのように声が尽きることで小説が終わる。
一九五二	PCM方式を用いた通信システム、北米で試験導入される。	ギー・ドゥボール『サドのための絶叫』：とりとめのない会話や新聞記事の引用などからなるサウンド・トラックに合わせて白一色と黒一色の画面が切り替わるだけの「映像のない映画」。
一九五三		カールハインツ・シュトックハウゼン「習作I」：世界初の電子音楽（人工的に生成させた電子音による音楽）とされる。この時期、アメリカ、日本、イタリアなどで電子音楽のためのスタジオが設立される。 ベケット『名づけえぬもの』：フランス語小説三部作の最終巻。語り手は声を発しているのは自分ではないと繰り返しつづけ、その身体もどうやら人間の姿をしていない。否定に否定を重ね、物語を語りかけては流産させる声がただひたすら語りつづける作品。
一九五四	テキサス・インストゥルメンツ社とIDEA社（ともに米）、レジェンシーTR-1を発売。世界初のトランジスタ・ラジオ。	ミシェル・カルージュ『独身者機械』：聴覚文化に関するカルージュ自身の考察は皆無に近いが、分析された独身者機械作品の多くに音響装置が登場する。

年	音響技術	文学
一九五五	RCA社（米）、サウンド・シンセサイザーをコロンビア大学音楽学部に設置。音を構成する複数のパラメータをパンチカードでコントロールする巨大な機構だった。	ベルナール・ハイツィック『楽譜詩』（—一九六五）：ハイツィックの初めての音声詩連作。テクストによる視覚詩的側面と音声的側面を組み合わせるというスタイルを確立。ただし、タイトルが示す通り、視覚詩的側面はいわば楽譜として機能しているのみである。
一九五六		アンリ・ショパン『赤』：アンリ・ショパンの初期代表作。後のノイズ的作品と異なり、意味のある言葉の連呼だが、多重録音等を駆使し、ダダイスムやレトリスムと明確に異なった、後の音声詩を予言している。
一九五七	「セレクトフォン」の発売。レコード・プレーヤーにオープン・リール式のテープデッキとをあわせもった機器。家庭での録音・複製文化の端緒となる。	
一九五八	全米レコード協会（RIAA）、ステレオ・レコードの標準規格として、ブラムラインの発想を引き継いだ「45／45」方式を採用。	ベケット「クラップ最後のテープ」：作家志望だったが挫折した老クラップの独白からなるひとり芝居。テープレコーダーでかつての自分の声を聞いてはそれに応じてののしるため、自分相手の特殊な対話劇となっている。舞台上で録音技術による声の再生をベケットが初めて試みた劇作品。 デュフレーヌ『ピエール・ラルースの墓』：レトリスムの理論と袂を分かって作りあげた最初の作品。声そのものの自由を求めるのではなく、声とテクストを関連づける点でフランス音声詩の方向を決定づけた。 『第五の季節／OU』（雑誌、—一九七四）：途中からアンリ・ショパンが編集を担い、音声詩や前衛詩の詩人たちを積極的に紹介する同人誌となった。ショパンその他の詩人による理論的テクストに加え、二一号から

年		
一九六〇		レコード（25㎝盤）が付録となる。音声詩を考えるうえで欠くことのできない資料。 デ・フォレ『子供部屋』：声と沈黙をめぐる短編集。沈黙は声を呼び起こすが、ざわめくその声もまた沈黙以外のものではない。そしてその悪循環が途切れるとき、そこにもまた天啓のように声が現れる。
一九六一		ブルトン『A音』：ブルトンが五〇年代になって聞き取ったオートマティックなフレーズを集めた小詩集。「思考の書き取り」への関心が持続していたことを証明している。 ベケット『事の次第』：短い断章が並ぶ小説。語り手は泥まみれの闇のなかで「クワクワ」と聞こえてくる誰かの声に耳を傾け、聞こえたままのことを言っているだけだと主張しながらひたすら言葉をつづけていく。
一九六二	フィリップス社（オランダ）、カセットテープ（コンパクト・カセット）を開発。当初の録音時間は片面三〇分、計六〇分だった。	中村真一郎『恋の泉』：作中に生じるひとつの転換が、電話での顔の見えない会話によって引き起こされる。
一九六三	メロトロンの発売。鍵盤を押すことで事前に録音済みのテープを再生する。サンプラーの先駆的形態。	
一九六四	ロバート・モーグ、ハーブ・ドイチ（ともに米）との共同で、モーグ・シンセサイザーの開発に着手。後にインターフェースとして鍵盤を取りつけることにより、シンセサイザーは急速に普及した。	マクルーハン『メディア論』：情報伝達を支える道具に過ぎぬものとして長らく等閑視されてきたメディアの存在に光を当て、メディアと文化・社会・感覚等の相互作用を捉えんとする画期的研究。蓄音機にも一節が割かれている。
一九六五		ベルナール・ハイツィック『生体材料採取検査』（一一九六九）：ハイツィックふたつ目の音声詩連作。前作

一九六六

と比べ、視覚的、音声詩的側面がそれぞれ独自に発展、両者の差異が際立つように構成されている。この連作を捧げた友人の突然の死により中断する。
ビーチ・ボーイズ『ペット・サウンズ』：楽器の演奏音のみならず、生活音を含む様々な音素材を使用して編集されたアルバム。ビートルズによる同時期の作品（『リボルバー』［一九六六］、『サージェント・ペパーズ・ロンリー・ハーツ・クラブ・バンド』［一九六七］）と並んで、ロック・ポップスの文脈における「録音」の位置づけを大きく変化させた。

一九六七

ギー・ドゥボール『スペクタクルの社会』：高度資本主義社会におけるスペクタクルの一元的支配を分析・批判した警世の書。七三年には本書からの引用をちりばめた同名の映画が制作された。
デリダ『グラマトロジーについて』：初期デリダの代表的著作。意識内容の表現・伝達を純粋になしとげうるものとして声＝音声言語を特権視してきた西洋哲学のロゴス中心主義を克服しようとする。

一九六八

カセットテープを用いた初の「ラジカセ」（ラジオ・カセット・レコーダー）が発売される。アイワ社の「TPR－101」。

ウェンディ・カルロス（米）『スウィッチト・オン・バッハ』：モーグ・シンセサイザーを使用したバッハ作品の演奏集。
ストックホルム・フェスティバル（—一九七七）：七〇年代、音声詩が世界的に展開したことを象徴する国際フェスティバル。フランス音声詩の代表的詩人たちとともにブライオン・ガイシンやステン・ハンソン、さらにゲラシム・ルカも参加した模様。

一九六九	NHK研究所、ステレオPCM録音機の公開実験を行う。	ベルナール・ハイツィック『マスターキー』:ハイツィックによる第三の、そして最後の音声詩連作。
一九七〇	大阪での万国博覧会にて「ワイヤレステレホン」なる移動式電話端末を用いたサービスが実施される。会場内に設置されたブースから各地に電話をかけることができた。移動式電話端末の初期の例。	シャルロット・デルボ『アウシュヴィッツとその後』三部作(一九七〇―一九七一):極限体験における声の記憶。元速記者の耳が甦らせる「生き残り」たちのモノローグ。
一九七一		世界初のデジタル録音によるLPレコードの発売(『打!――ツトム・ヤマシタの世界』)。
一九七二		バルト「声の肌理」:「声」なるもののうちに、言語的な分節によっては回収しえないもうひとつの水準を見出し、「肌理(le grain)」なる語を導入することでこの層のもつ意味形成的側面に触れんとする。 ベルナール・ハイツィック『ショセ・ダンタン交差点』:『マスターキー』の一部となっている比較的長い作品。声と文字が日常的に混在する場として街に注目し、交差点の通りごとに一編の音声詩をあてた。
一九七三		ベケット『わたしじゃない』:舞台上の闇のなかで女性の唇だけにスポットライトが当てられる。唇は何を言っているかわからないほど早口で言葉をわめきたてる。その声は、『名づけえぬもの』よりも激しいやりかたで、語っているのは「わたしじゃない」と叫ぶ。
一九七四		デュラス『ガンジスの女』(映画):デュラスが「オフの声」の独特な用法を発見した作品。以降、同年撮影された『インディア・ソング』(一九七五)ほか、「声のフィルム」と「イメージのフィルム」間のズレを意識した作品制作がなされることになる。

年	音響技術	文学
一九七五		安部公房『笑う月』：「見た夢をその場で生け捕りにする」ために「枕元にテープ・レコーダーを常備」した語り手による夢のスナップ集。うち一編は「旧式の手回し蓄音機」をめぐるもの。
一九七六	日本ビクター、VHS（Video Home System）規格にもとづいた家庭用ビデオデッキを販売。前年に発表されていたソニー社の Betamax 規格との争いを制し、世界各国に普及する。	ベケット『オール・ストレンジ・アウェイ』：『名づけえぬもの』と同様に、声が話をつづけていくだけの短編。語り手は読者に言葉の示す状況を具体的に「想像すること」を要請する。 デュラス『ひと気なきカルカッタにおけるベネチア時代の彼女の名前』（映画）：ブローニュの森にあり、第二次世界大戦中に廃墟と化したロスチャイルド邸が移動撮影で映しだされ、そこに『インディア・ソング』のサウンド・トラックが重ねられた。廃墟に響く声の亡霊的イメージ。
一九七七	ボイジャー探査機の打ち上げに際し、ゴールデン・レコードが搭載される。地球上の生命や文化の存在を伝えるために、いくつかのメッセージのほかに、様々な言語・音・画像が収められた。	デュラス『トラック』（映画）：精神病院から逃げだしてヒッチハイクをする老女が運転手と会話をする映画だが、二人の人物が映しだされることはない。デュラスとジェラール・ドゥパルデューが語り合う様子、トラックから見える光景などを手がかりに、老女と運転手のやりとりを想像するしかない。 マリー・シェーファー『世界の調律』：「サウンドスケープ」概念の提唱者シェーファーの代表作。音楽の枠に収まらない様々な音の存在や聴取の問題など、音にかかわる研究の射程を拡大した。
一九七九	ソニー社、「ウォークマン」を発売。可搬性を有した小型の再生装置で、ヘッドフォンやイヤフォンを用いた	デュラス『オーレリア・シュタイナー』（映画）：デュラスが「オフの声」で、第二次世界大戦中に強制収容所

	私的な聴取を可能にした。 ソニー社、フィリップス社、CDの共通企画の開発開始。 フェアライト社（豪）、シンセサイザーCMI（Computer Musical Instrument）を発表。サンプリングした音を鍵盤に割り当てたり、ライトペンを用いて音の波形を直接書き込むことができた。	から逃がされた子どもたちの生き残りである一八歳のオーレリア・シュタイナーの手紙のようなテクストを読む。画面にはやはり、声が語る内容から乖離した映像が映しだされる。 アンリ・ショパン編『国際音声詩』：アンリ・ショパンがこれまでの音声詩の世界的展開を総括するために編んだもの。五〇年代以降の音声詩のみならず、ルッソロからダダイスム、スフォールなどを経ることでより広い歴史的視野を確保している。カセットテープ二本つき。
一九八〇	NTT（日）、車外兼用型自動車電話「ショルダーホン」を商品化。鞄型・肩掛け式で、三キロにも及ぶ重量の大半がバッテリーによって占められていた。通話時間、約四〇分。	ジャン＝ジャック・ベネックス『ディーヴァ』：主人公が著名なオペラ歌手のリサイタルをオープン・リールデッキで密かに録音する。
一九八一		W・J・オング『声の文化と文字の文化』：「声」から「文字」へと至る言語メディア環境の移行と、それにともなう感性の変容を捉えんとした大胆な研究書。メディア環境の歴史性という問題を見据えつつも、その「聴覚」理解が（視覚との対比において）本質論的＝非歴史的になされているとの批判もある。
一九八二	世界にさきがけ、日本でCDの発売開始。再生機器もあわせて販売された。その後の五年でCDの販売数がLPの販売数を上回る。	レイモンド・カーヴァー「僕が電話をかけている場所」：アルコール依存症者のための療養所を舞台とした短編。物語の最後で主人公は自分にゆかりのある二人の人物

一九八三	MIDI（Musical Instrument Digital Interface）規格が制定される。電子楽器の演奏データを機器間で転送するための共通規格となる。	に電話をしようとする。
一九八四	CD-ROM規格が制定される。以後、およそ一五年ほどのあいだに様々なフォーマットが登場し、当初は録音用媒体であったCDの利用可能性が開拓される。	
一九八六		フリードリヒ・キットラー『グラモフォン フィルム タイプライター』：録音技術をはじめとする三つのメディアを、それぞれ歴史的な問題系として論じた大著。 スティーヴン・ミルハウザー「アウグスト・エッシェンブルグ」：自動人形に魅せられたひとりの少年の物語。
一九八七	DAT（Digital Audio Tape）の発売。デジタル信号を記録するテープ型録音媒体。録音時の音質の劣化を回避しうるがゆえに、私的複製の問題が浮上する。	エマニュエル・オカール『タンジェの探偵』：初期オカールの短い文章をまとめた作品。声はあらかじめ内面や主体をともなっているわけではなく、それらを教育によって獲得しなければならないことを明示した。
一九八八	8センチCDの発売。既存のアナログ・シングル盤に代わるものとして普及する。日本では独自の短冊型フォーマットのもとで商品化された。	ミシェル・レリス『角笛と叫び』：「叫ぶ」「話す」「歌う」という人間の声の三様態をエクリチュールの喩とする三章仕立てのエッセイ。
一九九〇	各国で携帯電話の普及が始まる。日本では一九八七年にNTTドコモが「第一世代」型の第一号機となるT	エマニュエル・オカール『トリエステ図書館』：「否定的近代性」という概念を打ちだした三〇ページほどの作品。その例として、外国語としてフランス語を話す旅行ガイドを挙げ、内面を欠いた声のありようという特徴を指摘する。

一九九一	Ｚ－８０２を発売していた。	
一九九二	ソニー社、ＭＤ（ミニ・ディスク）を発売。	村上春樹『国境の南、太陽の西』：高校生だった主人公が、屋上から複数のレコード盤を校庭へと投げ下ろすシーンが描かれる。この円盤型メディアを幾度も描いてきた村上作品のなかでも、とくに鮮烈な情景のひとつ。 ニコルソン・ベイカー『もしもし』：会員制のサービスを通じて知り合った男女の電話による会話のみで成り立つ一編。
一九九三	ＩＳＯ（国際標準化機構）、ＭＰ３（MPEG-1 Audio Layer-3）の規格を認可する。ＣＤとほぼ同じ音質のデータを一割程度のサイズに圧縮できるようになる。インターネットを通じた音声情報のやりとりをなす際の標準となる。	パスカル・キニャール『舌の先まで出かかった名前』：ある人物の名前を一年間記憶する、という試練をめぐる物語。舞台となるのは、録音技術はもとより、文字も普及していない時代のノルマンディ。
一九九四		フランク・スクゥエルヴェーゲン『声の隔たり』：電話、蓄音機などの音響メディアと文学作品との出会いを収集したエッセイ集。取りあげられる作品は英米圏、フランス、ドイツと幅広い。 ダグラス・カーン、グレゴリー・ホワイトヘッド編『ワイヤレス・イマジネーション――サウンド、ラジオ、アヴァンギャルド』：芸術と音の関係を追究してきた芸術史家が手がけた選集。マリネッティ、ルーセル、アルトー、デュシャンといった前衛たちの取り組みが音の技術という観点から捉え直される。
一九九五	Amazon.com サービス開始（日本での開始は二〇〇〇	

年	事項	文学・著作
一九九八	年）。 P2P技術を利用した音楽ファイル共有ソフト「ナップスター」がサービス開始。爆発的な流行を見たが、著作権を無視した違法なファイル交換の温床となり、二〇〇一年にサービス停止。音楽ソフトの私的複製問題を先鋭化させるきっかけのひとつとなった。	ジャン＝ピエール・マルタン『サウンド・トラック』：二〇世紀文学を、音楽の「現実性」に近づこうとする試みとして記述する研究。文学は「レアリスム的イリュージョン」から「口頭性のイリュージョン」に移行したとされる。
二〇〇一	アップル社（米）、音楽管理ソフトiTunesを公開。同社は一一月にiPodを発売する。以後、音のデジタル・データがCDという物理的支持体を離れて流通する時代を迎える。	ペーター・サンディ『聴くこと——私たちの耳の歴史』：フランスの気鋭の美学者による聴覚論。聴覚のもつ物質的側面と歴史・文化的側面の双方が交叉するさまを描きだしていく。 ベルナール・ハイツィック『収斂するノート』：ハイツィックが残したほぼ唯一の理論的著作。音声詩は単に音声によって詩を表現するのではなく、むしろテクストと声との相互作用によって成立すると主張。
二〇〇三		ジョナサン・スターン『聞こえくる過去』：一九世紀に誕生した「音響再生産」なる発想の知的・文化的背景と、その後の展開を詳細に分析した画期的な書。（視覚との対比のもとで）とかく本質論化しがちであった従来の聴覚語りを歴史化した点にも意義が認められる。 マイケル・ブル、レス・バック編『オディトリー・カルチャー・リーダー』：『サウンディング・アウト・ザ・シティ』（二〇〇〇）を手がけたマイケル・ブルと、『耳を傾ける技術』（二〇〇七）のレス・バックが編集した選集。音／聴覚をめぐって英語圏で生みだされつつある新たな研究の動向を知らしめる嚆矢となった。
二〇〇四	ヤマハ社、「ボーカロイド」を発売。デジタル・サンプ	ファイト・アールマン編『聴覚文化——音、聴取、モダ

リングされた人の声を用いた歌声の合成ソフト。

二〇〇五

YouTubeの開設。インターネットのサーバー上に投稿された動画を視聴し、利用者たちが交流する動画共有サイトの先駆のひとつとなった。

二〇〇七

クリプトン社、ボーカロイド・ソフトとして「初音ミク」を発売。大ヒットとなり、ニコニコ動画（二〇〇六年開設）をはじめとする動画共有サイトなどに、同ソフトを使用した音源が無数に発表される。

二〇〇八

ニティをめぐる論考』：同じく、英語圏の新しい研究の動向を示す選集。編者であるアールマンのキャリアの影響か、聴くことと西洋近代の関係をめぐる人類学的な考察が数編収められている。

カズオ・イシグロ『わたしを離さないで』：タイトルの由来は、作中に存在する架空の歌手の曲「Never Let Me Go」。この曲を収めたカセットテープが物語のなかで重要な転機のひとつをもたらす。

トマ・ブレシェ『F—の話』：ハイツィックの後継者と目されるブレシェの代表作。物語としてはある男の一日を繰り返し記述するものだが、テクストの太字部分のみを音声詩的に表現することによって、テクストと音声との差異を極限にまで広げた。

ファイト・アールマン『理性と共鳴——近代聴覚性の歴史』：西洋近代の知が聴覚なるものに付与してきた位置づけを再検証していく力作。聴覚のもつフィジカルな側面と知的・文化的な側面をともに見据えつつ、理性なるものを「視覚的なもの＝隔てるもの」ではなく「聴覚的なもの＝共鳴するもの」として読み替えていく。

ペーター・サンディ『過ぎた聴取——スパイの美学』：原題はSur écoute。前作同様「聴くこと」が対象であることを明示しつつも、古来から現代へと至る「耳による監視（surveillance）」の歴史、聴く対象を選択できないという耳の特性（＝「過剰なsur-聴取」）にかかわる問題など、同書に流れ込む複数の主題を巧みに

二〇一二

含意するものとなっている。

ジョナサン・スターン編『サウンド・スタディーズ・リーダー』:『聞こえくる過去』の著者が編集したサウンド・スタディーズの導入書。英語圏の気鋭の論者のテクストに種々の古典を交えつつ、音楽の枠に限定されない多様な観点から「音／聴くこと」を再考する。

ryo　451
　「メルト」 437, 446, 451, 456
　「ワールドイズマイン」 437
　「ODDS & ENDS」 451
THE 39S　451
wowaka（現実逃避P） 456
YMO　436
　「テクノポリス」 436

著者名なし

『ヴァリエテ』*Variétés*　373
『オイディプス王』*Œdipe roi*（ギリシャ悲劇） 108
『革命に奉仕するシュルレアリスム』*Le Surréalisme au service de la Révolution*　373, 388
『風立ちぬ』（映画） 475
『ガールフレンド（仮）』（ゲーム） 451
『空気人形』（映画） 450
グラドゥス（アド・パルナスム） Gradus ad Parnassum　317
『コンバ』*Combat*　238
『自然』*La Nature*　406
『シュルレアリスム革命』*La Révolution surréaliste*　233
『シュルレアリスム・メーム』*Le Surréalisme, même*　244
『新世紀エヴァンゲリオン』（アニメーション・シリーズ） 439
『新フランス評論』*Nouvelle Revue française*　361, 381
『千夜一夜物語』*Les Mille et Une Nuits*　108
『ブレードランナー』*Blade Runner*（映画） 450
『プレーヌ・マルジュ』*Pleine Marge*　367
『文学』*Littérature*　367, 368
『ペルソナ3』（ゲーム） 451
『モヤモヤさまぁ～ず2』（テレビ番組） 473
『リアル・ヒューマンズ』*Äkta människor*（テレビ・ドラマ・シリーズ） 450
『ルヴュ・ブランシュ』*Revue blanche*　327
『To Heart』（ゲーム） 451

レーヴィ，プリーモ　Primo Levi　163, 167, 168, 171
　『休戦』*La tregua*　171
レヴィナス，エマニュエル　Emmanuel Levinas　75
レオナルド・ダ・ヴィンチ　Leonardo da Vinci　113, 471
レジェ，ナタリー　Nathalie Léger　211
レジス，エマニュエル　Emmanuel Régis　371, 386
　『精神医学概論』*Précis de psychiatrie*　371
レスコ，ダヴィッド　David Lescot　177
　『残ったものたち』*Ceux qui restent*　176
ロカール，エドモン　Edmond Locard　423, 425
ロゴザンスキー，ジャコブ　Jacob Rogozinski　305, 311
ロザペリー，シャルル　Charles Rosapelly　487, 493
ロスタン，エドモン　Edmond Rostand　450
　『シラノ・ド・ベルジュラック』*Cyrano de Bergerac*　450
ロートレアモン（イジドール・デュカス）　Lautréamont (Isidore Ducasse)　307, 472
ロングフェロー，ヘンリー・ワーズワース　Henry Wadsworth Longfellow　315
ロンサール，ピエール・ド　Pierre de Ronsard　130

ワ行

ワイズマン，フレデリック　Frederick Wiseman　169
ワーグナー，リヒャルト　Richard Wagner　13, 134, 329, 439
　『神々の黄昏』*Götterdämmerung*　439
和田忠彦　47
　『声、意味ではなく』　47

アルファベット

ＢＣＬ　474
　「Ghost in the Cell：細胞の中の幽霊」　474
cosMo（暴走Ｐ）　454
　「初音ミクの消失」　446, 454
daniwell　457
　「Nyanyanyanyanyanyanya!」　457
DECO*27　446
　「愛言葉」　446
　「二息歩行」　446
doriko　457
　「キャットフード」　457
halyosy　451
　「桜ノ雨」　437, 451
hide　474
　「子ギャル」　474
Perfume　456

ラ・ロシュフーコー，フランソワ・ド　François de La Rochefoucauld　260
ランシエール，ジャック　Jacques Rancière　335, 351
『沈黙する言葉』*La parole muette – Essai sur les contradictions de la littérature*　335
ランズマン，クロード　Claude Lanzmann　164
『ショアー』*Shoah*　164
ランドン，ジェローム　Jérôme Lindon　173, 210
ランバ，ジャクリーヌ　Jacqueline Lamba　399
ランボー，アルチュール　Arthur Rimbaud　16, 128, 215, 257, 330, 475, 522
「セール」« Solde »　475
リヴィエール，ジャック　Jacques Rivière　361
リクール，ポール　Paul Ricœur　206, 227, 523
『時間と物語Ｉ　物語と時間性の循環――歴史と物語』*Temps et récit 1 : L'intrigue et le récit historique*　206, 227
リシェ，シャルル　Charles Richet　423, 467, 468
『超心理学概論』*Traité de Métapsychique*　467
リトレ，エミール　Émile Littré　263
ルイス，ピエール　Pierre Louÿs　495, 496
ルイ＝ナポレオン　Louis-Napoléon　265
ルカヌス　Lucain　317
ルグロ，エレーヌ　Hélène Legros　373
『夢について』*Le Rêve et son interprétation*　373
ルジュンヌ，フィリップ　Philippe Lejeune　257, 272, 274
『自伝契約』*Le Pacte autobiographique*　257
ルーセル，レーモン　Raymond Roussel　443–446, 449, 450, 455–457, 521
『アフリカの印象』*Impressions d'Afrique*　443, 450, 455, 457
『いかにして私はいくつかの本を書いたか』*Comment j'ai écrit certains de mes livres*　455
『ロクス・ソルス』*Locus Solus*　444, 445, 456, 521
ルソー，ジャン＝ジャック　Jean-Jacques Rousseau　260–265, 270, 272, 274, 306, 516
『言語起源論』*Essai sur l'origine des langues*　270
『告白』*Les Confessions*　260, 261
ルフェーヴル，アンリ　Henri Lefebvre　180
ル・ブルトン，ジョルジュ　Georges Le Breton　289, 290
ルボヴィッシ，ジェラール　Gérard Lebovici　302, 306, 308, 309
ルメートル，モーリス　Maurice Lemaître　302, 310
『映画はもう始まったか』*Le film est déjà commencé?*　302, 310
ルルー，ガストン　Gaston Leroux　440, 521
『オペラ座の怪人』*Le Fantôme de l'Opéra*　440, 521
レ枢機卿（ジャン＝フランソワ・ポール・ド・ゴンディ）　Cardinal de Retz (Jean-François Paul de Gondi)　258–260, 273, 303
レインズ，クロード　Claude Rains　454
レヴィ，エリファス（アルフォンス＝ルイ・コンスタン）　Éliphas Lévi (Alphonse-Louis Constant) 115

モーツァルト，ヴォルフガング・アマデウス　Wolfgang Amadeus Mozart　441, 446
　『魔笛』 *Die Zauberflöte*　441
モリエール　Molière　170
　『人間嫌い』 *Le Misanthrope*　170
　『病は気から』 *Le Malade imaginaire*　170
モンテーニュ，ミシェル・ド　Michel de Montaigne　332

ヤ行

ヤスオP　454
　「えれくとりっく・えんじぇぅ」　454, 456
ヤング，トマス　Thomas Young　488
ユイスマンス，ジョリス＝カルル　Joris-Karl Huysmans　318
　『さかしま』 *À rebours*　318
ユゴー，ヴィクトル　Victor Hugo　30, 248, 249, 257, 325, 358, 464, 466–468, 476, 503
　『静観詩集』 *Les Contemplations*　249
　「闇の口の語るもの」 « Ce que dit la bouche d'ombre »　249, 464, 476
ユゴー，シャルル　Charles Hugo　468
ユルゲンソン，フリードリヒ　Friedrich Jürgenson　470, 471
ユング，カール・グスタフ　Carl Gustav Jung　386, 471
吉川佳英子　451
ヨハンソン，スカーレット　Scarlett Johansson　435
ヨルン，アスガー　Asger Jorn　306, 311
　『回想録』 *Mémoires*　306, 311

ラ行

ライス，ロドルフ　Rodolphe Reiss　424
ラウォース，トム　Tom Raworth　286
ラウディヴ，コンスタンティン　Konstantīns Raudive　470–472, 475
　『聞こえない言葉が聞こえる』 *Nedzirdamais kļūst dzirdams*　470
ラカン，ジャック　Jacques Lacan　12, 52, 53, 374, 375, 379–381, 386, 515
ラシーヌ，ジャン　Jean Racine　30, 316, 496
　『イフィジェニー』 *Iphigénie*　316
ラバテ，ドミニク　Dominique Rabaté　77, 78, 99, 257, 528
ラファエロ　raffaello　262
ラ・フォンテーヌ，ジャン・ド　Jean de la Fontaine　286, 316
ラプランシュ，ジャン　Jean Laplanche　374, 376
ラブレー，フランソワ　François Rabelais　438, 452
ラベ，ドゥニーズ　Denise Labbé　398
ラポルト，ロジェ　Roger Laporte　76
ラマルティーヌ，アルフォンス・ド　Alphonse de Lamartine　201, 257
　「孤独」 « L'Isolement »　201
ラルジョ，ジャン　Jean Largeault　363, 364

松浦寿輝　367, 369, 372
「これらの声やささやきはどこから来るのか」« D'où viennent ces voix et ces murmures ? » 367
松尾P　474
マックガウラン，ジャック　Jack Macgowran　214
マッタ，ロベルト　Roberto Matta　243
マーフィー，ピーター　Peter Murphy　204, 215, 217
マムラー，ウィリアム・H　William H. Mumler　412, 413, 428
マラルメ，ステファヌ　Stéphane Mallarmé　16, 42, 60, 75, 76, 106, 116, 118, 129, 137, 289, 313, 318–333
『英単語』*Les Mots anglais*　318–322, 325, 326, 328, 332, 333
「音楽と文芸」« La Musique et les Lettres »　323, 325
『賽の一振り』*Un coup de dés jamais n'abolira le hasard*　129
「自叙伝」« Lettre autobiographique »　331
「詩の危機」« Crise de vers »　106, 325, 326, 329
『ディヴァガシオン』*Divagations*　329
マリネッティ，フィリッポ・トンマーゾ　Filippo Tommaso Marinetti　46, 472, 473
「未来派文学の技術的宣言」« Manifeste technique de la littérature futuriste »　472
マリブラン，マリア　Maria Malibran　440, 454
マルクス，ウィリアム　William Marx　16, 17, 78, 515, 527
『オイディプスの墓』*Le Tombeau d'Œdipe*　121
マルクス，カール　Karl Marx　303, 307
『資本論』*Das Kapital*　307
マルタン，ジャン＝ピエール　Jean-Pierre Martin　13, 14, 16, 19, 21, 210, 221
マレー，エティエンヌ＝ジュール　Étienne-Jules Marey　487, 493
マンロー，ジェーン　Jane Munro　453
ミショー，アンリ　Henri Michaux　15, 342–345, 348, 351, 352
『折れ砕けるもののなかの平和』*Paix dans les brisements*　345
『深淵による認識』*Connaissance par les gouffres*　344
『プリュームという男』*Plume*　343
『惨めな奇跡』*Misérable Miracle*　342
水村美苗　181
『私小説 from left to right』　181
宮沢賢治　449
『注文の多い料理店』　449
ミュッセ，アルフレッド・ド　Alfred de Musset　454
ミラー・フランク，フェリシア　Felicia Miller Frank　105, 440, 443, 454, 455
メイエルソン，イニャス　Ignace Meyerson　373, 386
メショニック，アンリ　Henri Meschonnic　336–342, 344, 348
『リズム概論』*Traité du rythme*　336
メタンジェ，セルジュ　Serge Meitinger　296
メリオネス　Mérion　123

『オタク』*Otaku*　454
『ディーバ』*Diva*　454
ベルクソン，アンリ　Henri Bergson　107, 112
ベルシェ，ジャン=クロード　Jean-Claude Berchet　263, 264
ベルティヨン，アルフォンス　Alphonse Bertillon　414, 424
ペルヌティ，アントワーヌ=ジョゼフ　Antoine-Joseph Pernety　290
『エジプト・ギリシア寓話集』*Les Fables égyptiennes et grecques dévoilées et réduites au même principe, avec une explication des hiéroglyphes et de la guerre de Troye*　290
ペレック，ジョルジュ　Georges Perec　18, 183, 186–190, 192, 194, 196, 514, 519
『Wあるいは子供の頃の思い出』*W ou le souvenir d'enfance*　183, 188, 190, 192–196
ペロット，クロード=アリス　Claude-Alice Peyrottes　178
ヘンデル，ゲオルク・フリードリヒ　Georg Friedrich Händel　68
『セメレ』*Semele*　68
ベンヤミン，ヴァルター　Walter Benjamin　83–85, 100, 479
ホイートストン，チャールズ　Charles Wheatstone　485, 488
ボーヴォワール，シモーヌ・ド　Simone de Beauvoir　178
ボシス，ブリュノ　Bruno Bossis　436
ボシュエ，ジャック=ベニーニュ　Jacques-Bénigne Bossuet　303
細馬宏通　407, 411
ボドゥアン，フィリップ　Philippe Baudouin　420
ボードレール，シャルル　Charles Baudelaire　49, 266, 280, 281, 292, 330, 382, 519
『人工楽園』*Les Paradis artificiels*　266
ボナパルト，マリー　Marie Bonaparte　373
『機知――その無意識との関係』*Le Mot d'esprit et ses rapports avec l'inconscient*　373
「ユーモア」« De l'humour »　373
ボネ，マルグリット　Marguerite Bonnet　371
ホフマン，E・T・A　E. T. A. Hoffmann　438, 440, 442, 446–448, 457
『クレスペル顧問官』*Rat Krespel*　448
『砂男』*Der Sandmann*　438
ポムラン，ガブリエル　Gabriel Pomerand　302
ホメロス　Homère　16, 82, 122, 124–128, 130, 131, 262
『イリアス』*Iliade*　125, 127, 128, 130–132, 136
『オデュッセイア』*Odyssée*　79, 81, 127, 130, 136, 137
ホラティウス　Horace　130
ポーラン，ジャン　Jean Paulhan　61, 518
堀辰雄　475
ポンタリス，ジャン=ベルトラン　Jean-Bertrand Pontalis　374, 376

マ行

マイヤース，フレデリック　Frederick Myers　369
マクルーハン，マーシャル　Marshall McLuhan　35, 41, 470
マージャリー　Margery　414, 420, 421, 426, 427, 432　→クランドン，ミナ

「快楽原則の彼岸」« Au-delà du principe de plaisir »［„Jenseits des Lustprinzips“］ 373, 375, 376
『機知——その無意識との関係』*Le Mot d'esprit et ses rapports avec l'inconscient*［*Der Witz und seine Beziehung zum Unbewussten*］ 373
「自我とエス」« Le moi et le ça »［„Das Ich und das Es“］ 373
『精神分析試論集』*Essais de psychanalyse* 373, 375
『夢解釈』*L'Interprétation des rêves*［*Die Traumdeutung*］ 375, 386
「夢とテレパシー」„Traum und Telepathie“ 400
『夢の科学』〔『夢解釈』〕*La Science des rêves* 373, 375
「ユーモア」« De l'humour »［„Der Humor“］ 373
ブローネル，ヴィクトル Victor Brauner 396
フローベール，ギュスターヴ Gustave Flaubert 77, 85, 91, 181, 212, 518, 522
フロワ=ヴィットマン，ジャン Jean Frois-Wittmann 373, 386
ヘイルズ，キャサリン Katherine Hayles 40
ペギー，シャルル Charles Péguy 332
ベケット，サミュエル Samuel Beckett 14, 79, 161, 198, 200–203, 205–209, 211–216, 218–223, 226, 228, 230, 231, 524, 525
『オハイヨ即興劇』*Ohio Impromptu* 222
『オール・ストレンジ・アウェイ』*All Strange Away* 202, 203, 205, 206, 208, 214–219, 221, 227, 230
『クラップの最後のテープ』*Krapp's Last Tape* 211
『事の次第』*Comment c'est* 206, 209, 216
『しあわせな日々』*Happy Days* 207–209, 215, 216, 220
『死せる想像力よ想像せよ』*Imagination morte imaginez* 214, 216, 218, 219
『すべて倒れんとするもの』*All That Fall* 205
『たくさん』*Assez* 216, 218–220
『名づけえぬもの』*L'Innommable* 161, 201, 205, 206, 208, 209, 213, 215, 216, 221, 524
『何、どこ』*Quoi où* 222
『並には勝る女たちの夢』*Dream of Fair to middling Women* 218
「なんと言うか」« Comment dire » 220
『ねえ、ジョー』*Eh Joe* 211
『ビギニング・トゥ・エンド』*Beginning to End* 230
『人べらし役』*Le Dépeupleur* 201, 209
『反古草紙』*Textes pour rien* 209, 216
『夜と夢』*Nacht und Träume* 222
『わたしじゃない』*Not I* 228
ヘーゲル，ゲオルク・ヴィルヘルム・フリードリヒ Georg Wilhelm Friedrich Hegel 48, 75, 95, 256
ヘシオドス Hésiode 122, 130, 131
『神統記』*Théogonie* 130
ベナユーン，ロベール Robert Benayoun 245
ベネックス，ジャン=ジャック Jean-Jacques Beineix 454

「オートマティックなメッセージ」« Le Message automatique »　233, 237, 241–243, 247, 374, 394, 395, 404, 465, 468
「吃水部におけるシュルレアリスム」« Du surréalisme en ses œuvres vives »　239, 240, 244, 403, 404
「黒い森」« Forêt noire »　368
『黒いユーモア選集』*Anthologie de l'humour noir*　373
「現実僅少論序説」« Introduction au discours sur le peu de réalité »　469, 472
『公設質店』*Mont de piété*　368
「今日の芸術の政治的位置」« Position politique de l'art d'aujourd'hui »　373
「三部会」« Les États généraux »　247, 248
『磁場』*Les Champs magnétiques*　233, 251, 382, 383, 394, 464
『シュルレアリスム宣言』*Manifeste du surréalisme*　232, 252, 368, 388, 465
『シュルレアリスム宣言集』*Manifestes du surréalisme*　239
『シュルレアリスム第二宣言』*Second manifeste du surréalisme*　388, 465
『シュルレアリスムと絵画』*Le Surréalisme et la peinture*　366, 370
『シュルレアリスムの政治的位置』*Position politique du surréalisme*　373
『処女懐胎』*L'Immaculée conception*　377, 379, 381–383, 388
「新精神」« L'Esprit nouveau »　394
『すみませんが』*S'il vous plaît*　458
「性の本能と死の本能」« L'Instinct sexuel et l'instinct de mort »　378, 387
『通底器』*Les Vases communicants*　394
「吊り橋」« Le Pont suspendu »　396, 397, 400
『溶ける魚』*Poisson soluble*　233, 251
『ナジャ』*Nadja*　370, 386, 458–461, 463, 465, 472, 474, 475
「日々の魔術」« Magie quotidienne »　398
『秘法一七』*Arcane 17*　243, 458
「ひまわり」« Tournesol »　399
「ひまわりの夜」« La Nuit du tournesol »　399
「やがてやがてあるところに」« Il y aura une fois »　376, 378
『四葉の赤クローバー』*Farouche à quatre feuilles*　238
「霊媒の登場」« Entrée des médiums »　249, 367, 368, 464, 467
『A音』*Le La*　233, 234, 251, 252, 395, 399, 404, 466
「A・ロラン・ド・ルネヴィルへの手紙」« Lettre à A. Rolland de Renéville »　237, 240
ブルトン，オーブ　Aube Breton　245, 398
ブルーノ，ジョルダーノ　Giordano Bruno　218
ブレアル，ミシェル　Michel Bréal　314, 315, 317, 319, 324
『フランス公教育小論』*Quelques mots sur l'instruction publique en France*　314, 315
ブレイター，イノック　Enoch Brater　215, 220
ブレヒト，ベルトルト　Bertolt Brecht　49
ブロー，ジャン=ルイ　Jean-Louis Brau　302
フロイト，ジークムント　Sigmund Freud　17, 232, 266, 357, 367, 369, 371–378, 385, 386, 394, 400–403, 443, 446, 465, 471

フィッシャー＝ディースカウ，ディートリヒ　Dietrich Fischer-Dieskau　55–57
フィリップ，ジル　Gilles Philippe　212, 229
『文学言語――フランスの散文の歴史、ギュスターヴ・フローベールからクロード・シモンまで』 *La Langue littéraire : Une histoire de la prose en France de Gustave Flaubert à Claude Simon* 212
風雅なおと　455
フェーバー，ジョゼフ　Joseph Faber　485
フェルナンデス，ルイス　Luis Fernández　396, 397
フォイエルバッハ，ルートヴィヒ　Ludwig Feuerbach　303
フォックス一家　Fox family　415, 416, 467
フォーレ，ガブリエル　Gabriel Fauré　54
深田晃司　450
『さようなら』　450
福田裕大　10, 11, 23, 438, 451, 452, 525–527
ブクレシュリエフ，アンドレ　André Boucourechliev　60
『哀悼歌』*Thrène*　60
フーコー，ミシェル　Michel Foucault　76, 77, 86, 88, 96, 332
『言葉と物』*Les mots et les choses*　332
藤田咲　436, 443, 449
フジワラ，クリス　Chris Fujiwara　226
フータモ，エルキ　Erkki Huhtamo　406
ブニュエル，ルイス　Luis Buñuel　378
『黄金時代』*L'Âge d'or*　378
ブーバー＝ノイマン，マルガレーテ　Margarete Buber-Neumann　166
『カフカの恋人 ミレナ』*Milena, Kafkas Freundin*　166
フュマロリ，マルク　Marc Fumaroli　260
ブラサ，リュシー　Lucie Bourassa　352
プラトン　Platon　74, 337, 461, 515
フランクル，ヴィクトール　Viktor Frankl　167
フランケル，テオドール　Théodore Fraenkel　371, 386
ブランショ，モーリス　Maurice Blanchot　15, 30, 74–88, 90, 91, 93, 95–100, 201, 517, 518
ブリュノ，フェルディナン　Ferdinand Brunot　495
プルースト，マルセル　Marcel Proust　30, 80, 85, 445, 451, 456
『失われた時を求めて』*À la recherche du temps perdu*　526
『囚われの女 I』*La Prisonnière*　451
プルタルコス　Plutarque　134, 135
ブルトン，アンドレ　André Breton　17, 19, 173, 232–252, 354–358, 366–379, 381–384, 386–388, 392, 394–406, 434, 458–474, 476, 517, 523
「石の言語」« Langue des pierres »　244, 246
『失われた足跡』*Les Pas perdus*　394
「黄金の沈黙」« Silence d'or »　235, 404
「応接間のひばり」« Alouette du parloir »　238

『小説の言葉』 161
パラン，ジャン＝リュック Jean-Luc Parant 286
バル，フーゴ Hugo Ball 281
バルザック，オノレ・ド Honoré de Balzac 50
『サラジーヌ』*Sarrasine* 50–53, 55
バルト，アンリエット Henriette Barthes 63, 64, 67,
バルト，ロラン Roland Barthes 17, 47–69, 143–145, 198, 212–214, 227, 431, 479, 517, 525
『明るい部屋』*La Chambre claire* 67–69, 143
『彼自身によるロラン・バルト』*Roland Barthes par Roland Barthes* 59, 61
『記号の国』*L'Empire des signes* 47, 52
『作者に関する語彙』*Le Lexique de l'auteur* 59
『喪の日記』*Le Journal du deuil* 64, 67, 68
『恋愛のディスクール・断章』*Fragments d'un discours amoureux* 52, 143
『Ｓ／Ｚ』*S/Z* 50, 51, 53–55
バロウズ，ウィリアム William Burroughs 40, 41, 471, 477
バンヴェニスト，エミール Émile Benveniste 86, 93–96, 337, 340, 341, 344
『一般言語学の諸問題』*Problèmes de linguistique générale* 340
パンジェ，ロベール Robert Pinget 221
ハンスフォード，ジェイムズ James Hansford 215, 217
パンゼラ，シャルル Charles Panzéra 55–59, 61, 62
ピア，ジュリアン Julien Piat 212
『文学言語――フランスの散文の歴史、ギュスターヴ・フローベールからクロード・シモンまで』*La Langue littéraire : Une histoire de la prose en France de Gustave Flaubert à Claude Simon* 212
ビオイ＝カサーレス，アドルフォ Adolfo Bioy Casares 455
『モレルの発明』*La invención de Morel* 455, 456
ピカソ，パブロ Pablo Picasso 393
ビゼー，ジョルジュ Georges Bizet 439
『カルメン』*Carmen* 439
ビダン，クリストフ Christophe Bident 78
ヒッチコック，アルフレッド Alfred Hitchcock 125, 138, 456
『サイコ』*Psycho* 456
『ダイヤルＭを廻せ！』*Dial M for Murder* 138
ビュゲ，エドゥアール Édouard Buguet 428–430
ビュコワ神父，ジャン・アルベール・ダルシャンボー l'Abbé de Bucquoy (Jean Albert d'Archambaud Buquoy) 265
平田オリザ 450
ヒル，レスリー Leslie Hill 76
ヒルバーグ，ラウル Raul Hilberg 164
ファインマン，リチャード Richard Feynman 362
ファリネッリ Farinelli 443
フィギエ，ルイ Louis Figuier 488, 498–500, 510

ネンニ，ピエトロ　Pietro Nenni　169
ノヴァク，アナ　Ana Novac　167
ノウルソン，ジェイムズ　James Knowlson　214, 227, 229
ノゲーズ，ドミニク　Dominique Noguez　210
野尻抱介　452
　『南極点のピアピア動画』　452

ハ行

拝郷メイコ　455
ハイツィック，ベルナール　Bernard Heidsieck　14, 292–295, 524
　『カナル・ストリート』*Canal Street*　295
　『ショセ・ダンタン交差点』*Le Carrefour de la Chaussée d'Antin*　295
ハイデガー，マルティン　Martin Heidegger　78
パーキンス，アンソニー　Anthony Perkins　456
パシー，ポール・エドゥアール　Paul Éduard Passy　333
バシュラール，ガストン　Gaston Bachelard　233
パスカル，ブレーズ　Blaise Pascal　303
蓮實重彥　10, 23
バタイユ，ジョルジュ　Georges Bataille　272
　『内的体験』*L'Expérience intérieure*　272
バッチェン，ジェフリー　Geoffrey Batchen　479
初音ミク　435–437, 439–457, 474, 475, 478, 521–523
　「愛言葉」　446
　「あなたの歌姫」　456
　「えれくとりっく・えんじぇぅ」　454, 456
　「エンヴィキャットウォーク」　457
　「キャットフード」　457
　「恋スル VOC@LOID」　456
　「桜ノ雨」437, 451
　「二息歩行」　446
　「ハジメテノオト」　456
　「初音ミクの消失」　446, 454
　「パラジクロロベンゼン」　457
　「みくみくにしてあげる♪」　456
　「私の時間」　456
　「ワールドイズマイン」　437
　「Nyanyanyanyanyanyanya!」　457
　「Starduster」　435, 450
バディウ，アラン　Alain Badiou　209
パピュス（ジェラール・アンコース）　Papus (Gérard Encausse)　115
　『オカルト科学の基礎概論』*Traité élémentaire de science occulte*　115
バフチン，ミハイル　Mikhaïl Bakhtine　30, 55, 161, 515

『称賛の辞 第一巻』*Panégyrique, tome premier*　303, 305–307, 311
『スペクタクルの社会』*La Société du spectacle*　297, 298, 303–307, 311
『スペクタクルの社会についての注解』*Commentaires sur la société du spectacle*　304, 305
『分離の批判』*Critique de la séparation*　298
『われわれは夜に彷徨い歩こう、そしてすべてが火で焼きつくされんことを』*In girum imus nocte et consumimur igni*　298, 305, 311
ドゥルーズ，ジル　Gilles Deleuze　348
十川幸司　402
ド・グージュ，オランプ　Olympe de Gouges　178
ド・ゴール，ジュヌヴィエーヴ　Geneviève de Gaulle　180
ドストエフスキー，フョードル　Fyodor Dostoyevsky　181
トドロフ，ツヴェタン　Tzvetan Todorov　166
トーマ　457
「エンヴィキャットウォーク」　457
冨田勲　449
『イーハトーヴ交響曲』　449
ドミンゲス，オスカル　Óscar Domínguez　391–393, 402, 406, 407, 409
《決して》*Jamais*　393
《タイプライター》*La Machine à écrire*　409
《未来の記憶》*Souvenir de l'avenir*　391, 393
《リトクロニックなエストカード》*L'Estocade lithochronique*　409
トムソン，ウィリアム　William Thomson (Lord Kelvin)　113–116, 119　→ケルヴィン卿
『科学講演と談話——物質の構成』*Conférences scientifiques et allocutions : Constitution de la matière*　113, 114
とりちゃん　453
トリリング，ライオネル　Lionel Trilling　528
『〈誠実〉と〈ほんもの〉』*Sincerity and Authenticity*　528
トワイヤン　Toyen　245

ナ行
中川克志　480, 507
中田健太郎　17, 19, 374, 439, 478, 520, 521
中山眞彦　85, 86
ナジャ　Nadja　370, 386, 458–463, 465, 472, 474, 475
ヌーデルマン，フランソワ　François Noudelmann　60
ネルヴァル，ジェラール・ド　Gérard de Nerval　17, 263–268, 271–273, 289, 290, 296, 376, 521
「アンジェリック」« Angélique »　265, 267, 268
『オーレリア』*Aurélia ou le rêve et la vie*　268–272, 522
『幻想詩集』*Les Chimères*　289, 290
「幻想詩篇」« Les Chimères »　265
「シルヴィ」« Sylvie »　265, 267, 268, 271
『火の娘たち』*Les Filles du feu*　265

『ピエール・ラルースの墓』*Tombeau de Pierre Larousse* 283
デュマ，マリー＝クレール Marie-Claire Dumas 235, 236
デュ・モンセル，テオドール・アシル・ルイ Théodore Achille Louis du Moncel 483–487, 508
デュラス，マルグリット Marguerite Duras 90, 91, 97, 198–200, 207–212, 220–224, 226, 228
『愛人』*L'Amant* 220
『イギリス人の恋人』（『ヴィオルヌの犯罪』）*L'Amante anglaise* 207, 219, 220
『語る女たち』*Les Parleuses* 222
『北の愛人』*L'Amant de la Chine du Nord* 210
『辻公園』*Le Square* 211
『トラック』*Le Camion* 199, 200, 226, 228
『ナタリー・グランジェ』*Nathalie Granger* 208, 226, 228
『破壊しに、と彼女は言う』*Détruire dit-elle* 222
『ヒロシマ・モナムール』*Hiroshima mon amour* 224
『副領事』*Le Vice-consul* 220, 223, 228
『ロル・V・シュタインの歓喜』*Le Ravissement de Lol V. Stein* 90, 92, 97, 220
デュリュイ，ヴィクトル Victor Duruy 325
テュルカニュ，ラデュ Radu Turcanu 379
デリダ，ジャック Jacques Derrida 42, 51, 74, 76, 99, 154, 155, 334
デルボ，シャルロット Charlotte Delbo 18, 163–182, 519
『アウシュヴィッツとその後』三部作 *Auschwitz et après* 163–167
第一巻『私たちのうち誰ひとり帰らないだろう』*Aucun de nous ne reviendra* 164, 169
第二巻『無用の体験』*Une connaissance inutile* 164, 169
第三巻『我らが日々の尺』*Mesure de nos jours* 164, 170, 173, 177, 181
『一月二十四日の移送車』*Le Convoi du 24 janvier* 168, 169, 178, 180, 181
『選んだものたち』*Ceux qui avaient choisi* 175
『記憶と日々』*La Mémoire et les jours* 179
『これらの言葉を誰が伝えるのか』*Qui rapportera ces paroles ?* 177, 180
『幽霊たち、私の道連れ』*Spectres, mes compagnons* 182
『レ・ベル・レットル』*Les Belles lettres* 173, 174
ドイル，コナン Conan Doyle 417, 427
ドゥパルデュー，ジェラール Gérard Depardieu 199, 200, 226
ドゥボール，ギー Guy Debord 14, 297–312, 525
『映画「スペクタクルの社会」に関してこれまでになされた毀誉褒貶相半ばする全評価に対する反駁』*Réfutation de tous les jugements, tant élogieux qu'hostiles, qui ont été jusqu'ici portés sur le film « La Société du spectacle »* 298
『回想録』*Mémoires* 306, 311
『かなり短い時間単位内での何人かの人物の通過について』*Sur le passage de quelques personnes à travers une assez courte unité de temps* 298
『この悪しき評判……』*Cette mauvaise réputation...* 308
『サドのための絶叫』*Hurlements en faveur de Sade* 298–302, 310
『ジェラール・ルボヴィッシの殺害についての考察』*Considérations sur l'assassinat de Gérard Lebovici* 306, 308, 309

セイリグ，デルフィーヌ　Delphine Seyrig　198
セヴィニェ夫人，マリー・ド・ラビュタン＝シャンタル　Marie de Rabutin-Chantal, marquise de Sévigné　259
セゲルス，アンヌ　Anne Seghers　402
セバッグ，ジョルジュ　Georges Sebbag　252
セリーヌ，フェルディナン　Ferdinand Céline　13
セルトー，ミシェル・ド　Michel de Certeau　51
　『パロールの奪取』*La Prise de parole*　51
ソクラテス　Socrate　158, 159
ソシュール，フェルディナン・ド　Ferdinand de Saussure　466
ソンタグ，スーザン　Susan Sontag　479

タ行

髙橋しん　451
　『最終兵器彼女』　451
田尻芳樹　218
谷口文和　480
ダリ，サルバドール　Salvador Dalí　378, 393
　『黄金時代』*L'Âge d'or*　378, 379
多和田葉子　225
チェイニー，ロン　Lon Chaney　454
チボーデ，アルベール　Albert Thibaudet　332
チャイコフスキー，ピョートル・イリイチ　Peter Ilyich Tchaikovsky　50
ツァラ，トリスタン　Tristan Tzara　462, 464, 466, 472, 477
ツェラン，パウル　Paul Celan　177
塚本昌則　16, 479, 527
デイヴィス，ポール　Paul Davis　208
ティエール，アドルフ　Adolphe Thiers　314
ディオメデス　Diomède　123, 125
デカルト，ルネ　René Descartes　145, 152, 153, 155, 201, 363, 467
デ・キリコ，ジョルジョ　Giorgio de Chirico　396
デソン，ジェラール　Gérard Dessons　336–339, 344, 348
　『リズム概論』*Traité du rythme*　336
デ・フォレ，ルイ＝ルネ　Louis-René Des Forêts　77, 78, 97–99, 527
デモドコス　Démodocos　127, 128, 130, 136, 137
デュジャルダン，エドワール　Édouard Dujardin　212
　『内的独白』*Le Monologue intérieur*　212
デュシャン，マルセル　Marcel Duchamp　438
　《彼女の独身者たちによって裸にされた花嫁、さえも》*La Mariée mise à nu par ses célibataires, même*　438
デュダック，ジョルジュ　Georges Dudach　175
デュフレーヌ，フランソワ　François Dufrêne　282–284, 299, 300, 302

「アルデルナブルウ」« Haldernablou »　105
「暗殺者たちの言葉」« Les Propos des Assassins »　110
「いくつかの科学小説について」« De quelques romans scientifiques »　114
『訪う愛』*L'Amour en visites*　108, 118
『砂時計覚書』*Les Minutes de sable mémorial*　104–107, 115
『絶対の愛』*L'Amour absolu*　107, 108, 118
「蓄音機」« Phonographe »　104–107
『パタフィジック学者フォストロール博士の言行録』*Gestes et opinions du docteur Faustroll, pataphysicien*　113, 116, 118, 119
『昼と夜』*Les Jours et les Nuits*　110
「楣（まぐさ）」« Linteau »　106, 110
シャルコー，ジャン＝マルタン　Jean-Martin Charcot　108
ジャンケレヴィッチ，サミュエル　Samuel Jankélévitch　373
シュヴィッタース，クルト　Kurt Schwitters　281
『ウルソナタ』*Ursonate*　281
ジュヴェ，ルイ　Louis Jouvet　172, 174–177, 181, 182
シュオッブ，マルセル　Marcel Schwob　105
シュトックハウゼン，カールハインツ　Karlheinz Stockhausen　436, 444
「少年の歌」« Gesang Der Jünglinge »　444
ジョイス，ジェイムズ　James Joyce　13, 78, 207, 300
『ユリシーズ』*Ulysses*　207
ジョーンズ，スパイク　Spike Jonze　31, 450
『her／世界でひとつの彼女』*Her*　31, 34, 42, 435
シラノ・ド・ベルジュラック，サヴィニアン・ド　Savinien de Cyrano de Bergerac　438, 450
スヴェンブロ，ジェスペル　Jesper Svenbro　37–39, 43
スコット・ド・マルタンヴィル，エドゥアール＝レオン　Édouard-Léon Scott de Martinville　487–489
スコーン，ジェフリー　Jeffrey Scone　471
鈴木雅雄　247, 513, 517, 524, 527
スタフォード，アンディ　Andy Stafford　52
スタール夫人，アンヌ・ルイーズ・ジェルメーヌ・ド　Anne Louise Germaine de Staël　257, 264
『ドイツ論』*De l'Allemagne*　257
スタロバンスキー，ジャン　Jean Starobinski　156, 261, 270, 369
スターン，ジョナサン　Jonathan Sterne　11, 19, 23, 480, 490, 494, 510, 526
『聞こえくる過去』*The Audible past*　11, 480
スティクス　Styx　436
「ミスター・ロボット」« Mr. Roboto »　436
スピルバーグ，スティーヴン　Steven Spielberg　450
『A. I.』*A. I. Artificial Intelligence*　450
スーポー，フィリップ　Philippe Soupault　233, 367, 458
『すみませんが』*S'il vous plaît*　458
スモルデレン，ティエリー　Thierry Smolderen　15, 407, 408, 411

コルビオ，ジェラール　Gérard Corbiau　455
『カストラート』*Farinelli Il Castrato*　443
コレット，シドニー＝ガブリエル　Sidonie-Gabrielle Colette　178
コーン，ルビー　Ruby Cohn　217, 219, 227
ゴンクール，エドモン・ド　Edmond de Goncourt　500
コンパニョン，アントワーヌ　Antoine Compagnon　332

サ行

斎藤環　453
齊藤哲也　251
榊原郁恵　456
「ROBOT（ロボット）」　456
サモワイヨ，ティフェーヌ　Tiphaine Samoyault　47
サルセー，フランシスク　Francisque Sarcey　493, 497
サルトル，ジャン＝ポール　Jean-Paul Sartre　173, 214, 355
『言葉』*Les Mots*　355
サロート，ナタリー　Nathalie Sarraute　77, 212, 221
澤田秀之　452
サン＝シモン，ルイ・ド・ルヴロワ・ド　Louis de Rouvroy, duc de Saint-Simon　260
サンド，ジョルジュ　George Sand　178, 454
『コンシュエロ』*Consuélo*　454
サンドラール，ブレーズ　Blaise Cendrars　13
シェイクスピア，ウィリアム　William Shakespeare　181, 307, 315, 385
シェニウー＝ジャンドロン，ジャクリーヌ　Jacqueline Chénieux-Gendron　17, 403, 471, 524, 527
シェフェール，ピエール　Pierre Schaeffer　436
シェルゼー，ディナ　Dina Sherzer　228
渋谷慶一郎　442, 446, 474
『THE END』　442, 446, 474
ジミーサムP　450
「Starduster」　435, 450
下田麻美　455
シモン，クロード　Claude Simon　173, 212
シモン，ジュール　Jules Simon　314, 315, 318, 324, 332
ジャコテ，フィリップ　Philippe Jaccottet　44
シャトーブリアン，フランソワ＝ルネ・ド　François-René de Chateaubriand　262–265, 269, 272
『墓の彼方からの回想』*Mémoires d'outre-tombe*　262, 264
ジャネ，ピエール　Pierre Janet　380
『心理的オートマティスム』*L'Automatisme psychologique*　380
ジャムレ＝デュヴァル，ヴァランタン　Valentin Jamerey-Duval　274
『回想録』*Mémoires*　274
ジャリ，アルフレッド　Alfred Jarry　15, 103–119, 522
「操り人形についての講演」« Conférence sur les pantins »　103

クッツェー，J・M　John Maxwell Coetzee　231
　『マイケル・K』*Life & Times of Michael K*　231
クノー，レーモン　Raymond Queneau　13, 382
　『棒・数字・文字』*Bâtons, chiffres et lettres*　382
クライスト，ハインリッヒ・フォン　Heinrich von Kleist　32, 33
クラウス，ロザリンド・E　Rosalind E. Krauss　406, 479
クラウゼヴィッツ，カール・フォン　Carl von Clausewitz　303
クラーク，アンディ　Andy Clark　35, 40, 516
グラシアン，バルタザール　Baltasar Gracián　303
クランドン，ミナ　Mina Crandon aka Margery　414　→マージャリー
クリステヴァ，ジュリア　Julia Kristeva　55, 56
グリンバーグ，クレメント　Clement Greenberg　46
クルヴェル，ルネ　René Crevel　464
グループ・ミュー　Groupe μ　105, 117
　『ポエジーの修辞学』*Rhétorique de la poésie*　105
グルモ，ジャン＝マリー　Jean-Marie Goulemot　274
グールモン，レミ・ド　Remy de Gourmont　105
グレヴィス，モーリス　Maurice Grevisse　199
クレマン，カトリーヌ　Catherine Clément　521
クレマン，ブリュノ　Bruno Clément　79, 88, 204, 205, 226
クレーリー，ジョナサン　Jonathan Crary　10, 404, 406, 408
　『観察者の系譜』*Techniques of the observer*　10
クロ，アントワーヌ　Antoine Cros　504
クロ，シャルル　Charles Cros　23, 221, 333, 480, 486, 494, 502, 504, 505
　「未来の新聞」« Le Journal de l'avenir »　502, 504
クローデル，ポール　Paul Claudel　330, 398
ゲノン，ルネ　René Guénon　369
ケリー，グレース　Grace Kelly　125
ケリー，マイク　Mike Kelley　472, 477
　『パリの精霊』*Esprits de Paris*　472
ケルヴィン卿　Lord Kelvin　113, 114　→トムソン，ウィリアム
ケンペレン，ヴォルフガング・フォン　Wolfgang von Kempelen　438, 485
剣持秀紀　474
コウルリッジ，サミュエル・テイラー　Samuel Taylor Coleridge　204, 230
　『文学的自叙伝』*Biographia Literaria*　204
コスト，クロード　Claude Coste　52, 60, 63
ゴーチエ，グザヴィエル　Xavière Gauthier　222
　『語る女たち』*Les Parleuses*　222
ゴーチエ，テオフィル　Théophile Gautier　382
ゴッホ，フィンセント・ファン　Vincent van Gogh　50
ゴーリー，エドワード　Edward Gorey　214, 230
コールダー，ジョン　John Calder　214, 227

Carmel 406
円堂都司昭　456
オカール，エマニュエル　Emmanuel Hocquard　14, 284–288, 295
『タンジェの探偵』*Un Privé à Tanger*　286
小田部胤久　528
『芸術の逆説——近代美学の成立』　528
オッフェンバック，ジャック　Jacques Offenbach　440, 457
『ホフマン物語』*Les Contes d'Hoffmann*　440, 442, 446–448, 457
オルテガ・イ・ガセット，ホセ　José Ortega y Gasset　44–46
オルテル，フィリップ　Philippe Ortel　479
オワタＰ　457
「パラジクロロベンゼン」　457
オング，ウォルター・J　Walter J. Ong　11, 30, 322

カ行

カヴェル，スタンリー　Stanley Cavell　526
カザノヴァ，ダニエル　Danielle Casanova　169
カディオ，オリヴィエ　Olivier Cadiot　286
鹿野武一　167, 180
カフカ，フランツ　Franz Kafka　82–85, 87, 91, 93, 95, 97, 100, 166
ガリレイ，ガリレオ　Galileo Galilei　362
カリントン，ホウェイトリー　Whately Carington　402
『テレパシー』*La Télépathie*　402
カルージュ，ミシェル　Michel Carrouges　438, 441, 448, 452
カルデック，アラン　Allan Kardec　413, 415, 416, 467, 468, 472
『霊の書』*Le Livre des Esprits*　467
カレ，ミシェル　Michel Carré　457
川端康成　451
『眠れる美女』　451
カーン，ギュスタヴ　Gustave Kahn　495, 496
キットラー，フリードリヒ　Friedrich Kittler　12, 13, 19, 21, 393, 505
ギブスン，ウィリアム　William Gibson　438, 452, 456
『あいどる』*Idoru*　438, 456
『フューチャーマチック』*All Tomorrow's Parties*　452
ギャル，フランス　France Gall　446
ギュイヨー，ジャン=マリー　Jean-Marie Guyau　505
キューブリック，スタンリー　Stanley Kubrick　450
キュリー，マリー　Marie Curie　178
景英淑（ギョン・ヨンスク）　218
ギル，ルネ　René Ghil　495
クエイ兄弟　Brothers Quay　455, 456
『ピアノチューナー・オブ・アースクエイク』*The Piano Tuner of Earthquakes*　455

ヴァイアン＝クチュリエ，マリ＝クロード　Marie-Claude Vaillant-Couturier　169, 180
ヴァリアンタイン，ジョージ　George Valiantine　417–419, 426–428, 430
ヴァレリー，ポール　Paul Valéry　16, 29, 31, 36, 37, 39, 42, 76, 113, 119, 122, 126, 135, 137, 138, 144–148, 150–161, 357–366, 371, 383, 384, 388, 475, 515
『ヴァリエテ』*Variété*　145, 358, 373
『エウパリノス』*Eupalinos ou l'Architecte*　158
『カイエ』*Cahiers*　145, 161, 357–359
『樹をめぐる対話』*Dialogue de l'arbre*　159
「詩人の手帖」« Calepin d'un poète »　145
「デカルト考」« Une vue sur Descartes »　145
「デカルト断想」« Fragment d'un Descartes »　145
『テル・ケル』*Tel quel*　145
『若きパルク』*La Jeune Parque*　357, 388
ヴィアルド，ポーリーヌ　Pauline Viardot　454
ヴィヴィオルカ，アネット　Annette Wieviorka　165
ヴィエレ＝グリファン，フランシス　Francis Vielé-Griffin　105
ヴィニョー，ポール　Paul Vignaux　363
ヴィリエ・ド・リラダン，オーギュスト・ド　Auguste de Villiers de l'Isle-Adam　19, 105, 116, 436, 438–440, 451, 483, 505, 521
『未来のイヴ』*L'Ève future*　105, 438, 450, 454, 483, 505, 521
ウェスラー，エリック　Éric Wessler　209
ウェーバー＝カフリッシュ，アントワネット　Antoinette Weber-Caflisch　201
ヴェラーレン，エミール　Émile Verhaeren　495
ウェルギリウス　Virgile　130, 317
ヴェルヌ，ジュール　Jules Verne　19, 436, 438, 440, 444, 447–449, 452, 454, 457, 501, 502, 521
『ヴィルヘルム・シュトーリッツの秘密』*Le Secret de Wilhelm Storitz*　452
『カルパチアの城』*Le Château des Carpathes*　438–440, 444, 455, 456, 501, 502, 521
『レのシャープ君とミのフラットさん』*M. Ré-Dièze et Mlle Mi-Bémol*　444, 447
ヴェルレーヌ，ポール　Paul Verlaine　318
『呪われた詩人たち』*Les Poètes maudits*　318
ヴォーリンガー，ウィルヘルム　Wilhelm Worringer　348, 353
ヴォルマン，ジル・ジョゼフ　Gil Joseph Wolman　283, 300–302, 306, 312
『アンチコンセプト』*L'Anticoncept*　301
エウリピデス　Euripide　316
『イピゲネイア』*Iphigénie*　316
エジソン，トーマス　Thomas Edison　105, 333, 392, 408, 420, 426, 439, 440, 444, 450–453, 480, 482–484, 486, 487, 489, 491–494, 497, 499, 503, 508, 509
エディントン，アーサー　Arthur Eddington　361
エリュアール，ポール　Paul Éluard　377, 379, 381, 388
『処女懐胎』*L'Immaculée Conception*　377, 379, 381–383, 388
エルンスト，マックス　Max Ernst　406
『カルメル修道会に入ろうとしたある少女の夢』*Rêve d'une petite fille qui voulut entrer au*

索引

ア行

艾未未（アイ・ウェイウェイ） 182
アイソーポス Ésope 316
アインシュタイン，アルベルト Albert Einstein 361
アウトコールト，リチャード・F Richard F. Outcault 408
　『イエロー・キッド』*The Yellow Kid* 407
アガンベン，ジョルジョ Giorgio Agamben 308
　『アウシュヴィッツの残りのもの』*Ce qui reste d'Auschwitz* 340
秋吉康晴 498, 499
アザン，ウージェーヌ Eugène Azam 107
　「フェリーダＸ症例」« Le cas Félida X » 107
アドルノ，テオドール Theodor Adorno 164, 179
アドレール，ロール Laure Adler 210, 220
アポリネール，ギヨーム Guillaume Apollinaire 279–281, 285, 287, 396, 470, 495, 496, 509
　『カリグラム』*Calligrammes* 280
アームストロング，ルイ Louis Armstrong 13
鮎川信夫 461
荒井由実 474, 475
　「ひこうき雲」 475, 478, 520
　「やさしさに包まれたなら」 475
アラゴン，ルイ Louis Aragon 363, 368, 464, 466,
　『夢の波』*Une vague des rêves* 363
アリストテレス Aristote 115, 334, 335
　『政治学』*Politique* 334
　『天界について』*Traité du ciel* 115
アルガロン，ジャック Jacques Algarron 398
アルトー，アントナン Antonin Artaud 14, 288–296, 462, 524
アルベルティ，レオン・バティスタ Leon Battista Alberti 44, 45
　『絵画論』*De pictura* 45
アレクシエービッチ，スベトラーナ Svyatlana Alyeksiyevich 181
石黒浩 450
石原吉郎 167, 180
イズー，イジドール Isidore Isou 281–284, 292, 299–302, 310, 312
　『絶対散文詩の探求』*Recherches pour un poème en prose pure* 282, 283
　『涎と永遠についての概論』*Traité de bave et d'éternité* 299–301, 310
いとうせいこう 224, 231
　『想像ラジオ』 224

ヴェルヌ，独身者機械。著書に『ジュール・ヴェルヌが描いた横浜――「八十日間世界一周」の世界』（編著，慶應義塾大学出版会，2010）。訳書にレーモン・ルーセル『額の星 無数の太陽』（共訳，人文書院，2001），ミシェル・カルージュ『独身者機械』（東洋書林，2014）など。

福田裕大（ふくだ ゆうだい）
1979年生まれ。京都大学大学院人間・環境学研究科博士後期課程修了。博士（人間・環境学）。近畿大学国際学部専任講師。シャルル・クロ研究，音響メディア史。著書に『シャルル・クロ 詩人にして科学者――詩・蓄音機・色彩写真』（水声社，2014），『音響メディア史』（共著，ナカニシヤ出版，2015）など。

熊木淳（くまき あつし）
1975年生まれ。早稲田大学大学院文学研究科博士後期課程単位取得満期退学／リヨン高等師範学校博士課程修了。博士（フランス文学）。現在，尚美学園大学等非常勤講師。フランス音声詩および前衛詩。著書に『アントナン・アルトー 自我の変容——〈思考の不可能性〉から〈詩への反抗〉へ』（水声社，2014）など。

門間広明（もんま ひろあき）
1976年生まれ。早稲田大学大学院文学研究科博士課程単位取得退学。現在，早稲田大学非常勤講師。20世紀フランス文学・思想研究。訳書にモーリス・ブランショ『謎の男トマ』（月曜社，2014）など。

立花史（たちばな ふひと）
1974年生まれ。パリ第4大学博士課程満期退学／早稲田大学大学院文学研究科博士課程修了。博士（文学）。現在，早稲田大学等非常勤講師。フランス語圏の象徴主義文学と人文教育思想史。著書に『マラルメの辞書学——『英単語』と人文学の再構築』（法政大学出版局，2015），『近代日本とフランス象徴主義』（共著，水声社，2015）など。訳書にジャック・デリダ『散種』（共訳，法政大学出版局，2013），同『哲学への権利』全2巻（共訳，みすず書房，2014–15）など。

梶田裕（かじた ゆう）
1978年生まれ。早稲田大学大学院文学研究科博士課程修了。博士（文学）。現在，早稲田大学非常勤講師。フランス現代詩及び現代哲学研究。訳書にジャック・デリダ『シニェポンジュ』（法政大学出版局，2008），ジャック・ランシエール『解放された観客』（法政大学出版局，2013）など。

Jacqueline Chénieux-Gendron（ジャクリーヌ・シェニウー＝ジャンドロン）
1939年生まれ。元フランス国立科学研究所（CNRS）主任研究員。シュルレアリスム研究。著書に『シュルレアリスム』（星埜守之・鈴木雅雄訳，人文書院，1997），*Inventer le réel. Le Surréalisme et le roman (1922-1950)* (Honoré Champion, 2014)，『シュルレアリスム，あるいは作動するエニグマ』（齊藤哲也編，水声社，2015）など。

中田健太郎（なかた けんたろう）
1979年生まれ。パリ第7大学博士課程中途退学／東京大学大学院総合文化研究科博士課程修了。博士（学術）。現在，日本大学等非常勤講師。シュルレアリスム研究。著書に『ジョルジュ・エナン——追放者の取り分』（水声社，2013），『マンガを「見る」という体験——フレーム，キャラクター，モダン・アート』（共著，水声社，2014）など。

橋本一径（はしもと かずみち）
1974年生まれ。ナント大学理工学部DEA（修士）課程修了／東京大学大学院総合文化研究科博士課程修了。博士（学術）。現在，早稲田大学文学学術院准教授。表象文化論。著書に『指紋論——心霊主義から生体認証まで』（青土社，2010），訳書にピエール・ルジャンドル『同一性の謎 知ることと主体の闇』（以文社，2012）など。

新島進（にいじま すすむ）
1969年生まれ。レンヌ第2大学博士課程修了（文学博士）。現在，慶應義塾大学准教授。ルーセル，ンス文化事典』（共著，丸善出版，2012），『写真と文学——何がイメージの価値を決めるのか』（共著，平凡社，2013），*L'Univers d'intimité d'Hervé Guibert*（L'Harmattan，2015）。

塚本昌則（つかもと まさのり）★
1959年生まれ。東京大学大学院人文科学研究科博士課程中退／パリ第12大学文学部博士課程修了（文学博士）。現在，東京大学大学院人文社会研究科教授。ヴァレリー研究。著書に『フランス文学講義——言葉とイメージをめぐる12章』（中公新書，2012），『写真と文学——何がイメージの価値を決めるのか』（編著，平凡社，2013）など。

谷口亜沙子（たにぐち あさこ）
1977年生まれ。早稲田大学大学院文学研究科博士課程単位取得退学／パリ第7大学文学部博士課程修了（文学博士）。現在，獨協大学外国語学部フランス語学科准教授。20世紀フランス文学。著書に『ジョゼフ・シマ——無音の光』（水声社，2010），訳書にルネ・ドーマル『大いなる酒宴』（風濤社，2013）など。

塩塚秀一郎（しおつか しゅういちろう）
1970年生まれ。東京大学大学院人文社会系研究科博士課程単位取得退学／パリ第3大学博士課程修了（文学博士）。現在，京都大学大学院人間・環境学研究科教授。クノー，ペレックを中心とする20世紀文学。著書に *Les recherches de Raymond Queneau sur les « fous littéraires »*（Eurédit，2003），『文学から環境を考える』（共著，勉誠出版，2014）など。

たけだ はるか
1976年生まれ。東京大学大学院人文社会系研究科博士課程単位取得退学／パリ第8大学博士課程修了（文学博士）。現在，中央大学等非常勤講師。20世紀フランス文学。論文に「声の在処，作品のかたち——プルーストとベケット」（明治学院大学言語文化研究所，『言語文化』32号，2015），訳書に『中央大学人文科学研究所翻訳叢書15 フランス民話集Ⅴ』（共訳，中央大学出版部，中央大学人文科学研究所，2016），エッセイに「デュラスの映画『ナタリー・グランジェ』の孤独と暴力，そしてポエジー」（中央大学，『中央評論』287号，2014）など。

前之園望（まえのその のぞむ）
1976年生まれ。東京大学大学院人文社会系研究科博士課程単位取得満期退学／リヨン第2大学博士課程修了（文学芸術学博士）。現在，東京大学大学院人文社会系研究科助教。シュルレアリスム研究。著書に『〈前衛〉とは何か？〈後衛〉とは何か？——文学史の虚構と近代性の時間』（共著，平凡社，2010），訳書にアニー・ル・ブラン『換気口』（エディション・イレーヌ，2016）など。

野崎歓（のざき かん）
1959年生まれ。東京大学大学院人文科学研究科博士課程中退。現在，東京大学大学院人文社会系研究科教授。ロマン主義，映画論。著書に『異邦の香り——ネルヴァル『東方紀行』論』（講談社，2010），『アンドレ・バザン——映画を信じた男』（春風社，2015），『夢の共有——文学と翻訳と映画のはざまで』（岩波書店，2016）など。

執筆者・翻訳者略歴
（★印は編者）

鈴木雅雄（すずき まさお）★
1962年生まれ。東京大学大学院総合文化研究科博士課程単位取得退学／パリ第7大学文学部博士課程修了（文学博士）。現在，早稲田大学文学学術院教授。シュルレアリスム研究。著書に『シュルレアリスム，あるいは痙攣する複数性』（平凡社，2007），『ゲラシム・ルカ——ノン＝オイディプスの戦略』（水声社，2009），『シュルレアリスム美術を語るために』（共著，水声社，2011）など。

伊藤亜紗（いとう あさ）
1979年生まれ。東京大学大学院人文社会系研究科博士課程単位取得退学。現在，東京工業大学リベラルアーツ研究教育院准教授。美学，現代アート。著書に『ヴァレリーの芸術哲学，あるいは身体の解剖』（水声社，2013），『目の見えない人は世界をどう見ているのか』（光文社新書，2015年）など。

桑田光平（くわだ こうへい）
1974年生まれ。東京大学大学院人文社会系研究科博士課程単位取得満期退学／パリ第4大学博士課程修了（文学博士）。現在，東京大学大学院総合文化研究科准教授。現代フランス文学・芸術，表象文化論。著書に『ロラン・バルト——偶発事へのまなざし』（水声社，2011），*Réceptions de la culture japonaise en France depuis 1945*（共編著，Honoré Champion, 2016）など。

郷原佳以（ごうはら かい）
1975年生まれ。東京大学大学院総合文化研究科博士課程単位取得満期退学／パリ第7大学文学部博士課程修了（文学博士）。現在，東京大学大学院総合文化研究科准教授。20世紀フランス文学。著書に『文学のミニマル・イメージ——モーリス・ブランショ論』（左右社，2011，2016），訳書にブリュノ・クレマン『垂直の声——プロソポペイア試論』（水声社，2016）など。

合田陽祐（ごうだ ようすけ）
1977年生まれ。上智大学大学院文学研究科博士後期課程単位取得満期退学／メーヌ大学博士課程修了（文学博士）。現在，山形大学人文学部専任講師。19世紀フランス文学，象徴主義研究。著書に *Alfred Jarry, du manuscrit à la typographie*（共著 , Du Lérot éditeur, 2014）など。

William Marx（ウィリアム・マルクス）
1966年生まれ。現在，パリ第10大学教授。批評家，エッセイスト。ヴァレリー研究。著書に *L'Adieu à la littérature* (Minuit, 2005)，*Vie du lettré* (Minuit, 2009)，*La Haine de la littérature* (Minuit, 2015）など。

内藤真奈（ないとう まな）
1978年生まれ。東京大学大学院人文社会系研究科博士課程単位取得退学／パリ第8大学博士課程修了（文学博士）。現在，東京大学大学院人文社会系研究科研究員。20世紀小説研究。著書に『フラ

声と文学 拡張する身体の誘惑

2017年3月24日　初版第1刷発行

編　者　塚本昌則・鈴木雅雄
発行者　下中美都
発行所　株式会社 平凡社
〒101-0051 東京都千代田区神田神保町3-29
電話 03-3230-6579（編集）
03-3230-6573（営業）
振替 00180-0-29639
装幀者　間村俊一
印刷・製本　中央精版印刷株式会社

落丁・乱丁本のお取替は小社読者サービス係までお送りください（送料小社負担）
平凡社ホームページ　http://www.heibonsha.co.jp/

ISBN978-4-582-33327-5　C0098
NDC分類番号950　A5判（21.6cm）　総ページ590